RICHARD MACKENRODT

AZAHRÚ

WER DEN WEG VERLIERT

RICHARD MACKENRODT

AZAHRÚ

WER DEN WEG VERLIERT

ROMAN

EDITION TAKUBA

Dieses Buch wurde auf
FSC®-zertifiziertem Papier gedruckt.
FSC®-Mix: GFA-COC-001229

Umschlaggestaltung: Alexandre Rito, Loule, Portugal
Druck und Bindung: CPI books GmbH, Ulm
Printed in Germany

ISBN 978-3-9816667-4-8

Für meine Tochter
Annalena

Wer den Weg verliert, lernt ihn kennen.
(altes Sprichwort der Tuareg)

Inhalt

PROLOG

Mein Vater hatte mich stets gewarnt: In der Wüste seien schon mehr Menschen ertrunken als verdurstet. Und wenn er es sagte, wie hätte mir einfallen sollen, es nicht zu glauben? Alles, was ich wusste und konnte, hatte er mir beigebracht. Er war unser Stammesführer. Jeder von uns richtete sich nach ihm. Sein Wort war Gesetz. Er war der amenokal. Trotzdem kam es mir vor wie ein Märchen. Wie eine von den Geschichten, die meine Mutter mir früher vor dem Einschlafen erzählt hatte. Meterhohes Wasser in der Wüste, das zwischen den Dünen auf einen zugeschossen kam? Ich konnte mir das einfach nicht vorstellen. In meinem Leben hatte ich bisher genau dreimal Regen erlebt. Magische Momente waren das gewesen. Alle kamen aus den Zelten gelaufen, und wir haben es uns aufs Gesicht regnen lassen, mit ausgebreiteten Armen und hüpfenden Herzen. Jedes Mal hatte es nur wenige Minuten gedauert, dann zogen die Regenwolken weiter. Der flüchtige Zauber war vorbei. *Aman iman* sagten wir - Wasser ist Leben. Es war das kostbarste Gut, das wir kannten.

Obwohl ich noch ein Kind war, durfte ich zum ersten Mal an der Salzkarawane teilnehmen. Meine Schwester Dafinah war so neidisch, dass sie mir vor der Abreise Sand in die Augen warf. Als ob ich schuld daran gewesen wäre, dass sie nicht mitdurfte. Es war aufregend, mit den Männern auf die Reise zu gehen, die unserem Stamm auch in diesem Jahr wieder das Überleben sichern würde. In den ersten Tagen hatte ich manchmal Heimweh, nach meiner Mutter, unserem Zelt, den anderen Kindern. Ich war der Einzige, der einen Teil des Weges auf einem Kamel reiten durfte. Die Männer gingen zu Fuß. Sie führten die schwer beladenen Tiere vom Morgengrauen bis spät in die Nacht, aber ein elfjähriger Junge war solchen Strapazen über tausende von Meilen noch nicht gewachsen. In jener Nacht, als der Regen kam, lagerten wir in einem *wadi*, einem ausgetrockneten Flussbett, weil wir dort Schutz fanden vor dem Wind. Und weil wir nicht rechneten mit dem, was mitten in der Nacht über uns herfiel - *âdjenna*, der Starkregen, den mein Vater mehr fürchtete als jeden Sandsturm. Wenn er kommt, tut er es unvermittelt, und ein *wadi* wird zur tödlichen Falle, denn es verwandelt sich schneller in ein reißendes Flussbett, als man all die Satteltaschen hinaus schaffen kann. Ich begriff zuerst überhaupt nicht, was vor sich ging. Es war dunkel. Um mich herum schrien die Männer. Ich rieb mir den Schlaf aus den Augen. Einer stolperte über mich und fluchte. Da erst bemerkte ich: Die Decke, die ich um mich geschlungen hatte, war durchtränkt. Alles war nass. Dicht vor mir stampfte ein Kamel auf, Wasser klatschte mir ins Gesicht. Die Tiere brüllten, ich sah sie schemenhaft in alle Richtungen rennen. Die Männer liefen hinter ihnen her und versuchten sie einzufangen. Die Kälte des Wassers war bereits in meinen Körper gekrochen, ich konnte mich kaum bewegen. Ich hatte Angst und wollte mich zusammenkauern, da wurde ich gepackt und herumgerissen.

»Azahrú!« Mein Vater hatte meinen Kopf zwischen seinen Händen und schrie mich an. »Du musst da hoch! Raus aus dem *wadi*, hörst du?! Raus! Sofort!« Er zog mich zum Rand des Flussbetts. Um meine Fußknöchel wurde die Strömung des Wassers immer stärker, ich musste mich dagegen stemmen, um nicht fortgerissen zu werden. Mein Vater schob mich den Hang hinauf, aber aus trockenem Sand war Schlamm geworden. Auf allen Vieren robbte ich nach oben, ohne die Hilfe meines Vaters hätte ich es nicht geschafft.

»Lauf auf die höchste Düne!« Seine Stimme stemmte sich gegen den tobenden Lärm. »Na los! Lauf!«

Ich drehte mich um und rannte in die Dunkelheit. Nach oben, immer nur nach oben.

Als die Morgendämmerung kam, hatte der Regen längst aufgehört. Mein Vater untersuchte die Schäden. Ein Teil der Hirse war nass geworden, aber wenn man das Getreide in die Sonne legte, würde es schnell wieder trocknen. Die Kamele hatte man alle wieder eingefangen. Sie waren in Panik geraten und den *wadi* entlang gelaufen anstatt ihn zu verlassen. So hatten sie sich der Strömung ausgesetzt, und man musste froh sein, dass keines von ihnen ertrunken war. Eines aber war gestürzt und hatte sich beide Vorderläufe gebrochen. Es lag im Sand, der fast wieder trocken war, und schrie seit Stunden, mit lange schon heiserer Stimme. Es musste getötet werden. Mein Vater übernahm so etwas selbst. Er zog seinen Dolch und schnitt ihm die Kehle durch, mit einem einzigen schnellen, langgezogenen Schnitt.

Einer der Männer zerlegte das Tier, um mit dem Fleisch unsere Vorräte aufzufüllen, während die anderen die Kamele sattelten, denn wir hatten keine Zeit zu verlieren. Ich hob gerade meinen Fuß in den Steigbügel, als ich sie sah - die uniformierten Männer auf den Pferden, aufgereiht auf einem Dünenkamm, ungefähr ein Dutzend. Sie trugen unterschiedliche Uniformen - die meisten blau und weiß, die anderen grau. Nur einer war ganz in Schwarz gekleidet. Der Ranghöchste der Blauweißen rief auf Französisch zu uns herunter: »Wer ist euer Anführer?«

Mein Vater zog seinen Gesichtsschleier zurecht, so dass nur noch seine Augen zu sehen waren. Er trat hervor und antwortete in der Sprache des Soldaten: »Ich bin das.«

»Wir kommen in friedlicher Absicht«, sagte der Franzose. »Können wir mit euch sprechen?«

»Ich kann es euch kaum verbieten«, sagte mein Vater. »Die Wüste ist ein freier Ort für Worte wie für Taten.«

Zu dritt kamen sie angeritten, zwei von den Blauweißen und der Schwarze.

»Ich bin Leutnant Trousseau«, sagte der Franzose, der zuvor schon das Wort ergriffen hatte, »und das ist mein deutscher Kollege Major Angermair.«

»Ich bin Koumamá Dandá«, sagte mein Vater.

»Ihr seid Tuareg, nicht wahr?«

»Wir bevorzugen den Begriff *imushaq*.«

»Wie auch immer«, sagte nun der Deutsche. Sein Französisch war etwas holprig, aber man konnte es verstehen. »In Europa herrscht Krieg. Europa - ihr wisst, was das ist?«

»Ich habe davon gehört.« Mein Vater mochte den Mann im schwarzen Mantel nicht, das merkte ich sofort. Wir hatten von diesem Krieg gehört, als wir in Kano das Salz eingetauscht hatten gegen Geld und Hirse. Aber Europa war am anderen Ende der Welt und ging uns nichts an.

»Wir suchen Männer, die mutig sind«, sagte der Deutsche. »Die kämpfen können. Seid ihr solche Männer?«

»Wir sind Männer«, entgegnete mein Vater, »die wissen, wie man eine Salzkarawane ans Ziel bringt.«

»Ihr geht tausende Kilometer zu Fuß«, sagte der andere. »Versteht es, dieser furchtbaren Hitze zu trotzen. Was ihr habt, verteidigt ihr mit eurem Leben. Solche Männer suche ich. Genau solche Männer.«

»Wozu?« wollte mein Vater wissen.

»Der Krieg bleibt nicht in Europa. Er kommt auch nach Afrika. Hierher.«

»Warum sollte er das tun?«

»Weil die Welt nach einer neuen Ordnung sucht. Es ist eine besondere Zeit, und es ist jetzt wichtiger als je zuvor, dass man auf der richtigen Seite steht.«

»Wir stehen immer auf der gleichen Seite«, sagte mein Vater. »Und es ist immer die richtige. Weil es unsere ist.«

Um den Mund des Majors spielte ein Lächeln. »Ihr könnt viel Geld verdienen«, sagte er. »Richtig viel Geld. Feste Häuser könnt ihr haben. Mit Mauern. Wo man geschützt ist vor Wind und Regen.« Er blickte kurz zu dem Kamel, das gerade ausgeschlachtet wurde. Dabei blieb sein Blick hängen an dem Einzigen, der zu jung war, um einen Schleier zu tragen - an mir. Als unsere Blicke sich kreuzten, passierte etwas Merkwürdiges: Ich bildete mir ein, diesen Mann schon einmal gesehen zu haben. Ich sah Rauch vor mir und Flammen, und meine Beine wurden weich. Er schaute gegen die tiefstehende Morgensonne, musste die Augen zusammenkneifen und beschirmte sie mit der Hand.

»Dieser Junge«, sagte der Deutsche. »Ich möchte ihn gerne sehen.«

Lassad, der neben mir stand, reagierte sofort. Er zog mich hinter das Kamel, und ehe ich auch nur einen einzigen Ton von mir geben konnte, hatte er mich mit festem Griff und der Gewandtheit eines Schakals in eine der am Boden liegenden Satteltaschen gesteckt und diese fest verschlossen. Auch mein Vater blieb scheinbar gelassen. Der Schleier half in solchen Momenten enorm. Der Major konnte den Schrecken auf dem Gesicht seines Gegenübers ganz einfach nicht sehen.

»Welcher Junge?« hörte ich meinen Vater fragen. »Wir haben hier nur erwachsene Männer.«

»Er ist da zwischen den Kamelen«, sagte der Deutsche. »Und er trägt keinen Schleier.«

»Sie meinen Lassad«, erwiderte mein Vater. »Er ist erst 17. Der Jüngste, den wir dabei haben.«

Lassad hatte sich, wie man mir später erzählte, den *tagelmust* vom Gesicht gerissen, unmittelbar bevor er hervor trat.

»Das ist er nicht«, sagte der Deutsche. »Der hier ist viel größer und hat schwarzes Haar. Der Junge, den ich gesehen habe, ist blond. Und hat hellere Haut!« Er versuchte es nicht zu zeigen, aber es war offensichtlich, dass er in Aufregung geriet.

»Das Licht in der Wüste gaukelt einem manchmal etwas vor«, sagte mein Vater, »das gar nicht da ist.«

»Ich habe den Jungen gesehen«, entgegnete der Major. Die aufkeimende Wut in seiner Stimme war unüberhörbar. Er stieg vom Pferd. »Und ich lasse mich nicht für dumm verkaufen! Ich will ja gar nichts von ihm«, behauptete er. »Nur anschauen will ich ihn.«

Der französische Leutnant wurde unruhig. »Es wäre vielleicht wirklich besser, Sie würden den Jungen hervortreten lassen. Ihm wird nichts geschehen.«

»Sehen Sie sich um«, sagte mein Vater. »Dann werden Sie merken, ich sage die Wahrheit.«

Ich lag in die Satteltasche gezwängt. Suchte dieser Mann nach mir? Aber warum? Und wieso kam er mir so eigenartig bekannt vor? Der Starkregen der letzten Nacht stellte sich jetzt als Segen heraus, denn ein wenig von der Hirse war nicht nur nass gewesen, sondern zu einer zerquetschten Masse geworden, mit der nichts mehr anzufangen war und die wir weggeworfen hatten. Nur deswegen war in der Tasche Platz für mich gewesen. Es wurde nun ruhig. Ich wollte wissen, was draußen vor sich ging, aber durch das dicke Leder drang fast nichts mehr an mein Ohr. Plötzlich fiel etwas auf mich, etwas sehr Schweres, und ich dachte schon, man hätte mich entdeckt. Später erfuhr ich: Sowie der Major begonnen hatte, zwischen den Kamelen hindurch zu gehen, hatte Lassad sich auf die Satteltasche gesetzt, um sie besonders unverdächtig zu machen, und sich in aller Ruhe den getrockneten Schlamm der vergangenen Nacht von den Beinen gekratzt.

»Leo?« hörte ich den Deutschen schließlich rufen. »Bist du hier irgendwo?« Er sagte das nicht auf Französisch, und trotzdem verstand ich es. Die Worte drangen zu mir wie durch einen endlos langen Tunnel. Es tat weh, sie zu hören, in dieser fremden, sperrigen Sprache, die ich trotzdem verstehen konnte. Er rief noch mehrmals nach mir und stieg dann auf die nächste Düne, um sich umsehen zu können. Seine Begleiter, die deutschen und die französischen, sahen ihn, wie man mir anschließend berichtete, schon etwas mitleidig an, als sei er einer Sinnestäuschung erlegen.

»Keiner von meinen Männern«, sagte mein Vater, »will bei Ihnen Soldat werden. Deswegen werden wir jetzt weiter ziehen.«

Aber der Major interessierte sich nicht mehr für den Auftrag, der ihn durch die Wüste führte. »Männer vom Volk der Tuareg«, hob er an, nun wieder auf Französisch. Seine Stimme war jetzt lauter und durchdringender. »Wer mir hilft, diesen Jungen zu finden, bekommt von mir höchstpersönlich Kamele. Nicht zwei oder drei. Auch nicht vier oder fünf. Der Mann, der kommt und die Wahrheit sagt, erhält von mir zweihundert Tiere. Das sind doppelt so viele, wie ihr hier bei euch habt. Das ist ein Vermögen! Das macht aus einem armen Kerl einen schwerreichen Mann! Ihr findet mich in Agadez - sagt einfach, ihr sucht Major Gerhard Angermair von der SS, und man wird euch zu mir führen.«

Die Männer hatten ihre Gesichter alle hinter dem *tagelmust*, aber ich bin mir sicher: Bei diesem Angebot musste der eine oder andere schon erst mal kurz schlucken.

Es dauerte noch eine halbe Ewigkeit, bis man mich aus der Satteltasche krabbeln ließ. Mein Vater wollte sichergehen, dass die deutsch-französische Abordnung auch wirklich weitergezogen war. Mir tat alles weh, und ich war schweißgebadet. Aber vor allem war ich verwirrt. Hatte dieser Mann wirklich nach mir gesucht? Ich kannte ihn doch gar nicht. Oder etwa doch? Wie war es möglich, dass ich seine Sprache verstand?

Die Männer drängten darauf, endlich aufzubrechen, weil die Sonne sich bereits dem Zenit näherte und es immer heißer wurde. Aber meinem Vater war klar: Zuerst musste er mit mir reden. Wir setzten uns auf eine Satteltasche, in den Schatten eines Kamels.

»Ich hatte immer gehofft«, sagte er, »dieses Gespräch niemals führen zu müssen.«

Mir war mulmig zumute. »Worüber reden wir denn? Was ist los?«

»Azahrú, ich liebe dich, das weißt du. Oder, mein Sohn, das weißt du doch?«

»Natürlich weiß ich das, Vater. Ich liebe dich auch.«

»Deine Mutter liebt dich auch. Sag, dass du das weißt.«

»Ich weiß es.«

Er machte eine Pause. Dabei starrte er vor sich hin und konnte mich nicht ansehen. Er wusste nicht, wie er es über die Lippen bringen sollte.

»Vater«, sagte ich. »Du machst mir Angst.«

»Vor ein paar Jahren«, begann er, »hatte ich einen guten Freund. Seine Haut war hell wie deine, sein Haar hatte die Farbe des Wüstensandes.«

»Wer war dieser Mann?«

»Er hatte eine Frau. Sie war bemerkenswert. Sehr schön und sehr eigensinnig. Ich mochte sie genauso gerne wie ihn.«

Er sah mich an, holte Luft, und dann sagte er den Satz, der mein Leben für immer veränderte.

TEIL I

LUISE & FRANZ

Wildschwein im Büro des Direktors

1

Farbe zwischen den Borsten des Pinsels ist alles: Das Lachen einer hinreißenden Frau. Der Hinterhof einer Arbeitersiedlung. Der Sonnenaufgang über dem Meer. Die eiternde Wunde eines Leprakranken.

Das war es, was Luise am Malen so liebte. Der Pinsel in der Ölfarbe gab ihr die Macht, die Leinwand zu bedecken, womit auch immer sie wollte. Nichts drückte vollkommene Freiheit besser aus als blütenweißer Stoff, der darauf wartete, in ein Bild verwandelt zu werden.

»Franz, schau! Die Farben. Wie sie ineinander laufen!«

Er sah hoch von all den aufgeschlagenen Büchern. Im Nu war sie auf seinen Schreibtisch gestiegen.

»Meine Bücher!« lachte Franz. Luise setzte sich auf seine Lektüre und ließ links und rechts die Beine herunter baumeln.

»Küss mich«, forderte sie. »Und zwar auf der Stelle.« Er tat es.

»Wieso muss ich dich immer noch teilen mit so viel Druckwerk?« wollte sie wissen. »Dein Examen hast du doch in der Tasche. Mit Auszeichnung.«

»Weißt du, als Ethnologe wird man nur ernst genommen mit einem Titel vor dem Namen. Also suche ich ein Thema für meine Promotion.« Luise zog eines der Bücher unter ihrem Po hervor. Beim schnellen Durchblättern fand sie Abbildungen von Sanddünen und Felsformationen. Sie verzog das Gesicht.

»Deswegen kann ich mit Fotografien nichts anfangen«, sagte sie. »Mir fehlt die Farbe.«

»Dann sieh dir mal das hier an.« Franz nahm ihr das Buch aus der Hand und schlug eine Seite auf, die er mit einem Lesezeichen markiert hatte. Darauf war ein Mann zu sehen. Das Tuch, das er sich um die Stirn geschlungen hatte, verdeckte auch Nase und Mund, nur ein schmaler Schlitz war frei. Die Augen waren tiefschwarz, trotzdem schienen sie zu glühen. Luises Albernheit verflog beim Anblick des Bildes.

»Wer ist das?«

»Wir nennen sie *Tuareg* - die von Gott Verlassenen. Sie selbst bezeichnen sich als *Imushaq* - die Freien.«

»Wo leben sie?«

»Im Norden Afrikas. Sie ziehen herum, züchten Vieh und treiben Handel.«

»Nomaden?«

Franz nickte. Luise gab ihrem Mann einen Kuss. »Wann fahren wir hin?«

Er erwiderte ihr Lächeln. Sie war eine erstaunliche Frau. Offen für einfach alles. Unerschrocken auf eine, wie Franz fand, manchmal beängstigende Weise.

»Ich bin unzerstörbar«, sagte sie immer. »Mich kriegt keiner kaputt.«

2

Franz hatte das Büro nie zuvor betreten und war nicht gefasst auf das, was ihn erwartete. Der Raum war riesig. Überraschend dunkel. Und sehr unübersichtlich. Er war unterteilt durch mehrere Paravents, die erstaunlich hohen Wände behangen mit Teppichen, Gemälden und ausgestopften Köpfen von Hirschen, Füchsen, Bären und Tieren, die Franz nicht benennen konnte, weil er sie noch nie gesehen hatte. Sie alle starrten ausdruckslos ins Nichts, und dennoch fühlte er sich von ihnen beobachtet. Dominiert wurde der Raum aber von Porzellan. Auf dem Boden standen Vasen, mit und ohne Henkel - eine davon so ausladend, dass ein ausgewachsener Mann sich darin hätte verstecken können. Auf den Sideboards und in den Vitrinen drängten sich Schalen, Figuren, Salz- und Pfefferstreuer, Schnupftabakdosen - alles, was man aus Porzellan fertigen konnte, schien hier, bunt zusammengewürfelt, eine Heimat gefunden zu haben. Auch an den Wänden stilistisches Durcheinander, klassische Gemälde teilten sich eine Wand mit Originalen von Kandinsky und Franz Marc. Franz hielt die Luft an. War dies der Verkaufsraum eines exzentrischen Kunsthändlers, oder befand er sich tatsächlich im Büro seines Schwiegervaters, des erfolgreichsten deutschen Porzellanherstellers Hermann von Kramm?

»Franz, mein Lieber, komm her«, rief es von irgendwo her. Franz konnte niemanden sehen. Schwer zu sagen, woher die Stimme überhaupt kam. Er entschied sich, an der ersten Reihe von Paravents vorbei zu gehen, bis er plötzlich jemandem Auge in Auge gegenüber stand, mit dem er nicht gerechnet hatte. Ein Wildschwein richtete sich in voller Körpergröße vor ihm auf und starrte ihn angriffslustig an. Franz begrüßte den Umstand, dass es ebenfalls ausgestopft war.

»Bei den Gewehren rechts ab«, hörte Franz seinen Schwiegervater rufen. Er sah die Schusswaffen, die an der Wand hingen, und ging hindurch zwischen einer mehr als mannshohen Palme und einer massiven Bücherwand aus Mahagoni. Dahinter wurde es auf einmal heller. Das Herzstück des Raumes war erleuchtet von vielen kleinen elektrischen Lampen und wirkte wie das, was es sein sollte: das mit heiliger Bedeutung aufgeladene Refugium eines bedeutenden Mannes. Hermann saß in einem weißen Lederfauteuil und hantierte mit einem Gerät, das vor ihm auf dem Couchtisch stand. Es war schwarz und sah aus wie ein kleiner Ofen, nur ragte ein langes Rohr daraus hervor, mit einem Objektiv vorne dran.

»Guten Tag, Schwiegervater«, sagte Franz und neigte höflich das Haupt.

»Setz dich«, sagte Hermann. »Die Vorführung beginnt.«

Franz nahm Platz in einem zweiten Sessel. Sein Gastgeber drehte mit der Hand am Objektiv herum. Hermann war ein kleiner, gedrungener Mann mit schütterem, graumeliertem Haar. Sein Sakko, das er über die Sessellehne gehängt hatte, war längst auf den Boden geglitten. Seine Hemdsärmel waren aufgekrempelt, er hatte eine zupackende Körpersprache, der man schnell entnahm, dass er keinen Widerspruch gewohnt war.

»Afrika. Aufregender Kontinent. Möchtest du Tee?« Hermann deutete auf einen prachtvoll verzierten Samowar. Ohne die Antwort abzuwarten griff er in eine Schale mit schwarzem Tee, warf eine Handvoll davon in eine Tasse, ließ heißes Wasser darüber laufen und stellte schwungvoll die Tasse vor Franz ab.

»Vor einigen Jahren habe ich dort gejagt, in Deutsch Südwest. Auf Einladung des Kaisers.« Hermann drückte auf einen Schalter, all die kleinen Lampen erloschen auf einen Schlag, und für einen Moment wurde es stockdunkel. Er schaltete das Gerät auf dem Tisch ein, das mit lautem Brummen ein Licht aufflammen ließ. Das Objektiv war auf eine große Leinwand gerichtet, die vom Boden bis zur Decke ragte. Sie zeigte nun das überlebensgroße Schwarzweiß-Abbild des um gut 15 Jahre jüngeren Hermann, in Safari-Kleidung, mit einem riesigen Gewehr in der Hand, das Franz noch gerade eben an der Wand hatte hängen sehen. Hermann stand auf dem Foto neben einem toten Löwen und machte ein strenges Gesicht.

»Die ersten Tage waren ein großer Spaß«, fuhr er fort. »Dann kam die Diarrhoe. Den Kaiser hat sie auch erwischt. Aber wir hatten noch Glück.« Er nahm die Bildplatte aus dem Diaprojektor und ersetzte sie durch eine andere. Das zweite Foto zeigte einen halbwüchsigen Jungen mit matten Augen und schweißnasser Stirn: »Malaria«, sagte Hermann. Auf dem nächsten Bild war ein aus der Nase blutender Mann mit geschlossenen Augen, kalkweißem Gesicht und strähnigem, nassem Haar zu sehen. »Gelbfieber.« Dann ein Foto von einer jungen, blonden Frau. »Das war Margarethe, eine Nichte des Kaisers. Hübsch, nicht wahr?« Hermann schob ein weiteres Dia in den Schacht. »So sah sie aus, nachdem ein namenloses Virus sie dahingerafft hatte.« Auf dem nächsten Foto war dieselbe junge Frau abgebildet, aber ihr ausgemergeltes Gesicht war eine Kraterlandschaft, übersät von aufgeplatzten Wunden, und ihre toten Augen starrten stumpf ins Nichts.

»Unsere Delegation umfasste 32 Personen. Bei der Ankunft in Afrika. Als wir zwei Monate später wieder nach Hause kamen, waren wir nur noch 26.«

»Es gibt Impfungen«, sagte Franz.

Hermann machte den Projektor aus und schaltete die Lampen wieder ein. »Ein Bediensteter wurde von einem Nashorn angegriffen. Ein einheimischer Lastenträger wurde das Frühstück einer Löwenfamilie. Die Fotos erspare ich dir, sonst magst du den Tee nicht mehr trinken.«

»Wir reisen in den *Norden* von Afrika«, erwiderte Franz. »Dort gibt es solche Tiere nicht.«

»An der Nordküste stehen ein paar sehr schöne, zivilisierte Hotels«, meinte Hermann. »Traumhafte Strände. Macht ein bisschen Urlaub, reitet auf Kamelen umher, und dann kommt ihr wieder zurück. Aber eine Forschungsreise in die Wüste? Für mehrere Monate? Das ist da alles völlig unerforscht.«

Franz lächelte. »Das möchte ich ja gerade ändern.«

»Aber nicht mit meiner Tochter«, gab Hermann zur Antwort. »Dann reist du alleine.«

»Bei allem Respekt«, erwiderte Franz vorsichtig, »ich glaube, Luise ist fest entschlossen.«

Hermann bewegte kurz den Kopf ein wenig hin und her, als justiere er dessen Sitz auf dem Hals. »Sie ist mein einziges Kind«, sagte er. »Sie wird einmal die Firma übernehmen. Ich lasse sie nicht unter Wilde und Kannibalen.«

3

Er war der Hoflieferant des Kaisers gewesen, nun war es der Reichstag der Weimarer Republik, der von seinen Tellern aß. Als Geschäftsmann war Hermann von Kramm längst eine lebende Legende, aber bei seiner Tochter stieß er an Grenzen. So sehr er sie liebte, so wenig Einfluss hatte er auf sie. Nach ihrer Verlobung mit dem jungen Ethnologen Franz Kapellmann hatte er gehofft, dieser feine, ruhige Mann würde die wilde Luise ein wenig zähmen können. Aber mit diesem Ziel war Franz gar nicht angetreten. Und es gab wohl sowieso niemanden, der das hinbekommen hätte. Als sie ihrem Vater erzählt hatte, dass sie Franz nach Afrika begleiten würde, hatte Hermann vom ersten Moment an gewusst, dass es ihm nicht gelingen würde, sie abzuhalten. Aber er musste es doch wenigstens probieren!

An einem verregneten Oktobermorgen bepackten Luise und Franz den smaragdfarbenen Mercedes SSK und starteten vom Münchner Süden aus in Richtung Italien. Luises Vater winkte zum Abschied, sein junger Neffe Gerhard stand daneben und hielt den Regenschirm. Gerhard Angermair war Luises Cousin, und er machte sich seine ganz eigenen Gedanken: Vielleicht würde Luise in der Fremde ja tatsächlich etwas zustoßen? Dann würde er später einmal die Manufaktur erben! Natürlich sprach er solche Überlegungen nicht aus, er war ja schließlich nicht verrückt. Aber der Gedanke, seinem Onkel als Industriemagnat irgendwann einmal nachfolgen zu können, gefiel ihm schon sehr gut. Andererseits war Onkel Hermann erst Ende 50, stand voll im Saft, und man musste damit rechnen, dass es noch einige Jahre dauern würde, bevor er auch nur anfangen würde, an den Rückzug aus seinen Geschäften zu denken.

Sand, nichts als Sand

1

Öl und Verwesung, danach stank der Hafen von Tripolis, als das Schiff dort einlief. Luise füllte ihre Lungen dennoch bis zum Äußersten und deutete mit den Fingern zum Horizont.

»Sieh doch!« rief sie. Nicht nur das Blau des Himmels schien hier kräftiger zu sein, auch das Ocker der Häuser und das Grün der Palmen - alles leuchtete. Die Luft war heiß und flirrend. Ein kleiner, dicker Italiener holte sie ab und fuhr mit ihnen zu seinem Hotel, das im Inneren der alten Stadtmauern lag, in dem Bereich der Stadt, den man *Medina* nannte. Tripolitanien, der nordöstliche Teil des späteren Libyen, stand zu dieser Zeit unter italienischer Kommandantur, und so kam es, dass die ersten Erfahrungen mit der afrikanischen Küche für Luise und Franz noch auf sich warten ließen, denn am Abend servierte man ihnen Lasagne und einen schweren Chianti, der Luises Sinne benebelte und sie in übermütige Stimmung versetzte. Kaum war sie mit Franz im Hotelzimmer, vergrub sie die Nase in seinen Haaren.

Am nächsten Morgen blinzelte Luise verschlafen in die Sonne, die zwischen den Vorhängen herein drang.

»Ich bin schwanger«, sagte sie.

Franz strich ihr sanft über das verwuschelte Haar. »Träumst du noch, mein Schatz?«

»Nein, Franz, es stimmt: Ich bin schwanger! Heute Nacht ist es passiert!«

»Liebste, niemand kann das wissen nach so kurzer Zeit, nicht einmal du.«

Sie drückte ihr Gesicht noch einmal in die Federn und brummte wie ein Maikäfer auf einer Frühlingswiese, bevor sie das Kissen nahm und ihren Mann damit bewarf.

»Ich weiß es aber«, stellte sie klar. »Du wirst Papa.« Sie setzte sich auf und sah ihn neugierig an. »Wie findest du das?«

»Wenn es stimmt, bin ich der glücklichste Mann der Welt.«

»Ich dachte, das bist du sowieso schon.«

Als Antwort landete das Kissen mit Wucht auf ihrem Gesicht. Sie kippte lachend hintenüber, und im nächsten Moment war Franz über ihr.

»Lass uns sichergehen«, sagte er, »dass du auch wirklich schwanger bist…«

2

Das Gepäck wurde auf vier Kamele verteilt, und auf dem fünften saß Abdel Aziz, ein Araber, der Franz und Luise nach Südosten in die Wüste führen sollte. Er hatte ein schmales, helles Gesicht und lange, dünne Arme, denen man nicht ansah, wie kräftig sie waren. Er bot den beiden ebenfalls Kamele an. Aber sie hatten den Wagen ja nicht den weiten Weg hierher gebracht, um ihn jetzt in Tripolis stehen zu lassen. Abdel Aziz versuchte Franz klar zu machen, dass ein Auto kein geeignetes Fahrzeug für die Wüste war. Aber Franz war anderer Meinung, und so fuhren sie schließlich mit dem Mercedes im Schritt-Tempo neben den Kamelen her. Abdel Aziz schüttelte den Kopf, so etwas hatte er noch nicht gesehen.

»Ich trinke ab sofort keinen Wein mehr«, verkündete Luise. Sie wollte nichts tun, was das Baby gefährden konnte. Franz war zwiegespalten. Ein Kind, das wünschte er sich sehr. Aber ausgerechnet jetzt? Wenn sie Recht hatte mit ihrer Vermutung - und das hielt er durchaus für möglich, denn sie war der intuitivste Mensch, den er kannte - dann würde der zeitliche Rahmen ihrer Reise schon jetzt klar begrenzt sein. Er wollte nicht, dass seine Frau in der zweiten Hälfte einer Schwangerschaft noch auf Reisen war. Also würden sie im März schon wieder zu Hause sein müssen, und das war reichlich wenig Zeit für eine ernsthafte Forschungsreise.

Am ersten Tag waren sie auf Wegen unterwegs, welche die Bezeichnung *befestigt* noch halbwegs verdient hatten. Ab und zu gab es auch kleine Ortschaften, in denen verschleierte Frauen und neugierige Kinder sie anstarrten. Manche Männer kannten Abdel Aziz und grüßten ihn freundlich, andere glotzten nur finster. Vor allem das Auto erregte Aufsehen. Kinder liefen nebenher, um es sich genauer anzusehen, und berührten es mit den Händen.

»Ich heiße Luise«, sagte sie zu einem Mädchen. »Und du?«

»Sie kann dich nicht verstehen«, meinte Franz.

»Das weiß ich, Schlaumeier«, erwiderte Luise. »Aber fängt Verständigung nicht immer an mit einem ersten Satz?«

»Jamina«, sagte das Mädchen auf einmal. Franz, und mehr noch Luise, starrten die Kleine staunend an, die jetzt stehen blieb und ihnen hinterher winkte.

Am zweiten Tag wurden die Wege holpriger. Sie waren müde von der Nacht im Zelt, das Abdel Aziz für sie errichtet hatte. Der steinige Untergrund war leicht abschüssig gewesen, und so hatten sie sich am Morgen mitsamt ihren Decken in einer Ecke des Zeltes wiedergefunden.

»Die letzten Anzeichen der Zivilisation verschwinden«, sagte Franz. Sie hatten schon seit Stunden keinen Menschen mehr gesehen. Auch die Pflanzenwelt, die im Landesinneren von Anfang an nicht sehr üppig gewesen war, wurde immer karger.

Am dritten Tag wurde Luise krank. Sie bekam Halsschmerzen, musste ständig niesen, der Kopf tat ihr weh. Franz schlug schon zur Mittagszeit vor, das Zelt aufzuschlagen, aber das wollte sie nicht.

»Es ist nur eine Grippe«, krächzte sie leise. »Die kriegt mich nicht kaputt.«

Am vierten Tag fing die Erkältung an abzuklingen. Dafür rebellierten bei Luise nun Magen und Darm. War sie wirklich robust genug für diese Reise? War es leichtfertig von ihm, sie mitgenommen zu haben?

»Mach dir mal keine Sorgen«, sagte sie, »das ist nur Montezumas Rache.«

»So nennt man das in Lateinamerika«, korrigierte Franz. »In Afrika spricht man vom Fluch des Pharao.«

Luise lächelte, obwohl sie kaum die Kraft dazu hatte. »Du bist so ein Besserwisser«, sagte sie. »Das wird ein verdammt kluges Kind.«

In der Nacht litt Luise unter Schüttelfrost, und am nächsten Morgen verfügte Franz - gegen ihren Protest - einen Ruhetag. Abdel Aziz wurde unruhig. Mit ein paar Brocken Italienisch verständigte er sich mit Franz darauf, dass er mehr Geld bekommen sollte als ursprünglich abgemacht, wenn die Reise länger dauern würde als geplant. Allzu viel Zeit dürfe man sich ohnehin nicht lassen, gab er zu verstehen und klopfte auf die

Wasserschläuche. Jetzt waren die noch prall gefüllt - aber der nächste Brunnen war auch noch einige Tagesreisen entfernt.

Ein paar Tage später wurde der Sand immer weicher und tiefer, und damit für die Autoreifen zu einem Problem. Abdel Aziz hatte bereits ein Drittel der Luft entweichen lassen, weil das Fahrzeug dann besser zu manövrieren war. Trotzdem blieb Franz damit immer wieder stecken. Abdel Aziz band dann stets mit stoischer Geduld ein Kamel an den Wagen und zog ihn wieder heraus.

An einem besonders heißen Nachmittag erklommen sie einen felsigen Hügel, und auf dem Kamm bot sich ein Anblick, der ihnen den Atem raubte: Da waren sie endlich, die Sanddünen der Sahara, die ihre weit geschwungenen Bögen in die Wüste malten!

Am nächsten Morgen schlich Luise schon bei Sonnenaufgang aus dem Zelt. Sie war hingerissen von den Formationen der Dünen, und der Pinsel flog nur so über die Leinwand. Es dauerte eine ganze Weile, bis sie den blau verschleierten Mann entdeckte, der auf einem schneeweißen Kamel saß und vom höchsten Dünenkamm zu ihr hinunter blickte.

»Franz«, rief sie mit gedämpfter Stimme. Er trat aus dem Zelt und sah ihn auch.

»Ein blauer Ritter der Wüste«, sagte Franz. »Ein *targi.*«

»Sollten wir Angst haben?« wollte Luise wissen.

»Früher haben manche von ihnen von Überfällen gelebt. Aber das ist lange her. Glaube ich.« Sie drehten sich beide um, weil hinter ihnen ein Geräusch zu hören war. Aber es handelte sich nur um Abdel Aziz, der sich inzwischen auch aus seinen Decken geschält hatte. Sie wandten sich dem Tuareg wieder zu, aber er war verschwunden. Als wäre er nie da gewesen.

3

Wer mehrere Wochen in der Wüste unterwegs ist, ohne einen einzigen Strauch weit und breit, der glaubt nicht mehr daran, dass hinter der nächsten Düne glitzerndes Wasser darauf warten könnte, seine müden Augen zu blenden. Geschichten von Seen und Palmengärten mit zwitschernden Vögeln hält er für Märchen. Und doch gibt es diese Orte, mitten im Nichts aus Sand und Fels. Luise eilte aus dem Wagen, rannte auf das Wasser zu und lief hinein, mit ihren staubigen Kleidern. Sie griff nach ihrem Strohhut und warf ihn von sich. Er landete am Ufer des Teiches, wo er Franz vor die Füße rollte. Der wollte wissen, ob Abdel Aziz das Wasser für unbedenklich hielt. Der Araber formte als Antwort seine Hände zu einer Schale, tauchte sie hinein und trank einen kräftigen Schluck.

Abdel Aziz lud das Gepäck von den Kamelen und errichtete ein letztes Mal das Zelt, bevor Franz ihn bezahlte. Die Anreise war beendet. Hier würden sie nun bleiben. Sie gaben ihrem Reiseführer die Hand, er wünschte ihnen viel Glück, bestieg das Leitkamel, und so trat seine kleine Karawane die Heimkehr an nach Tripolitanien. Der Araber hatte sich in den vergangenen Wochen nicht anmerken lassen, dass er seine Kunden für ganz und gar wahnsinnig hielt. Alleine mitten in der Wüste, mit einem Auto, aber ohne jede Erfahrung? Diese Leute waren reich! Warum taten sie sowas? Sie konnten andere für sich arbeiten lassen, den ganzen Tag die Füße hoch legen und das Leben genießen. Stattdessen ließen sie sich hier aussetzen, im Nirgendwo, und setzten leichtfertig ihr Leben aufs Spiel! Aber er musste das ja nicht verstehen. Er hatte dadurch ein kleines Vermögen verdient, mit dem er seine Familie ein gutes halbes Jahr lang würde ernähren können - was wollte er mehr? Luise sah Abdel Aziz und den Kamelen nach, bis sie verschwunden waren. Ein bisschen mulmig war ihr jetzt schon zumute. Nun gab es niemanden mehr, der sich auskannte. Keinen, der ihnen beistehen konnte, wenn Besucher hinter den Dünen auftauchten. Franz legte eine schmale Metallkassette auf den Kühler des Wagens und öffnete die Verschlüsse. Darin lag eine Pistole, mit einem langen, schmalen Lauf und einem breiten, rotbraunen Holzgriff.

»Die hat dein Vater mir gegeben«, sagte er. »Damit ich dich beschützen kann.«

Luise lächelte. »Kannst du überhaupt damit umgehen?«

»Natürlich nicht.«

»Aber ich.« Luise griff nach der Waffe. »Seine Smith & Wesson Straightline. Wenn er die hergibt, macht er sich wirklich Sorgen.«

»Wir werden sie nicht brauchen«, sagte Franz. »Aber man schläft ruhiger.

»Wir haben genug Verpflegung«, erwiderte Luise, »eine gute Landkarte und ausreichend Benzin.« Sie schloss die Arme um ihn und hielt ihn fest. Lange standen sie so da. Und wussten nicht, dass sie von aufmerksamen Augen beobachtet wurden…

Die Tuareg

1

In der ersten Nacht fanden sie kaum Schlaf. Sie saßen noch sehr lange vor dem Zelt und schauten in die Sterne. Wie viel mehr es hier am Himmel zu sehen gab, und mit welcher Leuchtkraft die Sterne auf sich aufmerksam machten!

Der Morgen begrüßte sie mit völliger Windstille. Franz formte mit der Hand eine Vertiefung in den Sand und entfachte mit ein paar abgestorbenen Zweigen ein kleines Feuer - so hatte Abdel Aziz es ihm gezeigt. Er braute eine Kanne Kaffee, dazu aßen sie getrocknete Datteln. Während Franz den Wagen betankte, schlang Luise sich ein Tuch um den Kopf. Es sollte aussehen wie bei den Tuareg, aber dafür war das Tuch zu kurz. Außerdem fand Luise, dass Blümchenmuster auf einem Turban albern waren, und so brach sie den Versuch schließlich ab. Hier in der Nähe sollte es einen Tuareg-Stamm geben, zumindest hatte Abdel Aziz etwas von einem Lagerplatz gesagt, den sie ab und zu benutzten. Er hatte ein Kreuz auf die Landkarte gemalt, einige Kilometer südwestlich ihres Lagers. Franz, der das Fahren in den Dünen mittlerweile ganz gut beherrschte, fand die deutlich karger bewachsene Nachbar-Oase zwar auf Anhieb, aber sie war verlassen.

»Was glaubst du«, wollte Luise wissen, »wie lange ist es her, dass sie hier waren?«

»Ich bin kein Spurenleser«, meinte Franz. »Es können Wochen sein. Oder Monate.« Er blickte zum Himmel, weil die Sonne von einer Wolke verdunkelt wurde. Das war hier ein seltenes Schauspiel. Ein leichter Wind kam auf, der innerhalb weniger Augenblicke so stark wurde, dass Luise ihren Hut festhalten musste.

»Die Wolke«, sagte sie. »Sie ist gelb. Und sie geht runter bis zum Boden.«

Franz begriff endlich: »Das ist gar keine Wolke!« Das letzte Wort musste er schon schreien. Sand peitschte ihnen in die Gesichter, als würden sie mit Nadeln beschossen. Die Körner gruben sich in die Augenhöhlen. Aber man hätte sowieso nichts mehr sehen können. Sie riefen gegenseitig ihre Namen, oder besser: Sie versuchten es. Denn den Mund öffnen hieß, ihn mit Sand zu füllen. Franz tastete blind nach seiner Frau, hin und her. Er fand sie nicht. Luise war verschwunden. Bis er über sie stolperte, denn sie hatte sich auf dem Boden zusammen gekauert, um dem Sturm weniger Angriffsfläche zu bieten. Er fiel aufs Gesicht, aber der Schmerz war zweitrangig, da sich ohnehin schon alles anfühlte wie von Schmirgelpapier bearbeitet.

»Gehen wir zum Wagen!« Franz brüllte Luise mitten ins Gesicht, aber sie konnte ihn weder hören noch sehen. Er zog sie hoch und zerrte sie mit sich. Sie bewegten sich in die falsche Richtung, weg vom Auto. Ihre Nasen waren mit Sand verstopft, sie bekamen kaum noch Luft. Luise sackte zusammen, sie verlor das Bewusstsein. Franz ließ sie vorsichtig auf den Boden hinunter. Er riss sich das Hemd vom Leib und schlang es um Luises Kopf, um sie wenigstens ein wenig zu schützen. Dann spürte er, dass auch ihm die Sinne zu schwinden drohten. Er durfte nicht ohnmächtig werden! Sonst würden sie unter dem Sand begraben werden! Aber er hatte keine Chance. Die Natur war einfach stärker. Das war sie doch immer. Der Mensch vergaß das nur manchmal. Und ab und zu verhängte er damit das Todesurteil gegen sich selbst. Franz sank langsam auf Luises Körper und dämmerte der Besinnungslosigkeit entgegen, als feste, kräftige Hände nach ihm griffen. Er bekam schon kaum mehr mit, dass er hochgehoben wurde, und als man ihn auf ein Kamel hievte, baumelten seine Gliedmaßen umher wie die einer Puppe.

Das nächste, was er wahrnahm, war der frische, leichte Duft von dem feuchten Tuch auf seinem Gesicht. Er bewegte sich zur Seite und spürte all die Abschürfungen. Das Tuch fiel herunter. Die Augen brannten. Vor ihm im Zwielicht saß ein kleines Mädchen mit dunkler Haut und geflochtenen Zöpfen. Es sah ihn neugierig an, sagte etwas, das er nicht verstand und schien auf eine Antwort zu hoffen. Da erschien Luise hinter dem Kind. Ihr Haar war zerzaust, aber sonst sah sie aus, als wäre nichts gewesen.

»Na, Langschläfer«, sagte sie. »Da bist du ja wieder.«

»Wo sind wir?« fragte er.

»Im Zelt des Stammesführers, wenn ich das richtig verstehe.«

»Bei den Tuareg?«

Luise nickte. »Ohne sie wären wir jetzt tot.«

»Dann bist du wohl seine Tochter«, sagte Franz zu dem kleinen Mädchen.

»Sie heißt Mariamá«, sagte Luise. »Sie hat dir immer wieder das Kräutertuch auf die Stirn gelegt und mit deinen Füßen gespielt. Die findet sie lustig, weil sie so groß sind.«

»Danke, Mariamá«, sagte Franz und setzte sich auf. Das Mädchen lächelte stolz. Eine Matte wurde beiseite geschoben. Dadurch konnte Franz kurz sehen, dass draußen schon wieder die Sonne schien. Eine dunkelhäutige Frau kam herein, sie war unverschleiert und hatte ein ausdrucksstarkes, ebenmäßiges Gesicht.

»Das ist Fatou«, sagte Luise. »Die Frau des Stammesführers.«

Franz erhob sich, auch wenn das weh tat. »Ich weiß nicht, wie ich Ihnen danken soll«, begann er. »Wir stehen tief in Ihrer Schuld.«

»Sie versteht dich nicht«, sagte Luise.

»Ich weiß«, erwiderte er. »Aber fängt Verständigung nicht immer an mit einem ersten Satz?«

Fatou sagte etwas, mit ruhiger, melodischer Stimme, dann sah sie Franz erwartungsvoll an.

»Ich glaube«, sagte Luise, »sie möchte wissen, ob du Hunger hast. Sie hat gekocht, und es schmeckt fantastisch.«

»Vielen herzlichen Dank«, sagte Franz.

»In ihrer Sprache heißt das *tannemert*«, bemerkte Luise.

Franz sah sie staunend an: »Gibt es irgendetwas über diese Leute, das du noch nicht weißt?«

Fatou ging voraus, Luise und Franz folgten ihr nach draussen. Das Sonnenlicht brannte heftig in seinen Augen, aber das machte der Duft nach gebratenem Fleisch mehr als wett. Ein Mann saß am Feuer vor dem Zelt, auf einem Teppich im Sand. Sein Gesicht war verschleiert, und er schob gerade eine Teekanne in die Glut.

»Das ist Koumamá«, sagte Luise.

Der Stammesführer deutete neben sich auf den Teppich. Franz und Luise setzten sich stumm dazu. Er schöpfte mit einem großen Löffel Suppe aus dem Topf, der im Feuer stand, und reichte Franz die volle Schale.

»*Tannemert*«, sagte Franz. Koumamá ließ sich nicht anmerken, ob er es schätzte, in seiner Sprache angesprochen zu werden.

»Das schmeckt sehr gut«, sagte Franz, nachdem er gekostet hatte.

»*Ekrar*«, erwiderte Koumamá.

»Ich weiß nicht, was das heißt«, meinte Luise. »Zu mir hat er es auch schon gesagt.«

»Ihre Sprache nennt sich *tamascheq*«, erwiderte Franz. »Aber dafür gibt es kein einziges Wörterbuch.« Sie bemerkten, dass Koumamás Blick auf ihnen ruhte.

»Ich glaube«, sagte Luise, »er findet es unhöflich, dass wir uns in einer fremden Sprache unterhalten.«

»*Ekrar*?« wollte der Stammesführer wissen. Der Tonfall ließ eindeutig auf eine Frage schließen. Nur: Was hatte sie zum Inhalt? Koumamá sah Franz fragend an.

»*Ekrar*«, sagte Luise schließlich, ohne auch nur zu ahnen, was es heißen könnte. Koumamá schöpfte ein weiteres Mal aus dem Topf und füllte Franz' Schale.

Nach dem Essen gab es Tee. Aber nicht einfach so. Dem Genuss ging eine langwierige Prozedur voraus. Koumamá schüttete den zubereiteten Sud aus großer Höhe zielsicher in eine Blechkanne, um ihn anschließend aus ebensolcher Höhe zurück in die Teekanne zu befördern. Das wiederholte er mehrere Minuten lang, immer und immer wieder. Dadurch entstand eine Menge Schaum.

»*Shahid*«, sagte Koumamá.

»*Shahid*« sagte auch Luise.

Koumamá stellte drei kleine Gläser in den Sand und füllte sie vorsichtig mit nichts als nur diesem Schaum. Dann schob er die Teekanne zurück in die Glut, um den durch das Hin- und Hergießen erkalteten Tee wieder zu erhitzen. Endlich wurde er in die Gläser gegossen, wo er sich mit seinem Schaum wieder vereinigte. Koumamá reichte seinen Gästen die vollen Gläser. Sie bedankten sich höflich und lächelten freundlich. Koumamá lächelte nicht.

»*Bismillah*«, sagte er.

»Das ist arabisch«, wusste Franz. »Es heißt *Im Namen Allahs*«.

»*Bismillah*«, sagten Luise und Franz, fast wie aus einem Mund. Vorsichtig kosteten sie den Tee. Er war sehr stark. Und so süß, dass es Franz erst einmal schüttelte. Er versuchte aber, sich nichts anmerken zu lassen. Schließlich wollte er es sich mit seinem Gastgeber nicht schon beim ersten Treffen verscherzen. Bereits beim zweiten Schluck änderte er, zu seiner eigenen Überraschung, die Meinung. So übel war der Tee gar nicht. Beim dritten Schluck schmeckte ihm das Gebräu, und als die Tasse leer war, hoffte er auf eine zweite.

»Er ist köstlich!« rief Luise. »Ich liebe ihn!«

Koumamá musterte sie. Derart expressive Gefühlsbekundungen am Lagerfeuer war er nicht gewohnt. Um selbst trinken zu können hatte er seinen Schleier ein wenig herunter gezogen. Deswegen sahen sie, dass auch er sich nun den Anflug eines Lächelns nicht verkneifen konnte. Als ihm klar wurde, dass seine Gäste das bemerkten, schob er den Stoff rasch wieder hoch, und seine Augen wurden ernst. Auch Luise nahm schnell wieder Haltung an. Sie wusste: Der Kontakt mit diesen Leuten war für Franz sehr wichtig, also wollte sie sich benehmen.

Koumamá bereitete einen zweiten Aufguss vor, und diesmal sahen sie staunend, was für Zuckermengen er in die Kanne schüttete. Er ließ den Tee sehr lange ziehen, bevor er ihn wieder viele Male zwischen Teekanne und Blechkanne hin- und herschüttete. Der zweite Sud war etwas weniger stark, aber dafür noch süßer als der erste. Das war für Franz jetzt aber kein Problem mehr. Auch er war nun erfasst vom Strudel der Sucht, der jeden packte, der je von diesem Tee kostete. Die beiden wussten zu diesem Zeitpunkt noch nicht, was für eine zentrale gesellschaftliche Bedeutung die Teezeremonie für die Tuareg hatte. Das Ritual unterlag strengen Regeln und schrieb drei Aufgüsse vor: Der erste hatte bitter zu sein wie das Leben, der zweite süß wie die Liebe und der dritte sanft wie der Tod. Die Tuareg pflegten diesen Brauch nach jeder Mahlzeit, aber auch dann, wenn sie geschätzten Besuch bekamen. Er stand in direktem Zusammenhang mit der kompromisslosen Gastfreundschaft, der sie sich verpflichtet fühlten. Wer drei Gläser *shahid* von ihnen bekommen hatte, stand unter ihrem persönlichen Schutz.

Nach dem Essen unternahm Koumamá mit seinen Gästen einen Spaziergang durch das Zeltlager. Da waren die anderen Mitglieder des Stammes, verschleierte Männer, unverschleierte Frauen und bunt gekleidete Kinder. Luise wunderte sich über die unterschiedlichen Hautfarben, zwischen ganz hell und sehr dunkel gab es alle Schattierungen.

»Das liegt daran«, sagte Franz, »dass sie früher Sklaven hatten, vom Stamm der Hausa in Nigeria. Sie haben sich mit den dunkelhäutigen Frauen vermischt.«

»Was für ein schönes Volk sie sind«, bemerkte Luise. »Ob sie sich von mir malen lassen?«

Auf einer kargen Wiese standen ein paar Dutzend Kamele und wurden von Frauen geweidet, deren Kinder auf dem Boden saßen und spielten. Fatou hatte Mariamá an der Hand und sprach mit einer von ihnen.

»Sieh mal, sie ist auch schwanger«, sagte Luise. Franz sah sie nun auch, die Wölbung von Fatous Bauch. Und schon hatten die beiden Frauen ein gemeinsames Thema. Luise hatte keinerlei Scheu, sich mit Händen und Füßen zu verständigen, und es gelang ihr, mit Fatou eine Unterhaltung unter werdenden Müttern zu führen. Franz und Koumamá taten sich schwerer. Sie sahen ihren Frauen zu, wie sie miteinander lachten, sich Zeichen gaben und drauflos improvisierten - und hatten keine Ahnung, wie die beiden das anstellten.

Am Nachmittag ließ Koumamá ein paar Kamele satteln. Er sah den Zeitpunkt gekommen, Franz und Luise zurück zu bringen. Sie stellten sich beim Erklimmen der Tiere besser an, als er erwartet hatte. Dennoch warnte er davor, dass ihnen beim Ritt durch die Wüste schlecht werden könnte. Fatou sah ihn skeptisch an. War ihm nicht klar, dass die beiden kein Wort verstanden von dem, was er sagte? Koumamá zuckte mit den Achseln. Was sollte er denn tun? Er beherrschte die Sprache der Fremden nun einmal nicht. Fatou zeigte auf eins der Kamele, beschrieb gestisch das Besteigen des Tieres, bewegte ihren Oberkörper ein wenig auf und nieder, um einen Ritt zu simulieren, und dann tat sie, als müsste sie sich übergeben.

»*Tannemert* für die Warnung«, meinte Luise. »Wir sind bei der Überfahrt nicht seekrank geworden. Ich denke, wir schaffen das.«

Koumamá fand zwar, seine Frau habe sich vor den Fremden lächerlich gemacht, aber er musste zugeben, dass ihre Bemühungen von Erfolg gekrönt waren. Er nahm noch zwei weitere Männer mit. Den Grund dafür begriffen Luise und Franz, als Koumamá sein Kamel nach einer Weile stoppte. Zuerst sahen sie gar nicht, dass da etwas aus der Düne ragte. Es war der linke vordere Scheinwerfer ihres Wagens. Der Rest war unter Sand begraben. Die Tuareg hatten Spaten und fingen an, ihn frei zu legen. Luise und Franz halfen mit den Händen. Ihm blutete das Herz, als er sah, dass das Stoffverdeck in Fetzen hing. Und das war nicht der einzige Schaden: Der smaragdfarbene Lack war stumpf und an vielen Stellen sogar weggeschmirgelt. Das Auto war ein Flickenteppich aus Blech, der gesamte Innenraum ein einziger Sandkasten. Franz hatte nur wenig Hoffnung, den Wagen wieder zum Laufen zu bringen. Aber dafür war jetzt ohnehin keine Zeit. Koumamá deutete zum Himmel. Bald würde die Dämmerung hereinbrechen. Er führte sie mit den Kamelen zu ihrem Zeltplatz in der Oase. Auch hier hatte der Sandsturm getobt, vom Zelt war nichts mehr zu sehen. Zum Glück hatte Franz nach der Ankunft eine Grube ausgehoben, in der er all ihre Habseligkeiten verstaut hatte. Die Grube war zwar randvoll mit Sand, aber die Sachen waren alle noch da - auch das Ersatz-Zelt, das Franz sofort aufbauen wollte. Koumamá signalisierte ihm, er möge das lassen. Seine Männer holten aus den Satteltaschen der Kamele Matten aus gegerbtem Leder, handgeknüpfte Seile und eine Vielzahl zugeschnitzter Äste. Nahezu wortlos fingen sie an, ein Tuareg-Zelt zu bauen, ein großes, hohes Mattenzelt mit aufwendiger Gerüstkonstruktion. Luise und Franz konnten nicht glauben, dass die Männer das für sie taten, einfach so, als wäre es völlig selbstverständlich. Keine Stunde, und das Zelt war fertig. Mit unübersehbarem Stolz führte Koumamá die Fremden hindurch. Er demonstrierte die Stabilität, indem er fest am Gerüst rüttelte.

»*Tannemert* reicht nicht aus, um Ihnen zu danken«, sagte Franz.

»*Ar essaghat*«, erwiderte Koumamá. »*Alwaq olâghan.*« Er und seine Begleiter bestiegen die Kamele. Es war schon fast dunkel, und es dauerte nicht lange, da war von den Kamelen und den Männern nichts mehr zu sehen.

Franz entzündete eine Petroleumlampe, die wohliges Licht im Zelt verbreitete. Luise legte ihren Kopf auf seinen Schoß. So lagen sie zusammen auf einer Decke und ließen ihre Blicke über das so atemberaubend schnell zusammen gezimmerte Skelett ihres Zeltes schweifen.

»Daran hängen sie alles Mögliche auf«, sagte Luise. »Das mache ich auch.«

»Mein Professor hat gesagt: *In Afrika braucht man keine Pläne zu machen. Denn es kommt sowieso alles ganz anders.*«

»Bisher dachte ich, das schönste Geschenk, das mir jemand gemacht hat, war der Wagen, den wir von Papa zur Hochzeit bekommen haben. Aber dieses Zelt ist tausendmal schöner.«

»Der wesentliche Unterschied«, fügte Franz hinzu, »ist der, dass das Zelt einen Sandsturm überlebt.«

»Der Wagen ist kaputt, oder?«

»Ich sehe ihn mir morgen an«, sagte Franz. »Wenn im Motor und im Tank kein Sand ist, kriege ich ihn wieder hin.«

Das hatte er auch wirklich vor. Am nächsten Tag. Und am Tag darauf auch wieder. Es hat dann über zwei Wochen gedauert, bis er sich zu dem Wagen auf den Weg gemacht hat. Er hat ihn aber nicht gefunden. Franz Kapellmann hat den Mercedes SSK, den er von seinem Schwiegervater bekommen hatte, nie mehr wiedergesehen. Das lag auch daran, dass ihm schon am nächsten Tag klar geworden war: Was sie brauchten, waren Kamele! Mit Hilfe eines Kompasses gelang es ihnen schließlich, den Lagerplatz ihrer Retter wieder zu finden. Mariamá sah die beiden als erste und lief strahlend auf sie zu.

»*Ma idjân*!« rief sie.

»Hallo Mariamá!« freute sich Luise und ergriff die Hand des kleinen Mädchens. Die Kleine zog ihre neue Freundin zum Zelt ihrer Eltern. Die Bewohner des Lagers, an denen sie vorüber kamen, nickten nur, ohne sich groß zu wundern. Heute war die Anwesenheit der beiden Fremden schon keine Überraschung mehr.

»*Assalam aleikum*«, sagte Koumamá, als er die beiden sah. Fast schien es, als habe er sie bereits erwartet.

»*Aleikum assalam*«, antwortete Franz.

»*Aleikum assalam*«, sagte auch Luise. »Mal sprechen sie Arabisch, dann wieder nicht«, raunte sie ihrem Mann zu.

»Sie mischen die beiden Sprachen«, erklärte er. »Ich muss ein *tamascheq*-Wörterbuch schreiben. Man kann sie nur richtig begreifen, wenn man sie auch versteht.«

Natürlich gab es wieder Tee. Koumamá schob die Kanne in die Glut. Er wollte etwas von ihnen wissen, aber sie verstanden ihn nicht. Doch Koumamá hatte dazugelernt. Er formte mit den Händen über dem Kopf einen großen Bogen und legte dann den Kopf auf die aufeinander gelegten Hände.

Franz verstand. Er lachte. »Wie wir geschlafen haben im neuen Zelt? Sehr gut! Ausgezeichnet!«

Auch wenn der Schleier seinen Mund bedeckte: Koumamás Augen verrieten ihn! Er lächelte. Und er versuchte erst gar nicht, schnell wieder ernst zu werden.

Luise war inzwischen zu Fatou ins Zelt gegangen, denn sie wusste, es würde eine Weile dauern, bis der Tee soweit war. Sie hatte ihr etwas mitgebracht: eine alte Porzellanpuppe mit großen, blauen Augen, kirschrotem Mund und blonden Zöpfen aus echtem Haar. Die Puppe trug ein mintgrünes Biedermeierkleid, stammte aus der Produktion ihres Vaters und hieß Isabella. So hatte Luise sie genannt, als sie selbst fünf Jahre alt gewesen war. Seitdem war Isabella stets ihre unangefochtene Lieblingspuppe gewesen. Sie hatte schon lange keine Puppen mehr - mit Ausnahme von Isabella, die sie auf alle Reisen mitnahm. Bis gestern hatte Luise angenommen, sie würde sich niemals von ihr trennen. Dann war ihr die Idee gekommen, Fatou die Puppe zu schenken, für ihr Baby. Und auf einmal war es überhaupt nicht mehr schwer, sich von der kleinen, langjährigen Begleiterin zu trennen. Fatou war sehr berührt. Natürlich verstand sie, was Luise meinte, als sie erst auf die Puppe zeigte und dann auf Fatous runden Bauch. Fatou faltete die Hände vor der Brust und sagte: »*Tannemert nek hullan hullan.*«

»Gern geschehen«, erwiderte Luise. »Sehr gern sogar.«

Luise begriff, dass die Frauen im Stamm eine angesehene Stellung hatten, und das überraschte sie. Sie hatte damit gerechnet, dass Tuareg-Frauen, wie bei anderen islamischen Völkern, nicht viel zu sagen haben würden. Zwar waren auch hier die Männer die Versorger und Beschützer, aber der Wohnbereich gehörte den Frauen. Sie waren die Herrinnen der Zelte. Sie bestimmten, wie das Zelt auszusehen hatte und was hinein gehörte. Und vor allem auch *wer* hinein gehörte. Wenn eine Frau sich von ihrem Mann trennen wollte, hatte er das Zelt zu verlassen und sich eine neue Bleibe zu suchen. So forderte es der Brauch.

Franz wollte Koumamá bitten, ihm zwei Kamele zu verkaufen. Er hatte inzwischen gelernt, dass die Tuareg dieses Tier *mehari* nannten, und hielt zwei Finger hoch. Ob Koumamá das Aneinanderreiben von Daumen und Zeigefinger mit Geld in Verbindung bringen würde, wusste er nicht. Er stellte sich auf ein langwieriges, schwieriges und von diversen Pantomimen begleitetes Unterfangen ein - aber Koumamá wusste sofort, was er wollte. Er hatte sich selbst schon gefragt, wie die beiden Europäer sich wohl fortbewegen wollten. Natürlich war er bereit, ihm zwei Kamele zu überlassen. Er schrieb einen Preis in den Sand. Franz war klar: Für zwei Kamele war diese Forderung viel zu niedrig. War Koumamá nur Tauschgeschäfte gewohnt und hatte kein Gefühl fürs Geld? Nein, er machte seinem Gast einen Freundschaftspreis. Franz durchschaute das aber und verdoppelte die Zahl, die im Sand geschrieben stand. Koumamá sah sich die Zahl eine Weile an, als würde sie ihm eine Geschichte erzählen. Dann nickte er und ging mit Franz zu den Kamelen. Das Geschäft war geschlossen.

Koumamá zeigte Franz, wie man die Beine der *mehara* durch ein dünnes Seil so miteinander verband, dass sie zwar weiden, aber keine großen Schritte machen konnten. Auf diese Weise würde er sie stets schnell wiederfinden.

Nach der Rückkehr zu ihrem eigenen Zelt beobachtete Franz, wie Luise die Satteltaschen mit allen möglichen Dingen füllte.

»Dein Abendkleid, der silberne Füllfederhalter und die goldene Uhr?«

»Das möchte ich ihnen schenken.«

»Wieso?«

Ihr Blick war verständnislos. »Wie kannst du das fragen?«

»Wir sollten es nicht übertreiben.«

»Franz, sie haben uns das Leben gerettet! Mir, dir und unserem Kind!«

»Sie sind bescheidene Menschen. Sie wollen nicht, dass wir sie mit Reichtümern überhäufen.«

»Lass mich nur machen«, sagte sie.

Franz wusste: Es war sinnlos, Luise von etwas abhalten zu wollen, das sie sich in den Kopf gesetzt hatte. Als sie fertig war, bestieg sie das Kamel und sagte trotzig: »Du brauchst ja nicht mitzukommen.«

Natürlich begleitete er sie trotzdem.

Luise breitete ihre Mitbringsel auf dem Teppich vor dem Zelt von Fatou und Koumamá aus. Stolz fing sie an, den Füllfederhalter zu erklären, aber der Stammesführer und seine Frau wollten von den Sachen nichts wissen. Koumamá ging wortlos davon. Mariamá, die sich als Einzige dafür zu interessieren schien, wurde von ihrer Mutter an der Hand genommen und ins Zelt geführt.

Bei der anschließenden Heimreise war Luise sehr niedergeschlagen. »Ich habe mich aufgeführt wie eine reiche Idiotin, die Lollis an schmutzige Straßenkinder verteilt«, lamentierte sie. »Ich habe sie zu Almosen-Empfängern degradiert. Ich habe sie beschämt und alles kaputt gemacht!«

Franz ritt hinter ihr her und sagte nicht viel.

»Und du hast es gewusst und mich nicht davon abgehalten!« rief sie. »Warum hast du es mir nicht verboten?«

»Manche Dinge versteht man nur, wenn man sie erlebt«, sagte er.

»Tu nicht so verdammt klug!« schimpfte sie. Dabei fuhr sie zu ihm herum, verlor das Gleichgewicht und kippte aus dem Sattel. Das Kamel war gut zwei Meter hoch. Das ist eine Menge, wenn man direkt auf den Kopf fällt, selbst wenn es wiecher Sand ist, der einen bremst. Franz sprang vom Kamel und stürzte dabei selbst, aber das spielte keine Rolle. Vorsichtig drehte er Luise auf den Rücken und strich ihr den Sand aus dem Gesicht. Sie schien bewusstlos zu sein, aber sie atmete.

»Luise«, sagte er atemlos, und seine Stimme kippte dabei fast ins Falsett. »Kannst du mich hören?«

Ihre Augen waren geschlossen, aber ihre Hände tasteten nach seinen Schultern und zogen sie zu sich her, so dass er das Gleichgewicht verlor und auf ihren Oberkörper sank. Ihre Arme schlossen sich um ihn und hielten ihn fest.

»Ohne dich bin ich nichts«, flüsterte sie.

»Das ist nicht wahr«, sagte er. »Das ist überhaupt nicht wahr.«

»Dem Kind ist nichts passiert«, fügte sie hinzu und schob seine Hand unter ihre Bluse auf den Bauch. »Mich kriegt man nicht kaputt, aber der Kleine ist noch von einem ganz anderen Kaliber.«

»Du glaubst, es wird ein Junge?«

»Er wird etwas ganz Besonderes«, sagte sie.

2

Luise wollte die Kränkung, die sie den Tuareg zugefügt hatte, wieder gutmachen. Sie würde sie zu sich nach Hause einladen, zu einem Festessen. Daran war nichts Beschämendes, damit zeigte man dem anderen nur seine Wertschätzung und bot ihm seine Freundschaft an. Ohne die entsprechenden Sprachkenntnisse war das aber schwer zu vermitteln, und Luise bezweifelte, dass ihre pantomimischen Fähigkeiten dafür ausreichen würden. Also besann sie sich auf das, was sie am besten konnte, und malte ein Bild. Genau genommen wurden es sechs Bilder auf drei großen Leinwänden, eine Art Bildergeschichte ohne Text. Der erste Teil zeigte Luise und Franz, wie sie vom Sandsturm überrascht wurden. Auf dem zweiten wurden sie von den Tuareg gerettet. Auf dem dritten tranken sie Tee mit Koumamá. Das vierte zeigte, wie die Tuareg das Zelt für Luise und Franz errichteten. Auf dem fünften näherte sich eine große Anzahl von Tuareg dem Zelt von Luise und Franz, die ihre Gäste mit offenen Armen erwarteten. Und auf dem sechsten und letzten Bild saßen alle vor dem Zelt um ein Feuer herum und feierten, es wurde Musik gemacht, ein paar von ihnen tanzten ausgelassen. Franz war von den Bildern begeistert. Luise hoffte eigentlich nur, sie würden ihren Zweck erfüllen.

Am folgenden Tag ritten sie in das Lager und stellten die Bildergeschichte auf. Fatou und Koumamá kamen aus ihrem Zelt und trugen ernste, undurchdringliche Mienen zur Schau. Mariamá hatte das Zelt offenbar nicht verlassen dürfen und lugte zwischen den Ledermatten hervor. Während der *amenokal* und seine Frau die Bilder betrachteten, wurden andere Stammesangehörige neugierig und kamen hinzu. Manche fanden die Darstellungen erheiternd und zeigten mit den Fingern darauf.

Luise fing an zu schwitzen, sie fühlte sich wie damals im Internat, wenn die Ordensschwester ihre Bilder begutachtete. Einmal hatte die einen dicken Malerpinsel genommen, ihn in schwarze Farbe getaucht, alles großzügig übertüncht, was ihr nicht gefiel, weil sie es zu anstößig fand, und dann gesagt: »Kindchen, jetzt ist es ein schönes Bild.«

Fatou wandte sich ihrem Mann zu. Sie tauschten einen stummen Blick. Dann nickte Koumamá und sagte: »*Nek ardêgh*.«

Luise deutete auf das letzte Bild mit der großen Feier. »Wann?« fragte sie. »Wann möchten Sie kommen?«

»*Tîfaut*«, antwortete Koumamá.

Luise sah Franz fragend an. »Was heißt das?«

Er schüttelte den Kopf. »Keine Ahnung. Koumamá, was bedeutet das, *tîfaut*?«

Koumamá murmelte etwas und hob ratlos die Hände. Fatou deutete mit der rechten Hand auf die Mittagssonne, die im Süden stand. Dann führte sie mit ausgestrecktem Arm den bevorstehenden Lauf der Sonne fort, bis ihre Finger nach Westen deuteten. Nun richtete sie die linke Hand nach Osten, hob sie gen Süden und ließ auch sie nach Westen sinken, bis ihre Handflächen am Ende aufeinander lagen. Sie sah die beiden Besucher auffordernd an. Es war ganz still, keiner der Tuareg, die inzwischen im Halbkreis um die Bilder herum standen, gab einen Laut von sich. Luise und Franz wagten kaum zu atmen. Alle starrten die beiden Deutschen an.

»Morgen Abend!« rief Luise. »Das heißt morgen Abend, nicht wahr?«

In vielfachem Tempo wiederholte sie Fatous Pantomime, und jetzt begriff es auch Franz.

»Wunderbar!« sagte er. »Schön. Das passt uns gut.«

Eine kleine Woge der Erleichterung ging durch die Tuareg. Viele nickten, manche lachten. Selbst Koumamá nickte zufrieden.

Franz kaufte dem Stamm drei Schafe ab, die für ihn getötet und enthäutet wurden, bevor sie in die Satteltaschen kamen. Luise konnte dabei nicht zusehen, aber auch ihr war klar: Ein Festessen ohne Fleisch, das über dem Feuer gegrillt wurde, machte keinen Sinn. Den Wein würden sie in der Grube lassen, denn der muslimische Glaube verbot den Tuareg den Genuss von Alkohol. Während Franz am nächsten Vormittag das Fleisch vorbereitete, versuchte Luise zu backen, so wie sie es bei Fatou gesehen hatte. Sie bereitete den Teig zu für eine *tâdjella*, schob ihn unter die Glut, holte ihn nach einer Weile wieder hervor und bearbeitete ihn mit einer Drahtbürste, bis auch das letzte Körnchen Sand entfernt war. Aber das Ergebnis fand sie nicht befriedigend. Das Fladenbrot war zu hart und schmeckte fad. Das konnte sie unmöglich anbieten. Den ganzen Tag über steigerte sie sich in immer größere Aufregung hinein. Wie viele würden kommen? Hoffentlich würden sie nicht alle nur dasitzen und schweigen! Und um wie viel Uhr würden sie eigentlich hier auftauchen? Nachmittags um sechs oder abends um zehn? Franz versuchte gar nicht erst, sie zu beruhigen, sondern ließ ihrer Aufregung freien Lauf, denn er wusste, alles andere hatte überhaupt keinen Sinn.

Die Abenddämmerung war schon fortgeschritten, als Luise die Dekoration, mit der sie das Zelt geschmückt hatte, kritisch unter die Lupe nahm. Sie war nicht zufrieden. Zu Hause hätte sie alle Möglichkeiten gehabt, ein rauschendes Fest auf die Beine zu stellen. In der Münchner Gesellschaft waren ihre Feste berühmt, weil ihr jedes Mal etwas Neues einfiel. Einmal hatte sie einen Illusionisten verpflichtet, der sich unerkannt unter die Gäste gemischt und für allerlei Verwirrung gesorgt hatte. Ein andermal hatte der erste Teil des Festes in vollkommener Dunkelheit stattgefunden. Kein einziges Zündholz war erlaubt gewesen. Die Stimmung war auf eine einzigartige Wiese behutsam gewesen, ja poetisch. Als nach zwei Stunden das Licht entfacht wurde und die Gäste einander sehen konnten, wechselte die Atmosphäre und kam innerhalb kurzer Zeit zum Überkochen. Luise war davon überzeugt, dass in der anschließenden Nacht ein paar Babies mehr gezeugt worden waren als sonst. Aber heute hatte sie keine Musiker zur Verfügung, konnte keine Schellackplatten auflegen, es gab keine Bediensteten, und die Vielfalt der Speisen würde auch nicht gerade überwältigend sein.

Franz winkte in Richtung Osten, wo die untergegangene Sonne noch ihr rotes Feuer über den Himmel warf. Auf dem Kamm einer Sanddüne zeichneten sich die Silhouetten ab - *mehara*, die Frauen und Kinder trugen, und Männer, die durch den Sand gingen. Luise konnte nicht glauben, dass es so viele waren!

»Franz, ich glaube, das ist der ganze Stamm!«

»Sieht aus, als hättest du Recht«, sagte er. »Hoffentlich reicht das Fleisch.«

Die Tuareg hatten es sich nicht nehmen lassen, zur Verköstigung beizutragen. Sie hatten Ziegenfleisch und Schafskäse in den Satteltaschen, Gemüse und mehrere riesige Töpfe voller Couscous. Franz schätzte, dass sie alleine davon einen halben Zentner mitgebracht haben mussten. Koumamá stellte fest: Für so viele Leute und Gerichte war das Feuer viel zu klein. Seine Leute hatten Wurzelholz dabei, mit dem sie die Feuerstelle kurzerhand um das Fünffache vergrößerten. Franz hatte eine zweite Feuerstelle errichtet, weil er wusste, dass bei den Tuareg Männer und Frauen nicht miteinander aßen. Koumamá fand diese Maßnahme sehr respektvoll, winkte aber ab. Sie brauchten keine zwei Feuerstellen, denn hier waren sie zu Besuch, und deswegen galten die Regeln der Gastgeber. Die Tuareg genossen es, aus ihrem Lager mal heraus zu kommen. Das waren sie nicht gewohnt. Das Essen war reichhaltig und köstlich. Koumamá hatte ein halbes Dutzend Männer eingeteilt für die Tee-Zeremonie, und so glich es fast einer Choreographie, als sie alle den *shahid* hin und her gossen, immer und immer wieder. Zu fortgeschrittener Stunde packte Fatou eine *imzad* aus, eine Art Geige mit nur einer Saite, und spielte sie auf virtuose Weise. Zunächst sangen nur die Frauen dazu, aber es dauerte nicht lange, da stimmten die Männer mit ein. Franz beobachtete, dass viele der Männer immer weniger darauf achteten, ob der *tagelmust*, ihr Gesichtsschleier, korrekt saß. Sie zeigten ihre Münder und fanden nichts dabei. So waren sie: Sie hatten Regeln, aber wenn ihnen danach war, gestatteten sie sich Ausnahmen, ohne ein schlechtes Gewissen zu bekommen. Und je mehr sie jemandem vertrauten, desto öfter wurden die Regeln gelockert. Es wurde das ausgelassenste Fest, das Franz und Luise je erlebt hatten. Töpfe wurden zu Perkussions-Instrumenten. Die Frauen stimmten ihre flirrenden Trillergesänge an, die sie nur in Momenten des größten Glücks erschallen ließen. Es wurde getanzt und musiziert bis tief in die Nacht hinein, und erst als es sehr kalt und die Glieder müde wurden, brach die Musik ab. Die Tuareg rollten Teppiche auf dem Sand aus, wickelten sich in ihre Decken und schliefen. Nur Luise und Franz fanden noch lange keinen Schlaf, viel zu aufgewühlt waren sie von diesem Abend und dieser Nacht.

3

Als Franz am frühen Morgen aus dem Zelt trat, hatte er damit gerechnet, die Tuareg noch schlafend vorzufinden, weil von draußen keinerlei Geräusche herein gedrungen waren. Aber sie waren weg. Und sie hatten gründlich aufgeräumt. Nur die noch immer schwach vor sich hin glimmende Glut und der aufgewühlte Sand zeugten davon, dass sie hier gewesen waren. Ihm war klar: Nun war der richtige Zeitpunkt, um in eine neue Phase einzutreten. Als Luise mit verstrubbeltem Haar müde aus dem Zelt blinzelte, hatte er schon die Kamele gesattelt und auf den Resten der Glut Kaffee zubereitet. Er wollte keine Zeit verlieren.

Am späten Vormittag waren sie im Lager der Tuareg, und Franz trug Koumamá sein Anliegen vor. Er wollte *tamascheq* lernen und, als Teil seiner Forschungsarbeit, ein umfassendes Wörterbuch schreiben. Koumamá begriff schließlich, was er vorhatte, und war einverstanden. Von nun an war Franz stets mit Bleistift und Notizblock im Lager unterwegs, und die Stammesmitglieder gewöhnten sich schnell daran, dass er auf alle möglichen Dinge deutete, um zu hören, wie man auf *tamascheq* dazu sagte. Luise hatte Leinwände, Farben und Pinsel mitgebracht und erbat die Erlaubnis, das Lager und seine Bewohner darstellen zu dürfen. Auch dagegen hatte Koumamá nichts einzuwenden. Mariamá war die erste, die unbedingt von Luise gemalt werden wollte. Sie steckte sich Blätter und Gräser ins Haar und wollte besonders hübsch aussehen. Aber nachdem sie ein paar Minuten Modell gestanden hatte, wurde es ihr langweilig, und sie lief davon. Luise hatte mit dem Bild von ihr gerade erst angefangen, aber das machte nichts.

»Abmalen kann jeder«, sagte sie. »Wahre Kunst kommt aus dem Bauch.«

Franz war gefesselt von den Besonderheiten der Sprache, die er erforschte. Das Wort für Löffel etwa lautete *tesôkalt*. Wenn ein *targi* von einer Gabel sprach, sagte er hingegen *tesôkalt ta-n îssînen*, das bedeutete wörtlich übersetzt »Löffel mit Stacheln«. Andererseits verzichtete das *tamascheq* auf allerlei Ballast, den das Deutsche mit sich führte. Es gab keine Artikel, weder bestimmte noch unbestimmte. Ähnlich wie im Englischen existierte auch keine Höflichkeitsform, man sagte Du, ob man sich gut kannte oder jemandem zum ersten Mal begegnete.

Franz schlug Luise vor, sich auch miteinander nur noch auf *tamascheq* zu unterhalten. Wenn sie das eine Weile durchhielten, würden sie bald anfangen, in dieser Sprache zu denken. Luise ließ sich darauf ein, bestand aber darauf, auch weiterhin Deutsch mit ihm zu reden, wenn sie miteinander schliefen.

Innerhalb weniger Wochen konnten sie sich mit den Tuareg fließend unterhalten. Natürlich gab es noch Lücken, aber die schlossen sich mehr und mehr. Koumamá war beeindruckt, dass diese Menschen sich derart darum bemühten, sein Volk kennenzulernen. Er konnte halbwegs Französisch sprechen, wie einige andere seines Stammes, und auch etwas Hausa, aber er tat es nicht gerne. Die einzige Sprache, in der er sich zu Hause fühlte, war seine eigene.

Nachdem Luise ein paar Stammesmitglieder gemalt hatte, galt es auf einmal als schick, von ihr in Öl festgehalten zu werden, und viele andere standen ihr bereitwillig ebenfalls Modell. Nur Koumamá hatte daran kein Interesse. Und dabei war er derjenige, bei dem Luise besonders darum warb, ihn malen zu dürfen. Er strahlte eine Mischung aus Ruhe und Zufriedenheit aus, die sie furchtbar gerne auf die Leinwand bannen wollte.

»Koumamá«, begann sie ein weiteres Mal, »*ann ahi tannemert* - sag mir bitte, was muss ich tun, damit du Ja sagst?« Ihr *tamascheq* klang gar nicht übel.

»*Nek wer ardêgh* - ich möchte nicht«, antwortete er gelassen. »Auch wenn du mich noch hundertmal fragst.«

»*Ma fell* - warum denn nicht?« quengelte sie. »Es tut doch nicht weh.«

»Es muss genügen, dass ich nicht möchte«, sagte er.

»Aber wenn du es erklärst, wirst du mich los.« Sie lächelte. »Wenn ich verstehe, warum du es nicht möchtest, habe ich etwas, das ich respektieren kann.«

»Um mich zu respektieren«, sagte er, »musst du mich nicht verstehen.«

Luise seufzte. »Du bist ein störrischer Knochen«, fügte sie auf Deutsch hinzu, um sofort wieder ins *tamascheq* zu wechseln. »Entschuldigung. Ich sollte so sprechen, dass du es verstehst.«

»Warum bedauerst du den Gebrauch deiner eigenen Sprache?«

»Es ist unfreundlich, Worte zu gebrauchen, die der andere nicht kennt.«

»Es fällt mir auf«, sagte Koumamá, »wie oft ihr euch bei uns entschuldigt. Wir machen das nicht.«

»Und wenn du etwas tust, das du bedauerst? Dann entschuldigst du dich doch auch.«

»Nur wenn ich dem anderen schaden wollte und mich deswegen schlecht fühle.« Koumamá lächelte. »Ich möchte nicht gemalt werden«, sagte er, »weil ich glaube, ein Teil von mir wäre dann in deinem Bild. Als Führer dieses Stammes kann ich mir aber nicht erlauben, dass ein Teil von mir woanders ist. Ich brauche all meine Kraft für meine Leute.«

»Das verstehe ich«, sagte Luise. »Und ich werde es respektieren.«

Franz sprach mit den älteren Männern und Frauen des Stammes. Er wollte herausfinden, wie sich das Leben der Tuareg seit dem letzten Jahrhundert verändert hatte. Das war viel schwieriger, als er gedacht hatte, und das lag nicht an sprachlichen Problemen, denn Franz beherrschte *tamascheq* noch besser als Luise. Es hatte vielmehr damit zu tun, dass zurückliegende Dinge einen *targi* ganz einfach nicht interessierten. Historie verschaffte ihm nichts zu essen, sie sorgte nicht dafür, dass er ein Wasserloch fand, und sie schenkte ihm weder Kamele noch Weideplätze. Warum also sollte er sich damit beschäftigen? Ein *targi* brauchte nur zwei Worte, um zu umreißen, was in seinem Dasein wirklich wichtig war: *Aman iman* - Wasser ist Leben.

4

Franz sah, wie Luise hinter der Sanddüne stand und sich übergeben musste, und verlor seine letzten Zweifel an ihrer Schwangerschaft. Es würde ihm schwer fallen, in einigen Wochen schon wieder die Heimreise anzutreten. Er kam mit der Arbeit gut voran und hatte das Gefühl, Teil von etwas ganz Besonderem zu sein. Wenn sie zurück nach Deutschland reisten, würden sie die Tuareg und die Wüste wahrscheinlich nie wiedersehen. Sie würden ihr Kind bekommen und Eltern sein.

Koumamá dagegen konnte die Geburt seines zweiten Kindes kaum erwarten. Dieses Mal sollte es unbedingt ein Sohn sein. Eine Tochter hatte er ja schon. Es war wichtig, dass es ein Kind gab, das ihn später einmal als Stammes- und Karawanenführer beerben konnte. Und Fatou war, so sehr er sie auch liebte, leider keine Frau, die allzu oft schwanger wurde. Andere Frauen im Stamm hatten vier oder fünf Kinder, Fatou dagegen bisher nur ein einziges, und das war für einen Stammesführer ganz einfach viel zu wenig. Sie war nun schon über 30. Das hier war möglicherweise schon das letzte Kind, das sie bekommen würde. Es musste ganz einfach ein Junge sein!

Luise porträtierte einen Tuareg, der vor ihr auf dem Kamel saß und versuchte, das Tier ruhig zu halten. Er hatte sich herausgeputzt, seine besten Sachen angezogen, und nun blickte er so stolz und würdevoll drein, wie er nur konnte.

»*Alkhêr ghâs* - sehr gut, Hamzat, du machst das wirklich ausgezeichnet«, sagte sie.

»Kann ich das Bild mal sehen?« wollte er wissen.

»Erst wenn es fertig ist. So lange musst du dich noch gedulden.« Luise drehte sich um, weil sie hörte, wie jemand angelaufen kam. Es war Mariamá, und sie war völlig außer Atem.

»Mutter ist umgefallen!« rief die Kleine. »Und Vater ist nicht da!«

»Hamzat, du darfst es dir doch schon ansehen!« rief Luise und rannte hinter Mariamá zum Zelt von Fatou. Tarishat, eine der ältesten Frauen, war schon bei der Frau des Stammesführers. Sie wusste, was zu tun war, wenn eine Frau in den Wehen lag. Tarishat gestattete Luise, bei der Geburt mitzuhelfen, schickte Mariamá aber hinaus. Koumamá war inzwischen auch gekommen, durfte aber ebenfalls nicht hinein. Das war Frauensache, da hatte er nichts zu suchen. Er strich nervös um das Zelt herum, bis Franz kam und ihn in ein Gespräch verwickelte, um ihn auf andere Gedanken zu bringen. Luise tat alles, was Tarishat ihr an Handreichungen befahl, und vor allem sprach sie Fatou Mut und Durchhaltevermögen zu.

Als Koumamá den ersten Schrei des Babys vernahm, meinte er: »Es klingt wie ein Junge, oder? Franz, ist das ein Junge?«

Franz konnte es nicht sagen. »Ist es ein Junge?« rief Koumamá ins Zelt hinein, aber er bekam keine Antwort. Endlich kam Tarishat mit dem Baby auf den Armen heraus.

»Dein Kind ist gesund«, sagte sie. »Und deiner Frau geht es gut.«

»Ist es ein Junge?« war alles, was er wissen wollte.

»Sie ist wunderschön«, sagte die alte Frau.

Koumamá legte den Kopf in den Nacken und blickte in den Himmel. Er atmete tief durch.

»Sieh sie dir wenigstens an«, forderte Tarishat ihn auf.

Koumamá wandte sich ab und ging davon, ohne auch nur einen Blick auf seine zweite Tochter geworfen zu haben.

»Koumamá!« rief Franz. »Sieh doch, wie hübsch sie ist.«

Aber Koumamá verschwand wortlos zwischen den anderen Zelten, fort von seiner Frau, die gerade ein gesundes Kind auf die Welt gebracht hatte, und die, von einem Weinkrampf geschüttelt, in Luises Armen die bittersten Tränen ihres Lebens vergoss.

5

Zwei Tage und zwei Nächte blieb Koumamá verschwunden. Fatou stillte ihr Baby, aber ihre Tränen wollten nicht trocknen. Franz und Luise kehrten erst am Tag nach der Geburt zu ihrem Zelt zurück, und wieder einmal tat Luise, was sie am besten konnte. Zwar hatte Koumamá es ihr untersagt, aber das war jetzt gleichgültig, denn er hatte sich abscheulich benommen.

»Wahre Kunst kommt aus dem Bauch«, sagte sie und begann wütend den Pinsel zu schwingen. Nur die hereinbrechende Nacht konnte sie Stunden später zum Aufhören bewegen. Sie aß etwas und schlief ein paar Stunden, um im Morgengrauen schon wieder an der Staffelei zu sitzen und bis zur Mittagszeit ihr Werk zu vollenden.

Als Luise und Franz mit den Kamelen im Lager eintrafen, verbreitete sich gerade die Nachricht, dass Koumamá gesehen worden war, wie er von den Bergen des Aïr zu Fuß zurück kehrte zu seinem Stamm. Die Tuareg spürten, dass etwas in der Luft lag, das sich bei seiner Ankunft entladen würde. Koumamá kam und ging wortlos an ihnen allen vorbei auf sein Zelt zu.

»Sie will dich nicht sehen«, sagte Fatous ältere Schwester.

»Ich gehe zu meiner Frau, wann immer ich will«, erwiderte Koumamá. Tarishat kam aus dem Zelt.

»Sie trennt sich von dir«, sagte die alte Frau. »Aber sie ist nicht bereit, dir die Kinder zu überlassen.«

Genau da lag das Problem, wenn Tuareg-Eltern sich voneinander trennen wollten. Der Frau gehörte das Zelt. Darum hatte der Mann auszuziehen, wenn sie die Beziehung mit ihm für beendet erklärte. Ein Stammesführer machte da keine Ausnahme. Auf der anderen Seite gehörten die Kinder aber dem Mann! Der hatte - und hier wurde es richtig kompliziert - nach dem Auszug aus dem Familienzelt keine Unterkunft mehr, und das wiederum wollte man Kindern nicht zumuten. Deswegen kamen Kinder in so einem Fall erst einmal zur Familie seines Bruders - bis er eine neue Frau gefunden hatte. So wollten es die ungeschriebenen Gesetze.

Fatous Bruder kam ebenfalls aus dem Zelt, um Koumamá den Zutritt zu verwehren, falls es nötig werden würde. Koumamá sank auf die Knie und begann zu sprechen: »Prinzessin Tin Hinan, Mutter aller *imushaq*, lehrt uns, was die Welt im Innersten zusammen hält: dass immer eine Frau der Ursprung aller Dinge ist. Die Frau ist die Flamme des Lebens. Und ich bin ein Dummkopf, der es verdient hat, mit den Knien im Sand zu kauern. Fatou, meine über alles Geliebte, ich schäme mich und bin es nicht wert, dass du mir verzeihst, und dennoch bitte ich dich darum.« Koumamá hielt das Haupt gesenkt. Er wartete. Aber nichts passierte. Luise griff nach der Hand von Franz. Der ganze Stamm schien den Atem anzuhalten. Schließlich stand Koumamá langsam auf und drehte sich zu seinen Leuten um. »Nach dem heutigen Tag«, sagte er, »kann ich nicht länger Anführer dieses Stammes sein. Ein Mann hat sich dieser Aufgabe würdig zu erweisen. Sie ist Ehre und Verpflichtung zugleich.«

Die Tuareg teilten sich, als sie Koumamá durch ihre Mitte gehen ließen.

»Wo geht er hin?« wollte Luise flüsternd von Tarishat wissen.

»Fort«, sagte sie nur.

Koumamá wollte zum anderen Ende des Lagers, wo die Kamele weideten. Er würde sein *mehari* satteln, einen Schlauch mit Wasser füllen, und dann würde er versuchen, sich bei seinem Ritt ins Nirgendwo nicht mehr umzusehen. Gut möglich, dass er sein Schwert noch vor Einbruch der Nacht gegen sich selbst richten würde.

»Koumamá!« Die Stimme hätte er unter tausend anderen erkannt. Es war Fatou, die nach ihm rief. Sie stand am Eingang zum Zelt, mit Mariamá neben sich und dem Baby auf den Armen.

»Schleich dich nicht davon wie ein Dieb!« rief sie. »Hier sind drei Frauen, die dich lieben, und ein Stamm, der dich braucht!«

6

Luise hatte für das Gemälde ihre größte Leinwand geopfert. Es zeigte Koumamá in seinem indigoblauen Gewand, mit korrekt sitzendem *tagelmust*. Daneben stand Fatou, in bunter Festtagskleidung, mit Mariamá an der Hand. Auf den Armen Koumamás lag das Baby, nackt und ungeschützt.

»Ein Teil von dir ist jetzt da drin«, sagte Luise. »Ob es dir gefällt oder nicht.«

»Ein Teil von mir«, erwiderte Koumamá, »sollte *immer* bei meiner Familie sein, selbst wenn ich die Salzkarawane durch die Wüste führe.«

»Du kannst dich ja doch entschuldigen.« Luise konnte es sich nicht verkneifen, ihn noch ein wenig zu provozieren, und Franz machte ihr bereits Zeichen, das doch lieber zu lassen. Aber Koumamá ertrug es mit Gleichmut.

Sechs Tage nach der Geburt begannen die Feiern zu Ehren des Neugeborenen. Die Frauen bespannten die *tende*, kleine Holzfässer, in denen sie sonst Hirse zerstampften, mit Tierfellen, um sie als Trommeln zu benutzen. Alle Frauen und Kinder des Stammes tanzten singend und Trommeln schlagend um Fatous Zelt herum, in dem sie mit ihrem Mann und ihren Kindern saß. Das taten sie, um die bösen Geister zu verjagen, die sonst vielleicht von der Kleinen Besitz ergriffen hätten. Sie sangen laut und wild, denn die Geister sollten Angst bekommen. Die größte Angst aber bekam das Baby selbst, das - abwechselnd gehalten von Fatou und Koumamá - so lange weinte, bis es vor Erschöpfung einschlief. Die Frauen sangen, tanzten und trommelten Stunden lang, bis auch sie müde wurden und sich zurückzogen.

Am Tag darauf fanden die eigentlichen Feierlichkeiten statt. Der ganze Stamm versammelte sich um das Kind, das festlich gekleidet war und mit großen, dunklen Augen das bunte Treiben um sich herum verfolgte. Der Höhepunkt des Festes war erreicht, als Koumamá hervor trat und verkündete: »Das Kind heißt Dafinah!«

Anschließend erwies jedes einzelne Stammesmitglied dem Baby seine persönliche Ehre, angefangen von den engsten Verwandten, die dem Kind sein *ajif* überreichten. Dabei handelte es sich um Tiere, die man einem neugeborenen Tuareg-Mädchen schenkte. Dafinah bekam mehrere Ziegen und Schafe und von ihrem Onkel ein Kamel. Sie würde von Geburt an damit beginnen, ihre eigene Herde aufzubauen, die sich im Laufe ihrer Kindheit nach und nach vermehren sollte. Ihre Eltern würden sich um die Tiere kümmern, bis sie selbst groß genug wäre, das zu tun.

»Was heißt Dafinah?« wollte Luise von Franz wissen.

»Verborgener Schatz«, sagte Franz.

»Natürlich«, meinte Luise. »Koumamá hat diesen Schatz erst entdecken müssen.«

Alle nahmen an, dass es besser war, die Krise zwischen Koumamá und Fatou nicht mehr zum Thema zu machen. Schließlich hatten sie sich wiedergefunden. Warum also noch daran rühren? Sie hatten nicht mit Koumamá selbst gerechnet. Er war ein Mann, der Stunden lang schweigen konnte und überflüssiges Geplapper hasste wie den Dorn einer Distel in seinem Fuß - aber er hatte ein Gespür für Dinge, die noch bearbeitet gehörten, bevor man sich von ihnen abwenden konnte.

»Nicht im Himmel noch auf Erden«, sagte Koumamá, »gibt es jemanden, der von sich behaupten könnte, keine schwache Stelle zu haben. Wenn ich mir etwas in den Kopf setze, will ich es mit aller Macht und empfinde es als persönliche Herabsetzung, wenn man es mir nicht geben will. Nun: Wer etwas will, riskiert stets, sich zu verlieren. Das suchen wir zu vermeiden, und dennoch ist es wichtig, dass wir Fehler machen. Fehler, die weh tun. Erst nach einem Schlag spürst du den Schmerz. Erst wenn du vom Weg abkommst, willst du ihn wiederfinden. Und nur wenn du in deine eigenen Tiefen herabgestiegen bist, kannst du dich anschließend erheben.« Koumamá schwieg und blickte in die Runde. Die Augen aller Stammesmitglieder waren auf ihn gerichtet. Wer auch immer in den vergangenen Tagen an ihm gezweifelt haben mochte: Jetzt waren sie stolz, ihn zu haben. Die Männer waren bereit, für ihn ihr Leben zu geben. Die Frauen waren froh, ihre Familien in seinen Händen zu wissen.

»Wenn Menschen nicht in einer Familie vereint sind, dann sind sie verloren«, sagte Koumamá. »Die Zeiten sind schwierig, denn die Franzosen und Italiener wollen nicht, dass wir so leben, wie wir es tun. Sie wollen uns die *takubas* und die Zelte nehmen. Sie bauen uns Häuser und fordern uns auf, in den Städten zu arbeiten. Aber wir sind ein Volk, das es nicht erträgt, sesshaft zu werden. Das entspricht uns nicht. Heute sind wir auf der Îdenan-Ebene, morgen im Tâdrart, und vielleicht ziehen wir in die Hammâda am äußersten Ende der Welt, wenn der Nordwind sich erhebt und uns gute Nachricht von regenreichen Zeiten bringt. Das ist ein altes Gesetz.« Koumamá griff nach einer ledernen Zeltplane und hielt sie fest. »In meinem Zelt habe ich den Sand unter den Füßen. Ich kann mich frei bewegen, es gibt nichts, woran ich mich stoßen kann. Ein Haus dagegen besteht aus Mauern. Stein. Wenn ich darin lebe, pralle ich mit dem Kopf dagegen. Ich spüre den Wind nicht, denn die Mauern halten ihn von mir fern. Ich höre den Schakal nicht, der auf der Weide meine Ziege tötet, denn die Mauern sind dick und lassen nichts hindurch. In einem Haus stumpfen meine Sinne ab, ich werde feige und schlaff. Ein Haus macht mich zu meinem eigenen Sklaven. Solange ich euer Anführer bin, werden wir leben, wie wir es immer getan haben, egal, was die Franzosen uns bieten. Wenn sie uns zwingen wollen, gehen wir in die Berge des Aïr, wo sie uns nicht finden können. Sie glauben, sie hätten das Recht, uns zu sagen, was wir tun sollen. Aber wir kennen die Wasserstellen, die sonst keiner kennt. Nur wir wissen, wo die heilenden Kräuter wachsen. Wir haben dieses Land erobert und erlitten, und deswegen gehört es uns, und wir werden leben, wie es uns gefällt.«

Einer der Männer antwortete mit einem kehligen Laut der Zustimmung. Andere folgten seinem Beispiel, und innerhalb weniger Augenblicke verschmolzen all ihre Stimmen zu einem einzigen, donnernden Ruf. Auch Luise und Franz stimmten mit ein. Koumamá hob die Hände, und auf sein stummes Geheiß ebbte das Rufen wieder ab. Er setzte sich zu seiner Frau und seinen Kindern, und nun konnte unbeschwert gefeiert werden.

7

Ein paar Tage später befahl Koumamá die Auflösung des Lagers. Die Weiden waren kahlgefressen. Als neuen Standort wählte er die Oase, die von dem deutschen Paar bewohnt wurde. Luise und Franz freuten sich, den Stamm als neue Nachbarn zu bekommen, sie hatten die letzten Wochen ohnehin zum größten Teil im Lager verbracht.

Luise suchte die Nähe von Fatou und dem Baby, denn sie war neugierig auf alles, was in einigen Monaten auch ihr Leben bestimmen würde.

»Fra-hanz?« machte sie und lächelte ihn schmeichelnd an. Sie hatte etwas ausgeheckt, das war klar.

»Lass mich raten«, sagte er. »Ich soll dich massieren.« Luise schüttelte den Kopf.

»Du möchtest etwas Bestimmtes essen. Schwangere Frauen und ihre bizarren Gelüste.«

»Ich will dir etwas vorschlagen«, antwortete sie, »und weiß, du wirst nicht einverstanden sein.«

»Was ist es?«

»Siehst du, wie viele gesunde Kinder es hier gibt?«

Franz wurde ernst. »Die Antwort lautet Nein«, sagte er. »Wenn etwas schief geht, gibt es keine professionelle Hilfe.«

»Tarishat hat schon viele Dutzend Kinder auf die Welt gebracht«, sagte Luise. »Nie ist etwas passiert.«

Diesmal blieb Franz hart. Er wollte nicht zulassen, dass sie sich und ihr Baby in Gefahr brachte. Da hörte der Spaß auf. Nur war Luise jemand, der von einer Idee nicht leicht abzubringen war, das wusste er selbst am besten.

»Ich weiß ganz genau«, sagte sie, »wie viel dir das hier bedeutet.«

»Es ist nur eine Doktorarbeit«, behauptete er.

»Franz, das ist Blödsinn. Du arbeitest an einem bahnbrechenden Standardwerk, von dem ganze Generationen profitieren werden! Denkst du, das ist mir nicht klar? Aber nur, wenn wir hier bleiben. Ein Jahr, zwei Jahre, keine Ahnung, so lange, wie es eben dauert! Ich will dir das ermöglichen, und ich will auch nicht schuld daran sein, dass du dieser Gelegenheit ein Leben lang nachtrauern musst!« Ihre Haare flogen durch die Gegend, so temperamentvoll vertrat sie ihren Standpunkt.

»Ich würde dir das niemals vorwerfen«, erwiderte Franz.

»Ich weiß!« sagte sie. »Du wirfst mir nie etwas vor, auch wenn ich mich noch so grauenhaft benehme. Manchmal wünschte ich, du würdest nicht so nachsichtig sein, weil ich mir dann vorkomme wie ein kleines Kind. Manchmal wünschte ich, du würdest mich stoppen, mir sagen: *Halt, meine Liebe, so wird das gemacht!* Aber andererseits liebe ich dich genau so, wie du bist! Lass uns das Kind hier bekommen, Franz, bitte. Es wird alles gut.«

»Tut mir leid«, sagte er. »In dieser Sache lasse ich nicht mit mir reden.«

»Und wenn ich mich weigere?« fragte sie trotzig. »Niemand kann über mich bestimmen, auch du nicht. Ich fühle mich hier inspiriert, ich habe nie zuvor so schöne Bilder gemalt. Ich fange gerade erst an, eine Entwicklung zu nehmen, die kein Künstler vor mir je durchlaufen hat.«

»Wir können zurück kommen«, schlug er vor. »In ein paar Jahren. Mit unserem Kind.«

»Dann ist es nicht mehr dasselbe. Das weißt du! Alles wird anders sein. Wir werden versuchen, das zu kopieren, was wir jetzt erleben - und es wird nicht funktionieren.« Ihr Blick war durchdringend. Er wusste, dass sie zumindest in diesem Punkt Recht hatte. Und sie wusste, dass er es wusste. Aber deswegen würde er noch lange nicht nachgeben. Das Wohl von Mutter und Kind war ihm wichtiger als seine Arbeit, Luises Inspiration und intensive Erlebniswelten.

Luise versuchte sich Rat zu holen bei Fatou, aber die wollte sich nicht einmischen. Sie konnte Luise nur zusichern, bei einer Geburt in der Wüste die volle Unterstützung von den Tuareg zu bekommen, aber weder sie noch Koumamá oder ein anderer Stammesangehöriger würden versuchen, auf Franz einzuwirken. Diese Entscheidung ging nur sie beide etwas an.

Zum ersten Mal fanden Luise und Franz für einen Streit keine Lösung. Sie sprachen wenig miteinander und fanden es furchtbar. Sie waren es gewohnt, Kraft aus der bloßen Anwesenheit des anderen zu schöpfen. Sonst hatte Franz stets ein Blick in Luises Augen genügt, um Antrieb zu finden für das, was er gerade vorhatte. Nun blockierten sie sich gegenseitig. Fühlten sich niedergedrückt und schwach. Luise hatte keine Lust zu malen, Franz kam mit seiner Arbeit nur noch schleppend voran. Sie hatten sich gegenseitig den Hahn zugedreht. Einmal versuchte Franz, ein klärendes Gespräch in Gang zu bringen, ein andermal scheiterte Luise mit einem solchen Versuch.

Franz schloss sich Koumamá an, der mit den heranwachsenden Jungen des Stammes in die Dünen ging, um ihnen Unterricht zu geben.

»Wollt ihr wissen, wie man jetzt den Weg zurück findet zu unserem Lager?« wollte Koumamá von den Kindern wissen.

»Wir müssen nur den gleichen Weg zurück gehen«, sagte ein Junge, dessen Haut die Farbe von Milchschokolade hatte. »Unsere Fußabdrücke zeigen uns den Weg.«

»Über zwei oder drei Dünen mag das funktionieren«, befand Koumamá. »Aber hinter der vierten kannst du die Abdrücke nicht mehr erkennen, weil der Wind sie verweht hat. Was machst du dann?«

»Wir gehen nach dem Stand der Sonne«, sagte ein anderer.

»Der verändert sich die ganze Zeit«, gab Koumamá zu bedenken.

»Wir hätten uns alles einprägen müssen«, glaubte ein dritter Junge. Er war der kleinste von allen, gerade einmal sieben Jahre alt, mit einem eher hellen, arabisch anmutenden Gesicht.

»Das ist schwierig«, entgegnete Koumamá. »Denn wenn du dich umdrehst und zurück gehst, sieht alles ganz anders aus als auf dem Hinweg.«

»Macht nichts«, sagte der Junge. »Ich bin Lassad, Ibrahims Sohn, und ich kann das.«

»Weißt du, Lassad, Ibrahims Sohn, hier in der Wüste lernst du, dass der Mensch nichts mit Sicherheit vorhersagen kann. Dass er winzig ist wie ein Reiskorn in der Hand eines Riesen.« Koumamá griff mit der Hand in den Sand und ballte sie zur

Faust. »Diese Finger sind wie die Wüste. Sie hält dich gefangen und lässt dich wieder frei, wie es ihr gefällt.« Koumamá ließ den Sand, den er fest gehalten hatte, durch die Finger rieseln.

»Die Wüste ist kein Lebewesen«, sagte Lassad. »Also tut sie auch nichts.«

Koumamá und Franz sahen sich amüsiert an.

»Die Elemente spielen mit ihr«, sagte der Stammesführer. »Nach einem Sturm hat sie ein völlig anderes Gesicht. Willst du deinen Weg am Tag nach dem Unwetter mit den Augen vom Vortag finden, wirst du dich verirren.«

»Wie sollen wir es denn nun machen?« Lassad wurde langsam ungeduldig.

»Du redest mit dem Stammesführer«, mahnte ein älterer Junge. »Zeig ein bisschen mehr Respekt.«

»Wer nicht an ein Prinzip der Einheit glaubt, ist einsam«, fuhr Koumamá fort. »Und machtlos. Er sieht alle Dinge getrennt voneinander und findet sie beklagenswert. Was, glaubt ihr, will ich euch damit sagen?«

Darauf hatte keiner eine Antwort, auch nicht der kleine, vorlaute Lassad. Selbst Franz war nicht klar, worauf Koumamá hinaus wollte.

»Ihr müsst das ganze Bild auf einmal betrachten«, sagte Koumamá und setzte sich in den Sand. Franz und die Jungs ließen sich auch nieder und gruppierten sich um ihn. »Wenn ihr euch vom Lager entfernt, prüft ihr den Sonnenstand und macht euch bewusst, welche Himmelsrichtung ihr einschlagt. Ihr beobachtet Höhe und Form der Dünen und auch die Schatten, die sie werfen. Ihr achtet darauf, wie weit die Sonne weiter zieht, während ihr unterwegs seid. Am Horizont sind die Berge des Aïr zu sehen, ihr bezieht sie mit ein. In welcher Richtung lagen sie am Anfang des Weges, wo sind sie jetzt? Und nun kommt das Wichtigste.« Er hielt kurz inne, um die

Aufmerksamkeit seiner Zuhörer zu prüfen, und stellte fest, dass alle gespannt an seinen Lippen hingen. »Bevor ihr losgeht, ganz am Anfang, stellt ihr euch vor, ihr seid da oben.« Er zeigte mit dem Finger in den Himmel. »Ihr schwebt wie ein Vogel in der Luft und seht auf euch selbst hinunter. Dann blickt ihr in die Ferne. Vergesst nicht, ihr seid sehr weit oben, also könnt ihr auch sehr weit sehen. Je öfter ihr das macht, desto leichter wird es euch fallen: Ihr seht dann Dünen und Berge. Vielleicht auch Weideflächen und Palmen. Möglicherweise sogar weit entfernte Siedlungen. Ihr habt alles im Überblick, und ihr vertraut darauf, den richtigen Weg einzuschlagen. Was wird passieren? Ihr werdet ihn finden.«

Koumamá ließ die Jungs im Sand sitzen und forderte sie auf, das umzusetzen, was er ihnen gerade erzählt hatte. Auch Franz versuchte es. Er stellte sich vor, weit oben im Himmel auf einem Dunstschleier zu sitzen. Er sah vor seinem geistigen Auge die Dünen und die Berge und das Lager, mit einer Luise, die den Versuch, eine Leinwand zu bemalen, schlecht gelaunt abbrach und den Pinsel von sich schleuderte. Franz‘ Fantasie wanderte weiter durch die Wüste, in Richtung Nordost, bis nach Tripolis und von dort über das Mittelmeer, hinüber nach Europa. Von Italien nach München schien es auf einmal nur ein Katzensprung zu sein. Er sah den Marienplatz vor sich und das Sendlinger Tor und stellte fest, dass er nichts davon vermisste. Es gab ein paar gute Freunde, die er gerne mal wiedergesehen hätte, und er fragte sich, wie es ihnen wohl gehen mochte, aber sonst fehlte ihm nichts, und das überraschte ihn. Der stechende Schmerz in der Hand stieß sein Bewusstsein zurück in die Wüste. Er sah noch den kleinen, sandfarbenen Körper mit den beiden Scheren, den vielen Beinen und dem nach oben gebogenen Schwanz, der sich mit raschen Bewegungen im Sand eingrub. Ein Skorpion hatte ihn gestochen, aber sein Finger fühlte sich an wie von einem Messer durchstoßen. Die Kinder sprangen auf und liefen davon. Koumamá reagierte sofort und entfernte Franz' Hochzeitsring vom betroffenen Finger.

»Der Finger schwillt schnell an«, erklärte er. »Auf den doppelten Umfang.«

Franz geriet in Aufregung. »Was geschieht mit mir?« wollte er wissen. »Kann ich sterben?«

»Du bist ein hochgewachsener Mann in guter Verfassung. Ein Kind könnte sterben. Du nicht.« Koumamá hakte Franz unter und wandte sich an die Jungs. »Nach meinem kleinen Vortrag: Wer von euch findet den Weg auch ohne mich? Wer traut sich das zu?«

»Ich!« rief der kleine Lassad. »Alles, was du gesagt hast, hab ich mir genau gemerkt. Und ich würde den Weg sowieso finden.«

»Lassad, Ibrahims Sohn«, sagte Koumamá. »Du führst die Jungs zurück zum Lager. Sagt meinem Bruder Bescheid. Wir brauchen ein *mehari*. Jetzt geht schon!«

Lassad atmete tief ein. Er spürte die Verantwortung. Sie machte ihn stolz. Dann rannte er los, und die anderen Jungs, zum Teil viel größer als er, liefen hinterher.

Franz fing bald an, stark zu schwitzen, die Kräfte verließen ihn. Wenn er seinen Speichel hinunter schluckte, schmerzte die Kehle. Koumamá schleppte ihn von Düne zu Düne, Schritt für Schritt.

»Ich habe lange keinen Skorpion mehr gesehen«, sagte er. »Du hast großes Pech gehabt.«

Franz bat Koumamá anzuhalten und ihn auf den Boden hinunter zu lassen, denn er musste sich übergeben. Er konnte kaum mehr sprechen und bekam nur noch schwer verständliche Wortfetzen zusammen.

»Nimm den Schmerz an, mein Freund«, sagte Koumamá. »Wenn du dich widersetzt, leidest du noch mehr. Aber wenn du die Pein in Ruhe auskostest, löst sie sich auf. Füge dich, und sie fließt durch dich hindurch.« Franz nickte schwach und versuchte es. Koumamá sah ein, dass es keinen Sinn mehr hatte, Franz noch weiter durch die Wüste zu schleppen. Er flößte ihm ein wenig Wasser ein und stellte sich vor die Sonne, um ihm Schatten zu spenden. Franz dämmerte vor sich hin und bekam kaum noch mit, wie er später auf das *mehari* gehievt wurde. Koumamá setzte sich hinter ihn und hielt ihn fest, damit er nicht aus dem Sattel rutschte.

Man bettete ihn in sein Zelt, und Fatou behandelte ihn mit Heilkräutern. Als er am Morgen des nächsten Tages erwachte, fühlte er sich noch schwach, aber der Schmerz war verschwunden und die Sinne wieder klar. Luise strich ihm über die Haare und küsste ihm vorsichtig die Stirn. Sie ließ ihn wissen, dass sie es sich anders überlegt hatte. Sie wollte sich nicht mehr querstellen, sondern mit ihm zusammen, wenn es in ein paar Wochen Zeit dafür war, die Heimreise nach Deutschland antreten. Sie habe eingesehen, dass hier auf eine Frau in ihrem Zustand zu viele Gefahren lauerten. Sie berichtete ihm, wie fürsorglich Fatou sich um ihn gekümmert und ihn mit Tees und Salben und Räucherstäbchen versorgt hatte. Die halbe Nacht habe sie hier verbracht, an seiner Seite, bis sie endlich sicher gewesen war, dass ihm keine Gefahr mehr drohte. Franz musste lächeln und berichtete, dass Koumamá ihn als Freund bezeichnet hatte.

»Weißt du, mein Schatz«, sagte er, »wahrscheinlich hätte mir kein Arzt der Welt besser helfen können. Ich fühle mich schwach. Aber irgendwie merkwürdig erfrischt. Und fast schon euphorisch. Als wäre etwas ganz Wunderbares geschehen.«

»Fatou hat Kräuter«, sagte Luise, »die es in sich haben. Das kannst du glauben.«

»Und ich glaube auch«, erwiderte Franz, »dass eine Frau hier gut aufgehoben ist, wenn sie ein Kind bekommen möchte.«

Bilder in den Bergen

1

»Der *asshaq* ist«, begann Koumamá, »wie ein Fels, den die Götter einst in den Sand gerammt haben. Was wir tun, und warum, ist durch ihn geregelt.«

Franz begann zu verstehen. Der *asshaq* war so etwas wie ein Ehrenkodex, definierte Wertvorstellungen und Ideale.

»Er ruft uns auf zu Haltung. Disziplin. Wenn der Tag schwer ist, und die Nacht sogar noch schlimmer - wir lassen uns trotzdem nicht gehen. Weil der *asshaq* uns sagt: Auf jede Nacht folgt ein Morgen, mit neuen Möglichkeiten. Also halten wir den Rücken gerade, und unser Blick bleibt klar.«

Franz dachte bei sich, dass man das sehen konnte. Das Erscheinungsbild der Tuareg mochte oft einfach sein. Aber es war immer voller Würde.

»Vor allem aber«, fuhr Koumamá fort, »lehrt er mich eines: Die Welt verdient meine Achtung. Ein Mensch. Ein Tier - ob es mich bedroht oder ich es essen will. Eine Pflanze - ob sie mich sticht oder meine Krankheit heilt. Ein Sandkorn, ein Stein. Alles ist Teil des Ganzen. So wie ich.«

Mit ihren Bildern hätte Luise längst eine Ausstellung abhalten können, so viele waren es geworden. Ihre Schaffenskraft explodierte. Die Leinwände waren ihr längst ausgegangen, aber das machte nichts, sie hatte entdeckt, dass es sich auf Ziegenhäuten auch gut malen ließ. Koumamá war noch immer ihr Lieblingsmotiv. Inzwischen hatte er seine Gegenwehr längst aufgegeben und fühlte sich sogar geschmeichelt, dass sie so wild darauf war, ihn zu bannen beim Zubereiten von *shahid*, beim Feuermachen, beim Ritt auf dem *mehari* oder beim Schärfen seiner *takuba*.

Fatou spürte wohl, dass die Frau aus Europa für ihren Mann an Bedeutung gewann. Dass er sie zu beeindrucken versuchte. Dass sein Lächeln etwas Werbendes an sich hatte, wenn es Luise galt. Aber sie spürte: Seine Verehrung war voller Respekt. Also blieb sie gelassen, wenn die beiden zusammen saßen und sich gegenseitig zum Lachen brachten. Fatou wusste: Männer waren eitle Vögel und zeigten einer Frau gerne ihre Federn. Wenn man sie ließ, waren sie auch im Zelt der Familie gut zu haben.

Franz tat sich nicht so leicht mit der enger werdenden Freundschaft zwischen der Künstlerin und ihrem Modell. An manchen Tagen bekam er Luise kaum zu sehen, weil sie mit Koumamá in die Dünen ritt, um ihn dort zu malen. Ein andermal verschwanden sie in den Bergen und kehrten erst am späten Abend zurück. An einem weiteren Tag durchquerte Koumamá mit ihr ein *wadi* und zeigte ihr, wie man darin ein Wasserloch aufspüren konnte. Luise brachte von den Ausflügen stets ein neues Bild mit. Das war immerhin ein Beweis für ihre künstlerische Arbeit, genügte aber bald nicht mehr, um Franz zu beruhigen. Er spürte Eifersucht in sich aufsteigen. Er ertappte sich dabei, wie er sich vorstellte, Luise könnte im Schutz der Dünen in Koumamás Armen liegen. Franz kämpfte dagegen an, sagte sich, dass seine Frau ihn liebte, ein Kind von ihm bekam, und dass Koumamá ein Freund war, dem nichts ferner lag als unüberlegte Handlungen. Aber wenn die Eifersucht sich erst einmal ins Gemüt gefressen hat, lässt sie sich mit Argumenten nicht mehr abspeisen. Dann hat sie Hunger auf mehr.

Fatou erriet die Sorgen, die Franz sich machte. Sie sah es ihm an, wenn er Luise und Koumamá hinterher blickte, beim Aufbruch in die Wüste, mit Farben und Ziegenhäuten in den Satteltaschen.

»Wir können nur von Menschen betrogen werden«, sagte sie unvermittelt, »denen wir vertrauen.«

Franz fühlte sich ertappt. »Was meinst du?« fragte er.

»Du bist eifersüchtig.«

»Du etwa nicht?«

»Würde er mich betrügen«, meinte Fatou, »wäre ich die erste, die es wüsste. Keinen Wimpernschlag lang könnte er mir etwas vormachen. Darum weiß ich, dass die Gefahr nicht droht. Ihm gefällt die Aufmerksamkeit, die Luise ihm schenkt. Sie fühlt sich von ihm beflügelt. Damit schenken sie einander etwas Besonderes. Warum sollen wir ihnen das nicht gönnen? Jemanden lieben heißt, ihn sein lassen, was er ist, findest du nicht?«

2

Die Soldaten kamen um die Mittagszeit. Sie trugen blaue Uniformen und saßen auf großen, schlanken, dunklen Pferden. Es waren Franzosen. Ihr Anführer, ein *capitaine*, wollte den Stammesführer sprechen. Koumamá trat aus dem Zelt und forderte ihn in passablem Französisch auf, vom Pferd zu steigen. Mit einem Mann, der auf ihn herabsah, würde er nicht sprechen. Der *capitaine* erhob sich aus dem Sattel, zwei seiner Unteroffiziere taten es ihm gleich und flankierten ihren Vorgesetzten. Die Männer setzten sich in den Sand, der *capitaine* zog eine große Papierrolle aus seiner Uniform hervor, die er vor Koumamá ausbreitete. Fatou servierte den Männern Wasser, in dem kleine Minzzweige schwammen. Die Rolle zeigte verschiedene Zeichnungen: ein großes, komfortables Haus, von außen und von innen; einen Schmied, wie er ein Hufeisen schmiedete; einen Zimmermann, der eine Holzlatte bearbeitete. Ganz unten gab es eine Darstellung, die eine Menge Geld zeigte, Scheine und Münzen. Die Besucher wollten den Nomaden die Vorteile des sesshaften Lebens schmackhaft machen. Wenn sie ihnen nach Agadez folgten, würde jeder von ihnen feste Arbeit und ein gemauertes Haus bekommen. Mit dem Geld, das sie dann bekämen, könnten sie ein ganz anderes Leben führen als hier, nicht so karg und entbehrungsreich. Ihre Kinder könnten zur Schule gehen und hätten eine Zukunft vor sich mit allen nur erdenklichen Möglichkeiten. Der *capitaine* deutete auf den kleinen Lassad, der gekommen war und den Männern neugierig zuhörte. Dieser Junge da hätte die Chance, später ein erfolgreicher Kaufmann zu werden. Oder ein Arzt. Ein Anwalt. Er könnte ein angesehener Mann sein.

Koumamá hörte sich alles in Ruhe an. Erst als der *capitaine* fertig war, rückte Koumamá den *tagelmust* zurecht und ließ sein Gegenüber wissen, was er zu sagen hatte.

»Wenn Sie das Wasser festhalten, *mon cher capitaine*, was wird passieren?«

»Wie bitte?« Der Offizier sah ihn verwirrt an.

Koumamá deckte seinen Becher zu, um seine Rede zu illustrieren. »Es wird brackig. Abgestanden. Irgendwann fängt es an zu stinken. Und wenn Sie die Luft nehmen und einschließen, was passiert? Sie wird muffig.«

»Vermutlich«, sagte der *capitaine*.

»Das Gute bleibt gut«, sagte Koumamá, »solange es sich ungehindert bewegen kann. Sobald wir Ordnung hinein bringen und es unseren Regeln unterwerfen, verwandelt es sich in sein Gegenteil. Können Sie mir noch folgen?«

»Selbstverständlich.« In der Stimme des *capitaine* schwang bereits Ärger mit.

»Mein Volk empfindet Gebäude als Gefängnisse. Das ist unsere Natur. Wir heilen unsere Krankheiten selbst. Wir finden Wege, unsere Auseinandersetzungen zu lösen, ohne einen Anwalt bemühen zu müssen.« Koumamá deutete auf die Armbanduhr des *capitaine*, auf die der seit Beginn des Gespräches ab und zu einen Blick geworfen hatte. »Sie, *capitaine*, haben eine Uhr. Aber wir haben die Zeit. Sie mögen das vielleicht nicht verstehen, aber wir lieben unser Leben genau so, wie es ist.«

»Sie hatten Recht«, sagte der *capitaine* zum Unteroffizier, der links neben ihm im Sand saß. »So wird das nichts.« Er stand auf und klopfte sich den Sand von der Hose. »Ich möchte Ihre Pässe sehen. Von jedem einzelnen Stammesmitglied.«

Auch Koumamá erhob sich, aber ohne jede Eile. »Wozu?« wollte er wissen.

»Sie befinden sich auf französischem Hoheitsgebiet«, sagte der *capitaine*. »Ich muss Ihre Identität feststellen. Dazu bin ich verpflichtet.«

»Sie wissen sehr gut«, erwiderte Koumamá, »dass wir so etwas nicht besitzen. Keiner von uns.«

Der *capitaine* wiegte bedenklich seinen Kopf hin und her. »Das ist aber gar nicht gut. Das ist gewissermaßen ein Problem.« Er sah Koumamá lange und aufmerksam an. Koumamá erwiderte den Blick mit stoischer Ruhe.

»Wollen Sie es sich nicht noch einmal überlegen?« fragte der *capitaine* schließlich und deutete noch einmal auf die Rolle, die einer der Unteroffiziere inzwischen wieder zusammengerollt hatte.

»Woanders finden Sie bestimmt Leute, die Ihnen folgen«, sagte Koumamá.

»Ich habe vorhin ein oder zwei Schwerter gesehen«, merkte der *capitaine* an, als falle ihm das ganz nebenbei noch ein. »Das geht natürlich nicht. Sie sind nicht befugt, Waffen zu tragen. Ich muss Sie auffordern, alle Stich- und Schusswaffen einsammeln zu lassen und abzugeben.«

Lassads Vater Ibrahim, der sich zu seinem Sohn gesellt hatte, zog ohne zu zögern seine *takuba* aus der Scheide und hielt sie kampfbereit den Franzosen entgegen.

»Niemand bekommt meine Waffe«, sagte er auf *tamascheq*. »Es sei denn, er will Bekanntschaft mit der Klinge schließen.«

Im gleichen Augenblick richteten sich ein gutes Dutzend Gewehre auf ihn. Die Tuareg hielten den Atem an. Inzwischen hatten sich einige in Hörweite versammelt. Einige Männer legten die Hände auf den Griff ihrer *takuba*.

»Ibrahim!« sagte Koumamá mit scharfer Stimme. »Steck die Waffe weg. Sofort.«

Nach kurzem Zögern ließ Ibrahim die *takuba* wieder in die Scheide gleiten.

»Auf den Boden«, befahl der *capitaine*. »Er soll sie auf den Boden legen.«

»Tu, was er sagt«, ordnete Koumamá an.

Ibrahim warf seinem Stammesführer einen wütenden Blick zu, bevor er der Aufforderung folgte, die *takuba* wieder herauszog und mit der Spitze voran zu Boden warf, so dass die Klinge im Sand stecken blieb.

Der *capitaine* machte jetzt kurzen Prozess. Alle Männer mussten ihre *takubas* abgeben. Bald steckten mehrere Dutzend Schwerter im Sand, ein stählerner Wald, der in der Sonne funkelte. Der Franzose kündigte an, sämtliche Männer des Stammes in vorläufigen Gewahrsam zu nehmen, um an geeigneter Stelle ihre Identitäten zu klären - und sie täten gut daran, sich gegen diese Maßnahme nicht zu wehren. Koumamá besprach sich mit seinen Leuten. Sie waren sich einig. Darauf durften sie sich nicht einlassen. Diesen Kerlen war nicht zu trauen. Wenn die Franzosen die Männer des Stammes erst einmal in ein finsteres Loch gesteckt hatten - wer garantierte ihnen, dass man sie darin nicht verrotten ließ? Außerdem konnten sie ihre Frauen und Kinder nicht schutzlos zurück lassen. Was, wenn die Soldaten sich über ihre Frauen hermachten? Koumamá wusste, dass er es auf eine Konfrontation ankommen lassen musste. Viele von ihnen hatten noch eine zweite *takuba* in ihren Zelten. Es würde schwer werden, sich gegen die Gewehre der Franzosen zu verteidigen, aber andererseits waren die keine Männer der Wüste und wussten nicht, wie man sich, schnell wie ein Schakal, den Augen eines Jägers entziehen konnte. Dennoch war klar: Wenn die Franzosen anfangen würden zu schießen, würde es Verluste geben. Männer seines Stammes würden verletzt oder gar getötet werden. Aber er hatte keine andere Wahl. Koumamá wollte gerade vor den *capitaine* treten. Im Hintergrund waren die Frauen bereits damit beschäftigt, die *takubas* aus den Zelten zu holen. Da stellte Franz sich dem Stammesführer in den Weg.

»Lass mich mit ihnen reden«, sagte er.

»Wozu?«

»Ich bin Europäer. Er wird mich respektieren.«

»Von dir will er aber nichts.«

»Vielleicht kann ich trotzdem etwas ausrichten«, sagte Franz. »Lass es mich wenigstens versuchen.«

Koumamá trat beiseite, zum Zeichen, dass er einverstanden war. Auch wenn er sich von Franz‘ Bemühungen nicht viel versprach.

Franz sprach mit dem Offizier in fließendem Französisch und mit ausgesuchter Höflichkeit. Er stellte sich, seine Frau und den Zweck ihrer Reise vor und kam dann zum Punkt. »*Monsieur le capitaine*, ich nehme an, es geht Ihnen vor allem darum, diese Menschen zur Sesshaftigkeit zu bewegen, nicht wahr?«

Der *capitaine* wunderte sich. »Sind Sie jetzt hier der Unterhändler? Ein Deutscher als Sprecher eines Beduinen-Stammes?«

»Ich kenne diese Leute«, sagte Franz. »Ich denke, ich kann sie dazu bewegen, ihre Lebensweise zu ändern.«

»Wie wollen Sie das machen?«

»Ich weiß, wie man mit ihnen reden muss.«

Der *capitaine* zuckte mit den Schultern. »Dann reden Sie mit ihnen.«

Es gelang Franz, ein Ultimatum auszuhandeln. Wenn er es schaffen würde, die Nomaden innerhalb von 24 Stunden dazu zu bringen, ihrer Sesshaftigkeit vertraglich zuzustimmen und innerhalb von drei Tagen den Weg nach Agadez anzutreten, so würden die Franzosen niemanden gefangennehmen und sich darauf beschränken, den Transfer des Stammes in die Stadt zu überwachen. Als Franz den Tuareg diese Nachricht überbrachte, schenkte Koumamá ihm ein höchst anerkennendes Lächeln. Natürlich war Franz beim Aushandeln der Bedingungen klar gewesen, dass Koumamá sich auch am folgenden Tag darauf nicht einlassen würde – aber so hatte er seinen Freunden einen wertvollen Aufschub ermöglicht. Die Franzosen schlugen in unmittelbarer Nähe des Lagers ihre Armee-Zelte auf, und als es dunkel wurde, postierten sie Wachen. Die Nacht blieb ruhig und friedlich.

Erst als die Morgendämmerung einsetzte, erkannten die Franzosen, was geschehen war: Die Nomaden hatten all ihre Zelte abgebrochen und waren verschwunden, mit ihren Frauen, Kindern und dem gesamten Vieh! Auch das Zelt von Franz und Luise war nicht mehr da. Die Wachen saßen gefesselt und geknebelt an einem Strauch, der gerade weit genug entfernt war, damit sie sich mit ihrem Röcheln nicht bemerkbar machen konnten. Die *takubas*, die man in einem Zelt aufbewahrt hatte, waren ebenfalls verschwunden. Der *capitaine* tobte.

»Wieso hat keiner was gehört? Bin ich nur von Kretins umgeben?! Na los, ihr Idioten: Auf die Pferde!« Der *capitaine* ritt vorne weg. So war das eben, dachte er wütend, wenn man nicht alles selber machte. Die Spuren der Kamele wurden bald schon sehr undeutlich, was daran lag, dass sie nicht in die gleiche Richtung führten, sondern in ganz verschiedene. Ihm war schon klar, dass er damit in die Irre geführt werden sollte, aber er war ein erfahrener Soldat, der sich nicht so leicht zum Narren halten ließ. Zumindest dachte er das. Aber dann gab es immer wieder Spuren, die unkenntlich wurden oder einfach abbrachen. Der *capitaine* ritt einen Zickzack-Kurs, und seine Männer hinterher. Seine Laune wurde immer schlechter. Schließlich stoppte er sein Pferd so abrupt, dass der Hintermann fast mit ihm kollidierte, riss sein Gewehr aus dem Pferdeholster, richtete den Lauf in den Himmel und gab einen krachenden Schuss ab.

»*Merde alors!*« brüllte er. »Hört ihr mich, ihr feigen Drecks-Nomaden? Ihr könnt euch ruhig verstecken! Na los doch, grabt euch wie die Würmer in den Sand! Verbergt euch in Felsspalten! Das wird euer Schicksal nur ein bisschen verzögern, sonst nichts! Denn ich verrate euch etwas: Die Zeit des Nomadentums ist vorbei! Ende! Aus! Und irgendwann, Koumamá, das schwöre ich dir, da sehen wir uns wieder! Auf den Tag freue ich mich jetzt schon!« Er schickte einen weiteren Schuss in den Himmel, steckte die Waffe zurück ins Holster und wendete sein Pferd. »Wer mich anspricht, den schieß ich vom Gaul«, sagte er, als er an seinen Männern vorbei ritt.

3

Koumamá hatte seinen Stamm zu den Ausläufern des Aïr-Gebirges geführt, an einen Platz, wo die Franzosen sie nicht finden würden und die Tiere etwas zu weiden hatten, wenn auch nicht gerade viel. Hier würden sie nur ein paar Tage bleiben, länger nicht. Denn die Franzosen hatten mit ihrer Sesshaftmachungs-Mission ein riesiges Gebiet zu bearbeiten, und der *capitaine* konnte es sich nicht leisten, Wochen lang nach ihnen zu suchen und dafür zu riskieren, seinen Vorgesetzten am Ende deswegen zu wenige Erfolge präsentieren zu können.

Franz und Luise wurden jetzt behandelt wie Mitglieder des Stammes. Es war klar, dass sie dahin gingen, wo auch die Tuareg hingehen würden. Koumamá fühlte sich tief in Franz' Schuld. Er hatte ihm das Leben seiner Leute zu verdanken, vielleicht sein eigenes. Gab es etwas, das er von ihm haben wollte? Ein schöneres *mehari* vielleicht? Koumamá würde ihm sein eigenes überlassen, Franz brauchte nur ein Wort zu sagen. Franz war es peinlich, solche Angebote von Koumamá zu bekommen. Aber dann fiel ihm doch etwas ein, um das er ihn gerne bitten würde. Koumamá hatte ihm von den Felsmalereien im Aïr erzählt. Die würde er sehr gerne sehen.

»Du solltest aber wissen«, sagte Koumamá, »dass wir zu Fuß gehen müssen.« Er zeigte in die Berge, die vor ihnen aufragten. »Die steilen Geröllrampen sind für Kamele nicht passierbar.«

»Wie lange werden wir unterwegs sein?«

»Einen vollen Tag. Im Morgengrauen gehen wir los, am Abend sind wir wieder hier.«

Luise klatschte begeistert in die Hände. »Was für eine wunderbare Idee!« rief sie. Franz machte ihr klar, dass er die Tour nur mit Koumamá machen würde. Sie war im siebten Monat, ein einziger Blick auf die sanfte Rundung ihres Bauches genügte doch wohl, um zu wissen, dass die Unternehmung nichts für sie war.

»Es geht mir ausgezeichnet«, sagte sie. »Ich bin in sehr gutem Zustand, und ich möchte diese Malereien ebenso gerne sehen wie du. Da haben Menschen vor langer Zeit auf den Felsen gemalt, was ihnen wichtig war - so wie ich es jetzt mit Ziegenhäuten mache. Das lasse ich mir nicht entgehen, ich komme mit.«

Franz holte Koumamá zu Hilfe, der einen Vortrag darüber hielt, was alles passieren konnte. Steine konnten ins Rollen geraten, oder man rutschte auf ihnen ab. Es gab schmale Stellen, an denen es zu beiden Seiten steil und tief hinunter ging.

»Ich bin schwindelfrei«, sagte Luise ungerührt. »Und ihr könnt sowieso reden, was ihr wollt. Ich werde dabei sein.«

Abends im Zelt versuchte Franz es ein weiteres Mal. Er würde nicht zulassen, dass sie aus purem Übermut sich selbst und ihr Kind gefährdete. Eher würde er die Unternehmung verschieben.

»Das ist unfair«, stellte Luise fest. »Du weißt ganz genau: Ist das Baby erst mal da, können wir nicht beide auf den Berg gehen. Einer von uns muss dann hier bleiben.«

Und so ließ er sich überreden. Am folgenden Morgen, mit schafsledernen Taschen auf dem Rücken, begannen sie den Aufstieg. In der Kühle des Morgens und auf den ersten flacheren Abschnitten war der Marsch noch ganz angenehm. Das änderte sich, als die Sonne dem Zenit zustrebte und die Rampen steiler wurden. Zum Schutz gegen Sonne und Wind hatten auch Luise und Franz sich Tücher um die Köpfe geschlungen. Auf den Geröll-Passagen musste man vorsichtig sein und sehr sorgfältig einen Schritt auf den anderen folgen lassen. Zur Mittagszeit waren sie endlich auf dem Hochplateau angelangt. Luise hatte sich besser geschlagen, als die Männer befürchtet hatten.

»Du weißt doch«, sagte sie und zwinkerte Franz fröhlich zu. »Mich kriegt man nicht kaputt.«

Nach einer weiteren Stunde Fußmarsch standen sie vor den ersten bemalten Felsen. Sie zeigten Männer, die mit Pfeil und Bogen auf Antilopen schossen. Ein anderer Mann saß auf dem Boden und machte Feuer.

»Wie alt sind diese Bilder?« wollte Franz wissen. Koumamá wusste es nicht. Ein paar tausend Jahre?

»Woraus bestehen die Farben?« fragte Luise. Die meisten Darstellungen waren rostrot, manche auch in einem dunkleren Braun gehalten.

»Sie haben roten Sandstein zermahlen«, sagte Koumamá, »und ihn mit Tierblut und Milch vermengt. So machen wir es heute noch.«

»Die Mischung scheint was auszuhalten«, bemerkte Franz, »wenn sie noch so gut erhalten ist.«

»Blut und Milch fressen sich in den Felsen. Das überdauert alles. Aber nur da, wo keine Sonne hin gelangt.«

Franz und Luise sahen sich um. Er hatte Recht. Nur die Nordseiten der Felsen waren bebildert. Auf einem machten Männer Jagd auf Kühe. Auf einem anderen war ein Elefant zu erkennen, ein weiteres Tier erinnerte an eine Giraffe. Franz war verwirrt.

»Solche Tiere gibt es hier doch gar nicht. Woher haben die Leute gewusst, wie sie aussehen?«

»Dafür gibt es wohl nur eine Erklärung«, sagte Koumamá. »Dass sie damals eben doch hier gelebt haben.«

»Unmöglich«, sagte Franz. »Das kann nicht sein.«

»Nur weil wir bisher nichts davon wissen?« mischte Luise sich ein. »Was heißt das schon?«

»Mein lieber Schatz«, sagte Franz. »Wir sind mitten in der Wüste. Nur wenige Tiere überleben hier ohne menschliche Hilfe: Kamele, Esel, Schakale, Schlangen, Rennmäuse und ein paar Insekten.« Er deutete auf die Darstellung des Elefanten. »Weißt du, wie viel der an einem einzigen Tag trinken muss? Etwa einhundert Liter. Außerdem braucht er ein bis zwei Zentner Gras, Früchte, Wurzeln, Zweige. Er benötigt jeden Tag mindestens 200.000 Kilokalorien. Wo will er die finden?«

Koumamá wandte sich Luise zu. »Dein Franz ist ein kluger Mann. Aber er weiß nicht alles. Ich möchte euch noch etwas zeigen.« Koumamá führte sie zu einer Wand, vor der sie ungläubig stehen blieben. Darauf waren Männer abgebildet, die Schwimmbewegungen ausführten, daran konnte es keinen Zweifel geben. Ein anderer hatte mit einer Lanze einen Fisch aufgespießt. Daneben waren Bäume dargestellt, die üppiges Laub trugen. »Das waren mal blühende Landschaften«, hörte Franz sich sagen. »Die Geschichte der Wüste muss völlig neu geschrieben werden!«

»Sie hatten Seen«, fügte Luise staunend hinzu. »Wälder. Wie kann das nur sein?«

»Landschaften verändern sich«, sagte Koumamá. »Wo heute noch ein Strauch steht, gibt es nächstes Jahr vielleicht schon nichts mehr, das an ihn erinnert. Wir beobachten, wie die Wüste sich Jahr für Jahr ein wenig mehr ausbreitet.«

»Ich weiß jetzt schon, was passiert, wenn ich in München an der Universität darüber einen Vortrag halte: Die erklären mich für verrückt!« Franz fasste Luise aufgeregt an den Schultern, sie lachten sich an. Bis Luises Lachen erstarb und ihre Miene sich verzerrte. Franz war so im Rausch der wissenschaftlichen Erkenntnis, dass er es nicht bemerkte. Koumamá dagegen begriff im selben Moment, dass etwas nicht stimmte. Franz blickte auf seine Füße hinunter. Seine Schuhe und seine Hosenbeine waren nass, als wäre er in eine Pfütze gesprungen.

»Meine Fruchtblase«, sagte Luise.

Franz hielt noch immer ihre Schultern fest. Er starrte sie an. »Nein«, sagte er leise.

»Doch, Franz.«

»Vielleicht ist es nur eine Blasenschwäche!«

»Nein«, sagte Luise mit erstaunlicher Klarheit. »Es ist so weit.«

»Liebste, wir bringen dich hinunter. Was immer passieren wird, es passiert im Tal und nicht hier oben.«

Luise lächelte schwach. »Der Weg, lieber Franz. Das Geröll.« Sie hob ihr Gewand ein wenig an. Blut lief in einem dünnen Rinnsal über ihren Schenkel.

»Wir legen dich hin!« rief Franz. »Auf den Boden!«

Koumamá half ihm. Gemeinsam betteten sie Luise auf die Steine. Franz schob einen Rucksack unter ihren Kopf.

»Ihr behaltet jetzt die Nerven, verstanden?« sagte Luise. »Ich war bei der Geburt von Dafinah, ich weiß, was zu tun ist. Ihr macht ganz genau das, was ich euch sage.«

»Ja, Liebes, machen wir!« Franz zitterten die Hände. Er atmete tief durch.

»Sieben Monate sind wenig, aber manche Kinder überleben das«, sagte sie.

»Koumamá«, bellte Franz, »bringen wir das Baby auf die Welt! Wirst du mir helfen?«

»Ruhig, Franz«, sagte Koumamá. »Natürlich helfe ich euch!« Aber Koumamá war selbst nicht so ruhig, wie er es gerne gewesen wäre. Nur Luise behielt wirklich die Nerven.

»Mich kriegt man nicht kaputt, Franz, das weißt du doch. Alles wird gut.«

Es zog sich lange hin, sehr lange. Das Platzen der Fruchtblase bedeutete nicht, dass die Geburt unmittelbar bevorstand. Luise hatte ihre Wehen noch in Abständen von mehreren Minuten. Das blutende Rinnsal wollte nicht aufhören zu strömen und bereitete Franz immer größere Sorgen. Er versuchte es mit einem Stück Stoff zu stoppen, aber das funktionierte nicht. Die Männer wuschen sich immer wieder die Hände mit dem Wasser, das sie als Verpflegung mitgenommen hatten - die einzige armselige Maßnahme, die möglich war, um die hygienischen Bedingungen zu verbessern. Erst nach einer Ewigkeit wurden die Wehen heftiger und kamen schneller. Luise presste und atmete rhythmisch. Franz kühlte ihre Stirn immer wieder mit einem in Wasser getränkten Taschentuch, ihre Haare waren schweißverklebt. Der Muttermund begann sich zu öffnen. Koumamá war nicht darauf vorbereitet, so etwas jemals zu Gesicht zu bekommen. Ihm wurde schummrig zumute, aber er schüttelte sich kurz wie ein nasser Hund und hatte sich wieder unter Kontrolle.

»Ich sehe den Kopf!« rief Franz.

»Wenn es nicht von alleine kommt«, stöhnte Luise, »dann zieht ihr es raus, hört ihr? Aber vorsichtig. Achtet auf die Nabelschnur! Wenn es draußen ist, nehmt ihr ein Messer und durchtrennt sie!«

Der Kopf des Babies wurde langsam ins Freie gedrückt. Da lief auf einmal ein Schwall von Blut aus Luise heraus, der immer noch stärker wurde. Ihre Augenlider begannen zu flattern.

»Luise!« schrie Franz. »Was sollen wir machen?!«

Sie antwortete nicht. Er klopfte ihr mit der Hand auf die Wangen, immer heftiger.

»Luise! Bleib bei mir! Wir schaffen das! Komm schon!«

Die Lider flatterten nicht mehr, die Augen waren geschlossen.

»Franz! Ich brauche Hilfe!« Koumamá versuchte das Baby heraus zu ziehen, war dabei aber viel zu vorsichtig. »Ich habe Angst, ich tue ihm weh!«

Franz klemmte die Hände unter die Achseln des Säuglings und zog. Es bewegte sich nicht. Er zog fester. Und noch fester. Mit einem saugenden Geräusch löste sich der kleine Körper vom Mutterleib, und Franz kippte, mit ihm in den Händen, fast hintenüber. Es war, als hätte man einen Stöpsel gezogen, denn der Blutschwall, der sich jetzt aus Luises Innerem ergoss, war ein Wasserfall aus Blut. Aber da war sie bereits tot.

Es dauerte lange, bis Franz das begriff. Er drückte Koumamá das Baby in die Hände und prüfte ihren Atem, ihren Puls. Nichts. Er beatmete sie. Nichts. Er versuchte eine Herzdruckmassage, obwohl er überhaupt nicht wusste, wie man das machte. Er konnte vor Tränen und Blut und Schweiß kaum noch etwas sehen. In seinen Ohren rauschte es so laut, dass er seine eigenen Schreie nicht mehr hörte. Koumamá packte ihn am Arm. Franz drehte sich zu ihm um, mit einem wirren Blick aus tiefroten Augen.

»Franz, sie ist tot«, sagte Koumamá. »Luise ist von uns gegangen.«

»Blödsinn!« sagte Franz. Seine Stimme war nur noch ein heiseres Krächzen. »Luise kriegt man nicht kaputt! Sie ist unzerstörbar! Sie lebt!«

Koumamá hatte längst die Nabelschnur durchtrennt und versucht, das Baby halbwegs zu säubern. Er war der einzige, der den ersten Schrei des kleinen Jungen hörte, und der Anblick dieses kleinen, blutverschmierten Wunders - so grauenhaft die Umstände seiner Geburt auch sein mochten – entlockte ihm ein kurzes, bitteres Lächeln.

So habe ich vor langer Zeit die Welt betreten. Auf einem Hochplateau im Aïr-Gebirge, inmitten der Wüste Nordafrikas, als Sohn von Franz und Luise, die bei meiner Geburt verschied.

TEIL II

LEO

Fremdenlegionäre

1

Koumamá wickelte ein Tuch um das Baby. Dann räumte er seinen Rucksack aus und legte das kleine, lebende Bündel hinein. Franz saß mit dem Rücken an der Wand, auf die vor vielen tausend Jahren jemand schwimmende Männer gemalt hatte. Er streckte die Beine von sich und starrte auf das Blutbad, das einmal seine Frau gewesen war. Aber er sah nicht aus wie jemand, der noch etwas wahrnahm. Er war selbst so blutdurchtränkt, dass man ihn für tot gehalten hätte, wenn nicht sein Brustkorb sich immer wieder gehoben hätte.

»Franz, ich weiß nicht, was ich sagen soll«, begann Koumamá. »Aber wir müssen ins Tal und dein Baby versorgen. Um Luise kümmern wir uns morgen.«

Es war nicht ersichtlich, ob Franz von diesen Worten etwas mitbekam. Er rührte sich nicht. Koumamá entschied, ihm den letzten Schlauch mit Wasser hier zu lassen. Es hatte keinen Sinn, den Freund jetzt mitzunehmen. Er bedauerte, nichts zu haben, was er über die Leiche hätte legen können, und hoffte, dass keine Geier kommen würden. Der Abstieg war schwierig. Auf dem Geröll musste er jetzt besonders aufpassen, denn auf das Baby zu fallen, war das letzte, das er riskieren wollte. Dazu kam, dass der Kleine sich im Rucksack nicht wohlfühlte. Er begann zu schreien, kaum dass Koumamá aufgebrochen war, und hörte den ganzen Abstieg lang nicht mehr damit auf. Da konnte Koumamá Schlaflieder singen, so lange er wollte. Das Gelände wurde flacher, und er holte den Säugling aus dem Rucksack, nahm ihn auf die Arme, wiegte ihn beim Gehen sachte hin und her und erzählte ihm mit besonders tiefer, einschläfernder Stimme Geschichten aus seinem Leben und aus der Geschichte seines Volkes. Aber das Kleine schrie trotzdem wie am Spieß. Als er sich dem Lager näherte, war es schon fast dunkel. Das Blut, das an ihm klebte, war längst getrocknet. Er sah zum Fürchten aus. Die erste, die ansatzweise begriff, war Fatou, die sich im Laufschritt zwischen den anderen hindurch drängte.

»Ist sie am Leben?« rief sie. »Bitte sag, dass sie lebt!«

Er starrte sie nur an. Fatou schlug die Hände vors Gesicht und fing an zu schluchzen, so dass ihr ganzer Körper geschüttelt wurde.

Im Zelt entblößte sie ihre Brust und gab sie dem Baby. Da endlich hörte der Kleine auf zu schreien und begann, seinen Hunger zu stillen. Wenig später sank er völlig erschöpft in tiefen Schlaf.

Im Morgengrauen brach Koumamá wieder auf, gemeinsam mit einem halben Dutzend Männer, denn zum einen würden sie Luise transportieren müssen, zum anderen war ihm nicht klar, ob Franz in der Lage sein würde, den Berg hinab zu steigen. Gegen Mittag erreichten sie das Hochplateau. Koumamá hatte erwartet, dass Franz noch immer am Felsen sitzen würde, die starren Augen auf seine tote Frau gerichtet, aber stattdessen kam er ihnen entgegen. Sein Gesicht hatte er inzwischen gesäubert, aber die *gandoura*, die er trug, war steif von Luises getrocknetem Blut. Koumamá wollte weiter, um sie zu holen, aber Franz sagte, er habe sie bereits begraben. Er hatte eine kleine Höhle gefunden und sie hinein gelegt. Dann hatte er die Höhle mit Steinen zugemauert. Dort oben war sie gestorben, dort sollte sie bleiben.

2

Franz war kaum ansprechbar. Er verließ sein Zelt nur, um sich zu entleeren. Fatou und Koumamá besuchten ihn jeden Tag, brachten ihm zu essen und zu trinken. Am dritten Tag brachten sie ihm seinen Sohn. Er sah ihn sich an, aber auf den Arm nehmen wollte er ihn nicht.

»Ich kann das nicht«, sagte er nur.

Koumamá respektierte das und ließ ihn in Ruhe. Er meinte, Franz würde ein wenig Zeit brauchen. Die solle man ihm geben. Irgendwann würde er er sein Kind schon haben wollen.

Am vierten Tag brachte Koumamá das Mittagessen, aber Franz war nicht da. Koumamá setzte sich vor das Zelt und wartete. Das Essen wurde kalt, und Franz kehrte nicht zurück. Koumamá fand ihn auf dem Kamm einer Düne, wo er saß und hinüber blickte zum Aïr-Gebirge. Er setzte sich dazu. Wortlos. Lange Zeit sagte keiner von beiden ein Wort.

»Ich bin schuld«, sagte Franz.

»Bist du nicht«, widersprach Koumamá.

»Ich wusste, sie ist unvernünftig. Dass sie manchmal jemanden braucht, der sie hindert, etwas zu tun. Ich hätte dieser Jemand sein müssen. Hätte sagen müssen, wir gehen zurück nach Deutschland. Oder wenigstens: *Du kommst nicht mit auf diesen verfluchten Berg!*«

»Wenn sie etwas wollte«, sagte Koumamá, »konnte man sie nicht abhalten. Du hast es versucht.«

»Sie hätte so jemanden gebraucht.«

»Den hätte sie aber nicht geheiratet.«

Franz schwieg.

»Willst du dem Kleinen nicht langsam einen Namen geben?«

Franz antwortete nicht.

»Wir können ein Geburtsritual durchführen nach Art unseres Volkes.«

»Danke«, erwiderte Franz. »Aber er ist kein *targi*. Genauso wenig wie ich einer bin.«

»Möchtest du ihn sehen? Er hat deine blauen Augen.«

Franz stand nur auf und ging die Düne hinunter, zurück zum Lager.

3

Er wusch sich nicht mehr. Wechselte nicht mehr die Kleidung. Das fiel zunächst keinem auf. In der Wüste dauerte es lange, bis man anfing zu stinken. Aber er aß und trank zu wenig. Er magerte ab. Rasierte sich nicht mehr. Die Tage verbrachte er ohne Antrieb. Nichts hätte ihn weniger interessieren können als seine Forschung. An manchen Tagen sprach er kein einziges Wort, und außer Fatou und Koumamá wagte es keiner mehr, ihn noch anzusprechen.

»Weißt du noch, wer du bist?« wollte Koumamá wissen, nachdem er eine Weile neben ihm gesessen und in die Dünen gestarrt hatte, eine Stunde lang, vielleicht auch zwei.

»Nein«, sagte Franz. Seine Stimme klang eingerostet - ein Werkzeug, das lange nicht benutzt worden war.

»Das musst du aber. Anders überlebt man in der Wüste nicht.«

»Wenn das Kind groß genug ist, um die Reise zu überstehen, gehen wir zurück nach Deutschland.«

»Sag nicht *das Kind*. Gib ihm endlich einen Namen.«

»Das kann sein Großvater machen«, erwiderte Franz.

»Dein Sohn kann nichts dafür«, sagte Koumamá. »Und er hat Anspruch darauf, von seinem Vater einen Namen zu bekommen. Reiß dich zusammen und gib ihm einen.«

Franz schwieg. Viele Minuten lang. Dann sagte er: »Luise hat gespürt, wie er in ihrem Bauch um sich getreten hat. Sie mochte das. *Stark wie ein Löwe*, hat sie gesagt. Ich nenne ihn *Leo*.«

Koumamá atmete auf. Na endlich. Franz hatte ein Lebenszeichen von sich gegeben.

Er fing wieder an zu schreiben. Nicht an seiner Forschungsarbeit - er wollte der Verwandtschaft mitteilen, was geschehen war. Franz schrieb Briefe an seine Eltern und an Luises Vater, in denen er ankündigte, in ein paar Monaten zurück zu kehren.

Fatou wusste, dass auch Koumamá sich Vorwürfe machte. Nicht nur, weil er Luise mit auf den Berg genommen hatte.

»*Deine Seele hat sich mit der Wüste vermählt*, habe ich ihr gesagt. Hätte ich ihr nicht so süßliches Zeug in die Ohren geblasen, hätte sie ihr Kind vielleicht doch lieber in Deutschland bekommen und würde jetzt noch leben!«

»Selbstmitleid ist etwas für ein *mehari*, das in der *ténéré* liegt und von den Schakalen zerfetzt wird«, sagte Fatou. »Natürlich trägst du Verantwortung. Aber nicht für die Toten - für die Lebenden. Franz ist ohne dich verloren. Und Leo? Wir sind seine Paten. Er ist auf uns angewiesen - solange sein Vater gefangen ist in seinem inneren Irrgarten.«

4

Die Briefe traten eine lange Reise an. Ein *targi* brachte sie nach Agadez, und es dauerte ein Vierteljahr, bis sie den Weg nach Tripolis gefunden hatten. Drei weitere Wochen später wurden sie in München zugestellt, zwei dicke Umschläge aus feinem, hellgrauem Papier, abgestoßen und schmutzig.

Hermann von Kramm verließen beim Lesen der Zeilen alle Kräfte. Er sank tief in den weißen Fauteuil in seinem Büro und las den Brief wieder und wieder, als bestünde die Möglichkeit, sich verlesen zu haben. Luise konnte nicht tot sein. Nicht seine unerschrockene Tochter, die vor nichts und niemandem Angst hatte. Sicher, sie war verrückt genug, ein Kind in der Wüste bekommen zu wollen, das schon. Wenn jemand fähig war, etwas so Hirnrissiges zu versuchen, dann war sie das. Luises Vater weinte nicht. Er durfte jetzt nicht anfangen, Tränen zu vergießen, sonst würde er die Kontrolle verlieren. Und was würde er dann tun? Sich nach Afrika einschiffen und seinen Schwiegersohn mit den eigenen Händen erwürgen, das würde er tun! Der Schwachkopf hatte ihm das einzige genommen, das Hermann wirklich etwas bedeutete! Er ging auf und ab und dachte nach. Seine größte Stärke war, selbst in den schwärzesten Momenten die Übersicht zu behalten. Er hatte einen Enkelsohn? Wenn seine Tochter tot war, dann ging es jetzt um das Baby! Das würde bei ihm aufwachsen, so viel stand fest. Nicht bei Franz! Es gab zwei Möglichkeiten: Er wartete die Rückkehr der beiden ab, um dann in einem Rechtsstreit die besten Anwälte auf Franz zu hetzen. Oder er sorgte dafür, dass Leo ohne seinen Vater nach Deutschland kam!

Gerhard, Hermanns Neffe, zeigte sich betroffen über den Tod seiner Cousine. Aber in Wirklichkeit ärgerte er sich nur über die Nachricht, dass es auf einmal einen Enkel gab. Nun war ihm schon wieder jemand in der Erbfolge voraus! Damit gab es keine realistischen Hoffnungen mehr, die Manufaktur eines Tages erben zu können. Also fing er an, über das Einschlagen einer anderen Laufbahn nachzudenken. Vor ein paar Jahren waren Mitglieder der NSDAP für ihn noch weltferne Idioten gewesen, mit kruden Zielen und unappetitlichem Vokabular. Zwischenzeitlich war die Partei sogar verboten gewesen. Aber nun gewann sie mehr und mehr an Einfluss und, wie Gerhard fand, auch an Profil. Ein leitendes Mitglied der SS warb schon seit einiger Zeit um ihn, weil die nahe Verwandtschaft mit Hermann von Kramm ihn attraktiv machte. Gerhard Angermair überlegte, ob er dem Werben einfach einmal nachgeben sollte.

Hermann von Kramm reiste unterdessen nach Brüssel. Sein belgischer Vertriebspartner war vor vielen Jahren bei den Fremdenlegionären in Afrika gewesen und verfügte noch immer über die besten Verbindungen. Er zögerte nicht, sie für seinen deutschen Freund zu aktivieren und heuerte Männer an, die Anweisung bekamen, Hermanns Enkel gewaltfrei an sich zu nehmen, um ihn dann einer französischen Amme zu übergeben, die das Kind stillen und mit ihm nach München reisen sollte. Wenn Franz seinen Sohn nicht herausgeben würde, brauchten die Männer aber auch nicht zimperlich zu sein. Insgeheim hoffte von Kramm, dass sein Schwiegersohn die Begegnung mit den Fremdenlegionären nicht überleben würde. Er hatte nicht das Bedürfnis, ihn noch einmal wieder zu sehen.

5

Sie waren zu dritt. Alles, was sie hatten, um das Kind zu finden, war der Brief von Franz, in einer französischen Übersetzung. Sie verfügten über Wüsten-Erfahrung, und die Tuareg zu finden stellte sie vor keine großen Schwierigkeiten. Aber seit dem Auftauchen der französischen Soldaten hatte Koumamá seinen Leuten besondere Aufmerksamkeit verordnet, und so stellten seine Männer die drei Fremdenlegionäre bereits eine halbe Wegstunde vor dem Lager zur Rede. Was wollten sie hier in dieser abgelegenen Gegend? Der Anführer des Trios, ein muskulöser, gedrungener Enddreißiger, zügelte sein schlankes Pferd, das beim Anblick der Kamele unruhig wurde. Guillaumes Hemd war perfekt gebügelt, das *képi blanc*, das seinen Stoppelschnitt bedeckte, leuchtete wie Schnee in der Sonne. Der Akzent verriet seine belgische Herkunft.

»Wir suchen einen Europäer«, sagte er. »Einen deutschen Mann mit einem kleinen Baby.«

Die Tuareg behaupteten, keinen solchen Mann gesehen zu haben. Mit dieser Antwort hatte Guillaume gerechnet. Die Kerle würden ihm sicher keine Information geben, ohne etwas dafür zu bekommen. Er bot ihnen eine ansehnliche Geldsumme, die er im Verlauf des Gespräches noch dreimal erhöhte, aber die Tuareg versicherten weiterhin, ihm leider nicht helfen zu können.

Als Guillaume und seine Begleiter noch am gleichen Tag in Koumamás Lager ritten, hatte Fatou Franz und das Baby längst in ihrem Zelt versteckt. Ohne lange zu fragen hatte sie dem Vater sein Kind in die Arme gelegt. Der kleine Leo sah ihn an und reckte ihm die winzige Hand entgegen. Ob er wollte oder nicht: Franz musste lächeln. Er legte zwei Finger in die Hand seines Sohnes und sah zu, wie die winzige Hand sich darum zu schließen versuchte.

Koumamá trat den Besuchern entgegen. »Ich habe von einem solchen Mann gehört«, sagte er. »Man sagte mir, er habe bei einem Stamm der *kel ajjer* gewohnt, nordwestlich von hier. Seine Frau soll bei der Geburt eines Kindes gestorben sein.«

»Das ist der, den wir suchen«, erwiderte Guillaume.

»Was wollt ihr von ihm?«

»Er interessiert uns nicht. Wir wollen das Kind.«

»Wieso?«

»Familienangelegenheit.«

Koumamá blickte auf Guillaume hinunter, der einen halben Kopf kleiner war als er. »Ihr kommt zu spät«, sagte er. »Der Mann hat in Agadez eine Handvoll Männer angeworben und ist mit seinem Kind unterwegs nach Norden. Er will zurück nach Europa.«

Guillaume musterte Koumamá und fragte sich, ob er dem Stammesführer trauen konnte. »Wie lange ist das her?«

Koumamá zuckte mit den Schultern. »Das weiß ich nicht. Ich habe nur nebenbei davon gehört.«

»Deine Männer, warum haben sie nichts davon gewusst?«

»Woher soll ich das wissen?« antwortete Koumamá.

Franz saß in Fatous Zelt, mit seinem Kind auf dem Arm, und konnte fast jedes Wort verstehen. Er hatte sich schon gefragt, ob er sich den Fremdenlegionären einfach zeigen und mit ihnen abreisen sollte. Aber nun war er froh, hier verborgen zu sein. Der kleine Leo verzog unglücklich das Gesicht und machte ein leises Geräusch des Unbehagens.

»Scht«, machte Fatou leise, und ihr Blick verriet Besorgnis. Im nächsten Moment fing der Kleine an zu schreien, und Franz versuchte flüsternd, ihm Einhalt zu gebieten.

»Was ist das für ein Baby?« Guillaume legte die Hand auf den Griff seines Gewehrs. Seine tiefe Stimme wurde scharf. »Ihr habt es versteckt, nicht wahr?«

»Das haben wir nicht«, behauptete Koumamá. In einigen umliegenden Zelten wurden lautlos *takubas* aus ihren Scheiden gezogen. Im nächsten Moment trat Fatou hervor, mit Dafinah auf dem Arm, die sofort anfing zu schreien, weil ihr das Sonnenlicht in den Augen weh tat. »Darf ich vorstellen?« sagte Koumamá. »Meine Tochter. Sie bekommt ihren ersten Zahn und schreit Tag und Nacht.«

Im Zelt hielt Franz seinem Sohn den Mund zu. Leos Gesicht war schon ganz rot. Er starrte seinen Vater an, als müsse er gleich ersticken.

»Tut mir leid«, flüsterte Franz.

Nachdem die Fremdenlegionäre sich zurückgezogen hatten, wusste Franz, dass sein Schwiegervater den Brief bekommen und Maßnahmen getroffen hatte, seinen Enkel nach Deutschland bringen zu lassen. Auf die Anwesenheit von Franz legte er dagegen offensichtlich keinen Wert. Was sollte er nun tun? Was würde passieren, wenn er mit dem Kleinen zurück nach Hause kam? Hermann hasste ihn dafür, dass Luise gestorben war, daran gab es keinen Zweifel. Einen Kampf um Leo würde Franz vermutlich verlieren, entweder vor Gericht oder durch Gewalt.

»Was würde Luise wollen?« fragte Fatou.

»Die Frage«, antwortete Franz, »ist doch viel mehr: Was ist das Beste für Leo? Ein Leben mit seinem Vater? In der Wüste? Auf der Flucht? Oder ein behütetes Leben bei seinem reichen Schwiegervater, mit einer sicheren Zukunft als Erbe eines Millionen-Unternehmens? Verdammt, ich weiß, was Luise sagen würde - aber sie hat nicht immer die richtigen Entscheidungen getroffen!«

Löwen in der Sahara

1

Zwischen den ledernen Einbänden befanden sich mehr als tausend Blätter Papier, die meisten davon doppelseitig und sehr eng mit der Schreibmaschine beschrieben. Aber vor einiger Zeit waren Franz die Farbbänder ausgegangen, und seitdem schrieb er mit der Hand. Seit fast vier Jahren war kein einziger Tag vergangen, an dem er nicht an seinem Werk gearbeitet hatte. Zurzeit lagerte Koumamás Stamm etwa drei Viertel einer Kamelstunde von ihm entfernt, aber Franz hatte trotzdem oft Besuch. Meistens war es Koumamá selbst, der kam, um das letzte Schachspiel fortzusetzen und mich mit kleinen Geschenken zu erfreuen. Ich ärgerte gerade eine der Ziegen meines Vaters, indem ich versuchte, auf ihr zu reiten - was damit endete, dass ich abgeworfen wurde und mich lachend im Sand wälzte. Koumamá hatte Franz eine französische Zeitung mitgebracht, die er auf dem Markt in Agadez erstanden hatte.

»Dein Land hat eine neue Regierung.«

Franz schüttelte ungläubig den Kopf. »Die Zeitung ist eine Fälschung. Du nimmst mich auf den Arm.« Aber sie war echt. Franz hatte diesen Hitler vor ein paar Jahren gesehen, als er in einer Schwabinger Kneipe eine Rede geschwungen hatte. Wenn man das, was diese merkwürdige Erscheinung von sich gegeben hatte, überhaupt eine Rede hatte nennen können. Mehr denn je war Franz froh, nicht in Deutschland zu sein.

»Wie gefällt sie dir?« fragte Koumamá.

Franz lächelte. »Die Zeitung?«

Koumamá verdrehte die Augen. »Du weißt, wen ich meine.«

Franz blickte zur Seite, wo Zara damit beschäftigt war, Wäsche auf die Leine zu hängen. Die junge *targia* war seit ein paar Monaten so etwas wie Franz' Haushälterin. Sie kochte und putzte, und vor allem kümmerte sie sich um mich. Fatou war eines Tages klar geworden: Vater und Sohn brauchten weibliche Unterstützung. Franz war ein miserabler Koch, und bisweilen hatte sich die Ernährung bei ihm auf Brot, Hirsebrei, Datteln und Wasser beschränkt. Im Zelt hatte von Ordnung keine Rede sein können, schmutzige und saubere Kleidung hatten auf einem Haufen gelegen, dazwischen ungespültes Geschirr. Fatou fand, dass eine gewisse Ordnung schon sein musste, gerade wenn ein Kind da war. Außerdem neigte Franz dazu, die Zeit komplett zu vergessen, während er arbeitete, und allzu oft verlor er dabei seinen Sohn aus dem Blickfeld, der sich dann gerne mal alleine zwischen den Dünen herumtrieb und Rennmäuse oder Schlangen jagte. Das war nicht ungefährlich. Ein so kleines Kind, alleine unterwegs, konnte interessant sein für Schakale. Fatou hatte ihre Nichte zweiten Grades gebeten, eine Weile bei Franz zu bleiben, ihm zur Hand zu gehen und für ihn zu kochen, und Zara hatte sich darauf eingelassen. Zuerst nur, um der Frau des Stammesführers einen Gefallen zu tun. Aber mit der Zeit begann es ihr Spaß zu machen, bei uns zu leben. Sie hatte ein eigenes, etwas kleineres Zelt bekommen. Franz war froh über ihre Gesellschaft. Und auf diese Weise gab es ein weibliches Wesen, das mir nahe war. Außerdem war Zara eine hübsche, anmutige Frau, der er gerne zusah, bei allem, was sie tat. Das hatte Fatou natürlich vorausgesehen. Sie verknüpfte die Sache schon auch mit einer gewissen Hoffnung.

»Sie ist nett«, sagte Franz.

»Nur nett?« Koumamá sah ihn aufmerksam an.

»Sehr nett«, bekräftigte Franz.

»Sie könnte einem Mann gefallen.«

Franz musste lächeln. »Sag Fatou, dass es mich sehr berührt, wie viele Gedanken sie sich um mich macht.«

»Ich frage nicht im Auftrag von Fatou«, behauptete Koumamá.

»Nicht?«

Koumamá pustete Luft aus dem Mund. »Gut, ja, sie will wissen, ob es zwischen euch etwas Neues gibt.«

»Zara ist noch sehr jung.«

»Sie mag dich«, sagte Koumamá. Er klang nun, als würde er einreden auf ein krankes Kamel, das seine Medizin nicht nehmen wollte. »Aber wenn du nicht bald…«

»Wenn ich nicht bald was?«

»Wenn du Zara nicht bald zeigst, dass du sie willst, dann denkt sie, du magst sie nicht. Dann wird sie gehen, verstehst du? Franz, du kannst nicht ewig…« Koumamá geriet ins Stocken und sprach nicht weiter.

»Ich kann Luise so lange betrauern, wie ich will«, erwiderte Franz scheinbar ungerührt. »Zara ist eine wunderbare Frau, und deswegen will ich ihr nicht versprechen, was ich dann vielleicht nicht halten kann.«

2

Hermann von Kramm wusste seine Fahne in den Wind zu hängen. Er konnte die Nazis nicht leiden und hielt sie für verbohrte Idioten, aber das hinderte ihn doch nicht, mit ihnen Geschäfte zu machen. Vor vielen Jahren hatte er das Porzellan für den Kaiser und seinen Hofstaat hergestellt, nun erwarb er über seinen Neffen Gerhard das Vertrauen von Heinrich Himm-ler. Der Chef der SS war ein leidenschaftlicher Sammler von Porzellanfiguren, und von Kramm fand nichts dabei, sich vor seinen Karren spannen zu lassen. Himmler wollte Figuren, die den Geist einer neuen Epoche darstellten, die auf geschmacksbildende Weise helfen sollten, den Deutschen zum nationalsozialistischen Menschen zu erziehen. Dass von Kramm dadurch gezwungen war, gestalterisch Zweitklassiges herzustellen, wen kümmerte das? Es war immer von Vorteil, gut gestellt zu sein mit dem, der gerade die Macht inne hatte. Die Auftragsbücher waren voll, die Manufaktur bekam hohe Subventionen, der Firma hätte es nicht besser gehen können. Der Patriarch versuchte, mit dem geschäftlichen Erfolg sein privates Unglück zu kompensieren, und er gab sich gerne als der kraftstrotzende Macher, der stark war wie ein Baum und den nichts umhauen konnte. Aber wenn er ehrlich war: Seine Frau war viel zu früh gestorben, und dann hatte vor ein paar Jahren auch noch seine über alles geliebte Tochter in der Sahara den Tod gefunden. Sein kleiner Enkel war verschollen und wahrscheinlich ebenfalls längst tot. Konnte ein Mann vor einem solchen Hintergrund noch glücklich sein?

Gerhard Angermair liebte es, wenn andere die Hacken für ihn zusammen schlugen. Das schenkte ihm ein prickelndes Gefühl, das war irgendwie erotisch. Wo immer der Stabsführer der SS auftrat, schlug ihm Respekt entgegen. Die schwarze Uniform, der glänzende Ledermantel, für Gerhard war das wie eine zweite Haut. Ja, er war Teil von etwas Großem, ein wichtiger Bestandteil dieser neuen Zeit. Ihm gehörte Deutschland! Und irgendwann würde ihm auch die bedeutendste Porzellanmanufaktur des Landes gehören! Niemand konnte ernsthaft annehmen, dass Hermanns Enkel irgendwann noch einmal auftauchen würde. Sein Onkel war schwer davon gezeichnet, dass er seine Tochter an die Wüste verloren hatte, und er war nicht mehr der Jüngste. In einigen Jahren würde er das Zepter an ihn weiter reichen.

Gerhard und sein Onkel waren unterwegs zu einem Abendessen mit einem hochrangigen Parteifunktionär, der für seine Villa ein paar große, opulente Porzellanfiguren in Auftrag geben wollte. Ein gedrungener, nicht allzu großer Mann mit Bürstenschnitt sprach Hermann von Kramm auf der Straße an, mit starkem französischem Akzent. Der Leibwächter versuchte den Mann beiseite zu drängen, aber er blieb stehen wie ein Fels. Er stellte sich vor als Guillaume Lamur und behauptete, einer der Männer gewesen zu sein, die im Auftrag von Herrn von Kramm ein halbes Jahr lang jedes Sandkorn der Sahara umgedreht hätten. Gerhard versuchte seinen Onkel weiter zu ziehen, aber der wollte hören, was der Mann zu sagen hatte.

»Onkel Hermann«, sagte Gerhard, »sieh ihn dir doch an. Er wird versuchen, dir Geld aus der Tasche zu ziehen.«

»Warum sind Sie hier?« wollte von Kramm wissen.

»Ich arbeite nicht mehr für die *légion*«, sagte Lamur. »Ich bin Polizist in Brüssel. Vor kurzem kam ein früherer Kollege auf mich zu und erzählte mir von einem kleinen, blonden Jungen mit heller Haut, den er gesehen hatte. Auf einem Bazar in Agadez. Mitten in der Sahara. In der Begleitung von Tuareg.«

»Mein Enkel«, sagte Hermann von Kramm.

»Davon können Sie ausgehen«, sagte der ehemalige Fremdenlegionär.

»Das ist ja überhaupt nicht gesagt«, gab Gerhard zu bedenken.

»Hörst du nicht zu, du Trottel? Er ist am Leben!« rief der Patriarch und klatschte übermütig die flache Hand auf den schwarzen Ledermantel seines Neffen, so dass der für einen Moment ins Wanken geriet. »Mein Enkel ist am Leben!«

Von Kramm war wie ausgewechselt. Er fühlte sich 20 Jahre jünger und begann Pläne zu schmieden. Diesmal würde er die Angelegenheit nicht irgendwelchen Fremdenlegionären überlassen. Er selbst würde nach Nordafrika reisen und seinen Enkel nach Hause holen! Gerhard versuchte ihn davon abzubringen: die Strapazen, die Hitze, die ganzen unzivilisierten Neger! Das war doch viel zu gefährlich!

»Du klingst wie ein Mädchen«, sagte Hermann von Kramm.

Gerhard wusste: Allzu viel Zeit würde ihm nicht bleiben, um den Plan zu sabotieren. Von einem Parteifreund, einem Apotheker, besorgte er sich eine Mixtur, von der er seinem Onkel bei jeder Gelegenheit ein paar Tropfen ins Essen träufelte. Die Wirkung ließ nicht lange auf sich warten. Hermann von Kramm fühlte sich müde und abgeschlagen. Sein Arzt fand nicht heraus, woran es lag. Dem Patriarchen ging es von Tag zu Tag schlechter. In diesem Zustand war an eine Reise nicht zu denken. Von Kramm haderte mit seinem Schicksal. Es war völlig unabsehbar, wann sein Zustand wieder stabil genug sein würde.

»Weißt du was, lieber Onkel«, sagte Gerhard. »*Ich* reise für dich in die Wüste. Ich hole deinen Enkel da raus.«

»Du?« Hermann von Kramm schien nicht begeistert. »Du kannst einen Löwen nicht von einem Pelzmantel unterscheiden.«

»Onkel, in der Sahara gibt es keine Löwen«, erwiderte Gerhard.

Von Kramm dachte einen Moment darüber nach. »Nachdem mir der Arzt die Reise verbietet«, jammerte er schließlich,

»und ich mich fühle wie ein Lappen im Schmutzwasser - dann fahr eben du. Aber besorg dir Leute, die etwas von der Wüste verstehen.«

Gerhard lächelte und nickte langsam. Das würde er. Oh ja, das würde er ganz gewiss.

3

Zara kam aus dem Zelt. Sie hatte mich gerade zu Bett gebracht. Das Licht der Mondsichel schmeichelte ihrem Gesicht und ließ sie noch schöner erscheinen. Sie setzte sich zu Franz ans Feuer. Er goss ihr die erste Tasse Tee ein. Sie spürte, dass er nervöser war als sonst.

»Was hast du?« wollte sie wissen.

»Nichts«, sagte er. Das war gelogen. Er wollte mit ihr flirten, aber er wusste nicht wie. Er war nie gut darin gewesen, zarte Bande zu knüpfen, aber so schwer wie dieses Mal war es ihm noch nie gefallen. Es fühlte sich komisch an, nach Luise mit einer anderen Frau zusammen sein zu wollen. Als würde er sie betrügen. Als würde er sich selbst betrügen. Als wäre das alles kompletter Schwachsinn. Am liebsten hätte er Zara eine gute Nacht gewünscht, sich in sein Zelt zurückgezogen und sich unter seiner Decke verkrochen. Aber dann würde er niemals mehr einen Vorstoß riskieren. Sie würde bald zum Stamm zurück gehen und sich einen anderen Mann suchen. Wollte er das? Nein, das wollte er nicht. Wenn er andererseits jetzt um sie warb und heute Nacht mit ihr schlief, dann würde sie bleiben, und sie würden Mann und Frau werden. War es das, was er wollte? Diese verfluchte Unentschlossenheit!

»Zara, ich mag dich sehr gerne«, sagte er.

Sie nickte und wich seinem Blick verlegen aus, während sie an ihrem Tee nippte. Franz hörte den Widerhall seiner Worte und konnte nicht fassen, wie holprig sie sich angehört hatten. Zara sagte nichts, aber auch ihre wachsende Unruhe war nun spürbar. Sie erwartete mehr von ihm. Er musste noch irgendetwas sagen. Oder tun. Aber was? Fast hätte er den ganzen Versuch abgebrochen, da griff er auf einmal nach ihrer Hand.

»Du bist so schön«, sagte er, »dass es mir fast die Sprache verschlägt. Aber wenn mir keine Worte mehr einfallen, kann ich dich immer noch küssen.« Er führte ihre Hand an seinen Mund und berührte sie zärtlich mit den Lippen. Sie nahm seine Hand und tat mit ihr das Gleiche. Er rückte näher an sie heran und strich ihr sanft übers Haar.

»Darauf habe ich so lange gewartet«, flüsterte sie.

Sie bewegten sich aufeinander zu, um sich zu küssen, und bemerkten nicht die Kamele, die auf dem Dünenkamm erschienen und deren Reiter sich vor dem Mondschein abzeichneten. Sie waren zu fünft, und sie trugen *tagelmust*. An ihren Gürteln hingen *takubas*. Die Männer glitten von den Kamelen, und während sie sich auf die beiden zubewegten, die gerade ein Paar wurden, zogen sie ihre Waffen. Franz realisierte nicht, dass ihn von hinten ein Schwert durchbohrte, auch nicht, als er die Klinge aus seiner Brust austreten sah. Er fiel vornüber in die Glut seines Feuers. Zara stieß einen Schrei aus, der erstarb, als ihre Kehle durchgeschnitten wurde. Sie sank zuckend in den Sand und tränkte ihn mit ihrem Blut, das im Mondlicht schwarz schillerte. Ich war nicht erst von Zaras Schrei wach geworden. Ich hatte die ganze Zeit am Zelteingang gekauert und meinen Vater beobachtet, wie er sein Glück bei Zara versuchte. Nun stand ich mit offenem Mund da und begriff nicht, was da draußen passierte. Die Männer gingen auf das Zelt zu, mit ihren gezogenen Klingen. Im letztmöglichen Moment erwachte ich aus meiner Starre und zog mich ins Innere zurück. Ich wusste, wo die einzige Stelle war, an der ich mich unter der Zeltplane ins Freie scharren konnte. Ein Mann sagte auf Französisch: »Er ist nicht hier!« Und dann auf Deutsch: »Wo steckt der kleine Mistkerl?«

Durch ein kleines Loch in der Plane sah ich, wie der Mann seinen Gesichtsschleier lüftete. Ich kannte ihn nicht, und woher hätte ich wissen sollen, dass es mein Onkel war, den ich vor mir hatte?

»Sucht den Jungen!« befahl Gerhard Angermair nun wieder auf Französisch. »Er muss hier irgendwo sein!«

Während seine Männer nach mir zu suchen begannen, kam Gerhard aus dem Zelt zurück, mit dem dicken Buch, an dem Franz seit vier Jahren arbeitete. Er trug es aufgeschlagen vor sich her.

»Mit diesem Buch«, las er, »möchte ich ein wenig dazu beitragen, dass wir, die Deutschen, die wir uns für so klug und besonders halten, das eine oder andere von den wunderbaren Menschen lernen, über die ich im Folgenden berichten möchte: von den Tuareg in der afrikanischen Sahara, die sie *ténéré* nennen.« Gerhard trat an die Feuerstelle, in der sein Schwager lag und mit matten Augen zu ihm aufblickte. »Franz, du warst schon immer ein Spinner«, sagte Gerhard und hielt das Buch über die Glut, bis es Feuer fing. Dann ließ er es fallen, so dass die ledernen Einbände Franz‘ Gesicht verdeckten. Ich drehte mich um und begann zu rennen, von einem Dünenkamm zum nächsten, hinein in die Nacht.

TEIL III

AZAHRÚ

Die Franzosen

1

Als die Dünen im ersten Tageslicht einen schwachen Schatten zu werfen begannen, saß ich mit weit offenen Augen im Sand und wusste nicht, wer ich war. Es war kalt, aber ich fror nicht. Etwas tobte in mir, aber es war nur der weit entfernte Lärm einer Schlacht, und er ging mich nichts an. So fanden mich die Männer. Einer von ihnen kniete neben mir nieder und sah mir in die Augen. Er betastete meine Hand, meinen Arm.

»Er ist ganz kalt«, sagte er. Ein anderer legte mir eine Decke um die Schultern. »Wer ist das gewesen?« fragte der Mann. Ich antwortete nicht. Sie wechselten Blicke. »Erkennst du mich?« wollte er wissen. Ich schüttelte den Kopf.

»Ich bin Koumamá«, sagte er. »Dein Vater.«

Der Nachtwind hatte den Brandgeruch zu Koumamás Lager getragen. Er hatte sofort ein paar Männer aus dem Schlaf geholt und war mit ihnen hinüber geritten. Im Morgengrauen fanden sie die beiden niedergebrannten Zelte und die halb verkohlten Leichen von Zara und Franz. Einer der Männer war Zaras Bruder. Er sank weinend über ihr zusammen. Die anderen wandten sich ab, ihnen war übel. Koumamá war der einzige, der sich mit einem Stock durch die noch glimmenden Überreste der Zelte kämpfte.

»Der Junge ist nicht da!« rief er. »Ich kann ihn nicht finden!«

»Weil sie ihn geholt haben«, sagte Ibrahim mit tonloser Stimme.

Koumamá nickte. Vermutlich waren die Mörder und Brandstifter hier gewesen wegen des Jungen. Er sah sich um. Es gab nur Spuren von Kamelen, nicht von Pferden. An einem Dornenstrauch hing etwas, ein mit Indigo gefärbtes Stück Stoff. Ein abgerissenes Teil eines Tuareg-Schleiers!

»Das waren *imushaq*«, sagte einer. »Männer wie wir!«

Koumamá erwog diesen Gedanken nur für einen kurzen Moment. Sollten tatsächlich Tuareg eines anderen Stammes das hier fertiggebracht haben? Einen derart hinterhältigen, feigen Überfall?

»Niemals«, sagte er. »So tief sinken wir nicht.«

»Besitz erzeugt Begehrlichkeit«, gab der andere zu bedenken.

»Allen *imushaq* in weitem, weitem Umkreis«, sagte Koumamá, »ist eines wohlbekannt: Franz und sein Sohn stehen unter meinem persönlichen Schutz. Also war das hier ein Angriff auf mich und unseren ganzen Stamm. Kann jemand aus dieser Gegend so dumm, ja so wahnsinnig sein, sich dem Zorn auszuliefern, den er damit entfacht?« Koumamá kniete sich vor die Leiche von Franz und wischte sich die Tränen aus dem Gesicht.

»Wir finden deinen Sohn«, sagte er mit zitternder Stimme. »Und wenn ich dafür bis nach Tripolis reiten muss! Und wenn ich dafür ein Schiff besteigen und bis nach Europa fahren muss. Ich finde ihn, Franz, das schwöre ich dir.«

»Hier sind Fußabdrücke«, rief Ibrahim zu ihnen hinüber. Er stand inzwischen an der rückwärtigen Seite der abgebrannten Zelte. »Sie sind so klein, sie müssen von Leo sein.«

»Sie können von gestern stammen«, erwiderte Koumamá. »Oder von vorgestern.«

»Sie sehen frisch aus«, meinte Ibrahim.

Sie mussten eine Weile nach mir suchen, denn an manchen Stellen hatte der Wind meine Spuren verweht. Ich verstand, was Koumamá zu mir auf *tamascheq* sagte, und auch seine paar Worte in gebrochenem Deutsch.

»Du bist mein Papa?« war der erste Satz, den ich an ihn richtete, in einer Mischung aus beiden Sprachen. Koumamá nickte stumm.

»Und warum siehst du so traurig aus?«

»Weil ich Angst um dich hatte«, antwortete er. »Du bist davon gelaufen, und wir haben dich gesucht.«

»Warum bin ich davon gelaufen?«

»Das weiß ich nicht. Vielleicht hast du etwas Schlechtes geträumt. Kannst du dich an irgendetwas erinnern?«

Ich schüttelte den Kopf. Ich wusste nur, dass ich hier gesessen hatte. Und dass weit entfernte Schreie in meinem Kopf waren, die ich nicht verstand und die ich auch nicht verstehen *wollte*.

»Wie heiße ich?« wollte ich von ihm wissen.

Er zögerte kurz. »Du bist Azahrú«, sagte er. »Der weiße Löwe.«

Koumamá ritt alleine voraus. Er wollte vor mir bei seinem Stamm sein.

»Ich möchte den Jungen vor der Erinnerung an diese Nacht beschützen, und das kann ich nur mit euch allen zusammen. Ein schwerer, dunkler Vorhang ist vor das gefallen, was er erlebt hat. Von nun an ist er mein Sohn, und auch der von Fatou. Ihr nennt ihn nur noch bei seinem neuen Namen. Ihr erwähnt nicht seine richtigen Eltern. Es ist das Mindeste, was wir Franz und Luise schuldig sind.«

»Was ist mit seiner hellen Haut? Die fällt doch auf.« Es war Lassad, der sich zu Wort meldete. Er war inzwischen ein in die Höhe geschossener Zwölfjähriger mit kantigem Gesicht und wachen Augen.

»Sieh dich um«, sagte Koumamá. »Vor vielen Generationen hatten unsere Vorfahren helle Haut. Dann hatten sie dunkelhäutige Sklaven. Deswegen findest du bei unserem Stamm alle Hautfarben, die Ziegenmilch im *shahid* zu erzeugen vermag. Meine beiden Töchter: Dafinah ist ziemlich dunkel, Mariamá deutlich heller. Und Azahrú ist eben noch etwas heller.«

Lassad ließ nicht locker: »Seine Haare sind hell wie Wüstensand. So sieht hier sonst keiner aus.«

»Er ist noch klein«, antwortete Fatou. »Die werden dunkler, ganz von selbst, mit der Zeit.«

»Bald werdet ihr diese Fragen vergessen haben«, schloss Koumamá seine Ansprache. »Weil Azahrú ein Teil unseres Stammes sein wird. Es wird sein, als hätte er schon immer dazu gehört.«

2

Meine Ankunft fühlte sich merkwürdig an. Alle sprachen mich ständig mit meinem Namen an. Anscheinend machte man das so, wenn man mit jemandem redete. Ich saß nur verschüchtert da und ließ es über mich ergehen. Ich kannte die Namen der anderen ja nicht, und deswegen hielt ich lieber den Mund. Meine Eltern aber mochte ich schon nach kurzer Zeit. Mutter eroberte mein Herz am schnellsten. Und Vater war der Mann, der von allen am meisten respektiert wurde. Er war jemand, zu dem man gerne aufsah. In der ersten Zeit träumte ich in jeder Nacht von Dingen, die mich schreiend aufwachen ließen: Der Wüstensand stand in Flammen, und ich war davon umschlossen. Manchmal war auch ein Gesicht zwischen den Flammen, von einem Mann, der Sätze sagte wie: »Wo steckt der kleine Mistkerl?« oder »Er muss hier irgendwo sein!« Ich versteckte mich vor ihm, aber er fand mich jedes Mal, egal wie weit ich davon lief, ganz gleichgültig, wie tief ich mich im Sand vergrub oder wie sehr ich mich in eine Felsspalte presste. Wenn ich dann erwachte, tupfte Fatou mir den Schweiß von der Stirn, nahm mich in die Arme, flüsterte mir beruhigende Worte ins Ohr, und ich sog wohlig ihren Duft ein, bis ich weiter schlafen konnte. Meine größere Schwester Mariamá war meistens nett zu mir, im Gegensatz zu Dafinah, die nur wenig älter war als ich. Sie schien mich zu hassen, und ich wusste nicht warum. Dass sie neidisch war, begriff ich erst sehr viel später. Dafinah liebte ihren Vater über alles. Deswegen wäre sie am liebsten ein Junge gewesen, denn dann hätte er ihr alles gezeigt, was ein Junge wissen musste, und in einigen Jahren hätte er sie sogar mit auf die Salzkarawane genommen. Und jetzt? Auf einmal hatte Koumamá einen Sohn bekommen! Nun würde dieser kleine Eindringling das Anrecht haben auf alles, was sie sich so sehr wünschte! Dafinah hatte gute Lust, mir zu verraten, wo ich wirklich herkam und wer meine richtigen Eltern waren. Ein paarmal war sie ganz kurz davor. Aber sie wusste, wie wütend ihr Vater dann auf sie sein würde, und nur deswegen ließ sie es bleiben.

Ich saß vor dem Zelt und zeichnete mit einem Zweig ein Muster in den Sand, als meine Mutter mich unsanft an der Hand ins Zelt zog. Ich beschwerte mich, aber sie meinte, sie wolle mir nur eine Kappe über den Kopf ziehen, um mich vor der Sonne zu schützen. Ich hatte keine Ahnung, was der wirkliche Grund war: Französische Polizisten ritten ins Lager, und sie sollten mich nicht erkennen als einen, der nicht hier her gehörte. Ich bestaunte die Pferde, von denen sie stiegen, um mit Koumamá zu sprechen. Und natürlich ihre Uniformen mit den blinkenden Knöpfen.

»*Ânna*, was sind das für Männer?« wollte ich wissen.

»Sie glauben, ihnen gehört die Wüste«, sagte Fatou. »Dabei könnten sie darin keine zwei Tage lang alleine überleben.«

Ich wollte zu ihnen laufen, aber Fatou nahm mich wieder bei der Hand und befahl mir, beim Zelt zu bleiben. Sie wollte nicht, dass ich hörte, worüber gesprochen wurde, und das aus gutem Grund.

»Es sind zwei Menschen getötet worden«, sagte Alphonse Dupont, der Polizist mit den meisten Streifen auf der Schulter. Er hatte seine Leute in absolute Alarmbereitschaft versetzt. Sie rechneten jederzeit damit, von ihren Schusswaffen Gebrauch machen zu müssen. Und dabei hielt Dupont den Großteil seiner Männer noch im Verborgenen. Beim ersten Schuss würde eine ganze Hundertschaft, die jetzt noch zwischen den Dünen wartete, das Lager der Tuareg überrollen.

»Ich weiß das«, sagte Koumamá. »Der eine war ein sehr guter Freund von mir, die andere eine Verwandte meiner Frau.«

»Die Leichen sind in der Nähe des Tatorts vergraben worden«, fuhr der Franzose fort und lüftete seine Kappe, um sich mit der Hand in aller Ruhe über seine vor Schweiß leicht glänzende Halbglatze zu fahren. »Wir haben sie einer Obduktion zugeführt.«

»Sie haben sie wieder ausgegraben?« erregte sich Koumamá. »Die Ruhe eines Toten ist etwas Heiliges.«

»Dann haben Sie die Toten verscharrt?«

»Allerdings, das haben wir.«

»Offenbar ist die Tat von Nomaden begangen worden, wie Sie welche sind.«

»Jemand wollte, dass es so aussieht«, sagte Koumamá. »Das ist alles.«

Dupont zog eine Augenbraue hoch. Das war sicher etwas, dachte Koumamá, das er lange vor dem Spiegel geübt hatte, bis er es so gut konnte. »Sie scheinen mehr zu wissen als ich«, sagte Dupont mit dem Anflug eines gönnerhaften Lächelns und setzte die Kappe wieder auf.

»*Imushaq* sind zu so einer feigen Tat nicht fähig«, erwiderte Koumamá. »Wir leben nach den Regeln des *asshaq*. Er verbietet uns, einen Wehrlosen anzugreifen.«

»Sie können mir viel erzählen«, sagte Dupont ungerührt. »Aber wenn Sie nichts zu verbergen haben, dann spricht sicher auch nichts dagegen, dass wir mal einen Blick in Ihre Zelte werfen.«

»Nur zu«, meinte Koumamá. »Tun Sie, was Sie für nötig halten.«

Auch in unser Zelt kamen zwei Polizisten. Von mir nahmen sie keinerlei Notiz. Dupont war indessen bei Koumamá stehen geblieben und versuchte einen Plauderton anzustimmen.

»Wie lebt es sich denn so in der Wüste? Gibt es gar nichts, das Sie vermissen?«

Koumamá musterte ihn. »Warum fragen Sie?«

»Es ist ein Zeichen von Zivilisation, wenn man sich in Wartepausen höflich miteinander unterhält.«

»Sie verzeihen bitte«, sagte Koumamá, »wenn ich mit Ihnen nicht über die Wüste spreche. Ich würde mir vorkommen wie ein Adler, der mit einer Schildkröte über die Jagd diskutiert.« Er war auf den feindseligen Blick gefasst, den er bei seinem Gegenüber verursachte, aber es entsprach einfach nicht seiner Natur, sich Unverschämtheiten kommentarlos gefallen zu lassen.

Inzwischen fanden die Polizisten in unserem Zelt etwas, das sie interessierte. Im hintersten Winkel, verborgen zwischen verschnürten Ledermatten, holten sie große Bilder hervor, die auf Rahmen gespannt waren. Die Gemälde waren höher als die *takuba* meines Vaters lang war. Das oberste zeigte einen Sonnenaufgang hinter Sanddünen, das zweite war ein sehr beeindruckendes Abbild meines Vaters. Ich fand die Bilder wunderschön. So etwas hatte ich nie zuvor gesehen.

»Monsieur, das sollten Sie sich ansehen«, sagte einer der Polizisten, als er mit dem Sonnenaufgang aus dem Zelt kam. Damit war die Angelegenheit für Dupont besiegelt.

»Diese Bilder haben Sie von dem deutschen Mann, nicht wahr?« fragte er. »Ich bin gespannt, was wir noch so finden, wenn wir eine Weile suchen.«

Koumamá schnaubte: »Wie ich schon sagte, er war ein Freund. Die Bilder sind von seiner Frau und waren ein Geschenk.«

»Ich nehme Sie jetzt fest«, sagte Dupont, »und ich erwarte, dass Sie keinen Ärger machen.«

»Ich habe nichts getan, Monsieur.«

»Es ist nicht meine Sache, das zu klären. Dafür haben wir Gerichte. Ich nehme an, Sie wissen, was das ist, ein Gericht?« Dupont schnippte mit den Fingern und deutete auf Koumamá. Im selben Moment traten zwei Polizisten auf den Stammesführer zu.

»Hände auf den Rücken«, befahl einer von ihnen. Ein halbes Dutzend Tuareg-Männer traten zwischen die Polizisten und ihren Anführer, die Hände auf den Griffen ihrer *takubas*.

»Haltet euch raus!« rief Koumamá auf *tamascheq*. »Er hat noch sehr viel mehr Männer, hier ganz in der Nähe!«

Seine Leute zögerten.

»Na los!« bekräftigte Koumamá seine Anweisung. Die Männer zogen sich unwillig wieder zurück.

»Woher wissen Sie das?« wollte Dupont wissen. »Das mit den Männern.«

»Sie sprechen meine Sprache?« Koumamá war überrascht.

»Ich bin kein solcher Idiot, wie Sie gerne glauben möchten«, antwortete der Franzose. »Also bitte, nur aus Neugier: Woher haben Sie es gewusst?«

»Ihre Männer«, meinte Koumamá, »sind da hinten.« Er deutete auf eine Düne. »In der Luft sind leichte Spiegelungen. Die Männer haben zu viel Glitzerzeug an ihren Uniformen.«

»Nehmt ihn fest«, wandte Dupont sich an seine Männer. »Und die da auch.« Damit meinte er die Gefolgsleute von Koumamá, die versucht hatten ihn zu verteidigen.

»Ihr lasst euch entwaffnen und wehrt euch nicht, habt ihr verstanden?« gab Koumamá ihnen eindringlich zu verstehen. Die Männer gaben ihre Schwerter nur widerwillig ab, und sich fesseln zu lassen fiel ihnen noch schwerer. Die Tuareg wurden aneinander gebunden, mit Koumamá vorneweg, der wiederum an ein Pferd gebunden wurde, hinter dem er hertrotten musste.

»Wo geht *abba* hin?« fragte ich meine Mutter, als Koumamá und die anderen mit den Franzosen das Lager verließen.

»Er macht einen Ausflug«, sagte Fatou und verbarg ihre Betroffenheit, die an Panik grenzte. »Nur einen kleinen Ausflug.«

3

Im Lager herrschte Sprachlosigkeit. Fatou befahl Mariamá, mich unter allen Umständen im Zelt zu halten, denn ich sollte von dem, womit sie nun rechnete, nichts mitbekommen.

»Wir hätten uns wehren sollen«, sagte einer.

»So, hätten wir das?« erwiderte Fatou energisch. »Ich sage dir, was sie getan hätten. Sie hätten uns abgeschlachtet. Es wäre das Ende unseres Stammes gewesen.«

»Das ist *auch* das Ende unseres Stammes«, erwiderte Ibrahim. »Sie wissen jetzt, dass sie mit uns machen können, was sie wollen!« Der Beifall, den er bekam, zeigte, dass die meisten Stammesmitglieder seiner Meinung waren. Sein Sohn Lassad trat neben ihn und rief: »Das Problem ist der Junge mit den blonden Haaren! Er gehört nicht hierher! Nur wegen ihm haben wir den ganzen Ärger!« Der Beifall schwoll noch mehr an. Hitzige Rufe von anderen mischten sich darunter.

»Ja!«

»Geben wir ihn raus!«

»Er hat hier nichts zu suchen!«

Fatou drängte sich in die Mitte der Diskutierenden, und mit einem einzigen wütenden »*Essûnfá*!« schaffte sie es, die aufgebrachte Menge zum Schweigen zu bringen.

»Ein für allemal: Azahrú steht unter unserem Schutz. Der *asshaq* verbietet uns, daran etwas zu ändern! Wer von euch will gegen den *asshaq* verstoßen? Wer? Lasst es mich wissen.« Sie drehte sich langsam um die eigene Achse und blickte streng in die Runde.

»Koumamá und ich«, fuhr sie mit fester Stimme fort, »haben ihn als Sohn angenommen. Damit ist er ein *imushaq*! Ist irgendjemand hier, der das noch nicht begriffen hat?«

Alle schwiegen, niemand wagte es, dagegen das Wort zu erheben.

»Lasst uns überlegen«, fuhr Fatou in wesentlich ruhigerem Tonfall fort, »was wir tun können. Ich fürchte, unsere Männer sind darauf angewiesen, dass uns etwas einfällt.«

Fatou sah Ibrahim auffordernd an. Er ahnte, was sie von ihm erwartete, aber der Blickkontakt endete damit, dass er die Augen niederschlug. Lassad zupfte an seinem Ärmel.

»Vater, wir brauchen einen neuen Anführer«, sagte er.

»Unser Anführer ist Koumamá«, erwiderte Ibrahim. »Wir brauchen nur einen Stellvertreter.«

»Trotzdem muss sich jemand finden, der diesen Platz einnimmt«, sagte Fatou. Sie sah in die Runde, aber keiner der Männer vermochte ihrem Blick stand zu halten.

4

Hermann von Kramm schien zu schrumpfen, als sein Neffe ihm die Botschaft überbrachte. Der Mann, der ein Leben lang vor Energie gestrotzt hatte, war nur noch ein kleines Bündel ohne Leben.

»Du bist dir ganz sicher?« fragte er leise.

»Es gibt keinen Zweifel«, sagte Gerhard. »Leider.«

»Wie ist es passiert?«

Gerhard schwieg.

»Wenn du dir so sicher sein kannst«, fuhr Hermann fort, »dann wirst du auch wissen, wie es vor sich gegangen ist.«

»Sie starben einen schrecklichen Tod. Deswegen zögere ich, dir davon zu berichten.«

»Rede endlich!« befahl Hermann. »Mach den Mund auf, du Schwachkopf!«

Sein Neffe gehorchte sofort: »Primitive Nomaden haben sie überfallen. In der Nacht. Sie wurden ausgeraubt. Dabei hat man sie verstümmelt und verbrannt.«

»Feiges Pack«, stammelte Hermann von Kramm. »Was für ein unendlich feiges Pack.«

Er hatte alles verloren. Ein schwerreicher Mann mit Macht und Einfluss, für den es nichts mehr gab, das ihm wirklich etwas bedeutete. Er zog sich aus der Münchner Gesellschaft zurück, man sah ihn kaum noch auf Konzerten oder im Theater. Nur zu Veranstaltungen der Partei ging er noch hin und wieder, um es sich mit den Regierenden nicht zu verderben. Gerhard Angermair beobachtete, wie sein Onkel innerhalb weniger Wochen um Jahre alterte. Es bereitete ihm Freude, dabei zuzusehen, denn ihm wurde von Tag zu Tag klarer: Der Alte würde es nicht mehr lange machen. Irgendwann in nicht allzu ferner Zukunft würde er sich aus den Geschäften zurückziehen und ihn als neuen Direktor einsetzen. Denn Onkel Hermann ging die Familie über alles, und sein nächster Verwandter war nun sein ihm treu ergebener Neffe. Der inzwischen auch schon begonnen hatte, Verantwortung innerhalb der Firma zu übernehmen (um sich auf seinen Aufstieg schon einmal vorzubereiten). Trotzdem behielt Gerhard seinen Rang innerhalb der SS, die beiden Aufgaben ließen sich gut miteinander verknüpfen. Sehr gut sogar, denn Heinrich Himmler hatte seit jeher eine besondere Vorliebe für pathetisch angehauchte Porzellan-Figuren gehabt, und deswegen gestattete er seinem Zögling Angermair gerne, einen großen Teil der Porzellan-Produktion ins Konzentrationslager Dachau zu verlegen. Himmler mochte es, wenn Häftlinge die Symbole ihres Untergangs selbst anfertigten, das verschaffte ihm besondere Befriedigung. Gerhard hätte sogar die gesamte Produktion nach Dachau verlegt, aber das wollte Onkel Hermann nicht.

»Wenn ich das mache«, sagte er, »kann ich bald nur noch diesen scheußlichen deutschnationalen Kitsch herstellen, und das wäre ein großer Fehler.« Das von Krammsche Porzellan war stilistisch breit aufgestellt, so gab es etwa Geschirrsets mit afrikanisch inspirierten Mustern und Vasen, die asiatischen Vorbildern nacheiferten.

»Es wäre besser, wenn wir keine fremdartigen Artikel mehr produzieren würden«, gab Gerhard zu bedenken. »Irgendwann kommt der Tag, da wird man sie aus unserem Programm streichen, ob es uns gefällt oder nicht.«

Sein Onkel sah ihn abschätzig an. »Neffe Gerhard«, sagte er. »Es gibt einen Markt für exotische Waren, und solange das so ist, biete ich sie an. Was glaubst du: Warum stelle ich diesen minderwertigen Nazi-Nippes her? Weil die Parteigrößen mich dafür lieben. Es bringt mir ein paar nicht zu unterschätzende Vorteile. Aber ich könnte es nicht ertragen, nur noch für solch widerlichen Ramsch zu stehen. Deswegen wird es bei mir auch weiterhin kulturelle Vielfalt geben. Und niemand, glaub mir das, wird jemals irgendetwas aus meinem Programm streichen.«

»Du hörst dich nicht gerade vaterländisch an«, sagte Gerhard. Er versuchte, etwas Drohendes in seinen Blick zu legen.

»Na und?« erwiderte der Onkel. »Irgendwann, mein Lieber, sind die Nazis auch wieder weg vom Fenster. Was willst du tun? Mich denunzieren?« Er lächelte mitleidig.

»Halt dich bitte zurück«, sagte Gerhard. »Ich bin nicht irgendwer.«

»Doch, das bist du.« Hermann verließ den Wohnraum seiner Villa, vorbei an all den illustren Sammlerstücken aus aller Welt. »Genau das bist du.«

Gerhard blickte ihm ausdruckslos hinterher. Er ballte die Hand zur Faust und vermisste dieses Tuareg-Schwert, das sich zwischen seinen Fingern so großartig angefühlt hatte, als er seinen Schwager damit durchbohrt hatte. So sinnlich. Besser als jede Pistole.

5

Keiner der verbliebenen Männer wagte es, aus dem Schatten meines Vaters heraus zu treten. Meine Mutter wusste aber, es würde nicht viel Zeit bleiben, um Koumamá und die anderen zurück zu bekommen. Vielleicht war es sogar jetzt schon zu spät. Also fing sie an, Entscheidungen zu treffen und Befehle zu erteilen. Niemand widersetzte sich. Sie bestimmte eine Handvoll Männer, die sie begleiten sollten, dann wurden die *mehara* gesattelt, und sie ritten los. Meine Mutter machte sich auf die Suche nach anderen *imushaq*. Einen Stamm der *kel iferouane* vermutete sie ein bis zwei Tagesreisen in nordwestlicher Richtung. Es hatte ihr keine Ruhe gelassen, dass die Männer, die Franz und Zara getötet hatten, in Tuareg-Gewändern aufgetreten waren. Dafür gab es nur zwei Erklärungen: Entweder sie waren tatsächlich welche gewesen, oder sie hatten sich verkleidet. Das galt es heraus zu finden.

Es dauerte drei Tage, bis die Abordnung unseres Stammes auf die gesuchten Nomaden traf. Der *amenokal* der *kel iferouane* war mehr als betrübt, als er von Koumamás Festnahme erfuhr. Er rollte erst einmal seinen Gebetsteppich aus und betete für unsere Männer. Fatou und die anderen nahmen in aller Ruhe daran teil, und erst als ihnen anschließend Tee serviert wurde, fingen die Beratungen an. Niemand konnte sich vorstellen, dass Tuareg den Überfall begangen haben konnten. Jeder einzelne *targi* zwischen Mali und Tamanrasset kannte die Geschichte von Franz und Luise, die ihr Leben in den Bergen verloren hatte. Sie alle wussten, dass Franz und sein Sohn unter Koumamás Schutz gestanden hatten. Ein *targi*, der sich darüber hinwegsetzte, musste entweder wahnsinnig sein oder moralisch völlig verdorben.

»Dieser dreckige Mord«, sagte der *amenokal* der *kel iferouane*, »ist tragisch für Koumamá und seinen Stamm, aber er betrifft auch uns. Denn er bringt uns in Verruf. Uns alle. Die Menschen in den Städten, hinter den Mauern, die sie Häuser nennen, sie werden sagen: *Wir haben es doch immer gewusst - die Tuareg sind feige Verbrecher. Sie achten weder Gesetz noch Menschenleben. Eines Tages werden sie in die Städte kommen und uns töten. Greifen wir also zu den Waffen und kommen wir ihnen zuvor.* Genau das werden sie sagen. Die Ehre aller Nomaden der *ténéré* steht auf dem Spiel!«

Der *amenokal* mobilisierte seinen gesamten Stamm, der mehr als dreimal so groß war wie der unsrige. Sie schwärmten aus in alle Himmelsrichtungen, und schon am nächsten Tag kam einer der Männer zurück mit einer interessanten Nachricht: Auf einem Markt in der Nähe hatte ein *targi* eine Taschenuhr angeboten. Fatou erkannte die Uhr sofort - sie hatte Franz gehört. Noch am gleichen Abend erhielt der Händler Besuch. Jemand rüttelte an seinem Zelt. Als er die Eingangsmatte beiseite schob, stand er vor über 20 verschleierten Männern und einer unverschleierten Frau. Er behauptete, die Uhr einem *targi* abgekauft zu haben, den er gar nicht kannte. Fatou glaubte ihm nicht. Erst als drei Männer seinen rechten Arm festhielten und ein vierter sich anschickte, ihm die Hand abzuschneiden, keuchte er - halb wahnsinnig vor Angst - sein Geständnis in die Nacht. Er und drei weitere Tuareg hatten sich für eine Menge Geld anheuern lassen, um den kleinen Jungen und seinen Vater zu töten! Von einem Mann, der Französisch gesprochen hatte, aber kein Franzose war! Hauptsächlich sei es um den Jungen gegangen, aber den hatten sie nicht gefunden.
Der Händler wurde noch in derselben Nacht auf einem *mehari* festgebunden und anderthalb Tage später den Franzosen vorgeführt.

Dafinah sah die Rückkehrer als erste. »Sie sind wieder da!« rief sie, und ihre Stimme überschlug sich. Ich rannte aus dem Zelt, und mit vielen anderen liefen wir ihnen entgegen. Koumamá ritt vorneweg, ein König, der aus dem Exil zurückkehrte. Mein Herz füllte sich mit Glück und schien zerplatzen zu wollen.

Dafinah

1

Mein Vater wollte mich auf mein Leben als *targi* vorbereiten. Er war der Meinung, dass man damit gar nicht früh genug anfangen konnte. Wenn es nach ihm ging, würde ich später einmal die Salzkarawane anführen. Das war ein hochgestecktes Ziel, denn in einem Stamm gab es seit jeher zwei herausragende Positionen - die des *amenokal* und die des *madugu*, des Karawanenführers. Koumamá hatte beide Positionen inne, und er fand es recht und billig, sie in einigen Jahren auf mich übergehen zu lassen. Das würde aber nur funktionieren, wenn ich mich dieser Positionen auch würdig erwies. Ein Stammesführer musste ein hervorragender Krieger sein und ein besonnener Schlichter, getrieben von unbeugsamer Leidenschaft. Ein Karawanenführer hingegen musste vor allem ausdauernd sein wie ein *mehari* und zäh wie Ziegenleder.

Mein Freund Ifalan und ich, wir spielten oft *Salzkarawane*. Wir schlangen Lederbänder um Steine, die höchstens so groß waren wie eine kleine *tâdjella*, und zogen sie hinter uns her. Das sollten unsere Kamele sein, und mit ihnen durchlitten wir - immer in Sichtweite unserer Mütter - die Suche nach Wasser, die Überquerung unwegsamen Felsgeländes, den Kampf gegen die unbarmherzige Hitze, gegen wilde Tiere und gegen Sandstürme, die uns zwangen, uns auf dem Boden zusammenzukauern und unsere Gesichter hinter Tüchern zu verbergen.

Eines Tages schlug ich vor, wir könnten auch mal *âdjenna* spielen, den Starkregen, von dem mein Vater mir immer wieder erzählte, und der die Wüste angeblich in eine Wasserlandschaft verwandelte. Ifalan war begeistert.

»Das machen wir!« rief er. »Aber wie?« Er hatte Recht, es war nicht leicht, sich etwas vorzustellen, das wir nie zuvor gesehen hatten. Wasser war das kostbarste Gut, das wir kannten. Wir hatten davon gehört, dass es Gegenden gab, in denen Flüsse durch die Gegend strömten, einfach so, als wäre das gar nichts. Aber es war leichter, sich ein fliegendes Kamel vorzustellen.

»Wind kommt auf«, sagte ich. »Er bläst uns die Haare aus der Stirn.«

»Danach«, fuhr Ifalan fort, »fängt es an zu regnen. Erst nur ganz leicht. Dann immer mehr.«

»Und irgendwann«, rief ich, »regnet es so stark, dass wir ganz nass werden!«

Ifalan lachte: »Ja, es regnet so viel, dass wir den Mund aufmachen und Wasser trinken können, so viel wir wollen!«

Unsere Worte waren so eindringlich, dass wir den Regen, der uns auf die Köpfe prasseln sollte, auf einmal spüren konnten. Herrlich fühlte sich das an, kühl und geschmeidig. Bis eine dritte Stimme ertönte und unsere Illusion zerschnitt wie eine *takuba* ein Stück Stoff.

»So ist *âdjenna* nicht«, sagte Difanah. »Er ist ganz anders.«

»Was weißt du denn davon?« Ifalan sah sie abschätzig an. »Du bist ein Mädchen.«

»Das erste Mädchen«, erwiderte Dafinah und warf sich in eine stolze Pose, »das mit der Salzkarawane gehen wird. Das erste Mädchen sogar, das Karawanenführerin wird.«

Wir sahen sie an. Keiner von uns sagte etwas. Dafinah genoss den Nachhall ihrer großen Worte. Ifalan und ich pressten die Lippen aufeinander, aber sie bebten immer mehr, und schließlich konnten wir nicht mehr, und unser Gelächter ergoss sich aus unseren Hälsen.

»Lacht nur«, sagte Dafinah. »Zieht nur eure Steinchen durch den Sand und träumt davon, sie wären *mehara*. Ich weiß, wie der *âdjenna* wirklich ist, und ihr nicht.«

»Wie ist er denn?« fragte ich. »Weißt du es wirklich, oder willst du nur angeben?«

Dafinah setzte sich in den Sand. Wir gesellten uns dazu. »Der *âdjenna*«, sagte sie mit verschwörerisch gedämpfter Stimme, als würde sie ein gut gehütetes Geheimnis verraten, »kommt wie ein Schakal, der sich eine Ziege holt. Ohne Warnung. Es gibt keinen Wind. Keine Tropfen. Nur die Flut.«

»Was ist die *Flut*?« fragte Ifalan.

»Wenn es auf einmal nur noch Wasser gibt, so hoch wie die Zelte. Und Schlamm, so tief wie die Löcher, in denen wir die Toten vergraben.«

»Woher weißt du das?« fragte ich.

Dafinah sah mich an. »Von unserem Vater. Weil ich ihm zuhöre, wenn er spricht, und keine blöden Steine hinter mir herziehe.«

»Du wirst nie mit der Karawane gehen«, sagte ich.

»Werde ich wohl«, antwortete sie.

»Wirst du nicht.«

»Und warum nicht?«

»Weil Mädchen zu Hause bleiben und die Zelte hüten.«

»Das kannst du ja dann machen«, giftete sie. Dafinah stand auf und ging davon.

»Deine Schwester ist sowas von blöd«, sagte Ifalan. »Die eine jedenfalls.«

Ich verdrehte die Augen. Ifalan war in die größere von beiden verknallt, in Mariamá. Wenn es etwas gab, das blöd war, dann war es das. Ich meine, er war sieben Jahre alt, genau wie ich, und Mariamá war schon zwölf. Was sollte das? Ich verstand es nicht. Und deswegen redete ich mit ihm auch nicht darüber. Ich mochte ihn, wenn wir zusammen spielten. Sehr sogar. Wir konnten den ganzen Tag lang Spaß haben, ohne dass es langweilig wurde. Aber wenn er meine große Schwester anhimmelte, ging er mir auf die Nerven.

Eines Morgens wollte ich nach dem Frühstück zum Zelt von Ifalans Familie, aber mein Vater hielt mich zurück.

»Wir reiten in die Dünen«, sagte er.

»Kann ich mit?« fragte Dafinah.

»Du kommst mit zu den Schafen«, sagte unsere Mutter. »Ich zeige dir, wie man sie melkt.«

»Ich will aber mit in die Dünen«, quengelte Dafinah. »Die Schafe interessieren mich nicht.«

So war das eben. Die Mädchen lernten, was eine Hirtin wissen musste und wie man das Zelt reparierte. Wenn sie größer wurden, zeigten ihnen die Mütter, wie aus der Milch von Schafen und Ziegen Käse gemacht wurde. Das waren ihre Aufgaben. Mein Vater dagegen ritt mit mir in die Dünen hinaus, um mir beizubringen, was ein Mann wissen musste. Wie man sich orientieren konnte, hatte er mir bereits gezeigt. Heute kam eine neue Lektion dazu. Während wir auf dem *mehari* dahinschaukelten, drehte er sich zu mir um und wollte wissen, was das Allerwichtigste sei auf der ganzen Welt.

»Die Familie«, sagte ich.

Koumamá lachte und strubbelte mir durchs Haar. »Du hast Recht«, gab er zu. »Also das Zweitwichtigste.«

Ich musste ein wenig nachdenken. »Allah?« schlug ich vor.

»Was für ein kluger Junge du bist«, meinte er. »Nehmen wir also das Drittwichtigste.«

Endlich fand ich die Antwort, auf die er es abgesehen hatte: Wasser.

»Ohne Wasser wären wir nach wenigen Tagen tot«, sagte er. »Es haucht uns Leben ein und lässt das Blut durch unsere Adern fließen. Deswegen müssen wir wissen, wie wir es finden können. In der *ténéré* ist das oft eine schwere Herausforderung. Es gibt nur wenige Quellen, und viele Brunnen, die früher Wasser geführt haben, sind mittlerweile versiegt. Aber es gibt ein paar Tricks, und einen davon werde ich dir heute zeigen.«

»Wie geht der Trick?«

»Nicht so ungeduldig, Azahrú.« Damit drehte er sich wieder nach vorne, und für die nächsten Stunden war das Quietschen des Kamelsattels das einzige Geräusch, das ich vernehmen sollte. Das Gelände wurde allmählich felsiger und unwegsamer. Wir ritten in eine große Sandstein-Wanne hinab, und schließlich forderte mein Vater mich auf, vom *mehari* abzuspringen. Ich tat es, und auch er stieg aus dem Sattel und klopfte sich den Sand vom Gewand. »So, mein Sohn«, sagte er. »Wo ist nun das Wasser, das wir suchen?«

Ich sah mich um. Nach allen Seiten. Es war sehr heiß, die Mittagssonne verwandelte die Sandstein-Wanne in einen Glutofen. »Ich sehe keins«, erwiderte ich.

»Ich auch nicht«, sagte er.

»Was machen wir dann hier?«

Er ging zu einer Felswand und strich mit den Fingern darüber. »Fällt dir etwas auf?«

Ich tat das Gleiche. Der Sandsteinfels war porös. Voller Löcher.

»Kannst du dir vorstellen«, fragte mein Vater, »dass es Tiere gibt, die darin leben?«

Ich nickte. »Warum nicht? Es müssen aber sehr kleine Tiere sein.«

Er bat mich, beiseite zu gehen. Dann nahm er einen großen, eisernen Meißel aus der Satteltasche und einen ebenso großen Hammer. Schon mit dem ersten Schlag spritzten Teile des Felsens in alle Richtungen. Nach dem dritten Schlag bat er mich, näher zu kommen. In dem Loch, das er in den Fels gehauen hatte, krabbelten viele kleine Insekten.

»Das sind Termiten«, sagte Koumamá. »Ihre Behausungen befinden sich in der Nähe von Wasser, denn sonst könnten sie nicht überleben.«

»Und wo *ist* das Wasser?«

Er deutete auf den Boden. »Egal wo du bist: Es ist immer unter dir. Die Frage ist nur: Wie tief? Und hast du die Möglichkeit, dran zu kommen? Wenn dir das nicht gelingt…« Er griff in das Loch, nahm ein paar Termiten heraus und zerquetschte sie zwischen den Fingern. »… dann musst du die Termiten essen. Sie sind voller Wasser.« Mein Vater schob sich die Insekten zwischen die Zähne und zerkaute sie. Ich fand das widerlich, probierte es aber trotzdem. Die Termiten waren knusprig, knackten zwischen den Zähnen, und zu meiner Überraschung waren sie scharf, als hätte man reichlich Pfeffer dazu gegeben. Aber mit dem Genuss der Termiten wollte Koumamá sich nicht zufrieden geben. Er hieb noch ein paarmal auf den Felsen ein, bis er mir schließlich ein Stück abgesplitterten Sandstein gab. Er war ein wenig feucht.

»Die Quelle«, sagte er, »ist dicht unter der Oberfläche. Sie liegt nicht viel tiefer, als du groß bist. Aber das kann man vorher natürlich nicht wissen. Das Wasser könnte genauso gut zehn Kamellängen tief in der Erde sitzen.«

»Dann würde es uns nicht viel nützen, oder?«

»Da hast du Recht. So tief könnten wir den Meißel nicht in den Felsen treiben. Aber die Termiten lehren uns, was schon das alte Sprichwort sagt: *Aman iman*. Wasser ist Leben. Findest du das Wasser nicht, so folge dem Leben.«

Ich verstand, was er mir damit sagen wollte, und sprudelte es aufgeregt hervor: »Adler! Schakale! Schlangen! Sie alle brauchen Wasser, um zu leben!«

Mein Vater strahlte übers ganze Gesicht: »Genau, mein Sohn! Ein Tier in der Wüste wird uns zum Wasser führen! Das ist so sicher wie die Worte des Propheten. Es muss uns nur gelingen, dem Tier auch wirklich zu folgen, ohne seine Spur zu verlieren.«

Koumamá war der beste Lehrer, den ein Junge haben konnte. Er lehrte mich die Namen der Berge, bis ich alle Erhebungen des Aïr auswendig konnte. Er zeigte mir, wie man in Felsnischen Pflanzen mit heilenden Kräften finden konnte. Und er unterrichtete mich in Kamelkunde, denn ich musste nicht nur wissen, wie oft ein *mehari* etwas zu trinken brauchte und was für Lasten man ihm in die Satteltaschen stecken konnte. Es war wichtig, dass ich lernte, das Tier zu verstehen. Warum brüllte es? Warum weigerte es sich, weiter zu gehen? War es krank? Scheuerten die Gurte seine Flanken wund? Oder war es einfach nur faul und brauchte eine harte Hand?

»Ohne das *mehari*«, sagte mein Vater, »wären wir weniger wert als der Sand, der durch unsere Finger rinnt. Reichtum und Bedeutung eines Stammes regeln sich nicht durch die Anzahl ihrer Männer und Frauen, sondern einzig und allein durch die Antwort auf die Frage: wie viele *mehara*? Deswegen achten wir dieses Tier so hoch wie uns selbst. Und das hat es auch verdient, denn es ist gelehrig wie ein Hund, klug wie ein Falke und gewandt wie eine Gazelle. Wir achten darauf, dass nur die kräftigsten und langbeinigsten Tiere zur Zucht verwendet werden, um eine besonders edle Herde zu bekommen.«

Die *imushaq* verachteten jede Kleinlichkeit. Ihr Wesen war geprägt von Großzügigkeit und Lebensfreude, sie gaben gerne und hielten nichts von allzu großem Besitz. Aber wenn es um ihre Kamele ging, dann wurden sie penibel. Sie konnten einen ganzen Abend und die halbe Nacht damit verbringen, um das Feuer herum zu sitzen und das Fell ihrer *mehara* bis in die feinsten Farbnuancen zu beschreiben, auf eine zartfühlende Weise, wie sonst nur Mütter über ihre Kinder sprachen.

Ich war kein besonders gelehriger oder kluger Schüler, auch wenn mein Vater das gerne so sehen wollte. Aber ich gab mir Mühe, alles in mich aufzunehmen, denn ich wollte ihn nicht enttäuschen. Bald schon verfügte ich über die Grundzüge des Wissens, das ein *targi* haben musste. Dafinah hasste mich dafür. Sie hätte alles gegeben, um an meiner Stelle zu sein. Und sie war entschlossen, der Welt zu zeigen, dass sie der bessere Junge war. Ich sah sie niemals weinen. Einmal schnitt sie sich an einem Felsen den Fuß auf. Die Wunde war tief und blutete stark. Aber Dafinah vergoss keine Träne. Lieber schob sie sich ein Stück Holz zwischen die Zähne und biss so fest darauf, dass man die Kiefer knacken hörte. Durch Zubeißen konnte sie den Schmerz im Zaum halten - und vielleicht gefiel ihr das irgendwie und verführte sie dazu, es nicht bei einem Stück Holz zu belassen. Am Tag nachdem ihr Fuß geblutet hatte, gerieten wir in Streit, und sie biss mir in den Arm. Ein paar Tage später durfte ich etwas, das ihr verwehrt blieb, und sie biss mir ins Ohr. Ihre Zähne hinterließen im Lauf der Zeit eine Menge Male auf meinen Beinen, meinen Armen, meinen Füßen, meinen Fingern, selbst meine Nase blieb nicht verschont. Es waren keine bösartigen Bisse. Dafinah verstand es, genau so fest zuzubeißen, dass nicht mehr als ein klein wenig Blut hervor trat. Sie legte es nicht darauf an, mich ernsthaft zu verletzen. Trotzdem tat es weh, und ich empfand es jedes Mal als fürchterliche Demütigung. Ich gewöhnte mir an, ihr auf den Kopf zu schlagen, wenn sie sich in mich verbiss. Wir hatten immer irgendwelche Schrammen und blauen Flecke und - was mich betraf - Bissmale. Unsere Eltern gingen stets sofort dazwischen, wenn sie in der Nähe waren. Deswegen ging Dafinah dazu über, mir abseits der Zelte aufzulauern, wenn sie sich nicht in Reichweite befanden. Vater fing an, sich Sorgen zu machen. Weniger um mich, mehr um seine Tochter. Dafinah spielte nicht mit Puppen, sie hatte keinen Spaß daran, sich in hübsche Stoffe zu wickeln. Sie war stärker als die meisten Jungs, die schon ein oder zwei Jahre älter als sie waren. Und andauernd biss sie ihren Bruder. Koumamá fragte sich, ob Dafinah sich wohl zu einem richtigen Mädchen entwickeln würde, zu einer Frau, wie er sie sich vorstellte. Er sprach mit ihr und versuchte, sie zu verstehen. Koumamá schlug seine Kinder nicht. Selbst wenn die Zornesröte ihm ins Gesicht stieg, riss er sich zusammen. Gegen keinen von uns hat er jemals die Hand erhoben. Er war der festen Überzeugung, dass Autorität nichts mit Gewalt zu tun hatte. Seit vielen Jahren schon war er der *amenokal* unseres Stammes, und nie hatte sich ihm jemand widersetzt. Bis auf seine Töchter, die es beide verstanden, seine Anweisungen zu umgehen. Mariamá hatte ihre eigenen Methoden, denn sie wusste, wie sie ihren Vater mit einem unschuldigen Lächeln um den Finger wickeln konnte. Dafinah dagegen stieß Drohungen aus. Sie würde davon laufen und nie wieder kommen. Und wenn sie dann in der Nacht erfrieren oder einem Rudel Schakale zum Opfer fallen würde, dann wäre er schuld, er ganz allein! Mutter hörte sich das jedes Mal so lange an, bis sie diejenige war, der der Kragen platzte. Dann zeigte sie Dafinah, dass sie eine noch viel lautere und schrillere Stimme haben konnte als ihre Tochter. Fatou entwickelte dann eine so bedrohliche Energie, dass Dafinah ganz schnell die Klappe hielt und sich fügte. Trotzdem blieb Mutter, was Dafinah betraf, meistens sehr viel gelassener als Vater.

»Lass ihr ein wenig Zeit«, sagte sie. »Die Kindheit ist dazu da, sich die Hörner abzustoßen, und das tut jeder auf die ihm eigene Art und Weise. *Versteckter Schatz* haben wir sie genannt, und sie tut nichts anderes, als ihrem Namen gerecht zu werden.«

Ich war viel braver als meine Schwestern. Ich begehrte nicht auf, beschwerte mich nicht. Weil ich es nicht nötig hatte. Mein Vater behandelte mich wie einen Prinzen, und so fühlte ich mich auch. Ich liebte unser Leben. Unser Stamm und die Wüste, das war alles, was es für mich gab auf der Welt. Das blieb so, bis ich elf Jahre alt wurde. An meinem Geburtstag ließ Vater mich wissen, dass ich die nächste Salzkarawane begleiten würde.

»Ich will auch mit«, sagte Dafinah.

»Du bist ein Mädchen«, antwortete er. »Fang endlich an, dich wie eins zu benehmen.«

Als ich kurz darauf das Zelt verließ, kam ein Schatten von der Seite gesprungen und fiel mich an. Zähne gruben sich in meinen Oberschenkel. Das wilde Tier war meine Schwester. Nur: Diesmal meinte sie es ernst! Ich spürte, wie mir Blut die Wade hinunter lief. Ich schlug nach ihrem Kopf, aber sie reagierte nicht. Ihre Kiefer schraubten sich weiter in mein Fleisch. Ich strauchelte und landete mit dem Gesicht im Sand. Meine Hand ertastete etwas. Es war einer der Steine, den wir, Ifalan und ich, vor langer Zeit als *mehari* hinter uns hergezogen hatten. Meine Finger schlossen sich um ihn, und im nächsten Moment drosch ich ihn mit voller Kraft auf Dafinahs Hinterkopf. Der Griff ihrer Hände löste sich, der Druck ihrer Kiefer ließ nach. Ich schob sie von mir, sie rollte ohnmächtig auf die Seite. Das alles war innerhalb weniger Augenblicke geschehen. Erst jetzt kamen unsere Eltern aus dem Zelt gestürzt, und es muss eine Weile gedauert haben, bis sie überhaupt begriffen, was sie da sahen. Aus meinem Schenkel sickerte Blut. Dafinahs ohnmächtiges Gesicht war eine blutverschmierte Fratze, der Sand unter uns eine rote, klumpige Masse. Mutter entfuhr ein Schrei. Vater taumelte. Mariamá kam mit einem Stück Stoff aus dem Zelt gerannt und band es mir um den Schenkel, um die Blutung zu stoppen. Dafinah troff das Blut aus den Haaren. Sie versorgten unsere Wunden. Niemand sagte etwas. Niemand hatte eine Ahnung, was er dazu sagen *sollte*. Ich wurde in unser Zelt gelegt, Dafinah kam in das von Fatous Schwester. Sie wollten nicht riskieren, dass wir uns noch mehr antaten.

Meine Wunde infizierte sich, ich bekam Fieber und badete in Schweiß. Mutter legte mir feuchte Wickel an und behandelte mich mit Kräutern, aber es wurde immer schlimmer. Das Bein verfärbte sich, es schillerte grün, blau und lila. So etwas hatte ich nie zuvor gesehen. Sie dachten, man müsste es mir abnehmen.

»Aber…«, sagte ich, »das geht nicht. Mit einem Bein kann ich nicht mit der Karawane gehen! Mit einem Bein kann ich überhaupt nichts mehr machen!« Ich verbot meinen Eltern, mir das Bein wegzunehmen. Es gehörte mir! Ich konnte damit machen, was ich wollte! Gemeinsam mit dem *îdbab*, unserem Medizinmann, versuchten sie mir zu erklären, dass die Infektion den ganzen Körper verseuchte. Dass ich sterben würde, wenn ich das Bein behielt. Aber sie konnten mich nicht überreden. In meinem Fieberwahn drohte ich dem *îdbab* die schrecklichsten Dinge an, für den Fall, dass er versuchen würde, mir das Bein abzuschneiden. Ich wurde misstrauisch. In jedem Trank, den Mutter mir einflößte, vermutete ich ein

Schlafmittel, das mich ruhigstellen sollte, so dass sie sich in aller Ruhe über mich hermachen konnten. Fatou wachte Tag und Nacht an meiner Seite, und nur manchmal ging sie nach draußen. Um zu beten, wie sie sagte. Aber ich konnte hören, wie sie leise weinte. Nach einigen Tagen, an einem ruhigen, windstillen Morgen, fühlte ich mich zum ersten Mal etwas besser. Die Kräuter schienen doch noch ihre Wirkung zu tun. Von da an verbesserte sich mein Zustand in immer schnellerem Tempo, und bald stand fest: Ich würde das Bein behalten können! Drei Tage später konnte ich zum ersten Mal aufstehen, an Krücken, die Koumamá mir aus Wurzelholz geschnitzt hatte.

In all den Tagen hatte niemand von uns auch nur ein Wort mit Dafinah gesprochen, weder meine Eltern noch Mariamá. Sie tat, was ihre Tante und ihr Onkel ihr befahlen, und redete, wie die beiden uns erzählten, nur das Nötigste. Bei uns ließ sie sich nicht blicken. Keiner wusste, wie es mit ihr weiter gehen sollte. An einem Nachmittag kam ich mit den Krücken aus dem Zelt, und da stand sie vor mir. Ich erschrak und wappnete mich instinktiv gegen einen neuerlichen Angriff.

»*Ansh ahi d*«, brachte sie leise hervor. »Verzeih mir bitte.« Sie sagte es auf eine seltsam tonlose Weise. Fiel es ihr so schwer, um Entschuldigung zu bitten?

»*Tammuted*«, war alles, was ich ihr zur Antwort gab. »Ich wünschte, du würdest sterben.« Ich erschrak selbst darüber, dass ich das gesagt hatte. Es stimmte auch gar nicht. Ich hätte ihr gerne verziehen und viel darum gegeben, ein besseres Verhältnis zu ihr zu haben. Ich wollte nicht, dass sie ihr Leben fristen musste als von der Familie Ausgestoßene. Aber jetzt war es zu spät. Ich hatte es gesagt. Sie sah aus, als hätte ich ihr erneut einen Stein über den Kopf gezogen. Sie presste die Lippen aufeinander, und ich hätte gewettet, dass sie am liebsten geweint hätte. Aber Dafinah weinte niemals. Sie drehte sich um und ging davon.

Mein Bein heilte rechtzeitig ab, so dass ich einige Wochen später tatsächlich mit der Salzkarawane gehen konnte. Schon zehn Tage vor der Abreise setzten die Vorbereitungen ein. Die Satteltaschen wurden geprüft und, wenn nötig, repariert. Die *mehara* wurden auf ihren Gesundheitszustand untersucht, denn wenn eines von ihnen unterwegs krank würde oder anfinge zu lahmen, so würde man es in der Wüste schlachten und zurücklassen müssen. So etwas konnte den Erfolg der ganzen Karawane gefährden. Meine Aufregung wurde von Tag zu Tag größer, und das ging nicht nur mir so. Das ganze Lager schien zunehmend zu vibrieren. Die Karawane war der alljährlich wiederkehrende Höhepunkt unseres gemeinschaftlichen Lebens. Die Männer waren jedes Mal voller Vorfreude, obwohl sie wussten, welche Anstrengungen und Entbehrungen auf sie warteten. Die Frauen waren stolz auf ihre Männer, trauerten aber bereits jetzt darum, sie wieder Monate lang entbehren zu müssen. Alle Kinder in unserem Dorf, vor allem die Jungs, beneideten mich und wären gerne an meiner Stelle gewesen. In den letzten Nächten vor der Abreise war ich so aufgewühlt, dass ich kaum noch Schlaf fand, und in der allerletzten versuchte ich es gar nicht erst. Ich starrte mit offenen Augen an die Zeltdecke, malte mir die Abenteuer aus, die ich erleben würde, und erwartete ungeduldig den Anbruch des nächsten Tages.

Es war noch fast dunkel, als die *mehara* gesattelt wurden. Verschlafen konnte man diesen Vorgang nicht, denn die Tiere brüllten ihren Protest so laut in die Dämmerung hinaus, dass die Zelte zu beben begannen. Dromedare sind duldsame Tiere, aber sie empfinden es dennoch jedes Mal aufs Neue als

Zumutung, wenn sie Lasten oder Reiter tragen sollen. Deswegen wird das morgendliche Packen, das sorgfältige Austarieren und Verschnüren der Ladung und das Befestigen der Sättel immer von einem kehligen Brüllen und Grunzen begleitet, das weit in die Wüste hinaus hallt. Als alles getan war, fanden sich die Frauen zusammen, und zu Trommelrhythmen sangen sie die Lieder, mit denen sie die Männer auf ihre Reise verabschiedeten. Jeder war auf den Beinen, auch die Kinder und jene Männer, die zurück blieben. Alle umarmten einander, es flossen viele Tränen. Aus dem Gewühl trat auf einmal ein Kind auf mich zu. Ich wunderte mich, weil ich den Jungen nicht kannte. Das konnte aber nicht sein, denn ich kannte jeden aus unserem Dorf. Wer war das? Als er mich ansprach, begriff ich, dass er gar kein Junge war. Ihre schönen, rückenlangen, schwarzen Haare waren verschwunden und hatten einem stoppeligen Kurzhaarschnitt Platz gemacht! Ich erschrak. Es tat mir weh, meine Schwester so zu sehen - auch wenn wir einen solchen Mist miteinander erlebt hatten. Sie drückte mir etwas in die Hand, aber noch hielt sie die Hand fest, so dass ich nicht sehen konnte, was es war.

»*Asîkel izzuwên*«, sagte sie, »gute Reise.« Sie löste ihre Hand von mir, und ich sah, was sie mir gegeben hatte - ihr ledernes Halsband, das sie ihr Leben lang getragen hatte, seit allerfrühester Kindheit. Nun wollte sie, dass ich es trug. Ich konnte kaum glauben, dass sie das tat. Beim Versuch, es anzulegen, scheiterten meine Finger am Verschluss. Dafinah trat hinter meinen Rücken und half mir. Als ich mich umdrehen wollte, um mich zu bedanken, verschwand sie bereits im Gewühl zwischen den anderen.

Die Salzkarawane

1

17 Männer, über einhundert *mehara* und ich. Die ersten Stunden ging ich zu Fuß, wie alle anderen auch. Die Tiere hatten genug an den Satteltaschen zu tragen, die - gefüllt mit Hirse und Ziegenkäse - auf jeder Seite dem Gewicht eines ausgewachsenen Mannes entsprachen. Es sah beeindruckend aus, wie wir uns durch die Wüste schlängelten, aber es gab noch viel größere Karawanen. Koumamá hatte mir von einer erzählt, die aus über 3.000 *mehara* bestanden hatte. Wir gingen barfuß. Das war oft sehr heiß unter den Fußsohlen, aber daran gewöhnte ich mich. Schuhe wären innerhalb kürzester Zeit voll mit Sand gewesen, der dann die Füße wundgescheuert hätte. Pausen gab es nicht, denn hätte man die *mehara* mitten am Tag abgesattelt, so hätte man vor dem erneuten Aufbruch wieder eine halbe Ewigkeit gebraucht, um die Ladung ein weiteres Mal aufzusatteln und zu justieren.

»Es ist auch leichter für den Geist«, sagte Koumamá, »wenn wir den ganzen Tag lang einen Fuß vor den anderen setzen, ohne aus dem Takt zu kommen. Du musst nur aufhören zu denken und es einfach tun. Dann kostet es dich keine Anstrengung mehr.«

Leichter gesagt als getan. Ich fand die Geherei auf Dauer schon sehr hart, und in der sengenden Mittagshitze fragte ich mich zum ersten Mal, ob es wirklich eine so gute Idee gewesen war, mit der Karawane zu gehen. Wie es Dafinah an meiner Stelle jetzt wohl gehen würde? Ich tastete nach dem Halsband. Kaum zu glauben, dass sie es mir gegeben hatte. Ich konnte gar nicht mehr anders, als ihr zu vergeben, und ich wünschte, ich hätte ihr das sagen können.

Am Nachmittag war ich erschöpft und durfte mich auf den Rücken eines *mehari* setzen. Ich war so leicht, dass man dem Tier dieses zusätzliche Gewicht zumutete, und Koumamá war vorher klar gewesen, dass ein Kind die tägliche Strapaze von Sonnenaufgang bis tief in die Nacht nicht durchstehen würde.

Es gab zwar den ganzen Tag lang keine Pausen – aber deswegen verzichteten die *imushaq* noch lange nicht auf ihre liebgewonnenen Rituale. Ali, unser Koch, hatte einen Drahtkorb bei sich, den er mehrfach am Tag mit Holzkohle füllte, und auf dem er, je nach Bedarf, einen Teekessel oder einen Topf befestigte. So bereitete er während des Marsches nicht nur Tee zu, er kochte auch Gerichte aus Hirse, Bohnen und Ziegenfleisch. Wir aßen und tranken, während wir gingen, und es ist nicht übertrieben, wenn ich sage: Die Mahlzeiten während der Salzkarawane, so unruhig sie auch waren, gehören zu meinen stärksten kulinarischen Erinnerungen. Wenn man 12 oder 14 Stunden lang durch den Sand gegangen ist und dabei sieben Kamele im Zaum gehalten hat, glaubt man, ganz alleine eine Ziege verspeisen zu können, und dann wird eine Portion frisch zubereitete *makhfé* - ein würziger Eintopf aus Hirse und Fleisch - zu einem unvergleichlichen Genuss.

Wir schliefen unter freiem Himmel, mit nichts als ein paar Decken, und sobald sich im Osten der neue Tag anzukündigen begann, wurden die *mehara* aufs Neue gesattelt. Schon nach wenigen Tagen war Erschöpfung ein ständiger Begleiter. Die Männer setzten einen Fuß vor den anderen und dachten nicht darüber nach, wie anstrengend es war. Kein Einziger hat sich jemals beklagt. Keiner hat um mehr Wasser gebeten, als ihm zugedacht war. Eher hätten sie sich die Zunge abgeschnitten. Müdigkeit, Durst und Eintönigkeit zu ertragen betrachteten sie als Ehre, nicht als Verpflichtung. Weil sie wussten, dass sie nur mit Hilfe der Karawane ihre Frauen und Kinder sicher durch das kommende Jahr bringen konnten. Das hinderte sie aber nicht daran, herumzualbern, wann immer ihnen der Sinn danach stand. Die Männer meines Vaters waren stets für einen Spaß zu haben. Große Kinder, wie meine Mutter oft sagte.

Wenn ich mich zum Schlafen hingelegt hatte und mir die Augen vor lauter Müdigkeit noch nicht zufielen, blickte ich gerne noch in die Sterne. Mein Vater lag neben mir, und eines Nachts verriet ihm mein Atem, dass ich noch wach war. Er wollte wissen, was ich in den Sternen sah.

»Sie sehen aus wie Sandkörner«, sagte ich. »Winzig klein. Dabei müssen sie riesengroß sein.«

»Alles ist riesengroß und winzig klein zugleich«, sagte er.

»Wie kann das sein?« fragte ich.

»Es gab einmal einen Mann namens Omar. Er war sehr groß und sehr stark. Aber leider auch ziemlich dumm. Er behauptete, alle anderen neben ihm seien schwach und klein, und deswegen zerquetschte er ihnen die Füße, indem er darauf herum trampelte.«

»Und das haben sie sich gefallen lassen?«

»Omar war zwei Köpfe größer als alle anderen. Aber er hatte nicht mit dem Berg gerechnet. Der sah auf ihn herab und sagte: *Omar, du bist schwach und klein. – Das bin ich nicht*, sagte Omar. *Soll ich es dir beweisen?* fragte der Berg. Omar lachte und sagte: *Das kannst du nicht.* Da ließ der Berg einen Felsen fallen, der Omar zermalmte.«

»Weißt du was, *abba*?« fragte ich. »Wenn ich im Sand liege und in den Himmel schaue, habe ich das Gefühl, alles zu verstehen. Das ganze Leben. Als würden alle Fäden, die miteinander verknotet sind, sich voneinander lösen.«

»Allah hat Länder voller Wasser geschaffen, damit der Mensch dort leben kann«, sagte mein Vater. »Und Wüsten, damit er dort seine Seele erkennt.«

Wir waren unterwegs nach Fachi, der Salzoase, die unsere Karawane in jedem Jahr ansteuerte. Keiner wusste, seit wie vielen Generationen das schon so war. Koumamá war so alt gewesen wie jetzt ich, als er zum ersten Mal mitgedurft hatte, und damals war sein Vater der Anführer gewesen. Die Route war den Männern in Fleisch und Blut übergegangen. Sie fragten sich nie, wo sie waren und wo es als nächstes langgehen würde. Sie wussten es einfach. Obwohl die Dünen, wie ich fand, alle gleich aussahen. Ich hatte keine Ahnung, wie sie es machten, und bewunderte sie dafür. Vor allem meinen Vater. Nur einer imponierte mir noch mehr, und das war Lassad. Vielleicht weil er mit seinen 17 Jahren von den Männern der jüngste war, aber das war es nicht allein. Lassad war klug, er durchschaute die Dinge. Und er war mutig, bisweilen respektlos. Er sagte, was er dachte, auch wenn weit und breit niemand seine Meinung teilte. Ich wollte sein wie er. Wild und furchtlos. Ein Rebell. Aber das war ich nicht. Ich war ein lieber Junge, der tat, was sein Vater von ihm erwartete. Ich fand es sehr traurig, dass Lassad mich so verachtete, denn das tat er, ich spürte es genau. Ich wusste nur nicht warum. Ich hatte ihm doch nichts getan. War er neidisch auf mich, so wie Dafinah, weil ich der Sohn des Stammesführers war?

Zu jener Zeit gab es mitten in der Wüste einen alten Baum. Er stand dort mutterseelenallein, viele hundert Kilometer vom nächsten Baum entfernt. Niemand legte Hand an ihn, obwohl Brennholz hier denkbar knapp war. Die uralte, knorrige Schirmakazie trotzte der Trockenheit und war ein Beweis dafür, dass es selbst hier Wasser gab, tief in der Erde zwar, aber ihre Wurzeln konnten es erreichen und hielten sie so am Leben. Der *Baum der ténéré* war der einsamste Baum der Welt, und er lag auf unserem Weg. Ich hatte schon viel von ihm gehört, nun bekam ich ihn zum ersten Mal zu sehen. Ich lief zu ihm und fasste ihn an. Er war staubig und trocken und kein schöner Anblick. Aber er war eine Legende. Ich krallte mich an ihm fest und zog mich hoch. Da schloss sich eine Hand um meinen Fußknöchel und riss mich unsanft wieder herunter, so dass ich mit dem Gesicht im Sand landete.

»Dieser Baum ist heilig«, sagte Lassad, als er über mir stand und mich mit finsterer Miene musterte. »Auf dem klettert man nicht herum.« [1]

Ich kannte Sandstürme, denn ich hatte schon einige erlebt. Aber im Zelt der Mutter waren sie viel leichter zu ertragen, dort hielten wir dann einfach die Stangen fest, um ihnen mehr Stabilität zu geben, und warteten, bis es vorüber war. Einen Sandsturm im offenen Gelände hatte ich noch nicht zu überstehen gehabt, denn Fatou hatte mich stets beim ersten Anzeichen eines Unwetters ins Zelt gescheucht. Als er den Sturm kommen sah, befahl uns Koumamá, Schutz hinter Dünen zu suchen und die *mehara* festzuhalten. Seine letzten Worte gingen schon unter im Getöse des Sturms. Ich kauerte mich dicht neben ihn und hielt mich an seinem Gewand fest, während er die Füße in den Sand stemmte und mit aller Kraft die Leinen festhielt, an denen die Kamele zerrten. Diese Stürme waren

---

[1] Der *Baum der Ténéré* wurde 1973 von einem betrunkenen Lastwagenfahrer umgefahren und steht seitdem in einem Museum in Niamey.

oft nach kurzer Zeit vorbei. Der hier aber schien ewig dauern zu wollen. Ich presste die Augen zu und hörte nichts außer dem Tosen von Wind und Sand. Ich verlor das Gefühl für Raum und Zeit und bekam immer mehr das Gefühl, für alle Zeit hier sitzen bleiben zu müssen, zu Sandstein erstarrt. Aber irgendwann ging selbst dieser Sturm vorüber. Er hatte am Vormittag eingesetzt, und jetzt stand die Sonne bereits tief im Westen. Selbst die stärksten Männer waren zu entkräftet, um an diesem Tag noch weiter zu gehen, und auch die Kamele legten sich nur noch in den Sand und jammerten. Wir aßen, tranken und tränkten die Tiere, und als es dunkel wurde, legten wir uns schlafen. Mein Vater sprach anschließend von der längsten Nachtruhe, die er während einer Karawane jemals erlebt habe. Am nächsten Morgen waren die Männer von den Strapazen des vorigen Tages noch immer gezeichnet. Tiefe Furchen zogen sich durch die Gesichter, die Wangen waren hohl. Nur mein Vater ließ sich nichts anmerken. Er wirkte frisch wie am ersten Tag unserer Reise. Seine Anweisungen trug er an diesem Morgen mit besonders fester Stimme vor.

»Als Führer der Karawane«, verriet er mir, »muss ich mit gutem Beispiel vorangehen. Ich muss die Hand sein, an der sich jeder empor ziehen kann. Wenn ich schwach bin, sind sie es alle.«

»Und wenn es dir mal nicht gutgeht?« fragte ich. »Was dann?«

»Dann zeige ich es nur den Göttern. Aber nicht meinen Männern.«

Den nächsten Rückschlag erlebten wir zwei Tage später. Zwischen dem *Baum der ténéré* und der Oase Fachi gab es eine alte Wasserstelle. Aber der Eimer, den wir hochzogen, war noch nicht einmal feucht. Der Brunnen war ausgetrocknet! Er führte keinen einzigen Tropfen Wasser mehr! Wir wussten alle: Das war eine Katastrophe. Denn Fachi, und damit die nächste Wasserstelle, war noch drei volle Tagesreisen entfernt. Aber unsere Wasserschläuche waren fast leer. Nach dem Sandsturm hatten Mensch und Tier mehr trinken müssen als geplant. Wir hatten uns fest auf den Brunnen verlassen. So war das mit Dingen, die es schon immer gegeben hatte und von denen man annahm, dass sich das niemals ändern würde. Nimm aus der Mauer einen einzigen Stein, und sie bricht zusammen. Selbst mein Vater hatte Mühe, die Fassung zu bewahren. Er wusste: Drei Tagesmärsche in der sengenden Sonne mit dem wenigen Wasser, das wir noch hatten - das war unmöglich. Die *mehara* fingen an, sich zu beschweren. Koumamá befahl, sie erst einmal von ihren Lasten zu befreien, denn was wir jetzt als nächstes tun würden, wollte genau überlegt sein. Die Männer standen mit hängenden Schultern um den Brunnen herum. Müde, ausgelaugte, durstige Gesichter mit aufgesprungenen Lippen. Augen, denen die schwindende Hoffnung anzusehen war. Nur Lassad hatte eine andere Körpersprache. Er stemmte die Füße in den Sand und ballte die Hand zur Faust.

»Nach Fachi sind es nur drei Tage«, sagte er. »Das schaffen wir doch!«

Mein Vater schüttelte den Kopf. »Zurück zum *Baum der ténéré* sind es nur zwei. Ich weiß nicht einmal, ob wir *das* überstehen. Es ist die einzige Chance, die wir haben.«

Lassad sah ihn ungläubig an. »Du willst, dass wir umkehren?! Zwei Tage in die eine und zwei in die andere Richtung sind vier verlorene Tage!« Lassad wandte sich mit herausfordernder Gestik den anderen Männern zu. »Wir sind *imushaq*! Durch unsere Adern fließt Wüstensand! Wir werden nicht sterben!«

Die Männer warfen sich Blicke zu. Ich konnte sehen, dass Lassads Worte sie beeindruckten. Aber mein Vater blieb ruhig.

»Du hast Recht, Lassad«, sagte er. Alle sahen ihn überrascht an. »Wenn es jemand schaffen kann, sind wir das. Aber das hier ist kein *ilougan*, bei dem wir zeigen, was für mutige Männer wir sind. Hier geht es um unser Leben.«

»Es ist wegen ihm, oder?« Lassad zeigte auf mich, ohne in meine Richtung zu sehen. »Er ist zu schwach für den Marsch nach Fachi. Zu klein. Nicht für sowas gebaut. Das ist der Grund!«

Auf einmal richteten sich alle Augen auf mich. Ich fand das gemein von Lassad, aber insgeheim fürchtete ich, dass er Recht hatte. Ich hatte es keinem gesagt, aber in den letzten paar Tagen hatte ich mir schon ein paarmal gewünscht, wieder bei meiner Mutter im Zelt zu sein, wo es genügend Wasser gab und man bei einem Sandsturm nur ein paar hölzerne Stangen festhalten musste. Ich suchte die Augen meines Vaters, aber die waren nun auf Lassad gerichtet, auf fast schon angriffslustige Weise.

»Wisst ihr, was meine wichtigste Aufgabe ist?« fragte er uns. »Euch heil zu euren Frauen und Kindern zurück zu bringen. Denn ich bin der *madugu*. Ich trage die Verantwortung. Für jeden von euch. Und sei er auch noch so jung und unangemessen!«

Lassad hatte Koumamás Blick bislang stand gehalten. Nun ließ er ihn sinken und beugte unterwürfig sein Haupt. Mein Vater ließ den Blick über uns schweifen. Jeden einzelnen von uns sah er an. Dann sagte er: »Und deswegen kehren wir um. Sattelt die *mehara*!«

»Aber das brauchen wir doch gar nicht!« Die Stimme, die sich da erhob, gehörte keinem der Männer. Es war meine.

Wieder sahen alle mich an. Hatte ich das gerade eben wirklich gesagt? Ich wunderte mich darüber am meisten.

»Halt den Mund, Kleiner«, befahl Lassad. »Hier reden Erwachsene.«

Aber jetzt gab es kein Zurück mehr. »Warum tut ihr, als wäre das Wasser so weit weg?«

Koumamà strich mir mit nachsichtiger Miene über den Arm. »Azahrú, zwei Tagesreisen in die eine Richtung, drei in die andere.«

»Entschuldige, Vater, aber das ist nicht wahr. Es ist nur ein paar Kamellängen von uns entfernt.«

Die Männer musterten mich, als hätte ich den Verstand verloren.

»*Abba*, weißt du noch? Egal wo du bist: Es ist unter dir!« Ich deutete mit beiden Zeigefingern nach unten, in den Sand. »Wir müssen nur danach graben!«

Lassad schüttelte den Kopf und lachte, als hätte ein Idiot gesprochen. Aber das war mir jetzt auch schon egal.

»Wie der *Baum der ténéré*! Er schickt seine Wurzeln zum Wasser!«

Einer der Männer deutete auf den Brunnen: »Weißt du, wie tief der ist? Noch tiefer können wir nicht graben.«

Ich deutete hinter mich. »Vorhin sind wir an einem *wadi* vorbei gekommen. Lasst uns dort hingehen. Wir haben Spaten! Und Brennholz - große, dicke Äste. Damit können wir verhindern, dass das Loch einstürzt, das wir in den Sand graben! Na los, nehmen wir den kürzesten Weg zum Wasser!« Ich blickte in die Runde, aufgewühlt von meiner Idee und meinem kleinen Vortrag. Aber den Männern waren die Zweifel anzusehen, auch meinem Vater.

Einer sagte: »Vielleicht hat er Recht. Wenn wir Glück haben, sind es nur zwei oder drei Kamellängen.«

»Haben wir Pech, sind es zwanzig«, erwiderte ein anderer.

»Ihr habt den *madugu* gehört«, sagte Lassad. »Satteln wir die *mehara.*« Er setzte sich in Bewegung.

»Warte«, befahl mein Vater mit ruhiger, klarer Stimme.

Lassad blieb stehen. »Du denkst doch wohl nicht darüber nach.«

Koumamá antwortete nicht. Ich musterte die beiden. Lassads Blut schien zu kochen, er erschien mir wie ein Teekessel, der zu lange auf dem Feuer stand und aus dessen Nase jeden Moment Wasser geblubbert kommen würde. Vater blieb äußerlich ruhig, aber ich konnte sehen, wie es in ihm arbeitete. Er wusste: Von seiner Entscheidung hing unser Leben ab.

»Es wäre verrückt«, sagte Ali, der Koch.

»Wir wären die Gefangenen unserer Entscheidung«, fügte ein anderer hinzu.

Ich wollte auch noch etwas sagen, aber Lassad drängte sich vor mich und versperrte mir die Sicht auf meinen Vater. »Wenn wir einen Tag lang graben«, sagte er mit bebender Stimme, »und wir finden nichts - dann ist es vorbei! Dann sind wir mit den Kräften am Ende. Dann können wir nirgendwo mehr hin – weder nach Fachi noch zurück zum Baum! Das sinnlose Loch, das wir in die Wüste gewühlt haben, wird unser Grab sein!«

2

Ich saß auf einer Satteltasche und wartete. Ali hockte im Sand und reinigte seinen Drahtkocher. Zwei Männer striegelten die *mehara*. Lassad stand auf einer Düne und blickte nach Norden, in Richtung Fachi, das drei Tagesmärsche entfernt war. Die Stimmung war gespenstisch. Keiner von uns wusste, was richtig war. Wenn wir nicht zurückkehren würden zu unseren Zelten, dann wäre unser ganzer Stamm verloren. Ohne die

Einkünfte der Karawane konnte er nicht überleben. Ich hatte Durst. Ein wenig Wasser war noch in den Schläuchen, das wusste ich. Aber ich würde nicht danach fragen, egal wie sehr er mich quälen würde. Koumamá hatte seine Entscheidung noch nicht verkündet. Er hatte etwas getan, das ich bei ihm noch nie erlebt hatte:

»Die Sache erfordert, dass ich darüber nachdenke«, hatte er gesagt.

»Wir haben aber nicht viel Zeit«, hatte Lassad erwidert.

Koumamá hatte sich ihm zugewandt und ruhig, ja fast nachsichtig gesagt: »Ich bin ein *madugu*, bei dem jeder seine Meinung sagen darf. Aber du hältst jetzt den Mund, junger Freund, oder ich vergrabe dich eigenhändig bis zum Hals im Sand und - wohin auch immer wir gehen werden - ich lasse dich hier zurück, bis die Sonne deinen Schädel sprengt und die Schakale ihn fressen.«

Danach hat Lassad lange Zeit gar nichts gesagt. Mein Vater hat seinen Gebetsteppich aus der Satteltasche geholt und ist damit zwischen den Dünen verschwunden. Die Zeit stand still, solange er weg war. Es gab nicht den leisesten Windhauch. Ich war mir sicher, er würde bei seiner Entscheidung bleiben und zum *Baum der ténéré* zurückkehren. Da wusste er, was auf ihn zukam. Das Risiko war hoch, aber wenigstens klar umrissen. Der Vorschlag, den ich gemacht hatte, erschien im Vergleich dazu haarsträubend. Man hatte noch von keiner Karawane gehört, die sich durch Erschließung einer neuen Wasserstelle aus einer derart misslichen Lage befreit hatte.

Auf einmal war Koumamá wieder da, keiner von uns hatte gehört, wie er zurück gekommen war. Er legte seinen Gebetsteppich zurück in die Satteltasche und schien gar nicht zu bemerken, wie wir uns um ihn herum gruppierten, mit einer

Mischung aus Angst und Erwartung. Endlich wandte er sich uns zu.

»Ich habe Allah gefragt: *Was sollen wir tun?* Aber ich bekam keine Antwort. Also habe ich ihm ein Spiel angeboten. Dazu habe ich das Agadez-Kreuz abgenommen, das um meinen Hals hängt, und habe Allah angekündigt, es durch die Luft zu werfen. *Zeigt die Spitze nach Norden, gehen wir nach Fachi. Deutet sie nach Süden, kehren wir zurück zum Baum der ténéré«.*« Er machte eine kurze Pause. Ich hielt die Luft an. Dann sagte er: »Die Spitze zeigte aber nach unten, in den Sand, was die unwahrscheinlichste aller Möglichkeiten war. Und deswegen werden wir zu den Spaten greifen!«

Nicht einer von uns kommentierte diese Entscheidung auch nur mit einem einzigen Wort. Wir kehrten zu dem *wadi* zurück, von dem ich gesprochen hatte, und fingen an zu graben. Schweigend. Lassad durchbohrte mich dabei mit Blicken, die sagten: *Du bist schuld, dass wir alle sterben müssen.* Ich half mit, auch wenn es nicht viel brachte, denn ich war nicht halb so stark wie die Männer. Den *tagelmust* nahmen sie von den Wangen, denn wenn man so stark schwitzte, war einem das Ding nur noch im Weg. Ali errichtete aus mehreren Gebetsteppichen und ein paar Holzlatten einen Schutz vor der Sonne, denn unter ihren sengenden Strahlen so hart zu arbeiten war für die ohnehin schon entkräfteten Männer eine unglaubliche Strapaze. Wir sehnten den Abend herbei, als sie unterging und die Dunkelheit uns endlich Kühlung schenkte. Die Bewegungen der Männer wurden langsamer, aber sie hörten nicht auf, die Spaten in den Sand zu stoßen, immer und immer wieder. Als im Westen das letzte Tageslicht verlöschte, war das Loch, in dem sie standen, schon so tief, dass wir im Schein des Feuers auf sie hinunter sehen konnten. Ich gehörte zu denen, die damit beschäftigt waren, den Sand in Eimern und Taschen, an die wir Leinen gebunden hatten, aus dem Loch heraus zu ziehen. In dieser Nacht schlief keiner von uns. Wer nicht mehr konnte, machte eine Pause, trank ein paar Schlucke Wasser, aß etwas Dörrfleisch und ein wenig Hirse, dann arbeitete er weiter. Mein Vater schuftete so hart wie alle anderen, er räumte sich keine Sonderstellung ein. Lassad hatte noch immer kein einziges Wort von sich gegeben, aber er arbeitete von allen am härtesten. Wie ein Wahnsinniger. Woraus speiste sich sein Eifer? Überlebenswille? Loyalität gegenüber dem Anführer, auch wenn er nicht dessen Meinung war? Reagierte er einfach nur seinen Trotz ab, bis zum vermeintlich bitteren Ende? Oder wollte er den Männern zeigen, dass er von allen am meisten aushalten konnte? Ich wusste es nicht. Aber ich hatte den sicheren Eindruck, dass er mir seinen Spaten über den Kopf gezogen hätte, wenn außer uns beiden niemand hier gewesen wäre.

Diese Nacht war länger als andere. Mir konnte sie gar nicht lange genug dauern. Denn solange es dunkel war, solange war es auch kühl. Und die Dunkelheit war vor allem ein Beleg dafür, dass wir noch etwas Zeit hatten, bis wir Wasser finden mussten. Als schließlich doch im Osten der Morgen dämmerte, tat mir alles weh. Die Beine schmerzten, und ich hatte offene Blasen an den Fingern, die ich kaum mehr zur Faust ballen konnte. Mein Kopf war dumpf und schwer, das Licht des Morgens fühlte sich an, als wollte es mir die Augäpfel spalten. Über Nacht war das Loch doppelt so tief geworden. Längst stützten Äste die Seiten ab, damit möglichst wenig Sand nachsickerte.

Es war schon gegen Mittag, als der erste Mann da unten zusammenbrach. Mein Vater beugte sich über ihn und redete auf ihn ein. Aber er war nicht mehr bei Bewusstsein. Koumamá ließ ihn nach oben schaffen, und dafür stieg ein anderer hinunter, um den frei gewordenen Spaten zu übernehmen.

»Ist er tot?« fragte ich, als ich mich über den Mann beugte. Er atmete noch, aber sein Zustand erfüllte mich mit Panik. Ein dünnes Rinnsal lief ihm aus dem sandigen Mund. Wenn er starb, hätte ich ihn getötet! Mein völlig blödsinniger Vorschlag hätte ihn dann umgebracht! Ich wollte, dass die Sache abgebrochen wurde, das musste ein Ende haben! Wir mussten zurück zum *Baum der ténéré*!

»Lassen wir die Satteltaschen hier!« rief ich. »Steigen wir auf die *mehara* und reiten wir zurück zum Baum, solange wir noch können!«

»Halt den Mund!« brüllte Lassad von unten aus dem Loch heraus. »Du hast das angerichtet! Das ist dein Werk! Jetzt ertrage es wenigstens, oder ich komme und stopfe dir Sand ins Gesicht, bis du keinen Ton mehr heraus bringst!«

Ich fiel auf die Knie und konnte nur noch heulen. Deswegen sah ich nur durch einen Schleier, wie Koumamá Lassad am Kragen packte.

»Ich würde dich ohrfeigen, bis du nicht mehr stehen kannst«, sagte er, »und deine Eingeweide mit Füßen treten. Aber wenn wir uns jetzt auch noch prügeln, dann sterben wir.«

»Das tun wir auch so«, entgegnete Lassad.

Mein Vater deutete unter sich in den Sand, der hier in der Tiefe fast so hart war wie Stein. »Das bisschen Kraft, das wir noch haben, muss dort hin. Geht das hinein in deinen Kopf, oder ist darin vor lauter Dummheit kein Platz mehr?« Er schickte Lassad nach oben und ließ dafür einen anderen nach unten zum Graben kommen. Als Lassad oben angekommen war, setzte er sich neben mich. Er keuchte vor Anstrengung. Seine Lippen waren aufgesprungen, auf den Innenseiten seiner Hände leuchtete rohes Fleisch. Ich dachte, er würde die Auseinandersetzung mit mir jetzt fortsetzen. Aber stattdessen sprach er ganz ruhig, wie zu sich selbst. »Wir werden wahnsinnig, spürst du das? Allah hüllt unseren Geist in Nebel, in ewigen Nebel. Und es ist eine Gnade, dass er das tut.«

»Wieso ist es eine Gnade?« wollte ich wissen.

»Das werde ich dir sagen. Ich möchte nicht mehr bei Verstand sein, wenn wir anfangen, uns gegenseitig zu töten und unser Blut zu trinken.«

»Du kannst meins haben«, sagte ich und hielt ihm meine ebenfalls geschundenen Arme hin. Er schob sie wieder weg.

»Doch«, bekräftigte ich. »Trink mein Blut, dann hältst du länger durch und kannst die anderen noch retten.«

»Damit du auch noch ein Held wirst?« Lassad schnaubte verächtlich. »Du kleiner, weißgesichtiger Dummkopf. Ich hab schon damals gewusst, dass es ein Fehler war.«

Ich wusste nicht, was er damit sagen wollte, aber ich dachte auch nicht darüber nach. Viele merkwürdige, böse Worte sind an diesem Tag gebraucht worden. Manche davon sind so gemeint gewesen, wie sie gesagt wurden, die meisten aber nicht.

Ich befand mich in einer Art Dämmerzustand, als ein Krächzen aus der Tiefe zu hören war, das ich nicht verstand. Ich fürchtete, der nächste Mann sei entkräftet zusammen gebrochen, und robbte zum Rand der Grube. Die Männer da unten zeigten sich gegenseitig den dunklen Sand, den sie in den Händen hielten: Er war feucht! Sie drehten fast durch, fingen an, sich das Zeug ans Gesicht zu halten und sich gegenseitig damit zu bewerfen. Sie wussten auf einmal: Das Wasser war in greifbarer Nähe, und das machte sie schlagartig zu albernen Kindern, die in der Grube herum tobten, wie kleine Jungs es im Matsch tun, wenn man sie lässt. Sie gruben weiter, immer weiter, und der Sand wurde nasser und nasser. Schließlich wälzten sie sich alle lachend in dem, was sie gefunden hatten, und vergaßen ihre Schmerzen. Lassad hatte Tränen in den roten, verkrusteten Augen, als er auf mich zukam, mich unter den Armen packte und in die Höhe hob.

»*Kay tolahed dêdi*!« bellte er mir ins Gesicht. »Du elender, kleiner Hund! Du hast uns alle gerettet! Ist das denn zu glauben?«

Wir eilten hinunter in die Grube und warfen unsere Köpfe in das schaumige, sandige Schmutzwasser. Wir tranken. Und husteten und spuckten, weil jede Menge Sand mit dabei war, und weil wir so viel Wasser auf einmal nach der erlittenen Entbehrung gar nicht vertrugen.

3

Fachi wurde bewohnt von Kanuri, die sich vor einigen hundert Jahren hier angesiedelt hatten, um Salz abzubauen und Dattelpalmen abzuernten. Völlig abgetrennt vom Rest der Welt lebten sie in primitiven Lehmhütten, die nach starkem Regen oft erneuert werden mussten, und trieben Handel mit den Karawanen der Tuareg, die oft über Jahre hinaus ihre einzige Verbindung zur Außenwelt darstellten. Ich sah diese Menschen zum ersten Mal, und ich mochte sie. Die Kanuri begrüßten uns sehr freundlich, und als sie sahen, in was für einer schlechten Verfassung wir immer noch waren, wurden wir verteilt auf verschiedene Hütten und gepflegt, bis wir wieder zu Kräften kamen. Sie hatten eine einheitliche, dunkle Hautfarbe und breite Nasen, sie waren den Hausa nicht unähnlich, von denen ich bereits in Agadez ein paar gesehen hatte. Ich hatte gerade die erste Nacht in der Lehmhütte verbracht, in ungeheuer tiefem Schlaf, als ich erwachte und feststellte, dass mein Vater, der am Abend noch neben mir gelegen hatte, nicht mehr da war. Er hatte sich auf unserem letzten Reiseabschnitt, seit wir die Wassergrube hinter uns gelassen hatten, schneller erholt als die meisten anderen, und wahrscheinlich war er jetzt schon unterwegs, um den Handel mit den Einheimischen vorzubereiten. Ich dagegen war noch sehr müde. Ich griff nach dem Wasserschlauch, der neben mir lag, gönnte mir ein paar tiefe Schlucke und war fest entschlossen, noch einmal in herrlich süßen Schlaf zurück zu gleiten. Aber da war ein Geräusch, das mich irritierte. Und sah ich nicht einen Schatten vorüber huschen? War vor der Lehmhütte ein Tier unterwegs? Egal, dachte ich, es wird hier schon nichts geben, das mich auffressen kann. Ich schloss die Augen, kuschelte mich unter meine Decke, und im nächsten Moment war ich eingeschlafen. Aber ein *targi* ist wie eine Katze, auch im Schlaf bekommen wir mit, was um uns herum geschieht. Ich vernahm ein leises Knacken und Rascheln. Etwas schlich sich langsam und leise in die Hütte. Aber nicht leise genug. Als es dicht hinter mir war, fuhr ich schnell herum, denn ich wollte sehen, was es war. Das Kanuri-Mädchen erschrak so sehr, dass es das Gleichgewicht verlor und hintüber auf die Lagerstatt meines Vaters plumpste.

»Wer bist du?« fragte ich. »Warum schleichst du dich an?« Ich musterte sie misstrauisch.

Sie lächelte und hielt mir ein paar Datteln hin. Ich nahm eine und schnupperte daran. Das Mädchen legte sich Daumen und Zeigefinger auf die Lippen, zum Zeichen dafür, dass ich sie essen sollte. Die Frucht war sehr süß und von betörendem Aroma, frischer als die Datteln, die ich sonst zu essen bekam. Das Mädchen lachte. Ihre Zähne leuchteten. Erst jetzt fiel mir auf, wie hübsch sie war. Sie hatte volles, langes, schwarzes Haar, das ihr über eine Schulter fiel. Ihr Lächeln ließ mein Herz schneller klopfen. Sie mochte ein bis zwei Jahre älter sein als ich, und unter ihrem gelb-grünen Kleid deuteten sich unübersehbare weibliche Formen an. Als ich dessen gewahr wurde, zeichnete sich auch unter meinem Gewand etwas ab, das ich so noch nicht kannte. Meiner Besucherin entging die verräterische Wölbung nicht. Sie wandte sich erschrocken ab und eilte aus der Hütte.

»Warte!« rief ich. »Ich tu dir doch nichts!« Aber sie war verschwunden. Sowas Dummes. Die erste männliche Aufwallung meines Lebens hatte das hübscheste Mädchen vertrieben, das ich je gesehen hatte.

Ich wollte sie wiedersehen. Also stand ich auf, zog etwas Sauberes an und fing an, die Oase zu erkunden. Mein Vater hatte mir unterwegs eine Menge über Fachi erzählt. Im Herbst, wenn die ersten Karawanen kamen, hatten die Kanuri die arbeitsreichste Zeit gerade hinter sich – das Salz war abgebaut, die Lager voll. Im Sommer hatten die Salzarbeiter in den Salinenbecken arbeiten müssen. Das war die bei weitem härteste Arbeit, die es hier zu vergeben gab, denn die Sole in den Becken war heiß wie frisch aufgebrühter Tee. Selbst die widerstandsfähigsten Arbeiter hielten es darin nur wenige Minuten aus. Auch wenn man das Salz nicht überall sehen konnte, war es doch allgegenwärtig, man konnte es riechen, es lag in der Luft und war ein ständiger Begleiter. Ich habe das Meer erst viele Jahre später gesehen, und sein Duft hat mich sofort an Fachi erinnert. Aber der Salzgeruch der Salinen war nicht so leicht und heiter wie der des Meeres - er war ein Schleier, der sich über alles legte, in jede Pore kroch und die Kleider steif werden ließ.

Aber das war jetzt alles nicht von Bedeutung, denn ich wollte dieses Mädchen wiederfinden. Ich hatte keine Ahnung, was ich tun würde, wenn ich sie fand. Bestimmt verstand sie meine Sprache nicht, und ich nicht die ihre. Ich versuchte mir weis zu machen, dass ich noch eine Dattel von ihr haben wollte, aber ich wusste genau, dass das nicht stimmte. Ich wollte einfach in ihrer Nähe sein. Sie ansehen. Sie noch einmal zum Lachen bringen. Den Duft einsaugen, den sie in die Lehmhütte getragen hatte. Eintauchen in diese merkwürdige Leichtigkeit, die sie um sich herum zu verbreiten schien. Zwischen zwei Lehmhütten sah ich ihr gelb-grünes Kleid aufblitzen, aber im nächsten Moment war es schon wieder verschwunden. Ein sehr alter Kanuri saß vor seiner Hütte im Schatten und hob seinen alten, knochigen Finger. Zeigte er mir die Richtung, in die sie gegangen war? Er deutete auf einen Hain aus Dattelpalmen. Mir wurde langsam klar, dass sie mit mir spielte. Ich wusste wenig von Mädchen, aber mein Onkel Farid, der jüngste Bruder meines Vaters, hatte mir vor einiger Zeit erzählt, dass das Mädchen, um das er gerade warb, es verstand, ihn in den völligen Wahnsinn zu treiben. Nie wusste er, was sie wollte, stets musste er darauf vorbereitet sein, dass sie im nächsten Moment ihre Meinung ändern würde. Meine ältere Schwester Mariamá war auch so. Wahrscheinlich waren alle Mädchen so gestrickt – nur meine jüngere Schwester Dafinah nicht. Sie wusste immer, was sie wollte, aber sie bekam es nicht. Sie konnte jedem auf die Nerven gehen mit ihrem ewigen Genörgel - ganz bestimmt würde sie niemals einen Jungen mit ihrem bloßen Lächeln so bezaubern. Aber eins war mal in jedem Fall klar: Auf die meisten Mädchen und Frauen konnte man sich nicht verlassen, sie waren wankelmütig und blöd. Die einzige Ausnahme, die mir einfiel, war meine Mutter. Ich näherte mich den Dattelpalmen, die einen dichten Hain bildeten und zum Teil außerordentlich hoch waren.

»Wo bist du?« rief ich. »Warum läufst du vor mir davon?«

Es kam keine Antwort. Alles, was ich hörte, war ein entferntes Trillern. Wahrscheinlich stammte es von einem Vogel. Ich stapfte zwischen den Palmen umher, eine ganze Weile. Gerade als ich die Suche aufgeben wollte, vernahm ich es erneut. Es kam von oben, aus einem Palmenwipfel. Mit der Hand schirmte ich die Augen vor der Sonne ab, die zwischen den Palmenblättern hindurch drang, und blickte hinauf. Natürlich war es gar kein Vogel, der da trillerte. Es war das Mädchen, das im Wipfel der Palme saß und mich zum Narren hielt. Ich konnte sie kaum sehen, weil es eine sehr hohe Palme war und ihr Kleid nahezu perfekt mit den Blättern verschmolz.

»*Ma idjân*!« rief ich zu ihr hinauf. Sie antwortete etwas, das ich nicht verstehen konnte. Ich hatte es ja geahnt, die Verständigung würde schwierig werden.

»Warum kommst du nicht herunter?« rief ich. »Ich möchte dich etwas fragen.« Das war gelogen. Ich wollte sie nichts fragen. Ich wollte nur in ihrer Nähe sein. Sie ansehen. Sie noch einmal… Aber das habe ich ja bereits erwähnt. Den Gefallen tat sie mir aber nicht. Sie machte keine Anstalten, die Palme zu verlassen. Stattdessen winkte sie mich zu sich her. Ich sollte ebenfalls die Palme erklimmen!

Mein Onkel Farid hatte einmal gesagt: »Eine Frau verlangt von dir die unmöglichsten Dinge. Weil sie wissen will: Wie weit gehst du, um ihr zu gefallen? Sie ist darauf aus, von allen Kerlen den mutigsten zu bekommen. Den Mann, der bereit ist, sich für sie mit den Göttern anzulegen, wenn es sein muss. Wenn du ihr das Gefühl nicht geben kannst, ein einziges Mal nur, dann hast du verloren. Für immer. Und es gibt nichts, womit du das wieder gutmachen kannst.«

Ich straffte mich. Ich sollte also da hoch. Na gut. Von mir aus. Aber wie? Die Palme hatte eine ebene Oberfläche und ragte viele Meter in die Höhe. Wie hatte das Kanuri-Mädchen das nur geschafft? Sie beobachtete meine hilflosen Bemühungen und kommentierte sie abwechselnd mit Trillern und mit glockenhellem Lachen. Das alles setzte mich immer mehr unter Druck. Wenn ich keinen Weg fand, diese Palme zu besteigen, würde ich den Dattel-Hain als Verlierer verlassen müssen. Sie zeigte mir pantomimisch, wie ich es anstellen sollte: Die Arme um den Stamm schlingen, erst auf der einen

Seite übergreifen, dann auf der anderen, und dann die Füße gleichzeitig nachziehen. Das schien unmöglich zu sein, aber ich versuchte es trotzdem. Über meine ersten erfolglosen Versuche schüttete sie sich aus vor Lachen, und mehr als einmal war ich nahe daran aufzugeben, aber nach einer Weile gelang es mir wenigstens, mich an den Stamm zu klammern und nicht mehr herunter zu fallen. Das Lachen aus dem Wipfel verstummte. Stück für Stück zog ich mich nach oben, unterbrochen durch lange Pausen, in denen ich wieder Kraft sammelte. Die Palme war eine der höchsten weit und breit, und sie war fast kerzengerade gewachsen. Aber ich wollte jetzt da hoch! Um jeden Preis. Schweiß brannte schon nach kurzer Zeit in meinen Augen, was es auch nicht leichter machte. Doch schließlich hatte ich es tatsächlich geschafft. Ihre Miene zeigte mir, dass sie nicht daran geglaubt hatte. Im Wipfel, in den Verästelungen der Palmenblätter, konnte man es sich halbwegs gemütlich machen, ohne ständige Angst, gleich in die Tiefe zu stürzen, und so konnte ich mich etwas entspannen.

»Wie heißt du?« fragte ich sie.

»Falala.« Sie hatte zum ersten Mal etwas gesagt. Ihre Stimme ließ mich erschauern. Sie brachte Saiten in mir zum Schwingen, die nie zuvor angestimmt worden waren.

»Verstehst du denn, was ich sage? Ist *Falala* wirklich dein Name?«

Sie nickte. Und lächelte dabei, als habe sie Anlass, mich zu verspotten. Aber ich nahm es ihr nicht übel. Es gab nichts auf dieser Welt, das ich ihr übelgenommen hätte, solange sie mir in die Augen sah. Ihre Wimpern waren lang! So unglaublich lang! Ich tauchte ein in ihre dunkelbraunen Augen und wollte den Blick nie wieder von ihr abwenden. Aber ich tat es trotzdem. Ich zwang mich dazu. Ich wollte nicht, dass sie merkte, wie wahnsinnig schön ich sie fand, denn dann würde sie sicher eingebildet werden und glauben, sie könnte alles von mir haben. Als ob ihr das nicht sowieso schon längst klar war! Zu meiner Überraschung beherrschte Falala meine Sprache - ein wenig holprig zwar, aber es reichte, um sich mit ihr zu verständigen. Und die kleinen Fehler, die sie dabei machte, waren so charmant anzuhören, dass ich nur so dahin schmolz. Diese Dattelpalme gehörte ihrem Vater. Die Salinen waren für die Kanuri wirtschaftlich zwar wichtiger, aber ein Kanuri genoss trotzdem höheres Ansehen, wenn er Dattelpalmen besaß. Das lag vor allem daran, dass die Arbeit in der Sole so hart und schmutzig war. Das alles erzählte sie mir, und ich lächelte dabei die ganze Zeit wie ein Vollidiot.

In mir sang eine Stimme *Falala, Falala, Falala*, unaufhörlich und ohne müde zu werden, und das ganze Leben erschien mir wie ein einziges Fest, bei dem gelacht und getanzt wurde. Ich zwang mich schon längst nicht mehr dazu, irgendwo anders hinzusehen. Falala erzählte mir von der Dattelhochzeit, der *birra*, die in jedem Frühjahr durchgeführt wurde. Mit den Dattelpalmen war es nämlich so: Die Befruchtung der weiblichen Blüten durch den männlichen Blütenstaub erfolgte durch Wind oder Insekten, aber dieser natürliche Vorgang reichte nicht aus, um zu einer reichen Ernte zu führen. Deswegen wurden im Frühjahr die männlichen Blütenzweige in die weiblichen gesteckt. Jede Befruchtung wurde begleitet von dem Spruch »*Allahu akbar fero kwa*!« – »Allah ist der Größte, Jungfrau empfange!«

»Wenn wir die *birra* feiern«, sagte Falala, »wird in Fachi nicht gearbeitet. Es wird Musik gemacht, die Leute tanzen und singen eine ganze Woche lang. Du musst kommen und es dir ansehen.«

Das wollte ich gerne. Aber wie sollte ich das anstellen? Unsere Karawane kam im Herbst nach Fachi. Seit hunderten von Jahren war das so, und es würde niemals anders sein.

Falala deutete auf das Band, das ich um den Hals trug. »Von wem hast du das?«

»Von meiner Schwester.«

»Es ist schön. Deine Schwester muss dich sehr lieben.«

»Ich weiß nicht«, antwortete ich.

»Ich muss gehen«, sagte Falala plötzlich, und im gleichen Moment begann sie den Abstieg von der Palme. Ich sah zu, wie sie mit verblüffender Geschwindigkeit den Stamm hinunter kletterte. Ein Affe hätte es nicht schneller gekonnt. Vom Boden blickte sie noch einmal zu mir empor und winkte, ich bekam ein letztes Mal dieses unglaubliche Lächeln geschenkt. Dann war sie weg. Und ich saß im Wipfel der Palme, mit einem trotteligen Grinsen im Gesicht. Und vergaß die Zeit. Erst das Einsetzen der Dämmerung brachte mich zur Besinnung. Konnte es sein, dass ich den ganzen Tag hier oben in der Palme gesessen hatte? Das war doch gar nicht möglich. Vergingen die Tage in Fachi so viel schneller als anderswo? Lag ein merkwürdiger Zauber über diesem Ort? Mir wurde klar, dass ich mich beeilen sollte: Ich musste wieder unten sein, solange es noch hell war! Im Dunklen würde ich niemals heil hinunter kommen! Von oben kam mir die Palme viel höher vor, und schon beim ersten Versuch stürzte ich fast in die Tiefe und musste feststellen: Der Abstieg war noch sehr viel schwieriger als der Aufstieg. Ich versuchte mich innerlich zu sammeln, denn mir war klar: Würde ich den Abstieg erst einmal begonnen haben, würde es so gut wie unmöglich sein, auf halbem Wege inne zu halten und eine Pause zu machen. Die Abenddämmerung war bereits hereingebrochen, und sie schritt schnell voran. Ich hatte kaum begonnen, die Palme hinunter zu steigen, als ich von tiefer Dunkelheit umfangen wurde, denn die über mir hängenden Palmenblätter fingen das restliche Tageslicht fast völlig ab. So klammerte ich mich an den Stamm der Palme und konnte nichts mehr sehen! Wie weit war es noch bis zum Boden? Zwei Kamellängen oder eher zehn? Ich spürte, wie mir die Kräfte zu schwinden begannen, und die rasch abkühlenden Temperaturen machten es auch nicht leichter. Meine Finger wurden klamm. Weiter jetzt! Es gelang mir tatsächlich, mich weiter hinab zu hangeln. Aber meine Finger und auch meine Beine fingen an zu zittern, und ich wusste nicht: vor Anstrengung oder wegen der Kälte? Erneut schlossen sich meine Füße um den Stamm, und ich ließ die Arme ein weiteres Stück tiefer gleiten. Ich fing an, mich großartig zu finden. Was würde Ifalan dazu sagen, wenn ich ihm erzählte, dass ich mitten in der Nacht auf Dattelpalmen herumklettern konnte? In diesem Moment verlor ich den Halt. Einfach so. Ich war im freien Fall, einen sehr kurzen, sehr langen Moment lang. Dann der Aufprall, der ein dumpfes Geräusch verursachte. Es tat nicht weh. Ich war bei Bewusstsein, also ging ich davon aus, dass ich lebte. Aber ich konnte nicht atmen. Ich versuchte es, aber es ging nicht. Ich war ein kaputter Blasebalg, der keine Luft mehr pumpen konnte. Stattdessen versuchte ich mich aufzurichten. Auch das war unmöglich. Ich lag wie ein Käfer auf dem Rücken und konnte nur noch darauf warten zu ersticken. Und das Merkwürdigste daran war: Vor meinem inneren Auge sah ich, wie ich kurz zuvor mit Falala im Wipfel der Dattelpalme gesessen hatte, und alles, was ich denken konnte, war: *Dafür hat es sich wirklich gelohnt!*

4

Mein Vater kam zur Lehmhütte zurück und stellte fest, dass ich nicht mehr da war. Sorgen machte er sich nicht, denn die Kanuri in Fachi waren ein friedliches Volk, hier gab es niemanden, vor dem man Angst haben musste. Aber irgendwann fing er an sich zu wundern. Die Salzoase war umgeben von einer Ziegelmauer, durch die fünf Tore führten, welche alle verschlossen waren. Innerhalb der Mauer gab es Salinen, Dattelhaine, Lehmhütten und die alte Burg Dada, mit ihren hohen Mauern und vier spitzen Türmen. All das war miteinander verbunden durch enge, verwinkelte Gassen. Hier konnte man sich schon mal verlaufen. Aber das Gelände war nicht groß. Nur ein paar hundert Menschen lebten hier. Koumamá trug seinen Männern auf, mich zu suchen, und war überzeugt, ich würde im Handumdrehen gefunden werden. Aber ich blieb verschwunden. Sie riefen nach mir, aber ich hörte sie nicht, weil ich, geistig völlig weggetreten, in einer Palmenkrone saß und an Falala dachte. Koumamá wurde nun doch unruhig: Wenn ich nirgends zu finden war, konnte ich eigentlich nur in eine Saline gefallen und darin ertrunken sein, oder ich war in einen der mannshohen tönernen Getreidespeicher geklettert, die im Inneren des Burggeländes standen, und anschließend nicht wieder heraus gekommen. Die Speicher suchte er mit seinen Männern ab, nachdem die Einheimischen ihm klargemacht hatten, was für einen enormen Salzgehalt das Wasser in den Salinen hatte - ein menschlicher Körper würde immer an der Oberfläche treiben und nicht untergehen. Koumamá stocherte trotzdem mit einem langen Stock in den Salinen herum. Aber es war alles vergebens. Als die Sonne am Horizont unterging, sank Koumamá auf die Knie und war nicht in der Lage, wieder aufzustehen. Weder die hinter ihm liegenden Entbehrungen in der *ténéré* noch die übermenschlichen Anstrengungen beim Ausheben der Grube hatten ihn in die Knie zwingen können. Aber nun glaubte er, mich verloren zu haben, und das war zu viel. Er stützte sich mit den Händen auf den staubigen Boden und weinte. Dass seine Leute und einige Einheimische ihm dabei zusahen, konnte ihn nicht davon abhalten, sich gehen zu lassen. Den Männern, die ihn schon lange kannten, brach es fast das Herz, ihn so zu sehen. Aber da war auch noch ein hübsches Mädchen in einem gelb-grünen Kleid, das kam und sich zu ihm auf den Boden setzte. Koumamá wandte sich von ihr ab, er wollte keinen Trost. Aber das Mädchen gab ihm zu verstehen, dass es mit seinem Sohn bei den Dattelpalmen gewesen sei. Heute Mittag sei das gewesen. Er hob sein Gesicht aus dem Staub und sah sie an.

Es gelang mir, gerade so viel Luft in meine Lungen zu pumpen, dass ich nicht erstickte. Der Atem rasselte wie rostige Eisenketten. Und wenn ich direkt nach dem Aufprall noch keine Schmerzen gehabt hatte - jetzt tat mir *alles* weh, vom kleinen Zeh bis zur Schädeldecke. Ich sah ein Licht im Dunklen, und gleich darauf ein zweites. Sie kamen mit Fackeln. Und sie riefen meinen Namen. Aber ich konnte nicht antworten, so sehr ich es auch versuchte. Sie fanden mich trotzdem, und als Koumamá mich in die Arme nahm, hätte ich mich, wenn es mir denn möglich gewesen wäre, lautstark beschwert, denn es fühlte sich an, als würde er mein Rückgrat in zwei Teile brechen.

Ich hatte großes Glück, es war nichts gebrochen, ich hatte nur ein paar Prellungen und Stauchungen zu beklagen. Koumamá wollte vor der Rückreise ohnehin ein paar Tage hier bleiben, und so konnte ich die Zeit nutzen, mich von dem Sturz zu erholen. Ich erzählte ihm, was mir widerfahren war, und zu meiner Überraschung war er mir überhaupt nicht böse. Er lachte, als ich ihm vorschwärmte von Falala - wie liebreizend und einzigartig sie war. Er gab mir Recht, denn er hatte sie ja gesehen. Das Ganze erinnerte ihn daran, wie er als Junge hinter den Mädchen hergewesen war. Dabei hatte er sich mehr als einmal Prügel eingefangen von den großen Brüdern der jungen Damen. Dann erzählte er mir eine Geschichte.

»Mein Vater reiste einmal mit mir nach Bilma, einer anderen Salzoase, weil er gehört hatte, das Salz sei dort besser und billiger. Damals war ich 16 Jahre alt. Auf dem Weg dorthin stießen wir auf ein Lager von *imushaq*, sie gehörten zu den *kel gress*. Auf die Einladung des Stammesführers hin haben wir in ihrem Lager übernachtet. Fatou war 15, und im abendlichen Schein des Feuers habe ich mich sofort in sie verliebt. So wie du in Falala.«

»Ich habe nicht behauptet, ich hätte mich in sie verliebt«, beschwerte ich mich.

Koumamá lachte. »Das ist auch nicht nötig, Dummkopf. Es steht dir auf die Stirn gemalt.«

»Ich kann sie doch gar nicht lieben. Ich werde in jedem Jahr immer nur ein paar Tage in Fachi sein.«

»Das habe ich damals auch gedacht«, sagte Koumamá.

»Wie ist es weiter gegangen?«

»Wir waren in Bilma, aber mein Vater war nicht begeistert. Das Salz war weder besser noch billiger, und die Menschen waren weniger freundlich als in Fachi. Deswegen entschied er, dass der Weg nach Bilma sich nicht lohnte, und wir stiegen auf unsere *mehara* und traten die Heimreise an.«

»Was war mit Fatou?«

Koumamá musste lächeln. »Beim Einschlafen war sie mein letzter Gedanke«, sagte er, »beim Aufwachen der erste. Dazwischen war sie in meinen Träumen. Das hörte auch nicht auf, als wir längst wieder bei unserem Stamm waren. Ich wusste: Ich muss sie wiedersehen.«

»Wie hast du es gemacht?«

»Ich habe meinen Vater gefragt, ob ich sie besuchen darf. Er wollte nur wissen, ob ich den Verstand verloren hätte. Ein paar Tage später habe ich ihn ein zweites Mal gefragt. Da hat er mir schon gar nicht mehr geantwortet. Also habe ich mir mitten in der Nacht ein paar Wasserschläuche und eine

Tasche mit Datteln geschnappt und bin auf mein *mehari* gestiegen.«

»Ganz allein?!«

»Ich hatte keine andere Wahl.«

»Und du hast sie gefunden?«

»Nein, habe ich nicht. Wahrscheinlich hätte ich mich verirrt und wäre in der *ténéré* zugrunde gegangen. Es hat keinen halben Tag gedauert, da kam mein Vater angeritten. Er hat mich vom *mehari* gezogen und wüst beschimpft.«

»Hat er dich geschlagen?«

Koumamá schüttelte den Kopf. »Mein Vater hat kein einziges Mal die Hand gegen mich erhoben. Das hatte er nicht nötig. Ich habe ihm immer gehorcht. Bis auf dieses eine Mal. Weißt du, was er getan hat?«

»Keine Ahnung«, sagte ich.

»Er hat gesagt, ich soll wieder aufsteigen. *Und dann suchen wir diesen verfluchten Stamm der kel gress*. Das waren seine Worte.«

»Ist das der Grund, warum du mir nicht böse bist?«

»Ich glaube«, sagte er, »dass du dieses Mädchen wirklich magst.«

»Es ist gut«, erwiderte ich, »dass du Mutter wiedersehen wolltest. Sonst würde es mich jetzt gar nicht geben.«

Er lächelte. Aber er nickte nicht. »Wir haben das Lager wiedergefunden, obwohl die *imushaq* längst weitergezogen waren. Mein Vater hat den Eltern die Situation erklärt. Und dann hättest du mal Fatous Gesicht sehen sollen, als ich vor ihr auf die Knie gegangen bin und sie gefragt habe, ob sie mich heiraten will.«

»Was hat sie gesagt?«

»Zuerst hat sie geschwiegen. Dann hat sie mich gefragt, wieso ich ihr diese Frage stelle. Ich habe gesagt: *Weil ich dich zur Frau haben möchte.* Da fragt sie mich: *Und warum?* Ich wusste, wenn ich jetzt etwas Falsches sage, ist es vorbei.«

»Und was *hast* du gesagt?«

»*Du bist das hübscheste Mädchen, das ich je gesehen habe. Seit ich dich zum ersten Mal erblickt habe, muss ich an dich denken, Tag und Nacht. Dein Lächeln verwandelt die Wüste in einen fruchtbaren Garten.* – Nun, Fatou fand das zwar sehr schmeichelhaft, aber als Grundlage für eine Ehe etwas dürftig.«

Ich musste grinsen. »Hat sie das wirklich so gesagt?«

»Es kommt noch besser. Sie sagte: *Koumamá, es tut mir leid, aber ich werde dich nicht heiraten.* Diese Worte haben mich ins Mark getroffen.«

Ich runzelte die Stirn. »Aber ihr habt doch…«

Mein Vater gebot mir mit einer Geste Einhalt. »Die Geschichte ist ja auch noch nicht zu Ende. Denn sie fügte noch etwas hinzu: Ich solle in genau einem Jahr wieder bei ihr erscheinen. Dann würde sie die Angelegenheit noch einmal neu überdenken. Na ja, was soll ich sagen? Es folgte das qualvollste Jahr meines jungen Lebens, und als es abgelaufen war, stand ich wieder vor ihrem Zelt. Diesmal ohne meinen Vater, der mir sagte, inzwischen sei ich alt genug, den Weg selbst zu finden.«

»Ja, und?«

»Fatou hatte ihr schönstes Kleid angezogen. Sie sah unglaublich aus. Und sie sagte: *Ich wusste, du würdest kommen.*«

»Woher?«

»Das habe ich sie auch gefragt. Sie erwiderte: *Mir war schon letztes Jahr klar, dass wir heiraten würden.* Vier Wochen später haben wir Hochzeit gefeiert, und sie ist ein Mitglied unseres Stammes geworden.«

Die Eltern von Falala hatten nicht so viel Verständnis wie mein Vater. Sie wollten nicht, dass ihre Tochter sich mit einem *targi* anfreundete. Als ich sie besuchen wollte, wurde ich abgewiesen. Unterdessen tätigte Koumamá die anfallenden Geschäfte. Er verkaufte den Kanuri Hirse und Ziegenkäse, und dafür bekamen wir Salzblöcke: große, kegelförmige, die wir später als Futtermittel für die Tiere benutzen würden, und kleinere, die aussahen wie ein großer, runder Käse. Dieses Salz hatte die bessere Qualität, damit würden wir unsere Speisen würzen. Und natürlich nahmen wir auch einige Satteltaschen voll mit Datteln nach Hause. Ich versteckte mich ein paarmal in der Nähe der Hütte, in der Falala mit ihrer Familie lebte, und wenn sie heraus kam, trat ich hervor. Falala lächelte mir zwar zu und fragte jedes Mal, ob es meinem Rücken inzwischen besser gehe, aber dann ging sie einfach weiter. Ich ging dann stets noch eine Weile neben ihr her und versuchte sie in ein Gespräch zu verwickeln, aber sie schien mich kaum zu beachten. Und so gab ich schließlich auf. Am Vortag unserer Abreise bin ich nicht mehr zu ihrer Hütte gegangen.

5

Auf dem Rückweg zu unserem Lager wählten wir eine andere und etwas längere Route, weil wir damit rechnen mussten, dass die von uns gegrabene Grube inzwischen von einem Sandsturm wieder zugeschüttet worden sein könnte. Alle Brunnen und Oasen, die wir ansteuerten, führten Wasser, und einen Sturm hatten wir auch nicht zu ertragen. Im Vergleich zum Hinweg war es das reinste Kinderspiel. Unsere Familien waren glücklich, uns wieder zu sehen, schließlich hatten sie uns einige Zeit missen müssen. Die Frauen umarmten ihre Männer und Kinder, und am Abend gab es ein Festessen - aber nur ein kleines, denn der größte Teil des Weges lag ja immer noch vor uns. Die Hirse musste noch weit in den

Süden gebracht werden, nach Kano, das zur damaligen Zeit unter britischer Verwaltung stand. Wir hätten unsere Ware auch nach Zinder oder Maradi bringen und damit ein paar Tagesmärsche sparen können. Aber da nur wenige Karawanen den langen Weg bis nach Kano auf sich nahmen, zahlten sie dort besser, und deswegen bestimmte Koumamá, dass wir auch in diesem Jahr dort hingehen würden. 600 Meilen waren es bis nach Kano. Auf dem Weg dort hin würde ich die Wüste zum ersten Mal in meinem Leben verlassen! Das richtig große Fest würde es deshalb erst geben, wenn wir in einigen Wochen aus dem Süden zurückkehrten. So wurde das schon immer gehandhabt. Auch weil die Frauen jedes Mal froh waren, wenn ihre Männer heil aus Kano zurückkehrten, denn ihnen war klar: Dort gab es Prostituierte, die wussten, wie man ausgelaugten Wüstenmännern das frisch verdiente Geld aus der Tasche zog. Und das Leben außerhalb der Wüste hatte für so manchen Mann schon auch seinen Reiz. Koumamá nahm deswegen immer nur Leute mit, die er für besonders treu hielt. Und trotzdem kam es alle paar Jahre vor, dass einer von ihnen nicht nach Hause zurück kehrte.

Als Dafinah erfuhr, dass ich die Karawane gerettet hatte, zersprang sie fast vor Neid. Ausgerechnet ich! Sie redete kein einziges Wort mit mir, nicht einmal eine kurze Begrüßung hatte sie für mich übrig - und das, obwohl sie inzwischen wieder im Zelt unserer Familie wohnen durfte. Ich fand das sehr schade, weil ich dachte, dass wir uns nun besser vertragen würden, da wir uns doch vor der Abreise miteinander versöhnt hatten. Eines Morgens ging ich zu ihr auf die Weide, wo sie die Schafe hütete.

»Dein Halsband hat uns beschützt«, sagte ich. »Wer weiß, ob wir es sonst geschafft hätten.«

»Glaubst du an solchen Quatsch?« Sie sah mich nicht einmal an. »Ich nämlich nicht.«

Ich hatte eigentlich nur nett sein wollen. Den Satz hatte ich mir die halbe Nacht lang überlegt und zurechtgelegt. Und was tat Dafinah? Sie zerfetzte ihn zwischen zwei Atemzügen. Ohne dass ich es wollte, fing ich plötzlich an, sie mit Falala zu vergleichen. Meine Schwester war kein hässliches Mädchen. Aber sie war zu grimmig, um hübsch zu sein. Sie presste ihre Lippen stets aufeinander und zog die Nase kraus. Und wenn sie mal lächelte, was sie selten tat, dann war es ein herablassendes Lächeln, voller Geringschätzung und manchmal sogar Bosheit. Wenn sie nicht meine Schwester gewesen wäre, hätte ich nichts mit ihr zu tun haben wollen. Aber als ihr Bruder musste ich das anders sehen. Solange sie keinen Mann hatte, war ich mit dafür verantwortlich, dass ihr nichts passierte. In unserem Stamm kam es manchmal vor, dass Mädchen schon mit 14 Jahren heirateten. Ich hoffte, dass Dafinah so ein Mädchen sein würde, damit ich die Verantwortung möglichst bald los war. Aber ich konnte mir nur schwer vorstellen, dass ein Mann sie haben wollte. Ich fragte meinen besten Freund Ifalan: »Könntest du dir vorstellen, meine Schwester zu heiraten?«

Er sah mich erstaunt an. »Aber ja«, sagte er.

Ich staunte noch viel mehr als er. »Wirklich? Ganz ehrlich?«

»Sieh sie dir doch an.« Er geriet ins Schwärmen. »Diese Anmut. Wie sie sich bewegt. Der Klang ihrer Stimme. Die langen Beine. Ihre schönen Brüste…«

»Sie hat überhaupt noch keine Brüste«, widersprach ich.

Ifalan sah mich an, als sei ich nicht mehr ganz bei Trost. »Azahrú, bist du blind? Auch wenn du ihr Bruder bist, kann dir unmöglich entgangen sein, wie wunderschön sie ist.«

Ich konnte es nicht fassen: »Wunderschön? Dafinah?!«

Er verzog das Gesicht. »Wer redet denn von Dafinah? Ich meine natürlich Mariamá. Bist du total verblödet?«

Ich seufzte. »Bist du immer noch nicht über sie hinweg? Sie ist schon fast eine erwachsene Frau!«

Ifalan senkte das Haupt. Er träumte davon, Mariamá eines Tages zu heiraten. Aber das durfte ich niemandem erzählen! Ich versprach es ihm. Kein Wort würde über meine Lippen kommen. Aber war ihm denn nicht klar, dass aus dieser Schwärmerei niemals etwas werden konnte?

»In der Liebe kann alles passieren«, sagte er. »Jetzt bin ich noch zu jung für sie, das sehe ich ja ein. Aber wenn ich erwachsen bin…«

»… dann ist sie längst verheiratet und hat zwei oder drei Kinder.«

»Ich bete jeden Tag zu Allah«, sagte er, »dass das nicht passiert.«

Ich hatte nicht viel Zeit, ihm den Blödsinn auszureden, denn ich musste mich auf die Weiterreise vorbereiten. Morgen Früh würden wir das Lager schon wieder verlassen und in den Süden reisen.

»Du kommst nicht mit«, sagte Koumamá, als ich damit beginnen wollte, meine Sachen zu packen. »Du hast genug Strapazen überstanden, das reicht für dieses Jahr.«

»*Abba*, bitte«, flehte ich ihn an. »Ein halber Karawanenweg ist so gut wie gar keiner. Und wir haben noch nicht einmal die Hälfte hinter uns. Bitte nimm mich mit!«

Fatou erschien im Zelt. »Du bist im Dunklen auf einer Palme herum geklettert«, sagte sie streng. »Du bist ein alberner, kleiner Junge und noch nicht reif für die Reise nach Kano.«

»Ich habe die Karawane gerettet!« wandte ich ein und warf mich in eine trotzige Pose. »Ohne mich wären jetzt alle tot!«

»Mein Junge, das wissen wir nicht«, erwiderte Koumamá. »Den Weg zurück zum Baum hätten wir wahrscheinlich auch geschafft.«

»Außerdem«, sagte meine Mutter, und als sie nun dicht vor mir stehen blieb und auf mich herunter sah, bekam ihre Miene fast etwas Drohendes, »außerdem gefällt es mir überhaupt nicht, wenn du tust, als wärst du hier der Größte. Als würde es ohne dich nicht gehen. Du hast zu tun, was wir dir sagen.«

Ich wollte noch etwas einwenden, aber als ich Luft holte, hob meine Mutter den Zeigefinger und hielt ihn mir vor die Stirn, als sei er ein Zauberstab, mit dem sie mich in Stein verwandeln wollte. Und es funktionierte. Ich erstarrte. Mein Mund blieb offen stehen. Selbst meine Gedanken, die gerade eben noch wütend vor sich hingesprudelt waren, kamen zum Stillstand. Die Macht einer Mutter durfte man nie unterschätzen. Sie wandte sich ab, und auch Koumamá verließ das Zelt. Die Angelegenheit war damit erledigt. Ich hatte mich zu fügen. Dagegen war nichts mehr zu machen.

Deswegen kapierte ich überhaupt nicht, was mein Vater von mir wollte, als er mitten in der Nacht an mir rüttelte und sagte: »Azahrú, steh auf.«

»Warum?« Ich konnte ihn kaum erkennen. Es war noch stockdunkel.

»Weil du mit uns gehen wirst. Beeil dich, du hast noch nicht gepackt.«

Ich sprang auf und fing an, meine Sachen zusammen zu räumen. Ich fragte nicht, wieso er seine Meinung geändert hatte, denn wer wusste schon, ob er es sich nicht im letzten Moment ein weiteres Mal anders überlegen würde, wenn ich ihm jetzt auf die Nerven ging. Mutter war wütend. Schweigend sah sie mir beim Packen zu und war ganz offensichtlich nicht einverstanden. Erst später, als wir schon unterwegs waren, erfuhr ich, was Vater bewogen hatte, mich doch mitzunehmen. Als seine Männer erfahren hatten, dass ich nicht mehr Teil der Karawane sein würde, hatte einen von ihnen ein ungutes Gefühl beschlichen. Es war Ali gewesen, der Koch. Er glaubte, dass man die Zusammensetzung einer Karawane nicht ohne Not ändern durfte, zumal diese hier ohne mich vielleicht schon gar nicht mehr existiert hätte. Ali hatte ein paar andere mit der Vorstellung infiziert, dass man damit möglicherweise die Götter verärgerte. Wenn unsere Karawane nun war wie ein Turm aus lauter Steinen, und dann entfernte man einen davon - war das nicht gefährlich? Dadurch konnte man alles zum Einsturz bringen. Mitten in der Nacht waren die Männer zu Koumamá gegangen und hatten ihre Bedenken vorgetragen. Mein Vater hatte sie für abergläubischen Blödsinn gehalten, aber ihm war auch klar, dass viele der Männer solchen Geschichten Glauben schenkten. Und er konnte nicht riskieren, dass seine Karawane von unterschwelliger Angst regiert wurde. Also hatte er schließlich nachgegeben. Ich konnte hören, wie meine Eltern sich deswegen stritten.

»Er wird sich vorkommen wie der kleine Karawanen-Sultan«, schimpfte Fatou. »Genau das wollten wir vermeiden.«

»Jetzt ist es beschlossen«, erwiderte Koumamá. Er beeilte sich an diesem Morgen mit der Abreise besonders, um den funkelnden Blicken seiner Frau nicht mehr lange ausgesetzt zu sein. Er fand, dass sie völlig Recht hatte, aber er konnte es jetzt auch nicht mehr ändern.

6

Je länger wir nach Kano unterwegs waren, desto mehr verschwammen die Tage in Gleichförmigkeit. Linker Fuß vor, rechter Fuß vor. Über mir Himmel, vor mir Sand, in mir dumpfes Nichts. Alle Gedanken längst gedacht, alle Gespräche längst gesprochen. Tee, Hirse, Datteln, Ziegenfleisch - Nahrungsaufnahme nur noch bloßes Nachfüllen von Brennstoff. Knirschen unter den Hufen der *mehara*, der ewige Rhythmus der Karawane. Irgendwann war ich so abgestumpft, dass ich dachte, wir würden bis in alle Ewigkeit weiter so vor uns hinstapfen, es würde niemals ein Ende nehmen. Und wozu auch? Ich hatte mich daran gewöhnt, dass mein Leben aus nichts anderem mehr bestand, es fehlte mir an nichts, selbst Falala war nur noch eine glitzernde Illusion, eine Luftspiegelung am Horizont. Ich weiß nicht mehr, wie viele Tage wir unterwegs waren, als die ersten kümmerlichen Sträucher unseren Weg zu säumen begannen. Der Boden wurde fester, ein ausgetrampelter Pfad wurde sichtbar, und wir folgten ihm. Es dauerte nicht lange, und die Sträucher wurden größer und saftiger. Affenbrotbäume und Ölpalmen gesellten sich dazu. Und Menschen, die mit Rinder- und Ziegenherden umherzogen. Sie waren Nomaden wie wir, und mit manchen von ihnen trieben wir schnellen Handel am Wegesrand. Wir nahmen ein paar Ziegen, die Hirten bekamen von uns Salz und Datteln. Auf einmal hatte das Leben wieder ein Gesicht, das ließ die Zeit schneller verstreichen. Obwohl wir die Wüste verlassen hatten, mussten wir mehr trinken als zuvor. Weil die Luft feuchter war und wir viel mehr schwitzten.

Ich schien der erste zu sein, der es vernahm - ein Brummen lag in der Luft. Es kam näher. Die anderen reagierten überhaupt nicht. Hörten sie es denn immer noch nicht? Ich drehte mich um, blickte gegen die Sonne und beschirmte meine blinzelnden Augen mit der Hand. Das Geräusch kam nun bedrohlich nahe, und es ließ sich mit nichts vergleichen, was ich jemals zuvor gehört hatte. Jetzt sah ich ihn auch, den riesenhaften Vogel, der in offensichtlicher Mordlust auf uns zugeflogen kam.

»Ein Drache!« brüllte ich. »Er kommt, um uns zu töten!« Beim Rückwärtsgehen stolperte ich über einen Stein und fiel der Länge nach hin. Der monströse Vogel hatte starre Schwingen, seine Flügel bewegten sich nicht. Er flog dröhnend über uns hinweg und entfernte sich wieder. Die Männer lachten, am lautesten von allen mein Vater.

»Das ist ein Flugzeug, Dummkopf!« rief er. »Darin sitzen Menschen. Hast du sowas noch nie gesehen?«

Nein, das hatte ich nicht. Natürlich nicht. Ich war beleidigt. Sie hatten sich ausgeschüttet vor Lachen, und dabei hatte ich sie nur warnen wollen.

Kano war das Trostloseste, was ich je gesehen hatte. Unzählige Lehmhütten. Schmutzige Kinder, die uns anbettelten und zu bestehlen versuchten. Mittendrin ab und zu Polizisten in seltsamen Uniformen, die auf Pferden saßen und für Recht und Ordnung sorgen sollten. Das waren Engländer. Manche von ihnen verlangten Wegezoll, dann bekamen sie von uns einen Korb mit Datteln. Gegen Mittag bezogen wir unser Lager am Stadtrand, und am Nachmittag kamen schon die ersten Händler, die mein Vater freundschaftlich begrüßte. Man kannte sich. Sie kauften Salz und Datteln, dafür bekamen wir Geld, aber vor allem wieder eine Menge Hirse. Die brauchten wir zum einen, um unseren Stamm zu ernähren, und zum anderen, um auch im nächsten Jahr in Fachi wieder Handel treiben zu können. Ach, Fachi! Wenn ich daran dachte! An die süße Falala, die ihr Unwesen trieb in meinen Gedanken. Vor allem nachts, wenn ich wach lag und in die Sterne blickte. Ich wollte dieses Mädchen wiedersehen! Aber da würde es mir wohl ergehen wie meinem Vater, der seine große Liebe auch ein ganzes Jahr lang hatte entbehren müssen. Einer der Händler war neu im Geschäft, und er machte sich mit Koumamá bekannt. Nachdem sie ihren Handel abgewickelt hatten, wollte der Mann meinem Vater seinen Dolch abkaufen, weil er ihn so schön fand. Er winkte ab und meinte, der Dolch sei unverkäuflich. Aber der Mann ließ sich nicht abweisen und machte ihm ein außergewöhnlich gutes Angebot. Koumamá erkannte, dass der Händler nicht so leicht lockerlassen würde. Deswegen sagte er: »Weißt du, dieser Dolch ist mehr als das, was er zu sein scheint. Er ist mein Freund. Er schützt mich. Der Schmied, der das Eisen geschmiedet hat, wusste: Diese Waffe war für mich bestimmt. Als er sie auf dem Amboss mit dem Schmiedehammer bearbeitet hat, waren seine Gedanken bei mir. Seine Seele ist mit der Seele des Eisens verschmolzen. Wir sind alle drei verbunden - der Schmied, der Dolch und ich. Und du willst, dass ich diesen Freund für ein paar Scheine verkaufe?« Nach diesem kurzen Vortrag hat der Händler meinem Vater nur noch anerkennend auf die Schulter geklopft und ist mit seinen *mehara* von dannen gezogen. So einfach war das manchmal, wenn man nur die richtigen Worte fand. Dafür bewunderte ich meinen Vater, und ich dachte:

Wenn er das kann, muss diese Fähigkeit auch in mir stecken, denn ich bin sein Sohn.

Schatten der Vergangenheit

1

Nachdem wir all unsere Waren verkauft hatten, erstanden die Männer auf den Märkten noch Rauchwerk und Essenzen, weil ihre Frauen es liebten, sich damit zu parfümieren. Aber dann wollten wir die stinkende Stadt nur noch so schnell wie möglich verlassen und uns auf den Weg nach Hause machen. Wir waren der Karawane ganz und gar überdrüssig und sehnten uns danach, den *shahid* endlich einmal wieder im Schatten eines Zeltes einzunehmen, und vor allem im Sitzen. Da wusste ich noch nicht, dass mir die härteste Prüfung noch bevor stand.

In jener Nacht, als der Regen kam, lagerten wir in einem *wadi*, weil wir dort Schutz fanden vor dem Wind. Und weil wir nicht rechneten mit dem, was mitten in der Nacht über uns herfiel - *âdjenna*, der Starkregen, den mein Vater mehr fürchtete als jeden Sandsturm. Wenn er kam, tat er es unvermittelt, und ein *wadi* wurde zur tödlichen Falle, denn es verwandelte sich schneller in ein reißendes Flussbett, als man all die Satteltaschen hinaus schaffen konnte. Ich begriff zuerst überhaupt nicht, was vor sich ging. Es war dunkel. Dicht vor mir stampfte ein Kamel auf, Wasser klatschte mir ins Gesicht. Die Tiere brüllten, ich sah sie schemenhaft in alle Richtungen rennen. Die Männer liefen hinter ihnen her und versuchten sie einzufangen.

»Azahrú!« Mein Vater hatte meinen Kopf zwischen den Händen und schrie mich an. »Du musst da hoch! Raus aus dem *wadi*, hörst du?! Raus! Sofort!« Er schob mich den Hang hinauf, aber aus trockenem Sand war Schlamm geworden. Auf allen Vieren robbte ich nach oben, ohne die Hilfe meines Vaters hätte ich es nicht geschafft.

Bei Einsetzen der Morgendämmerung hatte der Regen längst aufgehört. Ein Teil der Hirse war nass geworden, aber wenn man das Getreide in die Sonne legte, würde es schnell wieder trocknen. Eines der *mehara* war gestürzt und hatte sich beide Vorderläufe gebrochen. Es lag im Sand und schrie seit Stunden, mit lange schon heiserer Stimme. Es musste getötet werden. Mein Vater übernahm so etwas selbst. Er zog seinen Dolch und schnitt ihm die Kehle durch, mit einem einzigen schnellen, langgezogenen Schnitt.

Ali zerlegte das Tier, und da sah ich sie, die uniformierten Männer auf den Pferden, aufgereiht auf einem Dünenkamm. Es waren Franzosen und Deutsche, und sie kamen, um auch aus uns Soldaten zu machen, für den Krieg, der seit einer Weile in Europa tobte und der im Begriff sei, sich demnächst bis nach Afrika auszubreiten. Der ranghöchste Deutsche trug einen langen, schwarzen Mantel, und als der Blick dieses Mannes sich mit dem meinen kreuzte, passierte etwas Merkwürdiges: Ich bekam das Gefühl, ihn schon einmal gesehen zu haben. Ich sah Rauch vor mir und Flammen, und meine Beine wurden weich. Er schaute gegen die tiefstehende Morgensonne, musste die Augen zusammenkneifen und beschirmte sie mit der Hand. Der Mann forderte, der Junge da solle vor ihn treten. Lassad reagierte sofort. Er versteckte mich in einer Satteltasche, und Koumamá behauptete, einen Jungen hätten sie nicht mit dabei. Der deutsche Offizier konnte mich nicht finden. Er rief nach mir, in seiner Heimatsprache, und das Allerverrückteste daran war, dass ich ihn verstehen konnte. Die Worte drangen zu mir wie durch einen endlos langen Tunnel. Es tat weh, sie zu hören, in dieser fremden, sperrigen Sprache, die mir trotzdem nicht verschlossen war. Der Deutsche gab sich nicht zufrieden. Er versprach demjenigen zweihundert *mehara*, der ihm helfen würde, diesen Jungen zu finden mit der hellen Haut und dem hellen Haar.

»Das sind doppelt so viele, wie ihr hier bei euch habt. Das ist ein Vermögen! Das macht aus einem armen Kerl einen schwerreichen Mann! Ihr findet mich in Agadez, sagt einfach, ihr sucht Major Gerhard Angermair von der SS, und man wird euch zu mir führen.«

Als ich endlich wieder aus der Satteltasche durfte, tat mir alles weh, und ich war schweißgebadet. Aber vor allem war ich verwirrt. Hatte dieser Mann wirklich nach mir gesucht? Ich kannte ihn doch gar nicht. Und wie war es möglich, dass ich seine Sprache verstand?

»Ich hatte immer gehofft«, sagte Koumamá, »dieses Gespräch niemals führen zu müssen.«

Mir war mulmig zumute. »Worüber reden wir denn? Was ist los?«

»Azahrú, ich liebe dich, das weißt du. Oder, mein Sohn, das weißt du doch?«

»Natürlich weiß ich das, Vater. Ich liebe dich auch.«

»Deine Mutter liebt dich auch. Sag, dass du das weißt.«

»Ich weiß es.«

Er machte eine Pause. Dabei starrte er vor sich hin und konnte mich nicht ansehen. Er wusste nicht, wie er es über die Lippen bringen sollte. »Vor ein paar Jahren«, begann er, »hatte ich einen guten Freund. Seine Haut war hell wie deine, sein Haar hatte die Farbe des Wüstensandes. Und er hatte eine

Frau. Sie war bemerkenswert. Sehr schön und sehr eigensinnig. Ich mochte sie genauso gerne wie ihn.« Er sah mich an, holte Luft und sagte dann: »Die beiden waren deine Eltern.«

2

Den Rest des Tages saß ich auf dem *mehari*. Koumamá hatte mich in den Sattel gehoben, weil ihm klar war, dass ich sonst nur über meine Füße gestolpert wäre. Ich war verstört. Er hätte genauso gut versuchen können, mir zu erklären, ich sei in Wirklichkeit gar kein Mensch, sondern ein Schakal. Niemand außer ihm redete mit mir, die Männer wussten nicht, was sie sagen sollten. Nach und nach begriff ich, dass sie alle Bescheid gewusst hatten, unser ganzer Stamm. Alle hatten mich belogen, mir etwas vorgemacht. Es war so furchtbar. Ich wäre am liebsten tot gewesen.

Ich konnte nichts essen, und Koumamá brachte mich erst nach mehrmaliger Aufforderung dazu, etwas zu trinken. Am Abend wollte ich mich nicht zu den anderen ans Lagerfeuer setzen und suchte mir einen Platz in einiger Entfernung, auch wenn es dort kalt war und ich mich in mehrere Decken hüllen musste. Der Schatten, der auf mich zukam, war Koumamá, er setzte sich zu mir. Ich konnte ihm nicht in die Augen sehen, ich schämte mich. Ich fühlte mich wie etwas Minderwertiges. Ich gehörte überhaupt nicht hierher. Ich hatte keine Ahnung, wer und was ich war. Zum Glück redete er nicht mit mir. Lange Zeit saßen wir einfach nur da und schwiegen. Bis ich es war, der das Wort an ihn richtete:

»Du sagst immer: *Wer Kraft sucht, der ernähre sich von Wahrheit und Aufrichtigkeit.* Wie konntest du mich so lange belügen?«

Er atmete tief durch. Aber er antwortete nicht. Ich fragte mich schon, ob er meine Frage überhaupt gehört hatte. »Ich glaubte, dich vor der Wahrheit schützen zu müssen«, sagte er endlich. »Dein Vater wurde umgebracht.«

»Ist er im Feuer gestorben?«

Koumamá wandte sich mir zu. Im schwachen Flackern des Lagerfeuers sah ich das Erstaunen in seinen Augen. »Woher weißt du das?«

»Also ist es wahr«, sagte ich. Ein Zittern fuhr mir durch den Körper, das nicht von der äußeren Kälte kam. Ich erzählte ihm von den Bildern, die ich beim Anblick des schwarzgekleideten Deutschen vor mir gesehen hatte.

»Ich nehme an, du hast zugesehen bei dem, was damals passiert ist. Aber als wir dich gefunden haben, hattest du alles vergessen. Möglicherweise hat der Mann im schwarzen Mantel damit zu tun. Er hat eindeutig nach dir gesucht.«

»Aber warum? Was will er von mir?«

Koumamá zuckte die Achseln. »Ich weiß es nicht. Ich habe nicht die geringste Ahnung.«

»Zweihundert *mehara*!« rief ich so laut, dass ein paar von den Männern, die am Feuer saßen, zu uns herüber blickten. »Er muss unglaublich reich sein!«

»Und er weiß, dass er dich gesehen hat«, bemerkte Koumamá. »Wir haben ihn uns vom Hals halten können, aber getäuscht haben wir ihn nicht. Er weiß es.«

»Glaubst du, er wird wiederkommen?«

»Er weiß nicht, welchem Stamm wir angehören. Wo unser Lager sich befindet. Jedenfalls hoffe ich das.«

In der Nacht war an Schlaf nicht zu denken. Ich starrte nur mit offenen Augen in die Sterne und sah sie vorüberziehen, bis zum Morgengrauen. Mit einem Mal war mir klar, warum Lassad oft so schlecht auf mich zu sprechen war. Warum Dafinah nicht akzeptieren konnte, dass ich Dinge durfte, die ihr verwehrt waren. Wie konnte ich jetzt noch Mitglied des Stammes bleiben? Ich war kein *targi*, würde nie einer werden. Ich hatte kein Recht, mich wie einer zu benehmen. Was war in Koumamá und Fatou gefahren, dass sie mich aufzogen, als wäre ich der Sohn des *amenokal*? Ich konnte verstehen, dass Lassad das nicht passte. Meine richtigen Eltern waren tote Europäer, die ich nicht kannte. Aus Deutschland, wo die Menschen nichts im Kopf hatten, als die Welt mit Krieg zu überziehen! Ich fragte mich, ob der Mann mit dem schwarzen Mantel wirklich nach mir gesucht hatte? Ich hatte ihm doch nichts getan! Warum sollte ein Soldatenführer vom anderen Ende der Welt es auf mich abgesehen haben? Keine dieser Fragen ergab einen Sinn - aber ich kam mir auf einmal vor wie ein Bastard, niedriger als der niedrigste Aasfresser. In dieser Nacht war ich überzeugt davon, meinem Leben ein Ende setzen zu müssen, und zwar möglichst bald.

Aber am Morgen war ich wieder gezwungen, einen Fuß vor den anderen zu setzen. Ich war immer noch sehr schweigsam. Koumamá ließ mich den ganzen Tag lang nicht aus den Augen. Die Sorge war ihm anzusehen. Ich konnte ihn nicht mehr *abba* nennen, auch wenn ich es gerne getan hätte. Obwohl ich ihm auszuweichen versuchte, sprach er immer wieder mit mir, viel öfter, als es seine Gewohnheit war. Das tat er, weil er Angst hatte, mich zu verlieren, wie er mir viel später gestanden hat. Er hatte das Gefühl, das Band zwischen uns nur mit Worten am Leben halten zu können.

»Warum haben sie in der Wüste gelebt«, wollte ich von ihm wissen, »wenn sie doch gar nicht hier zu Hause waren?«

»Dein Vater wollte alles über uns erfahren«, antwortete er.

Das begriff ich nicht. Warum hatte er das gewollt? Ich hatte doch auch kein Interesse daran, etwas zu erfahren über die

Leute in Kano oder in Fachi, geschweige denn über Leute aus einem ganz anderen Teil der Erde, mit denen ich überhaupt nichts zu tun hatte, und die mich deswegen auch nicht interessierten. Das kam mir höchst merkwürdig vor. Ein Mann war doch dazu da, seine Familie und sein Volk zu beschützen und zu ernähren. Nur Kranke, Schwache und Zurückgebliebene waren dazu nicht in der Lage.

»War mein Vater dumm?«

Koumamá lächelte traurig. »Nein, Azahrú, das war er nicht. Im Gegenteil. Er wusste eine Menge. Viel mehr als ich.«

»Wusste er, wie man eine Karawane führt?«

»Nein, davon verstand er nichts.«

»Konnte er umgehen mit der *takuba*?«

»Ich habe ihn nie mit einer Waffe gesehen.«

»War er wenigstens ein guter Spurenleser?«

»Nicht allzu sehr.«

»Er konnte überhaupt nichts!« Ich ereiferte mich. »Wie kann er mehr gewusst haben als du?«

»Dein Vater und deine Mutter haben unsere Sprache gelernt, und zwar so schnell, dass ich es kaum glauben konnte. Er hat ein Buch über unser Volk geschrieben, das hatte mehr als tausend eng beschriebene Seiten und war fast so dick wie der Kopf eines Kamels.« Er hielt seine Handflächen weit auseinander. »Und sie sind mit einem Automobil in die Wüste gekommen. Ich wäre nie in der Lage gewesen, es auch nur vom Fleck zu bewegen.«

Ich ließ mir seine Worte durch den Kopf gehen. Dann fragte ich: »Was ist ein Automobil?«

Koumamá überlegte kurz, wie er mir das erklären sollte. »Erinnerst du dich an das Flugzeug? Stell dir vor, es wäre kleiner, hätte keine Flügel und stattdessen Räder, und es würde nicht fliegen, sondern fahren.«

Ich konzentrierte mich darauf, es mir vorzustellen. Für die nächsten Jahre meines Lebens würde ich mir nun einbilden, ein Automobil hätte vorne einen Propeller.

3

Wenn die Männer von der Karawane zurückkehrten, machten die Frauen sich für sie schön. Sie färbten sich Hände und Füße mit Henna, wuschen sich und behandelten ihre Körper mit wilden Kräutern. Sie machten sich wohlriechend mit dem kostbaren *têdit*, einer Essenz, die sie sich gegenseitig ausborgten und die bei allen verheirateten Frauen im Lager die Runde machte. Dann legten sie ihre prächtigsten Gewänder an: die leuchtend weiße *rafeghat*, darüber den blauen *târi*, am Schluss den purpurnen *tabarekamt*. An den hennagefärbten Fingern leuchteten silberne Ringe. An allen Ohren baumelten Gehänge. An ihren schlanken Armgelenken klingelten Armreife, und man sah keinen Frauenhals, an dem keine bunten Perlenketten hingen.

Vor einigen Wochen in Fachi, als er noch mein *abba* war, hatte Koumamá mir verraten, dass es jener Tag im Jahr war, den er von allen am liebsten mochte – den Tag des Wiedersehens, den Tag, an dem der wichtigste Teil des Jahres endlich vollendet war. Aber dieses Mal kam er mit gemischten Gefühlen. Er freute sich, seine Frau in die Arme schließen zu können, seinen Töchtern durch die Haare zu wuscheln und seinen Platz vor dem Zelt einzunehmen. Aber Fatou wusste sofort, dass etwas nicht stimmte. Sie sah es ihm an, und mir noch mehr. Das stumpfe Gefühl in meinem Inneren drang anscheinend deutlich nach außen. Während die *mehara* auf die Weide gebracht wurden, flüsterten die beiden miteinander. Ich wusste, worüber sie redeten. Und alle Männer, die Teil der Karawane gewesen waren, wussten es auch. Schließlich löste sich Fatou von Koumamá und kam auf mich zu. Sie breitete die Arme aus und wollte mich umarmen, aber anstatt es zuzulassen, lief ich davon, hinaus aus dem Lager, das ich gerade erst mit den anderen betreten hatte.

Ich saß auf einer Düne und starrte, vom Lager abgewandt, zum Horizont. In mir war völlige Leere. Ich hatte nicht die geringste Ahnung, was ich jetzt tun sollte. Wie ich den Mitgliedern des Stammes noch in die Augen sehen sollte. Sie wussten, dass ich nicht dazu gehörte, und ich wusste es. Aber wohin hätte ich gehen sollen? Meine richtigen Eltern waren tot. Wie weh es tat, diese Leute, die ich nicht kannte, meine *richtigen* Eltern zu nennen! Ich hatte schon lange nicht mehr geweint. Weil ich es unmännlich fand? Wohl eher weil ich nie Grund dazu gehabt hatte. Mein Leben war perfekt gewesen - ich war der jüngste Karawanier des Stammes, ich hatte gute Freunde, war der Sohn des *amenokal*, und irgendwann würde ich nach Fachi reiten und um Falalas Hand anhalten. Bis vor wenigen Tagen hatte ich das Gefühl, der glücklichste Junge auf Allahs weitem Erdboden zu sein. Jetzt war ich eine Made, die zertreten gehörte.

»Hör auf zu heulen und komm«, sagte Dafinah. Sie stand nur wenige Schritte neben mir, aber ich war so im Selbstmitleid gefangen gewesen, dass ich ihr Kommen nicht bemerkt hatte. »*Abba* will dir was zeigen.«

Ich wandte den Kopf von ihr ab, obwohl sie meine Tränen schon längst gesehen hatte. »Er ist nicht mehr mein Vater«, sagte ich. »und ist es nie gewesen.«

»Denkst du das wirklich?«

»Es ist egal, was ich denke. Weil es die Wahrheit ist.«

Dafinah kam näher. »Wenn du das wirklich glaubst«, sagte sie, »bist du der dümmste, undankbarste Scheißhaufen, den ich je gesehen habe.« Ihre Stimme war ruhig, aber sie trug so ein gewisses Beben in sich, das mir zeigte, welch tödlicher Ernst hinter ihren Worten steckte. »Warum bin ich so eifersüchtig auf dich? Was glaubst du wohl?«

»Weil ich kein *targi* bin.«

»Du bist es vielleicht nicht von Geburt an, mag sein. Aber wen, zum Teufel noch mal, interessiert das? Weißt du, Koumamá liebt alle seine Kinder. Aber dich ganz besonders. Für dich würde er sich totschlagen lassen. Du bekommst all das von ihm, was ich gerne hätte. Also behaupte gefälligst nicht, er sei nicht dein Vater, denn mehr Vater geht nicht!« Wenn sie in der Lage gewesen wäre, Blitze auf mich zu schleudern, dann hätte sie es getan. Stattdessen wandte sie sich ab und ging mit wehendem Kleid die Düne hinunter, zurück zum Lager. Ich drehte mich um und sah ihr nach. Auch sie hatte ihr schönstes Kleid angezogen, es war hellblau und bodenlang, und ihr mittlerweile nachgewachsenes Haar hatte sie im Nacken zusammengesteckt, genau wie ihre Mutter. Ich empfand den Gedanken in diesem Moment zwar als etwas unpassend, aber mir fiel auf, dass ich Dafinah in ihrer Wildheit, in ihrer offenen Wut zum ersten Mal irgendwie hübsch fand. Das erstaunte mich. Es war neu für mich, dass ich sie gerne ansah. Sie war zwar lange nicht so hübsch wie Falala, aber das war auch ein unfairer Vergleich, denn keine war so bezaubernd wie mein Mädchen aus der Salzoase.

Neben dem Zelt unserer Familie lag ein Haufen Decken aufgetürmt. Koumamá schlug die erste auseinander, und zum Vorschein kam ein mit Ziegenhaut bespannter Rahmen, der fast so hoch war wie ich selbst. Ich hatte so etwas noch nie gesehen. Bei den *imushaq* hatten die Frauen Farben, um sich zu schminken, nicht um zu malen. Wir Kinder ritzten höchstens einmal eine ungelenke Zeichnung in einen Felsen, denn wir hatten auch kein Papier. Die Tuareg haben zwar ein eigenes Alphabet, das sich *tifinagh* nennt. Es besteht aus Schriftzeichen, die grafisch sehr simpel sind, eben weil sie meist nur in den Fels gekratzt wurden, und da wollte man sich nicht mit komplizierten Schnörkeln mehr Arbeit machen, als nötig war. Die ersten Gemälde überhaupt, die ich vor kurzem gesehen hatte, waren Werbebilder gewesen, die Händler in Kano vor ihre Läden gehängt hatten. Aber die waren nichts im Vergleich zu dem, was Koumamá mir nun zeigte. Auf der Leinwand war die Wüste abgebildet, deren Sand zwischen leuchtendem Gold und einem dunkleren Ockerton changierte, je nachdem, wo er in der Sonne oder im Schatten lag. Der Himmel auf dem Bild hatte ein noch kräftigeres Blau als der echte bei Einsetzen der Abenddämmerung. Im Zentrum des Gemäldes tanzte eine schwarzhaarige *targi*a, die ihre schönsten Gewänder trug, und der Wind ließ ihr langes Haar und ihre Kleider flattern.

»Deine Mutter hat es gemalt«, sagte Koumamá. »Wenige Tage vor ihrem Tod. Die Frau auf dem Bild ist Fatou.«

Mein Körper erschauerte. Den Rahmen, der auf dem Boden stand, hielt ich mit einer Hand fest, und mit der anderen deutete ich auf den in Decken gehüllten Stapel.

»Sind das alles…« Meine Stimme war rau, ich konnte kaum sprechen.

»… Bilder von ihr?« Koumamá lächelte. »Oh ja. Willst du sie sehen?«

Ich nickte nur stumm. Natürlich wollte ich das! Den Rest des Tages verbrachten wir mit den Gemälden, die mir eine Geschichte nach der anderen erzählten. Die meisten waren nicht auf Rahmen gezogen, man musste sie entrollen. Viele zeigten einfach nur die Wüste in unzähligen Variationen. Diese Landschaften mussten meine Mutter fasziniert haben. Auf anderen waren Mitglieder unseres Stammes zu sehen. Aber am meisten interessierten mich die Porträts, die sie von meinem Vater gemacht hatte. Er hatte ein feines und doch markantes Gesicht mit sehr wachen Augen, die stets ein wenig zu lächeln schienen. Er war mir fremd, aber ich mochte ihn. Und dann war da noch ein Bild, auf dem meine Mutter sich selbst gemalt hatte, mit einem kleinen, braunhaarigen Jungen an der Hand.

»Das bist du«, sagte Koumamá.

»Ich sehe ganz anders aus«, widersprach ich. »Außerdem hat sie mich nie gesehen.«

»Sie wusste, dass du ein Junge wirst. Nur bei der Haarfarbe hat sie sich ein wenig vertan, da hast du Recht.«

Trotzdem war es dieses Bild, das mich am meisten berührte. Es tat weh, es anzusehen. Der Schmerz war kaum zu ertragen. Diesmal versuchte ich gar nicht erst, meine Tränen zu verbergen. Ich schloss die Augen und ließ sie rinnen, wie sie rinnen wollten. Fatou war die erste, die von hinten kam und ihre Arme um mich schloss. Dann kamen Dafinah und Mariamá von vorne, und schließlich trat auch noch Koumamá hinzu und legte die Arme um uns alle. So standen wir lange zusammen, die Zeit schien still zu stehen. Bis Fatou sich von uns löste, weil es Zeit war, sich ums Abendessen zu kümmern.

In der folgenden Nacht fand ich endlich wieder Schlaf. Ich träumte von meinem leiblichen Vater und davon, wie ich mit ihm im Zelt in der Wüste gelebt hatte. Als ich am Morgen aufstand, wusste ich, dass ich mich wieder an ihn erinnern konnte. An den warmen Klang seiner Stimme, an sein Lachen und an den festen Druck seiner Hand. Ich wusste, wie unser Zelt ausgesehen hatte, und auch an Zara konnte ich mich erinnern, und daran, dass ich im Geheimen darauf gehofft hatte, sie und mein Vater würden irgendwann heiraten. »Guten Morgen, Sonnenschein«, hatte er immer zu mir gesagt. Auf

Deutsch natürlich, denn das war unsere Sprache gewesen. Zwar hatte ich auch damals schon fließend *tamasheq* gesprochen, aber mein Vater und ich hatten uns in der Sprache seiner Heimat miteinander unterhalten. »Kleiner Mann« hatte er mich auch oft genannt. Dann habe ich »großer Mann« zu ihm gesagt, und da hat er manchmal lachen müssen. Nur an seinen Tod hatte ich keine Erinnerung. Als ich am Morgen nach dem Starkregen in das Gesicht des deutschen Mannes mit dem schwarzen Mantel geblickt hatte, war da für einen Moment ein Bild aus Rauch, Feuer und blitzendem Stahl gewesen. Aber dieses Bild kehrte nicht zurück. War das eine Gnade, oder sollte ich es bedauern? Wäre es gut für mich gewesen, zu erfahren, warum mein Vater hatte sterben müssen? Ich wusste es nicht. Aber etwas anderes war mir klar: Wir mussten auf der Hut sein. Jemand war darauf aus, mich zu finden, und er hatte einen hohen Preis ausgesetzt.

»Glaubst du, der Deutsche sucht nach mir?« wollte ich von Koumamá wissen.

»Wer bereit ist, zweihundert *mehara* zu bezahlen, den darf man nicht unterschätzen«, sagte er.

»Und wenn einer von den Männern nicht widerstehen kann? Was dann?«

Koumamá schüttelte den Kopf. »Meine Männer sind mir treu ergeben. Da brauchen wir uns keine Sorgen zu machen.«

»Lassad mag mich nicht«, gab ich zu bedenken. »Er würde mich am liebsten davon jagen.«

Koumamá schenkte mir einen kritischen Blick. »Lassad hat dich gerettet, als es darauf ankam. Er hat sich den *tagelmust* vom Gesicht gerissen, um als Minderjähriger durchzugehen. Er hat dich in die Satteltasche gesteckt, und anschließend hat er sich sogar draufgesetzt.«

»Ich habe jetzt noch blaue Flecken«, sagte ich und musste lächeln.

»Ohne Lassad wäre es an jenem Morgen schwierig geworden. Anstatt ihn zu verdächtigen solltest du dich bei ihm bedanken.«

Koumamá hatte Recht. Trotzdem war ich nicht ganz überzeugt. Als Lassad mich versteckt hatte, da hatte der deutsche Major sein Angebot schließlich noch gar nicht gemacht. Ich fragte mich, ob die Aussicht auf zweihundert *mehara* Lassad mittlerweile nicht doch im Kopf herum ging. Damit hätte er seine eigene Karawane auf die Beine stellen können, er hätte nur noch ein paar Männer anheuern müssen. Dann wäre er der *madugu* gewesen, der er so gerne sein wollte. Und das nicht erst in 15 oder 20 Jahren, sondern jetzt!

Als ich erfuhr, dass Koumamá noch immer das Malzeug verwahrte, das meiner Mutter gehört hatte, wollte ich es haben. Es gab einen Kasten mit Wasserfarben, die eingetrocknet und brüchig waren, aber mit ein paar Tropfen Wasser würde man sie benutzen können. Für die Ölfarben in diversen Gläsern und Tuben galt Ähnliches - sie waren eingedickt und kaum noch flüssig, aber um das zu ändern, würde man nur ein wenig Öl brauchen. Die zahlreichen Pinsel dagegen sahen aus wie neu, gut gepflegt. Da waren keinerlei Farbspuren, es fehlte kein Härchen. Ich wollte die Sachen haben, um sie auszuprobieren. Aber Koumamá zierte sich, sie mir zu geben.

»Unser Volk malt nicht«, sagte er. »Das passt nicht zu uns.«

»Ich stamme aber aus einem anderen Volk«, erwiderte ich. »Und ich möchte gerne wissen, was meine Mutter dabei empfunden hat. Wenn es mir nicht gefällt, lasse ich es wieder bleiben.«

»Er hat ein Recht darauf«, mischte Fatou sich ein. »Es ist das Erbe seiner Mutter, es gehört ihm.«

Koumamá gab ihr Recht, aber er tat es nur widerwillig und mit einem Grummeln. Als er mir die Sachen überließ, sagte er: »Wenn du ein Künstler sein willst, such dir etwas anderes. Sind die Farben erst aufgebraucht, wirst du keine neuen haben können. An deiner Stelle würde ich lernen, die *tehardent* zu spielen, oder die *imzad*. Dann lernst du etwas, daran kannst du dein ganzes Leben lang Spaß haben.«

Ich dankte ihm für den Rat, nahm das Malzeug und zog mich zurück, um eine der noch unbemalten Ziegenhäute aus den Schätzen meiner Mutter zu bemalen. Das war ziemlich frustrierend, weil ich keine Ahnung hatte, wie man es anstellte, und es niemanden gab, der mir Hilfestellung hätte geben können. Aber diese Farben, Pinsel und Tierhäute waren die einzig verbliebene Verbindung zwischen mir und meinen leiblichen Eltern, und deswegen wollte ich es unbedingt. Nun, ich will ehrlich sein: Das erste Bild, das ich malte, hatte diese Bezeichnung nicht verdient. Es war ein stümperhaftes Herumgekleckse, und ich schämte mich so sehr dafür, dass ich die Ziegenhaut im Sand vergrub. Ein paar Tage später brachte Koumamá mir vom Markt in Agadez etwas mit: einen alten, schmutzigen, vergilbten Zeichenblock. Er überreichte ihn mir mit den Worten: »Damit du auch die Farben benutzen kannst, die man mit Wasser verrühren muss. Auf Tierhäuten halten die nämlich nicht.«

»Das habe ich schon herausgefunden«, sagte ich und bedankte mich. Wahrscheinlich hat er mir angesehen, wie gerührt ich war, auch wenn ich es mannhaft zu verbergen suchte.

»Es tut mir leid«, fügte er hinzu, »dass ich dich vom Malen abhalten wollte. Von Angst sollte man sich nicht leiten lassen.«

»Du hast Angst? Wovor denn?«

»Davor, dass du vielleicht nicht mehr mein Sohn sein willst«, antwortete er. »Jetzt wo du weißt, wer deine richtigen

Eltern waren.« Mit diesen Worten ließ er mich stehen und ging davon.

Seine Ehrlichkeit traf mich mitten ins Herz. Kurz darauf fing ich ihn ab, als er gerade aus dem Zelt kam. »Das deutsche Paar hat mich gezeugt und auf die Welt gebracht«, sagte ich. »Aber du hast mir all die Jahre zu essen gegeben. Mir gezeigt, wie das Leben funktioniert. Alles, was ich weiß und kann, habe ich von dir gelernt. *Abba*, der einzige Vater, den ich habe, bist du.«

Koumamá ließ sich nichts anmerken. Er nickte nur leicht und legte mir, bevor er weiter ging, kurz die Hand auf die Schulter. Doch ich spürte genau, wie viel ihm meine Worte bedeutet haben mussten.

Der Block war ein wunderbares Geschenk. An ein Blatt Papier traute ich mich viel eher als an eine Ziegenhaut. Wenn die durch mein Geschmier verdorben war, schämte ich mich jedes Mal dafür. Passierte mir das auf dem Block, schlug ich das besudelte Blatt einfach um und versuchte es auf dem nächsten besser zu machen. Die Malsachen hütete ich wie einen Schatz. Und nach einer Weile wurden die Bilder, die ich zustande brachte, auch endlich besser. Jedenfalls bildete ich mir das ein. Es grauste mir nicht mehr, wenn ich sie ansah, und ich fing sogar an, darüber nachzudenken, ob ich Ifalan das eine oder andere zeigen sollte. Eines frühen Morgens saß ich auf meiner Lieblings-Düne und versuchte die Stimmung des noch kühlen Landes einzufangen, das in weniger als einer Stunde schon wieder in der Hitze schmoren würde, als Lassad an mir vorbei geritten kam, auf einem *mehari* mit prall gefüllten Satteltaschen. Ich wollte wissen, wohin er unterwegs war. Er ließ das Kamel näher kommen und blieb stehen, so dass ich von der Düne auf ihn herunter sehen konnte.

»Nach Agadez«, sagte er.

»Allein? Wie ungewöhnlich.«

»Was geht's dich an?«

»Ich frage mich, was du dort machen willst.«

Er zögerte mit der Antwort. Ich hätte gerne mehr als seine Augen gesehen, aber den Rest seines Gesichts verdeckte der *tagelmust*. »Ich habe dort zu tun« sagte er, und seine bohrenden Augen waren fest auf mich gerichtet.

»Wirst du mich verraten?« Die Frage purzelte einfach so aus mir heraus. Und dann war sie nicht mehr rückgängig zu machen. Ich hatte sie gestellt, und ich sah, wie Lassads Hand, die auf dem Sattel ruhte, sich zur Faust ballte.

»Man sollte Milch und Wasser nicht mischen«, sagte er. »Etwas verbinden, das nicht zusammen gehört.«

»Ist das eine Antwort auf meine Frage?«

»Sieh dich doch an«, fuhr er fort. »Wie du auf der Düne sitzt mit deinem Pinselchen und Bilder zusammen schmierst. Du bist kein *imushaq*. Was für eine Art Mann soll aus dir werden?«

Ich schwieg. Was hätte ich auch sagen sollen? Darauf hatte ich keine Antwort. Und auch Lassad hatte alles gesagt, was es zu sagen gab. Wir sahen uns an, ohne Worte. Bis er sein *mehari* herumriss und das Tier antrieb. Kurz darauf waren die beiden zwischen den Dünen verschwunden. Ich bemerkte die Schwere meines Atems. Er würde nach Agadez reiten und den deutschen Major aufsuchen. Zweihundert *mehara* waren einfach eine zu große Versuchung für jemanden, der mich ohnehin nicht leiden konnte. Ich wusste es. Ich hatte es in seinen Augen gesehen. Aber ich versuchte, das drückende Unbehagen darüber einfach auszublenden, und das gelang mir sogar, so halbwegs zumindest. Denn ich wusste, Koumamá würde mir keinen Glauben schenken. Seit Lassad mich in die Satteltasche gesteckt hatte, war er vor ihm über jeden Zweifel erhaben.

Ich hatte meine Malsachen und den Block stets in einer Tasche verwahrt, aber es gab jemanden, vor dem diese Dinge nicht sicher waren: Dafinah. Ihre Neugier ließ sie durch den Block blättern, und als ich sie dabei erwischte, machte sie sich nicht einmal die Mühe, sich heraus zu reden.

»Ein paar sind gar nicht so schlecht«, sagte sie.

Ich riss ihr die Sachen aus den Händen und steckte sie zurück in die Tasche. Das schien sie nicht zu beeindrucken, sie wollte wissen, ob sie mit meinen Farben auch einmal ein Bild malen dürfe. Ich war empört, dass sie es wagte, die Bitte überhaupt zu stellen. Eines Tages würden die Farben aufgebraucht sein, und ich würde niemals Ersatz beschaffen können. Kein einziges Krümelchen würde ich davon hergeben.

Allmählich reizte es mich, es doch wieder mit den Ziegenhäuten zu probieren. Die Ölfarben kamen mir edler und eleganter vor. Aber es stellte sich ein technisches Problem. Wenn ich die Ziegenhaut auf den Boden legte und an den Ecken mit Steinen beschwerte, gab der Sand darunter durch den Druck des Pinsels nach, und das machte ein genaues Arbeiten unmöglich. Außerdem wehte ständig Sand auf das Bild. So machte es keinen Spaß. Koumamá half mir, aus ein paar Ästen einen Rahmen zu fertigen, auf den wir die Ziegenhaut spannten. Außerdem zimmerte er mir eine Konstruktion, deren Sinn sich mir erst erschloss, als er damit fertig war. Das Ding stand auf drei Ästen, und ich konnte den Rahmen mit der aufgespannten Ziegenhaut darauf stellen, so dass er in einer leichten Schräge stand, die zum Malen perfekt war.

»Deine Mutter hatte so etwas. Es war viel besser als das hier, aber das Original ist damals verbrannt. Mit vielen anderen wertvollen Dingen.«

Ich kannte das Original nicht, und ich erfuhr auch erst sehr viel später, dass man so etwas *Staffelei* nannte. Ich wusste nur: Das hier war ein kleines Wunderwerk! Dafinah fand das wohl auch, denn so eifersüchtig hatte ich sie selten erlebt. Sie warf Koumamá vor, schon seit Wochen mit ihr einen Ausflug ins Aïr machen zu wollen. Immer wieder schiebe er eine Ausrede vor. Aber für eine Bastelstunde mit seinem Prinzen, dafür war natürlich Zeit!

»Warum gehören ihm auf einmal Sachen ganz alleine? Sonst wird zwischen uns Kindern immer alles geteilt!«

Koumamá rief sie mit scharfer Stimme zur Ordnung, aber Dafinah war jetzt nicht mehr zu bremsen.

»Er kann sich nicht am Andenken seiner Eltern weiden und gleichzeitig der Sohn des *amenokal* sein! Eins von beiden geht nur!«

»Dir gehören auch Sachen alleine!« wehrte ich mich. »Vergreife ich mich an deinem Schmuck? Trage ich deine Ringe?«

Koumamá erhob seine Stimme und stellte klar, dass es sich bei den Malsachen um das Erbe meiner Mutter handelte, und dass das keinem anderen zustand als mir.

»Du bist in ihn vernarrt«, sagte sie, »wie ein kleiner Junge in sein Spielzeug.«

»Halt den Mund, Dafinah!« grollte er. »Wo bleibt dein Respekt?«

»Vater, weißt du, verwöhn ihn ruhig weiter. Eines Tages wird er dich bitter enttäuschen.«

»Das werde ich nicht!« rief ich dazwischen.

»Doch, wirst du«, sagte sie und griff mit einer Hand nach der Staffelei. Ich dachte schon, sie würde versuchen, sie zu zerstören, aber das tat sie nicht. »Ich weiß es. Du bist kein *imushaq*. Eines Tages wirst du uns alle verraten und meinen dummen Vater zum Gespött machen.« Koumamá holte aus und versetzte ihr eine schallende Ohrfeige, von der Dafinah taumelte. Dabei riss sie die Staffelei um, die ich sofort besorgt wieder aufrichtete. Ich stellte erleichtert fest, dass nichts kaputt war. Dafinah hielt sich die Wange und sah ihren Vater stumm an, bevor sie sich abwandte und langsam davon ging. Koumamá drehte sich ebenfalls um und ging aufgewühlt in unser Zelt. Er hatte noch nie eines seiner Kinder geschlagen. Dass er es nun doch getan hatte, war für ihn eine Niederlage, die er niemals hatte erleiden wollen.

Weder Koumamá noch Dafinah erwähnten den Vorfall, also tat ich es auch nicht. Ich begann gerade zu hoffen, dass Dafinah sich auch dieses Mal wieder beruhigen würde, als ich meine Farben nicht finden konnte. In der Tasche waren der Block und die Pinsel, aber die Aquarell- und die Ölfarben waren verschwunden. Mein Herz schlug schneller. Ich fragte Fatou und Mariamá, aber sie hatten die Farben nicht herausgenommen.

»*Ânna*, wo ist Dafinah?«

»Sie hütet die Schafe und Ziegen«, antwortete Fatou. Ich rannte aus dem Zelt. Vielleicht lagen die Farben ja irgendwo herum, vielleicht hatte sie sich einen Spaß daraus gemacht, sie auf den Boden zu werfen. Aber da war nichts! Ich lief zum nördlichen Ende des Lagers, wo die Weide war und Frauen und Mädchen sich um die Tiere kümmerten. Auf halbem Weg dort hin gab es einen Sandsteinfelsen, der mit seiner stumpfen Form an einen Arm erinnerte, der aus dem Sand ragte, mit zur Faust geballter Hand. Er war nicht höher als zwei Männer groß waren. Man konnte ihn leicht erklettern, zuletzt hatte ich ein paarmal dort oben gesessen und gemalt. Als ich dem Felsen entgegen lief, verlangsamten sich meine Schritte, bis ich stehen blieb und ihn anstarrte. War ich in einem absurden Traum gefangen, aus dem ich gleich erwachen würde? Dieser Felsen, sonst im gleichen hellen Rotton wie alle Felsen in diesem Teil der *ténéré*, schillerte in allen Farben, die man sich nur vorstellen konnte. Eine Ordnung war nicht erkennbar, der Felsen musste damit beworfen und wie im Rausch beschmiert worden sein. Am Fuß des Felsens lagen einige Glassplitter. Meine Beine wollten nachgeben, und beinahe folgte ich dem Impuls der Schwäche. Aber dann ergriff etwas anderes von mir Besitz. Ich setzte meinen Weg zur Weide fort. Langsamer als zuvor. Ich spürte jeden einzelnen Schritt, wie ihn ein angeschossener Löwe spüren musste, der sich auf die Suche nach seinem Jäger machte. Dafinah saß auf einer Kiste, sah zu, wie eine Ziegenmutter ihre Jungen säugte, und hörte mich nicht kommen. Erst als ich unmittelbar neben ihr war, riss sie den Kopf zu mir herum, aber da war es schon zu spät, um noch zu reagieren. Als ich mich auf sie warf, brüllte ich sie an, als würde ich sie verschlingen wollen. Sie stürzte von der Kiste, ich begrub sie unter mir und schlug mit der Faust auf sie ein, auf ihre Nase, ihre Wangen. Ich nahm ihren Kopf mit beiden Händen und schlug ihn auf den Sand, immer wieder und wieder. Sie spuckte mich an, ich spürte ihren heißen Speichel auf meiner Stirn und wischte ihn mir aus den Augen. Diesen Moment nutzte sie, um mich wegzustoßen, aber der Ausbruchsversuch misslang. Ich nahm eine Handvoll Sand und stopfte ihn in ihren Mund. Sie hustete und würgte. Mit der anderen Hand tat ich das Gleiche. Ich verstopfte ihr die Nasenlöcher, das Miststück sollte keinen Atem mehr bekommen! Sie bäumte sich auf wie ein wildes Tier. Ihre Fäuste trommelten auf mich ein, aber ich spürte ihre Schläge kaum. Wieder holte ich aus und schlug ihr mit ganzer Kraft auf die Nase. Diesmal hörte ich es knacken, und Blut lief aus ihrer Nasenwurzel. Ihre Hand schloss sich um meine Wange, und ihre Fingernägel bohrten sich in mein Fleisch, jeder einzelne. Ich hörte mich schreien und versuchte die Hand los zu werden, aber ich steckte in einem Schraubstock. Ich versuchte aufzustehen. So bekam Dafinah die Gelegenheit, mir dort einen Tritt hin zu geben, wo es auch schon einem halbwüchsigen Jungen am allermeisten weh tat. Stöhnend sank ich zusammen, und während ich am Boden lag und mir den Unterleib hielt, sah ich, wie sie davon robbte, bis sie ebenfalls am Boden liegen blieb und wimmernd ihren Schmerzen Ausdruck verlieh.

4

»Was sollen wir mit euch machen? Wirklich, das möchte ich mal wissen«, sagte Koumamá. Die ganze Familie saß im Zelt. Dafinah, ich, unsere Eltern. Mariamá war auch dabei. Dafinahs Nase war gebrochen, ihr ganzes Gesicht zerschrammt und blutig, die linke Wange blau von einem dicken Bluterguss. Meine rechte Wange war stark geschwollen, in ihr pochte der Schmerz von den tiefen Wunden, die Dafinahs Fingernägel mir zugefügt hatten. Fatou hatte Salbe darauf geschmiert, um die Blutungen zu stoppen. Wir sahen aus wie böse Zerrbilder unserer selbst. Koumamá verkündete, dass Dafinah abermals in das Zelt von Fatous Bruder ziehen sollte.

»Warum ich?« fragte sie. »Azahrú hat mich angegriffen, nicht umgekehrt. Warum nicht er?«

»Du hast die Farben zerstört«, sagte Fatou. »Und wenn von meinem Bruder auch nur eine einzige Beschwerde kommt, bringen wir dich zum Stamm meiner Eltern.«

»Setzt mich doch gleich in der Wüste aus«, blaffte sie. »Wie ein räudiges Stück Vieh. Ihr wollt mich doch sowieso nicht mehr.«

»Ich hätte das nicht tun sollen«, sagte ich. »Ich habe die Beherrschung verloren.«

Dafinah starrte mich an mit ihrer wüsten Fratze. »Von dir brauche ich keine Fürsprache.« Sie stand auf und ging zum Zeltausgang.

Koumamá befahl ihr mit allem Nachdruck, sich wieder hin zu setzen, aber sie dachte gar nicht daran. Am Ausgang drehte sie sich noch einmal um. »Azahrú«, sagte sie, »eines Tages werde ich kommen und dich töten.« Sie verließ das Zelt, und der Rest der Familie verharrte in schwerem Schweigen.

»Das hat sie nur so gesagt«, merkte Mariamá an, als wollte sie verhindern, dass jemand etwas anderes dachte.

Ich wusste nicht, was ich glauben sollte. Irgendwie wusste ich gar nichts mehr. Der Verlust der Farben war furchtbar gewesen, aber noch viel erschütterter war ich über mich selbst. Ich war vor Wut so rasend gewesen, dass ich Dafinahs Tod in Kauf genommen hätte. Als ich über ihr gekniet und auf sie eingedroschen habe, da hatte ich ihn gewollt. Für ein paar kurze Momente nur, aber die hätten entscheidend sein können. Sie war doch trotz allem meine Schwester! Nicht im leiblichen Sinne - aber wir waren eine Familie, und das war, was zählte. Aus der wurde sie durch den Konflikt mit mir nun schon ein zweites Mal heraus gedrängt. Wie sollte ich damit leben?

Ifalan hatte volles Verständnis. »Dafinah ist eine Kratzbürste«, sagte er. »Das genaue Gegenteil von ihrer Schwester. Man könnte glauben, *sie* wäre die mit den anderen Eltern und nicht du. Ich hätte sie auch verprügelt, das kannst du aber glauben.«

Ich dankte ihm, auch wenn ich nicht stolz war auf das, was ich getan hatte. Er war ein treuer Freund. Vorsichtig fügte er noch eine Frage an: »Glaubst du, Mariamá denkt schon übers Heiraten nach?«

Ich musste grinsen. »Geht sie dir immer noch durch den Kopf?«

Er nickte. »Ich bin keiner, dem heute die eine gefällt und morgen die andere. Sie ist meine große Liebe.«

»Ifalan, wenn du so weit bist, wird Mariamá schon Kinder haben.«

»Also gibt es schon einen, der hinter ihr her ist?!«

Ich musste lachen.

»Lach mich nicht aus, oder es gibt noch jemanden, mit dem du dich schlagen musst.«

»Komm schon, Ifalan, sei nicht böse.« Ich gab ihm einen Knuff in die Seite. Er knuffte zurück. »Mariamá hat es mit dem Heiraten nicht sonderlich einig. Eine Zeit lang habe ich gedacht, Lassad hätte vielleicht ein Auge auf sie geworfen, aber das war wohl ein Irrtum.«

Ifalan atmete erleichtert aus. »Allah sei Dank. Gegen Lassad hätte ich keine Chance.«

»Warum nicht?«

»Da fragst du? Lassad ist klug, stark, er weiß, was er will und wie er es erreichen kann. Bestimmt wird er irgendwann die Karawane führen.«

»Er will mich verraten. Vielleicht hat er es schon getan.«

Ifalan starrte mich ungläubig an. »Lassad?! Niemals!«

»Es würde ihm zweihundert *mehara* bringen.«

»Und was nützen ihm die, wenn er keine Ehre mehr hat? Kein *targi* würde sich je wieder mit ihm einlassen.«

»Er findet, ich gehöre hier nicht her. Und vielleicht glaubt er, *ich* könnte der nächste Karawanenführer werden. Er könnte all seine Probleme mit einem Schlag erledigen. Sag mir doch mal, was tut er ganz alleine in Agadez? Dort, wo dieser Major sein Lager hat?«

»Vielleicht treibt er dort Handel. Was weiß ich. Oder er hat dort eine Freundin. Du hast schließlich auch ein Mädchen am anderen Ende der Welt, in der Salzoase.« Ifalan deutete mit dem Finger nach Westen.

Ich korrigierte ihn lächelnd. »Fachi liegt dort«, sagte ich und zeigte nach Norden.

»Ob sie dich wohl noch will, so wie du aussiehst? Als hätte ein Drache mit seiner Pranke nach dir gegriffen.«

»Das wird heilen«, sagte ich und hoffte einfach mal, dass das auch stimmte. »Eines Tages reite ich hin, entführe Falala, und dann wirst du sehen, wie schön ein Mädchen sein kann.«

»Nicht schöner als Mariamá«, erwiderte Ifalan mit beharrlicher Miene.

»Wenn du wüsstest«, sagte ich.

Die Stimmung in unserem Zelt war niedergeschlagen. Keiner verlor ein Wort darüber, aber es war auch so klar: Wir rechneten nicht damit, dass Dafinah jemals wieder zurückkehren durfte, wir hatten sie wohl verloren. Koumamá versuchte zu tun, als wäre alles in Ordnung, aber Fatou war anzusehen, wie sehr sie litt. Eines Tages belauschte ich durch die Zeltwand, wie sie leise miteinander sprachen.

»Du hast sie von Anfang an nicht gewollt«, sagte meine Mutter.

»Das war kurz nach der Geburt«, erwiderte mein Vater. »Und ich bin deswegen vor dir auf die Knie gefallen und habe mich entschuldigt.«

»Trotzdem hast du Azahrú immer vorgezogen.«

»Ich liebe alle meine Kinder.«

»Ihn besonders.«

Danach sprachen sie nicht mehr miteinander, und ich zog es vor, mich lautlos zu entfernen, bevor sie mich noch entdeckten. Meine schlimmsten Befürchtungen hatten sich bewahrheitet: Ich brachte Unfrieden in die Familie und letztlich in den ganzen Stamm. Vielleicht sollte ich lieber fortgehen, damit alle zur Normalität zurückkehren konnten. Mit einem *mehari* davon reiten und irgendwo ein neues Leben beginnen - nicht gerade nach Agadez, weil dort jemand war, der nach mir suchte. Eher nach Ingall, das war nicht viel weiter entfernt. Ich traute mir zu, den Weg zu finden, und wenn ich erst einmal dort war, müsste ich nur noch jemanden finden, der mir

Arbeit gab. Ich war groß für mein Alter und stark, ich konnte das schaffen. Aber ich wusste: Es musste sofort sein. Heute Nacht. Wenn meine Beklommenheit über das Gespräch, das ich belauscht hatte, noch stark genug war. Also plante ich heimlich meine Abreise. Ich überlegte mir, welches *mehari* ich nehmen würde. In meine Umhängetasche legte ich ein paar Kleidungsstücke, die Pinsel meiner Mutter, einen prall gefüllten Schlauch mit Wasser, etwas Trockenfleisch, und so viele Datteln, wie ich beiseite schaffen konnte, ohne dass es auffiel. Als ich mich schlafen legte, nahm ich mir vor, einfach wach zu bleiben, bis der ganze Stamm fest eingeschlafen war. Wenn mir das gelungen wäre, hätten die Dinge einen anderen Lauf genommen. Aber als die vermummten Männer in dieser Nacht hinter den Dünen von ihren *mehara* stiegen und in gebückter Haltung auf unser Lager zuschlichen, lag ich längst im Tiefschlaf. Später habe ich mich gefragt, warum ich es nicht geschafft habe, wach zu bleiben. Vermutlich wollte ich in Wirklichkeit gar nicht gehen. Mein Verstand hielt es für angebracht, aber mein Herz wusste es besser. Die Männer bewegten sich im Schutz der Nacht auf unser Zelt zu, mit großer Zielsicherheit. Sie wussten, wohin sie wollten. Auf einmal stand ein Mann vor ihnen und kratzte sich schlaftrunken im Schritt. Es war Ayuba, ein entfernter Onkel von Ifalan, der sein Zelt kurz verlassen hatte, um pinkeln zu gehen. Bevor er auch nur fragen konnte, wer so spät noch auf den Beinen war, hatte er schon einen Dolch im Herzen stecken und sackte zu Boden.

Ich weiß nicht mehr, ob ich vom Licht der Fackel erwachte, oder von den Schreien meiner großen Schwester Mariamá. Eine ganze Reihe von Männern waren in unserem Zelt. Jeweils zwei davon hielten meine Eltern fest, sie hatten ihnen Säcke über die Köpfe gestülpt. Mit Mariamá wollten sie das Gleiche tun, aber es gelang ihr, unter der Zeltmatte durch zu kriechen und zu entwischen. Ich versuchte ihr zu folgen, aber eine Hand packte mich von hinten am Hals. Ich wollte sehen, wer es war, aber es war fast unmöglich, den Kopf zu drehen. Der Mann, der mich fest hielt, trug *tagelmust*, ich konnte ihn nicht erkennen. Er hielt mir etwas an die Schläfe, kaltes Metall. Der Lauf einer Pistole. Ich sah, wie sein Finger sich bereits um den Abzug krümmte, als ein Ruck durch ihn ging. Seine Hand löste sich von mir, er kippte zur Seite wie ein gefällter Baum. Die Waffe ging los, der Schuss dröhnte in meinen Ohren. Fatou jaulte auf, denn sie war immer noch unter diesem Sack und glaubte, ich sei erschossen worden. Blut sprudelte aus dem Hals des Mannes, der versucht hatte, mich zu töten. Wieder packte mich jemand, diesmal am Arm, und riss mich zu sich herum. Es war Dafinah, die mit zerzaustem Haar und wildem Blick über mir stand, in der Hand ein kleines, gedrungenes Messer mit ledernem Griff, wie die Tuareg-Frauen es gerne beim Zeltbau benutzten. Von der Klinge troff Blut. Sie steckte es in die Scheide, packte mich am Hemd und zog mich im Laufschritt aus dem Zelt. Die anderen Männer ließen von unseren Eltern ab und folgten uns. Wir stolperten hinaus in die Dunkelheit, wo ein *mehari* vor uns aufragte. Im Schein des Mondes erkannte ich seinen Reiter. Er trug keinen Schleier. Es war Lassad. Er streckte mir die Hand entgegen.

»Los!« rief er. »Komm!«

Ich wich zurück. Das hätte ihm so passen können! Ich versuchte in die andere Richtung zu laufen, aber Dafinah hielt mich fest. Hinter uns kamen die Kerle aus dem Zelt gestürmt.

»Steig auf, Azahrú!« rief Dafinah. »Sonst haben sie dich!«

Lassad gab seinem *mehari* die Sporen. Aus dem Stand galoppierte es an, direkt auf uns zu. Er beugte sich weit herunter, packte mich am Kragen, und es gelang ihm, mich mit einer Hand hinter sich auf den Rücken des ungesattelten Tieres zu wuchten. Die Eindringlinge versuchten ihm den Weg abzuschneiden, aber Lassad ließ das Kamel ein, zwei Haken schlagen, schon hatten wir die Männer hinter uns gelassen. Er trieb das *mehari*, wie vom Teufel gehetzt, aus dem Lager. Gerade als ich mir sicher war, dass sie uns nicht mehr einholen konnten, kamen zwei Lichter aus der Dunkelheit auf uns zugeschossen. Motorengeräusch kam dröhnend näher.

»Sie haben einen Wagen«, zischte Lassad. Er fluchte, und im selben Moment zwang er das *mehari* wieder zum Galopp. Ein Schuss fiel, und es blieb nicht der einzige. Sie kamen näher, einmal glaubte ich ein Projektil direkt neben meinem Ohr vorbeipfeifen zu hören. Lassad schrie auf das Tier ein, das den Kopf hin und her warf und sich lautstark beschwerte. Er kannte das Gelände genau, auch in der Dunkelheit, und diesem Umstand haben wir es wohl zu verdanken, dass wir diese Nacht überlebt haben. Das Gelände wurde felsiger, was zur Folge hatte, dass das *mehari* Probleme bekam, den Ritt fort zu setzen. Aber für unsere Verfolger war bald Endstation, auf diesem Untergrund konnten sie die Fahrt nicht mehr fortsetzen. Ich hörte, wie ihre Flüche immer leiser wurden. Wir hatten sie abgehängt. Lassad ritt trotzdem noch eine ganze Weile weiter. Der Mond war inzwischen untergegangen, es war stockfinster. Aber er fand sich zurecht, als wäre es mitten am Tag gewesen. Endlich ließ er das *mehari* anhalten, wir stiegen ab.

»Du hast mich gerettet«, sagte ich.

»Ja«, antwortete er, »wer hätte das gedacht.« Der Spott in seiner Stimme war nicht zu überhören.

»Es tut mir leid, dass ich dich verdächtigt habe.«

»Sei froh, dass ich noch nicht geheiratet habe«, erwiderte er und lachte leise.

Ich wusste, wie er das meinte. Mit 15 wurde ein *targi* zum Mann. Dann verließ er das Zelt der Familie, und erst wenn er heiratete, zog er zu seiner Frau in ihr Zelt. In der Zwischenzeit schlief er im Freien, oft für einige Jahre. Wenn Lassad nicht draußen geschlafen hätte, sondern hinter ledernen Zeltmatten, dann hätte er lange nicht so schnell mitbekommen, dass ungebetene Besucher im Lager waren.

5

Schon am nächsten Morgen, als ich mich mit Lassad noch in den Bergen versteckte, löste Koumamá das Lager auf.

»In der Ebene sind wir nicht mehr sicher«, sagte er. »Wir müssen ins Aïr.«

Diese Anweisung traf im Stamm auf geteiltes Echo. Ibrahim, Lassads Vater, zettelte eine Diskussion an. »Ist es wirklich richtig«, fragte er, »dass der Junge immer noch bei uns ist? Er bringt uns nichts als Unglück. Und die Männer, die ihn haben wollen, schrecken offenbar vor nichts zurück. Soll der ganze Stamm für ihn sein Leben lassen?« Mit diesen Worten sprach er aus, was einige andere Stammesmitglieder dachten. Die Stimmung nach dem blutigen Überfall war niedergedrückt und sehr unruhig. Am Rande des Lagers saß Ayubas Mutter. Sie hatte die Arme um ihren toten Sohn geschlungen, benetzte sein Haar mit ihren Tränen und flüsterte, schon seit Stunden, Beschwörungsformeln, die seine Seele vor der Hölle retten sollten.

Koumamá hörte sich Ibrahims Rede in Ruhe an, bevor er antwortete: »Selbst wenn der Junge ein Fremder wäre, dem ich erst seit gestern Obdach gewährt hätte, und selbst wenn er seitdem mich, meine Frau, meine Kinder und meine gesamte Kultur beleidigt und mit Füßen getreten hätte - eine einzige Nacht nur unter dem Dach unseres Zeltes hätte ihn zu jemandem gemacht, dessen Leben wir zu schützen hätten mit all unserer Kraft. Unsere Gastfreundschaft kennt keinen Verrat. So hat es uns Tin-Hinan gelehrt, die Urmutter aller *imushaq*, so will es der *asshaq*. Aber der Junge, und das wisst ihr, ist viel mehr als das. Er hat einen Namen, den wir ihm gegeben haben. Azahrú, der weiße Löwe. Er ist Teil unseres Volkes. Ohne ihn wäre von der letzten Karawane vielleicht kein einziger Mann lebend zurückgekehrt. Dein Sohn Lassad, Ibrahim, ist unter uns allen derjenige mit den größten Zweifeln an Azahrú. Er findet, der Junge gehöre hier nicht her. Das hat er oft genug leidenschaftlich zum Ausdruck gebracht. Und trotzdem ist er es gewesen, der ihn heute Nacht davor gerettet hat, erschossen zu werden. Weil er weiß, dass wir alle in die *dschahannam* fallen, wenn wir Azahrú jetzt verstoßen, in die Feuergrube der Verdammten. Allah wird unsere Haut im Feuer rösten, und wenn sie verbrannt ist, gibt er uns eine neue, immer wieder und wieder, damit wir die Strafe kosten können bis zur Neige. In der Grube fließen Bäche, die so sehr stinken, dass wir nicht aus ihnen zu trinken vermögen, trotz unseres glühenden Durstes, und dort stehen Bäume, auf dessen Zweigen Satansköpfe wachsen. Wir werden gezwungen sein, diese Köpfe zu essen, damit sie in uns zu neuem Leben erwachen und unsere Eingeweide zerfleischen.«

Als Koumamá fertig war, hatte niemand mehr etwas gegen den Umzug des Lagers einzuwenden, obwohl sie wussten, wie beschwerlich er war. Die *imushaq* gingen nur in die Berge, wenn sie in der Ebene keinen Lebensraum fanden, der ihnen und ihren Tieren genügte. Kamele, Ziegen und Schafe auf die Anhöhen zu treiben war eine Strapaze. Zudem trieb Koumamá alle zur Eile an, weil niemand wusste, ob und wann Ayubas Mörder noch einmal zurückkehren würden. Dennoch lag auf der Hand, dass es die richtige Maßnahme war, denn in den Felsenbergen des Aïr würden Franzosen und Deutsche sich nicht zurechtfinden.

Während die Zelte abgebaut wurden, erschienen Koumamá und Fatou vor dem Zelt ihres Bruders, wo Dafinah mithalf, Töpfe und Pfannen in Taschen zu verstauen.

»Du kommst mit uns«, sagte Koumamá.

Dafinah nickte nur, ließ die Tasche los, stand auf und machte sich auf den Weg zum Zelt ihrer Eltern. Als sie an ihm vorbeigehen wollte, griff er nach ihrem Arm, und sie blieb stehen.

»Es war eine Fügung des Himmels«, sagte er. »Dass du in der letzten Nacht nicht in unserem Zelt gewesen bist.«

»Ich kann in dem fremden Zelt nicht schlafen«, sagte sie. »Ich liege wach. Immer. Deswegen habe ich gemerkt dass jemand kam, der nicht hergehörte.«

»Das ist nun zu Ende«, verkündete Fatou. »Von jetzt an lebst du wieder bei uns.«

»Und das wird auch so bleiben«, fügte Koumamá hinzu. »Wir werden keinem unserer Kinder jemals wieder sein Zuhause nehmen. Egal, was passiert.«

Wieder nickte Dafinah wortlos und ging weiter, aber dann blieb sie doch stehen und kehrte zurück. Sie legte die Arme um ihre Mutter. Und anschließend auch um ihren Vater.

Lassad hatte den Umzug des Stammes vorausgesehen, deswegen blieben wir in den Bergen und warteten auf die anderen. Schon am Nachmittag des zweiten Tages trafen sie auf uns, denn Lassad hatte genau gewusst, wo Koumamá sie hin führen würde. Er nahm den bewegten Dank des Stammesführers entgegen und registrierte mit einem Lächeln den Stolz seines Vaters Ibrahim, dann schwang er sich erneut auf sein *mehari*. Er hatte in dieser Angelegenheit noch etwas zu tun. Als der Stamm in den Bergen eintraf, zählte Lassad die Männer durch, die Teil der letzten Salzkarawane gewesen waren. Zwei von ihnen fehlten. Der eine war Ayuba, der in der vorletzten Nacht den Tod gefunden hatte. Der andere hieß Madidou und war ein junger, unauffälliger Kerl, der nicht viel sprach und noch keine Frau gefunden hatte. Deswegen hatte ihn im Trubel der letzten anderthalb Tage und Nächte bisher auch niemand vermisst. Lassad ritt davon, ohne zu sagen, was er vorhatte. Die meisten von uns wussten es auch so.

6

Lassad liebte Agadez, und Agadez liebte ihn. Hier gab es mindestens ein Dutzend Frauen, die ihn auf der Stelle geheiratet hätten, wenn er nur gefragt hätte. Dabei behandelte er sie nicht einmal gut. Er kam vorbei, wann es ihm passte, verdrehte einer Frau den Kopf, sagte ihr, wie *téhôskéy* sie war und was für eine Magie von ihr ausgehe, dann ließ er sich bekochen, riss ihr die Kleider vom Leib, schlief mit ihr die ganze Nacht, und wenn sie am Morgen erwachte, war er meist schon wieder verschwunden. Die Frauen verzehrten sich nach ihm und verziehen ihm alles, auch wenn er sich nach einer Liebesnacht Monate lang nicht blicken ließ, oder wenn sie ihn in den Armen einer anderen sahen.

Lassad mochte das Flair dieser Stadt, hier konnte er ein wenig Handel treiben, interessante Männer kennen lernen und mehr fürs Leben lernen, als wenn er die ganze Zeit im Lager verbracht hätte. Er war fest entschlossen, in einigen Jahren, wenn Koumamá zu alt dafür sein würde, der neue *amenokal* zu werden. Er war geboren, um zu führen, das wusste er. Irgendwann würde das auch der letzte Zweifler begreifen. Lassad war klar, dass die Zeiten im Begriff waren, sich zu ändern. Die Franzosen und die Italiener wollten, dass die Tuareg sich niederließen und ihr Nomadentum aufgaben, um sie besser kontrollieren zu können. Anscheinend war es in der Welt der Europäer nicht vorgesehen, dass es Menschen gab, die taten, was sie für richtig hielten, und denen Obrigkeiten, Grenzen und Staatsformen gleichgültig waren. Lassad war darauf vorbereitet, dass es galt, die Lebensweise der Tuareg in Zukunft noch sehr viel besser zu verteidigen, als es jetzt schon der Fall war. Er fühlte sich berufen, die Werte seines Volkes in Schutz zu nehmen, denn sie waren das, woran er glaubte. Und wenn er an etwas glaubte, kannte er keine Kompromisse.

Es fiel ihm leicht, Major Angermair ausfindig zu machen. Der Deutsche hatte sich von den Franzosen eines der schönsten Häuser der Stadt geben lassen, um dort mit seinen Leuten zu residieren. An ihn würde Lassad kaum herankommen. Wenn Angermair das Haus verließ, wurde er stets von Leibwächtern flankiert. Als Lassad ihn zum ersten Mal sah, verlor er den letzten Zweifel, ob dieser Mann am Überfall auf das Lager teilgenommen hatte, denn der Hals des Deutschen war bandagiert. Er war derjenige gewesen, der Azahrú die Pistole an den Kopf gehalten hatte. Es widerstrebte Lassad, ihn davon kommen zu lassen, aber er wollte es nicht auf einen Krieg zwischen den *imushaq* und den europäischen Besatzern ankommen lassen. Mit einem Verräter aus den eigenen Reihen war das etwas ganz anderes. Er musste nicht lange warten, bis Madidou sich zum ersten Mal zeigte. Er erschien vor dem Haus des Deutschen und wollte ihn sprechen, wurde von den Wachen aber nicht hinein gelassen.

»Der Major schuldet mir 200 Kamele«, sagte Madidou in seinem fehlerhaften Französisch.

»Der Major schuldet dir gar nichts«, entgegnete der deutsche Wachmann. »Wenn du noch einmal hier auftauchst, bekommst du meinen Knüppel zu spüren.«

»So geht das nicht«, erwiderte Madidou wütend. »Der Major und ich, wir haben ein Geschäft, und ich habe meinen Teil der Abmachung erledigt!«

Der Wachmann nahm eine breitbeinige Pose ein und legte die Hand auf den besagten Knüppel.

»Ich werde hier sein, wenn er das Haus verlässt. Ich habe ein Recht, mit ihm zu reden! Ich muss mich nicht behandeln lassen wie ein Strauchdieb!« Madidou wich zurück, behielt den Wachmann aber fest im Blick und versuchte, etwas Drohendes in seinen Ausdruck zu legen, aber der deutsche Soldat machte nur die Handbewegung von jemandem, der eine lästige Fliege verscheucht. Madidou verschwand in den Gassen, und von nun an hatte er einen Schatten, der ihm folgte. Er war kaum angekommen in der kleinen Lehmhütte, die er bewohnte, als die Tür sich ein weiteres Mal knarzend öffnete. Madidous Augen weiteten sich vor Schreck, als er Lassad erblickte, aber er verbarg es, so gut er konnte.

»Lassad, mein Freund«, sagte er. »Wie schön, dich zu sehen. Was führt dich an diesen Ort?«

»Diese Frage würde ich dir auch gerne stellen.« Lassads Stimme war ruhig und sehr gelassen, gerade so, als gebe es nicht das geringste Problem. Er war einige Jahre jünger als Madidou, trotzdem strahlte er so viel natürliche Autorität aus, dass der andere ihn behandelte wie einen Mann, der im Rang über ihm stand.

»Ich… habe hier eine Frau gefunden.«

»Das freut mich für dich«, sagte Lassad. »Ich habe mich schon gefragt, wann du endlich Familie gründest.« Er klopfte Madidou anerkennend auf die Schulter. »Wer ist sie denn?«

»Die Tochter eines Händlers.« Madidou lächelte angespannt.

»Und wie heißt sie?«

»Ihr Name ist Kella.«

»Oh, wie die Tochter unserer Urmutter. Wie die Tochter der Königin aller Könige. Ist sie so außergewöhnlich wie ihr Name?«

»Sie ist wunderbar«, sagte Madidou. Um das Zittern seiner Hände zu verbergen, verschränkte er sie hinter seinem Rücken.

»Hast du um ihre Hand angehalten?«

Madidou nickte.

»Und sie wohnt hier mit dir?«

»Ja, das tut sie.«

Lassad setzte sich auf den Teppich, der einen Teil des sandigen Bodens bedeckte. »Dann erlaube ich mir«, sagte er, »hier auf sie zu warten. Ich will sie kennen lernen.«

Madidou musste schlucken. Mit rauer Stimme erwiderte er: »Es kann dauern, bis sie hier ist. Sie… sie hat noch zu tun.«

»Das macht nichts«, erklärte Lassad. »Ich habe Zeit.«

»Möglicherweise wird sie erst morgen wieder hier sein.«

»Madidou, mein Lieber«, meinte Lassad mit freundschaftlich tadelndem Lächeln, »das wundert mich aber. Du hast eine Braut, und sie verbringt die Nacht nicht an deiner Seite. Wie ist das möglich?«

»Ich sagte dir doch, ihr Vater ist Händler.«

Lassad deutete vor sich, auf die freie Seite des Teppichs. »Setz dich zu mir, mein Freund. Männer können besser miteinander reden, wenn ihre Augen sich auf der gleichen Höhe befinden.«

Madidou folgte der Bitte und setzte sich.

»Du hast mir noch gar keinen *shahid* angeboten«, sagte Lassad.

»Sie trinken hier keinen Tee«, erwiderte Madidou.

»Kella ist also mit ihrem Vater unterwegs?«

»Ja, genau.« Madidou entspannte sich ein wenig. Er bekam den Eindruck, dass Lassad vielleicht doch nichts gegen ihn im Schilde führte.

»Sie ist keine *targia*, oder?«

»Doch«, sagte Madidou, »sonst würde sie ja kaum diesen Namen tragen.«

»Und ihr Vater, womit handelt der so?«

»Er knüpft Teppiche und verkauft sie.«

»Das ist ein ehrenwerter Beruf«, bemerkte Lassad. »Wie mir scheint, hast du eine gute Wahl getroffen.«

»Das denke ich auch.«

Lassad musterte sein Gegenüber mit einem überaus offenen Lächeln. Er nickte anerkennend. Madidou erwiderte das Lächeln und fragte: »Möchtest du ein paar Datteln?«

Lassad antwortete nicht auf die Frage. Stattdessen sagte er: »Deine Familie hat sich gefragt, warum du einfach verschwunden bist. Über Nacht.«

»Du weißt doch«, erwiderte Madidou, »wie das ist mit der Liebe. Plötzlich kennt man kein Halten mehr.«

Lassad lachte kurz, wie ein Mann voller Mitgefühl. »Wenn Leidenschaft im Spiel ist, wird der Verstand zum Verlierer, nicht wahr?«

»Ich hole Datteln«, sagte Madidou. »Und etwas Wasser. Du wirst durstig sein.« Er stand auf und ging ans andere Ende der Hütte. Dort lag eine Tasche auf dem Boden. Dabei begab er sich hinter den Rücken von Lassad, den das aber nicht zu stören schien. Madidou nestelte an der Tasche herum und holte etwas hervor. Dann stand er wieder auf. Lassad schenkte dem, was Madidou hinter ihm tat, keine Beachtung. So schien es jedenfalls. Im nächsten Moment aber rollte Lassad sich zur Seite ab und stand auf den Füßen. Madidou hatte in der einen Hand die Scheide, in der seine *takuba* steckte, mit der anderen hielt er den Griff umklammert.

»Sind deine Datteln so groß«, wollte Lassad wissen, »dass du sie mit der *takuba* zerkleinern musst?«

Madidou antwortete nicht. Lassad tat unerschrocken einen Schritt auf ihn zu, als stelle die Waffe überhaupt keine Bedrohung dar.

»Mich interessiert vor allem eines«, sagte er. »Dieser deutsche Major, was will er von Azahrú?« Lassad kam noch einen weiteren Schritt näher. Es war Madidou, der zurück wich.

»Warum trachtet er ihm so sehr nach dem Leben, dass er selbst derjenige sein will, der es ihm nimmt? Das ist doch eigenartig, findest du nicht?«

»Ich weiß nicht, wovon du sprichst.« Madidous Stimme hatte alle Farbe verloren, war nicht mehr als ein tonloser Singsang.

»Du hast mit ihm gesprochen. Was hat er gesagt?«

»Wenn ich es dir verrate, wirst du dann gehen?«

»Ja, das werde ich«, sagte Lassad.

»Versprichst du das?«

»Du hast mein Wort darauf.«

»Als ich den Major getroffen habe«, begann Madidou zu erzählen, »war er sehr erregt. Sein Lächeln war mir unangenehm. Es war so breit, verstehst du? Wir verhüllen unser Lächeln. Vor allem, wenn wir mit einem Fremden sprechen. Er nicht. Es war ihm gleichgültig, dass ich genau sehen konnte, wie er sich fühlte.« Madidou stockte. Die ganze Zeit über behielt er die Hand auf dem Griff der *takuba*.

»Sprich weiter«, sagte Lassad.

»Der Major sagte: *Ich habe mich also doch nicht getäuscht. Ich wusste doch, ich habe ihn gesehen.* Und dass er jetzt endlich vollenden kann, was schon vor Jahren vollendet gehört hätte.«

»Und in der folgenden Nacht hast du ihn in unser Lager geführt.«

Madidou schwieg. Lassad sah ihm in die Augen, während der andere seinem Blick unwohl auswich.

»Du solltest jetzt gehen«, sagte er schließlich.

Lassad griff zu seiner *takuba* und zog sie langsam, sehr langsam mit einem metallischen Klirren aus der Scheide. Madidous Atem wurde noch schwerer.

»Du hast gesagt, wenn ich dir alles erzählt habe, dann gehst du!«

»Das werde ich auch tun«, erwiderte Lassad. »Aber erst nachdem diese Klinge dich durchbohrt hat.«

»Ich werde von ihm betrogen!« bellte Madidou hervor. »Er versucht mich um meinen Lohn zu prellen!«

»Das ist verständlich«, entgegnete Lassad. »Er hat ja auch nicht bekommen, was er wollte.«

»Das ist nicht meine Schuld!«

»Wusstest du, dass Ayubas Frau schwanger ist?« Lassad fing an, mit dem Schwert in seiner Hand, das er lässig herunter hängen ließ, um Madidou herum zu gehen, mit ganz langsamen Schritten. Madidou drehte sich langsam mit. »Ihr Kind wird keinen Vater haben«, fuhr Lassad fort. »Sie selbst heult sich die Augen aus dem Kopf. Ayubas Mutter sieht aus, als wäre sie auch schon tot.«

»Hör zu, Lassad«, sagte Madidou. »Lass uns gemeinsam versuchen, den Deutschen dazu zu bringen, dass er sein Wort erfüllt. Wenn wir uns Zutritt verschaffen zu seinen Gemächern und du genauso leidenschaftlich und überzeugend bist wie jetzt in diesem Moment, mit der Waffe in der Hand - dann wird er seine Schuld bezahlen. Und wir teilen! Hundert Kamele für jeden! Das ist ein Vermögen!«

»Hör auf, mich zu beleidigen«, erwiderte Lassad, »und zieh endlich die *takuba* aus der Scheide, damit ich keinen wehrlosen Mann angreifen muss!«

»Und wenn ich das nicht tue? Du hast zu viel Ehre im Leib, um auf jemanden los zu gehen, der sich nicht wehrt.«

Lassad hob langsam die Klinge, bis sie auf Madidou zeigte. »Zieh sie raus, du Feigling.«

Aber stattdessen löste Madidou die Hand vom Griff der Waffe. »Nein«, sagte er.

»Zieh sie raus und kämpfe! Ein einziges Mal in deinem Leben!«

Madidou warf die lederne Scheide mit der *takuba* auf den Boden und fixierte Lassad. Der stand da und schwieg.

»Der großartige Lassad«, sagte Madidou. »So gewandt mit Worten, so geschmeidig in seinen Bewegungen, so beliebt bei den Frauen. Die große Hoffnung seines Vaters. Von den Göttern geliebt. Jetzt steht er da und weiß nicht, was er machen soll.«

»Heb die Waffe auf und kämpfe.« Lassad versuchte, Härte in die Stimme zu legen, aber er klang auf einmal unsicher wie kaum zuvor in seinem Leben. Ratlos.

»Du kannst mich nicht töten, Lassad. Jeder hat seine Grenzen, und hier ist deine. Nimm es als Erfahrung und geh nach Hause.«

»Zum letzten Mal, Madidou: Heb die Waffe auf.«

Madidou blieb dicht vor Lassad stehen, so dass die Klinge fast seine Brust berührte. Er breitete die Arme aus und blickte sein Gegenüber stumm an. Lassad erzählte mir später, dass er in diesen Momenten seinen eigenen Herzschlag hörte, und er sei lauter gewesen als der Hammer eines Schmiedes, der auf den Amboss kracht. Er wusste nicht mehr, wie lange sie so voreinander gestanden hatten. Keiner sprach ein Wort. Bis Lassad zudrückte. Die Klinge, die er fast täglich schärfte, glitt durch die Brust von Madidou ohne großen Widerstand. Er sah Lassad ungläubig an. Seine ausgebreiteten Arme sackten langsam hinunter. Er blieb nur auf den Beinen, weil Lassad das Schwert nun mit beiden Händen festhielt.

»Nur Blut tilgt diese Schande«, sagte er, dann zog er die blutverschmierte Klinge mit einem Ruck aus dem Leib seines Stammesgenossen, der umfiel, mit dem Kopf voran, so dass Lassad beiseite treten musste, um nicht mit ihm zusammen zu stoßen.

Der Schrei des Schakals

1

Wir waren es gewohnt, der Natur zu trotzen. Deswegen hatten wir uns bald an das Leben in den Bergen gewöhnt, und niemand redete mehr darüber, wie es dazu gekommen war. Nur die *mehara* hatten schlechte Laune. Sie mochten ebenen Untergrund, alles andere war ihnen zuwider. Auf unwegsamem Gestein kamen ihre Hufe ins Rutschen, und sie verloren die Kontrolle. Ständig versuchten sie zu türmen, und wir mussten sie wieder einfangen.

»Azahrú! Sieh, was ich gefunden habe!« Dafinah kam zum Zelt gelaufen, mit ein paar Zweigen in der Hand, die kümmerliche lilafarbene Blüten trugen. Sie waren so staubig, dass man die Farbe kaum erkennen konnte.

»Was ist das?«

»Indigosträucher - sie wachsen da hinten.« Stolz und Tatkraft schwangen in ihrer Stimme. »Die Blüten kannst du verwenden.«

»Verwenden wofür?«

»Für neue Farben.« Sie senkte schuldbewusst den Blick. »Es tut mir leid, dass ich die alten zerstört habe. Aber wir können neue machen.«

»Du brauchst dich nicht mehr zu entschuldigen«, erwiderte ich. »Du hast mir das Leben gerettet, und ich bin froh, dass ich dich zur Schwester habe. Und dass du wieder bei uns bist.«

Sie wollte sich nicht anmerken lassen, wie sehr meine Worte sie berührten. Also wechselte sie schnell das Thema. »Die Felsenbilder vor tausenden von Jahren - du weißt, mit was für Farben die entstanden sind?«

Natürlich wusste ich das. »Die Garamanten haben Milch und das Blut ihrer Ziegen mit Sandstein vermischt.«

Dafinah nickte eifrig. »So bekommt man rote und braune Farbtöne. Das reicht aber noch nicht, um Bilder zu malen, wie du es getan hast. Wir brauchen andere Steine, hellere und dunklere. Und vor allem auch Pflanzen!«

»Dann können wir grüne Farbe erzeugen!« Ich begann zu verstehen. »Und mit dem Indigo bekommen wir Blau!«

Wir trugen zusammen, was wir nur finden konnten: Wurzeln, Steine, Blätter, Rinde, Fliegen und Käfer. Ifalan half auch mit. Wir zerdrückten und zerrieben und schabten, und was wir dadurch gewannen, reicherten wir an mit Öl und füllten es in kleine Gefäße. Wir vermischten die Substanzen miteinander, und wenn uns eine Farbe besonders gut gelang, verfiel Dafinah in das typische Jubeltrillern der Tuareg-Frauen. Ich hatte nicht damit gerechnet, jemals mit ihr so viel Spaß zu erleben. Zum ersten Mal hatte ich das Gefühl, in ihr eine Schwester zu haben, und sogar mehr als das, eine Freundin. Als wir glaubten, genügend Farben hergestellt zu haben, fingen wir an, Ziegenhäute zu bemalen, mit zunächst eher bescheidenem Erfolg, denn die Farben unterschieden sich noch nicht so sehr voneinander, wie wir gehofft hatten, und bei manchen ließ die Deckkraft noch zu wünschen übrig. Wir ließen uns davon aber nicht bremsen, wir waren entschlossen, unsere Farben weiter zu entwickeln und zu perfektionieren. Ifalan klinkte sich bald aus, ihm wurde das Spiel zu langweilig. Außerdem war er, glaube ich, auch ein wenig eifersüchtig darauf, dass ich mich mit meiner Schwester auf einmal so gut verstand.

Koumamá begann, meine Leidenschaft für die Malerei in neuem Licht zu sehen, als er begriff, wie viel Mühe und Erfindungsgeist wir aufbrachten bei der Herstellung der Farben. Er musste zugeben: Wenn jemand bereit war, etwas gegen so massiven Widerstand zum Leben zu erwecken, dann hatte er es auch verdient, dafür respektiert zu werden.

An einem Vormittag, an dem es uns wieder einmal gelungen war, unsere Eltern dazu zu bewegen, uns vom Kamelhüten und vom Schärfen der Messer zu entbinden, waren wir mit Körben unterwegs und suchten nach einem speziellen Kraut. Fatou hatte gesagt, es sei klein und unscheinbar, trage aber einen sehr intensiven, gelben Farbstoff in sich - und damit war es für uns sehr interessant. Wir waren schon weiter vom Lager entfernt, als Koumamá uns eigentlich gestattet hatte, aber wir waren der Meinung, dass uns hier in den Bergen ohnehin keine Gefahr drohte. Das Kraut, nach dem wir suchten, wuchs in schattigen Spalten. Ich beugte mich gerade hinunter, um eine solche zu untersuchen, als ich angeknurrt wurde und erschrocken zurück wich. In der Felsspalte saß ein Schakal, offensichtlich sehr jung und noch nicht ausgewachsen. Dafinah staunte.

»Man sieht sie nie am Tag«, sagte sie. »Sonst trauen sie sich nur in der Nacht in unsere Nähe, wenn wir schlafen.«

Dieser Schakal aber hatte ein Problem. Er leckte sich immer wieder über die linke Vorderpfote, an der eine tiefe Wunde zu sehen war. Die Verletzung war so schwerwiegend, dass er kaum auftreten konnte. An Flucht war für ihn also nicht zu denken. Der kleine Kerl hatte Angst vor uns, aber er war nicht bereit, sich kampflos zu ergeben. Er legte den Kopf in den Nacken und riss sein Maul auf. Dabei entblößte er zwei helle Reihen aus scharfen Zähnen. Der Schakal stieß einen

Schrei aus, wie ich noch keinen gehört hatte. Wenn ich nicht gesehen hätte, dass er von einem Tier kam, hätte ich angenommen, ein Mensch müsse ihn von sich gegeben haben. Der Schrei klang wie der Gesang einer hellen Frauenstimme. Die Härchen auf meinen Armen richteten sich auf.

»*Essûnfá*«, sagte Dafinah, »ganz ruhig. Wir tun dir nichts.«

»*Essûnfá*«, wiederholte auch ich. Aber der Schakal beruhigte sich nicht. Im Gegenteil, er wollte gar nicht mehr aufhören zu schreien. Plötzlich wurden wir beiseite gedrängt, von Koumamá, der angelaufen kam, weil er den Schrei des Schakals gehört hatte. Er zog die *takuba*.

»Nein!« rief Dafinah. »Töte ihn nicht!«

Koumamá wandte sich um und sah uns irritiert an. »Wieso denn nicht?«

»Er ist doch noch so klein«, sagte ich.

»Und er ist verletzt«, fügte Dafinah hinzu. »Er tut doch keinem was.«

»Aber er wird sowieso sterben, und dann wird er stinken«, gab Koumamá zu bedenken.

Dafinah und ich, wir sahen uns an und dachten dasselbe: Nicht, wenn wir es verhindern konnten!

»Wir müssen nur seine Pfote behandeln«, sagte ich. »Dann wird er wieder gesund und geht seiner Wege.«

»Mein Sohn, du kannst ihn nicht behandeln. Er ist ein Schakal. Wenn du es versuchst, wird er dich beißen, und das ist gefährlich, denn Bisswunden entzünden sich. Ich habe einen Mann gesehen, dem nach dem Biss eines Schakals die Hand abgenommen werden musste.«

Koumamá war ein stolzer Stammesführer. Und nur wenige wussten, was für ein weiches Herz er hatte. Dafinah und ich gehörten zu diesen Wenigen, und so mussten wir zwar alles aufbieten, um ihn davon abzuhalten, den kleinen Schakal zu töten - aber wir wussten auch, dass es uns gelingen würde, wenn wir nur lange genug nicht locker lassen würden. Wir legten dem Tier ein Stück Fleisch hin und tricksten es damit aus. Das ausgehungerte Vieh zögerte nur kurz, dann schlug es alle Bedenken in den Wind und stürzte sich gierig auf den Fleischfetzen. Koumamá packte den Schakal im Nacken und hielt ihn fest. Er strampelte und schrie, und ich musste all meinen Mut zusammen nehmen, um seinen linken Vorder- und Hinterlauf zu ergreifen. Ifalan war inzwischen zu uns gestoßen, er übernahm die rechte Seite des Tieres. Der Schakal versuchte noch, sich zu wehren, erkannte aber schnell, dass das keinen Sinn hatte. Er verstummte und verfolgte schwer atmend und mit ängstlichen Augen, was wir mit ihm anstellten. Wir drehten ihn auf den Rücken. Dafinah kam mit einem feuchten Lappen. Sie säuberte die verletzte Pfote von Blut und Schmutz, dann strich sie mit der bloßen Hand eine Heiltinktur aus verschiedenen Pflanzenextrakten darauf. Der Schakal jammerte erbärmlich.

»Das Zeug tut ihm weh«, sagte Dafinah. »Aber das muss so sein. Es dringt in die Wunde und kämpft gegen die drohende Entzündung.«

»Es wäre schön«, brummte Koumamá, »wenn du dich ein bisschen beeilen könntest. Ich habe nicht den ganzen Tag Zeit.«

Als Dafinah dem Schakal einen Verband aus leichtem Stoff um die Pfote wickelte, bewegte sich das Tier kaum mehr. Es hechelte nur noch erschöpft vor sich hin und schien völlig erledigt zu sein. Ich sah meine Schwester an, wie sie in aller Ruhe und sehr sorgfältig den Verband anlegte, in der Hoffnung, er würde eine Weile halten. In dem Moment erkannte ich: Sie war gar nicht so, wie sie sich den anderen oft zeigte. Bis vor kurzem war ich mir sicher gewesen, dass sie sich einen Dreck um andere scherte, dass nur ihr eigener Wille Bedeutung für sie hatte. Aber dann hatte sie zuerst mein Leben gerettet, und jetzt versuchte sie mit allen Mitteln, einem Schakal-Welpen wieder auf die Beine zu helfen. Dafinah war wahrscheinlich die beste Freundin und Schwester, die man nur haben konnte.

»Ich hätte mich nicht überreden lassen sollen«, sagte Koumamá, während er noch den Nacken des Tieres fest hielt. »Wir tun hier nur eins, wisst ihr: Wir verlängern sein Leiden. Den Verband wird er sich herunter zerren. Die Wunde wird wieder aufbrechen. Und dann wird er zu schwach sein, um es da draußen zu schaffen.«

»Vielleicht hast du recht, *abba*«, sagte Dafinah. »Aber vielleicht auch nicht. *Essûnfá, essûnfá*«, redete sie wieder beruhigend auf den Schakal ein, immer wieder. Schließlich war sie fertig. Wir stellten das Tier auf die Beine, ließen es los und wichen zurück, um nicht gekratzt oder gebissen zu werden. Ich rechnete damit, dass der Schakal erst einmal stehen bleiben und versuchen würde zu begreifen, was hier mit ihm passierte. Stattdessen setzte er sich sofort in Bewegung und raste davon, als wäre seiner Pfote nie etwas geschehen. Nach wenigen Schritten wurde er wohl aber schmerzhaft an seine Verletzung erinnert, denn er heulte laut auf und begann zu humpeln. Er blieb stehen, drehte sich um und musterte uns. Zu gerne hätte ich gewusst, was er in diesem Moment empfand. Waren wir für ihn Peiniger, denen er gerade eben noch entkommen war? Oder begriff er, dass wir es gut mit ihm meinten? Er schüttelte die verbundene Pfote, als wäre der Verband etwas, das sich in seinem Fell verfangen hatte. Aber was er da mit sich herum trug, wollte nicht abgehen. Er rollte sich auf die Seite, biss in den Stoff und zerrte daran. Aber so einfach war das nicht, denn Dafinah hatte gute Arbeit geleistet. Der kleine Schakal zog und zerrte immer wütender, musste aber einsehen, dass nichts zu machen war. Also stellte er sich wieder auf seine vier Pfoten, lief humpelnd weiter, und im nächsten Moment war er zwischen den Felsen verschwunden.

Wenn wir fortan von dem kleinen Schakal sprachen, nannten wir ihn *Essûnfá*, was nichts anderes heißt als *ruhig*. Wir hielten Ausschau nach ihm an den folgenden Tagen, aber wir nahmen nicht wirklich an, ihn jemals wieder zu sehen. Dafür fanden wir den Verband. Er hing in einem Busch, war schmutzig und zerfetzt, und das trockene, rostrote Blut darauf schien die Vermutung unseres Vaters bestätigen zu wollen. Wahrscheinlich war der kleine Vierbeiner längst verblutet oder verhungert, weil er nicht in der Lage war, Beute zu machen. Ich nahm an, dass wir bald irgendwo seinen Kadaver finden würden, halb verzehrt von Schlangen, Fliegen und Würmern. Aber er war zäher, als wir dachten. An einem Nachmittag, auf der Suche nach dem gelben Kraut, ganz in der Nähe der Stelle, wo wir den Schakal seinerzeit getroffen hatten, stupste Dafinah mich plötzlich an und lenkte meinen Blick hoch zu einem gezackten Felsen. Zuerst waren nur die steil aufgerichteten Ohren zu sehen, dann auch der langgezogene, schmale, sandfarbene Kopf.

»*Essûnfá*«, rief Dafinah leise zu ihm hinüber. Der Schakal verschwand, aber es dauerte nicht lange, da schaute er wieder neugierig zwischen den Felsen hervor. Und hungrig, wie sich annehmen ließ.

»Hast du etwas zu essen bei dir?« wollte Dafinah wissen.

»Nur ein paar Datteln«, sagte ich, »und die wird er nicht wollen.« Ich lief zum Lager, um etwas zu holen, was den Schakal interessieren könnte - während Dafinah versuchte, seine Neugier wach zu halten. Ich überredete meine Mutter dazu, einen Fetzen Fleisch heraus zu rücken, und lief zurück. Mit dem Messer trennte ich etwas davon ab und warf es in die Nähe des Tieres. Es dauerte nicht lange, bis der Hunger siegte, der Schakal sich zwischen den Felsen hervor wagte und sich auf das Fleisch stürzte. Er war größer geworden, seit wir ihn zum letzten Mal gesehen hatten, aber beängstigend mager. Und er bewegte sich so geschmeidig, als wäre er nie verletzt gewesen. Aber die Verletzung wird ihn bei der Jagd nach Nahrung noch behindert haben.

»Er ist noch so jung«, sagte Dafinah. »Er sollte eine Mutter haben, die sich um ihn kümmert.«

Trotzdem hatte er es geschafft, irgendwie zu überleben. Ich warf ihm ein zweites Stückchen Fleisch hin, das nur wenige Meter von uns entfernt im Staub landete. Der Schakal blickte misstrauisch zwischen uns und dem Objekt seiner Begierde hin und her. Er zögerte. So nah wollte er uns nicht kommen. Offenbar wusste er noch nicht so recht, was er von uns halten sollte. Als wir ihm das letzte Mal etwas zu fressen gegeben hatten, haben wir ihn überwältigt, ihm Schmerzen zugefügt und etwas um ihn herum gewickelt, das nur sehr schwer wieder los zu werden war. Vielleicht hatten wir so etwas dieses Mal ja auch wieder vor. Dafinah und ich, wir setzten uns auf den Boden. Wir hatten Zeit. Und der Schakal hatte Hunger. Großen Hunger. Das Lammfleisch duftete so köstlich, dass er nervös mit den Pfoten zu scharren begann. Er gab Laute des Unmuts von sich. Die ganze Sache passte ihm nicht. Sie passte ihm ganz und gar nicht. Schritt für Schritt näherte er sich dem Stück Fleisch. Um dann wieder mehrere Schritte zurück zu gehen. Wir sahen uns an. So würde das nie etwas werden. Ich schnitt ein weiteres Stückchen Fleisch ab und warf es ganz in die Nähe des Schakals. Er schnappte es sich, ohne auch nur nachzudenken, und schlang es gierig hinunter.

»Ich mag ihn«, sagte Dafinah.

»Ich auch«, fügte ich hinzu. Das Stück Fleisch, das mir noch verblieben war, säbelte ich in sechs oder sieben kleine

Fetzen. Ich stand auf und ging dem Schakal ein paar Schritte entgegen. Er musterte mich unwohl und wich zurück.

»Was hast du vor?« fragte Dafinah.

Ich legte eine Spur aus Fleischstücken, die von unserem vierbeinigen Freund bis zu der Stelle führte, auf der wir auf ihn warteten. Dafinah lachte.

»Das macht er doch nie!« sagte sie. Ich setzte mich wieder neben sie. Und dann warteten wir.

Die Sonne war schon ein ganzes Stück weiter gezogen, als der Schakal sich endlich bis zum letzten Fleischfetzen vorgewagt hatte und ihn vertilgte. Wir hätten fast die Hand nach ihm ausstrecken können und konnten ihn deutlich riechen. Er verströmte einen süßlichen, muffigen Duft. Und jetzt hatte Dafinah für den kleinen Kerl noch eine Überraschung. Das letzte und größte Stück von allen hatten wir behalten. Sie hielt es nun in der Hand, die sie ihm entgegen streckte. Er wartete darauf, dass sie es fallen lassen würde, aber das tat sie nicht. Der Schakal tänzelte nervös hin und her, ohne näher zu kommen. Ihr aus der Hand zu fressen schien den Mut deutlich zu übersteigen, den er aufbringen konnte. Er hechelte. Und jammerte. Er wollte dieses Stück Fleisch so unglaublich gerne haben. Aber er traute sich nicht.

»*Essûnfá*«, sagte Dafinah leise und wiederholte das Wort immer wieder. Ihre Stimme war weicher als je zuvor und klang in der Tat sehr beruhigend. Der Schakal hörte allmählich auf mit dem Gezappel und kam näher. Schritt für Schritt. Ihre Stimme schien ihn zu hypnotisieren. Ich bildete mir ein, dass er sie ansah, als wäre sie seinesgleichen. Und als er sich das Fleisch schließlich holte, schnappte er nicht danach, sondern er holte es sich langsam und zaghaft, als wäre er bedacht darauf gewesen, Dafinah nicht zu verletzen. Sie ließ das Fleisch los, und es verschwand in seinem Maul. Er zog sich nicht einmal sofort zurück, wie man hätte annehmen können. Er blieb stehen und ließ sich von Dafinah vorsichtig streicheln.

»Dein Fell ist ganz schön struppig«, sagte sie leise. »Normalerweise würde seine Mutter ihn säubern. Aber sie ist nicht da, und deswegen sieht er aus, als könnte er dringend eine Reinigung gebrauchen.«

»Und er riecht auch so«, fügte ich hinzu.

Wir nannten ihn - natürlich - Essûnfá. Unsere Treffen mit ihm, stets an der Stelle, an der wir ihm zum ersten Mal begegnet waren, wurden bald zu einem regelrechten Ritual. Wenn wir uns dort einfanden und etwas zu essen und eine Schale Wasser bei uns hatten, dauerte es nie lange, bis Essûnfá von irgendwoher auftauchte. Er ließ sich von uns streicheln, solange wir etwas für ihn hatten, und dann verschwand er wieder. Einmal schlug ich vor, ob wir nicht versuchen sollten, ihn zu dressieren und ihm Kunststücke beizubringen. In Agadez hatte ich einmal einen Mann gesehen, der einen dressierten Adler hatte, und wenn man ihn bezahlte, ließ er den Vogel vorführen, was er ihm beigebracht hatte. Aber das fand Dafinah blöd und würdelos. Essûnfá war ein wildes Tier, und das sollte er auch bleiben.

2

Major Angermair wollte sich selbst ein Bild machen von dem, was sich in der Hütte abgespielt hatte. Er hielt sich ein Taschentuch vor die Nase, denn auf Madidou saßen schon die Fliegen.

»Also ehrlich, wenn sie tot sind, stinken sie noch schlimmer als zu Lebzeiten«, sagte er. Es waren keine Spuren eines Kampfes zu sehen. Das hier war eine Hinrichtung gewesen. Angermair hatte sich von seinen Leuten versichern lassen, dass niemand den Tod des Mannes veranlasst hatte, nur weil er in letzter Zeit unbequem geworden war. Also mussten Madidous ehemalige Stammesbrüder herausgefunden haben, dass er ein Verräter war, und dann hatten sie nicht lange gefackelt und diese Sauerei hier angerichtet. Ein schöner Mist war das. Jetzt hatte er den Jungen schon dreimal fast gehabt, und trotzdem ist er ihm jedes Mal durch die Lappen gegangen. Damals, als er seinen Schwager Franz hatte verbrennen lassen, in jener Nacht hatte Gerhard Angermair zum ersten Mal einen Menschen getötet. Und festgestellt, wie gut sich das anfühlen konnte. Welche Macht man dabei empfand. Jene Nacht hatte ihm nicht nur gezeigt, was für ein Mensch er war, sie hatte ihm auch klar gemacht, dass es falsch war, dagegen ankämpfen zu wollen. Nur war ihm damals leider auch der Junge entwischt. Das zweite Mal, die Begegnung mit der Salzkarawane mitten in der Wüste, war die beste Gelegenheit von allen gewesen, aber er hatte sie leichtfertig vertan, wie er sich eingestehen musste. Hätte er damals nur darauf bestanden, diese ganze beschissene Karawane zu filzen, dann wäre alles gut gewesen! Trotzdem war er dem Jungen später noch auf die Spur gekommen, weil er so klug gewesen war, den Tuareg aberwitzige Versprechungen in die Ohren zu blasen. Einer von ihnen war zu ihm gekommen und hatte seinen Stamm verraten. Er lag jetzt hier mit durchbohrter Brust und würde schon in Kürze Futter für die Maden sein. Angermair war wütend, denn die nächtliche Aktion im Lager der Tuareg war so gut geplant und perfekt ausgeführt worden. Er hatte den Lauf seiner Pistole schon an die Stirn des Jungen gedrückt und hätte nur noch abdrücken müssen. Er hatte nur einen Moment zu lange gezögert, hatte den Triumph auskosten und sich daran weiden wollen. Und auch wenn es Angermair nicht passte, das so sehen zu müssen: Dieser Moment war ein Zeichen von Schwäche gewesen. Er war nicht stark genug gewesen, um einfach nur die Arbeit auszuführen, wegen der er gekommen war, und nichts weiter. Das ärgerte ihn maßlos. Jetzt ging die Suche nach dem kleinen Scheißer wieder von vorne los. Der Nomadenstamm war in die Berge geflohen, und sie dort zu finden, war nahezu aussichtslos. Trotzdem musste er es versuchen. Und er wusste auch schon wie. Dieses Gesindel rechnete sicher nicht damit, dass man sie von oben suchen würde.

Die Junkers Ju 87 wurde in Fachkreisen auch als *Panzerknacker* bezeichnet. Sie war eine einmotorige Maschine mit Knickflügeln, starrem Fahrgestell und für zwei Mann Besatzung. Ihre Hauptaufgabe bestand in präzisen Bombenangriffen. Deswegen hatte Angermair darauf bestanden, genau so ein Schätzchen zu bekommen. Der Pilot war eingeweiht. Es ging darum, den Tuareg-Stamm in den Bergen aufzuspüren und mit Stumpf und Stiel zu vernichten. Angermair hatte schon die Fliegerkappe auf und war auf dem Weg zur Maschine, als ein junger Leutnant hinter ihm hergelaufen kam.

»Herr Major, es gibt ein Problem.«

»Erzählen Sie es mir, wenn ich zurück bin.«

»Mit Verlaub, aber wir haben gerade einen Anruf bekommen«, widersetzte sich der Leutnant und hielt dem finsteren Blick seines Vorgesetzten stand. »Aus dem Hauptquartier von Generalfeldmarschall Rommel. An der nordafrikanischen Küste gibt es eine Invasion der gegnerischen Streitkräfte.«

Angermair atmete tief durch. Er ahnte, was das bedeutete. Das Flugzeug, das er gerade besteigen wollte, wurde an der Küste gebraucht, und zwar sofort.

»Wissen Sie was?« sagte er. »In zwei Stunden sind wir wieder hier. Dann kann der Panzerknacker Kurs nach Norden nehmen.«

»Bedaure, Herr Major«, erwiderte der Leutnant etwas kleinlaut. »Der Pilot weiß schon Bescheid. Der Marschbefehl ist erteilt.«

Angermair drehte sich um zu der Maschine, weil er das Geräusch ihres Motors näher kommen hörte. Sie fuhr in wenigen Metern Entfernung an ihm vorbei und rollte auf die improvisierte Startbahn zu. Der Major riss sich die Fliegerkappe vom Kopf, warf sie in den Sand und stapfte wütend davon. Diese ganze Sache mit dem Jungen war einfach wie verhext. Jedes Mal, wenn er bereit war, ihn am Kragen zu packen, passierte wieder irgendetwas ganz und gar Idiotisches! Aber Angermair hatte gelernt, dass nichts im Leben so wichtig war wie Ausdauer. Man durfte seine Ziele nicht aus den Augen verlieren, auch wenn es noch so lange dauerte, bis man sie endlich realisieren konnte. Irgendwann würde der richtige, der entscheidende Moment gekommen sein, und dann musste man wach und entschlossen genug sein, um zu tun, was getan werden musste. So war es doch mit allen Dingen, die im Leben irgendeine Bedeutung hatten – ob es nun um Macht ging, um Geld oder um Frauen. So lief der Hase nun mal. Wenn der Generalfeldmarschall im Norden seine Schlacht erst einmal geschlagen haben würde, dann würde Angermair hier auch wieder Flugzeuge zur Verfügung haben.

Er rechnete nicht damit, dass Rommels Divisionen der Invasion der alliierten Streitkräfte nicht gewachsen sein könnten. In Angermairs Augen war Rommel ein Genie, ein geradezu unschlagbarer Stratege. Aber der als *Wüstenfuchs* sogar von der Gegenseite bewunderte Rommel reiste schon bald zurück nach Deutschland, um Hitler zum Ende der Kampfhandlungen in Afrika zu überreden. Der reagierte mit einem Wutanfall und verbot dem Afrika-Korps den Rückzug auf das europäische Festland. Er enthob Erwin Rommel von seiner Verantwortung und schickte stattdessen Generaloberst Hans-Jürgen von Arnim zurück nach Afrika. Als Gerhard Angermair das erfuhr, wusste er, dass der Afrika-Feldzug der Wehrmacht verloren war. Nun konnte es nur noch eine Frage der Zeit sein. Und deswegen gab es für einen Mann in seiner Position nur noch eins: Er musste seinen Hintern in Sicherheit bringen, solange es noch ging. Nach einer Kapitulation würde er in Gefangenschaft geraten, und wer, zum Teufel nochmal, wollte diesen Kaffern ausgeliefert sein und bei ihnen hinter Gittern sitzen? Dazu durfte es nicht kommen! Angermair legte es gezielt darauf an, sich einen Darmvirus einzufangen, der ihn auf Wochen hinaus schwächen würde. Er wusste, dass man ihn zurück nach München fliegen würde, wenn er sich Tage lang die Seele aus dem Leib kotzte. Seine Rechnung ging auf. In München verbrachte er ein paar Tage im Klinikum Schwabing und ließ sich gesund pflegen. Er ärgerte sich darüber, dass es ihm nicht gelungen war, die Sache mit diesem Jungen zu Ende zu bringen. Mehrere Fragen machten Angermair zu schaffen: Wusste Leo, wer er war? Hatte er eine Ahnung davon, dass der Porzellanpapst Hermann von Kramm sein Großvater war? Und wenn er sich nun fragte, wieso man ihm nach dem Leben trachtete: Was für eine Antwort fand er darauf? Gerhard Angermair nahm sich vor, zurück nach Afrika zu reisen, sobald es möglich sein würde, und all diese Fragen für immer verstummen zu lassen. Aber auf gar keinen Fall würde er das tun, solange dieser Krieg noch tobte. Bald würde er aus dem Krankenhaus entlassen werden. So langsam musste er sich also Gedanken darüber machen, wie er seine Rückkehr auf den Schwarzen Kontinent verhindern konnte. Von dem Unteroffizier, der ihm täglich die neue Zeitung brachte, erfuhr er eines Morgens, dass er darüber nicht länger nachdenken musste: Generaloberst von Arnim hatte kapituliert. Der Afrika-Feldzug war endgültig gescheitert.

3

Viele Stammesmitglieder hatten ein Lächeln auf den Lippen, wenn sie mich mit Dafinah sahen. Sie hatten immer damit gerechnet, dass wir uns eines Tages die Köpfe einschlagen würden, und tatsächlich waren wir vor gar nicht allzu langer Zeit nicht weit davon entfernt gewesen. Und jetzt? Wir waren unzertrennlich. Wir hüteten gemeinsam die *mehara*, halfen unserer Mutter beim Kochen, sammelten Feuerholz, und wann immer wir Zeit dafür fanden, bemalten wir Ziegenhäute und Felswände mit unseren selbst gemachten Farben.

Wir saßen uns gerade gegenüber und versuchten uns gegenseitig zu malen, was dazu führte, dass wir jede Menge Scherze über unser Aussehen machten. Dafinah nannte meine Haare ein Bündel Stroh, und wegen meiner hellen Hautfarbe bezeichnete sie mich als Milchgesicht. Im Gegenzug verglich ich ihre dunklen Augen mit Schafskötteln und ihre grazilen Finger mit Spinnenbeinen. Sie bewarf mich lachend mit der gelben Farbe, die wir aus dem Kraut gewonnen hatten, und ich revanchierte mich damit, indem ich ihr meinen indigoblauen Pinsel durchs Gesicht zog. Das war das Schöne an Dafinah - sie war nicht so empfindlich wie all die anderen Mädchen. Mit ihr konnte man reden wie mit einem Jungen, so rau und ungeschminkt wie einem die Dinge nun mal durch den Kopf gingen. Man konnte Schimpfwörter benutzen, ohne dass sie errötete.

Lassad hatte in Agadez etwas erfahren, das ihn sofort zu uns in die Berge reiten ließ, damit er es Koumamá erzählen konnte. Der umarmte Lassad für die gute Nachricht und ließ sofort den ganzen Stamm zusammen kommen.

»Der Krieg in Afrika«, sagte Koumamá, »ist beendet. Es gibt weit und breit keine Deutschen mehr, jedenfalls keine

Soldaten. Das heißt, dass es auch niemanden mehr gibt, der Azahrú nach dem Leben trachtet. Wir brechen morgen auf und gehen zurück in die Ebene!«

Alle jubelten. Die Männer ballten die Fäuste, die Frauen stimmten ihre Trillergesänge an. Am Abend besiegelten wir unser Gastspiel in den Bergen durch ein Festessen. Es war schon ziemlich spät, als ich meinem Vater eine Frage stellte, die ich schon seit einer ganzen Weile vor mir her schob.

»*Abba*, warum ist dieser Mann so wild darauf, mich zu töten?«

»Ich weiß es nicht«, antwortete er.

»Er muss doch einen Grund dafür haben.«

»Man hat immer einen Grund für alles, was man tut.«

»Bitte versuch mich nicht mit Sprüchen abzuspeisen, wenn es etwas gibt, das du weißt.«

Er sah mich mahnend an. »Wenn du mich *Vater* nennst, dann zollst du mir gefälligst mehr Respekt.«

»Entschuldige bitte«, sagte ich. »Ich wollte nicht respektlos klingen. Aber hast du vielleicht irgendeine Ahnung, was dahinter stecken könnte? Hat es etwas mit meinen leiblichen Eltern zu tun? Damit, was sie getan haben, oder wer sie waren?«

»Dein Vater war Forscher. Er war hier, um uns zu studieren.«

»Das weiß ich doch längst. Aber was war mit meiner Mutter?«

»Sie war Malerin. Mehr weiß ich nicht über sie.«

Mit diesen Worten hat er mir mitten ins Gesicht gelogen. Koumamá wusste, wer Luises Vater war, nämlich ein sehr mächtiger, sehr reicher Mann. Aber er hatte nicht vor, mir das jemals zu erzählen, und ich sollte es erst sehr, sehr viel später erfahren. Warum hatte ich diese Frage überhaupt so lange vor mir her geschoben, bis zu jener letzten Nacht in den Bergen?

Da war also ein deutscher Mann hinter mir her und wollte mich umbringen. Er nahm offenbar sehr großen Aufwand in Kauf, um dieses Ziel zu erreichen. Irgendwie ahnte ich, dass etwas dahinter stecken musste, das die Macht haben könnte, mich von meinem Stamm fort zu treiben. Und das machte mir mehr Angst als alles andere auf Allahs weitem Erdboden. Koumamá ging es ähnlich. Ich war der Sohn, den er sich immer gewünscht hatte. Er wollte mich nicht verlieren. Er glaubte fest daran, dass ich hierher gehörte, dass ich im Herzen längst ein *targi* war und kein Europäer. Aber er glaubte, wenn ich jemals erfahren würde, dass ich ein Millionenerbe war, dann würde der Lockruf des Goldes sehr stark sein. Vielleicht sogar unwiderstehlich stark. Also hielt er den Mund und ließ mich im Ungewissen.

Ein Teil von mir bedauerte, die Berge verlassen zu müssen. Sie waren eine so sichere Zuflucht gewesen. Im Rückblick kann ich sogar sagen: Auf gewisse Weise sind die Monate im Aïr-Gebirge der glücklichste Teil meiner Kindheit gewesen. Meine Freundschaft mit Dafinah war dort am intensivsten, und das Wissen darum, dass der ganze Stamm nur dort war, um mein Leben zu beschützen, hatte mich demütig und einfach glücklich gemacht. Trotzdem freute ich mich, endlich die *ténéré* wieder zu sehen, Sand zwischen den Zehen zu spüren und mit dem Blick dem sanften Schwung der Dünen bis zum Horizont folgen zu können.

Dafinah bemerkte ihn als erste. Wir gingen ganz hinten, um den *mehara* nicht im Weg zu sein. Man hätte ihn leicht übersehen können, mit seinem sandfarbenen Fell, aber es gab keinen Zweifel: Essûnfá folgte uns. Er hielt respektvollen Abstand, was sicher daran lag, dass er die anderen Menschen nicht kannte und Angst vor ihnen hatte. Wir bildeten uns ein, dass er unsere Nähe suchte, weil wir die einzigen Freunde waren, die er hatte. Aber es ist wohl wahrscheinlicher, dass es der Hunger war, der ihn hinter uns her trieb, denn schließlich wusste er, dass es bei uns etwas zu holen gab. Wir sorgten dafür, dass Kleinigkeiten liegen blieben hinter unserer Karawane. Wer sollte für den Kleinen verantwortlich sein, wenn wir es nicht waren?

Nachdem wir unseren neuen Lagerplatz bezogen hatten, bekamen wir Essûnfá noch drei- oder viermal zu sehen. Aber auf einmal zeigte er sich nicht mehr. Wir begannen uns Sorgen zu machen. Und gingen auf die Suche nach ihm. Vielleicht hatte er sich in der Ebene schutzlos gefühlt und war in die Berge zurück gekehrt? Als wir die Suche schon aufgeben wollten, fanden wir ihn, im Schutz einer kleinen, felsigen Senke. Zwischen Essûnfás Pfoten lagen vier winzig kleine Babies und nuckelten an ihren Zitzen. Sie war ein Weibchen! Unsere Freundin nahm unsere Anwesenheit zunächst mit großer Gelassenheit zur Kenntnis. Erst als wir näher kamen und die süßen Zwerge berühren wollten, fing sie an zu knurren. Dafinah hielt mich zurück und wir beschlossen, die Freundschaft zu Essûnfá lieber nicht zu sehr zu strapazieren. Von nun an schmuggelten wir Fleischstückchen an diesen Ort und sahen den Schakalbabies beim Wachsen zu. Ihren Vater haben wir nie gesehen. Sicher lebte er in den Bergen und hatte von seiner Nachkommenschaft gar keine Ahnung.

4

Einige Wochen später tauchten erneut Soldaten vor dem Lager auf. Diesmal waren es Franzosen, die mit Pferden unterwegs waren. Ein glattrasierter Feldwebel in strahlender blau-weißer Uniform bat Koumamá mit höflichen Worten um ein Gespräch. Mein Vater war misstrauisch, das Auftauchen von Soldaten hatte noch stets für Ärger gesorgt. Würden sie wieder dazu aufgefordert werden, ihre Waffen abzugeben? Wollte man sie in Häuser stecken und ihnen Anstellungen geben?

»Monsieur«, sagte der Feldwebel, »wir kommen in friedlicher Absicht. Vielleicht darf ich Ihnen mein Anliegen in aller Ruhe erläutern, bei einer Tasse Tee vor Ihrem Zelt?«

»Bedaure«, erwiderte Koumamá. »Wenn ich Sie zum *shahid* einlade, macht Sie das nicht nur zu meinem Freund, ich würde dann auch Verantwortung für Sie übernehmen. Wenn irgend jemand Ihnen etwas antun wollte, hätte ich die Pflicht, ihn zu verfolgen, um Sie zu befreien oder die Ungerechtigkeit zu sühnen, die man Ihnen angetan hätte.«

»Verstehe. Es geht um mehr als nur um eine Tasse Tee.«

»Genau gesagt geht es um drei Tassen Tee«, bemerkte Koumamá. »Aber warum sagen Sie mir nicht einfach, warum Sie hier sind?«

Der Franzose lächelte kühl. »Wissen Sie, dass die Welt sich im Krieg befindet?«

Der Blick meines Vaters wurde noch verschlossener. »Diese Frage hat man mir schon einmal gestellt. Was wollen Sie?«

»Sie leben hier auf französischem Territorium«, sagte der Franzose. »Also betrachten wir Sie als Franzosen, ob Sie nun französische Pässe haben oder nicht.«

Koumamá musste lächeln. »Man hat uns schon als Strauchdiebe bezeichnet. Als Gesetzlose. Ein Kollege aus Ihrer Armee hat uns einmal mit allen Flüchen belegt, die ihm nur eingefallen sind. Er hatte noch ein paar Streifen mehr auf der Schulter als Sie. Aber uns Franzosen zu nennen, auf die Idee ist vor Ihnen wirklich noch keiner gekommen.

»Trotzdem sind Sie welche«, erwiderte der Feldwebel ungerührt.

»Wir sehen das anders«, sagte Koumamá mit ruhiger Stimme. Im Geiste ging er bereits diverse Katastrophen-Szenarien durch, gespeist aus der Erfahrung der früheren Auseinandersetzungen mit dem Militär.

»Wie gesagt, wir kommen in Frieden«, wiederholte der Franzose.

»Auch diesen Satz höre ich nicht zum ersten Mal.«

»Trotzdem ist es die Wahrheit.«

»Kommen Sie doch mal endlich zur Sache. Dann werde ich entscheiden, für wie friedlich ich Sie halte.«

»Der Krieg…«, begann der Franzose, aber Koumamá fiel ihm ins Wort.

»… hat Afrika schon wieder verlassen. Warum also sollte er uns etwas angehen?«

»Wollen Sie so höflich sein, mich ausreden zu lassen?«

»Natürlich.«

»Der Krieg tobt immer noch in vielen Teilen der Welt. Das verbrecherische Regime von Vichy wurde entmachtet. Frankreich kämpft jetzt wieder als eine einige Nation gegen den Faschismus, an der Seite von England und den Vereinigten Staaten von Amerika. Aber der Gegner ist stark. Die Deutschen wollen die ganze Welt unterwerfen. Sollte es ihnen gelingen, Europa zu erobern, dann kommen sie auch wieder zurück nach Afrika. Dann kommen sie in jeden verfluchten Winkel dieser Welt, wie abgelegen er auch sein sollte. Wissen Sie, wie die Deutschen all jene Menschen nennen, die nicht von ihrer Rasse sind?«

Koumamá hatte keine Ahnung.

»Sie nennen sie *Untermenschen*. Wer kein Christ ist und keine helle Haut hat, wird von ihnen in Arbeitslager gesteckt und wahllos getötet. Die Deutschen werden kommen und Ihre Frauen missbrauchen, Monsieur. Sie werden Ihre Männer für sich arbeiten lassen, und wann immer es ihnen passt, werden sie dem einen oder anderen eine Kugel durch den Kopf jagen. Die Deutschen sind Bestien.«

Koumamá musste in diesem Moment daran denken, wie er und seine Familie mitten in der Nacht in ihrem Zelt überfallen worden waren, und wie der deutsche Mann vor seinen Augen versucht hatte, Azahrú zu erschießen. »Ich weiß, was Sie wollen«, sagte er plötzlich.

Der Franzose schwieg, wartete ab und sah Koumamá erwartungsvoll an.

»Sie wollen, dass meine Männer in Ihren Krieg ziehen. Nach Europa. Um die Deutschen zu töten.«

»Wenn wir können, nehmen wir gegnerische Soldaten gefangen und lassen sie am Leben, auch die Deutschen. Das unterscheidet uns von ihnen.«

»Wenn die Deutschen so unmenschlich sind, wie Sie sagen, dann wünsche ich Ihnen und Ihren Streitkräften viel Glück«, sagte Koumamá. »Aber Sie werden dabei nicht auf meine Männer zurückgreifen können.«

»Wir bezahlen gut«, sagte der Franzose. »Besser als Sie glauben.«

»Das mag sein, aber es interessiert mich nicht. Ich brauche meine Männer hier und kann auf keinen verzichten.«

»Vielleicht gestatten Sie mir, Ihre Männer persönlich anzusprechen?«

Koumamá wurde ungehalten. »Wie deutlich muss ich mich ausdrücken, damit Sie meine Worte verstehen? Ich bitte Sie hiermit, das Lager zu verlassen.« Die beiden Männer musterten sich mit festen Blicken. Bis der Franzose schließlich mit den Achseln zuckte.

»Ein großer Verlust ist es wahrscheinlich nicht«, sagte er. »In den Sauhaufen müsste man erst mal Zucht und Ordnung bringen, und das würde eine Menge Arbeit machen.« Er wandte sich ab und ging zu seinen Leuten zurück, die im Hintergrund geduldig auf ihn warteten.«

»Einen Moment!«

Der Franzose blieb stehen und sah sich überrascht um. Es war nicht die Stimme von Koumamá, die sich da gemeldet hatte. Lassad trat hervor, ging auf den Feldwebel zu und blieb vor ihm stehen.

»Ich bin interessiert«, sagte er.

»Lassad, lass das«, befahl Koumamá. »Komm her.«

»Koumamá«, erwiderte Lassad. »Ich bin ein freier Mann. Ich kann tun und lassen, was ich will. Ist das richtig?«

Koumamá schwieg. Ich hielt den Atem an. Zu meiner Linken stand Dafinah, auch sie sah gespannt zu. Auf meiner anderen Seite erschien Mariamá, die ältere von meinen beiden Schwestern - jene, in die Ifalan noch immer so unsterblich verliebt war.

»Ich wünschte, ich wäre ein Mann«, sagte Mariamá leise. »Ich würde auch nach Europa gehen.«

Nur wenige Minuten später hatte Lassad sein Bündel geschnürt und sein *mehari* gesattelt.

»*Ar essaghat*«, war alles, was er sagte. »Lebt wohl.«

Wir sahen ihm noch lange nach, wie er neben dem Feldwebel dahin ritt und sich lebhaft mit ihm unterhielt. Bis sie am Horizont verschwunden waren.

»Mit ihm verlieren wir unseren tapfersten Mann«, sagte ich.

»Du glaubst nicht, dass er wieder kommt?« fragte Dafinah.

»Wer soll das wissen? Im Krieg schießen sie mit Gewehren. Und Panzern. Weißt du, was Panzer sind? Große Fahrzeuge, aber ohne Räder, stattdessen haben sie Ketten. Und mit einer Kanone.«

»Woher weißt du das?«

»Lassad hat es erzählt. Ich glaube, er hat nur darauf gewartet, dass die Franzosen kommen und fragen.«

»Er wird fremde Länder sehen«, sagte Mariamá. »Länder, in denen es keinen Sand gibt. Könnt ihr euch das vorstellen?«

Ich sah Dafinah an, und sie erwiderte meinen Blick. Nein, das konnten wir nicht.

»Er wird in einem Flugzeug sitzen und die Welt von oben sehen«, sagte Mariamá. »Ich beneide ihn. Ich beneide ihn so sehr, dass ich heulen könnte.«

5

Mariamá war schon 20 Jahre alt, lebte aber immer noch in unserem Zelt. Koumamá fand, dass es für sie an der Zeit war, sich einen Mann zu suchen und eine eigene Familie zu gründen, aber damit stieß er bei ihr auf harten Widerstand. Wenn sie einen *targi* heiratete, ganz gleich ob von diesem Stamm oder von einem anderen, dann würde sie sich binden. Sie würde Kinder bekommen, und in Mariamás Augen wäre all das gleichbedeutend gewesen mit dem Ende ihres Lebens. Sie wollte nicht für immer in der Wüste leben, mit nichts als Sand und immer wieder nur Sand, den man in jeder nur erdenklichen Körperöffnung vorfand. Sie wusste, dass es irgendwo auf dieser Welt blühende Gärten gab. Mit duftenden Blumen und prallen Früchten, die man von den Bäumen pflücken konnte. Ein Italiener hatte ihr auf dem Markt von Agadez einmal von einem Swimming Pool erzählt, von einem großen Bassin voller Süßwasser, das nicht zum Trinken gedacht war, sondern nur dafür, dass man hinein sprang und darin herum schwamm, solange man Lust dazu hatte. Mariamá wollte einmal in ihrem Leben in einen Swimming Pool springen! Aber das würde nie passieren, wenn sie einen *targi* heiratete! Nur:

Was sollte sie tun, um das zu erreichen? Sie hatte nicht die geringste Ahnung. So etwas war nicht vorgesehen, dafür gab es keinen Plan. Und solange das so war, würde sie allen Avancen widerstehen, die ihre Stammesbrüder ihr machten, und bei ihrer Familie bleiben. Lassad hatte es geschafft, hier raus zu kommen. Eines Tages würde sich auch ihr eine Gelegenheit dazu bieten!

Wir, ihre Geschwister, waren die einzigen, denen sie diese Gedanken immer wieder anvertraute. Wir hörten ihr zu, aber verstehen konnten wir sie nicht. Die Sehnsucht nach einer anderen Welt war uns fremd. Die Wüste war unser Zuhause. Etwas anderes kannten wir nicht und wollten es auch gar nicht kennen lernen.

Wirren der Adoleszenz

1

Dafinah machte eine sensationelle Entdeckung. Rund um unsere Wasserstelle wuchsen ein paar karge Tamarisken, deren Blätter und Zweige von einer Vielzahl von Läusen befallen waren. Diese Läuse hatten eine grün-graue Färbung, aber wenn man sie zerquetschte, kam eine sehr intensive, tiefrote Farbe zum Vorschein. Das Interessanteste daran war, dass man die besten Ergebnisse erzielte, wenn man einen Ast fand, von dem man tote Läuse schütteln konnte. Aus ihnen ließ sich die reinste Farbe gewinnen, die auch am besten deckte, ohne dass man sie weiter eintrocknen lassen musste. Wir waren Spezialisten in der Gewinnung von Farbe geworden, und die Bilder, die wir damit schufen, gewannen auch künstlerisch immer mehr an Qualität.

»Willst du ein Bild von mir malen?« fragte sie mich, während wir die Kamele hüteten.

»Das mache ich doch andauernd«, antwortete ich.

»Ich wünsche mir ein besonderes«, sagte sie. »Eines, das mich mit Flügeln zeigt.«

»Du hast aber keine Flügel.«

»Na und? Du hast die Fantasie, mir welche zu verleihen.« Sie lächelte mich an, und ihr Blick hatte etwas sehr Aufforderndes an sich. Ich spürte auch den Unterton in ihrer Stimme, aber es gelang mir nicht, ihn richtig einzuordnen.

»Also gut«, sagte ich. »Jetzt gleich?«

Dafinah schüttelte den Kopf. Sie wollte, dass wir dieses Bild vorbereiteten und uns Zeit dafür nahmen. Wir sollten am späten Nachmittag hinaus in die Dünen gehen, weil kurz vor dem Sonnenuntergang das Licht am besten war. Also packten wir unsere Farben ein, die Pinsel, die Palette und eine besonders große Ziegenhaut. Mit Flügeln sollte ich sie malen. Na gut, warum auch nicht. Das würde ich schon irgendwie hinkriegen. Wirklich viel Zeit würde ich nicht dafür haben, denn in der *ténéré* geht die Sonne sehr schnell unter, aber so wollte sie es nun einmal. Dafinah trug eines ihrer schönsten Gewänder, ein sehr farbenfrohes, das unsere Mutter vor einiger Zeit für sie genäht hatte. Außerdem hatte sie ein indigoblaues Kopftuch auf. Sie setzte sich auf den Dünenkamm, legte die angewinkelten Beine auf die Seite und breitete ihr Gewand nach allen Seiten aus, so dass es rundherum davon zu fließen schien. Den Rücken hielt sie gerade. Das war ihre Pose. Es war fast windstill, und die Sonne stand schon weit im Westen. Das Licht war wundervoll, es brachte die Rot- und Blautöne ihres Gewandes zum Leuchten. Ich bat sie, das Kopftuch abzulegen.

»Ein Wesen, das fliegt, hat nichts auf dem Kopf«, sagte ich.

»Du hast Recht«, antwortete sie. Dafinah legte das Kopftuch ab und ließ es die Düne hinunter segeln. Aber das war ihr noch nicht genug. Sie ließ mich nicht aus den Augen, während sie die Arme hob, im Nacken ihren Pferdeschwanz löste und ihr langes, schwarzes, leicht gewelltes Haar schüttelte. Die orangerote Sonne tauchte sie in ein umwerfendes Licht, sie sah hübscher aus als jemals zuvor.

»Ein Wesen, das fliegt«, sagte sie, »hat überhaupt nichts an.« Sie löste das Band, das ihr Kleid im Nacken zusammen hielt, und ließ es von ihren Schultern gleiten. Ehe ich etwas einwenden konnte, saß sie nackt vor mir, vom schwarzbeschopften Scheitel, über ihre schmalen Hüften, bis hinunter zu den Füßen. Ich hielt den Atem an. Meine Augen ruhten auf ihren knospenden Brüsten, und ich weiß noch, wie fasziniert ich war von den großen, dunklen Höfen rund um ihre leicht aufwärts gerichteten Brustwarzen. Sie bot einen atemberaubend schönen Anblick, das ließ sich nicht leugnen. Ich musste schlucken, meine Kehle fühlte sich plötzlich so ausgedörrt an, als hätte sie seit gestern keinen Schluck Wasser gesehen. Dafinah bewegte sich kaum, und ich auch nicht. Ich weiß nicht, wie lange wir so voreinander gesessen haben, auf dem Kamm der Düne, wo jedermann uns schon von Weitem hätte sehen können - aber als sie das Wort wieder an mich richtete, war die Sonne schon fast untergegangen.

»Du brauchst mich nicht zu malen«, sagte sie, »wenn du mich lieber küssen möchtest.«

Mein Herz pochte bis zum Hals. Ich hatte keine Ahnung, wie ich mich verhalten sollte. »Du bist meine Schwester«, sagte ich endlich.

»Nicht wirklich«, entgegnete sie. »Durch unsere Adern fließt nicht das gleiche Blut.«

»Aber es fühlt sich so an, Dafinah. Das geht doch nicht. Wir können das nicht tun.«

»Niemand braucht davon zu wissen.«

»Trotzdem.«

»Azahrú, wir sind doch füreinander bestimmt. Spürst du das denn nicht?«

Ich schüttelte den Kopf.

»Du willst mich nicht?« fragte sie, und die Provokation in ihrer Stimme war nicht zu überhören.

Ich wusste beim besten Willen nicht, was ich darauf sagen sollte.

»Hast du gar kein bisschen Lust auf mich?«

Verdammt, natürlich hatte ich die, wie sie da so vor mir saß im Licht des vergehenden Tages! Sie war wunderschön, und ich war ein Junge im geschlechtsreifen Alter, und ich hatte mich schon mehr als einmal gefragt, wie sie wohl aussehen würde, wenn sie nichts anhätte!

»Manchmal stellst du dich schlafend«, sagte sie, »und dann versuchst du, Mariamá und mich dabei zu beobachten, wie wir uns umziehen, nicht wahr? Gefällt sie dir besser als ich?«

»Dafinah«, erwiderte ich, »es kann schon sein, dass ich manchmal ein bisschen neugierig bin. Aber… wir sind eine Familie, und ich will das nicht. Kannst du das denn nicht verstehen?«

Sie griff nach ihrem Kleid und bedeckte ihre Blößen. Dann sagte sie: »Ein Wort darüber zu irgendjemandem, und ich bringe dich um.« Sie stand auf und ging an mir vorbei zurück zum Lager. Es war nun schon fast dunkel, und bereits nach wenigen Augenblicken konnte ich sie nicht mehr sehen.

Dafinah hatte sich in mich verliebt, und ich war zu blöd gewesen, es zu bemerken. Sie war schon 15 Jahre alt und ich erst 14, und deswegen hatte sie angenommen, ich würde mich nicht trauen, den ersten Schritt zu machen. Was für ein furchtbarer Irrtum. Mit fatalen Folgen. Sie redete kein Wort mehr mit mir. Sie sah mich noch nicht einmal mehr an. Wenn wir zusammen die *mehara* hüten mussten, tat sie, als wäre ich Luft. Das fiel natürlich auf. Unsere Eltern wollten wissen, was los war. Wir hatten uns doch zuletzt so gut verstanden, was war denn jetzt schon wieder das Problem? Dafinah schwieg, und ich war auch zu feige, etwas zu sagen. Es war Mariamá, die eine vielsagende Bemerkung machte, und auf einmal begriffen unsere Eltern. Die Betroffenheit war groß, vor allem bei Koumamá. Er nahm Dafinah beiseite und machte ihr klar, dass eine Liebesbeziehung zwischen ihr und mir absolut undenkbar war. Solche Gedanken sollte sie sich so schnell wie möglich aus dem Kopf schlagen. Schließlich gehörten wir beide derselben Familie an und lebten in einem Zelt, da gehörte sich so etwas einfach nicht. Damit erklärte er das Thema für beendet und forderte Dafinah auf, sich mir gegenüber wieder normal zu benehmen. Dafinah sagte zu all dem kein einziges Wort. Von jenem Tag an sprach sie zwar wieder mit mir, und sie sah mich auch an, aber sie tat es mit einer Kälte, die mich frösteln ließ. Ich sehnte mich nach den Zeiten, als wir zusammen Farben gesammelt und gemalt und uns um Essûnfá gekümmert hatten. Aber mir fehlte der Mut, das Gespräch mit Dafinah zu suchen. Ich war ratlos.

Die nächste Salzkarawane stand bevor, und meine Vorfreude darauf hätte nicht größer sein können. Ich war erleichtert, längere Zeit nicht in Dafinahs Nähe sein zu müssen. Sie litt noch immer darunter, mich nicht lieben zu dürfen, das war offensichtlich, und das zu spüren raubte auch mir Kraft und Lebensfreude. Außerdem durfte Ifalan zum ersten Mal mit der Karawane gehen. Unsere Freundschaft hatte darunter gelitten, dass ich so viel Zeit mit Dafinah verbracht hatte, und die bevorstehenden Wochen und Monate waren eine gute Gelegenheit, diese Freundschaft neu auferstehen zu lassen.

Ifalan war an den ersten Tagen der Reise sehr aufgeregt, konnte nachts kaum schlafen und war deswegen nach der ersten Woche so erschöpft, dass er tagsüber öfters auf einem *mehari* Platz nehmen durfte - oder eher musste, weil er das eigentlich überhaupt nicht wollte. Es war ihm wichtig, als stark zu gelten. Aber in der Mitte der zweiten Woche hatte er sich an den Trott gewöhnt und wurde immer mehr zu dem vollwertigen Kamelführer, der er unbedingt sein wollte. Wir versuchten im Übrigen sowieso die ganze Zeit, uns wie Männer zu benehmen und auch so miteinander zu reden. Wir waren fest entschlossen, jetzt endlich keine kleinen Jungs mehr zu sein. Ifalan war vor allem gespannt auf die Salzoase, von der ich ihm so viel erzählt hatte.

»Glaubst du, Falala wird sich noch an dich erinnern?« fragte er mich.

»Wer?« fragte ich zurück, weil ich möglichst viel männliche Gelassenheit ausstrahlen wollte.

»Komm schon«, sagte er, »du hast damals ständig nur von ihr gesprochen, es war schon nicht mehr zum Aushalten.«

Ich grinste. »Natürlich wird sie sich an mich erinnern.« Das sagte ich so dahin, aber sicher war ich mir dessen nicht. Sie war das schönste Mädchen, das ich jemals gesehen hatte, aber ich zweifelte stark daran, dass ich auf sie einen genau so bleibenden Eindruck gemacht hatte. Außerdem war das Ganze jetzt schon drei Jahre her, weil Koumamá mich auf die letzten beiden Karawanen nicht mitgenommen hatte. Ich hatte gebettelt und ihn angefleht, aber Fatou hatte darauf bestanden.

»Und was ist das eigentlich mit dir und Dafinah?«

Ich zuckte die Achseln. »Ich hoffe mal«, sagte ich, »dass sie sich bis zu unserer Rückkehr beruhigt hat.«

»Tja«, meinte Ifalan, »manche Geschichten wollen einfach nicht erzählt werden, was?«

Ich sah ihn an und wusste genau, wie er das meinte. »Heißt das, du hast endlich begriffen, dass das nichts wird mit Mariamá?«

Anstatt zu antworten grunzte er nur, weil er das für männlicher hielt, und kümmerte sich um seine *mehara*. Ein Gurt um den Bauch eines Tieres musste etwas gelockert werden, weil er zu fest saß. So etwas erledigten wir, während die *mehara* weiter gingen, denn Pausen wurden tagsüber nicht gemacht. Wie immer marschierten wir vom Sonnenaufgang bis in die Nacht, egal wie müde und erschöpft wir auch sein mochten.

»Wenn wir zurück kommen, ist sie hoffentlich verheiratet«, sagte Ifalan auf einmal. »Am besten mit einem Mann, der nicht zu unserem Stamm gehört. Damit ich sie nicht mehr sehen muss und der Fluch endlich ein Ende hat.«

»Langsam, mein Freund«, widersprach ich. »Du redest von meiner Schwester, und wenn sie wirklich heiratet, soll sie es gefälligst tun, wenn ich dabei bin.«

Ifalan grunzte wieder, und ich ließ es dabei bewenden, ohne ihn weiter zu quälen.

2

Falala! Vor Ifalan hatte ich so getan, als sei sie mir gleichgültig. Aber: Falala! Seit unserer letzten Begegnung hatte es kaum einen Tag gegeben, an dem ich nicht an sie gedacht hatte! Alle möglichen verschiedenen Varianten unseres Wiedersehens hatte ich mir seitdem ausgemalt, in denen ich ihr als großer Verführer entgegen trat und wir uns mit leidenschaftlicher Sehnsucht in die Arme fielen. Ich war fest entschlossen, dieses Mädchen zu meiner Frau zu machen, sobald es ging. Wahrscheinlich würde ich damit noch zwei oder drei Jahre warten müssen, aber sie sollte jetzt schon wissen, wie sehr mein Herz für sie schlug und wie ernst es mir mit ihr war. Falala! Dieser Name perlte von der Zunge wie kristallklares Wasser, das man aus der kühlen Tiefe eines Brunnens gezogen hatte. Wieder musste ich mir den Weg zu ihr hart erkämpfen, durch einen Wochen langen, entbehrungsreichen Fußmarsch quer durch die Wüste, und das machte sie für mich noch märchenhafter, sie war die Prinzessin, für die der Held sich auf den Weg machte, durch ungewisse Länder, in denen er Drachen töten und namenlose Ungeheuer besiegen musste, bevor sie endlich ihm gehörte.

Natürlich war da auch eine bohrende Ungewissheit. Falala war jetzt vermutlich schon 16 Jahre alt, und es war nicht ungewöhnlich, dass ein Mädchen in dem Alter schon heiratete. Nicht nur bei den *imushaq* war das so, auch bei den Kanuri. Ich wusste nicht viel über dieses kleine Volk. Vielleicht wurden die Mädchen bei ihnen von den Eltern verheiratet und hatten keinen Einfluss auf die Auswahl ihres Gemahls? Oder vielleicht hatte Falala sich längst in einen Mann aus ihrem Volk verliebt und war seine Frau geworden? Und auch wenn es mir nicht leicht fiel, mir das einzugestehen - zwischen Falala und mir war ja damals überhaupt nichts passiert. Wir hatten uns nicht geküsst. Wir waren Kinder gewesen. Aber immerhin haben wir einen halben Tag lang im Wipfel einer Dattelpalme gesessen und uns Geschichten erzählt. Obwohl ich mir beim anschließenden Sturz von der Palme fast das Rückgrat gebrochen hätte, war das mit weitem Abstand der bisher schönste Tag meines Lebens gewesen. Da oben zusammen zu sitzen und sich anzulächeln und einander zu lauschen, empfand ich im Rückblick wie eine Art Verlobungsritual. Ob ich mir das alles schön redete? Natürlich tat ich das. Denn an den Tagen danach hatte Falala mir kaum mehr Beachtung geschenkt. Aber einem Jungen, der zum ersten Mal verliebt ist, wird es immer gelingen, die Anzeichen zu ignorieren, die ihn zur Besonnenheit ermahnen sollten.

Mein erster Weg in Fachi führte mich zur Lehmhütte ihrer Familie. Vater, Mutter und vier Kinder lebten darin. Falala war die Älteste. Ich sah sie von hinten, wie sie neben der Hütte frisch gewaschene Wäsche auf eine Leine hängte, und trotzdem erkannte ich sie sofort. Sie trug ein langes, weites, dunkelbraunes Gewand, das ihre weiblichen Reize nur mit Mühe erahnen ließ. Dann drehte sie sich um, und es riss mir fast die Füße vom Boden. Ich war stets fest davon überzeugt gewesen, dass Allah das tiefste Meer, den höchsten Berg und die weiteste Wüste erschaffen hatte, um den Menschen Demut zu lehren. Und dieses Mädchen hier musste er erschaffen haben, um uns zu zeigen, dass es Anmut gab, die unsere kühnsten Vorstellungen wie stümperhafte Skizzen aussehen ließ. Aus Falala war eine Frau geworden! Mehr als das: die Frau aller Frauen. Was war ich für ein Narr gewesen, mir einzubilden, ich könnte einfach herkommen und sie besitzen wollen.

»Suchst du jemanden?« Sie sah mich fragend an. Falala erkannte mich nicht einmal.

»Oh… nein…«, stotterte ich. »Es ist nur… ich mache einen Spaziergang… und da bin ich hier vorbei gekommen.« Ich zwang mich dazu, den Mund zu schließen, bevor noch mehr Blödsinn herausblubbern konnte.

»Du bist ein *targi*«, sagte sie.

Ich nickte stumm. Sie lächelte freundlich. *Verdammt, sag irgendwas. Glotz sie nicht einfach nur so an wie ein Volltrottel.*

»Ich geh dann mal«, sagte ich schließlich. »Einen schönen Tag noch.« *Na, ganz toll. Großartig hast du das gemacht, gratuliere.* Ich wandte mich ab und ging den Weg zurück, den ich gekommen war.

»Warte«, rief sie hinter mir her. Ich blieb stehen und drehte mich um. Ich sah sie lächeln. Genauso spöttisch wie damals.

»Du bist der Junge, der von der Palme gefallen ist.«

»Das stimmt«, sagte ich. »Und du bist das Mädchen, das mich in den Wipfel gelockt hat.«

»Du bist gewachsen.«

»Du auch.«

»Hast du mich hier gesucht?«

»Schon möglich.«

»Warum hast du dann getan, als würdest du mich nicht kennen?

Vielleicht, weil ich ein Idiot bin? Dessen Hirn sich gerade anfühlt wie frisch geschissener Kameldung?

»Ich wollte dich nicht weiter stören«, sagte ich. »Du hast ja zu tun.«

Ihr Lächeln zeigte, dass sie es besser wusste. »Komm ein wenig näher«, sagte sie. »Sonst muss ich so laut reden. Und bei all dem Salz in der Luft ist das nicht gut für die Stimme.«

Ich ging wieder zurück zu ihr, und mit jedem einzelnen Schritt kam ich mir jämmerlicher vor. *Sie machen dich wahnsinnig*, hatte mein Onkel Farid immer gesagt. *Kein Mensch weiß genau, wie sie es anstellen, aber sie rauben dir den letzten Verstand, und ganz egal, was sie von dir verlangen: Du tust es einfach, und du tust es auch noch gerne.* Onkel Farid wusste, wie das lief mit den Frauen. Er hatte schon zwei Familien gegründet und die Frauen dann wieder verlassen. Inzwischen hatte er die dritte geheiratet. Er war mit allen Wassern gewaschen und wusste Bescheid. Ich dagegen war jungfräulich wie das weiße Laken, das hinter Falala im Wind flatterte, in jeder Hinsicht.

»Ich habe manchmal an dich gedacht«, sagte sie. »Und du?«

Meine Zunge war auf einmal ein träges Stück Fleisch, das meine gesamte Mundhöhle auszufüllen schien. Wie sollte ich auch nur einen einzigen Ton von mir geben, geschweige denn sprechen?

»Ich habe«, begann ich langsam und war überrascht, dass es mir anscheinend doch gelang, verständliche Worte zu formulieren. »Ich habe auch an dich gedacht. Und nicht nur manchmal.«

Wenn ich jetzt weiter spreche, rede ich mich um Kopf und Kragen. Dann wird sich ein Abgrund vor mir auftun und mich für immer verschlingen.

»Um ehrlich zu sein, habe ich sehr oft an dich gedacht.«

»Wie oft genau?«

»Du bist das hübscheste Mädchen, das ich je gesehen habe. Seit ich dich zum ersten Mal erblickt habe, muss ich an dich denken, Tag und Nacht. Dein Lächeln verwandelt die Wüste in einen fruchtbaren Garten.«

Ich hatte nie vorgehabt, die Worte zu wiederholen, die mein Vater einst zu meiner Mutter gesagt hatte, aber irgendwie war es auf einmal passiert, ohne dass ich etwas dagegen hätte tun können.

Falala musste lächeln, sehr sogar. »Etwas so Schönes hat noch niemand zu mir gesagt.«

Ich konnte ihr Lächeln nur noch erwidern, sonst fiel mir nichts mehr ein. Ich hatte mein Pulver verschossen.

»*Tannemert*«, sagte sie in meiner Sprache und verschwand in der Hütte.

Ich stand bewegungslos da und fühlte mich so steif, wie es die Puppe war, die Luise einst Fatou geschenkt hatte, und die im Zelt unserer Familie nach all den Jahren noch immer einen Ehrenplatz hatte. *Du kannst nicht ewig hier rumstehen. Geh endlich. Mach, dass du wegkommst!* Ich drehte mich um, langsam und darauf bedacht, das Gleichgewicht zu behalten und nicht so blödsinnig zu wirken, wie ich mich fühlte. Ich ging davon, bei jedem Schritt darauf hoffend, sie möge mir ein weiteres Mal hinterher rufen. Was sie aber nicht tat. Ich zwang mich dazu, keinen Blick zu der Hütte zurück zu werfen. Sie hatte sich für meine Worte bedankt, wie eine Marktfrau sich auf dem Bazar bei einem Kunden bedankt, der ihr ein Pfund Datteln abkauft. Dies war das Ende all meiner Träume. Falala war unerreichbar. Sie würde weiter durch meine Träume geistern als die Schönste der Schönen, ich würde sie immer lieben mit jeder Faser meines Seins, mein ganzes Leben lang, und irgendwann an gebrochenem Herzen elend zugrunde gehen. Das wusste ich. Das war nicht zu ändern. So war mein Schicksal, und ich würde versuchen, es zu tragen, irgendwie damit zurecht zu kommen, wenigstens eine Weile lang.

Koumamá ahnte, was mit mir los war. »Hast du das Kanuri-Mädchen wieder gesehen?«

Ich nickte. Es war längst dunkel, und wir saßen zu zweit vor der Lehmhütte, die man uns zur Verfügung gestellt hatte, in Decken gehüllt, denn die herein gebrochene Nacht war kalt. Wir aßen einen Eintopf aus Lammfleisch und Gemüse, den Ifalan uns vorbei gebracht hatte.

»Du magst sie immer noch.«

»Ja«, sagte ich. »Sehr.«

»Ich habe sie gesehen. Sie ist noch hübscher geworden.«

Wieder nickte ich nur. Er sprach etwas aus, das offensichtlich war.

»Du bist jünger als sie, und unerfahrener. Trotzdem brauchst du dich nicht vor ihr zu verstecken.«

»*Abba*, sie interessiert sich nicht für mich.«

Er sah mich an, und um seine Mundwinkel spielte ein Lächeln, das mir nicht gefiel, weil so viel Wissen und Überlegenheit darin lag.

»Azahrú, siehst du die Sterne über uns?«

»Wenn ich hochschauen würde, dann würde ich sie wohl sehen«, antwortete ich.

Koumamá überging großzügig die Patzigkeit, die in meiner Antwort lag. »Manche davon leuchten heller als die anderen. Das Kanuri-Mädchen ist ein besonders heller Stern.«

»Sag nicht immer *Kanuri-Mädchen*. Sie heißt Falala.«

»Zum Glück gibt es etwas, das die Frauen von den Sternen unterscheidet. Sie kommen uns nur unerreichbar vor, sind es aber nicht. Sie sehnen sich genauso sehr nach Liebe, wie wir das tun. Nach Wärme, Geborgenheit und Anerkennung.«

»Das war mir auch vorher schon klar«, sagte ich. »Aber Falala sehnt sich nicht danach, das von mir zu bekommen.«

»Woher willst du das wissen?«

»Ich weiß es eben.« Früher hatte ich es gemocht, wenn er versuchte, mir das Leben zu erklären. Inzwischen gingen mir solche Gespräche unglaublich auf die Nerven, aber das sagte ich ihm natürlich nicht.

»Nur weil sie etwas gesagt oder getan hat, das dir nicht gefiel? Das bedeutet überhaupt nichts. Wenn es um Gefühle geht, wird der Mensch schnell mal unsicher. Dann gibt er Dinge von sich, die man nicht zu genau abwägen darf. Aber leider tut jemand, der verliebt ist, genau das. Jedes Wort des so sehr begehrten Menschen, jeden Gesichtsausdruck und jede Handbewegung dreht er im Geiste tausendmal hin und her und versucht zu ergründen, was darunter gelegen haben mag. Wenn du sie haben willst, dann hol sie dir. So einfach ist das, mein Sohn. Und gleichzeitig so schwer.«

»Du meinst, ich soll einfach zu ihr gehen und nicht lange reden? Sie einfach küssen? Oder was?«

»Du sollst nicht locker lassen, das ist alles, was ich sage. Mach ihr klar, was du für sie empfindest.«

»Das weiß sie schon«, erwiderte ich düster.

»Dann mach da weiter, wo du aufgehört hast.«

»Und wie?«

Koumamá schüttelte lächelnd den Kopf. »Hör mal, Junge, das weiß *ich* doch nicht. Das musst du schon selbst rausfinden. Aber sei nicht zu ungestüm. Die Frau mag es nicht, wenn der Mann wie ein Löwe nach Fleisch giert. Sie liebt es kraftvoll und doch sanft, ungestüm und doch poetisch.«

»Was denn jetzt?« erwiderte ich unwillig. »Ich soll aufs Ganze gehen, aber mich trotzdem zurück halten? Wie soll das denn funktionieren?«

Koumamá schwieg und löffelte seinen Eintopf aus.

Am nächsten Tag, während Koumamá seine Geschäfte mit den Kanuri machte, ging ich zu dem Dattelhain, der Falalas Vater gehörte. Ich suchte nach der Palme, auf der wir damals gesessen hatten, konnte sie aber nicht finden. Es sah alles gleich aus. Ich wollte schon wieder gehen, als ich ein hohes, entferntes Trillern hörte. Damals wusste ich noch nicht, was ein *déjà vu* war, aber in diesem Moment hatte ich eins. Auf genau diese Weise hatte Falala seinerzeit nach mir *gerufen*. Ich sah mich um.

»*Ma idjân*?« sagte ich. Aber da war niemand. Das Trillern wiederholte sich. Ich blickte nach oben, in die Wipfel der Palmen. Sollte es etwa möglich sein, dass… ?

»Targi-Junge!« hörte ich sie rufen. »Hier bin ich!« Kein Zweifel, das war Falalas Stimme. Ich sah sie, ganz weit oben, und sie winkte mir zu.

Als ich damals zum ersten Mal hoch geklettert war, hatte ich es kaum geschafft, das war mir noch in lebhafter Erinnerung. Aber jetzt war ich größer und kräftiger, und ich wusste, wie das ging. Trotzdem hätte ich auf dem Weg zum Wipfel ein paarmal fast den Halt verloren. Weil ich es nicht erwarten konnte, endlich oben zu sein.

»Ich hatte schon gedacht, du würdest niemals kommen«, sagte sie. Mit den Fingern fuhr sie mir durch die von der Anstrengung feuchten Haare. Ich erschauerte unter ihrer Berührung, versuchte aber, mir nichts anmerken zu lassen.

»Möchtest du wissen, wie salzig ich schmecke?« Sie lächelte, als sie das sagte. »Vergiss nicht, wir sind hier in einer Salzoase. Aber sei vorsichtig, sonst fallen wir runter.«

Ich küsste sie zart auf den Mund. Mein Herz schlug wie ein Trommelwirbel, das Blut rauschte in meinen Ohren wie ein Orkan, und trotzdem versuchte ich ruhig zu bleiben. Mich an die Worte meines Vaters zu erinnern. Und in Erinnerung zu behalten, dass unter uns ein Abgrund gähnte von 15 oder 20

Metern. Eine einzige heftige, unkontrollierte Bewegung, und wir könnten in die Tiefe stürzen. Unsere Küsse wurden intensiver. Fordernder. Ihre Hand fand den Weg zwischen meine Beine. Ich hätte brüllen können.

»Pass auf«, sagte sie leise, und dann zog sie mir die *gandoura* über den Kopf. Ich rührte mich nicht, aus Angst vor einem Sturz. Sie ließ das Gewand los, es flatterte dem Boden entgegen. Dann war sie an der Reihe, und das wusste sie auch. Falala streckte die Arme hoch, und ich ließ mich nicht lange bitten. Einen Moment später nahm ihr Kleid denselben Weg wie zuvor mein Gewand. Nun saß sie vor mir, völlig nackt, und wenn ich sage, dass ihr Anblick mir den Atem raubte, ist das eine völlig unzureichende Feststellung, und ich versuche auch gar nicht erst, nach Worten zu suchen, die ihrer Schönheit gerecht werden könnten, denn solche Worte gibt es nicht. Ich trug noch eine Hose, der ich mich entledigte, so schnell es nur ging, und im nächsten Moment war sie über mir, und ich glitt in sie hinein. Wir lagen auf den obersten Palmenblättern und wagten kaum, uns zu bewegen, um nicht abzustürzen.

»Woanders geht es nicht«, flüsterte sie mir ins Ohr. »Nur hier.«

Das leuchtete mir ein, während meine Zunge mit ihren Brüsten spielte und meine Hände ihren Hintern umfassten. Unsere Becken wiegten sich in einem gemeinsamen, langsamen Takt, begleitet vom rhythmischen Rascheln der Palmenblätter, das wir damit auslösten.

Erst als die Sonne tief im Westen stand und wir schon dreimal miteinander geschlafen hatten, gelang es mir, mich von Falala loszureißen. Ich wollte nicht wieder im Dunklen von der Palme fallen. Es stellte sich zudem als besondere Herausforderung heraus, den Abstieg nackt zu bewältigen. Das war schlimmer, als ich es mir vorgestellt hatte, und als ich wieder festen Boden unter den Füßen hatte, war mein ganzer Körper voll mit blutigen Schrammen. Falala war unversehrt, als wäre sie daran gewöhnt, täglich splitternackt die Palmen rauf und runter zu klettern. Sie griff schnell nach ihrem Kleid, aber ich packte noch einmal ihre Hand und presste unsere nackten Körper aneinander. Sie ließ es nur einen Moment lang geschehen, dann zog sie sich wieder an. Hier unten konnten wir zusammen gesehen werden, und das wollte sie vermeiden. Sie gab mir einen letzten Kuss und eilte davon. Ich suchte nun auch meine Sachen zusammen und zog sie an. Aber bevor ich diesen magischen Ort verließ, legte ich mich noch auf den Boden und starrte empor zu den Wipfeln, die allmählich in der Dämmerung verschwanden. Viele Jahre später, als ich nach Deutschland kam, hörte ich, wie ein Mann sagte, seine Frau bringe ihn noch auf die Palme. Er sagte das mit deutlichem Unwillen, und ich verstand nicht, was er damit ausdrücken wollte. Auf der Palme zu sein war in meiner Welt ein Sinnbild für die köstlichsten Momente, die das Leben überhaupt zu bieten hatte.

Am nächsten Tag trafen wir uns noch ein weiteres Mal auf der Palme. Aber außerhalb des Dattelhains tat Falala, als wäre ich nicht mehr als ein flüchtiger Bekannter, jemand, mit dem man ein paar freundliche Worte wechselte, aber mehr auch nicht. Mir machte das nichts mehr aus, ich fühlte mich, als wäre ich in Fachi einen halben Meter gewachsen und würde alle anderen um Haupteslänge überragen. Ich ertappte mich dabei, dass mein Gang sich veränderte, er wurde breitbeiniger und zielte plötzlich darauf ab, mit jedem Schritt einen Fußabdruck auf der Welt zu hinterlassen. Mir war klar: Hier war ich zum Mann geworden. Dass ich das noch lange nicht war, konnte ich ja nicht wissen. Beim Abschied vor der Hütte ihrer Familie gab ich Falala leise zu verstehen, dass ich auf keinen Fall ein ganzes Jahr warten würde, um sie wieder zu sehen. Und bei meinem nächsten Besuch würde ich mit ihrem Vater reden, das versprach ich ihr. Falala nickte nur, ohne erkennen zu lassen, was sie davon hielt, und verschwand grußlos in der Hütte.

3

Gibt es ein größeres Glück, als die erste große Liebe erobert zu haben? Als wir uns auf den Rückweg machten, die Satteltaschen voller Salz und Datteln, da wollte Ifalan wissen, wieso ich eigentlich am ganzen Körper voller Schrammen war.

»Ich bin auf eine Palme geklettert«, sagte ich.

»Und da hast du Schrammen am Bauch? Und auf der Brust?«

»Ich war nackt.«

»Auf der Palme?«

»Ja.«

Er schwieg eine Weile und beobachtete mich, während wir die letzten Gurte an den *mehara* festzurrten. Bis er schließlich fragte: »*Warum* warst du nackt auf der Palme?«

»Weil es mir Spaß gemacht hat.«

Damit war das Thema erledigt, jedenfalls schüttelte Ifalan nur noch den Kopf und wollte nichts mehr darüber wissen. Koumamá ging an uns vorüber und lächelte mich an, mit einer so wissenden Miene, als habe er heimlich auf der Nachbarpalme gesessen und alles mit angesehen.

Die Reise war auch diesmal wieder lang, aber sie verlief ohne besondere Ereignisse. Für ein paar Tage machten wir Station bei unserem Stamm, bevor es weiter gehen sollte nach Kano. Dafinah würdigte mich auch weiterhin keines Blickes. Aber nun war ich selbstbewusst genug, das Gespräch mit ihr zu suchen. Sie schor gerade ein Schaf, und deswegen ging ich davon aus, dass ich sie ansprechen konnte, ohne dass sie gleich davonlaufen würde.

»Dafinah, mir tut das alles sehr leid«, sagte ich.

Sie antwortete nicht. Sie tat, als wäre ich gar nicht da, obwohl ich unmittelbar vor ihr stand.

»Du bedeutest mir sehr viel, und ich liebe dich, als meine Schwester. Ich wollte dir nie Anlass geben zu glauben, wir könnten ein Liebespaar sein.«

Dafinah bediente trotzig weiter die Schafschere, ein U-förmig geschmiedetes Stück Eisen, dessen Schenkel rasiermesserscharfe Klingen waren. Sie drückte die Schenkel zusammen, worauf ein Stück Schafswolle zu Boden fiel. Dann entspannte sie ihre Handmuskulatur, wodurch die Schenkel sich wieder öffneten. Diese Prozedur wiederholte sie in gleichförmigem Rhythmus. Das Abtrennen der Wolle verursachte jedes Mal ein leises Schnittgeräusch, das mich - ob ich wollte oder nicht - an das Geräusch erinnerte, das Falala und ich auf den Palmenblättern verursacht hatten, während unserer leidenschaftlichen Liebesakte.

»Können wir«, fuhr ich fort, »nicht wieder miteinander umgehen wie früher?«

Dafinah setzte die Schafschere ab und sah mich an. Ihre Augen funkelten. »Scher dich weg, wenn du nicht von mir geschoren werden willst«, sagte sie.

Ich wich nicht von der Stelle und hielt ihrem Blick stand. »Ich werde eine andere heiraten«, sagte ich.

»Wen?« wollte sie wissen.

»Das erfährst du, wenn es soweit ist.«

Die Spitze der Schafschere durchschnitt die Luft, dicht vor meiner Kehle, und ich wich erschrocken zurück.

»Bleib mir vom Leib«, sagte sie, »und sprich mich nie wieder an.«

Tags darauf reisten wir weiter nach Kano, und wieder war ich froh, Dafinah entfliehen zu können. Dieses Mädchen war anders als jeder Mensch, den ich kannte. Vor allem mir gegenüber. Zwar war sie grundsätzlich eine streithafte Person, die sich nichts gefallen ließ und aufbrausend sein konnte. Aber gegenüber anderen blieb sie auch mal einfach nur gleichgültig. Bei mir war ihr das anscheinend nicht möglich. Sie konnte mich nur lieben oder hassen, so war es schon immer gewesen. Früher hatte ich ihr den Vater gestohlen und den Platz eingenommen, den sie gerne gehabt hätte. Jetzt versagte ich ihr wieder das, was sie wollte, nämlich mich. Ich hoffte sehr, dass irgendwann der Tag kommen würde, an dem Dafinah mir nichts mehr nachtragen würde. Ich wünschte ihr, glücklich sein zu können, ohne dass ich etwas damit zu tun hatte.

Auf dem Weg nach Kano hatten wir einen Sandsturm zu überstehen, und auf dem Rückweg wurde Ifalan krank. Vielleicht hatte er die Erdnuss-Suppe nicht vertragen, die wir dort zu essen bekommen hatten. Jedenfalls konnte er zwei Tage und Nächte lang nichts bei sich behalten. Wir machten uns Sorgen um ihn, und er war so schlecht beieinander, dass ich ihn auf dem *mehari* festbinden musste, weil er zu schwach war, sich aus eigener Kraft oben zu halten. Aber er erholte sich wieder, und ich musste ihm versprechen, dass ich Mariamá nichts davon erzählen würde.

4

Es war, wie jedes Mal, Monate her, seit wir unser Volk zum letzten Mal gesehen hatten, und natürlich gab es wieder ein rauschendes Fest. Nachdem ich Fatou und Mariamá in die Arme geschlossen hatte (wofür Ifalan mich übrigens, wie er einmal zugab, maßlos beneidete), kam auch Dafinah auf mich zugelaufen und umarmte mich. Ich war verblüfft, und insgeheim dankte ich Allah, weil er meine Gebete anscheinend erhört hatte.

»Wie geht es dir?« fragte sie. »Schön, dass ihr wieder hier seid.«

»Ich freue mich auch«, sagte ich und umarmte sie gleich noch einmal. Dann schob sie mich lächelnd von sich und sagte: »Es wird Zeit, dass ich dir meinen Verlobten vorstelle.« Sie deutete auf den Stammesbruder, der auf uns zukam. Ich kannte ihn, wenn auch nicht allzu gut. Ziri war schon mindestens 25, der älteste Sohn der Familie, die schon seit Generationen versuchte, Landwirtschaft zu betreiben, wo immer wir auch gerade waren. Ihnen verdankten wir es, wenn wir Gemüse hatten, ohne es irgendwo kaufen zu müssen. Ziri war noch nie mit der Salzkarawane gegangen, und deswegen war er in meinen Augen auch kein richtiger Mann. Das war borniert von mir und dünkelhaft. Aber so bin ich damals eben gewesen. Ich war 15 Jahre alt, und in dem Alter zählte für mich nur das, was ich selbst großartig fand. Aber egal, die Nachricht des Tages war: Dafinah hatte sich verliebt! Sie wollte heiraten und schien überglücklich zu sein - und sie trug mir nichts mehr nach! Welche Erleichterung. Natürlich mussten die beiden erst noch das Einverständnis von Koumamá einholen, aber das war nur Formsache, denn Vater war mehr als glücklich, dass die Dinge wenigstens für seine kleine Tochter diese Entwicklung genommen hatten. Obwohl er als Brautvater natürlich derjenige war, der die Mitgift und die Hochzeit zu bezahlen hatte: Im ersten Fall ging es um ein Dutzend *mehara*, und zum zweiten Punkt musste man wissen, dass eine Hochzeitsfeier bei unserem Volk sieben Tage und Nächte lang andauerte.

Hochzeitsfeierlichkeiten bei den *imushaq* waren vor allem für die Familie der Braut eine echte Herausforderung. Von morgens bis abends mussten wir kochen, *tâdjellas* backen und *shahid* brühen, und an jedem Tag bauten wir ein Zelt. Dabei handelte es sich um die Unterkunft, in der Ziri und Dafinah leben sollten, wenn sie Mann und Frau waren. Aber es genügte nicht, dieses Zelt einmal zu errichten. Am ersten Tag bauten wir es in bescheidener Größe auf. Am Morgen des zweiten Tages rissen wir es ab und errichteten es neu, diesmal ein wenig größer. Auch dieses Zelt nahmen wir am Morgen des folgenden Tages wieder auseinander und bauten ein noch größeres. Erst am siebten und letzten Tag errichteten wir das endgültige Zelt. Damit sollte symbolisiert werden, dass die Liebe zwischen den beiden immer größer und größer wurde. Während dieser Tage lieferten die Männer sich Kamelrennen, und die Frauen sangen, musizierten und tanzten. Die Brautleute dagegen durften an den Feierlichkeiten nicht teilnehmen, ihnen war es die ganze Woche über noch nicht einmal erlaubt, die Zelte ihrer Mütter zu verlassen. Während von draußen also unablässiger Festlärm herein drang, wurde im einen Zelt der Bräutigam auf die Zeremonie vorbereitet, er wurde gewaschen und eingeölt und bekam eine hochzeitswürdige Rasur. Im anderen Zelt wurden der Braut aufwendigste Zöpfe geflochten, und Tag und Nacht wurde an ihrem Hochzeitskleid genäht, damit es auch wirklich das schönste aller Zeiten sein würde. Am siebten Tag trug der gesamte Stamm seine prächtigsten und buntesten Gewänder, die aus Hausa-Stoffen gefertigt waren. Die Frauen stellten jedes Jahr aufs Neue sicher, dass die Männer ihnen aus Kano solche Stoffe mitbrachten. Dann endlich durften die Brautleute die Zelte verlassen und konnten zueinander geführt werden. Ich war sehr stolz auf Dafinah und kam noch immer kaum aus dem Staunen heraus: Aus dem zornigen, ruppigen Mädchen war eine wunderschöne

Braut geworden, mit liebreizendem Lächeln und scheuem Augenaufschlag. Ziri hatte offenbar eine Saite in ihr zum Schwingen gebracht, die zuvor noch nie berührt worden war. Die Schwestern und Tanten des Bräutigams unterzogen ihn nun der Henna-Zeremonie, die daraus bestand, dass sie ihm kunstvolle Muster auf Füße und Hände malten. Als das geschehen und von der Festgemeinschaft ausreichend gewürdigt war, galt die Hochzeit als vollstreckt. Die Frauen trillerten und trommelten. Dafinah und Ziri nahmen ihre Geschenke entgegen, schlossen Verwandte und Freunde in die Arme und wohnten, gleich einem huldvollen Königspaar, bis zum Abend den Feierlichkeiten bei. Dann war es für sie an der Zeit, sich in ihr neues Zelt zurück zu ziehen, um die Ehe nun auch körperlich zu vollziehen.

Nie zuvor hatte ich Dafinah so glücklich erlebt. Sie hatte die Tage lange Warterei im Zelt mit lächelnder Gelassenheit ertragen und sich von morgens bis abends auf das Zusammenleben mit ihrem Ehemann gefreut. Sie hatte mit einer solchen Begeisterung von ihm geschwärmt, dass ich mich nur noch wundern konnte. Ausgerechnet Ziri hatte es geschafft, ihren Panzer zu durchbrechen und ihr Herz zu erobern. Sie waren ein ungleiches Paar, aber anscheinend war er in der Lage, meiner Schwester zu geben, was sie brauchte. Davor hatte ich großen Respekt, wenn ich auch sonst, wie gesagt, nicht allzu viel von ihm hielt.

Nachdem Dafinah und Ziri sich zurückgezogen hatten und das Fest sich immer mehr auflöste, halfen Mariamá und ich beim Aufräumen.

»Jetzt bist du langsam an der Reihe«, sagte ich neckend, weil ich wusste, dass meine große Schwester auf dieses Thema überhaupt nicht gerne angesprochen wurde.

»Fang du nicht auch noch damit an«, warnte sie mich, aber sie tat es mit einem Lächeln.

»Irgendwann findest auch du einen, mit dem du glücklich sein kannst«, prophezeite ich, denn ich konnte es einfach nicht lassen, sie ein bisschen zu ärgern.

»Glücklich?« Mariamá schnaubte ein wenig. »Du glaubst also wirklich, sie ist glücklich?«

»Das sagt sie doch die ganze Zeit.«

Mariamá hörte auf zu arbeiten und musterte mich. »Ich hätte nicht gedacht, dass es ihr gelingen würde, dich zu täuschen. Ich habe dich für klüger gehalten.«

Mir lief ein Schauer durch den Körper, aber dann glaubte ich zu begreifen und lächelte. »Fast hättest du mich reingelegt. Das war die Rache dafür, dass ich gesagt habe, du wärst jetzt dran mit Heiraten.«

Mariamá erwiderte mein Lächeln nicht. Sie schüttelte nur verständnislos den Kopf und räumte weiter Schalen und Pfannen zusammen. Sie hatte keinen Scherz gemacht, das wurde mir jetzt klar. Aber nun wollte ich es genauer wissen.

»Sie liebt *dich*, du Dummkopf«, sagte Mariamá, »und jetzt versucht sie sich diese Liebe aus dem Herzen zu reißen, weil du sie nicht willst und *abba* es sowieso niemals zulassen würde.«

Dafinah spielte am folgenden Tag, und auch an allen weiteren, die glückliche Frischvermählte, und ich gab mir Mühe, mir nichts anmerken zu lassen.

»Heute Nacht haben wir unser erstes Kind gemacht!« verkündete Ziri am Morgen nach der Hochzeitsnacht. »Und wisst ihr was? Ich will mindestens sieben oder acht davon! Ihr werdet bald ein noch größeres Zelt bauen müssen!«

Er ging mir auf die Nerven, vor allem, wenn er versuchte, sich mit mir zu verbrüdern und mir zu erzählen, wie das

Leben funktionierte. Ich wehrte mich dagegen, mir von ihm zeigen zu lassen, wie er Tomaten anbaute, aber Fatou machte mir unmissverständlich klar, dass ich mich einer so freundschaftlichen Geste nicht entziehen durfte. Also bekam ich eine Lektion darin, wie Tomatenanbau in unseren Breiten funktionierte.

»Du musst keine Angst davor haben, einem Mädchen näher zu kommen«, sagte er währenddessen. »Und du brauchst damit auch nicht zu warten, bis du verheiratet bist. Das geht vorher auch schon.«

»Was du nicht sagst«, antwortete ich.

»Wenn du dich fragst, wie alles funktioniert«, fuhr er fort, »dann kannst du ruhig kommen. Ich werde es dir erklären.«

»Danke«, sagte ich. *Wann hört er endlich damit auf? Wie erträgt Dafinah bloß diesen Kerl?*

»Das muss dir nicht unangenehm sein. Wir gehören jetzt zu einer Familie, da ist es selbstverständlich, dass man sich gegenseitig hilft.«

»Ich weiß schon Bescheid, Ziri, vielen Dank.«

»Du weißt Bescheid?« Er sah mich irritiert an. »Wirklich?«

»Das mit den Frauen. Ich weiß, wie das geht. Du brauchst mir nichts zu erzählen.« Himmel, das war mit weitem Abstand das behämmertste Gespräch, das ich in meinem ganzen Leben führen musste!

Ziris Blick wurde ein wenig spöttisch. »Na gut«, sagte er, »es ist dir wohl doch noch zu unangenehm, darüber zu sprechen. Vielleicht bist du einfach noch nicht so weit.«

Ich wandte den Blick ab von seinen blöden Tomaten und sah ihm mitten ins Gesicht. »Ich habe mich mit einer Frau vereinigt, und dabei gab es nicht die geringsten Probleme. Ganz im Gegenteil. Bist du jetzt zufrieden?«

»Ach ja? Wo soll denn das gewesen sein?«

»Im Wipfel einer Dattelpalme.«

»Wo?!«

»Zwanzig Meter über dem Boden.«

»Natürlich«, sagte er, nickte mit dem Kopf und sah mich an, als sei er sich noch nicht ganz sicher, ob er mich für unhöflich oder eher für schwachsinnig halten sollte.

Danach wollte Ziri nie wieder, dass ich ihm beim Anbau von Gemüse zur Hand ging. Ich lief ihm nur noch über den Weg, wenn ich Dafinah besuchte. Ich wollte sie mitnehmen zum Sammeln der Kräuter, die wir für die Farben brauchten. Aber sie hatte keine Zeit.

»Als Ehefrau kann ich nicht mehr so in den Tag hinein leben, weißt du. Ich muss kochen, Ordnung halten und unser Vieh hüten.«

»Vergiss nicht das Gemüse«, sagte ich.

»Darum kümmert sich mein Mann«, antwortete sie.

»Hauptsache, du bist glücklich.« Ich musterte sie forschend, aber sie gab sich keine Blöße.

»Natürlich bin ich das«, behauptete sie und lächelte dabei so überzeugend, dass man wirklich glauben konnte, es sei die Wahrheit.

Ich hatte fest vorgehabt, nach dem Ende der Salzkarawane so bald wie möglich nach Fachi zu reiten, um Falala wieder zu sehen und ihren Eltern meine Aufwartung zu machen. Jetzt wusste ich nicht, wie ich es anfangen sollte. Würde Koumamá mir gestatten, die Reise alleine auf mich zu nehmen, nur mit einem *mehari*? Wohl eher nicht. Ach Blödsinn, auf gar keinen Fall würde er dazu seine Zustimmung geben. Es handelte sich um einen Ritt von mehreren Wochen. Kein Vater würde seinem 15-jährigen Sohn das erlauben. Und mit ihm zusammen auf die Reise gehen würde er sicher auch nicht. Lassad wäre vielleicht verrückt genug gewesen, mich zu begleiten, aber der war in Europa und kämpfte gegen die Deutschen. Ich würde wohl doch warten müssen, bis die nächste Karawane mich zu Falala brachte. Eines war mir damals nicht klar: Das waren letztlich alles nur Ausreden. Wenn es mir wirklich so wichtig gewesen wäre, zu Falala zu gelangen, wie ich es mir einredete, dann hätte ich einen Weg gefunden, es möglich zu machen. Selbst wenn der bedeutet hätte, auszureißen und die Reise heimlich anzutreten, wie es mein Vater einst getan hatte, um meine Mutter wieder zu sehen. Ich hätte es mir niemals eingestanden, jedenfalls nicht zum damaligen Zeitpunkt: Ich wollte gar nicht weg. Ich wollte bei meinem Stamm bleiben, bei meiner Familie. Und der entscheidende Grund dafür war Dafinah. Es schmerzte mich, dass sie im Begriff war, eine Kinderschar in die Welt zu setzen mit einem Mann, den sie überhaupt nicht liebte. Dass sie versuchte, der Welt vorzumachen, sie sei glücklich. Dass einer der freiesten Menschen, die ich kannte, sich dafür entschieden hatte, ein Leben in fortwährender Lüge zu führen. Ich fragte mich, wie lange sie das aushalten konnte. Die Dafinah, die ich kannte, würde ihren ungeliebten Ehemann irgendwann aus dem Zelt werfen. Oder ihrem Volk eines Tages den Rücken kehren.

Ich hatte einen Traum, in dem ich Dafinah zärtlich küsste und ihr versicherte, das mit Falala sei nur eine jugendliche Erfahrung gewesen und nichts weiter, aber sie sei die Frau, der meine Liebe gelte, und überhaupt seien wir doch füreinander bestimmt! Dafinah, die in diesem Traum eine turmähnliche Hochfrisur trug, erwiderte, das habe sie mir schon vor einiger Zeit gesagt, aber da hätte ich sie zurück gewiesen, und dabei sei das Gefäß unserer Liebe für immer zerbrochen. Sie deutete auf ein paar Scherben, die halb von Sand bedeckt waren. Als ich mitten in der Nacht erwachte, stand dieser Traum mit einer Deutlichkeit vor mir, als hätte ich ihn gerade eben tatsächlich erlebt. Ich versuchte ihn beiseite zu schieben und mir einzureden, dass man manchmal den größten Quatsch träumte, der nichts zu bedeuten hatte. Es konnte nicht sein, dass ich verliebt war in Dafinah! Das war ein völlig unsinniger Gedanke, und ich war böse auf die Tiefen meiner Seele, weil sie mir so nutzloses, ärgerliches Zeug zu kauen gaben.

5

Im Alter von 15 Jahren wird ein *targi* zum Mann. Er muss dann auf eigenen Füßen stehen und aus der Obhut der Familie hervor treten. Um mich darauf vorzubereiten, machte Koumamá mir ein Geschenk: Ich bekam mein eigenes *mehari*! Es handelte sich um einen noch sehr jungen Hengst, der noch nicht eingeritten war.

»Was ein *mehari* im Zentrum seines Lebens braucht, ist ein Mann«, sagte mein Vater. »Du und das Tier, ihr werdet sein wie ein Ehepaar. Mit dem Unterschied, dass die Frau dich aus dem Zelt werfen kann, wenn sie findet, dass du nichts mehr taugst.« Er lächelte, blieb aber ernst. »Das *mehari* dagegen bleibt an dich gebunden, solange es lebt. Wenn es dir einmal vertraut, wird es mit dir durchs Feuer gehen. Aber dieses Vertrauen, mein Lieber, das wirst du dir erst erwerben müssen.«

»Ist das denn so schwierig?«

»Sie sind klug. Und in der Lage, eine Menge zu lernen. Aber ein junges *mehari* ist vor allem erst einmal unglaublich faul und gefräßig, und es hält überhaupt nichts davon, sich nach irgendjemandem zu richten, oder etwas durch die Gegend zu transportieren, das auf seinem Rücken sitzt und ihm Befehle gibt.«

»Was soll ich tun?« fragte ich. Meine Begeisterung war groß. Am liebsten hätte ich dem Tier sofort einen Sattel aufgelegt und wäre aufgestiegen.

»Du gibst ihm einen Namen«, sagte Koumamá. »Und bevor du das tust, wirst du ausgiebig darüber nachdenken. Er ist ein Hengst, also hat er einen Namen verdient, der Männlichkeit ausstrahlt. Einen Namen voller Würde, der den Respekt ausdrückt, den du vor ihm hast. Du wirst heute den ganzen Tag lang nichts anderes tun, als ihn zu betrachten und darüber nachzudenken, wie du ihn nennen willst. Heute Abend wirst du dich für einen Namen entscheiden. Du wirst ihn uns nicht mitteilen und auch mit sonst niemandem darüber sprechen. Dann gehst du schlafen, und wenn du den Namen auch morgen Früh noch für richtig hältst, werden wir gemeinsam zu ihm auf die Weide gehen, und du wirst ihm sagen, wie er fortan heißen soll.«

Ich nickte gehorsam. Koumamá gab mir eine Ledertasche voll mit Grünzeug und ließ mich mit meinem zukünftigen *mehari* alleine. Da stand ich nun und blickte dem Tier in die Augen. Es ahnte offensichtlich, was in meiner Tasche war. Deswegen lief es nicht fort, sondern beäugte mich neugierig. Es war aber noch nicht zutraulich genug, um mir auf die Pelle zu rücken und die Tasche zu beschnuppern. Ich war ein hochgewachsener junger Mann, und obwohl dieses Tier erst drei Jahre alt war, musste ich zu ihm aufsehen. Das gefiel mir nicht. Die Perspektive war noch nicht so, wie ich sie mir vorstellte. Deswegen holte ich mir eine alte Holzkiste und stellte mich darauf. Jetzt waren meine Augen ein klein wenig höher als seine, was der Rangfolge, die es zwischen uns herzustellen galt, sehr viel mehr entsprach. Zum allerersten Mal sah ich mir ein *mehari* so richtig aufmerksam an. Natürlich hatte ich durch meine Teilnahme an den Karawanen schon eine Menge Erfahrung mit diesen Tieren, aber so richtig betrachtet hatte ich noch keines. Es hatte sehr große, dunkelbraune Augen, eine gespaltene Oberlippe, und wenn es sein Maul öffnete, hing die Unterlippe herab, als würde es lachen. Dieses Exemplar hier konnte man nicht vergleichen mit den Lasttieren, die Jahr für Jahr als Teil der Karawane Satteltaschen mit Hirse, Salz und Datteln durch die Wüste transportierten, die so schwer waren wie zwei oder drei Männer. Die Karawanentiere hatten ein dunkles Fell und waren breit und stämmig gebaut. Mein *mehari* war sehr viel edler, was sich an der Helligkeit seines Fells ablesen ließ, das in der Sonne zu leuchten schien. Zudem hatte es sehr viel grazilere und längere Gliedmaßen, die trotzdem ungeheuer kräftig und sehnig waren. Hier handelte es sich um ein Tier, das sich hinter keinem Artgenossen zu verstecken brauchte, wenn es später einmal darum gehen würde, sich im Rennen miteinander zu messen. Aber bevor daran zu denken war, würde ich es erst einmal einreiten müssen, und davor hatte ich Respekt, denn ich wusste, dass das nicht leicht war und einigen Aufwand erforderte. Mein Anblick fing an, das Tier zu langweilen, es wandte sich ab. Ich öffnete die Tasche und zog einen Tamarisken-Zweig heraus, an dem noch ein paar Blätter hingen. Das *mehari* hörte das leise Rascheln und warf den Kopf wieder zu mir herum. Im nächsten Moment war es bei mir und schnappte ungestüm nach dem Zweig. Dabei stieß es mit den Hufen gegen die Kiste, die nachgab und widerstandlos unter mir zusammen brach. Ich stürzte, den Kopf voran, auf die kahl gefressene Weide. Mit der Wange am Boden beobachtete ich, wie das *mehari* mit seinen großen Zähnen den Inhalt aus der Tasche riss, die ebenfalls am Boden lag. Am anderen Ende der Weide saßen ein paar Mädchen und hüteten Ziegen. Sie lachten glockenhell, als sie sahen, was für ein Missgeschick mir gerade widerfuhr. Ich rappelte mich fluchend hoch und griff nach der Tasche, um wenigstens etwas von ihrem Inhalt zu retten. Das Tier begriff, was ich vor hatte, verbiss sich in die Tasche und lief damit davon. Ich ließ von der Tasche ab, aber im gleichen Moment wurde ich von den Beinen gerissen. Der Trageriemen der Tasche hatte sich um meinen Fuß geschlungen! Ich wurde mitgeschleift, mein Kopf donnerte mehrfach auf den stoppeligen Boden, dicht neben mir stampften die Hufe auf. Endlich ließ das Vieh erschrocken die Tasche los und galoppierte davon. Es war fast ein Wunder, dass die Hufe mich nicht getroffen und zerquetscht hatten. Aber ich war auch so schon ziemlich bedient, hatte Sand im Mund und in den Augen, und jeder Knochen in meinem Körper tat weh. Und die Mädchen da drüben konnten gar nicht mehr aufhören zu lachen. Ich begann zu ahnen, dass noch eine Menge Arbeit auf mich wartete.

Ich klopfte mir den Staub aus der *gandoura*, setzte mich auf den Boden und betrachtete das Tier aus der Ferne. Es musterte mich ebenfalls, auch wenn es so tat, als würde es sich nicht für mich interessieren. Nach einer Weile kam es allmählich näher. Und immer näher. Ich wusste nicht recht, ob es eine gute Idee war, hier sitzen zu bleiben, aber mir war klar, dass ich nicht vor ihm fliehen durfte. Wer floh, zeigte dem anderen seine Unterlegenheit. Wenn ich jetzt das Weite suchte, war das ein Fehler, der später möglicherweise nicht mehr zu reparieren war. Dieses *mehari* würde vermutlich mein halbes Leben lang zu mir gehören, also war es jetzt von entscheidender Bedeutung, ihm zu zeigen, dass ich der Stärkere war. Es sah, dass ich noch immer die Tasche hatte, und es wusste sehr wohl, dass nach wie vor ein paar Zweige und Blätter darin waren. Ich befahl ihm, stehen zu bleiben und sich hin zu legen. Es blieb zwar tatsächlich stehen, aber das war auch schon alles. Es schien mich anzugrinsen, als wäre ich der dämlichste Trottel, den es jemals gesehen hatte. Ich wiederholte die Aufforderung, wieder bewirkte sie nicht das Geringste. Dann öffnete ich die Tasche und griff hinein. Das *mehari* wurde unruhig. Ich nahm ein Blatt heraus, das größte und saftigste, das ich finden konnte. Wieder forderte ich, es möge sich hinlegen. Um meine Forderung zu illustrieren, legte ich demonstrativ die Fläche der freien Hand auf den staubigen Boden und ließ sie dort ruhen. Störrisch wie ein Esel blieb es stehen und tat nichts. Ich hielt mir das Blatt vors Gesicht. Das Tier verstand das als Aufforderung und begann auf mich zuzugehen, aber in diesem Moment öffnete ich meinen Mund und schob das Blatt hinein. Das *mehari* hielt irritiert inne, damit hatte es nicht gerechnet. Ich gab Laute des Wohlgefühls von mir, um ihm zu zeigen, wie köstlich das Blatt mir schmeckte. Tatsächlich hatte ich es mir schlimmer vorgestellt, der Geschmack war ein wenig säuerlich, aber gar nicht so übel. Ich hoffte nur, dass Tamarisken für Menschen genießbar waren und sich nicht als giftig herausstellen würden. Nachdem ich das Blatt gut zerkaut und hinunter geschluckt hatte, erhob ich erneut meine Stimme, lauter als zuvor, und forderte das *mehari* auf, sich hin zu legen. Ich legte beide Handflächen auf den Boden, und mein Blick muss mittlerweile ziemlich grimmig ausgesehen haben. Das Tier gab ein unwilliges Brummen von sich und rührte sich nicht von der Stelle. Ich griff erneut in die Tasche, zog einen weiteren halbwegs belaubten Zweig hervor und hielt ihn mir vors Gesicht. Das *mehari* straffte sich, ich konnte in seinen Augen lesen, dass es diesen Zweig unbedingt haben wollte.

»*Ezghagh*«, sagte ich. »Hinlegen.« Die Fläche meiner freien Hand legte ich wieder auf den Boden. Das Kamel öffnete nun das Maul und brüllte seinen Widerstand heraus.

»*Ezghagh!*« Meine Stimme blieb ruhig und klar. Ich brüllte *nicht*. Ich hob meine Hand vom Boden und legte sie langsam dorthin zurück. Dann öffnete ich den Mund, so weit ich konnte, und tat, als würde ich den Zweig hineinstecken. In dem Moment knickten die Beine des *mehari* ein, und es legte sich auf den Boden, wenige Meter von mir entfernt.

»Das hast du gut gemacht«, sagte ich mit ruhiger Stimme und warf ihm den Zweig zu, den es sofort verspeiste. Ich atmete auf. Der erste Schritt war getan.

Am folgenden Morgen ging ich mit Koumamá zur Weide. Ich lockte das *mehari* mit einem Zweig, sorgte dafür, dass es sich hinlegte und warf ihm seine Belohnung hin.

»Ich gebe dir«, sagte ich feierlich, »den Namen *Anazâr.*« Das bedeutete *der mutige Rebell.* Den Namen fand ich beeindruckend, und er schien zu meinem neuen Gefährten zu passen. Außerdem gefiel mir, dass er eine klangliche Analogie zu meinem eigenen Namen hatte und sich dennoch ganz anders anhörte. Koumamá fand meine Wahl angemessen und beglückwünschte mich dazu. Er hoffte nur, wie er mit einem Lächeln hinzu fügte, dass der Rebell sich auch zähmen lassen würde. Denn jetzt sollte der schwerste Teil beginnen – ich musste Anazâr einreiten!

Die erste Herausforderung bestand darin, ihn zu satteln. Der *tamzak*, den wir ihm auf den Höcker schnallen wollten, war nicht mit dem zu vergleichen, was man einem Pferd als Sattel auf den Rücken legte. Dieser hier war ein sehr einfaches Exemplar ohne die üblichen Verzierungen, das nur seinen Übungszweck erfüllen sollte. Mit seiner schmalen, hohen Rückenlehne war der *tamzak* einem Stuhl nicht unähnlich, und an der Vorderseite ragte ein dreizackiger Sattelknauf schräg in die Höhe, der entfernt an ein Kreuz erinnerte. Dieses Ungetüm gefiel Anazâr nicht. Und der Gedanke, es auf seinem Rücken herumtragen zu müssen, gefiel ihm noch weniger. Er stand auf und lief davon. Ich sah Koumamá an und wartete auf seine nächste Maßnahme. Aber er schwenkte zum Zeichen der Verneinung den Zeigefinger hin und her.

»Das ist nicht meine Aufgabe, Azahrú. Du bist jetzt sein Gebieter.«

Er hatte Recht. Ich brachte Anazâr dazu, sich wieder hin zu legen, dann stellte ich mich mit dem *tamzak* vor ihn hin.

»Anazâr«, sagte ich, »wir werden dich jetzt satteln. Was du hier siehst, wirst du vom heutigen Tag an regelmäßig auf dem Rücken tragen. Vielleicht fragst du dich, wofür das gut sein soll, und deswegen sage ich es dir. Es gibt einen Menschen, der darauf sitzen wird, nur einen einzigen, und dieser Mensch werde ich sein. Das wird dir am Anfang wahrscheinlich nicht gefallen, aber lass dir sagen: Du hast Glück gehabt. Ich bin noch sehr jung und sehr leicht. Es gibt Männer, die wiegen zweimal so viel wie ich. Mit so einem hättest du keine Freude, im Vergleich dazu bin ich leicht wie eine Feder.«

Koumamá schüttelte lächelnd den Kopf. »Er ist kein *targi*, weißt du. Nur ein *mehari*.«

Aber ich hatte mit Anazâr nun Verbindung aufgenommen. Wir sahen einander in die Augen. Sicher konnte keiner von uns beiden deuten, was er in den Augen des anderen sah. Aber eins war nun klar: Wir gehörten zusammen.

»Du irrst dich, *abba*«, sagte ich. »Er ist nicht *ein mehari*. Er ist *mein mehari*. Und deswegen rede ich mit ihm, wie ich es für richtig halte.«

Koumamá sagte nichts dazu. Aber ich konnte ihm ansehen, dass es ihm gefiel, wie ich mit der Sache umging.

Natürlich hat Anazâr bei meinen ersten Reitversuchen den einen oder anderen Bocksprung vollführt. Mehr als einmal hat er mich abgeworfen. Aber ich habe ihn immer wieder dazu gebracht, sich hin zu legen, und dann habe ich ihn erneut erklommen. Am dritten Tag wurde er ruhiger. Ihm wurde allmählich klar, dass ich sein Herrscher war, und dass er auf Dauer viel weniger Ärger haben würde, wenn er mein Gewicht auf seinem Rücken einfach akzeptierte. Ich mochte, wie er roch. Wie er sich anfühlte. Die feuchte Wärme, die von ihm aufstieg. Wir waren jetzt eine Gemeinschaft, fürs ganze Leben aneinander geschmiedet.

6

Ich saß vor dem Zelt und trank meine zweite Tasse Tee, als vom anderen Ende des Lagers aufgeregte Rufe an mein Ohr drangen. Es war die Familie von Lassad, die so viel Krach machte. Seine Großmutter hielt ihren Enkel mit der einen Hand an der Schulter fest und tastete mit der anderen sein Gesicht ab. Sie war fast blind und wollte sichergehen, dass an ihm noch alles dran war. Er hatte den Krieg unversehrt überstanden. Dass dieser *Zweite Weltkrieg*, wie er ihn nannte, schon seit Monaten vorüber war, hatten wir nicht gewusst, diese Nachricht war bisher nicht zu uns in die *ténéré* vorgedrungen. Der ganze Stamm war froh darüber, dass Lassad zurück gekehrt war, und trotzdem schien ein unsichtbarer Schleier über seiner Rückkehr zu liegen. Am Abend saßen wir mit ihm ums Feuer und hörten, was er zu erzählen hatte. Immer wieder sprach er von einem Konzentrationslager, bei dessen Befreiung er in Deutschland mitgewirkt hatte, und trotzdem wollte er nicht sagen, was er dort gesehen hatte, obwohl wir ihn immer wieder danach fragten. Lassad wäre früher kein Thema jemals zu schwierig gewesen. Er war stets derjenige gewesen, der den Finger in alle Wunden gelegt hatte. Aber was immer in Europa auch geschehen sein mochte, dort war er an seine Grenzen gestoßen.

»Ich hätte niemals gedacht«, sagte er, »dass es Menschen gibt, die in der Lage sind, anderen solche Dinge anzutun.«

»Was für Dinge, Lassad?« wollte ich wissen. »Warum erzählst du es uns nicht?«

»Weil ich nicht will, dass eure Seelen von solchen Vorstellungen verseucht werden. Was ich gesehen habe, sollte niemand sehen müssen. Ich träume jede Nacht davon. Und ich weiß, diese Bilder werde ich niemals mehr los. Sie werden mich verfolgen bis in den Tod.« Er sah mich scharf an. »*Du* kannst es dir vielleicht auch so vorstellen, Azahrú.«

»Was meinst du damit?« fragte Koumamá.

»Er hat deutsches Blut in seinen Adern«, erwiderte Lassad. »Das Blut der Unmenschen. Der Monster.«

Der Schein des Feuers ließ Koumamás Augen blitzen. »Dafür kann er nichts, Lassad. Im Übrigen waren seine leiblichen Eltern sehr liebenswerte Menschen, da kannst du hier jeden fragen.«

»Ich werfe ihm nichts vor«, sagte Lassad. »Er hat sich seine Herkunft nicht ausgesucht. Aber etwas davon hat er in sich, dabei bleibe ich, selbst wenn ich dadurch den Zorn des Stammesführers auf mich ziehe. Für mich gehören die Deutschen ausradiert. Wer zu solchen Dingen fähig ist, hat auf dieser Welt keinen Platz verdient.«

»Wenn ich mich nicht täusche, haben die Menschen, die du so verachtest, über die Juden etwas ganz Ähnliches gesagt«, sagte Koumamá. »Ich hoffe, Lassad, dieser Krieg hat nicht deinen Verstand zerstört.« Damit verließ Koumamá das Feuer und ging zu unserem Zelt. Lassad starrte schweigend ins Feuer. Niemand sagte etwas. Alle außer Lassad begannen mich anzusehen. Als wollten sie herausfinden, ob ich nun wirklich ein Monster war oder nicht. Ich fühlte mich aufgefordert, etwas zu sagen, irgendetwas. Stellung zu beziehen. Aber was hätte ich sagen sollen? Ich glaubte ja auch, dass es sich bei den

Deutschen um Ungeheuer handelte. Einer von ihnen hatte mehrfach versucht, mich zu töten. Ich hätte alles dafür getan, um nicht von ihnen abzustammen.

Ifalan fragte mich am nächsten Tag, ob ich Angst hätte, etwas von einem Monster in mir zu haben. Etwas, das in irgendeiner Situation vielleicht zum Ausbruch kommen könnte. Scherzhaft drohte ich ihm, zum Monster zu werden, wenn er mir noch einmal eine so dumme Frage stellen würde. Ich war kein schlechter Mensch.

Aber ich war einer, der die Frau eines anderen begehrte. Das war nicht in Ordnung. Konnte ich mir meines guten Charakters also wirklich so sicher sein? Es gab nicht viele Dinge, vor denen ich Angst hatte, aber über meine größte Angst sprach ich zu niemandem: Ich fürchtete den Tag, an dem Dafinah uns verkünden würde, dass sie schwanger war. Ich begehrte sie. Oft dachte ich an den Moment auf dem Dünenkamm, als sie sich vor mir entblößt hatte. Was ging nur in mir vor? War es, weil sie jetzt einem anderen gehörte? War ich insgeheim wütend, weil sie sich so schnell getröstet hatte? Verletzte das meine Eitelkeit? Ich stellte fest, dass ich all diese Fragen mit einem klaren, deutlichen Ja beantworten musste. Aber das war es nicht alleine! Es war viel mehr als das. Wenn man jetzt Falala und Dafinah vor mich hingestellt hätte und mich gebeten hätte, mir eine von beiden auszusuchen, um sie zu lieben und das Leben mit ihr zu verbringen - ich hätte Dafinah gewählt, ganz ohne jeden Zweifel! Und das war völlig verrückt. Falala hatte alles, was ein Mann sich wünschen konnte. Dafinah dagegen war ein Raubtier mit messerscharfen Zähnen, und man musste ständig darauf gefasst sein, sich vor ihr in Sicherheit bringen zu müssen.

Sie wurde nicht schwanger. Fatou und Koumamá rechneten jeden Tag mit der frohen Botschaft, die aber nicht kam. Nach ein paar Monaten fing Ziri an, sich zu fragen, ob etwas nicht stimmte. Es verging kein Tag, an dem er nicht Dafinahs Bauch abtastete oder sein Ohr darauf legte. Der Kerl machte mich rasend, aber das behielt ich für mich. Ihm gegenüber blieb ich stets freundlich, und seine Tomaten lobte ich in den höchsten Tönen.

Der Tag rückte näher, an dem ich aus dem Zelt meiner Mutter auszuziehen hatte. Ich war 15 Jahre alt und hatte schon mein eigenes *mehari*, jetzt war es an der Zeit, von meinem Vater das zu empfangen, was einen *targi* zum Mann machte.

7

»Das hat es nie zuvor gegeben«, sagte Koumamá. »Der eine oder andere unter euch wird sich fragen: Ist es richtig oder falsch? Deswegen werde ich euch erklären, warum dieser Junge heute von mir den *tagelmust* empfängt, obwohl er nicht als *targi* geboren wurde.«

Normalerweise war das Ritual eine reine Familienangelegenheit. Die gesamte Verwandtschaft versammelte sich, und es wurde bis in die Nacht hinein gefeiert. An jenem Tag aber, als ich zum Mann erklärt wurde, gab es keinen aus unserem Stamm, ob Mann, Frau oder Kind, der sich die Sache entgehen ließ.

»Wir haben den Begriff *Heimat* schon immer weiter gefasst als andere Völker. Diejenigen, welche davon beseelt sind, Mauern zu errichten, um darin zu leben - die Menschen aus den Dörfern und Städten - sie setzen Heimat gleich mit dem kleinen Käfig, in dem sie sich verstecken. Unsere Heimat«, er deutete hinaus in die Wüste, »ist so groß und weit wie unser Geist. Wir wählen die Freiheit, nicht die Gefangenschaft, und deswegen ist das, was wir Heimat nennen, nicht auf einen Ort beschränkt. Weil sie nichts ist, woran wir uns mit unseren Händen festhalten können. Wir nennen uns *imushaq* - die Freien. Aber das sind wir nicht, nur weil wir Kamele durch die Wüste treiben. Wir sind es auch nicht, weil wir in Zelten leben und mal hier leben und mal dort. *Imushaq* dürfen wir uns nur nennen, wenn unser Herz erfüllt ist von der Liebe zu unserem Volk. Wenn wir es zutiefst achten und seine Sitten respektieren. Wenn wir bereit sind, den zu schützen, der zu uns gehört und der bei uns Zuflucht gesucht hat. Und wenn wir bereit sind, den in seine Schranken zu weisen, der uns zu schaden trachtet. Azahrú, mein Sohn, du hast meine Worte gehört.«

»Ja, Vater.«

»Bist du also bereit, ein vollwertiges Mitglied unserer Gemeinschaft zu sein?«

»Ja, das bin ich.«

»Bist du bereit, unsere Werte und unsere Menschen mit deinem Leben zu verteidigen?«

»Ja, das bin ich.«

Auf seinen Händen lag ein indigoblaues, zu einem Rechteck gefaltetes Stück Stoff, das er mir nun überreichte. Ich beugte mein Haupt vor ihm, dann nahm ich es entgegen. Meine Mutter hatte Tränen in den Augen, als ich den Stoff, den sie gefärbt und zugeschnitten hatte, auseinander faltete und damit begann, ihn mir, vor aller Augen, um den Kopf zu legen. Natürlich hatte ich diese Prozedur zuvor immer und immer wieder geübt, weil ich mich auf gar keinen Fall dabei blamieren wollte. Meine Finger zitterten trotzdem ein wenig, vor Aufregung. Wenn das Ergebnis meiner Bemühungen schief und krumm aussah, würden sie lachen und mich verspotten. Das wusste ich, weil ich es bei anderen Stammesmitgliedern schon erlebt hatte. Ich bekam den *tagelmust* aber so gut hin, dass am Ende ein anerkennendes Raunen durch die Zuschauer ging. Aber es stimmte nicht, dass der ganze Stamm dem Ritual meiner Mannwerdung beiwohnte. Jemand fehlte. Dafinah war nicht gekommen.

Später, als ich mich im Zelt von meinen Eltern und meiner Schwester Mariamá verabschiedete, überreichte Koumamá mir eine *takuba*, die in einer sehr kunstvoll gearbeiteten Scheide steckte, und dazu einen Gürtel aus Ziegenleder. Ich legte alles an, und nun kam ich mir zum ersten Mal wirklich wie ein Mann vor. Ich umarmte meine Familie und wollte ein paar liebevolle Worte an sie richten. Aber ein großer Kloß in meinem Hals ließ mich verstummen. Denn ich wusste, von nun an würde ich nur noch als Besucher in dieses Zelt zurück kehren, und ich war nicht darauf vorbereitet gewesen, wie weh mir das tun würde.

Der Schleier vor dem Gesicht fühlte sich ungewohnt an. Zum Essen und Trinken schob ich ihn hinunter, und dabei verrutschte er mir immer wieder, und ich tränkte ihn ungewollt mit Suppe und Soße. Als das Fest spät in der Nacht schließlich vorüber war, suchte ich mir einen Platz zwischen den Zelten, hüllte mich in eine Decke und legte mich schlafen. Obwohl ich wusste, dass es nicht so war, fühlte ich mich ausgestoßen und alleine gelassen. Aber daran würde ich mich schon gewöhnen. Jeder junge *targi* musste das. Ein Mann schlief im Freien, bis er eine Frau fand und sie heiratete. Dann zog er in das Zelt der Frau und war kein Einzelgänger mehr. Ich aber ahnte, dass ich für lange Zeit unter freiem Himmel schlafen würde, als ich in dieser ersten Nacht in den Sternenhimmel blickte und mich fragte, wie viel seltsamer ein Leben wohl sein konnte, als meines es war.

Ich hielt mich weiterhin fern von Dafinah, aber denken musste ich Tag und Nacht an sie. Koumamá sorgte dafür, dass ich lernte, was ein Mann seines Stammes können musste. Er selbst unterrichtete mich im Kamelrennen, wobei ich eine gute Figur machte, weil Anazâr und ich sehr gut miteinander harmonierten. Die andere Aufgabe erwies sich als schwieriger, weil Koumamá ausgerechnet Lassad dazu auserwählte, mir den Kampf mit der *takuba* beizubringen. Weder er noch ich wollten das, aber mein Vater bestand darauf, also hatten wir uns zu fügen.

Der Schwertkampf lag mir nicht, weil ich es verabscheute, jemanden zu verletzen. Ich fügte mich in den Unterricht, aber ich tat es ohne Begeisterung. Das blieb Lassad nicht verborgen, und er beschwerte sich bei bei meinem Vater darüber, dass ich nicht mit dem richtigen Ernst bei der Sache war.

»Dann musst du ihn mehr fordern«, sagte Koumamá. »Azahrú hat ein freundliches Gemüt. Dagegen ist nichts zu sagen. Aber wenn er einmal einem Mann gegenüber steht, der ihn töten will, muss er in der Lage sein, ihm zuvor zu kommen.«

Ich meldete mich zu Wort: »Und wenn ich dem Angreifer einfach ausweiche? Ich bin sehr schnell.«

»Mein Sohn läuft vor keinem Feind davon«, erwiderte Koumamá und wandte sich wieder Lassad zu: »Hör einfach auf, ihn wie ein rohes Ei zu behandeln, verstehst du? Sorg dafür, dass ihm nichts anderes übrig bleibt, als sich zu wehren.«

Er ging davon, und ich sah ihm staunend hinterher. Mein Vater hatte gerade einem zornigen, jungen Mann, der mich nicht leiden konnte, die Erlaubnis erteilt, mich zu verletzen!

Die Aufgabe fing an, Lassad Spaß zu machen, und er gab sich keine Mühe, das zu verheimlichen. Er war mir im Kampf so ungeheuer überlegen, dass er mir jederzeit geringfügige Verletzungen zufügen konnte, wenn es ihm gefiel. Und wenn ich nicht die Aufmerksamkeit aufbrachte, die er für angemessen hielt, dann gefiel es ihm ziemlich oft. Ich erlitt zwar nur ein paar leichte Prellungen und Blutergüsse, und außerdem zwei harmlose Schnitte auf Hand und Arm. Aber Lassad erreichte damit, was er wollte: Er machte mich wütend, und am Ende gelang es ihm endlich, meinen Ehrgeiz zu wecken. Was bildete der Kerl sich eigentlich ein? Er hatte sich schon immer aufgeführt wie das gute Gewissen unseres Stammes. Er war ein selbstgerechter Idiot, und seit seiner Rückkehr aus dem Krieg war seine Arroganz noch schlimmer geworden. Ich hatte keine Lust mehr, mich von ihm verletzen zu lassen, weder seelisch noch körperlich. Ich würde ihn zwingen, mich endlich zu respektieren! Also fing ich an, im Morgengrauen alleine mit der *takuba* zu trainieren, und bald stellte ich fest, dass ich mich sehr viel geschmeidiger bewegen konnte, als ich bisher angenommen hatte. Allmählich konnte ich den Übungen zu meiner eigenen Überraschung etwas abgewinnen. Es ging ja gar nicht in erster Linie darum, dass man in der Lage war, jemanden mit der *takuba* zu töten. Es ging um die Beherrschung meines Körpers. Um das Einssein mit mir selbst und meiner Waffe. Das Ganze fing an, mir Vergnügen zu bereiten. Ich war entschlossen, Lassad zu zeigen, dass ich nicht mehr sein kleines Spielzeug war. Bei unserer nächsten Übungseinheit sah die Sache dann schon anders aus. Er war mir immer noch deutlich überlegen, aber er spürte sofort, dass ich mich verbessert hatte.

»Du hast heimlich geübt«, sagte er.

»Nur ein bisschen«, erwiderte ich.

»Das merke ich«, meinte er. »Wenn du dir *richtig* Mühe gegeben hättest, würdest du nicht immer noch dieselben dummen Fehler machen. Und schwerfällig sein wie ein Elefant.«

Er hatte mich genau da, wo er mich haben wollte. Ich schäumte innerlich vor Wut. Von nun an stand ich jeden Morgen auf, bevor es hell wurde, und ging hinaus in die Dünen, um mit dem Schwert zu trainieren. Nach gut einer Woche sagte Lassad: »Ab sofort brauchen wir Schutz, sonst schlägt einer dem anderen irgendwann aus Versehen den Kopf ab.« Ein größeres Lob hätte er mir nicht machen können. Unser Stamm hatte ein paar lederne Schutzpanzer für den Oberkörper, die man sich umschnallen konnte. Und lederne Kappen, die nur die Augen aussparten und am Hals mehrfach verstärkt waren. Diese Schutzvorrichtungen hätten keinem wirklich wild geführten Streich mit der *takuba* standgehalten, aber wir waren ja auch nicht darauf aus, uns ernsthaft zu verletzen. Je länger und öfter wir miteinander trainierten, desto mehr lernten wir einander zu respektieren. Nach sechs Wochen ging Lassad zu meinem Vater und sagte ihm, dass er mir nicht mehr viel beibringen konnte. Ich sei zwar immer noch ein Grünschnabel, aber einer, der jetzt kämpfen konnte. Aus seinem Mund klang das, als hätte er mich gerade zum Ritter geschlagen. Ich fragte ihn, ob wir Freunde werden konnten.

»Ich habe keine Freunde«, sagte Lassad. »Aber wenn ich welche hätte, wer weiß.«

Dafinah wurde immer noch nicht schwanger. Sie fragte Mutter um Rat, und Fatou braute ihr aus den Wurzeln irgendwelcher Dornensträucher ein Elixier, das ihre Fruchtbarkeit steigern sollte.

»Diese Wurzeln sind sehr hartnäckig«, sagte sie. »Sturm und Trockenheit mögen den Strauch verdorren lassen und ihn tilgen von der Oberfläche der *ténéré*. Aber die Wurzel in der Tiefe des Bodens lebt weiter. Sie überdauert ganze Generationen ohne einen einzigen Tropfen Wasser.«

»Du meinst«, sagte Dafinah, »das Leben in dieser Wurzel hat so viel Kraft, dass es Leben bringen kann in meinen Schoß?«

»Das sagte schon *ânna n annânin*, meine Großmutter, und ihre Großmutter, und viele Generationen zuvor.«

Dafinah trank den bitteren Sud. Ihr wurde übel, aber es gelang ihr, ihn bei sich zu behalten. Nur: Schwanger wurde sie davon nicht. Ein paar Wochen später überredete Fatou den Mann ihrer Tochter, das Zeug zu trinken. Ziri übergab sich beinahe sofort und erklärte japsend, es habe doch keinen Sinn, jetzt alle möglichen Mittel zu bemühen. Manchmal müsse man eben einfach warten. Was für ein Schwächling. Wie sehr ich ihn verachtete. Ich nahm an, seine Hoden waren genauso schrumpelig wie seine blassen Tomaten. Der Kerl würde niemals in der Lage sein, Dafinah ein Kind zu schenken.

Wenn ich nachts in meiner Decke lag, dachte ich noch immer an sie. Dafinah wurde von Tag zu Tag schöner. Es hatte Zeiten gegeben, da hätte ich niemals angenommen, dass je eine richtige Frau aus ihr werden würde. Wie sehr ich mich getäuscht hatte! Wie sehr ich mir wünschte, an Stelle dieses Trottels bei ihr im Zelt zu liegen und mich an ihren duftenden Körper zu schmiegen

Ein Sprichwort lautet: *Was wünscht sich der edle targi? Ein weißes mehari, einen roten Sattel, eine scharfe takuba und ein Lied beim ahal.*

Das *ahal* fand einmal im Jahr statt, und von allen jungen *imushaq*, die noch nicht gebunden waren, wurde es schon lange Zeit vorher fieberhaft erwartet. Die jungen Frauen trugen ihre schönsten Kleider, flochten sich kunstvoll das Haar und beteten dafür, dass der Richtige aufstehen würde, um für sie zu singen. Die jungen Männer, die im Herzen die Sehnsucht nach einem ganz bestimmten Mädchen trugen, schrieben ein Gedicht. Es sollte einerseits Schönheit und Anmut der Angebeteten preisen, zum anderen war es eine Selbstdarstellung: Die Frau sollte erkennen, was für ein stolzer, erfolgreicher Krieger der junge Mann war. Also wurden beim *ahal* gerne die eigenen Heldentaten und Besitztümer aufgezählt, und dabei wurde meist geprahlt bis weit über die Grenze der Peinlichkeit hinaus. Der wichtigste Grund (oft sogar der einzige) für junge Tuareg-Männer, die Schrift *tifinagh* zu lernen, war tatsächlich, dass die Jungs später mal in der Lage sein wollten, den Text ihres Liedes für das *ahal* aufschreiben zu können. Denn eine bessere Gelegenheit, der Angebeteten auf spielerische Weise den Hof zu machen und sie zu erobern, gab es nicht. Gleichwohl war ein Auftritt beim ahal stets mit enormem Risiko verbunden. Schlechte Gedichte wurden ausgebuht und verlacht, und das Gleiche galt für allzu armselig vorgetragenen Gesang. Dazu muss man wissen: Zur damaligen Zeit sangen Tuareg-Männer noch nicht, außer eben beim *ahal.* Bei allen anderen Festen waren die Frauen zuständig für die Musik, und dementsprechend miserabel war es um die männlichen Sangeskünste bestellt. Außerdem gab es nichts Schlimmeres für einen targi, als sich vor Publikum bis auf die Knochen zu blamieren. Wer also beim *ahal* etwas vortrug, war entweder ausgezeichnet vorbereitet oder mit großer Gelassenheit gesegnet.

Es handelte sich um das erste *ahal*, an dem Ifalan und ich teilnehmen durften. Schon Monate vorher tüftelte er an seinem Gedicht herum und fragte mich um Rat.

»Lass es bleiben«, sagte ich. »Sie wird dir einen Korb geben. Du bist ihr zu jung.«

»Ich weiß«, antwortete er. »Glaubst du, ich weiß das nicht? Aber ich muss es wenigstens versuchen. Sonst wäre ich ein Feigling. Ich habe gar keine andere Wahl.« Am Anfang wählte er sehr blumige Formulierungen, um Mariamá zu beschreiben. Dann fing er an, sie mit seinem *mehari* zu vergleichen.

»Ich würde das nicht tun«, sagte ich.

»Warum denn nicht? Mein *mehari* ist das Schönste, was ich habe.«

Ich verstand das natürlich. Wir Tuareg hatten ein besonderes Verhältnis zu unseren *mehara*, ein mitunter fast schon zärtliches. Ich habe später Europäer kennengelernt, die eine ähnlich emotionale Nähe zu ihrem Automobil pflegten. Aber ich war der Meinung, dass man vorsichtig damit sein sollte, die Frau, die man liebte, überhaupt mit irgendetwas zu vergleichen.

»Sie sollte das Gefühl haben, dass du sie unvergleichlich findest.«

Ifalan sah mich ratlos an. »Aber ich muss sie doch mit irgendwas vergleichen. Es ist ein Lied fürs *ahal*, da macht man das so. Sonst habe ich nichts, was ich singen soll.«

»An deiner Stelle würde ich noch nicht einmal ihren Namen nennen. Sie sollte auch so wissen, dass sie gemeint ist.«

»Und wenn sie es nicht weiß, was dann? Am Ende war vielleicht alles umsonst, nur weil ich ihren Namen nicht nenne.«

»Es ist sowieso umsonst, Ifalan. Sie wird dich nicht erhören.«

Danach hat er mich nicht mehr um Rat gefragt.

Es hat nie einen *targi* gegeben, der besser vorbereitet zum *ahal* erschienen ist als mein bester Freund Ifalan. Sein Gesang war ebenso weich wie männlich, und vor allem war er nicht so ein konturloser Singsang, wie ihn die meisten anderen präsentierten. Seine Stimme rührte mich an, und sein Text tat es auch. Im Publikum wurde es ruhig während seines Vortrags, weil alle, Männer wie Frauen, so ergriffen waren. Mariamá saß im Pulk der Frauen und begriff sofort, dass sie gemeint war. Nie zuvor habe ich sie so aus der Tiefe ihres Gemüts heraus lächeln sehen. Ifalan missachtete sämtliche Tipps, die ich ihm gegeben hatte, und er hatte Recht damit. Sein Lied war die schönste Liebeserklärung, die ich je gehört hatte. Als er fertig war, bekam er lautstarken Applaus aus Klatschen und Trillern. Er bat Mariamá dann auch noch in freien Worten, ihn zu erhören, denn sie sei seine erste und einzige Liebe und werde es immer bleiben, und mit ihm werde sie einen Mann bekommen, der sie so liebe, wie sie es verdiene, der sie auf Händen tragen und ihr ein Leben lang treu sein werde. Mariamá bedankte sich mit liebenswürdigen Worten für seinen wunderschönen Vortrag, zögerte aber nicht, ihm zu sagen, dass sie sein Angebot nicht annehmen könne.

»Leider liebe ich dich nicht, Ifalan. Ich wünschte, ich würde es, denn die Frau, die dich einmal bekommen wird, ist zu beneiden.«

Ifalan beugte sein Haupt vor ihr, um damit kund zu tun, dass er ihre Entscheidung respektierte. Er behielt auf bewundernswerte Weise die Fassung, blieb höflich und freundlich. Ich wusste, dass er mit der Zurückweisung gerechnet hatte.

Sie traf ihn zwar bis ins Mark, aber der Schlag kam nicht überraschend.

Ich hatte nicht vorgehabt, bei diesem *ahal* aufzutreten. Das Mädchen, das ich begehrte, war schon verheiratet. Es gab keine Frau mehr, um die ich werben wollte. Das alles wusste niemand hier, außer Ifalan. Deswegen starrte er mich überrascht an, als ich auf einmal nach vorne trat.

»Mein Gedicht gilt keiner einzelnen Frau«, log ich. »Deswegen bin ich hier vielleicht fehl am Platz, und wenn ihr dieser Meinung seid, dann werde ich schweigen.«

»Warum trittst du dann überhaupt vor?« wollte einer wissen.

»Ich möchte, wenn es gestattet ist, meine Wertschätzung gegenüber allen Frauen ausdrücken, denn sie sind nicht nur das schöne Geschlecht. Sie sind viel klüger, als wir Männer jemals sein werden, weil sie es verstehen, auf das zu hören, was aus ihrer Mitte empor steigt.«

»Hier geht es darum, eine Frau zu betören«, sagte ein anderer. »Wenn du das nicht vor hast, setz dich wieder hin.«

»Vielleicht gelingt es ihm ja, uns alle zu betören!« rief eine Frau. »Lasst ihn sprechen!«

»Ja, genau, lasst ihn sprechen!« rief eine andere, und so waren sich alle Frauen im Handumdrehen einig. Sie wollten hören, was ich vorzutragen hatte.

Ich verzichtete darauf zu singen, weil ich davon überzeugt war, dass ich das nicht konnte und es sich grauenhaft anhören würde, wenn ich es auf einen Versuch ankommen ließe. Bevor ich begann, sah ich, dass weit hinten im Zwielicht jemand seinen Kopf zwischen den Zelten hindurch streckte. Ich erkannte sie, weil ihr Gesicht mir so vertraut war. Aber ich war mir sicher, dass niemand sonst sie bemerkte. Ich hatte gehofft, dass sie zuhören würde. Und so begann ich mit einer der größten Dummheiten meines ganzen Lebens:

»Tochter der *ténéré*
Wilde Braut des Sandes
Hätte ich erkannt
Was wir hätten sein können
Wäre dein Du
Jetzt Teil unseres Wir
Und der Ruf des Schakals
Würde nicht unerwidert verhallen.«

Damals hielt ich diesen schwer erträglichen Kitsch für große Kunst. Für den beeindruckendsten Aufschrei eines unglücklich Liebenden, den die Menschheit jemals gehört hatte. Es war totenstill, als ich fertig war. Alle schienen den Atem anzuhalten. Bis jemand mit seinen Worten die Stille zerschnitt.

»Das waren wohlgewählte Worte«, sagte er. Es war Lassad. Er war aufgestanden und kam langsam auf mich zu.

»Freut mich«, sagte ich, »dass sie dir gefallen haben.«

»Nur leider«, fuhr er fort, »hast du sie an eine verheiratete Frau gerichtet!« Sein Kopf fuhr herum, und sein Blick heftete sich auf Dafinah, die offenbar geglaubt hatte, sie sei unbemerkt geblieben, denn sie zuckte erschrocken zusammen. Schlagartig richteten sich alle Augen auf sie, aber da war sie schon in der Dunkelheit zwischen den Zelten verschwunden. Lassad wandte sich wieder mir zu und musterte mich.

»Damit zeigst du einen Mangel an Respekt. Gegenüber dem *ahal*. Gegenüber diesem Stamm. Gegenüber unserer gesamten Kultur.«

»Das war nicht meine Absicht«, sagte ich nur.

»Ein echter *imushaq* hätte so etwas niemals getan«, fuhr er fort. »Verschwinde aus unserer Mitte, oder ich entferne dich mit meinen eigenen Händen.«

9

Hermann von Kramm war ein schlauer Hund. Die Entnazifizierung nach dem Ende des Krieges war fast spurlos an ihm vorüber gegangen. Obwohl er so eng mit den Nationalsozialisten zusammengearbeitet hatte, durfte er die Porzellanmanufaktur behalten. Und mehr noch: Schon im Jahre 1946 stellte er schon wieder Mitarbeiter ein und nahm die Produktion auf. Er stellte Kontakt her mit Vertretern der amerikanischen Besatzungsmacht und verkaufte ihnen Porzellanfiguren, die den Präsidenten Roosevelt und Truman nachempfunden waren, sowie ein Modell der Freiheitsstatue. Ein amerikanischer Offizier gründete nach seiner Rückkehr in die Vereinigten Staaten eine US-Dépendance der Kramm'schen Porzellanmanufaktur. Für die Firma war das der Einstieg in den Weltmarkt.

Er hielt die schützende Hand über seinen Neffen Gerhard Angermair, der sonst als Major der SS schlechte Karten gehabt hätte. So wurde Gerhard nur als Mitläufer verurteilt, musste einen Sühnebetrag von 10.000 Reichsmark entrichten und durfte als Abteilungsleiter in der Manufaktur arbeiten. Hermann hatte zwar nicht das Gefühl, dass Gerhard seine Unterstützung verdient hatte, aber was sollte man machen? Er war ein Versager, und mit der hässlichen Narbe am Hals wirkte er noch unsympathischer als zuvor, aber der Junge gehörte nun mal zur Familie. Und allzu viel Familie hatte der Patriarch nicht mehr.

Gerhard bedauerte es zwar, dass der Nationalsozialismus Geschichte war, denn in den Reihen der NSDAP hatte er sich akzeptiert und zu Hause gefühlt. Aber man musste Dinge hinter sich lassen können. Es nützte doch nichts, verschütteter Milch nachzutrauern. Und er hatte ohnehin größere Pläne. Die hatte er immer gehabt. Sie waren während des Krieges nur aufgeschoben gewesen. Schließlich musste er ja darauf warten, dass Onkel Hermann endlich das Zeitliche segnete. Denn zu Lebzeiten würde der alte Knochen niemals von seinen Geschäften zurücktreten, das hatte Gerhard inzwischen begriffen. Sein Onkel war inzwischen fast 75 Jahre alt und erschien noch immer jeden Morgen pünktlich um acht Uhr in seinem Büro. Er fehlte bei keiner wichtigen Besprechung und war niemals krank. Anscheinend hatte der alte Scheißkerl vor, ewig zu leben! Aber eines Tages würde auch er mal ins Gras beißen, und dann würde die große Stunde schlagen für Gerhard Angermair, seinen engsten Verwandten. Er musste einfach nur warten, das war alles. Diese Sache würde sich auf ganz natürliche Weise regeln. Irgendwann. An den Sohn seiner Cousine Luise dachte Gerhard in diesen Tagen kaum mehr. Nie im Leben würde der hier in München auftauchen. Eher würde die Isar eines Tages flussaufwärts fließen, als dass dieser verwahrloste kleine Idiot jemals auch nur den afrikanischen Kontinent verlassen würde. Gerhard hatte sich damals ganz überflüssige Sorgen gemacht.

Madeleine

1

Vor mehreren tausend Jahren ist die Sahara keine Wüste gewesen. Es gab Flüsse, Seen und üppige Vegetation. Antilopen mussten sich in acht nehmen vor Löwen und Leoparden. Der Mensch hatte stets genügend Wasser, und er konnte, ganz nach seiner Wahl, von der Jagd leben, von der Viehzucht oder vom Ackerbau. Im Laufe der zurück liegenden Jahrmillionen haben sich trockene und feuchte Perioden - Wüste und Savanne - immer wieder abgewechselt.

In den Jahren, in denen ich die Nächte unter freiem Himmel verbracht habe, wuchs die Wüste besonders schnell. Für die kleinen Kinder unseres Stammes war Regen nichts weiter als eine Legende. Sie konnten sich nicht vorstellen, dass Wassertropfen aus den Wolken fallen konnten, weil sie es nie erlebt hatten. Wasserstellen wurden immer rarer. Ein Brunnen nach dem anderen trocknete aus. Die *ténéré* drängte Büsche und Sträucher immer weiter zurück, wie ein langsames, gefräßiges Feuer. Es wurde schwieriger, Lagerstätten zu finden, die unseren Tieren Nahrung geben konnten. *Imushaq* sind widerstandsfähig wie gegerbtes Kamel-Leder, es gibt kaum Menschen auf der Welt, die so viel Entbehrung aushalten können. Aber auch wir brauchten etwas, das man wenigstens halbwegs als Lebensraum bezeichnen konnte. Auch wir konnten auf Dauer an keinem Ort überleben, der nur Sand und kein Wasser bot. Immer öfter mussten wir unseren Standort wechseln. Ich gehörte zu den Wenigen, vor denen mein Vater sich ohne *tagelmust* zeigte, und deswegen konnte ich sehen, wie die Sorgenfalten sich tiefer und tiefer in seine Stirn gruben.

Kurz nach meinem 20. Geburtstag ordnete Koumamá an, dass wir nach Osten wandern sollten. Wir steuerten eine kleine Oase an, in der ich noch nie gewesen war. Auch mein Vater kannte sie nur aus seiner Jugend. Er hatte gehört, dass es sie noch gab, aber sicher war er sich dessen nicht. Als wir dort anlangten, waren wir müde und ausgezehrt. Die Kinder jammerten, die Frauen waren erschöpft, die Männer hatten schlechte Laune. Eine Gruppe vom Stamm der *kel ahaggar* hatte sich schon vor uns in der Oase niedergelassen, und als wir uns Zugang zum Brunnen verschaffen wollten, stellten die Männer des Stammes sich uns entgegen.

»Wir brauchen Wasser«, sagte Lassad.

Ein hochgewachsener, kräftiger *targi* mit der dunklen Haut der früheren Hausa-Sklaven trat hervor: »Sucht euch eine andere Wasserstelle.«

»Der Brunnen gehört euch nicht«, erwiderte Lassad. »Ihr habt kein Recht, ihn für euch alleine zu beanspruchen.«

»Wir haben das Recht, das Leben unserer Frauen und Kinder zu verteidigen«, sagte der große Dunkle, »und der Brunnen kann jeden Moment versiegen. Wir können euch nicht gestatten, davon zu trinken.« Er gab seinen Männern ein Zeichen, und sie bildeten einen Ring um den Brunnen. Ihre Mienen verrieten, dass sie bereit waren, die Wasserstelle bis zum Letzten zu verteidigen.

Koumamá traf sich mit dem *amenokal* der *kel ahaggar*. Er war deutlich älter als mein Vater, ein schmächtiger Mann mit langer, gebogener Nase und dunklen, fast schwarzen Augen.

Sie saßen lange vor dem Zelt des Stammesführers. Alle anderen durften, so wie ich, den beiden Männern nur von Weitem bei ihren Verhandlungen zusehen. Ich wusste, dass es nicht gut lief, weil ich sehen konnte, dass sie keinen Tee miteinander tranken. Das war ein deutliches Zeichen dafür, dass der Gastgeber seinem Besucher die Freundschaft verweigerte und nicht bereit war, Verantwortung für sein Wohl zu übernehmen. Die beiden redeten so lange miteinander, dass die Männer um Lassad immer unruhiger wurden. Endlich kehrte Koumamá zu uns zurück.

»Der *amenokal* sagt, sein Stamm war zuerst hier. Er will nicht riskieren, dass dieser Brunnen auch noch austrocknet, nur weil er ihn mit einem anderen Stamm teilen muss.«

»Es ist weit und breit der einzige, der noch Wasser führt!« sagte Lassad. »Das können wir uns nicht gefallen lassen.«

»Männer«, sagte Koumamá, »ich bin wütend und enttäuscht. Ich kenne diesen *amenokal* seit meiner Jugend, und wenn es umgekehrt gekommen wäre, hätte ich mit ihm und seinen Leuten auch noch den letzten Tropfen geteilt. Aber wir müssen es nehmen, wie es ist. Wir ziehen weiter.«

Unmut machte sich breit. »Vorher sollten wir uns Wasser holen«, schlug einer vor. »Ob ihnen das nun gefällt oder nicht. Unsere Vorräte werden sonst nicht mehr lange halten.«

Lassad stampfte auf. »Wir sollten uns gar nicht erst davon schleichen wie armselige Feiglinge! Wer sagt uns, dass es an der nächsten Wasserstelle nicht genauso läuft?«

»Die *ahaggar* haben den *asshaq* verletzt!« rief Ifalan. Einige andere riefen ihre Zustimmung heraus.

»Das mag sein!« rief Koumamá, und die Wucht seiner Stimme ließ alle anderen verstummen. Bei den Zelten der *ahaggar* standen etwa ein Dutzend Männer, die uns argwöhnisch beobachteten. »Aber wenn sie den *asshaq* verletzen, heißt das noch lange nicht, dass wir das auch tun. Solange ich euer Anführer bin, heben wir nicht das Schwert gegen unseresgleichen! Wir haben auch so schon zahlreiche Feinde. Wenn wir uns jetzt auch noch untereinander bekämpfen, ist unser Untergang nicht mehr fern! Ich will kein Wort mehr hören. Wir ziehen weiter!«

Lassad schäumte vor Wut, riss sich aber zusammen. Ich konnte die Männer verstehen. Trotzdem fand ich, dass mein Vater recht hatte. Wir brachen auf in nordöstlicher Richtung und bildeten einen schweigsamen Treck, der sich auf den Weg zur nächsten Wasserstelle machte, die weitere anderthalb Tagesreisen entfernt war.

Ich suchte die Nähe von Dafinah, weil ich ihr die Situation erklären wollte. Wir hatten nun schon seit langer Zeit eine merkwürdige Beziehung zueinander. Zwar redeten wir miteinander und gingen uns nicht mehr aus dem Weg, aber zwischen uns war eine unsichtbare Mauer, die uns davon abhielt, Berührungen auszutauschen, gleich welcher Art. Unsere Gespräche waren rein sachlicher Natur. Was uns im Herzen bewegte und was wir uns gerne gesagt hätten, hielten wir unter Verschluss. Dafinah hatte nach wie vor keine Kinder bekommen, und Ziri weigerte sich hartnäckig, sich damit abzufinden. Manche Frauen würden erst mit Mitte 20 richtig fruchtbar, behauptete er. Es gäbe schließlich auch Jahre, in denen das Gemüse nicht so wachse, wie man es gerne hätte. Ich verabscheute Gewalt, aber wenn er den Mund aufmachte, verspürte ich noch immer den kaum bezwingbaren Drang, ihm mit der Faust auf die Nase zu schlagen.

»Der nächste Brunnen wird frei sein«, sagte ich zu ihr.

»Und wenn er das nicht ist? Was dann?«

»Dann wird jemand dort sein, der bereit ist, das Wasser mit uns zu teilen.«

»Wir hätten uns nicht fortschicken lassen dürfen«, sagte Dafinah. »Ich respektiere Vaters Entscheidung, aber bei Allah und dem Propheten Mohammed: Sie ist falsch.«

»Hätte er zulassen sollen, dass wir uns gegenseitig abschlachten?«

»*Abba* hat zu schnell nachgegeben.«

»Er hat den halben langen Tag lang verhandelt.«

»Die *ahaggar* haben nur Drohgebärden aufgeführt«, widersprach Dafinah. »Wenn wir uns ihrem Willen nicht gebeugt hätten, wären sie beiseite getreten. *Imushaq* reißen gerne die Klappe auf, aber sie töten einander nicht.«

Damit wandte sie sich von mir ab und begann sich um das *mehari* zu kümmern, das sie neben sich her führte.

Ich arbeitete mich nach vorne, zu Koumamá, um ihm zu versichern, dass ich seine Entscheidung für richtig hielt.

»Wirklich sicher bin ich mir nicht, mein Sohn«, sagte er. »Mit jedem Schritt, den ich vor den anderen setze, wird die Frage in mir lauter, ob ich nicht einfach zu feige war, mich einem Kampf zu stellen, vor dem wir nicht hätten davon laufen dürfen.«

»Es wäre wahrscheinlich Blut vergossen worden«, wandte ich ein. »Unser Blut und das unserer Brüder. Das wäre für uns der Anfang vom Ende gewesen, wenn nicht sogar das Ende selbst.«

Koumamá setzte die Unterhaltung nicht fort. Er ging nur weiter, den Zügel seines *mehari* in der Hand, und starrte auf den Horizont.

Ich wollte auch noch mit Lassad reden, aber ich konnte ihn nicht finden. Erst als ich mich immer weiter zurück fallen ließ, sah ich, dass er sich am Ende unseres Zuges aufhielt, wo er sich mit ein paar anderen Männern auf eindringliche Weise unterhielt. Auch eine Frau nahm an der Unterredung teil, es war Dafinah. Die Szenerie beunruhigte mich, auch wenn ich zu diesem Zeitpunkt noch nicht wusste, warum. Die Gruppe blieb mit ihren *mehara* stehen. Ifalan war auch dabei, wie ich jetzt sehen konnte. Sie öffneten die Riemen, mit denen die Lasten auf den Tieren befestigt waren, und stießen sie hinunter, so dass die Satteltaschen in den Sand fielen. Was war da los? Nun stiegen sie auf ihre *mehara*, und ich konnte sehen, dass auch Dafinah sich eine *takuba* umgeschnallt hatte! Ich begriff, was die Narren vor hatten, und rief ihre Namen. Aber da hatten sie ihre Tiere schon gewendet und trieben sie dazu an, in den Galopp zu fallen. Ich zerrte am Riemen, öffnete den Verschluss, stieß die Lasten von Anazârs Rücken, und während ich ihn noch erklomm, schlug ich ihm schon auf die Seite, um ihn anzutreiben. Ich musste sie aufhalten, bevor sie sich mit den *ahaggar* in den Kampf stürzten! Aber sie ritten schnell, und sie hatten einen Vorsprung. Ich wusste, dass auch Dafinah eine gute Reiterin war. Sie hatte stets nach Möglichkeiten gesucht, sich Fertigkeiten anzueignen, die eigentlich den Jungs vorbehalten waren. Mir schossen viele Dinge auf einmal durch den Kopf. Natürlich galt es, einen Krieg zwischen unseren beiden Stämmen zu verhindern, der verheerende Folgen haben konnte. Aber vor allem hatte ich Angst, Dafinah zu verlieren, auch wenn sie mir gar nicht gehörte und niemals gehören würde.

Als der Brunnen vor mir auftauchte, brachte ich Anazâr zum Stehen, sprang hinunter und zog die *takuba* aus der Scheide. Die Auseinandersetzung hatte bereits gewaltsame Züge angenommen. Wir waren nur ein halbes Dutzend und standen den *ahaggar* gegenüber, die uns mit mindestens drei mal so vielen Männern entgegen traten! Lassad hatte unsere Leute zu einem Unternehmen angestiftet, das zum Scheitern verurteilt war.

Ich lief zu Dafinah. Sie hielt ihr Schwert zwei Männern entgegen, die ihr mit herablassender Verachtung begegneten. Es schien unter ihrer Würde zu sein, die Waffe gegen eine Frau zu erheben, aber wenn sie es denn unbedingt so wollte, dann würde sie eben sterben müssen. Im nächsten Moment war ich an ihrer Seite und hielt mit meiner Klinge einen Hieb auf, der Dafinah sonst in Bauchhöhe durchbohrt hätte. Der zweite Angreifer hob sein Schwert, aber bevor er den Angriff ausführen konnte, schlug ich ihm den Griff der *takuba* ins Gesicht, so dass Blut aus seiner Nase spritzte. Die beiden Männer wichen zurück, aber hinter ihnen näherte sich ein dritter - der dunkle Hüne, mit dem wir am Brunnen schon beim ersten Mal Erfahrungen gemacht hatten. Er hatte eine Schusswaffe in der Hand, einen Revolver, den er nun hob und auf mich richtete. Er sprach kein einziges Wort mit mir. Ich sah, wie sich sein Finger langsam, ganz langsam um den Abzug krümmte, und dann ergoss sich ein Wasserfall aus Licht in meine Welt, heller als das gleißendste Funkeln der Mittagssonne auf der weißen Salzwüste von *chott el djerid*.

2

Als ich erwachte, fühlte ich mich völlig benebelt und glaubte, mein irdisches Dasein hinter mir gelassen zu haben, denn um mich herum war alles so unglaublich weiß, so ohne jede Farbe, dass ich dachte, ich läge entweder tatsächlich auf einem ausgetrockneten Salzsee, oder auf einer Wolke, aufgebahrt zur letzten Reise, wohin auch immer die mich führen würde. Und das Gesicht, das sich über mich beugte, war so schön, dass es nur einem Engel gehören konnte.

»*Bonjour monsieur*«, sagte der Engel. Ich fand es erstaunlich, dass im Reich der Toten Französisch gesprochen wurde, aber wenigstens handelte es sich um eine Sprache, die ich einigermaßen beherrschte. Sie fragte mich, wie ich mich fühlte, und ich sagte: »Den Tod habe ich mir schlimmer vorgestellt.« Meine Stimme klang, als hätte ich den Mund voller Steine.

»Sie sind nicht tot«, sagte sie. Dabei zeigten ihre Mundwinkel ein Lächeln, wie es nur den allerschönsten Frauen vergönnt war. Sie war blonder als jede andere, die ich jemals zuvor gesehen hatte, und ich fragte mich, wie lang ihr Haar wohl sein mochte, denn sie hatte es unter einer weißen Haube verborgen. Ich bemerkte erst jetzt, dass es ein Bett mit weißen Laken war, in dem ich lag, und dass ein Schlauch an meinem Arm befestigt war. Betten hatte ich in meinem Leben noch nicht oft gesehen, zum letzten Mal in Kano, als wir einem Händler mehrere Kisten mit Datteln in die privaten Gemächer getragen hatten. Ich befand mich in einem viereckigen Zimmer mit festen Lehmwänden, nicht allzu hoher Decke und einem einzigen Fenster, durch das ein wenig Sonne herein drang. Den Raum empfand ich sofort als beklemmend, das wäre jedem *targi* so gegangen. Wir waren keine Mauern gewohnt, sie waren für uns gleichbedeutend mit Gefängnissen.

»Wie heißen Sie?« wollte ich wissen

»Ich bin Ihre Krankenschwester. Und mein Name geht Sie gar nichts an.« Sie sagte das sehr bestimmt, und doch lächelte sie dabei, dass es zum Niederknien war. Wenn ich denn überhaupt in der Lage gewesen wäre, auf die Knie zu gehen. Aber schon beim ersten Versuch, meinen Kopf zu heben, rollte ein dumpfer, betäubender Schmerz durch meine Stirn.

»Sie müssen liegen bleiben«, befahl sie mir. »Ganz ruhig. Nicht bewegen. Ich sage dem Arzt Bescheid, dass Sie aufgewacht sind. Im Übrigen haben Sie Besuch.« Sie verließ das Zimmer, und wenige Augenblicke später trat jemand in mein Blickfeld. Sie hatte in der Ecke des Zimmers gesessen, wo ich sie nicht bemerkt hatte.

»Dafinah«, sagte ich und war sehr erleichtert, sie unversehrt zu sehen. »Sie haben dir also nichts angetan?«

Sie setzte sich auf den Rand des Bettes und griff nach meiner Hand. »Du hast mir das Leben gerettet«, sagte sie. »Dafür möchte ich dir danken.«

»Dann habe ich dir nur zurück gegeben, was du schon vor langer Zeit für mich getan hast«, erwiderte ich. »Erzähl mir, was geschehen ist.«

»Der dunkelhäutige Riese hat dir durch den Kopf geschossen«, sagte Dafinah. »Die Ärzte sagen, es ist ein Wunder, dass du noch am Leben bist.«

»Wo bin ich überhaupt?«

»Im Krankenhaus in Agadez.«

»Wir waren vier Tagesmärsche von Agadez entfernt.«

»Als du zusammengebrochen bist, drohte tödliches Gemetzel. Lassad hat dem Riesen den Kopf abgeschlagen und einen weiteren *ahaggar* mit der *takuba* durchbohrt. Es kamen immer mehr von ihnen angelaufen, und keiner von uns hätte das Ganze überlebt, aber dann kam ihr Stammesführer und hat ihnen mit seiner lauten Fistelstimme befohlen, von uns abzulassen. Ihm war klar, dass es der Sohn unseres *amenokal* war, dessen Blut da den Sand tränkte, und dass ein erbarmungsloser Krieg zwischen den Stämmen drohte. Er wollte dich zu seinem Medizinmann bringen lassen, aber wir waren dagegen. Ich riss mir einen Fetzen vom Kleid und verband dir den Kopf, um die Blutung zu stoppen, und Lassad hob dich auf sein *mehari* und ritt mit dir zurück zu unserem Stamm.«

»Wo hat der Riese mich getroffen?«

Dafinah legte ihren Finger vorsichtig auf den Verband, der meine Stirn umhüllte. »Hier ist die Kugel in deinen Kopf eingedrungen, knapp oberhalb vom Haaransatz, aber deine Schädeldecke war so hart, dass sie das Geschoss nach oben gelenkt hat, wo es an der höchsten Stelle deines Kopfes wieder ausgetreten ist. Sie sagen, das hat dir das Leben gerettet. Aber sie wussten nicht, ob du jemals wieder aufwachen würdest. Und wie es dir dann gehen würde. Ob du noch sprechen könntest. Und überhaupt.«

»Ich fühle mich wie ein Haufen Ziegenscheiße«, sagte ich.

Dafinah lächelte und erwiderte: »So siehst du auch aus.«

»Vielen Dank.«

»Zuerst hat Mutter dich mit Kräutern behandelt, und unser Medizinmann hat heilende Geister um Hilfe angerufen«, sagte sie. »Aber du warst mehr tot als am Leben. Du hast dich nicht mehr bewegt, dein Atem war kaum noch spürbar. Es war Lassad, der gesagt hat, dass du ein Krankenhaus brauchst. Er hat in Europa erlebt, wie Männer mit Schussverletzungen behandelt wurden. Dass man ihnen etwas gegeben hat, das sich Morphium nennt. Er meinte, unsere Heilkünste würden in deinem Fall nicht ausreichen, und bot an, dich nach Agadez zu bringen. Fatou erklärte Lassad für verrückt und sagte, das überlebt er doch nicht, eine so lange Reise, wie soll das denn gehen? Lassad erwiderte, dass sie damit womöglich Recht hatte, aber wenn man dich hier lassen würde, dann würdest du sowieso sterben. Sollte man also aufgeben oder etwas nahezu Aussichtsloses wenigstens versuchen? Vater erteilte ihm die Erlaubnis, und ich habe darauf bestanden, ihn zu begleiten. Ziri hat versucht, es mir zu verbieten.«

»Aber du hast es trotzdem gemacht.«

»Niemand rettet mir das Leben«, sagte sie, »und wird anschließend von mir alleine gelassen. Die Ärzte hier konnten kaum fassen, dass überhaupt noch Leben in dir war. Sie haben dir den Kopf rasiert, die Wunde behandelt und dir Morphium gegeben.«

»Was ist das?«

»Das stärkste Schmerzmittel der Welt. Sie haben gesagt, wenn du jemals wieder erwachen solltest, und du hättest kein

Morphium im Blut, dann würdest du den ganzen Tag lang schreien.«

»Wie lange habe ich hier gelegen?«

»Drei Tage. Niedergeschossen wurdest du vor genau einer Woche.«

»Es war unglaublich dumm von euch, alleine zurück zu reiten.«

»Ich weiß.«

»Wie lange werde ich hier bleiben müssen?«

»Noch eine ganze Weile.«

»Dafinah, es gibt etwas, das ich brauche.«

»Was ist es?«

»Einen *tagelmust*. Die Ärzte sollen mein Gesicht nicht sehen, wenn sie mit mir reden. Und auch nicht diese Frau, die mir ihren Namen nicht sagt.«

»Sie heißt Madeleine und ist eine sogenannte Krankenschwester. Und einen *tagelmust* für dich habe ich schon dabei.« Sie zog ihn hervor, und ich bat sie, ihn mir anzulegen, denn ich wäre dazu nicht in der Lage gewesen.

3

Dafinah war mir im Krankenhaus drei Tage und Nächte lang nicht von der Seite gewichen. Erst als ich aufgewacht war und sie mich auf dem Weg der Besserung wähnte, kehrte sie zu unserem Stamm zurück, der inzwischen eine Wasserstelle in der Nähe von Agadez aufgesucht hatte, um in meiner Nähe sein zu können. Ich empfing eine Menge Besuch. Koumamá und vor allem Fatou waren sehr oft bei mir. Manchmal brachten sie Mariamá mit, und auch Ifalan ließ sich immer wieder blicken. Nur Dafinah kam kein zweites Mal. Zu meiner eigenen Überraschung hatte ich es gar nicht eilig damit, wieder gesund zu werden und das Krankenhaus zu verlassen. Das lag an Madeleine. Wenn sie mein Zimmer betrat, füllte es sich mit Leichtigkeit, obwohl sie mich behandelte wie jeden anderen Patienten auch. Ich versuchte ihre Besuche bei mir stets in die Länge zu ziehen, indem ich sie in Gespräche verwickelte, aber sie verstand es, mir das Wort abzuschneiden und einfach zu gehen, obwohl ich immer noch am Reden war. Bei jedem anderen hätte ich das als höchst unhöflich empfunden, aber bei ihr war es einfach nur unglaublich charmant. Wie sie das machte, wusste ich nicht. Sie war sehr selbstbewusst, ohne jemals überheblich zu wirken. Und obwohl sie fast nichts von sich preisgab, hatte ich nach kürzester Zeit das Gefühl, sie außerordentlich gut zu kennen und ihr nahe zu sein. Ich bekam immerhin heraus, dass sie nur für ein paar Monate in Afrika war. Eigentlich lebte sie in Paris und studierte Medizin. Sie hatte das Studium für ein Semester unterbrochen, um Erfahrungen im Ausland zu machen. Ich fand das alles sehr seltsam. Eine Frau, die Arzt werden wollte? In unserem Stamm wäre eine Frau als Medizinmann nicht denkbar gewesen. Und dass sie alleine in einen anderen Erdteil gereist war, empfand ich als völlig unvorstellbar.

»Ich wollte meine Eltern ärgern«, sagte sie und lachte. »Denn ich bin jetzt 21, und sie können mir nichts mehr befehlen.«

Es war das erste Mal, dass sie mir freimütig etwas aus ihrem Leben erzählte. Und sie zeigte mir zum ersten Mal ihr Lachen. Ich glaube, alleine nur mit diesem Lachen hätte man jede Schussverletzung dieser Welt heilen können. Ich wollte unbedingt versuchen, mir dieses Lachen ein zweites Mal zu verdienen. Deswegen fragte ich: »Sie sind den ganzen Weg hierher zu Fuß gegangen?«

Es klappte. Sie lachte erneut. »Natürlich nicht«, sagte sie. »Ich habe mich in ein Flugzeug gesetzt und bin hergeflogen.«

Das war mir auch vorher schon klar geworden. Aber ihr Lachen war es mir wert gewesen, dass sie mich für ahnungslos hielt.

»Ifalan«, fragte ich meinen besten Freund, »wie wirbt man um eine Europäerin?«

»Gar nicht«, antwortete er. »Wohin soll das führen? Glaubst du vielleicht, sie zieht mit dir in die Wüste und lässt sich von dir ein Zelt bauen?«

»Warum denn nicht?«

»Azahrú, ich glaube, die Kugel hat dir doch irgendwas aus dem Hirn geschossen«, sagte er und grinste.

Er hatte Recht. Madeleine hatte in ihrem Leben noch keine einzige Nacht in einem Zelt verbracht, geschweige denn unter freiem Himmel. Und konnte ich mir vorstellen, ein Leben zwischen Mauern zu verbringen? Ausgeschlossen. Unsere Welten waren nicht miteinander vereinbar. Ich würde einfach ihre Nähe genießen, solange ich in diesem Zimmer lag, und ihr am Tag meiner Entlassung Lebewohl sagen. Das nahm ich mir fest vor. Als sie das nächste Mal bei mir war, sagte ich: »Madeleine, darf ich Ihnen eine Frage stellen?«

»Nur wenn sie kurz ist.«

»Wenn Sie zurück nach Paris kommen – wartet da jemand auf Sie?«

»Natürlich. Meine Eltern können es kaum erwarten. Sie schicken ständig Briefe.«

»Madeleine, Sie wissen, was ich meine.«

Sie sah mich eine Weile an, bevor sie antwortete. »Azahrú, ich sagen Ihnen jetzt mal etwas. Seit ich in Afrika bin, vergeht kein Tag, an dem mir Männer nicht schöne Augen machen.«

»Das ist verständlich.«

»Aber ich werde ganz sicher mit keinem Einheimischen eine Affäre beginnen.«

»Warum nicht? Sie sagen doch, Sie sind hier, um Ihren Horizont zu erweitern.«

»Ich kenne die Kulturen nicht, die es hier gibt. Sie sind mir fremd.«

»Es gibt nichts«, wandte ich ein, »das man nicht kennenlernen kann.«

»Ich werde bald nach Frankreich zurück gehen. Wissen Sie, ich will nicht nur Ärztin werden. Ich will die erste französische Chirurgin sein. Die allererste, die am Operationstisch steht und das Skalpell führt. Und verzeihen Sie mir meine Offenheit: Sie wären sowieso der allerletzte Mann, der für mich in Frage käme.«

»Warum sagen Sie etwas so Verletzendes?«

»Sie sind ohne Frage ein charmanter Kerl. Sie bringen mich zum Lachen. Ich mag Sie gut leiden. Aber jemand hat Sie angeschossen. Da frage ich mich, was Sie ihm wohl getan haben. Und ob Sie den Schuss vielleicht sogar verdient haben. Sie könnten ein übler Verbrecher sein.«

»Jetzt haben Sie sich aber gerade ein Problem eingehandelt«, sagte ich.

»Und was für ein Problem soll das sein?«

»Sie haben meine Ehre in Frage gestellt. Das heißt, Sie müssen mir die Gelegenheit geben, sie wieder herzustellen.«

»Ich muss gar nichts«, sagte sie.

»Gewähren Sie mir ein einziges Treffen – nach meiner Entlassung. Dann lasse ich Sie für immer in Ruhe.«

»Azahrú, die Antwort hat drei Buchstaben: *non*.« Damit verließ sie das Zimmer, und fortan wurde ich von einer anderen Krankenschwester betreut. Ich fragte nach Madeleine, bekam aber nur zur Antwort, sie sei beschäftigt. Ein paar Tage später war ich endlich in der Lage, ohne Hilfe aufzustehen und das Zimmer zu verlassen. Da war ein Flur, von dem mehrere andere Zimmer abgingen. Ich ging ihn langsam entlang und achtete darauf, meinen Kopf dabei keinen allzu starken Erschütterungen auszusetzen. Ich bekam schon lange kein Morphium mehr und war jedem Schmerz, der mich heimsuchte, voll ausgeliefert. Ich fand sie, als sie gerade Gehübungen mit einem anderen Patienten machte, einem älteren Araber, der eine Glatze hatte und kein Französisch konnte und mit dem sie sich deswegen nur radebrechend unterhalten konnte.

»Madeleine«, sagte ich, »es tut mir sehr leid, dass ich Sie gekränkt habe. Das wollte ich nicht. Wenn Sie glauben, ich sei kein guter Umgang für Sie, dann bedaure ich das, aber ich kann es verstehen. Bitte verzeihen Sie mir.«

Der alte Mann wollte wissen, was ich gesagt hatte. Während sie versuchte, es ihm zu erklären, wandte ich mich ab und ging zurück in mein Zimmer.

Ich habe sie bis zu meiner Entlassung aus dem Krankenhaus nicht wiedergesehen. Lassad und Ifalan kamen, um mich abzuholen, und wir ritten zurück zu unserem Stamm. Wir waren langsam unterwegs, weil der Arzt gesagt hatte, dass ich in den nächsten Wochen vorsichtig leben und Erschütterungen des Kopfes vermeiden solle. Ifalan wollte wissen, wie es mit der blonden Europäerin weiter gegangen war, aber da ich nicht viel zu berichten hatte, blieb es ein kurzes Gespräch. Lassad sagte, er habe in Frankreich und in Belgien mehrere blonde Frauen gehabt, aber sie hätten ihn nicht sonderlich interessiert. Ifalans Bewunderung war ihm in diesem Moment sicher, denn Ifalan hatte noch immer seine Unschuld nicht verloren, und dieser Umstand begann ihm peinlich zu werden. Er war noch immer verliebt in meine Schwester Mariamá, die wiederum inzwischen schon Mitte 20 war und nach wie vor bei meinen Eltern lebte.

»Ifalan«, sagte ich, »wenn du lange genug wartest, wird keiner sie mehr heiraten wollen. Dann bleibt ihr nichts anderes mehr übrig, als dich zu nehmen.«

Ifalan senkte den Blick. »Ich will nicht, dass sie mich aus so einem Grund zum Mann nimmt, weißt du. Dann suche ich mir lieber eine andere.«

Lassad, der vor uns ritt, stieß einen Pfiff aus und sagte: »Das, Ifalan, ist das Klügste, was ich von dir je gehört habe.«

Wenn ich in den letzten Jahren nachts wachgelegen und in den Sternenhimmel geblickt hatte, war es Dafinah gewesen, die vor meinem geistigen Auge erschienen war. Nun nahm Madeleine diese Stelle ein. Ich versuchte, die Erinnerung an sie los zu werden. Aber es gelang nicht. Ihre grünen Augen hatten fast dieselbe Farbe wie der Smaragd auf dem Griff meiner *takuba*, und Lassad hatte mich darüber aufgeklärt, dass man die Farbe ihrer Haare *erdbeerblond* nannte. Ein einziges Mal in meinem Leben hatte ich Erdbeeren gesehen und gegessen, in Kano, dem südlichen Ziel unserer Salzkarawane, und ich fand nun wirklich nicht, dass Madeleines Haare so aussahen, aber Lassad war hier der Experte, also stellte ich seine Erfahrungen nicht in Frage. Auch wenn die Erdbeere meiner Meinung nach viel besser zur Farbe ihrer Lippen gepasst hätte. Nach mehreren Wochen begannen meine inneren Bilder von ihr allmählich zu verblassen, und das gefiel mir nicht. Ich wollte sie nicht vergessen. Ich wollte sie, verdammt noch mal, nicht vergessen! Also malte ich sie. Auf dem Bild trug sie ihre Schwesterntracht, mit Haube und allem, und im Hintergrund, zwischen den Dünen, war ich auf meinem *mehari* zu sehen. Mein *tagelmust* aber war so tief ins Gesicht gezogen, dass ich jeder andere *targi* hätte sein können.

»Sieht seltsam aus«, sagte Ifalan. »Eine Frau wie sie in unserer Welt. Erkennst du jetzt, dass das nicht zusammen passt?«

Er hatte Recht. Aber wen kümmerte das? Mir ging es mittlerweile schon wieder ganz passabel. Die Schmerzen in meinem Kopf ließen nach, und die Narben waren wegen meiner schnell nachwachsenden Haare kaum mehr zu sehen.

Ich sattelte Anazâr und ritt nach Agadez. Das Geschaukel tat meinem Kopf nicht gut, aber es war zu ertragen. Ich wusste nicht, warum ich das tat, aber ich konnte nicht anders. Mir fiel auf, dass ich eine Vorliebe hatte für Frauen, die nicht nur schön waren, sondern auch gesegnet mit einem ausgeprägten eigenen Willen, wenn nicht sogar mit einer gewissen Widerborstigkeit. Was die Frauen anging, hätte ich es wirklich leichter haben können. In unserem Stamm gab es mindestens zwei hübsche Mädchen, die nicht Nein gesagt hätten, wenn ich sie gefragt hätte. Ich wäre nur nie auf die Idee gekommen, sie zu fragen.

Ich wusste, zu welcher Tageszeit Madeleine das Krankenhaus verließ, und war rechtzeitig zur Stelle. Ich erkannte sie fast nicht, als sie nach draußen trat, weil ich sie zum ersten Mal ohne Schwesterntracht sah, und, gütiger Himmel, mit offenen Haaren! Sie reichten ihr bis weit über die Schultern und raubten mir den Atem. Sie war in Begleitung eines der Ärzte, aber als sie mich sah, verabschiedete sie sich von ihm und kam auf mich zu.

»Wie geht es Ihnen?« fragte sie.

»Gut. Und Ihnen?«

»Ich finde es zu heiß, um hier herum zu stehen. Da hinten ist so etwas wie eine Bar. Alleine kann ich als Frau da nicht rein, in Ihrer Begleitung schon.«

»Dann gehen wir.«

Was Madeleine eine Bar nannte, war nicht mehr als ein Bretterverschlag, der zu einem schäbigen Hotel gehörte, in dem hauptsächlich die paar Franzosen wohnten, die in der Klinik arbeiteten. Auch Madeleine hatte ein Zimmer in diesem Hotel, Tür an Tür mit ihrem Onkel, der Arzt in der Klinik war. Madeleine hatte sich ihm angeschlossen, gegen den ausdrücklichen Wunsch ihrer Eltern. Aber so hatte sie hier wenigstens jemanden, der auf sie aufpasste.

»Sonst würde meine Mutter durchdrehen vor Angst«, sagte Madeleine.

»Ich bin froh, dass Sie nicht auf Ihre Eltern gehört haben«, bemerkte ich.

Sie lächelte und sagte: »*Vous faites le sucré.*«

Ich runzelte die Stirn. »Ich mache Gezuckertes?«

»So sagen wir, wenn jemand Zucker über seine Worte streut, damit sie dem anderen gefallen.«

»Gefallen sie Ihnen denn?«

Sie blickte auf das Minz-Blättchen in ihrem Wasserglas und wechselte das Thema. »Schade«, sagte sie, »dass man in Ihrem Land keinen Alkohol bekommt. Trinken Sie ihn heimlich?«

»Wir trinken ihn gar nicht.«

»Nicht einmal, wenn es etwas zu feiern gibt?«

»Für uns ist es fast schon ein Grund zum Feiern, wenn wir genügend Wasser haben, um unseren Durst zu löschen. Alkohol vernebelt die Sinne und tut dem Menschen nicht gut.«

»Woher wissen Sie das, wenn Sie ihn nie probiert haben?«

»Sie wollen mich provozieren.«

»Zur Zeit Mohammeds war Alkohol im Islam noch gar nicht verboten«, sagte sie.

»Sie sind besser informiert als ich«, antwortete ich. »Ich weiß nur, dass wir ihn nicht trinken, und das reicht mir.«

»Gar nicht neugierig?«

»Nein.«

»Bei uns sagt man: Kinder und Betrunkene sagen die Wahrheit.«

»Ich sage Ihnen die Wahrheit auch so.«

»Wirklich?«

»Aber ja. Was wollen Sie wissen?«

Madeleine fischte mit den Fingern das Minz-Blättchen aus dem Wasser und steckte es sich zwischen die rosigen, vollen Lippen. »Dann sagen Sie mir, Azahrú, warum Sie hergekommen sind, um mich wieder zu sehen.«

»Wer sagt Ihnen denn, dass ich wegen Ihnen in Agadez bin?«

»Sie wollten die Wahrheit sagen.«

Wir maßen uns ein wenig mit Blicken und mussten lächeln. »Natürlich bin ich wegen Ihnen hier.«

»Ihre Entlassung ist einen Monat her.«

»Wenn Sie das sagen.«

»Ich dachte, Sie hätten mich längst vergessen.« Sie musterte mich. »Ich sehe kaum etwas von Ihrem Gesicht, und das stört mich. Es ist, als würden Sie sich verstecken.«

»Ich bin ein *targi*. Der *tagelmust* ist Teil meiner Kultur. Ich verstecke mich nicht.«

»Als Sie noch nicht bei Bewusstsein waren, habe ich drei Tage lang Ihr Gesicht gesehen. Hat Sie das mit Schande befleckt?«

»Ich war ja ohne Bewusstsein.«

»Das beantwortet meine Frage nicht.«

»Nein, es hat mich nicht mit Schande befleckt.«

»Warum bemühen Sie sich um mich? Mit dem Ding im Gesicht könnten Sie mich sowieso nicht küssen.«

»Wenn wir eine Frau küssen, ziehen wir es herunter.«

»Oh«, spottete Madeleine. »Wie großzügig.«

»Sie sind gar nicht so«, sagte ich. »Sie wollen mir nur zeigen, dass wir nicht zueinander passen.«

»Das tun wir sowieso nicht.«

»Und wenn ich Ihnen sage, dass meine Eltern Europäer waren?«

»Wie bitte?«

»Sie kamen aus Deutschland. Alle beide.«

Jetzt sah sie mich staunend an. Und genau in diesem Augenblick begriff ich, dass ich mich endgültig in sie verliebt hatte. Dass ich immer und immer wieder nach Agadez kommen würde, ganz egal, ob sie das wollte oder nicht. Aber nun hieß es, meine Sinne beisammen zu halten.

»Ist das wahr?«

»Sie sind nach Afrika gereist, weil er ein Buch über die Tuareg schreiben wollte. Dann sind sie beide gestorben, und der *amenokal* und seine Frau haben mich aufgenommen.«

»Deswegen die ungewöhnlich hellen Haare«, sagte sie und sah mich fasziniert an. »Von der Geschichte würde ich gerne noch etwas mehr hören.«

4

Ich kam nun fast jeden Tag nach Agadez, um sie zu besuchen. Oft gingen wir einfach nur spazieren, und einmal ließ ich sie auf Anazâr reiten und ging nebenher, die Zügel in der Hand. Nach einer Weile fing ich an, in der Klinik bei der Pflege der Patienten mitzuhelfen, einfach so, ohne dort angestellt zu sein. Nur weil ich ihr nahe sein wollte. Es dauerte trotzdem weitere sechs Wochen, bis sie mir zum ersten Mal gestattete, sie zu küssen. Und weitere drei Wochen, um mich mit in ihr karges Zimmer zu nehmen, wo wir miteinander schliefen. Was am Anfang unmöglich schien, war tatsächlich passiert: Ich hatte sie erobert. Ihre anfängliche Kratzbürstigkeit war völlig verschwunden. Sie gestand mir, dass sie mich liebte, lange bevor ich es gewagt hätte, ihr das zu sagen. Sie sagte mir, sie habe sich noch nie bei jemandem so geborgen gefühlt. Die Tage, die wir miteinander verlebten, waren so glücklich, dass ich mir wünschte, sie mögen niemals enden.

»Madeleine«, sagte ich, »kannst du dir vorstellen, bei mir zu bleiben?«

»*Chéri*, in ein paar Tagen beginnt das Herbstsemester.«

»Was kann ich tun, damit du bleibst?«

»Du musst mich entführen, hinaus in die namenlose Wüste, zu deinem Stamm. Und dann musst du mich hypnotisieren, so dass ich mein ganzes bisheriges Leben vergesse.«

»Was ist *hypnotisieren*?«

»Man versetzt jemanden in einen Zustand, in dem er alles tut, was man will.«

»Ich glaube, das lässt sich alles arrangieren«, sagte ich.

Wir mussten lachen, obwohl mir gar nicht danach zumute war. Ich wusste nicht, ob ich in der Lage war, sie gehen zu lassen. Aber mir war auch klar, dass sie ihren Lebensplan für mich kaum ändern würde.

»In den Semesterferien komme ich wieder her«, sagte sie. »Wir werden nur ein paar Monate voneinander getrennt sein.«

»Und wenn wir es anders machen?«

»Was meinst du?«

»Ich könnte mit dir kommen. Für die Zeit deines Semesters.«

Madeleine setzte sich im Bett auf und sah mich forschend an. »Traust du dir das denn zu? Du hast die Wüste noch nie verlassen.«

»Ich war in Kano.«

»Azahrú, hier in ein Flugzeug zu steigen und sich auf einmal in Paris wieder zu finden, ist etwas ganz anderes.«

»Das ist mir klar.«

»Wir würden in einem Haus leben. Wo du ständig von Mauern umgeben bist.«

»Wenn ich das nicht aushalte«, sagte ich, »stelle ich mir ein Zelt in den Garten.«

Sie lächelte mich liebevoll an. »Bald kommt der Winter, *mon chère*, da liegt in Paris so hoch Schnee.« Madeleine hielt ihre Hände weit auseinander. »Du weißt doch, was Schnee ist?«

Ich schüttelte den Kopf. Ich hatte nicht die geringste Ahnung, was Schnee sein sollte. Aber mir gefiel der Gedanke, Madeleine zu begleiten, ganz gleich, was sie dazu zu sagen hatte. Natürlich hatte ich niemals angenommen, dass ich Afrika je verlassen würde. Aber ich war ein *targi*, und wir waren es gewohnt, uns den Naturgewalten entgegen zu stemmen. Ich war ein Ritter der Wüste, der in der Lage war, jede nur erdenkliche Entbehrung auszuhalten. Ich überstand die Salzkarawane, bei der ich mehrere tausend Kilometer zurück legen musste. Himmel, man konnte mir sogar durch den Kopf schießen, und ich stand trotzdem wieder auf! Ich würde überall zurecht kommen!

Als ich mit meinen Eltern vor ihrem Zelt saß und ihnen meinen Entschluss mitteilte, sahen sie mich nur an und schwiegen.

»Wollt ihr gar nichts dazu sagen?« fragte ich schließlich.

»Du bist uns keine Rechenschaft schuldig«, sagte Koumamá. »Du kannst tun, was du willst.«

Ich spürte die Enttäuschung hinter seinen Worten.

»Es ist nur für für ein paar Monate«, sagte ich, und obwohl ich nicht wollte, dass es wie eine Entschuldigung klang, hörte es sich doch genauso an.

»Du wirst nicht hier sein, wenn die Salzkarawane sich auf den Weg macht.«

»Nach meiner Verletzung ist das vielleicht ganz gut so.«

»Aber es ist *nicht* gut, sein Volk zu verlassen. Wer sein Volk verlässt, verliert die Verbindung zum Wesen der Dinge.«

»*Abba*, ich komme ja wieder.«

»Du verlierst die Verbindung!« Er stand auf und ging wütend ins Zelt.

Meine Mutter füllte unsere Tassen mit *shahid*. »Ich habe damit gerechnet«, sagte sie, »dass das irgendwann passieren würde.«

»Du konntest nicht wissen, dass ich Madeleine treffen würde.«

»Aber dass du dich für die Welt deiner Vorfahren interessieren würdest, habe ich geahnt.«

»*Ânna*«, damit hat es nichts zu tun. »Ich liebe Madeleine und fürchte sie zu verlieren, wenn ich sie nicht begleite. Das ist alles.«

»Du täuschst dich, mein Sohn. Es ist mehr als das. Und er weiß das auch. Deswegen ist er so wütend. Er hat Angst, *dich* zu verlieren.«

»Das wird er nicht.«

»Wenn du in Europa bist, solltest du das Land deiner Eltern besuchen.«

»Das mache ich auf gar keinen Fall.«

»Vielleicht hast du noch Großeltern, die glücklich wären, dich kennen zu lernen.«

Ich ließ mir ihre Worte durch den Kopf gehen, und nach einer Weile sagte ich: »Dieses Land. *Almâniya*. Es muss schrecklich sein. Es hat Tod und Hass über die ganze Welt gebracht.«

»So etwas passiert, wenn die falschen Leute etwas zu sagen haben. Aber kein Volk besteht nur aus schlechten Menschen.«

»Hast du dir Lassads Geschichten angehört, als er aus dem Krieg zurück kam? Es ist ein Land voller Mörder und Wahnsinniger. Ich schäme mich, davon abzustammen. Ich werde keinen Fuß hinein setzen. Und selbst wenn ich dort noch leibliche Verwandte haben sollte - ihr seid meine Familie, und das wird auch so bleiben.«

»Ich kann verstehen«, sagte sie, »dass du versuchst, es dir einfach zu machen.« Dann schwieg sie, lächelte mich an und fuhr mir mit der Hand über den Unterarm. Eine einfache, mütterliche Geste. Ich erwiderte ihr Lächeln und spürte, wie ich sentimental wurde.

»Habe ich dir je gesagt, wie dankbar ich bin, dass ihr mich genommen habt? Damals?«

»Azahrú, wir waren dankbar, dass wir dich haben durften.«

»Ihr habt mich für immer, *ânna*. Vergiß das nicht, wenn ich weg bin, ja?«

Ein paar Tage später war es so weit. Nie habe ich mich seltsamer gefühlt als an dem Tag, an dem ich mich von meinen Freunden und Verwandten, von meinem Stamm verabschiedet habe. Es herrschte eine merkwürdig traurige Stimmung. Fatou schämte sich ihrer Tränen nicht. Koumamá wiegerte sich, mich in die Arme zu nehmen, weil er mit der Reise nicht einverstanden war. Und Mariamá sagte: »Habt ihr noch einen Platz frei in diesem Flugzeug? Ich habe von Paris gehört, es muss unglaublich sein!«

Ifalan nahm mir noch einmal das Versprechen ab, auch wirklich wieder zu kommen. Sonst würde er mir hinterher reisen und mich holen. Lassad riet mir, den Eiffelturm zu besteigen. Ich sagte ihm, ich wüsste nicht, ob ich mir den Namen dieses Turmes merken könne. Lassad winkte ab und meinte, wenn ich erst dort sei, würde ich schon wissen, welchen Turm er gemeint habe. Alle benahmen sich, als würden sie mich niemals wiedersehen. Das sprach zwar keiner aus, aber ich konnte es fast greifen. Mein *mehari* war schon gesattelt, meine Tasche gepackt. Ifalan würde mich begleiten, um nach meinem Abflug Anazâr zurück nach Hause zu bringen.

»Wo ist Dafinah?« Ich sah mich nach ihr um. »Wenn sie glaubt, dass ich gehe, ohne mich von ihr zu verabschieden, muss sie verrückt sein.«

»Ich habe sie in diese Richtung gehen sehen«, sagte Ifalan. »Auf die Berge zu. Noch nicht lange her.«

»Ich bin gleich wieder hier«, sagte ich, schwang mich auf den Rücken von Anazâr und ritt los.

»Ich wünschte, er hätte Dafinah geheiratet«, murmelte Koumamá.

Fatou sah ihn überrascht an. »*Du* hast gesagt, das dürfen sie nicht.«

»Es wäre immer noch besser gewesen als das, was jetzt passiert.«

»*Wer andere auf einen neuen Pfad führen will, muss damit beginnen, sich von sich selbst zu befreien. Darum gehe dir selbst voran, wie das erste Kamel der Karawane.* Das sind einmal deine Worte gewesen.«

»Zum Henker damit«, sagte er nur und verschwand im Zelt.

Ich folgte den Spuren, die Dafinah hinterlassen hatte, und fand sie, wie sie im Schatten einer Düne am Boden kauerte.

»Was tust du hier?« wollte ich wissen. Ich stieg von Anazâr, und da sah ich sie. Ich hatte sie schon sehr lange nicht mehr gesehen und angenommen, sie sei längst tot. Aber hier lag sie, und ihr Körper war noch warm: Essûnfá, das Schakalweibchen, dem wir einst das Leben gerettet hatten.

»Sie war schon sehr alt«, sagte Dafinah.

Ich nickte. Es tat weh. Ich hatte dieses Tier lieb gewonnen. Mehr noch als mein *mehari*. Dafinah hob ihren Kopf, und zum ersten Mal sah ich ihre dunklen, fast schwarzen Augen mit Tränen gefüllt.

»Hier liegt viel mehr als ein toter Schakal«, sagte sie. »Essûnfá steht für das, was wir aneinander haben, ob wir nun Freunde sein mögen, oder Geschwister, oder was auch immer.«

»Aber was wir aneinander haben, ist nicht tot, Dafinah.«

»Glaubst du wirklich, es ist ein Zufall, dass sie an dem Tag ihr Leben verliert, an dem du uns verlässt? Azahrú, deine Zeit in der *ténéré* ist abgelaufen. Alle wissen das.«

»Trotzdem ist es Blödsinn. Ich werde wiederkommen.«

Dafinah stand auf und wischte sich mit dem Ärmel ihrer *gandoura* übers Gesicht, um sich von den Tränen zu befreien. »Ich wünsche dir, dass die Reise dir dient, um heraus zu finden, was du heraus finden musst.«

»Und was soll das sein?«

»Zu welchem Volk du eigentlich gehörst. In den tiefsten Tiefen deines Herzens. Finde es heraus und handele danach.«

Ich seufzte. »Dafinah, da gibt es nichts heraus zu finden. Mein Platz ist hier bei euch.«

»*Abba* sagt immer: Es gibt nur einen Strick, der einen Mann an ein Land fesseln kann…«

»… eine Frau«, vollendete ich den Spruch.

Wir sahen uns an. Auf einmal wussten wir nicht mehr, was wir sagen sollten. Was wir machen sollten. Wir standen einfach nur so da, neben einem toten Schakal auf der einen Seite und meinem *mehari* auf der anderen.

»Es gibt etwas«, sagte Dafinah schließlich leise, »das ich sehr gerne tun würde. Aber es gehört sich nicht.«

Ein Schauer durchfuhr mich, als sie das sagte. »Was ist es?«

»Ich weiß nicht, ob ich mich traue, es auszusprechen.«

»Du bist das mutigste Mädchen, das ich kenne. Wenn du dich nicht traust, wer dann?«

»Azahrú, ich glaube, es ist in diesem Leben die allerletzte Gelegenheit für mich… dich zu küssen. Ich möchte nicht sterben, ohne mit meinen Lippen wenigstens einmal die deinen berührt zu haben.«

»Ich habe mich immer gefragt«, sagte ich mit stockender Stimme, »wie es sich anfühlen würde.«

»Nur ganz kurz«, flüsterte sie. »Nur ganz, ganz kurz.«

Ich zog mir den *tagelmust* von der Nase und trat auf sie zu. Unsere Gesichter näherten sich einander. Dafinah, die sonst hart und unnahbar sein konnte wie keine Zweite, schloss die Augen, und als unsere Lippen sich fanden, gab sie sich dem Moment ganz und gar hin. Ich hielt sie in den Armen, und während ein Teil von mir sich wünschte, der Augenblick würde niemals enden, fühlte der andere sich schuldig. Raum und Zeit verschwammen, und ich hatte keine Ahnung, wie lange wir so dagestanden hatten, als Dafinah sich schließlich von mir löste.

Als wäre überhaupt nichts gewesen, sagte sie: »Lass uns ein Loch graben und sie hinein legen. Ich will nicht, dass die Vögel sie zerfetzen.«

TEIL IV

LÉO

Paris

1

Zu dieser Zeit gab es in Agadez noch keinen Flughafen. Wenn ein Flugzeug startete oder landete, benutzte es das Rollfeld aus gewalztem Sand, das während des Krieges von Militärmaschinen benutzt worden war. Das Flugzeug würde uns nach Algier bringen. Mir wurde flau zumute, als ich den Kasten mit den eisernen Flügeln betrat. Vorsichtig setzte ich einen Schritt vor den anderen. Bisher hatte ich mich noch nicht einmal in ein Auto gesetzt, oder auf ein Motorrad. Ich war es zwar gewöhnt, die Füße vom Boden zu heben, aber dann hatte ich stets ein *mehari* unter mir, dessen Verhalten ich einschätzen und dem ich Befehle erteilen konnte. Hier drin war ich umgeben von Metall, und es war so niedrig und eng, dass ich ständig auf der Hut sein musste, nirgendwo anzustoßen. Ich hatte mich ins Innere eines Drachens gewagt und war ihm ausgeliefert, auf Gedeih und Verderb. Das gefiel mir nicht.

»*Chéri*, geht es dir gut?« fragte Madeleine.

»Bestens«, sagte ich und zwängte mich auf den Sitz, den Madeleine mir zuwies. Außer uns waren noch drei weitere Passagiere an Bord, alles Franzosen. Der Pilot, ein Spanier, kam als Letzter. Er trug eine zerschlissene, lederne Fliegermütze, eine tiefschwarze Sonnenbrille und hatte eine Zigarette im Mundwinkel hängen. Er lächelte Madeleine an und plauderte ein wenig mit ihr, in einer Sprache, die ich nicht verstand. Dann schloss er die Einstiegsluke, ging nach vorne und setzte sich in sein Cockpit. Madeleine nahm neben mir Platz und schloss meinen Sicherheitsgurt. Ich wollte wissen, worüber die beiden gesprochen hatten, und in welcher Sprache.

»Das war Englisch«, sagte sie. »Ich kann kein Spanisch, er kein Französisch. Aber Englisch haben wir beide in der Schule gelernt.«

Der Pilot startete den Motor. Das Geräusch und das damit einhergehende Vibrieren des Flugzeugs versetzten mich in Anspannung. Ich hielt den Atem an.

»Ganz ruhig, mein Schatz«, sagte Madeleine leise. »Es ist alles gut. Das Flugzeug macht genau das, was es soll.«

Ich wollte mich nicht benehmen wie ein ängstliches Weib und gab mir alle Mühe, größtmögliche Gelassenheit auszustrahlen. »Natürlich«, sagte ich nur. »Es ist alles in Ordnung.«

Plötzlich fing das Flugzeug an, sich zu bewegen. Ich zuckte zusammen.

»Wir müssen erst einmal wenden«, sagte Madeleine. »Bevor wir starten können.«

Der Gedanke, dass dieses metallene Ungetüm sich gleich vom Boden erheben und fliegen würde, machte mich immer konfuser. Das konnte doch gar nicht sein. Wir waren viel zu schwer, um den Boden zu verlassen. Und selbst wenn es uns für kurze Zeit gelingen sollte, würden wir uns unmöglich in der Luft halten können. Wir würden abstürzen! Das war doch offensichtlich! Aber warum tat dann niemand etwas dagegen? Warum lief keiner nach vorne und stoppte den Piloten? Ich versuchte, meinen Sicherheitsgurt zu lösen.

Madeleine zog die Stirn kraus. »Was hast du vor?«

»Das kann nicht funktionieren«, sagte ich. »Jemand muss ihn aufhalten.«

Madeleine legte mir behutsam die Hand auf den Oberschenkel. »Ruhig, Azahrú«, sagte sie. »Ganz ruhig. Er weiß genau, was er tut.«

Ich lehnte mich zurück. Mein Atem ging schwer. Das Flugzeug beschleunigte jetzt. Draußen flogen die Lehmhäuser von Agadez rasend schnell vorbei. Ich sah auch ein paar Männer, die draußen standen und dem Flugzeug beim Starten zusahen, und hätte gerne mit ihnen getauscht. Meine Finger krallten sich in den Sitzbezug. Dann spürte ich einen Druck, wie von einer unsichtbaren Macht, der mich in den Sessel drückte, und ein Blick durchs Fenster sagte mir, dass wir vom Boden abgehoben hatten. Madeleine legte ihre Hand auf meine und musste lächeln.

»Verspottest du mich?«

»Aber nein«, sagte sie, »verzeih mir, ich sollte nicht lachen, aber du benimmst dich einfach so lustig.«

Ich spürte, wie mir Schweißtropfen den Hals entlang liefen. Der nächste Blick aus dem Fenster raubte mir dann endgültig den Atem. Ich konnte nicht fassen, was ich sah: die *ténéré* von oben! Die Wüste, mein Zuhause, wie sonst nur die Vögel sie sehen konnten. Nur Sand und Himmel, und dennoch eine ganze Welt. In der Wüste gab es nichts, und es gab alles. So war es und würde es immer sein. Auf einmal machte es mich traurig, sie zum ersten Mal in meinem Leben wirklich zu verlassen. Hier gehörte ich hin und nirgendwo sonst.

Algier hatte einen richtigen Flughafen mit großen Passagierflugzeugen, die ich auch nicht vertrauenswürdiger fand als die kleinen. Aber immerhin hatte das Flugzeug des Spaniers mir bewiesen, dass man tatsächlich von einem Ort zum anderen fliegen konnte, ohne Schaden zu nehmen. Wir stiegen nun in eine Maschine der Air France, in der Platz war für etwa drei Dutzend Passagiere, aber nur ungefähr die Hälfte aller Plätze waren auch besetzt. Den Start mit diesem Flugzeug empfand ich längst nicht mehr als so strapaziös. Wir waren kaum in der Luft, als wir an die algerische Küste kamen und das Meer zu überqueren begannen. Ich hatte zwar gewusst, dass es das Meer gab, natürlich, es hatte in manchen alten Geschichten eine Rolle gespielt, die ich als Kind erzählt bekommen hatte. Aber so viel Wasser auf einmal machte mich trotzdem fassungslos.

»Du weißt schon, dass es Salzwasser ist?« wollte Madeleine klarstellen. »Man kann es nicht trinken.«

»Natürlich weiß ich das«, sagte ich. »Es ist für mich einfach nur ein besonders erstaunlicher Anblick.«

»In Paris lernst du Schwimmen«, meinte Madeleine. »Wir haben in der Nähe einen Badesee, der ist so groß, dass alle Tuareg der Welt ihn nicht austrinken könnten.«

Paris raubte mir den Atem. All die vielen Menschen in ihren Anzügen und Kleidern! Und wie sie aneinander vorbei liefen. Ohne sich zu grüßen. Ohne sich anzusehen. Niemand schien den anderen zu kennen. Und niemand schien Zeit zu haben für irgendetwas, nicht einmal für eine Tasse Tee, geschweige denn für drei. Mich irritierten die ganzen unverschleierten Männer, sie trugen überhaupt nichts auf dem Kopf, abgesehen von ein paar Kerlen mit Mützen und seltsamen Hüten. Stattdessen hatten sie sich Krawatten um den Hals gebunden. Aber das Schlimmste war, wie sie mich alle ansahen. Sie blieben stehen und glotzten. Sie drehten sich sogar nach mir um und musterten mich völlig schamlos von Kopf bis Fuß. Nie zuvor war ich so froh gewesen, einen *tagelmust* zu tragen, der den größten Teil meines Gesichts verdeckte. So fühlte ich mich halbwegs sicher, trotz all der Blicke, die auf mir ruhten.

Die nächste Herausforderung bestand aus Madeleines Wohnung, die sich im Quartier Latin befand, in der Nähe der Sorbonne, an der sie Medizin studierte. Die Wohnung war sehr klein. Es war mir kaum möglich, mich vom einen Raum zum anderen zu bewegen, ohne an irgendetwas zu stoßen. Geschlossene Räume waren für mich bisher Zelte gewesen, die man mit den Schultern oder den Knien berühren konnte, ohne dass etwas passierte. Das Zelt meiner Eltern hatte ich oft mit dem Kopf geöffnet, wenn ich gerade etwas in den Händen hatte. An einer ledernen Zeltbahn konnte man sich nicht weh tun. Mit Wänden, Türen und Schränken war das ganz etwas anderes. In den ersten Tagen schlug ich mir ständig den Kopf an, die Schultern, Knie und Ellenbogen - mein Körper war übersät mit blauen Flecken.

Madeleines winziges Badezimmer war für mich eine Art Wunderland. Zunächst begriff ich gar nicht, wofür es gut sein sollte. Sie drehte den Hahn auf, und es kam Wasser heraus geschossen. Ich sprang sofort hin und breitete die Hände darunter aus, um es aufzufangen. Etwas so Kostbares durfte man nicht einfach davon fließen lassen! Madeleine versuchte mir zu erklären, dass Wasser hier nichts Besonderes war. Dass jeder davon so viel haben konnte, wie er wollte, und dass es fast umsonst war. Ich starrte sie an, als hätte sie versucht, mir zu erklären, dass es nicht schlimm war, sich den Fuß abzuhacken, weil er ja nachwachsen würde. Sie blieb vor einem Kasten stehen, der aus dem Boden kam, und klappte ihn auf.

»Hier ist die Toilette«, sagte sie und erklärte mir, dass man darauf seine Geschäfte erledigte. Erst entleerte man sich, dann säuberte man sich mit dem Papier, das neben der Toilette auf einer Rolle hing, und anschließend musste man nur noch an der Strippe ziehen, die von der Decke hing. Ich nickte nur und sagte, ich hätte es verstanden.

Am Nachmittag war es so weit. Ich zog mich ins Badezimmer zurück, machte die Türe zu und klappte die Toilette auf. Dann setzte ich mich auf die Brille. Sich dabei hinsetzen zu können war ja ganz angenehm. Ich hatte nicht gewusst, dass es so etwas gab. Mein Leben lang war ich hinter eine Düne oder einen Felsen gegangen, hatte mich dort erleichtert und mir mit der linken Hand den Hintern mit Sand gesäubert. Deswegen galt die linke Hand bei uns als unrein, und man hätte sie nie zum Essen verwendet oder um jemanden zu begrüßen. Ich setzte nun also einen Haufen in diese Toilette und säuberte mich mit dem Papier. Wie weich das war, es fühlte sich gut an. Ich stand auf, und nun gab es nur noch diese Sache mit der Strippe. Sie hatte am unteren Ende einen Griff. Ich zögerte. Madeleine hatte mir nicht gesagt, was passieren würde, wenn ich daran zog. Wahrscheinlich würde sich eine Art Luke öffnen, in die mein Kot dann hinein rutschen würde. Ich umfasste den Griff und begann vorsichtig, daran zu ziehen. Im selben Moment ertönte ein lautes Rauschen, ein wahrer Wasserfall ergoss sich in die Schüssel und spülte alles mit sich fort. Das Rauschen wollte gar nicht mehr aufhören, und mein Entsetzen hätte kaum größer sein können. Für einen Moment geriet ich in Versuchung, irgendetwas hinein zu werfen, um den Abfluss zu verstopfen - als der Fluss des Wassers endlich nachließ und schließlich aufhörte.

Madeleine sah meine Bestürzung, als ich zu ihr ins Wohnzimmer kam, und wollte wissen, was passiert war.

»Diese Toilette«, sagte ich. »Sie vergeudet mehr Wasser, als ein Mann in der *ténéré* für eine ganze Woche zum Überleben braucht. Das ist doch nicht richtig.«

»Ich verstehe dich ja«, meinte sie und lächelte mich nachsichtig an. »Aber weißt du, wovon man genug hat, darauf braucht man keine Rücksicht zu nehmen.«

»*Aman iman*«, sagte ich. »Wasser ist Leben. Es ist eine Sünde, einfach Leben weg zu schütten.«

»Azahrú, es gibt in ganz Frankreich niemanden, der Durst zu leiden hätte, nicht einmal die Obdachlosen. Dieses Problem existiert hier nicht.«

Das mochte ihre Haltung sein, aber ich konnte das nicht. Beim nächsten Mal nahm ich die Bürste zu Hilfe, die neben der Toilette stand, und zur anschließenden Reinigung des Beckens genügten ein bis zwei Zahnputzgläser voll Wasser.

Madeleine war aufgeregt, denn Cécile, eine Studienkollegin von ihr, feierte Geburtstag, und bei dieser Gelegenheit wollte sie mich ihren Freunden vorstellen. Cécile wohnte in der Rue de Charonne im 11. Arrondissement, und Madeleine erzählte mir, dass wir mit der Métro dorthin fahren würden. Als ich mir die *takuba* umschnallen wollte, bat sie mich, die hier zu lassen. In Paris war man nicht bewaffnet, und wenn ich mit einem Schwert durch die Straßen lief, könnte ich Ärger mit der Polizei bekommen. Ich fügte mich. Madeleine war hier zu Hause und wusste, wie man sich zu verhalten hatte. Für sie war die Fahrt in die Rue de Charonne nur eine von vielen, für mich sollte sie zu einer weiteren Reise ins Ungewisse werden. Eine Treppe führte tief hinunter in eine Höhle, die elektrisch beleuchtet war. Viele Menschen kamen uns von unten entgegen, andere überholten uns auf der Treppe, weil ich so langsam ging.

»Was ist da unten?« wollte ich wissen.

»Das habe ich dir doch schon gesagt«, erwiderte Madeleine. »Dort unten fährt die Métro. Das sind Züge, die unter der Stadt hin und her fahren.«

»Wenn wir im Aïr-Gebirge eine Höhle betreten, sind wir vorsichtig. Ein Schakal könnte darin leben. Oder ein Vogel, der Angst bekommen und uns die Augen auskratzen könnte.«

»*Mon cher*, so etwas gibt es hier nicht. Die schlimmsten Tiere, die uns da unten begegnen werden, sind schlecht gelaunte Pariser. Oder bestenfalls ein paar Ratten.«

Mir war unwohl zumute. Ich wünschte, ich hätte mich nicht zum Ablegen der *takuba* überreden lassen. Madeleine kaufte uns Fahrscheine, und auf einmal waren wir auf dem Bahnsteig, auf dem sehr viele Menschen standen und warteten. Einige lasen Zeitung, andere redeten miteinander. Auf einmal entstand ein Luftzug. Aber wie war es möglich, dass hier unten, tief unter der Erde, plötzlich Wind zu wehen begann? Nahezu gleichzeitig ertönte ein Grollen, das sich bedrohlich näherte.

»Madeleine, was ist das?« fragte ich.

»Der Zug kommt an«, erwiderte sie. »Es ist nur der Zug.«

Als er mit quietschenden Bremsen einfuhr, ging ich unwillkürlich rückwärts, um ihm auszuweichen, und dabei rempelte ich zwei ältere Männer in langen Mänteln an, die vor mir zurück wichen und sich beschwerten. Ich entschuldigte mich bei ihnen, aber in der Aufregung tat ich es auf *tamascheq*, was ihr Unbehagen noch zu verstärken schien. Madeleine schickte eine Entschuldigung auf Französisch hinterher und zog mich in den Zug, dessen Türen sich inzwischen geöffnet hatten. Ehe ich mich versah, standen wir dicht gedrängt zwischen vielen anderen Leuten, und fast jeder von ihnen sah mich an, mit einer Mischung aus Neugier und Ablehnung.

»Halt dich an der Stange fest«, sagte Madeleine.

Ich tat es, und im nächsten Moment fuhr der Zug los, zischend und grollend. Was war das für eine Stadt, unter der man in riesige, stählerne Schlangen stieg, die dann durch enge Höhlen geschossen wurden?

Céciles Wohnung war nicht viel größer als die von Madeleine. Umso erstaunlicher, dass über 20 Leute darin Platz fanden, um mit ihr zusammen zu feiern. Sie hatte langes, dunkles, leicht gewelltes Haar, sehr blasse Haut und eine kleine Stupsnase. Sie sah hübsch aus und irgendwie lustig, als hätte sie stets eine humorvolle Bemerkung auf den Lippen. Ich hatte natürlich schon erwartet, dass ich bei ihrer Feier die Attraktion des Tages sein würde. Ein Freund von Cécile fragte mich: »Ist schon *mardi gras*? Tolle Verkleidung.«

Ich klärte ihn darüber auf, dass ich mich nicht verkleidet hatte. Cécile fand meine Aufmachung *chic* und fragte sich, ob ihr so etwas auch stehen würde. Sie zupfte neugierig an meiner *gandoura*. Ich erklärte ihr, dass bei uns nur die Männer verschleiert waren.

»Und die Hosen haben dann die Frauen an?« Die Bemerkung kam wieder von Thierry, dem bereits erwähnten Freund von Cécile. Ich antwortete nicht darauf, weil ich nicht verstand, warum er mir diese Frage stellte.

»He, *musulman*, ich hab dich was gefragt«, sagte er. Thierry war schlank, fast schon dünn, und ein wenig größer als ich. Er trug einen schwarzen Rollkragenpullover, eine schwarze Hose und schwarze Schuhe.

»Ja, ich weiß«, erwiderte ich, »und ich habe nicht darauf geantwortet. Wenn das unhöflich war, tut es mir leid.«

»Nimm mal den Fetzen runter. Sich zu vermummen, wenn man sich mit dir unterhält, *das* ist unhöflich.«

Cécile nahm Thierry beiseite und bat ihn, mich einfach in Ruhe zu lassen. Er zuckte die Achseln und tat es, wenn auch etwas widerwillig. Außer Madeleine und Cécile richtete niemand mehr das Wort an mich, und ich wusste auch nicht, wie ich mit den Leuten ins Gespräch kommen sollte. Ich sehnte mich nach frischer Luft und trat hinaus auf den Balkon.

»Dein Lieblingsort in jedem Haus ist der Balkon«, sagte Madeleine, als sie von hinten die Arme um mich schloss.

»Deine Freunde mögen mich nicht«, erwiderte ich. »Sie weichen meinen Blicken aus und finden mich merkwürdig.«

»Sie haben jemanden wie dich noch nie gesehen. Gib ihnen ein bisschen Zeit. Die meisten von ihnen sind ganz nett.«

»Auch dieser Thierry?«

Madeleine lachte. »Thierry ist ein Arschloch. Aber verrate Cécile bitte nicht, dass ich das gesagt habe, ja? Sie ist ein bisschen in ihn verliebt. Was meinst du, können wir noch ein bisschen bleiben? Oder erträgst du es nicht mehr?«

»Wir können bleiben, solange du möchtest.« *Ich habe schließlich gelernt, Anstrengungen zu ertragen.* Aber das dachte ich nur und sprach es nicht aus.

Madeleine drückte mir dankbar die Hand und ging wieder hinein. Ich blieb noch auf dem Balkon und sah zu, was unten auf der Straße vor sich ging. Auf der Rue de Charonne ging es sehr lebhaft zu. Es gab eine Reihe von Ladengeschäften und Restaurants, und ab und zu fuhr eine Straßenbahn vorbei. Diesem fremdartigen Treiben hätte ich den ganzen Tag lang zusehen können, aber es dauerte nicht lange, bis Cécile nach draußen kam.

»Fühlst du dich auch wohl?« fragte sie.

»Ja, sehr«, sagte ich, »vielen Dank.«

»Frierst du gar nicht? Es könnte bald schneien. So kalte Temperaturen kennst du wahrscheinlich gar nicht.«

»In der Wüste wird es nachts oft noch kälter. Wenn man sich vor der Kälte nicht schützt, kann man sogar erfrieren.«

Sie lächelte und sagte: »Ihr müsst mal kommen, wenn bei mir nicht so viel Trubel ist. Und dann erzählt ihr mir von der Wüste.«

Die abendliche Rückfahrt mit der Métro setzte mir nicht mehr zu, ich wusste ja jetzt, womit ich es zu tun hatte, und außerdem war der Zug nicht einmal halb so voll wie bei der Hinfahrt. Ich stellte mit Erstaunen fest, dass ich angefangen hatte, mich an die aberwitzigsten Dinge zu gewöhnen: Flugzeuge, Métrozüge, kilometerlange Höhlen und Wasserklosetts. Aber von geschlossenen Räumen umgeben zu sein bedrückte mich. Ich war es gewohnt, bis zum Horizont blicken zu können. Das konnte ich hier noch nicht einmal, wenn ich das Haus verließ, die Straßenschluchten verhinderten es. Ich fragte Madeleine, wie sie es aushielt, keinen Wind im Gesicht zu spüren. Und vermisste sie nicht die Schwankungen der Temperatur, die ihr verrieten, ob es Tag oder Nacht war? Ob die Sonne schien oder Wolken heraufzogen, oder vielleicht sogar ein Sturm? In ihrer Wohnung herrschte immer dieselbe Wärme, ganz gleich wie kalt es draußen auch sein mochte. Empfand sie das nicht als unnatürlich?

»Madeleine, weißt du, wie wir sagen? Bei uns heißt es: Häuser sind die Gräber der Lebenden.«

»So habe ich das noch nie gesehen«, sagte sie. »Aber du hast ganz recht. Wir leben hier völlig degeneriert. Verlieren den Bezug zur Natur.« Sie wollte, dass wir auf der Stelle draussen spazieren gingen, und als wir im Treppenhaus waren, kam sie auf eine Idee.

»Azahrú, es gibt einen Ort, der ist wie für dich geschaffen. Dort gehen wir jetzt hin.«

Sie führte mich auf den Montmartre. Ich war begeistert. Nicht nur die Schönheit der Basilika von Sacré-Coeur überwältigte mich - von hier aus konnte ich in die Ferne sehen, bis zum Horizont! Das ganz alleine ließ mich zutiefst aufatmen. Zwar war ich fassungslos darüber, wie unermesslich groß Paris zu sein schien. Ein Ende der Stadt war überhaupt nicht absehbar. Aber wenn es wenigstens einen Platz gab, von dem aus man den Blick schweifen lassen konnte, dann würde es mir gelingen, nicht durchzudrehen.

»Oh, es gibt noch mehr solcher Plätze«, meinte Madeleine. »Morgen steigen wir da rauf.« Sie deutete auf den Eiffelturm.

»Lassad hat sowieso verlangt, dass ich das tue.«

Auf dem Montmartre hatten, der Kälte zum Trotz, viele Künstler ihre Arbeiten ausgestellt.

»Renoir, Van Gogh und Picasso haben hier gelebt«, erzählte Madeleine.

»Wer?«

Sie lächelte.

»Sind das Männer, die ich kennen müsste?«

»Möchtest du die Bilder der ganz großen Künstler sehen?«

Natürlich wollte ich das. Madeleine besuchte mit mir den Louvre. Drei Tage hintereinander. Ich konnte nicht genug davon bekommen. Dann führte sie mich durch die besten Galerien der Stadt. Meine eigene Kunst, wenn ich sie denn überhaupt so nennen wollte, kam mir gegen das, was es in dieser Stadt zu sehen gab, immer mickriger und unbedeutender vor.

Es war eines Nachts Anfang Dezember, als Madeleine mitten in der Nacht erwachte und mich neben sich vermisste. Sie rief nach mir, aber es kam keine Antwort. Nachdem sie die ganze Wohnung abgesucht hatte, fand sie mich auf dem Balkon, wo ich den Teppich ausgerollt hatte, den ich sonst für meine Gebete benutzte, und auf dem ich jetzt lag, in eine dünne Decke gehüllt. Ihr war klar, dass ich es im warmen Schlafzimmer, auf der weichen Matratze, nicht mehr ausgehalten hatte. Ohne ein Wort zu sagen holte sie sich eine dickere Decke, legte sich daneben und schmiegte sich an mich.

Ich lernte schnell dazu. Nach wenigen Tagen schon konnte ich die Schnelligkeit der Autos auf den Straßen richtig einschätzen und überquerte die Straße nur noch, wenn das Auto weit genug entfernt war. Trotzdem kam es noch zu schwierigen Situationen. Madeleine ging mit mir ins Kino. Weil sie aus den bisherigen Erfahrungen gelernt hatte, bereitete sie mich auf diesen Ausflug sehr gewissenhaft vor.

»Du wirst Bilder sehen«, sagte sie, »die sich bewegen. Du wirst glauben, dass das, was du siehst, gerade wirklich passiert.«

Ich nickte schweigend und glaubte ihr kein einziges Wort. Niemand würde mir Bilder zeigen können und mir glaubhaft machen, dass das, was ich sah, tatsächlich geschah. Offenbar unterschätzte Madeleine mich ein wenig, aber das fand ich verzeihlich, nach dem, was wir in der Métro erlebt hatten.

»Man nennt es *Film*«, fuhr sie fort. »Als er vor langer Zeit erfunden wurde, hat es eine Vorstellung gegeben, bei der man den Leuten gezeigt hat, wie ein Zug auf sie zufuhr. Das Publikum ist aufgesprungen und wollte sich in Sicherheit bringen.«

»Das wird mir sicher nicht passieren«, sagte ich. »Aber ich danke dir, dass du mich gewarnt hast.«

Der Film hieß *Der dritte Mann* und spielte in Wien, der Hauptstadt von Österreich, wie Madeleine mir erklärte. Trotzdem war es ein Film aus England. Wie das sein konnte, verstand ich nicht, aber ich musste auch nicht alles verstehen. Die Filmvorführung faszinierte mich sehr, und je länger sie dauerte, desto mehr wurde ich mitgerissen von der Geschichte. Am Ende des Films gab es eine Verfolgungsjagd durch das Wiener Kanalsystem. Ich verstand nun, wohin mein Kot gespült wurde, wenn ich bei Madeleine auf der Toilette saß. Als Harry Lime vor seinen Verfolgern durch die Kanalisation flüchtete, konnte ich die Spannung kaum mehr ertragen. Dieser Lime war ein furchtbarer Mensch, weil er daran schuld war, dass Kinder vergiftet wurden, das hatte ich verstanden. Trotzdem mochte ich ihn irgendwie und wollte nicht, dass er getötet wurde. Auf einmal wurde er aber getroffen! In diesem Moment sah ich den dunklen Riesen vor mir, der vor einiger Zeit auf mich geschossen hatte - wie ein Blitz, der durch mich hindurch fuhr. Ich sprang auf und rief auf *tamascheq*:

»Lauf weg! Oder sie töten dich! Na los, lauf weg!«

Madeleine griff fest nach meiner Hand. Im flackernden Licht des Filmes konnte ich sehen, wie das ganze Kino mich anglotzte. Für diese Menschen muss ich selbst ausgesehen haben wie einem Film entsprungen, aber das war mir in dem Augenblick nicht klar.

»Setz dich, Blödmann, und halt die Klappe!« rief einer. Und ein anderer: »Ja, hinsetzen, aber schnell!«

Madeleine zog mich hinunter auf meinen Sitz. »*Chéri*, es ist nur ein Film«, flüsterte sie geduldig. »Nur ein Film.«

Ich sah sie entschuldigend an, noch völlig aufgewühlt. Ich wollte irgendetwas sagen, aber sie legte mir sanft den Zeigefinger auf die Lippen, und dann zog sie mich zu sich her, und wir küssten uns, lang und anhaltend. Nach der Vorstellung hat sie mir verraten, dass es ein taktischer Kuss gewesen sei, und sich dafür entschuldigt. Sie wusste, dass Holly Martins am Ende Harry Lime erschießen würde, und sie wollte verhindern, dass ich mich noch mehr aufregen würde. Deswegen habe ich von den letzten Minuten des Filmes nicht viel mitbekommen. Aber das störte mich nicht. Denn mehr als je zuvor spürte ich, wie sehr Madeleine und ich darum bemüht waren, den Schwierigkeiten zu trotzen, die unser gemeinsames Leben mit sich brachte.

Unverdrossen arbeitete sie daran, mich mit dem Leben in Paris vertraut zu machen. Den Umgang mit Messer und Gabel lernte ich bei ihr zu Hause, und so wagten wir uns bald an das nächste Projekt und besuchten ein Restaurant. Natürlich erntete ich dort viele Blicke. Anscheinend gab es außer mir in ganz Paris keinen weiteren verschleierten Mann, aber damit konnte ich inzwischen leben. Madeleine sah hinreißend aus in ihrem roten Oberteil, dem schwarzen Bleistiftrock und den hohen Schuhen, mit denen sie fast so groß war wie ich. Nur ich wusste, dass sie darunter eine *guepière* trug, ein besonders enges Taillenmieder, und der Gedanke daran machte mich den ganzen Abend lang völlig verrückt. Ich schlug mich beim Essen ganz gut und überstand sowohl die Vor- als auch die Hauptspeise ohne irgendwelche Zwischenfälle. Madeleine hatte wieder, wie so oft, versucht, mich zu einem Glas Wein zu überreden, aber dieser Punkt war weiterhin nicht verhandelbar. Trotz der Fremdartigkeit des Restaurants hätte ich mich wohlgefühlt, wenn nicht die Leute am Nebentisch gewesen wären. Sie waren ein Ehepaar, was man, wie Madeleine mir leise erklärte, an den Ringen erkannte, die sie trugen. Beide waren einige Jahre älter als wir und wohlgenährt. Die Frau hatte ein weites Kleid an, um ihr Übergewicht zu kaschieren, während der Mann, der einen breiten Schnauzbart trug, ein auffällig rotes, massiges Gesicht hatte. Er benahm sich unangenehm gegenüber dem Kellner. An allem hatte er etwas auszusetzen. Den Wein ließ er zurück gehen, weil er nach Korken schmeckte. Das Brot, das als Beilage gereicht wurde, war ihm nicht frisch genug. Die Suppe empfand er als zu wenig heiß und zu schwach gesalzen. Der Kellner gab sich die redlichste Mühe, alle Bedürfnisse des Gastes klaglos zu befriedigen, aber der Mann bedachte ihn nur mit herablassenden Bemerkungen. Nachdem der Hauptgang serviert worden war, bat die Frau ihren Gatten, sich doch endlich einmal ein wenig zusammen zu reißen. Daraufhin konzentrierte sich der Zorn des Mannes auf seine Ehefrau. Wie konnte sie es wagen, so mit ihm zu reden, noch dazu vor Publikum? Hatte sie den Verstand verloren? Sie wehrte sich und nannte ihn einen unbeherrschten Widerling. Er überzog sie mit Flüchen. Ich hätte ihn gerne gebremst, aber ich wollte nicht schon wieder überflüssigen Ärger produzieren.

»Ihre Frau hat Recht«, sagte Madeleine. »Sie gehen hier allen Gästen auf die Nerven.«

Sein großer Kopf drehte sich in unsere Richtung, und alles, was er sagte, war: »Verzeihung?«

»Sie haben schon verstanden«, erwiderte Madeleine.

»Sind Sie noch ganz bei Trost?« fragte der Mann. »Kümmern Sie sich um Ihre Angelegenheiten, oder ich lasse Sie hinaus werfen, Sie und Ihren komischen Araber.«

Ich konnte nicht mehr anders, jetzt musste ich mich zu Wort melden. »Niemand redet so mit meiner Begleiterin«, sagte ich. »Und hören Sie damit auf, die Würde Ihrer Frau zu verletzen.«

Er lachte dröhnend. »Das rät mir ein Moslem? Wo sind denn Ihre ganzen anderen Frauen? Putzen die zu Hause die Latrine? Oder haben Sie die auf den Strich geschickt?«

Die letzte Bemerkung verstand ich nicht, aber mir war klar, dass sie unfreundlich gemeint sein musste. Ich wollte aufstehen, aber Madeleine legte mir die Hand auf den Arm und sah mich bittend an.

»Lassen Sie ihn nur«, sagte der Mann. »Einen wie den verspeise ich zum Frühstück.« Er hob seinen fetten Körper vom Stuhl und kam auf mich zu. »Garçon«, rief er dem Kellner zu, »dieser Gast möchte gerne gehen.« Dabei deutete er mit dem ausgestreckten Finger auf mein Gesicht, als wolle er ihn mir ins Auge bohren, und löste in mir einen sofortigen Reflex aus. Mit einer Bewegung wie aus einem Guss sprang ich auf und drehte ihm den Arm auf den Rücken. Dabei warf er mit der anderen Hand Madeleines Weinglas um, dessen Inhalt sich dunkelrot über das blütenweiße Tischtuch ergoss.

Er gab einen Schmerzensschrei von sich, und alle Gäste, Madeleine eingenommen, sahen uns erschrocken zu.

Der Abend endete für Madeleine und mich auf dem Polizeirevier. Der Kellner hatte die Polizei angerufen, und es dauerte nicht lange, bis drei uniformierte Beamte angesprungen kamen. Obwohl Madeleine die Sachlage zutreffend beschrieb, war für die Beamten klar, wen sie festzunehmen hatten, nämlich mich. Wir wurden aufs Revier gebracht und ausgiebig verhört. Dann sperrte man uns noch eine Weile in eine vergitterte Zelle, bis irgendwann mitten in der Nacht ein Uniformierter kam. Er sagte, wir sollten uns für weitere Untersuchungen bereit halten, dann brachte er uns nach draußen. Ich entschuldigte mich bei Madeleine für mein erneutes unbeherrschtes Verhalten, aber sie winkte nur ab und meinte, es sei nicht meine Schuld gewesen.

»Ich hätte einfach den Mund halten sollen«, sagte sie. »Aber der Kerl war einfach ein zu großer Kotzbrocken.«

»Ich finde, wir haben eigentlich gar nichts falsch gemacht«, fügte ich hinzu.

»Haben wir auch nicht«, erwiderte sie.

Und dann landete ein weißer Fussel auf ihrem schwarzen Mantel. Und noch einer. Ein weiterer setzte sich auf ihre Haare. Aber genauso schnell waren die Fussel auch schon wieder verschwunden. Es fing an zu schneien! Darauf hatte ich schon seit Tagen gewartet, und jetzt war ich überrascht, wie bezaubernd es war. Im Nu war der ganze Himmel voller Schneeflocken. Ich hob das Gesicht, und mehrere Flocken landeten auf meiner Wange. Die Luft roch plötzlich ganz anders, klarer und frischer. Ich war dankbar dafür, dass ich das erleben durfte. In der *ténéré* wäre mir das nie vergönnt gewesen. Die Unerfreulichkeiten des zurückliegenden Abends waren vergessen angesichts des zarten Schauspiels, das die Natur gerade aufführte. Wir spazierten an der Seine entlang, und während wir im Lichte der Laternen so dahin schritten, fing der Schnee an, auf den Straßen und Wegen liegen zu bleiben. Ich betrachtete die Abdrücke, die unsere Schuhe hinterließen, meine wesentlich größer als die von Madeleine, und der Anblick rührte mich, ohne dass ich wusste warum.

2

In jener Nacht saß Gerhard Angermair in seinem Büro und starrte nach draußen, wo alles tief verschneit war. Schon wieder ein Jahr fast vorüber, und trotzdem dachte der Alte nicht im Traum daran, endlich den Chefsessel zu räumen. Zwar hatte er es schon seit einiger Zeit am Herzen und musste mehrmals täglich seine Tropfen nehmen, aber ansonsten war er so wach und elastisch wie ein Mann von höchstens 65 Jahren. Gelegentlich gab es Menschen, die wurden über 100 Jahre alt. Womöglich war Hermann von Kramm so ein zäher Kerl, der sich mit allen Fasern ans Leben klammerte, solange es ging? Gerhard seufzte tief. Sollte er wirklich noch zehn oder gar zwanzig unendlich lange Jahre warten, bis er endlich sein wohlverdientes Erbe antreten durfte? Er war jetzt immerhin auch schon fast 50. Im besten Mannesalter. Wenn er ihm wenigstens mehr Einfluss gewähren würde. Seit Monaten redete Gerhard auf ihn ein, dass Plastik das Material der Zukunft sei und er anfangen sollte, es zu produzieren. Aber der blöde, alte Sack hörte ja nicht auf ihn. In ein paar Jahren würde es zu spät sein, dann wären andere längst auf den Zug aufgesprungen und hätten sich damit eine goldene Nase verdient. *Irgendwann führt sein Starrsinn die Firma auf den absteigenden Ast, und nach seinem Tod ist sie dann nicht mehr zu retten.* Das musste Gerhard unbedingt verhindern. Er wusste nur nicht, wie er es anstellen sollte. Wenn sein Onkel nicht mehr ganz richtig im Kopf gewesen wäre, hätte er ihn für unmündig erklären lassen können. Nur leider war Hermann von Kramm geistig voll auf der Höhe, fast wie in seinen allerbesten Tagen. *Soll ich ihm Drogen in den Kaffee mischen, die ihm das Hirn vernebeln?* Der Gedanke klang eigentlich gar nicht so unvernünftig. Trotzdem schreckte Gerhard davor zurück, weil er den scharfen Verstand seines Onkels fürchtete. Er nahm an, der Alte würde bei den ersten Anzeichen eines getrübten Geistes sofort wissen, was gespielt wurde.

Gerhard löschte das Deckenlicht und verließ das Büro. Überrascht sah er, dass am anderen Ende des Flurs noch Licht aus einer Tür drang. Aus der, die zum extravaganten Büro des Direktors führte. Ohne recht zu wissen, was er bei ihm wollte, ging er darauf zu. Seine Schritte hinterließen auf den alten Dielen ein deutliches Knarren, und die Geräusche lockten den Alten auf den Flur.

»Mein Ohren sind so gut wie vor 50 Jahren«, sagte Hermann von Kramm. »Was machst du noch hier um diese Zeit?«

»Ich habe noch gearbeitet«, antwortete Gerhard.

»Woran?«

»Onkel, aus Plastik könnten wir nicht nur Figuren herstellen. Sondern auch Spielzeug, sogar für ganz kleine Kinder. Denn im Unterschied zu Porzellan geht Plastik nicht kaputt.«

Der Direktor stöhnte auf und ging zurück in sein Büro. Gerhard folgte ihm und blieb vor der offenen Türe stehen.

»Und es gibt noch viel mehr Felder, auf denen Plastik einen Siegeszug antreten wird. Blumenkästen. Gartenmöbel. Wanduhren. Telefone. Es ist *der* Markt der Zukunft. Damit können wir Millionen machen.« Gerhard sah seinen Onkel an wie ein Vater sein störrisches Kind.

»Gerhard, wenn wir anfangen, anderes Zeug zu produzieren, weißt du, wozu das führt? Die Leute bekommen das Gefühl, dass wir uns verzetteln, und dann kaufen sie unser Porzellan nicht mehr! Das lasse ich nicht zu!«

»Gib mir doch wenigstens einen kleinen Forschungsetat.« Gerhard schlug mit der flachen Hand gegen den Türstock. »Oder die Erlaubnis, ein oder zwei Wissenschaftler einzuladen, die dir zu dem Thema etwas erzählen können!«

»Ich hasse Plastik«, sagte der Direktor. »Es ist minderwertig. Billig. Wenn du es verbiegst, verliert es seine Form oder bricht auseinander. Ich werde es nicht herstellen, und ich verbiete dir ein für allemal, mich mit diesem Schmarren weiterhin zu belästigen! Und jetzt raus aus meinem Büro!« Hermann von Kramm schnappte nach Luft und verschwand, vorbei an den Tierköpfen, die von der Wand hingen, zwischen den Paravents im hinteren Bereich seines riesigen Büros. Gerhard hörte ihn heftig atmen.

»Verdammt, wo sind meine Herztropfen?« hörte er ihn rufen. Im gleichen Moment sah der Neffe das kleine Medizin-Fläschchen auf dem Sideboard stehen. Das Keuchen des alten Mannes wurde immer lauter.

Wenn die Anfälle kamen, wurde der Druck auf seinem Herzen innerhalb kürzester Zeit äußerst beklemmend, und wenn Hermann von Kramm dann nicht wusste, wo seine Tropfen waren, geriet er schnell in Panik. Wo, zum Teufel, war dieses blöde Fläschchen? Auf dem Sideboard! Er hatte es auf das Sideboard gestellt, natürlich! Er eilte zurück zur Tür, die auf den Flur führte. Aber auf dem Sideboard stand nur die Lampe, kein Fläschchen! Die Tür war zu. Er wollte sie öffnen und rüttelte an der Klinke, aber sie war verschlossen.

»Gerhard!« schrie er. »Mach die Tür auf!« Er schlug mit der Faust dagegen. Die eine Hand presste er gegen sein Herz, mit der anderen griff er nach dem Telefon, nahm den Hörer ab und wartete, bis das Freizeichen ertönte. Er legte den Finger auf die Wählscheibe, um die erste Ziffer zu wählen, denn er wollte einen Krankenwagen rufen. In diesem Moment ging zum einen das Licht aus, zum anderen verstummte das Freizeichen. »Was ist denn jetzt los?!« rief er. Hermann von Kramm konnte nichts mehr sehen. Er tastete nach der Telefongabel und drückte sie hinunter, aber es kam kein Signal mehr. »Du hast die Leitung lahmgelegt!« schrie er in die Dunkelheit hinein.

Gerhard Angermair hatte gewusst, dass er sofort handeln musste. Jetzt oder nie. Wenn sein Onkel in einen solchen Zustand geriet, brauchte er auf der Stelle seine Herztropfen, sonst würde er zusammenbrechen, das Bewusstsein verlieren und möglicherweise sterben. Gerhard nahm das Fläschchen vom Sideboard, zog den Schlüssel aus dem Türschloss und sprang auf den Flur. Er zog die Tür zu, schloss sie ab und lief den Flur hinunter zum Sicherungskasten. Er riss ihn auf und drehte die Hauptsicherung heraus. Im selben Moment verlöschten alle Lichter, die noch an gewesen waren. Am Ende des Flurs war ein großes Fenster, und das Mondlicht wurde vom Schnee reflektiert. Es fiel so viel Licht herein, dass Gerhard auf dem Weg zurück zum Büro des Chefs nicht befürchten musste, gegen die Wände zu stoßen. Er hörte leise Geräusche durch die Tür dringen, aber kein Rufen mehr. Vielleicht ging es mit dem ehrwürdigen Herrn Direktor ja bereits zu Ende. Gerhard musste lächeln. Wer hätte gedacht, dass die Dinge sich so schnell in Wohlgefallen auflösen würden? Er würde jetzt einfach mal ein paar Minuten warten und dann nachsehen, ob sein Onkel noch atmete. Wenn ja, würde er ihm eben noch ein Kissen aufs Gesicht drücken müssen. Dann würde für die ganze Welt feststehen, dass der Tod dieses großen, alten Mannes seinem unbarmherzigen Leiden geschuldet war. Die leisen Geräusche auf der anderen Seite der Tür waren jetzt verstummt. Gerhard setzte sich auf den Boden und lehnte sich mit dem Rücken gegen die Wand. Tiefer Frieden begann sich in ihm auszubreiten. Man musste eben nur lange genug unerschütterlich an etwas glauben, dann erreichte man es auch.

»Gerhard?« Er fuhr zusammen. Sein Onkel war noch bei Bewusstsein. Und seine Stimme klang erstaunlich klar. Und ruhig. »Gerhard, hörst du mich?«

»Ja, Onkel, ich höre dich.«

»Ich wusste immer, aus welchem Holz du bist, Gerhard. Von Anfang an.«

Er schwieg. Konnte der Alte denn nicht endlich abkratzen? Konnte nicht endlich Schluss sein mit dem Zirkus?

»Und deswegen, Gerhard, habe ich längst dafür gesorgt, dass du die Manufaktur niemals bekommen wirst. In meinem Testament ist alles geregelt, weißt du. Hast du allen Ernstes geglaubt, ich lege mein Lebenswerk in die Hände eines selbstsüchtigen Vollidioten?«

»Du kannst mir nichts vormachen, Onkel. Wenn du denkst, dass ich dir die Tropfen gebe, dann ist das ein Irrtum.«

»Oh, die Tropfen brauche ich nicht«, sagte Hermann von Kramm, und Gerhard glaubte, einen Anflug von Belustigung in seiner Stimme zu vernehmen. »Ich habe noch welche gefunden, in einer Schublade. Es geht mir schon wieder ganz gut. Die Schmerzen lassen nach.«

Gerhards Miene verfinsterte sich. »Das glaube ich dir nicht. Du versuchst mich reinzulegen.«

»Schön, dann warten wir doch einfach bis morgen Früh. Ich bin gespannt, wie du versuchen willst, den Kollegen die Situation zu erklären.«

Gerhard brach der Schweiß aus. Wenn der Alte die Wahrheit sagte, war er erledigt. Er durfte nicht zulassen, dass das geschah. *Tief durchatmen, ganz ruhig. Du wolltest ihn sowieso sterben lassen - also kannst du ihn auch umbringen. Er ist alt und geschwächt. Ein Sturz gegen die Tischkante, und jeder wird denken, der arme Mann ist unglücklich gestolpert!* Gerhard erhob sich, seine fahrigen Finger drehten den Schlüssel im Schloss, dann stieß er die Tür auf und blickte in gleißend helles Licht. Er musste blinzeln und hielt sich die Hände vors Gesicht.

»Ich habe gar keine Ersatztropfen gefunden«, sagte Hermann von Kramm. »Nur eine Taschenlampe und, ach ja, das hier.« Er hielt die Lampe so, dass das Licht auf die Pistole fiel, die er in seiner Rechten hielt. »Gerhard, für den Erfolg ist man entweder geboren, oder man ist es nicht. Du stellst das Fläschchen jetzt auf den Boden, und dann gehst du nach Hause. Dieses Gebäude wirst du nie mehr betreten.«

»Und wenn ich das nicht tue?«

»Dann werde ich nicht zögern, auf dich zu schießen.« Die Stimme des alten Patriarchen begann zu zittern. Allzu lange hatte er sich zusammen genommen, um gestärkt zu erscheinen, aber allmählich gelangte er ans absolute Ende seiner Kräfte.

»Das kannst du doch gar nicht«, sagte Gerhard. »Du weißt nicht mal, wie so eine Waffe funktioniert.«

Hermann von Kramm zog am Abzug und feuerte einen Schuss ab. Aber seine Hand zitterte, weil er die Pistole kaum noch halten konnte. Trotzdem hatte sein Neffe großes Glück, denn der Schuss streifte ihn unterhalb der Schulter. Der Alte konnte sich nicht mehr auf den Beinen halten, seine Knie knickten ein, und er fiel mit dem Gesicht voran zu Boden und blieb zuckend liegen. Die Taschenlampe rollte auf Gerhard zu und blieb vor seinen Füßen liegen. Er hob sie auf und richtete sie auf seine Schulter. Blut lief ihm über den Janker den Arm hinab. Es tat höllisch weh, aber es war nur eine Fleischwunde. Gerhard versuchte seine Gedanken zu sortieren. *Tief durchatmen, ganz ruhig.* Er zog ein Taschentuch hervor und band es um die blutende Wunde, denn morgen Früh durfte nichts mehr hindeuten auf das, was hier geschehen war. Also durfte es kein Blut auf dem Boden geben. Dann nahm er die Waffe an sich. Der alte Mann lag auf der Schwelle und zuckte noch immer ein wenig. Gerhard hätte gute Lust gehabt, auch noch das letzte bisschen Leben aus ihm heraus zu schießen. Ein paar wichtige Details gab es noch zu erledigen: Gerhard nahm den Schlüssel aus dem Schlüsselloch und steckte ihn auf der anderen Seite wieder hinein. Dann schloss er die Schublade, die noch offen stand. Die Pistole hängte er zurück an die Wand, wo sein Onkel sie herunter genommen hatte. Nun ging er zurück zum Sicherungskasten und drehte die Hauptsicherung wieder hinein, denn was er jetzt brauchte, war Licht. Er fand das Einschussloch in der Wand. Das Projektil hatte die Tapete durchlöchert und war komplett im Mauerwerk verschwunden. Gerhard besorgte aus dem Materiallager einen Hammer und einen Nagel und versetzte ein Bild, das an der Wand hing, um einige Zentimeter nach links, so dass es das Loch verdeckte. Mit Handfeger und Schaufel beseitigte er den Staub und die kleinen Ziegelbrocken, die der Einschuss auf dem Boden hinterlassen hatte. So, und nun zum wichtigsten Teil. Als Gerhard noch einmal über seinen Onkel stieg, um in das Büro zu gelangen, bewegten sich nur dessen Finger noch ganz leicht. Was für ein zäher, alter Kerl er doch war. Andere und sehr viel jüngere Männer wären längst tot gewesen. Gerhard ging vorbei an dem ausgestopften Wildschwein, das hier schon seit Jahrzehnten mitten im Weg stand. Der Schreibtisch war sauber aufgeräumt. Aber in der ersten Schublade fand Gerhard bereits, wonach er suchte: einen vom Direktor unterzeichneten Geschäftsbrief und ein paar handschriftliche

Notizen. Diese Unterlagen nahm er mit in sein Büro. Auf dem Weg dort hin musste er ein weiteres Mal über seinen Onkel steigen. Diesmal rührte sich nichts mehr. Hermann von Kramm war tot.

Gerhard zog sich in sein Büro zurück, und bis weit nach Mitternacht übte er die Unterschrift seines Onkels. Dann setzte er ein sehr kurzes und schlichtes Testament auf, das ihn zum Alleinerben machte. Er wusste: Wenn niemand die Echtheit dieses Testaments anzweifelte, würde das andere, das Hermann von Kramm wahrscheinlich im Tresor aufbewahrte, wertlos werden. Dazu brauchte es noch nicht einmal von einem Notar beglaubigt zu sein. Das neueste Testament, das man fand, war immer das gültige.

3

Natürlich musste ich oft an meine Heimat denken. Mir fehlte der Sand unter den nackten Füßen. Mir fehlte die Ruhe. In einer Stadt wie Paris war es niemals wirklich still. Ob Geräusche von der Straße herauf drangen, im Haus eine Diele knarrte oder jemand irgendwo einen Wasserhahn aufdrehte. Einer derartigen Metropole war eine Art Grundrauschen zu eigen. In der *ténéré* gab es das nicht. Man konnte Wochen lang am selben Platz sitzen, und nichts würde passieren, absolut nichts. Aber vor allem fehlte mir mein Stamm. Die Menschen, die ich liebte und die mir vertraut waren. Die Aufgaben, die ich dort zu erfüllen hatte. In Paris hatte ich Madeleine, die ich liebte, aber für mich gab es kaum etwas zu tun. Zwar erledigte ich mittlerweile die Einkäufe und sorgte in ihrer Wohnung für Ordnung, wenn sie in der Universität war, aber das lastete mich nicht aus. Ich weiß gar nicht, warum es so lange dauerte, bis ich endlich auf die Idee kam, und eigentlich war es Madeleine, die mich erst darauf bringen musste. Sie nahm mich mit in einen Laden für Künstlerbedarf. Er nannte sich *L'artiste*, und schon als ich ihn betrat, kam es mir vor, als würde ich die Pforte zum Paradies durchschreiten. Hier gab es alle Arten von Farben, und man konnte sie einfach aussuchen, bezahlen und mit nach Hause nehmen! Das Gleiche galt für Leinwände, Pinsel und Staffeleien in allen denkbaren Größen. Selbst die einfachsten und billigsten Artikel besaßen in meinen Augen eine herausragende Qualität. Ich wollte es zuerst nicht annehmen, aber Madeleine bestand darauf, eine Menge Geld in diesem Laden zu lassen. Der Verkäufer, Monsieur Lafleur, meinte, er habe noch nie einen Kunden gehabt, den er so glücklich machen konnte wie mich. Wenn Madeleine nun bei Vorlesungen war oder abends zu Hause saß und sich durch ihre Bücher arbeitete, um sich auf Prüfungen vorzubereiten, war ich entweder damit beschäftigt zu kochen, oder ich stand an der Staffelei und malte. Zuerst versuchte ich die ganzen neuen Eindrücke zu verarbeiten, die in den letzten Wochen auf mich eingestürmt waren. Aber meine Bilder vom Eiffelturm, von Sacré-Coeur oder Notre-Dame gefielen mir nicht, sie waren zwar nicht wirklich schlecht, aber irgendwie schien ihnen die Seele zu fehlen. Es stellte sich heraus, dass es zwei Themen gab, denen ich echtes Leben einzuhauchen vermochte - dabei handelte es sich zum einen um Madeleine, natürlich. Und zum anderen um die Wüste, in all ihren Variationen. Ich malte die Dünen, die unendliche Weite, das Aïr-Gebirge, die Salzoase. Nach einer Weile begann ich, meinen Wüstenbildern Lebewesen zu schenken: Ich malte die Salzkarawane. Das Schakalweibchen, das vor meiner Abreise gestorben war. Und endlich auch die Menschen meines Stammes. Koumamá. Fatou. Mariamá. Ifalan. Lassad. Verschiedene Kinder, beim Spielen und beim Hüten der Ziegen. Auch alte Leute, wie sie vor dem Zelt saßen und *shahid* tranken. All meine Sehnsüchte und Erinnerungen lebte ich so aus. Nur eine malte ich nicht. Dafinah. Ich wollte ihr Antlitz nicht in dieses Haus bringen, nicht in das Reich von Madeleine.

Eines Mittags kam Madeleine von einer Vorlesung nach Hause und sagte: »Ich ziehe mich jetzt aus, und dann malst du mich. Splitterfasernackt. Wie willst du mich haben?«

Ich saß sowieso schon vor der Staffelei. Also bat ich sie, sich auf die Chaiselongue zu legen, sich mit einer Hand im Nacken die Haare zusammen zu halten und die andere auf ihre Hüfte zu legen. Ich wählte die größte Leinwand aus, die ich hatte, sie war über zwei Meter breit, und dann fing ich an. Jedenfalls versuchte ich es. Aber bevor ich den Pinsel auch nur in die Farbe tauchte, wusste ich, das würde nichts werden. Madeleine war einfach zu verführerisch, wie sie da lag, mit geröteten Wangen und feucht glitzerndem Schoß. Vielleicht war dieses feuchte Glitzern auch nur Produkt meiner Einbildung. Während es draußen schneite, verbrachten wir den ganzen Nachmittag, indem wir uns liebten. Zuerst mit heftiger Leidenschaft auf der Chaiselongue, dann ruhig und sanft auf dem Teppichboden, und zum Schluss noch einmal im Bett. Vor dem Fenster war es längst dunkel geworden, als Madeleine sagte: »Ich hatte darum gebeten, gemalt zu werden, nicht gevögelt.«

»Damit habe ich nur den künstlerischen Prozess eingeleitet«, behauptete ich.

»Schön«, sagte sie, stand auf und legte sich wieder auf die Chaiselongue. Ich wollte mich wieder anziehen.

»Was tust du da? Du malst mich gefälligst nackt. Nur wenn wir beide nichts anhaben, ist es eine gerechte Sache.«

Also setzte ich mich nackt auf meinen Hocker und begann sie endlich zu malen. Wir schwiegen, und Madeleine bewegte sich so gut wie überhaupt nicht. Für jemanden, der zum ersten Mal Modell stand, war sie erstaunlich professionell. Für mich galt das weniger. Nach einer halben Stunde wies Madeleine mich darauf hin, dass sich in meiner Leibesmitte wieder etwas zu regen begann. Wir liebten uns ein weiteres Mal auf der Chaiselongue. Danach malte ich wieder eine Weile. Bis wir Hunger bekamen. Wir zogen uns etwas an, ich schmierte ein paar Brote, und Madeleine braute einen Tee. Er war lange nicht so gut wie der, den die Tuareg zubereiteten. Vor allem fehlte ihm der Schaum. Aber man konnte ihn trinken. Ich hatte ohnehin längst festgestellt, dass der Genuss von Tee in Paris lange nicht so viel bedeutete wie in meiner Heimat. Hier trank man ihn so nebenbei, etwa während man Zeitung las. Und wer jemanden zu einer Tasse einlud, ging damit keinerlei Verpflichtung ein. Das war schwer für mich zu verstehen, aber so war es nun mal. Madeleine gönnte sich auch noch ein Glas Wein und versuchte, natürlich, mich ebenfalls dazu zu überreden. Aber wie immer lehnte ich ab. Das war zwischen uns schon zu einem kleinen Spielchen geworden, das zu spielen wir nicht müde wurden. Nachdem wir uns sattgegessen hatten, schliefen wir noch einmal miteinander, diesmal auf dem kalten, harten Küchenboden. Als wir die gemeinsame Arbeit an dem Gemälde wieder aufnahmen, war es schon mitten in der Nacht.

»Wenn wir so weiter machen«, sagte ich, »wird es niemals fertig werden.«

»Ich habe morgen keine Vorlesung«, erwiderte sie. »Ich möchte, dass du so lange malst, bis das Bild fertig ist, egal wie lange es dauert. Es soll das schönste Bild werden, das du jemals gemalt hast.«

Ich sah sie an, wie sie wieder auf der Chaiselongue lag, eine Hand im Nacken, die andere auf der Hüfte. Ich hatte schon wieder Lust auf sie, aber diesmal zügelte ich mich, denn jetzt hatte sie etwas anderes in mir geweckt.

»Wenn du müde wirst«, sagte sie, »mache ich Kaffee.«

Ich malte wie besessen. Die ganze Schönheit dieser wunderbaren Frau sollte sich in meinem Bild widerspiegeln. Mehr als das: die ganze Schönheit der Welt überhaupt! Deswegen entschied ich, sie nicht auf der Chaiselongue darzustellen, sondern auf einer Düne im Wüstensand. Fast fließend ging ihr Körper über in den Sand, Madeleine und die *ténéré* verschmolzen geradezu miteinander. Ich brauchte keinen Kaffee, denn nun war ich beseelt von meiner Arbeit wie niemals zuvor. Nach einigen Stunden schlief Madeleine langsam ein. Ich unterbrach mein Werk und legte eine Wolldecke über sie. Für einen Moment schien es, als würde sie erwachen, aber sie gab nur einen kurzen, gurrenden Laut von sich, wie eine dieser Tauben, die sich am Montmartre herumtrieben. Ich dagegen wurde nicht müde, ich fühlte mich angetrieben von einer unsichtbaren Macht, berauscht und unbesiegbar. Der Morgen graute bereits, als ich den letzten Pinselstrich beendete. Ich nahm Madeleine auf meine Arme, trug sie ins Schlafzimmer und sank in einen tiefen, zufriedenen Schlaf.

»*Mon dieu!*« Ich hörte ihre Stimme, konnte aber nicht einordnen, was geschehen sein mochte. Ich war völlig desorientiert. Wo war ich überhaupt? Was war passiert? Steckte sie in Problemen? Musste ich sie retten? Als ich, nach wie vor nackt, benommen ins Wohnzimmer wankte, stand Madeleine, in die Wolldecke gewickelt, vor der Staffelei und betrachtete das Gemälde.

»Es ist unglaublich«, sagte sie. »Ich habe schon viel gesehen, aber so etwas noch nicht.« Ich zog ihr die Decke vom Leib, schmiegte mich an sie und sah es mir ebenfalls an. Im

Lichte des Tages sah es für mich lange nicht mehr so magisch aus wie in der letzten Nacht.

»Es ist nicht halb so schön wie du selbst.«

Sie sah mich an, als hätte ich den Verstand verloren. »Das ist eine Lüge«, sagte sie, »aber eine überaus charmante. Azahrú, du solltest deine Bilder ausstellen.«

»Warum?«

»Die Leute sollten sehen, was du kannst.«

»Ich möchte aber nicht, dass sie dieses Bild sehen. Du bist darauf nackt.«

»Das ist Kunst. Daran ist nichts Anstößiges.«

»Ich will es trotzdem nicht. Es würde mir nicht gefallen, wenn andere Männer dich nackt sehen.« Ich wollte auch keines der anderen Bilder ausstellen. Warum sollte ich das tun? Ich malte für mich selbst, und in der vergangenen Nacht auch für Madeleine, aber doch nicht für irgendwelche Leute, die ich gar nicht kannte. Darin sah ich nicht den geringsten Sinn.

»Liebster, man kann Geld damit verdienen, wenn man Bilder ausstellt und Leute sie haben wollen.«

Ich ließ mir diesen Gedanken einen Moment lang durch den Kopf gehen, und er gefiel mir nicht. »Wenn sie ein Bild von mir erwerben, kaufen sie einen Teil von mir. Das ist doch nicht gut.«

»Sie kaufen nur etwas, das du gemacht hast«, sagte Madeleine geduldig, »das ist ein Unterschied. Aber was dieses Bild betrifft, hast du Recht: Du darfst es nicht verkaufen.«

»Das könnte ich auch gar nicht«, erwiderte ich, »denn es gehört dir.«

Sie presste sich an mich, schloss die Augen, stellte sich auf die Zehenspitzen und flüsterte mir ins Ohr: »Sag mir, dass das alles hier wirklich wahr ist und ich nicht nur träume.«

Aufhängen konnten wir das Bild nicht. Madeleine hätte keinerlei Besuch mehr empfangen können. Wir stellten es deshalb erst einmal, mit dem Gesicht zur Wand, ins Schlafzimmer. Hier würde es niemand entdecken.

4

In der Nähe der Wohnung gab es einen Park. Dort hatte man einen Nadelbaum aufgestellt, der fast so hoch war wie ein zweistöckiges Haus. Er war mit unzähligen elektrischen Lichtern bestückt, die Abend für Abend eingeschaltet wurden, so dass er in märchenhaftem Glanz erstrahlte. Madeleine erklärte mir, was es damit auf sich hatte. Dass dieser Baum ein Symbol war für das bevorstehende Weihnachtsfest, mit dem die Geburt von Gottes Sohn gefeiert wurde. Das Christentum war mir fremd, seine Rituale unbekannt. Aber ich sah keinen Grund dafür, es nicht zu respektieren. Wenn meine leiblichen Eltern ein anderes Schicksal gehabt hätten, wäre dieser Glaube jetzt meiner gewesen. Gedanken dieser Art kamen mir in den ersten Wochen von Paris immer öfter in den Sinn. Madeleine gestand, dass das bevorstehende Weihnachtsfest sie vor ein Problem stellte. Es war üblich, dass Christen dieses Fest im Kreise ihrer Familien feierten. Kinder besuchten ihre Eltern, man blieb für mehrere Tage zusammen, beschenkte sich gegenseitig und aß und trank nach Herzenslust.

»Ich möchte, dass du mit zu meinen Eltern kommst, Azahrú. Könntest du dir das vorstellen?«

»Aber natürlich, ich freue mich darauf, sie kennen zu lernen. Sicher sind sie genauso liebenswert wie du.«

»Darüber gehen die Meinungen ein wenig auseinander«, sagte Madeleine und legte ein leicht schiefes Lächeln an den Tag.

»Ich würde die Begegnung dann gerne nutzen für etwas ganz Bestimmtes«, sagte ich. »Dazu muss ich dich aber vorher etwas fragen.«

»Was denn?«

»Ich habe damit keine Erfahrung«, druckste ich herum. »So etwas habe ich noch nie gefragt, und vor allem weiß ich nicht, wie man das bei euch handhabt.«

Madeleine musste lachen. »Du klingst, als würdest du mir gleich einen Heiratsantrag machen!«

Ich nickte erleichtert. »Dann ist das so offensichtlich? Gut, ja, genau das möchte ich tun.«

Madeleine starrte mich an wie jemanden, der nicht von dieser Welt war. »Azahrú, wir kennen uns erst seit wenigen Monaten!«

Irgendwie hatte ich mir schon gedacht, es würde Komplikationen geben. Wie viele Tuareg hatten wohl vor mir einer Pariserin angeboten, sie zu heiraten? Ich betrat völliges Neuland. »Es ist also unter Christen nicht üblich, so schnell zu heiraten? Sollte ich erst ein Gedicht für dich schreiben? Habt ihr so etwas wie ein *ahal*?« Ihr Blick zeigte mir, dass sie nicht die geringste Ahnung hatte, wovon ich sprach. »Madeleine, ich kann auch noch warten. Ich dachte nur…«

»Weißt du«, sagte sie auf einmal, »ich habe mir das wirklich ganz, ganz anders vorgestellt. Ich dachte immer: Der Mann, der mal um meine Hand anhält, geht vor mir auf die Knie, und dann schiebt er mir einen blitzenden Verlobungsring auf den Finger, und all dieses Zeug.«

»Das kann ich machen!« rief ich schnell dazwischen.

»Nicht nötig«, erwiderte sie. »Die Antwort lautet: Ja! Ich will dich heiraten, du verrückter Nomade! Wenn es etwas gibt in meinem Leben, das ich wirklich will, dann ist es das!« Sie flog in meine Arme und hielt sich an mir fest. Ich umarmte sie, und eine Woge des Glücks durchflutete mich, aber dann merkte ich auf einmal, dass sie heulte.

»Madeleine, was ist los? Du weinst ja.«

»Weil ich mich selbst nicht mehr erkenne«, stieß sie mit tränenerstickter Stimme hervor. »Ich war immer so ein fleißiges, zielstrebiges Mädchen. Unabhängig. Klare Visionen. Schnell. Niemand konnte mich aufhalten. Bei den Schulmeisterschaften über hundert Meter Brustschwimmen war ich französische Meisterin. Nicht Zweite oder Dritte. Eine Woche nach meinem Schulabschluss bin ich zu Hause ausgezogen. Meine Eltern versuchten es mir zu verbieten, aber ich wollte eine eigene Wohnung. Ich werde die erste Chirurgin dieses Landes sein. Ich setze mir Ziele und erreiche sie. So war ich schon, als ich ganz klein war. Liebe spielte in meinen Plänen nie eine Rolle. Abhängig sein von einem Mann? Nicht mit mir. Nur Mutter und Hausfrau sein? Was für eine furchtbare Vorstellung. Und dann fliege ich nach Afrika und verliebe mich unsterblich in den für ein Mädchen aus Paris unmöglichsten Mann auf der ganzen Welt - in dich! Und jetzt liebe ich dich schon so sehr, dass ich es selbst überhaupt nicht begreife. Ich will dich heiraten und Kinder mit dir haben, und alles andere ist mir auf einmal so unglaublich egal. Habe ich gesagt, dass ich mich selbst nicht mehr erkenne? Das stimmt nicht, das Gegenteil ist die Wahrheit: Zum allerersten Mal spüre ich, dass ich wirklich am Leben bin! Und entschuldige, ich rede wie ein Wasserfall und kann gar nicht mehr damit aufhören, und das ist sonst auch überhaupt nicht meine Art, und könntest du mich jetzt bitte einfach küssen, damit ich endlich, endlich den Mund halte?«

Das ließ ich mir nicht zweimal sagen.

Wir wussten, dass Probleme auf uns zukamen. Schließlich stammten wir aus zwei völlig unterschiedlichen Welten. Ich hatte Sehnsucht nach meiner Heimat und wollte sie nicht aufgeben. Madeleines Platz war in Frankreich, und ich wollte ihre Pläne nicht zerstören. Wir nahmen uns vor, einen Weg zu finden, um beides miteinander zu verbinden. Irgendwie musste es möglich sein, einen Teil der Zeit in Europa und den anderen in Afrika zu verbringen.

Madeleine verstand, wie wichtig es mir war, dass ihre Eltern unserer Heirat zustimmten. Trotzdem stellte sie klar, dass sie sich auf deren Erlaubnis nicht angewiesen fühlte.

»Du fürchtest, sie werden mich ablehnen, nicht wahr? Sie werden sagen: Was will der Kerl mit dem langen Gewand und dem Schleier vor dem Gesicht von unserer Tochter? Vielleicht ist es doch keine so gute Idee, wenn ich mitkomme zu diesem Christusfest.«

Aber nun bestand sie darauf. Sie behauptete, es würde kein Schatten auf unsere Hochzeitspläne fallen, selbst wenn ihre Eltern sich weigern würden, mich zu akzeptieren.

Am Tag vor dem Weihnachstfest traf ich eine Entscheidung. Ich besuchte Cécile, die nicht schlecht staunte, als ich vor ihrer Türe stand. Erst nach kurzem Zögern bat sie mich herein zu kommen.

»Azahrú, was machst du hier? Weiß Madeleine davon?«

Nein, Madeleine hatte keine Ahnung. Cécile fühlte sich unwohl, alleine mit mir zu sein. Erst als ich sagte, warum ich gekommen war, fing sie an, sich zu entspannen.

Der Heilige Abend begann für Madeleine mit einer Überraschung, die nicht größer hätte sein können. Sie kam aus dem winzigen Schlafzimmer und erschrak, weil sie dachte, ein fremder Mann stünde in ihrem Wohnzimmer. Ich war gerade dabei, die Knöpfe des Sakkos zu schließen, und drehte mich zu ihr um. Ich trug einen schwarzen Anzug mit schwarzer Weste und weißem Hemd darunter, schwarze, italienische Schuhe und eine dunkelblaue Krawatte. Keinen *tagelmust*, keinerlei Kopfbedeckung. Auch das lederne Halsband hatte ich abgenommen. Cécile hatte gesagt, Thierrys Sachen würden mir passen wie angegossen, aber ich fühlte mich darin grauenhaft. Der Hemdkragen zwängte meinen Hals ein, die Schuhe waren hart und unbequem. Ich trug eine Verkleidung. Und mein Kopf war nackter als nackt. Meine Haut am Kinn spannte noch von der Rasur. Meine Haare waren gekämmt und gescheitelt. Cécile hatte mir einen Hut mitgegeben, den ich wenigstens aufsetzen konnte, wenn wir das Haus verließen und draußen unterwegs waren. Aber bei Madeleines Eltern würde ich ihn absetzen müssen. Daran wollte ich noch nicht denken. Mit entblößtem Haupt vor Menschen, denen ich zum ersten Mal begegnete - unvorstellbar. Aber ich wollte, dass sie mich akzeptierten, dass ich ein Mann war, der für ihre Tochter in Frage kam. Madeleine starrte mich an und bekam eine ganze Weile den Mund nicht mehr zu.

»Woher… hast du die Sachen?« stammelte sie.

»Thierry ist bei seinen Eltern in Bordeaux. Seine Kleider hängen bei Cécile im Schrank.«

»Azahrú, bist du dir wirklich sicher, dass du das willst? Dass du das aushalten kannst?«

»Madeleine, es sind nur ein paar Kleidungsstücke. Und ein einziger Abend.«

Sie war außer sich darüber, dass ich das tat, und sagte, es würde sie beschämen. Dass sie sich darüber bewusst sei, was dieses Opfer für mich bedeutete. Mit dem letzten Punkt hatte sie unrecht, denn was es bedeutete, den Tag in dieser Kleidung zu verbringen, begann selbst ich erst zu begreifen, als wir im Taxi saßen, das uns in den Vorort brachte, wo Madeleines Eltern lebten. Wenn ich einen *tagelmust* trug, war er nicht nur ein Schutz gegen Sonne, Wind und Sand, sondern auch gegen Menschen und den bösen Blick. Wo ich herkam, glaubten wir daran, dass es Menschen gab, die andere allein mit der Kraft ihres Blicks zerstören konnten. Wenn man nicht in der Lage war, sich zu vermummen, war man diesem Blick schutzlos ausgesetzt und musste damit rechnen, davon in die Knie gezwungen zu werden. Nun spürte ich den Blick des Taxifahrers, der mich im Rückspiegel andauernd musterte. Warum tat er das? Ahnte er, dass ich solche Kleidung nicht gewohnt war? Dass ich versuchte, meine Herkunft zu verbergen? Spürte er, wie verwundbar ich mich fühlte?

»Musst du ständig so hin und her rutschen?« fragte Madeleine mich leise. »Der Fahrer sieht schon dauernd her.«

Ich bemühte mich, still zu sitzen. Die Fahrt schien ewig dauern zu wollen. Madeleine erklärte mir, dass die Straße glatt war und der Fahrer deswegen vorsichtig sein musste.

»Wenn du mich deinen Eltern vorstellst«, fing ich an, »dann sag ihnen, mein Name ist Léo Kapellmann.«

»Warum?«

»Mit dem Namen können deine Eltern etwas anfangen. Und ich bin mit ihm auf die Welt gekommen. Warum sollte ich mich nicht so nennen?«

»Weil er dir völlig fremd ist.«

»Diese Sachen sind mir auch völlig fremd. Trotzdem habe ich sie angezogen.«

Sie lächelte, nahm meine Hand und drückte sie.

Ein paar Tage zuvor hatte Madeleine gesagt, ihre Eltern seien sehr konservativ. Da ich dieses Wort nicht verstanden hatte, bat ich sie nun im Taxi, es zu erklären.

»Das bedeutet, dass ihre Möbel seit über 20 Jahren an der genau gleichen Stelle stehen. Die Teppiche dürfen keinen Millimeter verrückt werden. Sie haben Frankreich noch niemals verlassen und würden auch nie auf die Idee kommen, es zu tun. Im ganzen Haus wird jeden Tag alles abgestaubt, aber auf ihrer Weltanschauung liegt eine dicke Staubschicht.«

»Wie meinst du das?«

»Ich liebe sie sehr«, antwortete Madeleine, »aber sie sind ein bisschen von gestern.«

»Heißt das, sie sind misstrauisch, wenn jemand anders ist als sie selbst?«

»Ja, unter anderem. Das heißt es.«

»Dann ist es sicher gut, dass ich nicht so aussehe wie sonst.«

»Es wird dafür sorgen, dass sie dir zunächst mit Höflichkeit entgegen treten. Es wird sie aber nicht davon abhalten, dich in Streifen zu schneiden, wenn sie etwa anfangen sollten zu glauben, du wärst ein Kommunist, oder so.« Sie hatte ein Lächeln im Gesicht, als sie diese Dinge sagte, die mich noch mehr verwirrten.

»Was ist ein Kommunist?«

»Jemand, der glaubt, alle Menschen sollten die gleichen Rechte haben.«

»Aber sollten sie das denn nicht tatsächlich?«

Madeleine bat mich, an diesem Abend lieber nicht über Politik zu reden. Dann wollte ich noch wissen, was sie damit meinte, ihre Eltern könnten mich in Streifen schneiden wollen. Hätte ich meine *takuba* mitnehmen sollen? Madeleine lach-te und entschuldigte sich für ihre bildreiche Sprache, denn es sei ja klar, dass ich viele von diesen Bildern noch nicht verstehen konnte. Nun hatte ich endgültig keine Ahnung mehr, was mich an jenem Weihnachtsabend erwarten würde. Madeleine spürte meine Anspannung und versicherte mir ein weiteres Mal: Wenn ihre Eltern ein Problem mit mir haben sollten, dann sei das alleine deren Sache. Sie würde sich davon in keinster Weise beeinflussen lassen.

»*Papa, maman* - das ist mein Freund Léo. Léo Kapellmann.«

»Es freut mich sehr, Sie kennen zu lernen«, sagte ich, während wir im Hausflur standen. Dort war es sehr dunkel, dieses Haus schien das Licht, das an diesem frühen Nachmittag durch die Fenster herein strömte, regelrecht zu verschlucken, obwohl draußen die Sonne vom Schnee reflektiert wurde und gleißende Helligkeit herrschte.

»*Bonjour monsieur*«, sagte Lucien Chenevoy, der auf den ersten Blick als Madeleines Vater zu erkennen war. Er hatte die wachen Augen seiner Tochter und strahlte ähnlich kraftvolle Sicherheit gegenüber dem Leben aus. Sein Händedruck war fest, er sah mich an mit einem offenen Lächeln. Ich erwiderte den Blick und versuchte, freundlich zu lächeln, obwohl mir eine solche Art der Begrüßung noch immer sehr fremd war. Tuareg sahen einander nicht so lange in die Augen, wenn sie sich noch nicht kannten. Und mein Volk berührte sich zur Begrüßung auch nur leicht an den Fingern, wir schüttelten keine Hände. Trotzdem mochte ich ihn auf Anhieb, er war eher ein Mann der Tat als der Worte, und das gefiel mir. Ich würde gerne behaupten, dass ich auch seiner Frau spontane Sympathie entgegen brachte, aber das wäre gelogen. Camille Chenevoy war eine außerordentlich dünne, feingliedrige Dame. Auf mich wirkte sie wie ein Vogel auf Nahrungssuche, bereit, auf jeden einzuhacken, der sich ihr in den Weg stellen würde. Ihre Augen flackerten wie zwei Kerzen, die einer Windbö trotzten. Ihr Blick tastete mich suchend ab und wäre am liebsten in mich hinein gekrochen. Einem solchen Blick war ich nie zuvor ausgesetzt gewesen. Obwohl ich ihn nicht länger als einen kurzen Moment erwiderte, spürte ich ihn auf mir, als würde diese Frau mir einen brennenden Holzscheit ins Gesicht halten. Madeleine verstand es, die Situation im Flur aufzulösen, indem sie ihre Mutter an der Hand nahm, mit ihr voraus ins Wohnzimmer ging und die aktuelle Kleidermode diskutierte. Monsieur Chenevoy bat mich mit einladender Geste, den beiden zu folgen, und fragte nach meiner Herkunft.

»Ich bin aufgewachsen in Französisch-Nordafrika.«

Madame Chenevoy fuhr zu mir herum. »Das erklärt den schmutzigen Akzent«, sagte sie und genoss die leichte Betretenheit, die ihre Bemerkung hervor rief.

»Ihre Eltern leben dort?« wollte Madeleines Vater wissen.

Ich wollte gerade zu einer Antwort ansetzen, als Madeleine mir mit einer gewissen Eile zuvor kam. »Sie sind leider schon sehr lange tot«, sagte sie. Ich sah sie an und war irritiert. Warum war sie so unhöflich, eine Frage zu beantworten, die an mich gerichtet war? Sie wich meinem Blick aus, und ich wusste: Hier stimmte irgendetwas nicht. War sie einfach nur aufgeregt, weil sie ihren Eltern den Mann vorstellte, der ihr Bräutigam werden sollte? Schämte sie sich nun doch dafür, dass ich ein Nomade war und den Maßstäben ihrer Eltern vermutlich nicht entsprechen würde?

»Meine Mutter habe ich nicht kennen gelernt«, sagte ich. »Sie starb bei meiner Geburt. Mein Vater starb, als ich noch sehr klein war.«

»Ich nehme einmal an, Ihre Eltern waren aus dem Elsass?« fragte Madame Chenevoy. »Dem Namen nach zu urteilen? Oder vielleicht auch aus Lothringen?«

Ich versuchte einen Blick mit Madeleine zu wechseln, aber sie schlug die Augen nieder. Was war nur mit ihr los? Was hatte sie denn?

»Meine Eltern«, sagte ich, »stammten aus Deutschland.«

Auf einmal war ich der Einzige im Raum, der sich noch bewegte. Die drei Mitglieder der Familie Chenevoy waren zu regungslosen Statuen erstarrt.

»*Ah bon*?« machte schließlich Monsieur Chenevoy.

»Ich mag die Deutschen auch nicht«, sagte ich.

»Aber Sie sind einer«, meinte Madame. Auf einmal hatte ihr Blick nichts Flackerndes mehr, wohl weil er sein Ziel erreicht, seine Aufgabe erfüllt und seiner Besitzerin zu einer klaren Schlussfolgerung verholfen hatte.

»Wie kannst du es wagen, ihn zu uns zu bringen?« sagte Monsieur Chenevoy und wandte sich seiner Tochter zu, der es gerade offensichtlich den Hals zuschnürte. »Er ist ein Angehöriger des Volkes, das versucht hat, Frankreich zu unterwerfen. Das Untermenschen aus uns machen wollte!«

»Nein, das bin ich nicht«, antwortete ich. »Mein Name ist Azahrú, Koumamás Sohn. Ich bin ein *imushaq*. In Frankreich kennt man uns als Tuareg. Ich habe meinen Fuß noch nie auf deutschen Boden gesetzt und werde es auch niemals tun. Ich verachte dieses abscheuliche Volk zutiefst. Wenn Sie mich für meine Wurzeln verurteilen wollen, kann ich Sie nicht daran hindern, aber ich bin der Meinung: Für die kann ich nichts. Und sie sind ohnehin längst gekappt und durch andere ersetzt.«

»Léo ist ein guter Mensch.« Endlich meldete Madeleine sich zu Wort. »Darf ich euch bitte erzählen, wie ich ihn kennen gelernt habe?«

Ihre Eltern nickten nur stumm.

»Er hat versucht, einen Streit zu schlichten zwischen Leuten seines Stammes und Vertretern eines anderen. Er hat sein Leben aufs Spiel gesetzt, um den Frieden zu wahren.«

»Bei Gott, das klingt nicht nach einem Nazi«, sagte Lucien Chenevoy. Er musterte mich aufmerksam, und wäre seine Frau nicht neben ihm gestanden, hätte er in diesem Moment vielleicht sogar gelächelt.

»Sie wollen uns nun also beweisen«, meinte Madeleines Mutter, »dass Sie kein unzivilisierter Wilder sind?«

»Nein, Madame Chenevoy, ich möchte niemandem etwas beweisen, ich bin nur hier, weil ich Ihre Tochter überaus gerne habe und ich Ihnen meinen Respekt zeigen möchte. Deswegen habe ich meine Tracht abgelegt und das angezogen, was Männer in Ihrem Land zu tragen pflegen.«

»Und - fühlen Sie sich wohl in dem Zeug?« Die Frage kam von Madeleines Vater.

»Es ist sehr ungewohnt«, antwortete ich.

»Wissen Sie was, Léo, oder wie auch immer Sie heißen: Ich trage das ganze Jahr über Krawatten. In meinem Schrank hängen fast hundert Schlipse. In meinem Beruf geht das nicht anders. Selbst wenn ich am Wochenende das Haus verlasse, ziehe ich einen an. Aber heute ist Weihnachten, und deswegen nehmen wir beide die Dinger jetzt ab und öffnen den obersten Knopf unserer Hemden.« Lucien Chenevoy zog sich mit einer langgezogenen Bewegung die Krawatte vom Hals und öffnete den Knopf. Dann atmete er demonstrativ auf. Ich folgte seinem Beispiel. *La glace était rompue*, wie man in Frankreich sagte - das Eis war gebrochen. Jedenfalls zwischen ihm und mir. Die größte Erleichterung ging aus von Madeleine. Ihre Mutter hielt eine Weile mehr oder weniger den Mund, aber ihre missbilligende Miene ließ keinen Zweifel daran, dass ihr das alles hier überhaupt nicht gefiel.

Wir setzten uns an den Esstisch, und eine junge Haushälterin servierte uns ein Getränk in einem kleinen, kunstvoll geschwungenen Glas.

»Darf ich fragen, was das ist?« wollte ich wissen.

»Das ist selbstverständlich der Aperitif«, antwortete Monsieur Chenevoy. »Wir bevorzugen einen Sherry. Aber wenn Sie lieber Portwein möchten, lasse ich auch mit mir reden.«

»Es tut mir sehr leid«, sagte ich, »aber ich kann das nicht trinken.«

»Warum denn nicht?«

»Ich bin muslimischen Glaubens. Der Genuss von Alkohol ist mir nicht gestattet.«

»Das ist bedauerlich.«

»Ich hätte lieber ein Glas Wasser. Wenn es keine Umstände macht.«

»Wissen Sie, Léo, ein Mann kann erst dann ein richtiger Mann sein, wenn er sich wenigstens einmal richtig sinnlos betrunken hat.«

»Bei allem Respekt, Monsieur Chenevoy, aber diese Ansicht kann ich nicht teilen.«

Madeleines Vater lachte laut auf und wandte sich seiner Tochter zu. »Sag mal, hat er schon so geredet, als du ihn in der Wüste aufgegabelt hast? Man könnte meinen, er wäre ein gebildeter Bursche.«

»Die äußere Hülle führt oft in die Irre«, sagte Madame Chenevoy und schenkte mir zum ersten Mal eine Art Lächeln - das mich frösteln ließ. »Der junge Mann vom anderen Kontinent sollte uns vielleicht eine kleine Einführung in die Sitten seines Landes geben. Kommen Sie, amüsieren Sie uns mit Ihren Riten und Gebräuchen.«

Sie versuchte, mich wie ein Vorführtier am Nasenring durch die Arena zu ziehen. Ich ignorierte weitgehend die entschuldigenden Blicke, die Madeleine mir schickte, und ließ mich darauf ein. Ich erzählte vom Leben in der *ténéré*, von unserer Viehzucht und unseren bescheidenen Versuchen, Ackerbau zu betreiben. Von der Salzkarawane hätte ich den ganzen Abend lang erzählen können, und während ich den täglichen Ablauf auf dem Weg nach Fachi beschrieb, wurde mir bewusst, dass Koumamá, Ifalan, Lassad und all die anderen jetzt in genau diesem Moment die *mehara* hinter sich herzogen und einen Fuß vor den anderen setzten. Auf einmal wurde ich von Traurigkeit erfasst. Ich versuchte es zu überspielen, und nur Madeleine ahnte, was in mir vorging. Es war, als hätte ich den Zügel eines Tieres in der Hand, ich konnte fast den Sand unter meinen Füßen spüren und mir das Salz von den aufgesprungenen Lippen lecken. Und doch hatte ich das bittere Gefühl, nicht mehr dazu zu gehören. Ich fühlte mich schuldig. Mein Platz wäre in der Karawane gewesen und nicht an diesem festlich gedeckten Eichentisch in einem feinen Vorort von Paris. Was hatte ich hier verloren? Was, in Allahs Namen, tat ich hier? Ich versuchte diese Gedanken abzuschütteln und lobte die Vorspeise, eine kleine, mit Hühnchen gefüllte Tarte. Die Chenevoys tranken dazu Weißwein, ich hingegen blieb beim Wasser.

»Ich finde es übrigens ausgezeichnet«, sagte Madame Chenevoy, »wenn ein junger Mann keinen Alkohol trinkt.«

Madeleines Augen leuchteten, offensichtlich hatte sie nicht damit gerechnet, dass ihre Mutter schon nach so kurzer Zeit auch nur irgendetwas Positives über mich sagen würde.

»Wer nicht trinkt, hat einen klaren Kopf«, fuhr sie fort. »Betrunkene Männer spielen, reden sich um Kopf und Kragen und schlagen ihre Frauen. Natürlich nicht alle«, fügte sie mit einem kurzen Seitenblick zu ihrem Gatten hinzu. »Aber manche. Und es ist immerhin schon einmal angenehm, dass Sie nicht zu denen gehören.«

»Vielen Dank«, sagte ich und nickte ehrerbietig.

Es war eine gute Idee, Madeleines Eltern an diesem Abend die beabsichtigte Frage dann doch nicht zu stellen. Ich hätte sie überrumpelt und sicher kein positives Resultat erzielt. So konnte das Weihnachtsfest ohne größere Dispute verlaufen. Madeleine kündigte uns ein paar Tage später telefonisch zu einem weiteren Besuch an, was für mich bedeutete, ein zweites Mal in Thierrys Kleider steigen zu müssen. Die Eltern waren freundlicher als beim Beginn unserer ersten Begegnung, aber dennoch spürbar distanziert. Madeleine meinte später, *ils avaient flairé la combine,* sie hätten den Braten gerochen und geahnt, was auf sie zukommen würde. Als ich ihnen eröffnete, dass ich Madeleine heiraten wollte und sie um ihre Zustimmung bat, waren sie nicht überrascht.

»Es ist anständig von Ihnen«, sagte Madeleines Vater, »dass Sie sich überhaupt die Mühe machen, uns zu fragen.«

»Denn wir wissen wohl«, fuhr die Mutter fort, »dass sie sich nicht darum schert, ob wir ihr unseren Segen geben.«

»Aber da Sie uns nun schon einbeziehen«, meldete sich Lucien wieder zu Wort, »wollen wir Ihnen auch sagen, was wir davon halten. Nämlich nichts. Wenn ich die Sache richtig sehe, haben Sie weder eine Anstellung noch überhaupt einen Beruf gelernt.«

»Mit Verlaub, aber das ist nicht richtig. Ich arbeite als Mitglied der Salzkarawane. In meinem Stamm habe ich einen festen Platz.«

»Ich nehme das zur Kenntnis und möchte es auch gar nicht abwerten, aber ich muss leider sagen: Das zählt hier nicht. Weisen Sie mir eine feste Anstellung vor in einem seriösen Beruf, hier in Paris. Dann fange ich überhaupt erst an, über Ihre Bitte nachzudenken.«

»Einen Teil der Zeit könnten wir in meiner Heimat leben. Wir können dort auch die Hochzeit feiern. Wo ich herkomme, schenkt der Bräutigam den Brauteltern einige Kamele.« Das war gelogen, denn in Wirklichkeit war es genau umgekehrt, aber ich wollte den beiden einen Anreiz bieten. Ich nahm an, dass die Aussicht auf mehrere *mehara* sie in Begeisterung versetzen musste. Aber als ich sah, wie Madeleine schmerzhaft die Augen zusammen kniff, wurde mir klar, wie blödsinnig mein Vorschlag war.

»Wir wollen keine Kamele«, sagte Madame Chenevoy. »Was sollen wir damit anfangen?«

»Dann habe ich einen anderen Vorschlag«, entgegnete ich.

Ich sah, dass alle drei auf das Schlimmste gefasst waren.

»Monsieur Chenevoy, wie ich weiß, gehört Ihnen eine Bank.«

»Das ist nicht ganz richtig, ich bin nur der Leiter einer Filiale.«

»Damit sind Sie der Chef über mehrere Angestellte, nicht wahr?«

»Es sind siebzehn, um genau zu sein.«

»Sie stellen diese Menschen ein und können sie auch wieder entlassen?«

»Korrekt.«

»Monsieur Chenevoy, hiermit bewerbe ich mich um eine Anstellung in Ihrer Bankfiliale.«

Madeleine stand der Mund offen. Die Augen ihrer Mutter begannen wieder zu flackern. Sie fragte: »Können Sie überhaupt Lesen und Schreiben?«

»Selbstverständlich.«

»Und rechnen?«

»Ebenfalls. Auf dem Markt in Kano habe ich gelernt zu handeln.«

Monsieur Chenevoy dachte nach. »Sie bräuchten eine abgeschlossene Ausbildung zum Bankkaufmann, und die haben Sie nicht.«

»Dann mache ich eben eine.«

»Sind Sie zur Schule gegangen?«

»Nein.«

»Ohne Schulabschluss können Sie es vergessen.«

»Warum?«

»Weil das hier in Frankreich so läuft.«

Ich sah hinüber zu Madeleine, die sehr unglücklich aussah, und begann, mich wie ein Idiot zu fühlen. Warum nur hatte ich mir in den Kopf gesetzt, von ihren Eltern anerkannt zu werden? Das hatte ich jetzt davon.

»Natürlich steht es mir frei«, sagte Monsieur Chenevoy, »Sie für Hilfsarbeiten einzusetzen.«

Er sah das Erstaunen auf meinem Gesicht und lächelte zufrieden. Menschen wie er liebten es über alles, andere in Erstaunen zu versetzen. Seine Frau sah ihn ebenfalls erstaunt an, aber ohne jede Begeisterung.

»Und es liegt ganz und gar in meinem Ermessen, was ich als Hilfsarbeit definiere«, fügte er hinzu. »Ich kann noch jemanden gebrauchen für die Arbeit am Schalter. Dort arbeitet sonst ausgebildetes Personal. Können Sie sich das trotzdem vorstellen?«

»Unbedingt«, sagte ich, obwohl ich keine Ahnung hatte, was für eine Art von Arbeit das überhaupt sein sollte.

»Lucien, ich denke, er ist für eine solche Tätigkeit nicht geeignet«, raunte seine Frau ihm zu.

»Wenn das so ist«, sagte er, »werden wir es herausfinden. Léo, Sie beginnen am 1. Februar bei mir zu arbeiten.« Er streckte die Hand aus, und ich ergriff sie. Er hielt die Hand fest. »Und wenn Sie sich bewähren, mein Junge, dann kommen Sie in einem halben Jahr noch einmal und fragen uns erneut, ob wir bereit sind, Ihnen die Hand unserer Tochter zu geben.«

»Ich danke Ihnen«, sagte ich. »Ich danke Ihnen sehr.«

»Ihnen ist sicher klar«, fügte er noch hinzu, »diese Chance bekommen Sie nur ein einziges Mal.«

Wir hatten die Heimfahrt gerade erst angetreten, da stellte Madeleine mir die Frage, die ihr seit dem Angebot ihres Vaters auf der Zunge gelegen hatte: »Seit wann kannst du Lesen und Schreiben?«

»Gar nicht«, erwiderte ich. »Ich werde es in den nächsten Wochen lernen müssen.«

Madeleine verbarg ihr Gesicht lächelnd und Kopf schüttelnd hinter ihrer Hand. »Bist du dir wirklich sicher«, sagte sie, »dass du dir das alles aufhalsen willst? Ich nehme dich auch ohne eine feste Anstellung.«

»Ich will Geld verdienen für unser gemeinsames Leben. In deiner Welt muss man das. Also werde ich es tun. Und wer außer deinem Vater würde mir so einfach die Gelegenheit dazu geben?«

»Liebster, ich habe in der Schule mehrere Jahre gebraucht, um vernünftig Lesen und Schreiben zu können.«

»Ich habe nur ein paar Wochen. Das muss reichen.«

Madeleine besorgte Schulbücher für Erstklässler und begann mir Unterricht zu geben. Ich hatte mir das alles sehr viel leichter vorgestellt. Die Schriftzeichen des *tifinagh* beherrschte ich, aber das nützte mir nichts, denn die Lateinischen Buchstaben, die es zu erlernen galt, hatten damit noch nicht einmal entfernt etwas gemeinsam. Madeleine hatte eigentlich mit mir in die Berge fahren und mich zum mutmaßlich ersten Tuareg machen wollen, der jemals auf Skiern einen Berg hinunter fuhr, aber das musste jetzt warten. Ich lernte von morgen bis abends, und Madeleine unterstützte mich, so gut sie konnte. Mir war längst klar, dass es auch ihr eine Menge bedeutete, wenn es mir gelang, vor den Augen ihrer Eltern zu bestehen. Zwar wurde sie nicht müde zu beteuern, dass deren Zustimmung für sie keine Rolle spielte. Aber ich hatte erlebt, wie sie sich in der Gegenwart ihrer Eltern veränderte. War sie sonst eine besonders selbstbewusste, lebensfrohe Frau, so wurde sie ungewohnt wortkarg und in sich gekehrt, kaum dass sie die

Schwelle ihres Elternhauses überschritten hatte. Vater und Mutter hatten mehr Macht über sie, als sie sich eingestand.

Wir feierten den Jahreswechsel, und in jener Nacht gab Madeleine wirklich alles, um mich zu einem Schluck Champagner zu überreden. Ich blieb trotzdem standhaft und stieß mit einem Glas Wasser auf das kommende Jahr an. An jedem einzelnen Tag ließ sie mich mehrere Diktate schreiben. Ich machte unglaublich viele Fehler. Diese Buchstaben waren nicht meine Welt, etwas in mir sträubte sich hartnäckig dagegen, sie zu lernen. Ich zwang mich außerdem dazu, den Inhalt des Schulbuches laut vorzulesen, in quälend langsamem Tempo. Es schmerzte, wenn ich mir vorstellte, dass jeder siebenjährige Junge in ganz Frankreich das besser konnte als ich. Aber ich ließ nicht nach. Wenn es etwas gab, das ich in meinem Leben gelernt hatte, dann mit Ausdauer an die Dinge heranzugehen. Die Salzkarawane war nur zu bewältigen, wenn man in der Lage war, Monate lang 15 Stunden am Tag einen Fuß vor den anderen zu setzen und dabei dem Durst zu trotzen, der Müdigkeit und dem Sand, den der Wind einem ins Gesicht warf. Die Fehler in meinen Diktaten wurden weniger, mein Vorlesen flüssiger. Am 19. Januar schrieb ich mein erstes fehlerfreies Diktat. Wir lagen uns jubelnd in den Armen. Es zeichnete sich ab, dass ich der Arbeit in der Bank vielleicht tatsächlich gewachsen sein konnte. Im Überschwang ihrer Gefühle schlug Madeleine mir vor, nun ein paar Anzüge kaufen zu gehen. Ich verstand zunächst nicht, was sie damit sagen wollte. Bis ich begriff, dass von mir erwartet wurde, in westlicher Kleidung zur Arbeit zu gehen. Jeden Morgen. Tag für Tag.

»Das kann ich nicht«, sagte ich.

Madeleine war fest davon ausgegangen, das sei mir bewusst gewesen. Nun hatten wir ein Problem.

»An den Schalter kommen jeden Tag eine Menge Leute«, sagte ich, denn Madeleine hatte mir in der Zwischenzeit erklärt, wie der Betrieb in einer Bankfiliale aussah. Noch am gleichen Tag ging ich, natürlich mit *gandoura* und *tagelmust*, in die besagte Filiale und sah sie mir an. Im hinteren Bereich, hinter einer dicken Glasscheibe, erblickte ich auch Lucien Chenevoy, aber er erkannte mich nicht und schenkte mir keine weitere Beachtung. Ein Angestellter fragte mich, ob er mir helfen könne. Ich verneinte und ging wieder hinaus. Ich war schockiert. In dieser Bank wimmelte es vor Menschen. Fortwährend kamen Kunden herein, wurden bedient und gingen wieder. Neue Kunden kamen. Angestellte saßen hinter den Schaltern, andere durchquerten den Raum und verschwanden, mit oder ohne Kunden, hinter Türen, um dort Beratungsgespräche zu führen oder irgendwelchen Arbeiten nachzugehen, die ich nicht verstand. Es war ein einziges Gewusel, das mir schon den Kopf schwirren ließ, wenn ich nur ein Beobachter war und meine angestammte Tracht trug. Aber dort drin hinter dem Schalter im westlichen Anzug zu sitzen, mit Krawatte um den Hals und entblößtem Kopf - ich würde durchdrehen und die Flucht ergreifen! Das ging nicht!

Madeleine redete Tage lang auf mich ein. »Wenn du verschleiert zur Arbeit gehst, wirft mein Vater dich raus, und es war alles umsonst.«

»Vielleicht gewöhnt er sich daran.«

»Wird er nicht.«

»Ich kann es wenigstens versuchen.«

»Du musst von Anfang an einen guten Eindruck machen. Ins Erscheinungsbild der Bank passen. Azahrú, mein Vater würde dich schon feuern, wenn du unrasiert zur Arbeit erscheinen würdest - ohne auch nur einen Moment zu zögern.«

Sie schleppte mich zu einem Herrenausstatter und suchte mir zwei Anzüge aus, einen dunkelblauen und einen anthrazitfarbenen. Dazu einen Mantel, einen Hut, eine Handvoll Hemden und ein paar Krawatten. Der nächste Gang führte uns ins Schuhgeschäft, wo Madeleine und der Verkäufer mich ungefähr zwei Dutzend Paar Schuhe anprobieren ließen - Modelle aus Straußen-, Ziegen- und Rindsleder, die sich *Fullbrogues*, *Budapester*, *Wholecuts* oder *Loafers* nannten und aus England, Italien und Frankreich stammten. Am Ende verließen wir das Geschäft mit drei Paar Schuhen. Die Einkäufe waren für mich anstrengender als ein Tag mit der Salzkarawane bei Wind von vorne, aber Madeleine blühte bei der Einkaufsrunde regelrecht auf.

»Ich habe als Kind für mein Leben gerne mit Puppen gespielt«, gab sie zu. »Das Schönste war immer, den Puppen alle möglichen Sachen anzuziehen. Ich habe ihnen tausend Kleider genäht, sogar winzige Schuhe aus echtem Leder habe ich für sie angefertigt.«

»Du willst damit sagen, dass ich für dich eine Art Puppe bin?«

Madeleine lachte. »Ich hatte nur noch nie die Aufgabe, einen Mann von Grund auf einzukleiden.«

Irgendetwas störte mich daran, mit ihren Puppen verglichen zu werden, und ich glaube, das war der Grund dafür, wieso ich ihr, kaum dass wir zu Hause waren, die Hand unter den Rock schob und mich zu ihren empfindlichsten Regionen vortastete. Wenn sie Spaß daran hatte, mich einzukleiden, dann wollte ich ihr zeigen, was für ein köstliches Vergnügen es mir bereitete, sie auszukleiden. Ihr zeigen, dass ich ihr Mann war und keine Puppe in exotischem Gewand.

Tags darauf, nachdem Madeleine in die Bibliothek gegangen war, um in medizinischen Fachbüchern zu lesen, zog ich den dunkelblauen Anzug und den Mantel an und ging in die Stadt. Ich übte den unverhüllten Aufenthalt unter Menschen, die mir völlig fremd waren. Ich spazierte die Avenue des Champs-Élysées entlang, vom Place de la Concorde bis zum Place de l'Étoile und wieder zurück. Ich trank in einem Straßencafé eine Tasse Tee, und in einem Schmuckgeschäft sah ich mir Ohrringe an, die ich Madeleine von meinem ersten Monatslohn kaufen wollte. Das hört sich alles unglaublich harmlos an, aber für mich war es eine fürchterliche Prüfung. Den Blicken der ganzen Stadt war ich schutzlos ausgeliefert. Jedes Lächeln, jedes Stirnrunzeln, jeder kritische Blick schien mir zu gelten. Ich bildete mir ein, dass die Menschen in den Ecken standen, über mich tuschelten und mit den Fingern auf mich zeigten. *Der Mann aus der Wüste hat sich verkleidet, seht mal, was für einen lächerlichen Anblick er bietet. Seine Familie würde ihn verstoßen, wenn sie ihn so sehen könnte, sein Vater würde vor ihm ausspucken, er verrät sein Volk. Was hat er hier überhaupt verloren? Wem will er etwas vormachen? Er gehört hier nicht hin!* Der Schweiß lief mir in den frisch gestärkten Hemdkragen. Man verfolgte mich. Wahrscheinlich war schon die Polizei unterwegs, um mich fest zu nehmen! Ich musste hier weg, sofort! Mit gesenktem Kopf verließ ich die Champs-Élysées. Ein Auto musste bremsen, der Fahrer drückte auf die Hupe, weil ich ihm fast vors Fahrzeug gelaufen war. Ich überquerte die Seine, und als ich den Kopf wieder hob, sah ich ihn vor mir aufragen. Lassad hatte mir seinerzeit prophezeit, ich würde schon wissen, welchen Turm er meinte, wenn ich erst einmal vor ihm stünde. Es gab Aufzüge, um die Menschen nach oben zu transportieren, und die Leute standen Schlange, um einen Platz darin zu bekommen. Ich entschied mich dafür, lieber die Treppe zu benutzen. Mit lauter Unbekannten eingepfercht zu sein, an ihre Körper gepresst und ihren Blicken ausgesetzt, das hätte ich nicht auch noch ertragen können. Den Turm aus eigener Kraft zu besteigen erschien mir ohnehin sehr viel angemessener. Ich fand schon immer, dass es eine Menge für sich hatte, wenn man sich die Dinge selbst erarbeitete. Es dauerte eine ganze Weile, ihn zu erklimmen, und die Aussicht raubte mir schon auf halbem Wege den Atem. Die Pariser nannten den Eiffelturm liebevoll die ‚eiserne Dame', und ich konnte verstehen, dass er ein so berühmtes Bauwerk war. Als ich endlich auf der dritten Etage angekommen war, blies mir der Wind ins Gesicht, und es gab nichts mehr, das sich erhob zwischen mir und dem Horizont. Ich atmete tief durch. Was hätte ich in diesem Moment dafür gegeben, mit den nackten Füßen in der *ténéré* zu stehen!

Ich trug die westliche Kleidung nun jeden Tag - nicht von morgens bis abends, aber wann immer ich Madeleines Wohnung verließ. Es fiel mir noch immer schwer, darin herum zu laufen, und dennoch fing ich an, mich daran zu gewöhnen. Trotzdem war ich aufgeregt, als ich mich am frühen Morgen des 1. Februar in der Bankfiliale einfand, im Büro von Lucien Chenevoy. Er gratulierte mir zum modischen Geschmack seiner Tochter und machte mir klar, dass ich ganz unten anzufangen hatte. Deswegen würde ich in dieser Woche noch nicht am Schalter sitzen, sondern Botengänge erledigen, Kaffee kochen und mir einen Überblick darüber verschaffen, wie es hier so zuging. Mein Verdienst würde bescheiden sein, einem Hilfsarbeiter zahlte man nicht so viel wie einem Mann mit abgeschlossener Ausbildung. Ich nahm das alles klaglos hin und erledigte die Aufgaben, die man mir gab, zügig und zuverlässig. Obwohl ich mich danach sehnte, mich hinter meinem *tagelmust* zu verbergen, kam ich mit den meisten Kollegen in der Filiale gut zurecht, und die Buchhalterin, Madame Lupin, eine korpulente, sehr liebenswerte Person von Mitte vierzig, hatte mich vom ersten Moment an ins Herz geschlossen.

Nachdem ich ihr meine Geschichte erzählt hatte, bot sie scherzhaft an, mich zu adoptieren. Da war aber auch noch Monsieur Baffour, der Leiter der Kreditabteilung. Als er hörte, dass ich mit Akzent sprach, entschloss er sich dazu, mich zu hassen. Je mehr er über mich heraus fand, desto stärker nahm er mich unter Beschuss. An einem Vormittag kam er mir auf dem Flur entgegen und blieb vor mir stehen. Er war fast einen Kopf kleiner als ich und hatte nur noch sehr wenige sehr kurz geschorene Haare. Sein kugelrunder Schädel wurde dominiert von extrem buschigen, dunklen Augenbrauen und weit abstehenden Ohren.

»Sie sind Moslem?« fragte er.

Ich bejahte die Frage höflich.

»Sie sehen aber gar nicht so aus.«

Er wusste, dass meine leiblichen Eltern aus Deutschland stammten, die ganze Geschichte war im Kollegenkreis längst kein Geheimnis mehr. Trotzdem versuchte ich ihm mit wenigen Worten die Hintergründe zu erklären.

»Wo ist Ihr Gebetsteppich? Sie müssen doch beten. Machen Sie das heimlich auf dem Klo?«

Ich erläuterte ihm, dass Tuareg es mit dem Beten nicht so genau nahmen wie andere muslimische Ethnien.

»Und sagen Sie mal, Kapellmann, gibt es dann auch noch andere Dinge, mit denen Sie es nicht so genau nehmen? Solche Dinge wie *Zuverlässigkeit* oder *Ehrlichkeit*? Sind Sie wirklich jemand, der vertrauenswürdig genug ist, um in einer Bank zu arbeiten?«

»Das bin ich, Monsieur Baffour. In dieser Bank gibt es niemanden, der ehrlicher wäre als ich.« Ich bemühte mich um einen möglichst freundlichen Gesichtsausdruck. Das war einer von den Momenten, in denen ich es ganz besonders hasste, meine Miene nicht verbergen zu können. Baffour sah mich an, als wäre ich ihm auf den Schuh getreten.

»Ich behalte Sie im Auge, *mon petit ami*«, sagte er. »Ich behalte Sie sehr gut im Auge.«

Er ließ keine Gelegenheit aus, um diese Ankündigung unter Beweis zu stellen. Mehrmals am Tag ließ Baffour sich von mir Kaffee ins Büro bringen. Er forderte mich dazu auf, seinen Schreibtisch abzuwischen und den seiner Sekretärin. Er ließ mich kommen, um eine winzig kleine Spinne von der Decke zu entfernen. Er schüttete Kaffee auf den Teppich und befahl mir, den Fleck zu entfernen. Im Vorbeigehen bedachte er mich gerne mit Sätzen wie: »Ich weiß, was du vor hast.« Oder: »Ein kleiner deutscher Araber, etwas so Jämmerliches könnte keiner erfinden.« In meiner zweiten Woche kam er auf mich zu und sagte mit leiser, fast schon verschwörerischer Stimme: »Kapellmann, ich habe einen so kolossalen Haufen ins Klo gesetzt, der hat sich verkeilt und lässt sich nicht hinunter spülen. Kümmern Sie sich mal darum.«

Ich sagte nur: »Spülen Sie Ihre Scheiße selber runter« und ging weiter. Zwei Minuten später wurde ich von Nadine, der jungen Sekretärin von Monsieur Chenevoy, zum Chef zitiert.

»Léo, so können Sie mit dem Leiter der Kreditabteilung nicht reden.«

»Er hat es auf mich abgesehen.«

»Und wenn schon. Er ist eine Führungskraft. Wenn er will, dass Sie seine Scheiße runterspülen, dann tun Sie es einfach.«

Mein Stolz stieg in mir auf und wollte widersprechen. Ich hatte Mühe, ihn abzuwürgen. »Wann kann ich am Schalter arbeiten?«

»Ab dem 1. April. Falls Sie weiterhin gute Arbeit leisten und es schaffen, Monsieur Baffour mit ausgesuchter Höflichkeit zu begegnen.«

Das hieß, dass ich weitere sieben Wochen lang Dienste zu verrichten hatte, die ein Zehnjähriger genauso gut bewältigt hätte. Und dass Baffour mich ungestraft zu seinem Fußabstreifer machen konnte.

»Monsieur Chenevoy, darf ich eine Bitte an Sie richten?«

»Nur zu.«

»Wäre es möglich, dass ich bis Ende März in meiner traditionellen Kleidung erscheine?«

»Wie sieht die aus?«

Ich beschrieb sie ihm.

»Ausgeschlossen«, sagte er. »Unsere Kunden würden glauben, es mit einem vermummten Bankräuber zu tun zu haben, und würden die Polizei rufen. Und am nächsten Tag würden sie sich eine andere Bank suchen.«

Er sah mir an, dass die Situation mir zusetzte. Er stand auf, kam um seinen Schreibtisch herum und blieb vor mir stehen. Monsieur Chenevoy war genauso groß wie ich, wir befanden uns auf Augenhöhe.

»Unter uns, Léo: Baffour ist ein widerliches Arschgesicht. Jeder hier weiß das. Die meisten Mitarbeiter haben ihre Erfahrungen mit ihm schon gemacht. Stehen Sie das durch. Bleiben Sie freundlich. Schenken Sie ihm ein Lächeln. Sie sind ein aufgewecktes Bürschchen. Wenn Sie sich Mühe geben, sind Sie eines Tages irgendwo Filialleiter, und er ist immer noch der Leiter der beschissenen Kreditabteilung, und dann spucken Sie ihm auf den Kopf.«

5

Koumamá führte die Salzkarawane von Kano zurück zu seinem Stamm, und wie in jedem Jahr hoffte er darauf, sich nach der beschwerlichen Reise ein paar Tage Ruhe gönnen zu können. So anstrengend wie diesmal war die Karawane für ihn noch nie gewesen. Er spürte das zunehmende Alter. Allzu oft würde er die Strapazen nicht mehr auf sich nehmen können. Ein Karawanenführer musste den richtigen Zeitpunkt finden, um abtreten zu können, sonst würde er eines Tages unterwegs sein Ende finden, irgendwo im Niemandsland der *ténéré*. Er hatte sich gewünscht, das Amt in ein paar Jahren an Azahrú weiterreichen zu können. Aber der war nun schon seit einigen Monaten fort, und es gab keine Nachricht von ihm. Koumamá wusste, dass es sinnlos gewesen wäre, von Frankreich einen Brief in die Wüste zu schicken. Wie hätte der ankommen sollen? Der Junge hatte keine Möglichkeit, ihn und Fatou auf dem Laufenden zu halten. Er war dem Ruf seines Herzens gefolgt. Das war bitter, aber was sollte man schon tun, außer sich damit abzufinden? Vielleicht hatte Lassad ja schon immer Recht gehabt, und Azahrú hatte einfach nur dorthin gefunden, wo er schon immer hin gehört hatte. Wahrscheinlich war es nur eine Frage der Zeit gewesen, bis er dem Stamm den Rücken kehrte. Für Koumamá war Azahrú aber wie ein eigener Sohn, er empfand eine grenzenlose, bedingungslose Liebe für den Jungen. Und nun schien dieser Sohn verloren. Koumamá glaubte nicht daran, ihn jemals wiederzusehen. Er hatte das Mädchen gesehen. Madeleine. Sie war so schön, dass man die Augen nicht von ihr abwenden konnte. Koumamá hätte sich gerne eingeredet, dass sie ein eiskaltes Miststück war, aber die junge Französin hatte das Herz auf dem rechten Fleck, das spürte man, wenn sie sprach und wenn sie lächelte, da gab es kein Vertun. Nun würde sie aus seinem Azahrú einen Franzosen machen. Vermutlich war das längst passiert. Vielleicht hatte Azahrú sogar den *tagelmust* schon abgelegt. Womöglich hatte er inzwischen schon Wein und Schnaps getrunken. Und sicher dachte er nicht halb so oft an die Menschen, mit denen er aufgewachsen war, wie jene umgekehrt an ihn. Koumamá hasste es, dass der Gedanke an Azahrú ihn so sentimental machte. Ein *imushaq* beschäftigte sich nicht mit der Vergangenheit. Die war vorbei und spielte keine Rolle mehr. Aber es tat weh, einen Sohn zu verlieren. Den einzigen. Mit Fatou sprach er darüber nur selten. Er merkte, dass sie besser damit zurecht kam. Sie war sehr viel mehr bereit, den Dingen ihren Lauf zu lassen, was einer der vielen Gründe war, wieso Koumamá sie nach all den vielen Jahren noch immer aus tiefstem Herzen liebte. Er hatte immer gewusst, dass er mit ihr eine Frau genommen hatte, die stärker war als er. Nicht dass er das jemals gegenüber irgendjemandem zugegeben hätte, aber er wusste es. Fatou hatte die Familie zusammen gehalten. Nach der Geburt von Dafinah, als er sich so abscheulich benommen hatte - jede andere hätte ihn damals zum Teufel gejagt. Aber nicht Fatou. Sie hatte immer ihre ganz eigene Sicht der Dinge. Vor kurzem hatte sie gesagt, dass Azahrú von ihren Kindern dasjenige sei, um das sie sich am wenigsten Sorgen mache. Dass Dafinah mit einem Mann verheiratet war, für den sie nichts empfand, bekümmerte sie viel mehr. Diese Ehe würde nicht halten. Fatou hoffte, dass Dafinah irgendwann wenigstens damit aufhören würde, ihren Bruder zu begehren, denn diese Liebe würde niemals erfüllt werden. Aber dass Fatou in letzter Zeit so schlecht schlief, hatte vor allem mit Mariamá zu tun. Sie lebte inzwischen in einem Haus in Agadez und lernte dort, Schmuck herzustellen. Mariamá hatte ihren Traum, den Stamm zu verlassen, tatsächlich in die Tat umgesetzt. Koumamá hatte damit keine großen Probleme. Zwar hätte er sich gewünscht, sie hätte hier einen Mann gefunden und wäre geblieben, aber er wusste, wie sehr es sie hinaus in die Welt zog, und Agadez war ja nicht am anderen Ende des Erdballs. Es gab regelmäßige Besuche, man verlor sich nicht aus den Augen. Fatou wusste aber, wie verführbar Mariamá war. Wer ihr etwas versprach und ihr Vertrauen gewann, der konnte alles von ihr haben.

Koumamás zweite Wahl für seine Nachfolge als *madugu* wäre Lassad gewesen. Aber auch der hatte an der gerade beendeten Karawane nicht teilgenommen, weil er der Meinung war, dass man Frauen, Kinder und alte Männer nicht schutzlos zurücklassen konnte. In letzter Zeit gab es immer stärkere Spannungen zwischen den Tuareg und den französischen Kolonialherren. Die Bemühungen der Franzosen, die Nomaden zur Sesshaftigkeit zu bewegen, wurden aggressiver, und Lassad hatte befürchtet, den Stamm nach dem Ende der Karawane nicht mehr vorzufinden. Koumamá musste mittlerweile tatsächlich darüber nachdenken, ob es nicht angeraten war, sich mit dem Stamm wieder einmal für eine Weile ins Aïr-Gebirge zurück zu ziehen.

Er ahnte nicht, dass Lassad andere Gründe gehabt hatte, nicht an der Karawane teilzunehmen. Im Moment war er etwa eine halbe Tagesreise entfernt, versteckt zwischen ein paar Felsen, die zu den südlichen Ausläufern des Aïr gehörten. Hier befand sich eine Art Hauptquartier. Knapp zwei Dutzend *imushaq* aus verschiedenen Stämmen hatten ein paar Zelte aufgestellt und sich zu einer Gruppierung zusammen geschlossen, und Lassad war so etwas wie ihr Anführer. Zwar gab es andere, die älter waren als er, aber Lassad machte den unerschrockensten Eindruck, und er verstand es, die Männer zu motivieren. Deswegen hörten sie ihm zu und folgten ihm.

»Sie werden unseren Hauch spüren«, sagte er. »Was wir ihnen hinterlassen, werden sie beklagen. Aber sehen werden sie uns nicht. Sie werden nicht wissen, wer es getan hat. Und ob er überhaupt von dieser Welt ist. Für sie werden wir Geister sein.«

Und so war es dann auch. Jedes Mal. Sie kamen immer mitten in der Nacht. Lautlos. Die Franzosen hatten Wachen, aber es war leicht, diese Männer zu überrumpeln, denn ihre

Sinne waren stumpf von Alkohol und Tabak. Die Rebellen steckten Fahrzeuge in Brand, zerstörten Funkgeräte und verwüsteten Zelte und Häuser der französischen Truppen. Lassad hatte die Männer darauf eingeschworen, niemanden zu töten, denn sie waren keine Barbaren. Sie wollten denen, die sich zu ihren Feinden gemacht hatten, nur die Grundlagen entziehen.

Die Franzosen betrieben einen Stützpunkt in Agadez, dem die Rebellen in den vergangenen Wochen bereits schwer zugesetzt hatten. Trotzdem machten sie keine Anstalten, sich von dort zurückzuziehen. Aber Lassad hatte etwas ausfindig gemacht, dessen Verlust sie empfindlich treffen würde.

»Das Gebäude wird besonders streng bewacht«, sagte er. »Es gibt bei Tag und bei Nacht ein halbes Dutzend Wachen mit Gewehren. Sie rechnen nicht damit, dass wir wissen, was sich in dem Haus befindet, aber sie sind auf der Hut. Der neue Kommandant ist ein harter Hund, er versucht, aus den ganzen Schwächlingen Männer zu machen. Er hat ihnen befohlen, nach einmaliger Warnung auf jeden Mann zu schießen, der *tagelmust* trägt und sich dem Haus auf weniger als zehn Meter nähert.«

Der Kommandant des Stützpunktes hieß Maxime Durand und war *colonel* der französischen Armee. Auch mit Mitte 50 war er noch schlank und drahtig. Er hatte am Beispiel eines Offizierskollegen gesehen, dass man nicht fett werden durfte, wenn man in der Wüste lebte, sonst wurde man so träge, dass man das Leben kaum mehr ertragen konnte. Durand war seit fast 25 Jahren in Nordafrika und wusste, wie die Dinge hier liefen. Als junger *capitaine* hatte er sich freiwillig für den Dienst in den Kolonien gemeldet, hatte seine Heimatkaserne in Toulouse verlassen und war mit dem Schiff nach Afrika gefahren. Inzwischen war er hochdekoriert, hatte im Weltkrieg gegen Rommels Truppen gekämpft und dabei blutige Schlachten geschlagen. Durand war ein Vollblut-Soldat, der sich nie damit begnügte, den Strategen zu spielen und seine Truppen an die Front zu schicken. Er war immer ganz vorne mit dabei, zum einen, weil das Gefühl, sein Leben für das Heimatland aufs Spiel zu setzen, ihn mehr berauschte als irgendetwas sonst. Er war nie verheiratet gewesen, denn auch wenn es kitschig klang: Seine Braut war immer die französische Fahne gewesen. Seine Vorgesetzten hatten früher oft versucht, ihn zu mehr Diplomatie zu erziehen, aber er war der festen Überzeugung, dass nichts beflügelnder für eine Truppe war, als dem Kommandanten höchstpersönlich in die Schlacht zu folgen.

Maxime Durand ärgerte sich maßlos über die nächtlichen Angriffe, denen die französischen Stützpunkte in der letzten Zeit ausgesetzt waren. Er schwor Stein und Bein darauf, dass Tuareg dahinter steckten, aber er konnte es nicht beweisen. Die Kerle hinterließen Verwüstung, aber keine Spuren. Sie kamen lautlos, und wenn sie verschwunden waren, stand alles in Flammen und war zerstört. Er setzte eine hohe Prämie aus für denjenigen, dem es endlich gelang, einen der Rebellen bei einem ihrer Überfälle festzunehmen. Durand hatte seine ersten Erfahrungen mit Tuareg vor über 20 Jahren gemacht. In einer kleinen Oase hatte er damals einen Stamm aufgestöbert. Es war darum gegangen, im Auftrag der französischen Regierung Nomaden sesshaft zu machen, weil man sie schon seinerzeit als latente Gefährdung der öffentlichen Ordnung empfunden hatte. Die Tuareg hatten sich quergestellt, was zu erwarten gewesen war. Daraufhin hatte Durand sie entwaffnen lassen. Er wollte sämtliche Männer des Stammes in Gewahrsam nehmen, aber dann war zu seiner großen Überraschung auf einmal ein blonder, junger Deutscher hervor getreten. Der Mann hatte sich als Unterhändler betätigt, und Durand hatte sich dazu überreden lassen, den Tuareg 24 Stunden Zeit zu geben, um sich für die Sesshaftigkeit zu entscheiden. Das war einer der ganz wenigen eindeutigen Fehler in Durands gesamter militärischer Laufbahn gewesen. Obwohl sie direkt neben dem Stamm campiert hatten, waren die Tuareg am nächsten Morgen verschwunden, mitsamt ihren Waffen, als wären sie niemals da gewesen. Die Wachen hatten gefesselt und geknebelt in den Büschen gelegen. Seitdem wusste Durand, wie lautlos dieses Beduinenpack herum schleichen konnte.

Lassad erinnerte sich noch genau an *capitaine* Durand. Er war damals ein Kind gewesen. Der Offizier hatte mit dem Finger auf ihn gedeutet und gemeint, dieser kleine Junge könne später einmal Anwalt, Arzt oder Kaufmann werden, wenn die Tuareg sich dazu bereit erklärten, ihr Nomadentum aufzugeben. Seitdem hatte Durand sich einen Namen gemacht als Tuareg-Hasser, und es bereitete Lassad besondere Genugtuung, ihm auf der Nase herumzutanzen. Folgendes hatte er erfahren: Das unscheinbare Backsteinhaus in Agadez, in dem die Franzosen Nahrungsmittel, Zeltplanen, Decken und dergleichen lagerten, wies ein geheimes Innenleben auf, das es in sich hatte. Durand hatte ein Kellergeschoss einbauen lassen. Als das fertig war, hatte er Kisten mit Obst, Gemüse, Dosenfleisch und Minzsirup liefern lassen. In diesen Kisten war aber in Wirklichkeit überhaupt keine Verpflegung. Er wollte ein richtig großes, umfassendes Waffen- und Sprengstofflager in der Nähe haben, um auf die heraufziehenden Konflikte in der Region jederzeit angemessen reagieren zu können. Nur eine Handvoll Soldaten wussten, was in den Kisten war: an die hundert Repetiergewehre, Pistolen und Maschinengewehre. Munition, die für einen kleinen Krieg ausgereicht hätte. Eine halbe Tonne Dynamit. Beim Transport war bei einer der Kisten eines Tages der Holzboden herausgebrochen. Der Soldat hatte die Munitionsschachteln, die auf dem Boden lagen, alle wieder eingesammelt - bis auf eine, die er nicht sehen konnte, weil sie hinter einer Tonne lag. Und ausgerechnet einer von Lassads Männern hatte die Schachtel dann gefunden…

Kommandant Durand schlief längst tief und fest, als vierzehn Gestalten sich in der Dunkelheit aus verschiedenen Richtungen nahezu lautlos auf das Backsteingebäude zubewegten. Alle Wachen, die um das Gebäude herum verteilt waren, wurden im selben Moment überwältigt, gefesselt und geknebelt. Lassad wusste, welcher von ihnen den Schlüssel zum Haus trug. Während die anderen sich mit den gefesselten Wachen vom Haus entfernten, ging Lassad hinein, gefolgt von zwei anderen, die einen schweren Kanister trugen. Lassad schloss die in den Boden eingelassene Holztüre auf und leuchtete mit einer Fackel hinunter, auf all die Schätze, die der *colonel* dort unten gehortet hatte. Er verließ mit der Fackel das Haus, während seine Helfer den Inhalt des Kanisters in den Keller kippten, bis auf den letzten Rest, mit dem sie eine Spur nach draußen legten. Lassad befahl ihnen, die Beine in die Hand zu nehmen, denn die Ausmaße seiner Tat konnte auch er nicht genau einschätzen. Die beiden Kerle, noch einige Jahre jünger als Lassad, liefen davon und verschwanden in den dunklen Gassen. Lassad wartete noch einen Moment, dann tauchte er die brennende Fackel in das Benzin am Boden und war überrascht, mit welcher Geschwindigkeit die Flammen auf das Haus zuzüngelten. Lassad ließ die Fackel fallen und fing an zu rennen.

Das Steilwandzelt des Kommandanten war mehrere hundert Meter entfernt, und dennoch war bereits der erste Knall so betäubend laut, dass er sich fühlte wie von einer Keule getroffen. Schlaftrunken kam er aus dem Zelt gewankt, und als er die Serie von Explosionen hörte, wusste er sofort, was passiert sein musste.

»Das Munitionslager! Sie haben das Munitionslager gesprengt!«

Durand griff nach seiner Pistole und lief in Unterhosen in die Richtung des Backsteinhauses. Das nicht mehr existierte. Wo es gestanden hatte, war jetzt ein monströser Krater, aus dem Flammen und Rauch empor schlugen. Er hatte noch nie einen aktiven Vulkan gesehen, aber so ähnlich hätte er ihn sich vorgestellt. Die herum fliegenden Backsteine hatten Löcher und Risse in die umliegenden Lehmhütten geschlagen. Die Straße war voll von Menschen, die ihre Fassungslosigkeit und ihre Angst heraus schrien. Durand ging beiseite, um nicht in der Richtung zu stehen, in die der leichte Wind den beißenden Qualm trug. Er ließ die Pistole sinken und biss sich auf die Lippen, bis es weh tat. Diese verdammten Tuareg hielten sich jetzt bestimmt für unglaublich schlau und unbesiegbar. Weil sie nicht wussten, dass Maxime Durand nun überhaupt erst damit anfing, sich Gedanken zu machen, wie er sie vernichten konnte.

6

Wirtschaftswunder war das Lieblingswort von Gerhard Angermair. Er war fest entschlossen, seine Segel voll in den Wind zu halten, der zurzeit durchs Land blies. Nach dem Tod seines Onkels hatte der Notar das Testament von Hermann von Kramm aus dem Banksafe geholt. Darin stand, dass der Patriarch sein gesamtes Vermögen, inklusive der Manufaktur, dem Deutschen Caritasverband vermachte. Sein Neffe Gerhard sollte das ausgestopfte Wildschwein aus dem Büro bekommen und ansonsten leer ausgehen. Bevor das Testament eröffnet werden konnte, wurde aber noch ein zweites gefunden, in der obersten Schreibtischschublade von Hermann von Kramm. Es trug seine Unterschrift und war, dem Datum nach, wenige Tage vor seinem Tod geschrieben worden. Dieses Testament machte Gerhard Angermair zum Alleinerben des ganzen Imperiums. Noch am Tag der Testamentseröffnung bezog Angermair das herrschaftliche Anwesen seines Onkels und übernahm die Geschäfte. Vor den versammelten Mitarbeitern hielt er eine Ansprache, in der er den tragischen Verlust beklagte und der Belegschaft versprach, das ohnehin schon florierende Unternehmen zu neuer Blüte zu führen. Was das bedeutete, bekamen die Angestellten schon sehr bald zu spüren. Der neue Chef kürzte die Löhne um 20 Prozent und strich die Hälfte der Urlaubstage. Ein Vorarbeiter beschwerte sich im Namen seiner Kollegen und wurde auf der Stelle fristlos gekündigt. Das hatte Signalwirkung für den Rest der Belegschaft, von diesem Moment an beklagte sich keiner mehr. Angermair verfolgte mit voller Energie sein Lieblingsprojekt und stieg ein in die Herstellung von Kunststoff-Produkten. Er hatte zum richtigen Zeitpunkt erkannt, dass durch die kürzlichen Erfolge auf dem Gebiet der Polymerchemie und durch deutlich verbesserte Verarbeitungsverfahren ein neuer, riesengroßer Markt im Entstehen begriffen war. Kunststoffe konnten plötzlich auf unschlagbar billige Weise hergestellt werden und Porzellan, Holz und Steingut in einigen Bereichen regelrecht in den Schatten stellen. Um die Erweiterung der Produktion zu realisieren, musste er natürlich tief in die Tasche greifen. Er sicherte sich die Dienste eines herausragenden Wissenschaftlers, stellte einige hochkarätige Spezialisten ein und mehrere Dutzend Arbeiter. Er gab einen Haufen Geld aus für eine aufwändige Erweiterung des Manufaktur-Gebäudes und für die Anschaffung der für die Plastikproduktion notwendigen Maschinen. Er hatte kaum damit angefangen, Eimer, Wannen, Messbecher und Dosen aus Plastik herzustellen, als die Auftraggeber auch schon Schlange standen. Darunter waren die größten Warenhausketten der deutschen Nachkriegszeit. Die Auftragsbücher der Manufaktur waren übervoll. Der Anbau war gerade erst ein paar Wochen zuvor fertiggestellt worden, als Angermair anfing, direkt daneben ein neues Produktionshaus bauen zu lassen, das doppelt so groß werden würde wie das Stammhaus. Innerhalb eines halben Jahres arbeiteten dreimal so viele Menschen für die Manufaktur wie vor dem Tod von Hermann von Kramm - und dies waren erst die Anfänge des Erfolges von Gerhard Angermair. Er arbeitete unermüdlich daran, die Produktionspalette zu erweitern, machte Pläne für Plastikspielzeug und für Plastikgehäuse von Elektronikprodukten. Möbel aus Plastik schwebten ihm vor, er träumte sogar bereits von Fahrzeugkarosserien aus Plastik. Gerhard Angermair war seiner Zeit voraus, ein Mann mit einer Vision. Und letztlich sogar einer der Architekten des deutschen Wirtschaftswunders.

7

Der kleine, dicke Baffour war ein echter Mistkerl. Er ließ nichts aus, um mich bis aufs Blut zu reizen. Aber er biss sich an mir die Zähne aus. Ich tat alles, was er wollte, und ich tat es mit einem Lächeln. *Bittesehr, Monsieur Baffour - sehr gerne, Monsieur Baffour.* Ich hätte ihm seine schiefen Zähne geputzt, wenn er es verlangt hätte, und ihm die krummen Fußnägel geschnitten. Er brachte mich nicht mehr aus der Ruhe, und das schien ihn zu ärgern. Wenn er mir auf dem Flur begegnete, musterte er mich von Tag zu Tag finsterer, während ich ihn anstrahlte, als habe er mir gerade gesagt, was für ein toller Kerl ich sei. Es konnte auch von Vorteil sein, dass man einem anderen sein Gesicht zeigte. Diese Erkenntnis hatte ich Monsieur Baffour zu verdanken, denn es stellte sich heraus, dass mein fortwährendes Grinsen eine Waffe war, die ihn langsam, aber sicher in den Wahnsinn zu treiben begann. Eines Tages stellte er sich mir in den Weg.

»Was grinsen Sie denn immer so?« wollte er wissen.

»Wenn ich einem freundlichen Menschen begegne«, sagte ich, »trage ich ein Lächeln im Gesicht.«

»Hören Sie damit auf, Kapellmann. Ich bin kein freundlicher Mensch. Nicht für Sie. Wenn Sie mich noch einmal angrinsen, können Sie was erleben.«

»Es ist mir eine Freude, für Sie zu arbeiten«, erwiderte ich lächelnd, ließ ihn stehen und ging weiter.

Tags darauf begegneten wir uns im Schalterraum. Er musterte mich finster, ich lächelte breit, grüßte freundlich und hielt ihm zuvorkommend die Tür auf. Er sagte keinen Ton, was daran gelegen haben mochte, dass es Zeugen gab.

In den nächsten zwei Tagen bekam ich ihn nicht zu sehen, obwohl er im Hause war. Er blieb hinter seiner verschlossenen Tür, ließ sich keinen Kaffee bringen und forderte weder Botengänge noch Reinigungsarbeiten ein. Am Freitagnachmittag stellte ich mich ans Ende des Flurs und wartete so lange, bis seine Tür sich öffnete, weil er Feierabend machen wollte. Ich ging ihm entgegen, blieb vor ihm stehen und sagte mit meinem breitesten Lächeln: »*Bonjour*, Monsieur Baffour, und ein wunderschönes Wochenende.«

Er brummte nur und ging an mir vorbei. In diesem Moment wusste ich, dass sein mieser Charakter an mir zerschellt war. Er würde mir nichts mehr anhaben können.

Am 1. April übernahm ich den Auszahlungsschalter. Baffour fragte Madeleines Vater, so dass es jeder hören konnte: »Ist es wirklich eine gute Idee, dem jungen Mann Zugriff auf so viel Bargeld zu geben?«

»Der junge Mann, Monsieur Baffour, würde bei der ersten kleinen Unregelmäßigkeit gefeuert werden, und das weiß er auch.« Monsieur Chenevoy zwinkerte mir zu, und ich nickte dankbar. Die Arbeit am Schalter war eine deutliche Verbesserung. Endlich konnte ich meine neu erworbenen Schreib- und Lese-Fähigkeiten einsetzen. Der viele Kontakt mit den Kunden machte mir Spaß. Ich hatte kaum mehr Probleme damit, Fremden mein Gesicht zu zeigen, und erlebte von Tag zu Tag deutlicher, wie nichts weiter als nur ein kleines Lächeln und eine freundliche Bemerkung die schlechte Laune eines Menschen, der etwa aus dem strömenden Regen von draußen herein kam, innerhalb weniger Sekunden ins Gegenteil verkehren konnte.

An Pfingsten fuhren Madeleine und ich an die Côte d'Azúr. Sie liebte das Meer, aber für mich war etwas anderes viel bedeutsamer: Zum ersten Mal seit über einem halben Jahr hatte ich wieder Sand unter den Füßen. Ich zog Schuhe und Strümpfe aus, um ihn zu spüren, und ging auf die Knie, um ihn durch die Finger rieseln zu lassen. Ich kam mir vor wie ein Idiot, weil mir Tränen in die Augen stiegen, und ich senkte den Kopf, damit Madeleine es nicht sah. Ich war ein Verräter, weil ich immer noch hier war und zuließ, dass meine Familie nicht wusste, ob sie mich je wiedersehen würde. Noch am gleichen Abend begann ich einen Brief zu schreiben. Ich adressierte ihn an einen Schmied in Agadez, dem ich zutraute, ihn meinem Stamm zukommen zu lassen. Ich schrieb den Brief in *tifinagh*, und er lautete so:

Liebe ânna, lieber abba, liebe Mariamá, liebe Dafinah!
Was soll ich sagen? Ihr habt lange nichts von mir gehört, und ich kann mich dafür nur vielmals entschuldigen. Paris ist unglaublich. Fragt Lassad, er weiß, wovon ich rede. Ich konnte noch nicht zu euch zurück, weil ich Madeleine heiraten möchte, und ich muss hier in einer Bank arbeiten, um die Gunst ihrer Eltern zu gewinnen. Wie wir das machen werden, wenn wir verheiratet sind, weiß ich noch nicht. Vermutlich werden wir einen Teil der Zeit in Afrika sein und den anderen in Europa. Ich hätte gerne eine Hochzeit in der ténére, nach unserer Tradition. Mit dem Flugzeug braucht man nur ein paar Stunden, es ist wie ein Wunder. Ich denke sehr oft an euch. Und ich vermisse euch. Mehr als alles andere freue ich mich darauf, euch wiederzusehen. Ihr seid in meinem Herzen, ich trage euch immer bei mir. Grüßt bitte Ifalan von mir. Und Anazâr. Und auch Lassad, obwohl ich sicher bin, dass er schlecht über mich redet und behauptet, ich würde niemals zurück kommen. Er wird sehen, dass er sich täuscht, wenn ich vor ihm stehe. Ich hoffe, es geht euch allen gut. Vielleicht könnt auch ihr versuchen, mir einen Brief zu schicken. Man sagt mir, dieser hier werde etwa vier bis acht Wochen unterwegs sein. Ich hoffe sehr, er kommt an. Wenn wir nachts in den Himmel blicken, sehen wir alle denselben Mond. Weißt du noch, abba? Das hast du mir als Kind immer gesagt, wenn wir vor dem Zelt gesessen haben. Daran muss ich denken, wenn ich in einer Pariser Nacht in den Himmel blicke. Oft geht das gar nicht, weil der Himmel nicht zu sehen ist. Ihr glaubt ja nicht, wie oft es hier regnet. Und im Winter lag in der Stadt mehrere Wochen lang Schnee. Es gibt so viel zu erzählen!
Bis bald, euer Azahrú.

An Madeleines Geburtstag standen wir mit Cécile und Thierry zu viert in unserer winzigen Küche, kochten und lachten dabei eine Menge, und Thierry spielte die ganze Zeit mit dem Geschenk herum, das Madeleine von ihren Eltern bekommen hatte: eine 6x6-Fotokamera, die man vorne aufklappen musste, bevor man sie benutzen konnte. Für mich war so ein Gerät noch immer gleichbedeutend mit Zauberei. Thierry sprang begeistert zwischen uns umher und verknipste einen Film nach dem anderen, bis er Cécile und Madeleine so auf die Nerven ging, dass sie ihn nach draußen schickten. Er sollte ein paar Landschaftsaufnahmen machen. Thierry zog sich grinsend zurück, und wir hatten unsere Ruhe, bis er auf einmal angelaufen kam: »Wer hat das gemalt?!« brüllte er, und zwar so laut, dass Madeleine vor Schreck fast der Rührbecher aus der Hand fiel. »Wer zum Teufel hat dieses unglaubliche Bild gemalt?!« Wir mussten ihm folgen, und er führte uns ins Schlafzimmer. Das riesige Bild von Madeleine lehnte nicht mehr mit dem Gesicht zur Wand, sondern lag auf dem Bett. Das überlebensgroße Abbild ihres unglaublichen, nackten Körpers vor dem Hintergrund der Wüste, so unschuldig und doch fordernd, ich hatte es seit Monaten nicht mehr angesehen, und in diesem Moment empfand ich es als eine alles durchdringende Aufforderung, das Dasein auszukosten, der Lust nachzugeben, die wildesten Triebe auszuleben und sich gegenseitig die Kleider vom Leibe zu reißen, ganz egal, was man gerade tat. Ich war gefangen von meinem eigenen Gemälde, während Thierry zwischen uns und dem Bild hin und her schaute und die beiden Frauen betreten schwiegen.

»Meine Güte«, rief Thierry, und es war fast schon ein brünftiges Stöhnen, »bist du wirklich so schön, wenn du nackt bist?«

Cécile verließ wortlos das Schlafzimmer, und Madeleine fragte Thierry mit scharfer Stimme: »Was hast du in meinem Schlafzimmer verloren? Das möchte ich mal wissen.« Sie schob ihn unsanft hinaus und schloss von außen die Tür. Ich nahm das Bild, lehnte es wieder gegen die Wand, so dass man es nicht sehen konnte, und folgte den anderen. Thierry versuchte die Situation mit seinem jungenhaften Charme zu retten. Er sei nun einmal ein neugieriger Kerl, und er habe ja nicht geahnt, was er da finden würde, aber es sei doch wirklich ein fantastisches Bild, und er habe mir etwas so Großartiges überhaupt nicht zugetraut. Die Stimmung war aber, was die Frauen betraf, nicht mehr zu retten. Wir aßen nahezu schweigend, und nach dem Dessert verabschiedeten Cécile und Thierry sich sehr bald.

»Wir hätten es in den Keller stellen sollen«, sagte Madeleine.

»Er ist ein unverschämter Kerl«, erwiderte ich, »der keine Grenzen respektiert. Aber er hat Recht. Du bist wirklich unfassbar schön, und etwas davon habe ich mit dem Bild eingefangen.«

»Ich weiß nicht, ob Cécile ihm diesen Auftritt verzeihen wird. Er hat sie gedemütigt.«

Offenbar wusste Thierry, wie er sich bei Cécile zu entschuldigen hatte. Wenige Tage nach dem Desaster in unserer Wohnung machte er ihr einen Heiratsantrag. Sie nahm ihn an, und schon sechs Wochen später wurden sie Mann und Frau. Madeleine und ich waren die Trauzeugen. Es gab ein rauschendes Fest, und alle Gäste stießen mit Champagner auf das Brautpaar an. Thierry war schon leicht angetrunken und röhrte: »Du trinkst jetzt einen Schluck, verdammt nochmal! Einmal im Leben tust du das, und dieser Moment ist jetzt, mein Freund!« Er drückte mir ein volles Glas in die Hand, stieß mit seinem eigenen locker dagegen und forderte mich auf, einen Trinkspruch auszubringen. Alle sahen mich erwartungsvoll an.

»Sehr verehrte Damen und Herren, liebe Gäste.« Ich räusperte mich.

»Jawoll!« jubelte Thierry. »Lass es raus!«

»Zwei Menschen, in Liebe einander zugetan. Wünschen wir ihnen ein langes, glückliches Leben!« Ich hob mein Glas. Alle im Saal taten das Gleiche.

»Er ist ein großer Künstler!« brüllte er. »So ein verdammt großer Künstler!« Cécile, die übrigens ein Atem beraubendes, schneeweißes Hochzeitskleid mit langer Schleppe trug, knuffte ihren Mann mit schiefem Grinsen in die Seite. Ich führte das Glas an die Lippen. Madeleine starrte mich an und konnte kaum glauben, was ich im Begriff war zu tun. Und dann tranken alle. Außer mir. Ich hatte die Lippen fest aufeinander gepresst, und als ich das Glas wieder absetzte, trocknete ich sie mit einer Serviette sorgfältig ab. Kein einziger Tropfen Alkohol hatte die Schleuse überwunden. Thierry, der davon ausging, mich endlich zum Alkohol bekehrt zu haben, schlug mir mit seiner Pranke krachend auf die Schulter.

»Jetzt kriegst du was zu sehen, mein Junge!« rief er und gab der Tanzkapelle ein Zeichen, die daraufhin zu spielen begann. Cécile stellte sich in die Mitte des Raumes, und die Festgesellschaft begann, sich um sie herum zu gruppieren. Einige der Männer applaudierten. Offensichtlich wusste jeder außer mir, was jetzt folgen würde.

»Zehn Francs!« rief einer der Männer.

»Lächerlich!« antwortete ein anderer. »Ich biete zwanzig!«

Cécile begann zur Musik zu tanzen, und alle anderen sahen ihr zu. Sie griff mit einer Hand nach ihrem Kleid und zog es ein winziges Stückchen hoch. Einer pfiff auf den Fingern.

»Dreißig!«

Cécile zog das Kleid noch ein wenig höher, so dass ein kleines Stück ihrer Strumpfhose zu sehen war. Einige Männer raunten leise. Auf einmal stand Madeleine neben mir, stellte sich auf die Zehenspitzen und flüsterte mir zu: »Die Männer bieten dafür, dass die Braut ihr Kleid immer höher schiebt.«

»Und wie weit wird sie gehen?«

»Lass dich überraschen.«

Bei einhundertundzehn Francs waren Céciles Fesseln zu sehen. Inzwischen musste sie zum Anheben des Kleides beide Hände nehmen. Eine Frau rief: »Einhundertundzwanzig!«

Ich beugte mich zu Madeleine hinunter: »Die Frauen bieten auch mit?«

»Sie bieten dafür, dass das Kleid *nicht* höher geschoben wird.«

Nun begannen Männer und Frauen, sich einen Wettkampf zu liefern, und trieben den Preis so immer weiter in die Höhe. Erst bei 430 Francs konnte man einen ersten Blick auf Céciles Knie werfen, was einer Reihe von Männern einen Schrei des Entzückens entlockte, sehr zur spaßhaften Empörung ihrer Frauen. Jemand begann rhythmisch zu klatschen, und andere stimmten ein. Die Männer boten wie entfesselt, die Frauen versuchten sie mit Gegengeboten zu bremsen. Bei 870 Francs blitzte unter dem Kleid auf Céciles makellosem Oberschenkel etwas Blaues auf. Ein vielstimmiger Aufschrei erscholl, manche Frauen schlugen die Hände über dem Kopf zusammen. Die Männer jubelten und schwenkten ihre Hüte. Cécile schob mit einer langen, lasziven Bewegung das Strumpfband hinunter, bis sie es in den Händen hielt. Der Mann, der das höchste Gebot abgegeben hatte, zählte 870 Francs ab und bezahlte damit das Strumpfband, das er wie eine Trophäe in die Höhe hob. Die Franzosen waren schon ein verrückter Haufen.

»Mach das professionell«, sagte Thierry zu vorgerückter Stunde. Wir beide waren auf die Terrasse gegangen, um in Ruhe eine Zigarre zu rauchen. »Wenn du das nicht tust, bist du nicht ganz richtig im Kopf.« Er war reichlich angetrunken und konnte kaum noch gerade stehen. »Léo, du alter Nomade, wenn ich mit einem solchen Talent gesegnet wäre, glaubst du, ich würde Jura studieren? Du darfst deine Bilder nicht verstecken, Junge, du musst sie zeigen, die Welt soll sehen, was du kannst und dir einen Berg aus Geld dafür geben!«

»Thierry, du bist betrunken.«

Er lachte. »Natürlich bin ich betrunken! Ich habe heute geheiratet! Ich bin der glücklichste Mann der Welt! Und du wirst bald deine erste Ausstellung haben!«

Er deutete mit der brennenden Zigarre auf mich, und dabei fiel sie ihm aus der Hand. Ich konnte gerade noch ausweichen. Dann hielt ich ihn am Arm fest, denn er schwankte bedenklich hin und her. Ob es Thierry in dieser Nacht noch gelungen ist, Cécile über die Schwelle zu tragen, ist nicht überliefert.

8

Wenn Madeleine etwas im Kopf herum ging, merkte ich das meistens schnell. Ich konnte sie denken sehen, als hätten sich kleine Wölkchen vor ihrer Stirn versammelt. Und sie sah mir wiederum an, was ich ihr ansah. Wir waren beide nicht in der Lage, längere Zeit Geheimnisse voreinander zu haben.

»Azahrú, es gibt jemanden, der deine Bilder sehen möchte.«

»Wen?« Ich war überrascht.

»Er heißt Gilles de Bruyn und ist ein Galerist.«

»Was ist ein Galerist?«

»Er hat eine Kunstgalerie hier in Paris.«

»Woher weiß er von meinen Bildern?«

»Das Bild im Schlafzimmer. Er hat es gesehen.«

Ich runzelte die Stirn. »Er ist hier gewesen, und du hast ihn ins Schlafzimmer geführt, um ihm das Bild zu zeigen?«

»Nein, ich habe ihm ein Foto geschickt. Jetzt will er es unbedingt sehen.«

Etwas Ungutes stieg in mir auf. »Thierry hat also ein Foto gemacht, hm? An deinem Geburtstag.«

»Nicht Thierry. *Ich* habe es gemacht.«

Ich starrte sie an. Das war Verrat. So etwas konnte sie doch hinter meinem Rücken nicht tun.

»Hör zu, er ist begeistert. Es ist nur ein kleines Foto, und trotzdem will er alles sehen, was du gemalt hast. Und er ist nicht irgendein Galerist. Der Mann hat einen Namen.«

»Ich habe sogar mehrere.«

Madeleine stöhnte, und wie um meine Worte zu bestätigen, nannte sie mich bei meinem anderen Namen: »Léo, bitte, lass ihn nur einen Blick darauf werfen.«

»Ich will das nicht. Auf gar keinen Fall kommt das Bild in eine Galerie, wo jedermann dich nackt sehen kann. Kommt überhaupt nicht in Frage!«

De Bruyn war Belgier und stammte aus Brüssel, lebte aber seit vielen Jahren in Paris, und in der Kunstszene war er seit langem eine feste Größe. Er war Ende 40, hatte kurzes, dunkles Haar mit grauen Schläfen und trug einen grauen Leinenanzug mit offenem Hemdkragen. Auf mich wirkte er wie ein Schauspieler, der gerade aus einem amerikanischen Film gestiegen war. Nur weil Madeleine über meine Haltung so unglücklich war, hatte ich seinem Besuch zugestimmt. Ich hatte das Gemälde ins Wohnzimmer getragen, wo es jetzt an der Wand lehnte. Gilles de Bruyn saß auf einem Stuhl, den Madeleine ihm bereit gestellt hatte, sah sich das Bild lange an und schwieg. Es war mir unangenehm, dass er das nackte Abbild von Madeleine so lange musterte, aber ich war jetzt auch neugierig, was er sagen würde. *Wahrscheinlich gefällt es ihm nicht. Er kennt sich wirklich aus. Jemand wie er sieht, dass dies hier die Arbeit eines Amateurs ist, und nichts weiter.* Endlich wandte de Bruyn den Blick ab von meinem Gemälde und sah mich an.

»Bei wem haben Sie gelernt?«

»Wie meinen Sie das?«

»So zu malen. Wer war Ihr Lehrer?«

»Ich hatte keinen.«

De Bruyn nickte nur. Dann wollte er die anderen Bilder sehen. Drei davon hingen in der Wohnung an den Wänden, Dutzende andere holte ich aus der Abstellkammer. Für jedes einzelne Bild ließ er sich so viel Zeit, dass der Mittag allmählich schon in den Nachmittag überging. Madeleine machte Kaffee und belegte Brote.

»Als ich anfing«, sagte ich nach einer ganzen Weile, »hatte ich als Vorbild nur die alten Bilder, die meine Mutter gemalt hatte. Und die Wüste, in all ihren Facetten.«

»Ihre Gemälde, Monsieur Kapellmann, gehen nicht gerade nach der Mode.«

»Was ist denn gerade in Mode?«

»Na, informelle Kunst natürlich«, antwortete de Bruyn. »Das Prinzip der Formlosigkeit im Spannungsfeld von Formauflösung und Formwerdung. Aber was Sie da machen, ist etwas ganz anderes. Ihre Werke erinnern mich in der Intensität der Farben an August Macke. In der Formgebung sind Sie realistischer als er, gehen mehr ins Detail. Rechnen Sie sich zu den Expressionisten?«

»Pardon, Monsieur, ich kenne noch nicht einmal diesen Herrn Macke.«

Er sah mich prüfend an, um heraus zu finden, ob ich ihn veralberte. »Ihre Bilder sind auf jeden Fall bemerkenswert«, sagte er schließlich. »Um ehrlich zu sein, sind sie das Bemerkenswerteste, was ich seit langer Zeit gesehen habe. Sie haben etwas Spezielles, Einzigartiges, folgen keiner Strömung. Und strahlen dabei so viel Reife aus, dass ich kaum glauben kann, wie jung Sie sind. Ich möchte sie gerne ausstellen.«

»Tut mir leid«, sagte ich. »Aber ich stelle nicht aus.«

»Vielleicht brauchst du ein bisschen Bedenkzeit?« mischte Madeleine sich ein.

»Das ist nicht nötig. Ich danke Ihnen sehr für Ihre freundliche Bewertung, aber mein Entschluss steht fest.«

»Wenn Sie es sich anders überlegen, lassen Sie es mich wissen. Mit diesen Bildern können Sie berühmt werden.«

Nachdem der Galerist gegangen war, spürte ich, wie sauer Madeleine auf mich war. Ich erklärte ihr ein weiteres Mal, dass die Gemälde für mich etwas so Privates waren, dass ich sie nur Freunden und Bekannten zeigen wollte, Menschen, mit denen ich etwas zu tun hatte. Wenn die Bilder bei vielen verschiedenen Leuten stehen würden, die ich nicht kannte, wäre es für mich, als ob man mich in viele kleine Scheiben schneiden und über das ganze Land verteilen würde. Madeleine stöhnte.

»Du bist so begabt«, sagte sie. »Und willst nichts daraus machen.«

»Aber ich mache doch etwas daraus«, antwortete ich. Warum nur verstand sie mich nicht? »Pass auf, Madeleine«, fügte ich hinzu, »ich habe zwei große Leidenschaften. Die eine trägt deinen Namen. Die andere steckt tief in mir drin, und nur wenn ich nach dem Pinsel greife, lässt sie mich fühlen, was ich in der *ténéré* empfunden habe: die erhabene Weite der Landschaft, den Frieden, der mich beim Anblick einer sanft geschwungenen Düne erfasst, und dass ich die ganze Welt umarmen möchte, wenn ich unter dem unvergleichlichen Sternenhimmel des Aïr-Gebirges sitze. Der Pariser Sternenhimmel ist dagegen wie ein Blick durch blind gewordenes Glas!«

»Eben, Azahrú, davon rede ich doch. Du könntest der Welt etwas schenken, das nur du ihr schenken kannst.«

»Das möchte ich aber nicht. Die Bilder gehören mir. Ich will sie nicht auf eine Rampe schieben und der Welt zum Kauf anbieten.«

Madeleine nahm meine Weigerung hin, ohne sie zu verstehen. Sie versuchte zwar noch ein paarmal, mich umzustimmen, aber bald sprachen wir nicht mehr darüber. Unser Leben pendelte sich immer mehr ein. Ich ging jeden Morgen zur Arbeit, und am Abend kam ich nach Hause. Madeleine besuchte ihre Vorlesungen, das Universitätskrankenhaus oder die Bibliothek. Wir trafen ihre Freunde, gingen ins Kino, ins Theater, und fuhren am Wochenende an einen See oder ans Meer oder in die Berge. Ich liebte Madeleine, und sie liebte mich, und ich kam mit dem Leben, das ich an ihrer Seite führte, inzwischen gut zurecht. In gemauerten Gebäuden stieß ich nicht mehr gegen die Wände, und ich konnte mein Gesicht zeigen, ohne in Panik zu geraten. Die Entdeckung der Sonnenbrille leistete mir dabei unschätzbare Dienste. Meine war besonders groß und dunkel, und sie war fast so viel wert wie ein *tagelmust*. Ich hätte zufrieden sein können. Aber ich war es nicht. Etwas fehlte. Das Gefühl von Freiheit, das ich früher empfunden hatte. Und dass es in meinem früheren Leben manchmal um Leben oder Tod gegangen war. Wurde man vom *âdjenna* im *wadi* überrascht, kam es darauf an, dass man das Richtige tat, wenn man nicht ertrinken wollte. Die Salzkarawane erforderte, dass man an seine Grenzen ging, jeden einzelnen Tag. In Paris gab es nichts, das mich an meine Grenzen brachte. Ich war in Sicherheit. Ich musste um nichts kämpfen, außer um einen Sitzplatz in der Métro. Das Leben war angenehm. Man konnte in kurzer Zeit quer durch das ganze Land fahren. Mit dem Zug, dem Auto, der Straßenbahn. Oder man nahm gleich das Flugzeug. Man musste sein Essen nicht selbst kochen. Es gab Restaurants und Cafés, und wenn man wollte, konnte man es sich sogar liefern lassen. Man verlor den Bezug zu den Dingen, man war nicht mehr direkt mit ihnen verbunden. Das nannte man Dienstleistungsgesellschaft. Diese ganzen Dienstleistungen machten das Leben sehr bequem. Und irgendwie langweilig. Ich brachte den Müll hinaus in die Tonne, am nächsten Morgen war er verschwunden. Ich musste mein Wasser nicht aus dem Brunnen ziehen, eine Drehung am Wasserhahn genügte. Ich musste mich um nichts mehr kümmern, es passierte alles von selbst. Dafür zahlte man Steuern. Man wurde nicht gefragt, ob man diese ganzen Dienstleistungen überhaupt wollte, die Steuern musste man so oder so bezahlen. Überhaupt drehte sich alles ums Geld. Was tat ich bei meiner Arbeit? Ich nahm Geld entgegen und zahlte welches aus. Oder verweigerte manchmal auch die Auszahlung, wenn ein Konto nicht ausreichend gedeckt war. In der Wüste hatte Geld nie eine besondere Rolle gespielt, das wirtschaftliche System der Tuareg bestand aus Dreiecksgeschäften. Wir brachten Hirse nach Fachi und tauschten sie ein gegen Salz und Datteln. In Kano tauschten wir das Salz wieder ein gegen Hirse, die wir im Jahr darauf erneut nach Fachi brachten. Wir wussten, womit wir es zu tun hatten. Den Menschen in Paris merkte ich an: Sie hatten nicht die geringste Ahnung, womit sie es zu tun hatten. Sie beteten das Geld an wie einen Gott. Mir fehlte die körperliche Anstrengung, die mich den Körper spüren ließ. Mir fehlte die Entbehrung, die mich daran erinnerte, was wirklich wichtig war: Wasser, Nahrung und das Nachhausekommen zur Familie. Diese Dinge, um die sich alles drehte im Leben eines *targi*, waren in Paris so unerträglich selbstverständlich, man musste sie sich nicht erkämpfen, sie fielen einem einfach in den Schoß. Was an meiner Arbeit in der Bank war wirklich wichtig? Wen interessierte, was ich tat, für wen war es von Bedeutung? Sollte mein Leben so aussehen, bis zu meinem Lebensende? Hinter einem Bankschalter? Ich machte die Arbeit gut, alle waren mit mir zufrieden. Monsieur Chenevoy und Madame Lupin lobten mich in den höchsten Tönen, und Monsieur Baffour hatte aufgegeben, mich quälen zu wollen. Madeleines Vater gab mir immer wieder zu verstehen, er könne dafür sorgen, dass mir alle Türen offen stünden. Aber wollte ich denn Karriere machen in der Bank? Wollte ich eines Tages Filialleiter sein wie Lucien Chenevoy? Oder würde die Aussicht auf eine solche Laufbahn mich irgendwann schreiend aus dem Haus laufen lassen?

An einem Montagabend im September kam ich nach Hause. Madeleine saß am Esstisch über einem Fachbuch. Ich küsste ihren Nacken und sog ihren köstlichen Duft ein.

»Ich habe meine Meinung geändert«, sagte ich.

Sie drehte sich zu mir um, während ich um den Tisch herum ging und gegenüber Platz nahm.

»Was soll das heißen?«

»Wie hieß noch der Galerist?«

»Monsieur de Bruyn.

»Ich werde ihm erlauben, meine Bilder auszustellen.«

Madeleine starrte mich ungläubig an. »Ich bin nicht in der Stimmung für dumme Späße«, warnte sie mich.

»Ich auch nicht«, sagte ich.

»Du meinst das wirklich ernst?«

Ich nickte.

»Warum?«

»Weil ich tausend Mal lieber male als in der Bank zu sitzen. Weil ich sonst eines Tages vor Langeweile tot umfalle. Und weil ich mit einem einzigen verkauften Bild mehr verdienen kann als mit einem ganzen Monat hinter dem Schalter.«

Madeleine stieg auf den Tisch und krabbelte mir entgegen. Dabei schüttete sie ihr volles Wasserglas um, aber anstatt sich um dieses Malheur zu kümmern, küsste sie mich stürmisch. Als ich sie etwas später hinüber ins Schlafzimmer trug, hatte sie kein einziges Kleidungsstück mehr an, weil ich ihr alle ausgezogen und sie auf dem Boden verteilt hatte.

»Für manche Entscheidungen brauchst du etwas länger«,

sagte sie, nachdem wir uns geliebt hatten, »aber am Ende tust du doch immer das Richtige.«

9

Meine erste Ausstellung war ein so überwältigender Erfolg, dass Gilles de Bruyn am Ende der Vernissage meinen Kopf in beide Hände nahm und mich überschwänglich mitten auf den Mund küsste. Von den 34 Bildern, die wir ausstellten, waren an diesem Abend bereits 21 verkauft worden. Gilles schwor, so etwas habe er noch nie zuvor erlebt, und sagte mir eine große Zukunft voraus. Am nächsten Morgen bat ich Monsieur Chenevoy um ein Gespräch und kündigte. Er forderte mich auf, mir das gut zu überlegen. Wollte ich stattdessen nicht lieber ein paar Wochen Urlaub nehmen? Aber es gab nichts mehr zu überlegen. In den folgenden Monaten stellte ich in allen größeren französischen Städten aus, und die Reaktionen waren genauso unglaublich wie in Paris. Gilles wurde mein Manager und ließ seine Verbindungen spielen, damit ich überall in den namhaftesten Galerien ausstellen konnte. Ein Galerist in Marseille kündigte mich an mit den folgenden Worten:

»All seine Bilder haben ein Thema: Sand. Während wir sie betrachten, haben wir das Gefühl, er würde aus dem Rahmen direkt auf den Boden rieseln, von so eindringlicher Lebensnähe sind seine Kreationen. Die blauen Ritter der Wüste auf ihren Kamelen scheinen auf uns zuzureiten, er hat sie für uns zum Leben erweckt, wie es wohl kein Zweiter könnte - weil er selbst einer war und im Herzen noch immer ist. Das alles klingt erst einmal sehr schmalzig. Viele andere würden scheitern an der Versuchung, Kitsch herzustellen, oder an der Herausforderung, den Kitsch unter allen Umständen zu vermeiden. Léo ist frei von solchen Überlegungen. Er malt einfach, was Gott, was Allah ihm gegeben hat. Und mit seinem Sand, dem Himmel, den Felsen, den verschleierten Männern, den Schakalen, Schlangen und Skorpionen, mit dem unverwechselbaren Stil, der ihm zu eigen ist, wühlt er etwas in uns auf, und zwar tiefe, bohrende, süß quälende Sehnsucht. Nach der Ferne, der Wildheit, dem ungezügelten Leben in völliger Freiheit. Sehen Sie sich um, und Sie wissen, was ich meine.«

Im März bat ich Madeleines Eltern zum zweiten Mal um die Hand ihrer Tochter. Lucien beschwerte sich immer noch, ich sei ihm davon gelaufen, aber er tat es mit einem Lächeln. Meine Bilder zierten inzwischen die Geschäftsräume seiner Bankfiliale, er war stolz darauf, dass seine Tochter zusammen war mit einem jungen Mann, über dessen kometenhafte Karriere in der Zeitung zu lesen war. Als ich dann auch noch ankündigte, umgehend zum christlichen Glauben zu konvertieren, hatte selbst Camille, Madeleines Mutter, nichts mehr gegen mich einzuwenden.

Wir heirateten im Mai, in einer süßen, kleinen Kapelle auf dem Land. Während der Zeremonie hatte ich rechts neben Madeleine zu stehen, wie man mir erklärte. Der Sinn dieses Brauches war, dass der Mann bei möglichen Angriffen jederzeit sein Schwert mit der rechten Hand ziehen konnte, um seine Frau zu schützen. Ich fand das lustig, denn in meiner Heimat pflegten die Männer *takubas* zu tragen, aber in Frankreich hatte ich in den letzten eineinhalb Jahren noch kein einziges Schwert gesehen. Nach dem Jawort kamen wir nach draußen, wo Cécile und Thierry einen Pfad aus Lorbeerblättern auf den Boden gelegt hatten, der uns den Weg wies zur nahegelegenen Gaststätte, in der wir die Vermählung feierten. Was mich sehr berührte, war, dass Madeleine einen Schleier trug, auch wenn es sich um einen durchsichtigen handelte. Hätten wir bei meinem Stamm geheiratet, wäre es umgekehrt gewesen. Sie trug den Schleier den ganzen Tag bis spät in den Abend, auch als sie den Strumpfband-Tanz aufführte. Thierry ließ es sich nicht nehmen, das Strumpfband zu ersteigern, und für den Rest des Abends wickelte er es sich um sein linkes Ohr. Cécile verdrehte nur die Augen über ihn, sagte aber nichts. Die Brautjungfer, eine 15-jährige Cousine von Madeleine, durfte trotz ihres jungen Alters die Feier nicht verlassen, denn um Punkt Mitternacht oblag ihr eine Pflicht, die heilig war bei einer französischen Hochzeit: Sie nahm der Braut den Schleier ab. Dies war das Symbol dafür, dass Madeleine nun für immer vergeben war. Ihr Brautkleid war übrigens noch spektakulärer als das von Cécile. Es war so sehr auf Figur geschnitten, dass man glaubte, Madeleine würde keine Luft mehr bekommen. Der Schneider war der Lebensgefährte von Gilles und ein wahrer Künstler. Die Schleppe war unfassbare fünf Meter lang. Deswegen waren zwei weitere Cousinen dazu verpflichtet worden, den ganzen Tag lang darauf aufzupassen, dass niemand auf die Schleppe trat und sie sich nirgendwo verhedderte.

»Bist du glücklich?« fragte ich sie, während ich sie spät in der Nacht über die Schwelle unseres Hotelzimmers trug.

»So sehr, dass es fast schon schmerzt«, sagte sie und fügte lächelnd hinzu: »Es könnte aber auch sein, dass das Kleid daran schuld ist.«

Ich legte sie aufs Bett und mich selbst daneben.

»Und, Monsieur Chenevoy, wie gefällt dir dein neuer Name?«

Ich hatte tatsächlich ihren Nachnamen angenommen, um den Fragen nach meinem deutsch klingenden Namen endlich ein Ende zu bereiten. Ich hatte den Namen nie gemocht und würde ihn nicht vermissen.

In dieser Zeit malte ich wie ein Besessener. Die Leute rissen mir die Bilder geradezu aus den Händen, und ich musste mit aller Kraft für Nachschub sorgen. Dabei wurden sie immer teurer. Waren sie am Anfang noch preiswert gewesen, sorgte Gilles nun innerhalb weniger Monate dafür, dass man zwei bis drei durchschnittliche französische Monatsgehälter hinblättern musste, wenn man sich zu Hause einen Léo Chenevoy an die Wand hängen wollte. Madeleine und ich würden eine Menge Kinder haben, und ich wollte uns finanzielle Sicherheit schaffen. Also arbeitete ich oft Tag und Nacht. Mit Erstaunen wurde mir klar, wie viel westeuropäische Denkungsart ich bereits übernommen hatte. Gilles bezeichnete mich einmal lachend als *typisch deutsch*, worauf ich ihm klar machte, dass er unsere Freundschaft aufs Spiel setzte, wenn er so mit mir redete. Und das meinte ich nur zur Hälfte im Spaß. Mit diesem Volk wollte ich nichts zu tun haben. An manchen Tagen fragte ich mich, ob ich eigentlich glücklich war. Ich hatte mehr Glück als Verstand, denn ich lebte mit der Frau, die ich liebte, und hatte einen Beruf, der mir Befriedigung schenkte und unverhofften Wohlstand ermöglichte. Aber war das auch wirklich mein Leben? Oder gehörte es in Wirklichkeit einem anderen, und ich hatte es nur ausgeliehen? Denn genau so fühlte es sich zuweilen an. Ich musste an ein Tier denken, das Koumamá mir einmal gezeigt hatte, als wir mit der Salzkarawane nördlich von Kano gelagert hatten. Das Reptil war etwa einen halben Meter lang und verharrte bewegungslos auf einer Wurzel. Zuerst hatte ich es gar nicht gesehen, weil es nahezu dieselbe Farbe hatte. Mein Vater hatte keinen Namen für das Tier, aber er wusste, dass es sein Aussehen der Umgebung anpassen konnte. Mit einem Ast scheuchte er es von der Wurzel. Es kroch ins Gras und rührte sich nicht mehr. Nun schillerte es grünlich und war wieder nur sehr schwer auszumachen. Erst sehr viel später, in Frankreich, erfuhr ich, dass man es *Chamäleon* nannte, und es seine Farbe nicht nur zur Tarnung wechselte, sondern vor allem auch wenn es um ein Weibchen warb. Genau wie ich. Zweifellos war ich ein Chamäleon in Menschengestalt, in der Lage, meine Farben der Umgebung anzupassen, ganz nach Bedarf.

Meine Ankunft in Paris war schon über zweieinhalb Jahre her, als ich mir eine schöpferische Auszeit verordnete. Ich hatte keine Nachricht aus der *ténéré* erhalten und wusste nicht einmal, ob mein Brief je angekommen war. Ich musste endlich nach Afrika, wenigstens für eine Weile, sonst würde ich irgendwann nicht mehr wissen, wer ich eigentlich war. Ich informierte Gilles, dass ich mindestens drei Monate lang weder für Ausstellungen noch für Kundengespräche zur Verfügung stehen würde.

»Das geht nicht«, sagte er. »Du musst zur Biennale nach Venedig.«

»Wo ist Venedig, und was ist die Biennale?«

Gilles schüttelte lächelnd den Kopf. »Kaum zu glauben«, sagte er, »dass es einen bildenden Künstler gibt, der diese Frage stellt. Das ist der Ort, an den alle wollen, den sie ihr Leben lang aber nur als Besucher erleben. Viele, denen die Ehre zuteil wird, sind dann schon längst tot. Und du bist gerade mal Mitte zwanzig.«

»Wieso ich? Warum nicht jemand anders?«

»Weil ich den Kurator lange genug bearbeitet habe.«

Ich erklärte ihm, dass ich für die Biennale keine Zeit hatte, aber Gilles redete auf mich ein, bis ich einverstanden war und meine Afrika-Reise verschob. Madeleine und ich reisten mit dem Zug nach Venedig. Nie hat mich eine Stadt in größeres Erstaunen versetzt. Sie war auf Wasser erbaut, ich hätte nicht für möglich gehalten, dass es so etwas gab. Im französischen Pavillon lernte ich viele bedeutende Künstler kennen. Einen davon habe ich in besonderer Erinnerung. Er hieß Jean Arp, stammte aus dem Elsass und war geborener Deutscher. Arp hatte sich aber stets als Franzose gefühlt und deswegen bereits vor vielen Jahren die französische Staatsbürgerschaft angenommen. Er war schon fast 70 Jahre alt, aber mit einem hellwachen Geist gesegnet - ein ruhiger, feiner Mann. Damals erhielt er in Venedig einen Preis für seine wunderbaren Skulpturen. Mehr noch als seine Werke mochte ich ihn selbst. Nachdem wir uns gegenseitig von unseren Lebenshintergründen erzählt hatten, bedauerte er, dass er nur Gedichte schrieb und keine Prosa, sonst hätte er sich berufen gefühlt, meine Geschichte aufzuschreiben. Nach Venedig bekam meine Laufbahn einen ganz neuen Schub. Ich hatte begonnen, mir einen internationalen Ruf aufzubauen. Es kamen Anfragen von Galerien in Barcelona, Rom, Florenz, Stockholm und London. Nur die namhaftesten von ihnen nahm Gilles überhaupt in Betracht, und trotzdem saß ich auf einmal länger im Flugzeug und im Zug als vor der Staffelei. Ich wurde zu einem Reisenden in eigener Sache, und die Zeit verflog schneller als je zuvor. Kurz nach unserem zweiten Hochzeitstag betraten Madeleine und ich auf dem New York International Airport (der Jahre später nach John F. Kennedy umbenannt werden sollte) zum ersten Mal amerikanischen Boden. Das Museum of Modern Art in Manhattan stellte im Rahmen einer Sonderausstellung über junge, europäische Künstler ein halbes Dutzend Bilder von mir aus, darunter das Aktgemälde von Madeleine. Alfred Barr, der Leiter des Museums, gab mir zu verstehen, dass ich einer der jüngsten Künstler war, die in diesem Haus jemals ausgestellt hatten, und dass ich, wie er augenzwinkernd hinzu fügte, gefälligst vor Ehrfurcht zu erstarren hätte.

Im Sommer des gleichen Jahres zogen wir in eine Wohnung am Place des Vosges, einem der ältesten und schönsten Plätze von ganz Paris, und auch einem der teuersten. Madeleine verliebte sich auf der Stelle in die riesige Wohnung, erklärte mich aber trotzdem für verrückt, weil ich sie gekauft hatte. Wir besaßen inzwischen einen großen Freundeskreis, der hauptsächlich aus Künstlern, Schauspielern und Medizinern bestand. Cécile und Thierry sahen wir nicht mehr so oft wie früher, weil sie Zwillinge bekommen hatten, kaum Schlaf bekamen und nur noch selten ausgingen. Die kleinen Schreihälse hießen Hugo und Cyril, und Madeleine und ich wurden ihre Paten. Zu unserer Einweihungsfeier kamen über 150 Gäste. Gilles versuchte, mich zu einem Glas Wein zu überreden. Ich wunderte mich, denn das tat er sonst nie. Zu vorgerückter Stunde verriet er mir den Grund dafür.

»Léo, es gibt da ein Haus, das dich ausstellen will.«

»In Ordnung«, sagte ich. »Wohin geht die Reise? Argentinien? Japan? Australien?«

Gilles blieb ernst. Ich glaubte zu ahnen, worauf er hinaus wollte, und mein Herz begann schneller zu klopfen. »Es geht um Afrika, nicht wahr? Wir haben eine Anfrage aus Casablanca? Aus Algier?«

Er ließ keine Regung erkennen. »Gilles, was ist los?« Ich wurde ungeduldig. »Seit wann muss ich dir die Dinge aus der Nase ziehen?«

»Es geht um Kassel.«

»Wo ist das?«

»In Deutschland.«

»Vergiss es.«

»Sie machen da eine gigantische zeitgenössische Ausstellung mit 150 internationalen Künstlern.«

»Ich bin nicht interessiert.«

»Es heißt *documenta*. Und halt dich fest: Sie erwarten dort Picasso, Chagall und Miró.«

»Gilles, welcher Teil von *ich bin nicht interessiert* ist es genau, den du nicht verstehst? Ich fahre nicht in dieses Land. Niemals.«

Zwei Tage später stand Jean Arp vor meiner Tür. Ich hatte ihn seit Venedig nicht wiedergesehen. Auch ihn hatte man nach Kassel eingeladen, und es war ein geschickter Schachzug von Gilles, diesen großartigen Mann vorzuschicken. Mein Manager verstand sein Geschäft, das musste man ihm lassen - auch wenn es darum ging, seinen Klienten zu manipulieren. Arp bat mich, die Reise mit ihm gemeinsam anzutreten. Er verstand, wieso ich mich dagegen wehrte, meinte aber, es sei auch wichtig, dass man lerne zu verzeihen. Wenige Wochen später saßen wir im Flugzeug nach Frankfurt, wo wir von einer großen Limousine abgeholt wurden, die uns nach Kassel brachte. Der deutsche Boden fühlte sich an wie jeder andere. Und wenn ich ehrlich war, sahen die Menschen auch nicht anders aus als in Zürich, wo ich einige Monate zuvor ausgestellt hatte. Sie kleideten sich langweiliger als in Paris, aber sie trugen keine Uniformen und wirkten auch sonst nicht wie Monster. Trotzdem mochte ich sie nicht. Ihre Sprache klang Grauen erregend. Hart, ohne Melodie und mit militärisch anmutendem Rhythmus. Der Akzent, den sie produzierten, wenn sie versuchten, Französisch mit mir zu sprechen, war unelegant und hölzern. Und anscheinend hatte man ihnen gesetzlich verboten zu lachen. Oder wenigstens zu lächeln. Ernste Menschen mit aufrechter Haltung und hochgezogenen Schultern. Die Kuratoren, die uns in Kassel empfingen, waren sympathischer. Sie hatten die documenta vor allem ins Leben gerufen, um dem, was die Nazis vor wenigen Jahren noch als *entartete Kunst* gebrandmarkt hatten, nach dem Krieg ein erstes, richtig großes Forum zu geben.

Gilles war so gestrickt: Wenn du ihm den kleinen Finger gegeben hast, nahm er gleich die ganze Hand. Direkt im Anschluss an die documenta ließ er mich nach München fahren, wo er mich zum Teil einer Ausstellung über junge, französische Künstler gemacht hatte. Ich hatte mich nicht einmal mehr dagegen gewehrt. Wenn ich nach Kassel fuhr, konnte ich mich auch nach München wagen. Hier waren meine leiblichen Eltern zu Hause gewesen. Dort hinzukommen machte mir Angst. Aber wollte ich davor ewig davonlaufen? Es schien besser zu sein, sich zu stellen und die Angst so für immer verschwinden zu lassen.

München

1

Die anderen drei Künstler waren Kollegen aus Paris, die ich von verschiedenen Anlässen kannte und die nur wenige Jahre älter waren als ich. Man hatte die Ausstellungsräume im Münchner Lenbachhaus in den französischen Nationalfarben dekoriert, servierte roten Bordeaux und Baguette mit Käse, und ein junger, unbekannter Sänger aus Belgien sang französische Chansons. Er hieß Jacques Brel, und allein schon seine starke physische Präsenz und sein vulgäres Auftreten machten den Abend zu einem Erlebnis. Trotzdem konnte man noch nicht ahnen, dass die Musikwelt, nicht nur in Frankreich, diesem Mann wenige Jahre später zu Füßen liegen würde. Ich lauschte seinem Gesang, als ein massiger Mittfünfziger mit schütterem, graumeliertem Haar auf mich zutrat. Er hatte eine hässliche Narbe am Hals, knapp oberhalb des Hemdkragens.

Und auf einmal war ich wieder der Junge, der im Zelt seiner Eltern lag und dem der kalte Lauf einer Pistole an den Kopf gedrückt wurde! Der Mann, der mich festhielt, trug tagelmust, ich konnte ihn nicht erkennen. Ich sah, wie sein Finger sich bereits um den Abzug krümmte, als ein Ruck durch ihn ging. Seine Hand löste sich von mir, er kippte zur Seite wie ein gefällter Baum. Die Waffe ging los, der Schuss dröhnte in meinen Ohren. Meine Mutter jaulte auf, denn ihr Kopf war unter diesem Sack, und sie glaubte, ich sei erschossen wor-

den. Blut sprudelte aus dem Hals des Mannes, der versucht hatte, mich zu töten.

Der Mann mit der Narbe lächelte mich offen an, als würden wir uns bereits kennen, und hielt mir die Hand entgegen.

»*Bonjour*, Monsieur Chenevoy, mein Name ist Gerhard Angermair.«

Seine Stimme gab mir die letzte Gewissheit.

Wo steckt der kleine Mistkerl? Sucht den Jungen! Er muss hier irgendwo sein!

Ich riss mich zusammen, aber meine Hand zitterte, als ich sie ihm reichte.

Männer vom Volk der Tuareg: Wer mir hilft, ihn zu finden, erhält von mir zweihundert Kamele!

»Ist Ihnen nicht gut?« fragte er mich mit seinem holprigen Französisch. »Sie sehen blass aus.«

»Muss die Luftveränderung sein«, sagte ich.

Er lächelte breit. »Monsieur Chenevoy, ich habe Ihre Bilder gesehen.«

»Ah ja?«

»Sie müssen wissen, ich bin ein *connaisseur*. Ich war eine Zeit lang in Nordafrika. Vor allem die Sahara habe ich ausgiebig bereist und irgendwie auch lieb gewonnen.«

»Tatsächlich?« Ich hatte Mühe, mich auf den Füßen zu halten. Es konnte unmöglich sein, dass das hier wirklich passierte. Übelkeit stieg in mir auf, ich fürchtete, mich übergeben zu müssen. *Tut mir leid, dass ich Ihnen vor die Füße kotze, Monsieur, excusez-moi.*

»Als ich gehört habe, was für Motive Sie bevorzugen, musste ich die Bilder unbedingt sehen. Ehrlich gesagt, hatte ich realistischen Kitsch erwartet, wie man ihn beim Trödler findet. Um so mehr bin ich von Ihrem Schaffen beeindruckt.«

»Dankesehr.«

»Sie rechnen sich zu welcher Richtung?«

»Ich bin beeinflusst von Fauvismus und Neoimpressionismus, am liebsten bezeichne ich mich aber als unabhängigen Expressionisten.« Das hatte ich auswendig gelernt, neben einigen anderen Phrasen, weil Gilles der Meinung gewesen war, ich müsse in der Lage sein, bei offiziellen Anlässen etwas von mir zu geben, das wenigstens halbwegs nach Kulturbetrieb klang.

»Wie interessant«, sagte Angermair, obwohl er offensichtlich von Kunstgeschichte noch weniger Ahnung hatte als ich. Er blickte an mir vorbei auf eines meiner Bilder, das fünf Tuareg beim Kamelrennen zeigte. Ich starrte ihn an, und wilde Mordlust muss sich in meinen Augen gespiegelt haben. Hätte eine *takuba* an meinem Gürtel gebaumelt, so hätte ich in diesem Moment seinen fetten Wanst mit absoluter Sicherheit bis zum Anschlag durchbohrt. Er wandte sich mir wieder zu, grinste breit und sagte: »Sie wissen nicht, wer ich bin, nicht wahr?«

Mir wurde schwindelig. Ich musste kurz die Augen schliessen und drohte ins Taumeln zu geraten. Spielte er mit mir? Hatte er nur so getan, als hätte er mich nicht erkannt? Er wusste, wen er vor sich hatte, warum hätte er sonst eine solche Frage gestellt?!

»Natürlich wissen Sie das nicht«, gab er sich selbst die Antwort. »Ich bin der Chef eines Konzerns, Porzellan und Plastik. Seit kurzem exportiere ich übrigens auch nach Frankreich. Können Sie sich vorstellen, was ich von Ihnen will?« Seine Schweinsäuglein strahlten, das Ganze bereitete ihm großes

Vergnügen. »Monsieur Chenevoy, ich möchte, dass Sie mich malen.«

»Wie bitte?« Ich verschluckte mich fast an meinem eigenen Speichel.

»Großes Format, wissen Sie. Zwei auf drei Meter. Mindestens. Ich im Vordergrund, dahinter die Wüste. In Ihrem ganz eigenen Stil. So, wie Sie es für richtig halten. Und das Beste ist: Sie bestimmen den Preis.«

»Ich bestimme den Preis?«

»Ganz recht, *mon cher.*«

Sein Lächeln, das selbstgefällig auf mir ruhte, besudelte mich auf widerwärtigere Weise, als wenn er mir mitten ins Gesicht geschissen hätte. »Nur keine Hemmungen«, fügte er hinzu.

»50.000 Deutsche Mark«, sagte ich. Es funktionierte, denn sein unerträgliches Lächeln verschwand.

»Ein Scherz?«

»Ich scherze nicht, wenn es um meine Arbeit geht.«

»Hören Sie, *mon cher*, wissen Sie, wie lange ein Arbeiter in meiner Firma schuften muss, bis er 50.000 Mark verdient hat?«

»Monsieur Angermair, ich arbeite nicht in Ihrer Firma.«

Und wenn du noch einmal ‚mon cher' sagst, schlage ich dir so dermaßen die Fresse zu Brei.

»Für 50.000 Mark«, sagte er, »können Sie eine Eigentumswohnung kaufen.«

»Das ist der Preis«, erwiderte ich. »Sie müssen ihn ja nicht bezahlen.«

»Es mag sein, dass Ihre Bilder irgendwann mal so viel wert sein werden. Aber jetzt noch nicht. Ich zahle Ihnen 20.000.«

»Ich wünsche Ihnen noch einen angenehmen Abend.« Ich wandte mich von ihm ab und entfernte mich.

»Warten Sie«, rief er hinter mir her.

Ich drehte mich zu ihm um und versuchte, undurchdringlich drein zu blicken.

»30.000.«

»Es bleibt bei 50.«

Er kam langsam auf mich zu und blieb vor mir stehen. Ich erinnerte mich noch genau, wie er ausgesehen hatte, als wir ihm in der *ténéré* begegnet waren, nach der Nacht, in welcher der *âdjenna* über uns gekommen war. Er hatte in dieser schwarzen Uniform gesteckt. Seitdem musste er einen halben Zentner zugenommen haben. Er war fett. Erstaunlich, dass er nicht merkte, welcher Hass ihm entgegen schlug. Entweder war sein Gemüt zu stumpf dafür, oder er verwechselte meine ablehnende Haltung mit cleverer Taktik.

»Für 50.000 D-Mark will ich ein Gemälde haben, mit dem Sie sich selbst übertreffen. Wenn es nichts taugt, können Sie es behalten. Das ist Ihnen hoffentlich klar.«

Ich prophezeite ihm, er werde zufrieden sein.

Als ich nachts um zwei Uhr im Hotel Vier Jahreszeiten in meinem Zimmer war, rief ich Madeleine an. Sie war der Mensch, mit dem ich jetzt reden musste, wenn ich nicht verrückt werden wollte. Natürlich hatte sie längst geschlafen und konnte vor lauter Müdigkeit zuerst kaum sprechen, aber als ich ihr erzählte, warum ich sie aus dem Bett geholt hatte, war sie sofort hellwach.

»*Chéri*, bist du dir sicher?«

»Es gibt keinen Zweifel.«

»Und dann hast du den Auftrag angenommen?« rief sie entgeistert. »Was stellst du dir vor? Du malst den Mörder deines

Vaters, kassierst sein Geld und reist wieder ab? Das geht doch alles nicht!«

»Es ist, na ja, über mich herein gebrochen. Das hat sich so ergeben. Ich weiß auch noch nicht, wohin das führt.«

»Du musst ihn anzeigen. Der Kerl ist ein Verbrecher. Dich hatte er auch fast auf dem Gewissen.«

»Madeleine, wie soll ich das denn beweisen? Dafür habe ich keine Zeugen, und der Mann gehört in München zur ehrenwerten Gesellschaft.«

In der Leitung war nur ein leises Knistern zu hören. Madeleine dachte nach. »Du triffst dich also morgen mit ihm?« fragte sie schließlich.

»Ja.«

»Sei bitte vorsichtig.«

»Das bin ich.«

»Wenn du anfängst, ihn zu malen, das dauert dann eine Weile, nicht wahr?«

»Er will ein sehr großes Bild. Es dauert so lange, wie ich will.«

»Dann haben wir erst mal Zeit, uns Gedanken zu machen.«

»So sehe ich das auch.«

»Du weißt, ich habe übermorgen diese Prüfung. Danach setze ich mich ins Flugzeug und komme.«

»Ich hätte kaum gewagt, dich darum zu bitten«, sagte ich.

»Ich bin deine Frau«, sagte sie. »Ich gehöre jetzt an deine Seite.«

Ich sagte ihr, wie sehr ich sie liebte, und dass ich keinen Zentimeter ihrer Haut ungeküsst lassen würde, wenn sie jetzt hier wäre. Es war halb vier Uhr morgens, als ich auflegte. Ich legte mich ins Bett, aber an Schlaf war in dieser Nacht nicht mehr zu denken.

Um acht Uhr morgens war ich mit Gerhard Angermair verabredet. Ich hätte hundemüde sein müssen, war es aber nicht. Ich stand unter Strom. Er bewohnte eine äußerst großzügige Villa, die einem Sultan zur Ehre gereicht hätte. Als ich kam, saß er noch beim Frühstück, mit einer schönen, dunkelhaarigen Frau, die einen Bademantel trug, höchstens halb so alt war wie er und die er *Mausi* nannte. Ich setzte mich dazu, und Angermair ließ mir von einer Bediensteten Kaffee und Gebäck bringen. Dann schickte er Mausi weg. Sie gab ihm einen Kuss auf den Mund und verschwand. Angermair geriet ins Plaudern, vor allem über seinen emotionalen Bezug zu Afrika. In diesem Haus, erzählte er, habe bis zu seinem Tod Hermann von Kramm gewohnt, der Gründer der Manufaktur. Der habe eine Tochter gehabt, die eines Tages mit ihrem Mann nach Afrika gereist und dann für immer verschollen sei. Damals habe er diesen Kontinent noch für unberechenbar, gefährlich und heimtückisch gehalten.

»Erst als ich ihn selbst bereist habe, hat sich das geändert«, sagte er. »Da habe ich diese seltsame Welt aus Sand und Himmel, aus Hitze und Wind in mein Herz geschlossen. Und ich habe entdeckt: Sogar die Araber und die Neger haben was für sich. Ich meine, die Meisten sind zwar wirklich unterentwickelt, aber manche von ihnen haben so eine urwüchsige Kraft. Die uns manchmal fehlt.« Er lachte. »Es klingt zwar absurd, aber in manchen Dingen können wir uns von den Wilden eine Scheibe abschneiden, nicht wahr? Wann sind Sie eigentlich dort gewesen? Ich meine, Sie können das schließlich nicht so malen, wenn Sie es nicht kennen.«

»Wie hieß das Paar, das damals verschollen ist?« fragte ich und versuchte zu verbergen, mit welcher Aufgewühltheit ich seine Antwort erwartete.

»Die Tochter meines Onkels hieß Luise«, antwortete er. »Und ihr Mann… warten Sie… wie hieß er denn noch gleich?

Er war Ethnologe und wollte dort Studien treiben. – Franz war sein Name, genau. Franz Kapellmann.«

Ich versteckte mein Gesicht hinter der Kaffeetasse, aus der ich einen tiefen Schluck nahm. Dieser Mann war nicht nur der Mörder meines Vaters, er war auch noch mein Onkel! Und was die Manufaktur betraf, die ihn nach dem Tode meines Großvaters zu einem so reichen Mann gemacht hatte: Niemand anders als ich wäre ihr rechtmäßiger Besitzer gewesen!

2

Ich äußerte mich anerkennend über das Anwesen, und Angermair führte mich stolz durch das ganze Haus und zeigte mir jedes einzelne Zimmer. Was für ein seltsames Gefühl es war, im Mädchenzimmer meiner Mutter zu stehen! Es war inzwischen ein Gästezimmer, aber das alte Himmelbett von Luise von Kramm stand immer noch darin. Anschließend zeigte der Hausherr mir den Garten, der eher die Bezeichnung *Park* verdient gehabt hätte. Hier hatten meine Eltern, vor ihrer Hochzeit, sich einst hinter den Büschen geküsst, damit sie vom Haus niemand sehen konnte!

Als wir von unserem Spaziergang zurückkehrten, war bereits eine Leinwand angeliefert worden, zweieinhalb Meter breit und vier Meter hoch. Dieser Mann war größenwahnsinnig. Außerdem hatte er Farben und Pinsel in allen nur erdenklichen Größen liefern lassen. Drei Arbeiter bauten ein gewaltiges Gestell auf, das mir nicht nur als Staffelei dienen sollte, sondern das es auch möglich machte, die Leinwand in drei oder vier Metern Höhe zu bemalen. Wir vereinbarten, dass an jedem Morgen von acht bis zwölf Uhr an dem Gemälde gearbeitet werden sollte, auch an den Wochenenden. Das Projekt hatte für Gerhard Angermair, wie er sagte, absolute Priorität. Ich machte ihm klar, dass die Leinwand vorerst noch gar nicht zum Einsatz kommen würde. Ich musste erst einmal die Eigenheiten seiner körperlichen Erscheinung kennen lernen, und deswegen fertigte ich skizzenhafte Zeichnungen an. Dafür brauchte ich nichts weiter als einen Block und ein paar Stifte. Als ich auch am dritten Tag noch keine Anstalten machte, an die Leinwand zu gehen, wurde er ungeduldig. Ich versicherte ihm, am kommenden Tag werde es so weit sein. Am Abend kam endlich Madeleine in München an. Nachdem wir uns erst auf dem Bett und anschließend in der riesengroßen Badewanne geliebt hatten, wollte sie wissen, was ich vor hatte. Wohin sollte das alles führen?

»Ich habe keine Ahnung«, gab ich zu.

»Irgendeinen Plan musst du doch haben.«

»Wie gesagt, ich kann nichts beweisen. Weder dass ich der Sohn bin von Luise von Kramm, noch dass Angermair meinen Vater ermordet hat. Also bleibt mir im Moment nichts anderes übrig, als auf Zeit zu spielen und sein Vertrauen zu gewinnen. Und das kann ich nur, wenn ich das Bild für ihn male.«

Einen ganzen Vormittag lang malte ich seinen Kopf. Der war in natura schon groß und breit, aber auf dem Gemälde musste er etwa die vierfachen Ausmaße haben. Ich legte von Anfang an all meine Leidenschaft in das Gelingen dieses Bildes. Ich wollte, dass es ein Meisterwerk wurde. Ein Meisterwerk des Grauens. Denn allmählich begann sich in mir so etwas wie ein Plan zu formen. Als Schöpfer dieses Werkes lag viel mehr Macht in meinen Händen, als mir zu Beginn der Arbeit klar gewesen war… Gerhard Angermair genoss es, gemalt zu werden. Er wolle mir nicht zu nahe treten, meinte er, aber das hier sei ja noch besser als Sex. Am zweiten, dritten und vierten

Tag bildete ich seinen Körper ab. Anschließend eröffnete ich ihm, dass seine Mitwirkung nun nicht mehr nötig sei und ich das Atelier jetzt gerne ins Hotel verlegen würde. Er zog ein Gesicht, das gefiel ihm nicht. Er wollte weiterhin Teil dieses für ihn so befriedigenden Prozesses sein. Ich machte ihm weis, es könne zwar ein gutes Bild werden, wenn wir hier weiter arbeiteten. Aber ein wirklich geniales werde es nur, wenn ich die letzten, über das Normale hinaus gehenden kreativen Prozesse in Gang setzen würde, und das könne ich nur in völliger Einsamkeit.

»Die Wüste erwacht nur dann in mir zum Leben, wenn ich alleine bin.« Das war aus den Fingern gelutschter Unsinn, aber Angermair ließ sich darauf ein. Er zeigte sich mit dem bisherigen Ergebnis meiner Arbeit sehr zufrieden. Ihm gefiel das strahlende Lächeln, mit dem er von der Leinwand herunter grinste, und überhaupt sei ich ein wirklich großer Künstler, und großen Künstlern müsse man nun einmal ihre Marotten zugestehen. Er wollte wissen, wie lange ich denn brauchen würde, bis das Gemälde fertig sei. Ich antwortete, so zwei bis drei Wochen dürften es schon werden. Mir war klar, dass ich tatsächlich so viel Zeit brauchen würde - nicht für das Malen des Bildes, aber für die anderen Dinge, die es vorzubereiten galt.

Das Hotel Vier Jahreszeiten hatte sehr hohe Räume. Die Leinwand passte aufrecht stehend hinein. Natürlich hatte ich das vorher ausgemessen. An dem Gemälde arbeitete ich Tag und Nacht, und innerhalb von drei Tagen hatte ich es fertig. Anschließend beriet ich mich mit Madeleine und Gilles, den ich am Telefon ins Vertrauen gezogen hatte und der ebenfalls angereist war. Ich wollte versuchen zu beweisen, dass Angermair meinen Vater und seine junge Haushälterin ermordet hatte, und es dabei eigentlich auf mich abgesehen hatte. Das würde aber nur möglich sein, wenn es gelang, Zeugen aufzutreiben. Nach dem Eindruck, den ich mir von meinem Onkel verschafft hatte, glaubte ich, dass ihm zwar eine gewisse Abenteuerlust zu eigen war, er aber eigentlich ein jämmerlicher Feigling war. Deswegen war ich mir sicher, dass Angermair, als er im Jahr 1934 nach Afrika aufgebrochen war, um mich zu töten, sich nicht alleine auf den Weg gemacht hatte. Er musste sich bereits im Vorfeld Unterstützung besorgt haben. Es fragte sich nur: Wen konnte er angeheuert haben? Zum damaligen Zeitpunkt hatte es südlich der nordafrikanischen Küste so gut wie keine Deutschen gegeben, das hatte sich erst Jahre später mit dem Afrikafeldzug der Nazis geändert. Wenn Angermair also Leute gefunden hatte, die Erfahrung hatten mit der *ténéré*, dann konnten es kaum Deutsche gewesen sein.

»Natürlich gab es viele Franzosen«, sagte ich.

»Es muss sich um Männer gehandelt haben«, meinte Gilles, »die bereit waren, gegen Geld zu töten.«

»Natürlich.«

»Wenn ich so jemanden bräuchte, wüsste ich, wo ich suchen würde«, fügte er hinzu.

Madeleine und ich starrten ihn an und wollten wissen, wovon er sprach.

»Von der Fremdenlegion«, sagte er.

»Die Männer«, fragte Madeleine, »die für Frankreich in die Kriege ziehen, obwohl sie keine Franzosen sind?«

Gilles nickte. »Sie stammen aus aller Welt. Oft kommen sie mit ihrem Leben nicht zurecht und wollen ein neues beginnen. Manche sind Verbrecher, andere nur abenteuerlustige Spinner. Überdurchschnittlich viele davon sind Belgier. Vielleicht ist es kompletter Blödsinn, aber im Hafenviertel von Antwerpen kenne ich eine Kneipe, in der gehen sie ein und aus. Der Wirt ist selbst ein früherer Legionär.«

»Worauf warten wir?« sagte ich.

Madeleine blieb in München. Ihre Aufgabe war, in der Suite das durch eine große Decke verhüllte Gemälde vor neugierigen Blicken zu schützen. Ich flog mit Gilles nach Antwerpen, wo wir von Alex empfangen wurden, einem Belgier mit wettergegerbter Haut und verfilztem, grauem Vollbart, dem das lange, strähnige Haar ins Gesicht hing. Er sprach eine Mischung aus Flämisch und Französisch, von der ich so gut wie nichts verstand, was auch daran lag, dass seine Zähne unentwegt eine Portion Kautabak hin und her schoben. Alex und Gilles küssten sich zur Begrüßung fest auf den Mund. Wir stiegen mit ihm in einen klapprigen, alten Lastwagen. Ich versuchte das Alter des Mannes zu schätzen, aber das war unmöglich. Er mochte Mitte dreißig sein oder Ende fünfzig, ich hatte keine Ahnung. Gilles versicherte mir, dass Alex zwar eine finstere Erscheinung bot und man ihm lieber nicht in die Quere kam, wenn er ein paar Schnäpse getrunken hatte, aber ansonsten sei er ein feiner Kerl mit einem Herz aus Gold. Alex fuhr uns zu der Legionärskneipe mit dem Namen *De Groote Vis*. Es war noch früh am Abend, und dennoch war die Luft in der Spelunke bereits so geschwängert von Rauch und Alkohol, dass mir die Augen zu tränen begannen. Gilles begrüßte ein paar Männer, die er kannte, und schließlich setzte er sich an die Bar und bestellte zwei Gläser Single Malt Whiskey. Ich wollte widersprechen, aber Gilles machte mir klar, dass es in diesem Laden keine Getränke ohne Alkohol gab, der Wirt sich aber nur mit uns unterhalten würde, wenn wir etwas bestellten. Ich nickte zustimmend, es konnte mich ja niemand zwingen, das Zeug dann auch zu trinken. Gilles erzählte dem Wirt, dass er nach Männern suchte, die vor gut 20 Jahren im Auftrag und in Begleitung eines Deutschen nach Nordafrika gereist seien. Der Wirt, ein etwa 50-jähriger Kerl mit Bürstenschnitt und gutmütigem, teigigem Gesicht, runzelte die Stirn und schüttelte schließlich den Kopf. Von so einer Operation hatte er nie gehört. Als Gilles ihm einen Schein auf den Tresen legte, versprach er aber immerhin, sich mal ein bisschen umzuhören.

Wir wohnten in einem kleinen Hotel mit Blick auf die Liebfrauenkathedrale. Auch am nächsten und übernächsten Abend gingen wir wieder in *De Groote Vis*. Es wurde dort nicht langweilig, denn die Mischung aus Seemännern, ehemaligen Legionären und sonstigen undurchsichtigen Existenzen war spektakulär. Aber wir kamen nicht voran. Der Wirt fand nichts heraus, und keiner von den Männern, mit denen Gilles sprach, konnte sich an irgendetwas erinnern, das uns weiter geholfen hätte.

Im Hotel Vier Jahreszeiten in München wartete Madeleine an jedem Vormittag, bis der Zimmerservice die Suite geputzt und aufgeräumt hatte. Erst wenn das geschehen war, konnte sie sicher sein, dass niemand die Decke vom Gemälde ziehen würde. Sie verließ die Suite und wollte die Türe hinter sich zuziehen, als Gerhard Angermair vor ihr stand und sie charmant begrüßte. Er wollte ihrem Lebensgefährten nur schnell einen schönen Tag wünschen und bei der Gelegenheit einen Blick auf das weiter fortgeschrittene Bild werfen. Mit resoluter Geste zog Madeleine die Tür hinter sich zu.

»Léo möchte nicht gestört werden.«

»Nur ganz kurz«, meinte er. »Ich bin dann sofort wieder weg. Wissen Sie, ich bin doch so neugierig.«

»Tut mir leid, Monsieur«, sagte sie. »Er hat mich gebeten, keine Ausnahme zu machen.«

Angermair war es nicht gewohnt, dass man ihm Widerspruch entgegen setzte, schon gar nicht von einer Frau. Er lächelte höflich, als er sich zurück zog, aber hinter dieser Fassade war er ungehalten, ja fast schon wütend. Bevor Madeleine das Hotel verließ, wandte sie sich an den Portier, der hinter der Rezeption stand und flüssig Französisch sprach. Sie bat ihn, niemanden mehr in die Suite von Monsieur Chenevoy zu lassen, nicht einmal den Zimmerservice. Von jetzt an würde sie darin selbst für Sauberkeit sorgen. Insbesondere Herrn Angermair sei der Zutritt ausdrücklich zu verwehren. Sollte das nicht gelingen, werde man das Hotel auf exorbitanten Schadensersatz verklagen. Madeleine trat so dominant auf, dass der Portier noch nicht einmal nach einem Grund fragte, und ihr alles zusicherte, was sie verlangte.

Wir besuchten *De Groote Vis* auch am nächsten und übernächsten Abend, aber langsam verloren wir die Hoffnung, hier etwas zu erreichen. Ich würde Gerhard Angermair mit dem Gemälde noch etwa zwei Wochen lang hinhalten können. Allmählich begann ich zu bereuen, was ich ohne sein Wissen mit dem Bild angestellt hatte. Die Arbeit hatte mir zwar grimmige Befriedigung gegeben, aber ich hatte mich damit auch unter großen Zeitdruck gestellt, der nicht nötig gewesen wäre. Wir beschlossen, morgen zurück nach München zu fliegen. Man könnte beispielsweise versuchen, in die Villa einzubrechen, oder in die Manufaktur, um dort nach alten Unterlagen zu suchen, die Hinweise darauf geben könnten, mit wem Angermair damals den Weg nach Afrika angetreten hatte. Gilles stürzte, wie immer, nach seinem auch noch meinen Schnaps hinunter, und beglich beim Wirt die Zeche. Als wir das Lokal verlassen wollten, versperrte ein Mann uns den Weg. Er war klein, musste um die 60 Jahre alt sein, und trug eine Glatze, die aussah wie frisch poliert. Sein Körperbau war gedrungen und doch athletisch und muskulös, trotz seines fortgeschrittenen Alters war kaum ein Bauchansatz zu sehen.

»Sie suchen nach jemandem«, sagte er.

»Woher wissen Sie das?« fragte ich ihn.

»Sie haben tausend Leute gefragt. Jeder hier am Hafen weiß davon.«

»Und?«

»Ich denke, ich kann Ihnen weiter helfen.«

»Wer sind Sie?«

»Sie gestatten, dass ich Ihnen zuerst eine andere Frage stelle. Was ist Ihnen die Information denn wert?«

Gilles und ich sahen uns an. »Ich will jemanden ins Gefängnis bringen«, sagte ich. »Jemanden, der meinen Vater ermordet hat.«

Der Mann musterte mich eindringlich. »Dann sind Sie der kleine Junge?«

»*Merde alors*«, sagte Gilles. »Sie waren damals dabei?«

»Nein, das war ich nicht. Aber ich versichere Ihnen: Von mir können Sie alle Informationen bekommen, die Sie haben wollen.«

»Wer sind Sie, Mann?« Meine Hände ballten sich zu Fäusten. »Los, reden Sie.«

»Mein Name ist Guillaume Lamur. Ich war für die Fremdenlegion in Nordafrika. Und ich kannte sowohl Ihren Großvater als auch den Mann, hinter dem Sie her sind.«

3

Gerhard Angermair hatte nicht einmal bemerkt, dass ich vier volle Tage nicht in München gewesen war. Ich besuchte ihn unangemeldet in seinem protzigen Domizil. Auf der Treppe vor der Villa kamen mir, begleitet von Angermairs Chauffeur, zwei Frauen entgegen. Sie waren sehr hübsch, trugen lange, blonde Zöpfe und glichen einander wie ein Ei dem anderen.

»Hatten Sie schon mal Zwillinge?« fragte Angermair, der an der halb geöffneten Flügeltür lehnte, die ins Innere des Hauses führte. »Tolle Sache. Wenn Sie mal möchten…« Er deutete auf die silberfarbene Limousine, mit der die Damen gerade davon gefahren wurden.

»Ich bin verheiratet«, sagte ich.

»Sie sind Künstler«, erwiderte er. »Also erzählen Sie mir doch nichts.«

Ich war gekommen, um ihm von den Fortschritten des Gemäldes zu erzählen. In spätestens einer Woche werde es fertig, behauptete ich, und es werde alle seine Erwartungen übertreffen. Angermair grinste, schüttelte mir die Hand und begann sofort mit den Vorbereitungen für ein großes Gartenfest, das er anlässlich der Enthüllung geben würde. Er ließ noch am selben Tag mehrere hundert Einladungskarten drucken und per Express verschicken. Im Garten ließ er einen wetterfesten Pavillon errichten, der aber nicht nötig gewesen wäre, denn am Tag der Feier schien die Sonne, und es herrschten spätsommerliche Temperaturen. Die gesamte Münchner Prominenz versammelte sich: Schauspieler, Filmproduzenten und Politiker, darunter ein gewisser Franz-Josef Strauß, der sich mir vorstellte als Bundesminister für Atomfragen. Alle Münchner Zeitungen hatten Reporter und Fotografen geschickt. Das Gemälde stand im Freien, an seinem Gestell befestigt und verhüllt von einem seidenen Tuch. Strauß hielt eine Laudatio auf Gerhard Angermair und nannte ihn einen der vielversprechendsten Unternehmer im ganzen Freistaat Bayern. Ich ließ es mir nicht nehmen, mich nach seinem Schlusswort am Fuße des Kunstwerkes zu postieren. Neben mir stand Gilles, den ich gebeten hatte, meine Worte zu übersetzen, denn er sprach Deutsch, und gar nicht einmal so schlecht.

»Gerhard Angermair«, begann ich, »ist ein Mann, der weiß, was er will.« Ich nickte ihm freundlich zu, während Gilles übersetzte. Angermair saß in der ersten Reihe, zwischen

Strauß und der Schauspielerin Hildegard Knef, die ich erkannte, weil ich sie vor etwa einem Jahr in dem amerikanischen Film *Schnee am Kilimandscharo* gesehen hatte. Er nickte aufgeregt zurück. Offensichtlich konnte er die Enthüllung kaum erwarten. »Und er weiß auch ganz genau, dass er manchmal etwas tun muss, um es zu bekommen. Das müssen wir alle. Aber wenn Gerhard Angermair ein Ziel verfolgt, geht er wieter, als wir es tun würden. Er schreckt nicht davor zurück, Grenzen zu überschreiten, die wir lieber unangetastet lassen. Aus diesem Holz sind Kerle geschnitzt, die Erfolg haben, ganz gleich, was sie tun. Männer, die ihr Ziel niemals aus den Augen verlieren, auch wenn es ein halbes Leben dauern mag, es zu erreichen. Wenn sich dann endlich die Gelegenheit bietet, sind sie zur Stelle und schlagen zu. Ich weiß, wovon ich spreche, ich bin genauso. Vielleicht habe ich deswegen das Gefühl, Gerhard Angermair schon sehr lange zu kennen. Aber für dieses Gefühl gibt es auch noch einen anderen Grund.« Ich machte eine Pause, nachdem Gilles übersetzt hatte. Angermair erwiderte mein Lächeln noch immer, auch wenn ich ihm ansah, dass er meine Rede als ungewöhnlich empfand. Er blickte zwischen seinen Sitznachbarn hin und her. Strauß wirkte ein wenig gelangweilt und schielte zum Pavillon hinüber, wo das reichhaltige Buffet wartete, das bereits seine Düfte verströmte. Dann fuhr ich fort: »Ich war ein kleiner Junge, als mein Vater von einem Schwert durchbohrt und getötet wurde. Der das tat, hat später versucht, auch mich zu ermorden. Es wäre ihm beinahe gelungen. Aber wie Sie sehen: Ich bin immer noch hier. Und deswegen möchte ich heute die besondere Gelegenheit nutzen, endlich einen Mann zu ehren, der das schon so lange verdient hat: den Mörder meines Vaters.« Ich griff nach der Schnur und zog daran mit einem Ruck. Oberhalb des Rahmens, in fast fünf Metern Höhe, teilte sich das Tuch, schwebte langsam herab und gab den Blick frei auf das

Gemälde, das vor dem Hintergrund sanft geschwungener Dünen Gerhard Angermair zeigte, in schwarzer SS-Uniform mit schwarz-roter Hakenkreuz-Binde am Arm. Sein Abbild lächelte höchst entspannt, während es ein Schwert festhielt, das gerade einen Mann durchbohrt hatte, der mir nicht unähnlich war. Links und rechts züngelten Flammen. Aus dem Leib des hinterrücks Ermordeten liefen Sturzbäche von Blut und tränkten den Sand darunter leuchtend rot.

Vor mir saßen über 200 Menschen, und doch war es so still, dass ich das Rascheln des Windes in den Bäumen hörte. Franz-Josef Strauß wandte sich seinem Gastgeber zu, musterte ihn skeptisch und wollte mit seinem breiten oberbayerischen Akzent von ihm wissen, was er mit so einem Bild denn jetzt hier bezwecke.

»Es mag ja formal durchaus gelungen sein, aber inhaltlich ist es, verzeihen Sie, wenn ich das in dieser Deutlichkeit sage, eher geschmacklos.«

Gerhard Angermair erstarrte in katatonischer Regungslosigkeit. Begriff er, was um ihn herum vorging? Oder hatte sein Verstand sich beim Anblick des Bildes ausgeknipst? Ich glaube, dass eine Art Sog ihn in die Malerei hinein zog, und für ein paar Augenblicke nur noch eine leere Hülle in seinem Garten saß, während er noch einmal miterlebte, wie er vor über 20 Jahren meinen Vater abgeschlachtet hatte.

»Mir gefällt es«, sagte Hildegard Knef. »Es ist animalisch. Wild. Die ganze Inszenierung hier. So surreal. So Buñuel. Hätte ich Ihnen gar nicht zugetraut.«

Es überraschte mich nicht, dass die Leute, mit Ausnahme von Angermair, meinen Auftritt nicht ernst nahmen. Dass sie dachten, das Ganze sei eine Art modernes Theater. Auf einmal wuchtete Angermair sich aus seinem Sessel empor, drehte sich zu seinen Gästen um und erhob die Stimme: »Ich habe ein etwas provokantes Motiv gewählt«, rief er. »Vermutlich ist es nicht jedermanns Sache. Aber die Kunst ist frei! Sie muss provozieren dürfen! Das ist ein unverzichtbarer Bestandteil eines demokratischen Rechtsstaats!« Den letzten Satz brüllte er in sein Publikum hinein, das still dasaß und nicht wusste, was es von der Veranstaltung halten sollte. Er drehte sich um, zu mir und Gilles. Der Schweiß lief ihm übers Gesicht. Sein Brustkorb bebte. Er funkelte mich an. Natürlich wusste er jetzt, wer ich war. Wir maßen uns mit Blicken. Deswegen registrierte Angermair nicht die uniformierten Polizisten, die - mit einem Kriminalbeamten an der Spitze - am Publikum vorbei auf uns zusteuerten.

»Gerhard Angermair?«

Er drehte sich um und blickte dem Mann, der ihn angesprochen hatte, ins Gesicht. »Wer sind Sie? Ich habe Sie nicht eingeladen.«

»Mertens, Kriminalpolizei. Herr Angermair, Sie sind vorläufig festgenommen.«

»Blödsinn. Was wirft man mir denn vor?«

»Den Mord an Franz Kapellmann, dem Ehemann Ihrer Cousine Luise von Kramm. Sowie einen weiteren Mordversuch.«

Angermair lachte laut und demonstrativ. »Freiheit der Kunst, meine Damen und Herren! Ich hoffe, Sie amüsieren sich - und erkläre das Buffet für eröffnet!« Er deutete mit dem Arm hinüber zum Pavillon, bevor zwei Uniformierte ihn an den Armen packten.

»Sie sollten jetzt lieber einfach mitkommen«, sagte Mertens. »Machen Sie es nicht schlimmer, als es ist.«

»Den ganzen Scheißdreck«, zischte Angermair ihm zu, »kann kein Mensch beweisen.« Während er abgeführt wurde, fuhr sein Kopf noch einmal zu mir herum, und er rief: »In einer Stunde bin ich wieder auf freiem Fuß!«

Gerhard Angermair irrte sich. Denn Mord verjährte nicht. Und die Zeugenaussagen rückten ihn in ein finsteres Licht. Guillaume Lamur war mit Gilles und mir nach München gekommen und hatte, begleitet von einem Anwalt, zu Protokoll gegeben, dass er Anfang der Dreißiger Jahre von Hermann von Kramm angeheuert worden war, um in der nordafrikanischen Wüste Franz Kapellmann und seinen kleinen Sohn Leo zu finden. Nachdem das misslungen war, hatte er einige Zeit später in Brüssel vom einem früheren Kameraden aus der Fremdenlegion erfahren, dass in der Nähe des Aïr-Gebirges ein kleiner, hellhäutiger, blonder Junge bei einem Stamm der Tuareg gesehen worden war. Daraufhin hatte Lamur noch einmal Kontakt zu Hermann von Kramm aufgenommen. Dessen Neffe Gerhard Angermair hatte ihn daraufhin gebeten, mit ihm erneut nach Afrika zu reisen. Lamur wollte das nicht, hat Angermair aber eine Truppe von Söldnern vermittelt. Angermair hatte um die Vermittlung von Männern gebeten, die vor nichts zurück schreckten, und mit solchen Männern hat Lamur ihn zusammengebracht. Lamur selbst war bei der Reise dann, wie gesagt, nicht mehr dabei, und wusste deswegen nur von den späteren Berichten der Kameraden, dass es nicht gelungen war, den Jungen zu schnappen. Angermair selbst habe aber den Vater des Jungen getötet, während einer seiner Helfer verantwortlich gewesen sei für den Tod einer Tuareg-Frau. Der klare Schwachpunkt an Lamurs Aussage war natürlich, dass er bei dieser Reise nicht mit von der Partie gewesen ist, und seine Aussagen sich hier nur auf Überlieferungen stützten.

Aber Lamur hatte noch mehr zu bieten. Zu einigen Freunden in Nordafrika hatte er lange Zeit Kontakt gehalten. Deswegen wusste er, dass Angermair Anfang der Vierziger Jahre im Zuge des deutschen Afrika-Feldzuges ein weiteres Mal in der Sahara gewesen war. Der Mann, der ihm das erzählt hatte, hieß Michel Trousseau und war zu jener Zeit als Leutnant der französischen Armee in Algerien stationiert gewesen. Ich hatte Trousseau in Rennes gefunden, wo er als Elektriker arbeitete, und ihn ebenfalls nach München kommen lassen. Er war ein zurückhaltender Mann mit dünnen Armen und lanken, schlaksigen Beinen

»Ich stand im Dienste der Vichy-Regierung«, erzählte Trousseau dem Dolmetscher der Münchner Polizei. Er räusperte sich leise, das tat er vor fast jedem Satz, den er formulierte. »Vichy war, Sie wissen schon, die *falsche* französische Regierung. Die kollaboriert hat mit den Nazis. Darf ich hier überhaupt *Nazis* sagen, in Deutschland? Oder ist das ein Problem?«

Der Polizist, der die Vernehmung leitete, wartete die Übersetzung ab, dann sagte er in breitem Bayerisch: »Das ist überhaupt kein Problem, Monsieur Trousseau. Fahren Sie fort.« Es handelte sich um Anton Heigl, den Polizeipräsidenten der Stadt München. Dieser Fall wirbelte so viel Staub auf, dass er ihn zur Chefsache erklärt hatte. Heigl war ein kleiner, korpulenter Mann mit einer Hornbrille auf seinem rotglänzenden Gesicht. Er trug einen landestypischen Trachtenjanker und rieb oft seine etwas feuchten Handflächen aneinander, in der Hoffnung, sie würden dadurch trocken werden.

»Ich möchte ehrlich sein«, sagte Trousseau. »Vichy gedient zu haben, dafür schäme ich mich. Darunter leide ich noch heute. Ich bin vor allem hier, weil ich mit dieser Aussage versuchen möchte, ein klein wenig davon gut zu machen.«

»Kommen Sie mal zur Sache«, drängte Heigl.

»Zu Beginn des Jahres 1941 lernte ich Gerhard Angermair kennen. Er reiste mit uns durch die Wüste, um unter den Einheimischen Soldaten anzuheuern, die für die Deutschen in den Krieg ziehen sollten. Eines Nachts wurden wir von einem

Starkregen überrascht, der mehrere Männer fast das Leben gekostet hätte. Am darauf folgenden Tag trafen wir auf eine Gruppe von Nomaden, die mit Kamelen unterwegs war. Angermair geriet plötzlich in Aufregung, weil er glaubte, einen Jungen mit heller Haut und blondem Haar gesehen zu haben.«

»Haben Sie diesen Jungen ebenfalls gesehen?«

Trousseau räusperte sich. »Nein«, sagte er. »Aber Angermair war sich absolut sicher. Er glaubte, sie hätten ihn irgendwo versteckt. Er hat demjenigen 200 Kamele versprochen, der ihn zu dem Jungen führen würde.«

»Was ist dann passiert?«

»Einige Wochen später kam einer dieser Nomaden nach Agadez. Er hat Angermairs Vermutung bestätigt und ihm den genauen Aufenthaltspunkt genannt. In der nächsten Nacht sind wir mit Geländefahrzeugen rausgefahren. Wir hatten die klare Anweisung, jeden zu töten, der sich uns in den Weg stellen würde. *Aber der Junge gehört mir*, hatte Angermair gesagt. *Ich werde ihm ein Loch in den Kopf schießen. Vielleicht auch zwei.*«

»Hat er Ihnen verraten, warum er so wild darauf war, den Jungen umzubringen?«

Trousseau nickte. »Wenn er getrunken hatte, war er sehr redselig. Er gab damit an, dass er eines Tages eine große Firma erben würde, und dass nur dieser kleine, stinkende Junge ihm das vermasseln konnte. Er trompetete auch herum, er habe schon einmal versucht, ihm das Licht auszublasen, aber dabei habe er leider nur seinen Vater erwischt.«

»Gibt es noch jemanden außer Ihnen, der das alles bestätigen kann?«

Trousseau dachte nach. »Ich erinnere mich an die Namen von drei oder vier deutschen Unteroffizieren.«

4

Trousseau hatte seine Aussage nicht abgegeben, weil er sein Gewissen erleichtern und etwas wieder gutmachen wollte. Ich gebe gerne zu, dass ich Lamur und ihm ein kleines Vermögen gezahlt habe. Ein paar Monate später, mitten im Winter, begann der Prozess gegen Gerhard Angermair, und der Belgier und der Franzose gehörten zu den wichtigsten Zeugen. Einer der besagten deutschen Unteroffiziere hatte den Krieg überlebt. Auch er trat als Zeuge vor Gericht auf, was von besonderer Bedeutung war, weil Angermair dadurch auch noch von einem Landsmann schwer belastet wurde. Er ließ sich seinerseits von einem besonders namhaften Strafverteidiger vertreten und trat vor Gericht stets auf, als gehöre ihm der ganze Saal und als seien der Richter und der Staatsanwalt nichts weiter als seine Angestellten.

Seit Angermairs Verhaftung war die Presse verrückt nach der Geschichte. Ich verschanzte mich die meiste Zeit im Hotel, weil ich nicht unentwegt angesprochen und fotografiert werden wollte, und verließ es fast nur, um dem Prozess beizuwohnen. Madeleine war nur hin und wieder in München, weil sie inzwischen tagsüber in Paris im Krankenhaus und abends mit ihrer Doktorarbeit beschäftigt war. Sie konnte mich nur gelegentlich für ein oder zwei Tage besuchen. Ich war einsam und hasste es, hier fest zu stecken. Natürlich behauptete Angermair mit unerschütterlicher Standhaftigkeit, er sei unschuldig, und es sei alles ein riesengroßes Missverständnis. Wenn ich wirklich der war, der ich vorgab zu sein, werde es ihm ein Bedürfnis sein, mich in die Geschäfte der Manufaktur auf angemessene Weise einzubinden. Sein Anwalt versah das Mandat auf ebenso dreiste wie gekonnte Weise. Wenn man ihm zuhörte, konnte man das Gefühl haben, sein Mandant sei die Verkörperung reinster Unschuld. Das Gericht ließ sich davon aber nicht beeindrucken, und im Mai, als draußen die Vögel um die Wette zwitscherten, verurteilte es Gerhard Angermair wegen Mordes zu lebenslanger Haftstrafe. Sein Anwalt verkündete der Presse anschließend noch im Gerichtsgebäude, sein Mandant werde gegen dieses Urteil selbstverständlich in Berufung gehen. Das bedeutete, dass es noch einen zweiten Prozess vor einem höheren Gericht geben würde. Sollte das alles denn niemals ein Ende haben? Kurz darauf folgte dann noch ein weiteres Verfahren, das meine Identität und damit meinen Anspruch auf die Manufaktur prüfen sollte. Dieses Verfahren dauerte zu meiner Überraschung nur einen einzigen Tag und endete mit dem Beschluss, dass die gesamte Firma mir mit sofortiger Wirkung zu übereignen sei. Auf einmal gehörte mir ein millionenschweres Unternehmen mit fast tausend Angestellten. Ich fragte mich, was ich damit machen sollte. Würde es jetzt mein Los sein, in dieses Büro zu gehen und Geschäfte zu führen, mit denen ich mich nicht auskannte? Meine erste Amtshandlung war, dass ich mich einen Nachmittag lang mit mehreren leitenden Angestellten unterhielt. Ich fragte sie, ob sie ihre Arbeit mochten, ob sie Familie hatten und wie sie mit ihren Kindern umgingen. Einer von ihnen, ein Abteilungsleiter, erzählte mir, es sei sein höchstes Glück, am Sonntag zu Hause in seinem Garten mit seiner kleinen Tochter Verstecken zu spielen. Das machte ihn mir sympathisch. Ich ernannte ihn zum Geschäftsführer. Außerdem verdoppelte ich sein Gehalt. Der Mann glaubte an einen Scherz.

Ich reiste zurück nach Paris. Madeleine und ich hatten uns mehrere Wochen lang nicht gesehen, und ich war froh, sie endlich wieder in meinen Armen halten zu können. Aber die meiste Zeit musste sie arbeiten, oft hatte sie auch Nacht-,

Früh- oder Spätschichten. Medizinstudenten, die im Krankenhaus arbeiteten, wurden mächtig ausgebeutet. So verbrachte ich die Tage in der viel zu großen Wohnung am Place des Vosges. Ich hätte malen sollen, aber ich konnte es nicht. Mir fehlte jeglicher Impuls. Ich hatte keine Bilder in mir, die nach draußen wollten. Ich war noch leerer als diese Wohnung. Eines Morgens klingelte das Telefon, und Gilles war am Apparat.

»Hast du es schon gehört?«

»Was denn?«

»Er ist tot.«

»Wer?« fragte ich, obwohl mir die Antwort schon klar war. Gerhard Angermair hatte sich in seiner Gefängniszelle einen Strick um den Hals gelegt und seinem Leben ein Ende bereitet. Ich setzte mich aufs Sofa. Und weinte.

»Léo, was ist los?« fragte Gilles. »Heulst du etwa? Bist du verrückt? Der Mann war ein Monster. Er hat es verdient, in der Hölle zu schmoren.«

Vielleicht stimmte das. Vielleicht auch nicht. Wenn jemand den Tod verdient hatte, dann ein Mensch wie Gerhard Angermair. Aber stand es uns zu, darüber zu urteilen? Wenn es einen Gott gab, hatte er jeden einzelnen von uns erschaffen. Dann gab es einen Grund dafür, dass er am Leben war, egal, ob er Gandhi hieß oder Hitler. Hatten wir das Recht, ihn zu töten oder ihm auch nur den Tod zu wünschen? Aber deswegen weinte ich nicht. Mir liefen die Tränen übers Gesicht, weil Gerhard Angermair mein Onkel war. Mein nächster leiblicher Angehöriger hatte sich in dieser Zelle das Leben genommen. Ich hatte vorgehabt, ihn im Gefängnis zu besuchen. Noch nicht in nächster Zeit. Aber irgendwann. Es musste doch möglich sein, dass wir miteinander redeten, ohne uns gegenseitig mit Hass zu überziehen. Aber jetzt nicht mehr. Die Chance war dahin.

Ich reiste zu seiner Beerdigung und bestand darauf, dass er neben meinem Großvater bestattet wurde. Als sein Sarg in die Erde hinunter gelassen wurde, musste ich daran denken, dass ich das Schreckgespenst seines Lebens gewesen war. Immer wieder hatte er versucht, mich zu fassen zu bekommen. Ein paarmal war er so nahe dran gewesen. Auf einmal sah ich vor meinem inneren Auge das Gesicht des Menschen, ohne den alles anders gelaufen wäre, ohne den Gerhard Angermair jetzt immer noch der gefeierte Unternehmer gewesen wäre - das Gesicht von Dafinah.

5

Ich war kaum zurück in der Wohnung am Place des Vosges, und mein Koffer war noch ungeöffnet, als ich eine Leinwand auf die Staffelei stellte und anfing zu malen, in einem Rausch, der mich Raum und Zeit vergessen ließ. Als Madeleine am späten Abend von ihrer Schicht nach Hause kam, lag ich auf dem Sofa und schlief. Sie kuschelte sich neben mich, und ich legte den Arm um sie. Madeleine wollte wissen, wie die Beerdigung gewesen war, und ich erzählte ihr davon.

»Du hast deine Schwester gemalt«, sagte sie. »Wie schön, dass du wieder Inspiration in dir spürst.«

Ich stand auf, um mir das Bild anzusehen. Es zeigte Dafinah, wie sie Wasser aus einem Brunnen zog, mit einem melancholischen Lächeln im Gesicht. Ich suchte das lederne Halsband, das sie mir damals geschenkt hatte, und als ich es fand, im hintersten Winkel einer Schublade, legte ich es an.

Die Zeit war gekommen, nach Afrika zu reisen. Ich wollte meinen Stamm wiedersehen. Und die *ténéré*. Wenn Anazar noch am Leben war, bei Allah: Ich würde ihn reiten, bis der

Hintern mir weh tat! Ich hätte Madeleine gerne mitgenommen, aber man gestattete ihr nicht, die Arbeit im Krankenhaus länger als drei oder vier Tage zu unterbrechen. Natürlich wusste ich nicht, wo mein Stamm sich überhaupt aufhielt. Ich würde ihn suchen müssen. Und wenn ich ihn gefunden hätte, würde ich eine Weile bei ihm bleiben. Ich kaufte mir ein Ticket für einen Flug nach Kano, mit Zwischenlandung in Casablanca. Näher konnte ich meinem Ziel mit einem Linienflug nicht kommen. In Kano würde ich dann weitersehen. Die Vorfreude darauf ließ mich fast durchdrehen. Ich zählte die Tage und schließlich die Stunden, und dann war es so weit. Madeleine fuhr mich in ihrem nagelneuen Citroën 2CV, den ich ihr zum Geburtstag geschenkt hatte, zum Flughafen in Orly. Sie sagte, sie werde mich zwar unglaublich vermissen, aber sie sei trotzdem froh, dass ich mich endlich aufmachte, um meine Tuareg-Familie zu besuchen. Sie hielt es für wichtig, dass ich diesen Kontakt wieder aufnahm. Madeleine hatte großen Spaß an ihrem Auto, und deswegen bemerkte sie nicht, dass ich unterwegs immer schweigsamer wurde.

»Léo, weißt du, was der Direktor von Citroën dem Konstrukteur damals gesagt hat? *Entwerfen Sie ein Auto, das Platz für zwei Bauern und einen Zentner Kartoffeln bietet, mindestens 60 Stundenkilometer fährt und dabei nur drei Liter Benzin auf 100 Kilometer verbraucht. Außerdem soll es selbst schlechteste Wegstrecken bewältigen können und so einfach zu bedienen sein, dass sogar eine ungeübte Fahrerin problemlos damit zurechtkommt. Es muss gut gefedert sein, sodass ein Korb mit Eiern eine Fahrt über holprige Feldwege unbeschadet übersteht. Und preiswert. Auf das Aussehen des Wagens kommt es dabei überhaupt nicht an.*«

Ich schmunzelte. »Hast du das auswendig gelernt?«

»Den Text kennt fast jeder in Frankreich«, sagte sie und lachte.

Als wir am Flughafen aus dem Wagen stiegen, griff ich nach ihrer Hand. »Madeleine«, sagte ich, »lass uns dort hinziehen.«

»Nach Afrika?« Sie verzog ungläubig das Gesicht.

Ich nickte.

»Du weißt, dass das nicht geht.«

»Nicht jetzt sofort. Du machst dein Studium fertig - und dann.«

Sie sah mich an und begann nachsichtig zu lächeln. »Du hast die Wüste wirklich bitter nötig, das weiß ich. Genieß die Zeit. Hol dir die Dosis, die du brauchst. Bleib, solange du willst. Und wenn du wiederkommst, wartest du nicht wieder fünf Jahre bis zum nächsten Besuch, ja?« Sie strich mir mit der Hand sanft über die Wange.

»Madeleine, ich weiß nicht, wie ich es sagen soll…«

»Du musst nichts erklären, Léo, es ist alles gut.

»Weißt du, die Sache ist die: Ich bin weder Léo Chenevoy noch Leo Kapellmann. Ich bin kein Firmenchef, und im Grunde bin ich auch kein Maler. Madeleine, wenn ich jetzt nach Afrika fliege, weiß ich nicht, ob ich die Kraft haben werde, zurück zu kommen.«

Sie sah mich lange schweigend an. »Das meinst du nicht wirklich ernst«, sagte sie endlich. »Du bist ein gefeierter Künstler. Hast Verantwortung für die Firma in München. Hier in Paris sind all unsere Freunde. Und ganz nebenbei auch die Frau, die du liebst. Ein *targi* bist du doch nur geworden durch die Verkettung unglücklicher Umstände. Und jetzt sieh dich doch mal an, Herrgott noch mal: Du bist keiner mehr!«

»Das ist ein Irrtum«, erwiderte ich. »Ich bin ein *imushaq* vom Stamme der *kel aïr,* und mein Name ist Azahrú, Sohn von Koumamá. Das bin ich, und das werde ich immer sein.«

»Dann erzähl mir doch mal, wie du dir das vorstellst«, sagte sie gereizt. »Was machen wir den ganzen Tag, wenn wir in der Wüste leben? Wie soll das funktionieren?«

»Wir beziehen ein Zelt im Lager meines Stammes. Ohne Hauswände, die uns beengen, inmitten der unendlichen Weite. Wir werden Kinder haben! Im Winter bin ich mit der Salzkarawane unterwegs, den Rest des Jahres bei dir. Und du wirst Ärztin sein! Weil du besser sein wirst als alle Medizinmänner zusammen, werden alle zu dir kommen, von nah und fern. Oder du machst eine Praxis auf in Agadez, warum denn nicht? Und vor allem, Madeleine, vor allem werden wir glücklich sein!«

»Heißt das, du bist hier mit mir nicht glücklich?«

»Ich liebe dich über alles, das weißt du.«

»Beantworte bitte meine Frage.«

»Nein«, sagte ich, »ich bin hier nicht glücklich.«

Madeleine lehnte sich gegen ihren Wagen und blinzelte in die tiefstehende Vormittagssonne. »Ich könnte mir das tatsächlich vorstellen, Léo. Weil ich dich so wahnsinnig liebe, könnte ich es mir vorstellen. Wenn ich nicht diesen großen Traum hätte.«

»Die erste Chirurgin in Frankreich.«

Sie nickte. »Ich liebe die Medizin. Aber für mich hat sie zu tun mit Sauberkeit. Mit erstklassiger technischer Ausrüstung. Mit desinfizierten Operationssälen. Ich habe diesen Beruf nicht gelernt, um kranken Tuareg in der Wüste Aspirin in den Mund zu schieben.«

»In Agadez gibt es ein Krankenhaus«, wandte ich ein.

»Ich weiß«, sagte sie. »Ich habe Monate lang dort gearbeitet. Die hygienischen Bedingungen waren eine Katastrophe.«

»Mit einer großzügigen Spende sind sie sicher in der Lage, das zu ändern!«

»Bei aller Liebe, aber das kann ich nicht«, erwiderte sie traurig. »Und ich kann mir auch nicht vorstellen, dass du bereit wärst, das Erbe deiner Mutter und deines Großvaters einfach im Stich zu lassen. Entschuldige, aber das ist doch alles romantisch verklärter Blödsinn.«

»So wie dein Traum von der Chirurgie?«

Damit hatte ich sie verletzt, und ich hätte mir am liebsten die Zunge abgebissen.

»Danke«, sagte sie, »für so viel Zuversicht. Für so großes Vertrauen in meine Fähigkeiten.«

»Entschuldige bitte. Ich bin ein Idiot. Ich hätte das nicht sagen sollen.« Ich wollte ihr mit der Hand über den Arm streichen, aber sie wich vor mir zurück.

»Bis dass der Tod uns scheidet, Léo, weißt du noch?«

Natürlich wusste ich das noch. Aber ich wusste nicht, was ich noch sagen sollte. Ich streckte noch einmal die Hände nach ihr aus, und diesmal entzog sie sich nicht mehr. Wir nahmen einander in die Arme, und ich spürte, wie sie gegen die Tränen kämpfte.

»Ich weiß doch«, sagte sie leise, »dass du nicht hier her gehörst. Ich habe es gewusst, als ich dich mitgenommen habe. Als ich dich meinen Eltern vorgestellt habe.«

»Die ich übrigens sehr gerne habe.«

»Sie dich auch, Léo. Sogar meine Mutter. Sie liebt dich wie ihren eigenen Sohn. So sehr, dass ich manchmal eifersüchtig werde!« Madeleine wurde von ihren Tränen geschüttelt, ich hielt sie noch fester.

»Ich wusste es, als ich dich geheiratet habe!« schluchzte sie. »Dass ich dich aus der Erde gerissen habe wie einen Baum, der nirgendwo anders wirklich Wurzeln schlagen kann! Ich habe immer gehofft, dass es gut geht, und immer gewusst, dass es nicht gutgehen *kann*!«

Ich strich ihr mit den Fingern übers Haar. Keiner von uns konnte mehr etwas sagen. Sie bebte und schluchzte noch immer, und sie so zu erleben zerriss mir das Herz. Neben uns wurde eine Autotür geöffnet. Es war ein Polizeiwagen. Der Polizist deutete auf den 2CV.

»Ist das Ihr Wagen?«

»Er gehört mir«, sagte Madeleine mit stockender Stimme.

»Mademoiselle, hier dürfen Sie nicht stehen. Parkverbot.«

»Ich fahr ihn gleich weg.«

Der Flic lächelte gütig und reichte ihr ein Taschentuch. »Der Abschied vom Liebsten kann grausam sein, nicht wahr?« Und zu mir sagte er: »Sie sind ein Glückspilz. *Meine* Frau ist immer froh, wenn sie mich mal ein paar Tage los ist.« Damit stieg er wieder ein und fuhr davon.

»Ich wünsche dir einen guten Flug«, sagte Madeleine mit leiser Stimme. Dann wuchtete sie meinen Koffer von der Rückbank, stellte ihn mir vor die Füße und stieg in den 2CV. Während der Wagen sich entfernte, drehte sie sich kein einziges Mal um. Ich dagegen starrte ihm hinterher, bis er verschwunden war.

TEIL V

ELBARAKA

Am Ende aller Zeit

1

Im Flugzeug fragte mein französischer Sitznachbar mich nach dem Ziel meiner Reise. Ich sagte ihm, ich wolle in die Wüste. Das schien ihn zu beeindrucken, er selbst empfand die Wüste als etwas Beängstigendes. Ich versuchte ihm zu erklären, dass dort nichts war, was einem Anlass gab, Angst zu haben. Ganz im Gegensatz zu einer Großstadt, in der man ständig überfahren, ausgeraubt oder von irgendjemandem verklagt werden konnte. Er lachte und glaubte, ich würde das nicht ernst meinen.

»Wissen Sie, was mein Vater einmal gesagt hat?« fragte ich ihn, und er forderte mich auf, es ihm zu verraten. »Er sagte: *Man verspürt immer das Bedürfnis, in die Wüste zurückzukehren. Diene Lippen sind aufgeplatzt, scharfe Sandsplitter haben deine Zehen zerschnitten, die Fersen sind wund gelaufen. Doch wer einmal gekommen ist, vergisst es nicht: Er hat unter Sternen geschlafen, die nirgends intensiver leuchten als über der Wüste. Die Nacht ist schwarz und zugleich strahlend, und nirgendwo kannst du die Stille besser hören.*«

Der Mann lächelte. »Haben Sie das auswendig gelernt? Klingt fast, als würden Sie nach Hause zurückkehren.«

»So ist das auch«, antwortete ich. »Nur dass der Begriff nicht ganz passt. Weil wir dort keine Häuser haben.«

Von Marokko sah ich nicht mehr als den Flughafen von Casablanca. Ich musste einige Stunden auf den Weiterflug warten, und nur kurze Zeit nach dem Start des Fluges nach Kano war ich vom Blick aus dem Fenster regelrecht überwältigt. Da unter mir begann sie, die von mir auf fast schon alberne Weise verehrte Wüste, in der es nichts und doch alles gab, und nach der ich mich so sehr sehnte, dass ich dafür die Frau verließ, die ich liebte, und ein Leben, um das viele Menschen mich beneideten.

Kano hatte sich verändert, seit ich mit der Salzkarawane hier gewesen war. Autos fuhren durch die Stadt, und die Händler transportierten ihre Waren mit kleinen, klapprigen Lastwagen. Ich fragte mich, ob wir auch irgendwann anfangen würden, unsere Hirse mit Fahrzeugen nach Fachi zu bringen. Und hoffte, dass das niemals der Fall sein würde. In der Stadt kaufte ich ein paar *gandouras* und ein Tuch, aus dem ich einen *tagelmust* wickeln konnte. Was ich am Leib getragen hatte, schenkte ich dem Händler, der deswegen ganz aus dem Häuschen war. Einen so schicken westlichen Anzug hatte er noch nie gesehen. Erst als ich mich vor seinen Augen verschleierte, begann er an meinem Verstand zu zweifeln und wollte wissen, warum ich das tat.

»Ich werde es Ihnen nicht erzählen«, sagte ich. »Nicht weil ich ein Geheimnis daraus machen will, sondern weil Sie es mir sowieso nicht glauben würden.«

Ich begab mich zurück zum Flughafen und machte mich auf die Suche nach einem Piloten, der mich mit seiner Maschine nach Agadez bringen konnte. An der miesen, kleinen Bar des Flughafens fand ich einen Einheimischen, einen Hausa, der gerade ein Bier leerte und das Glas auf die klebrige Theke stellte. Er war um die 40, sehr groß und überhaupt ein Baum von Mann, und trug einen breitkrempigen, grünen Hut, der die Vermutung nahe legte, er habe sich gerade eben noch mit der Machete durch den Dschungel gekämpft. Er hieß Bulus, was auf Hausa sinnigerweise *klein* bedeutete. Bulus wollte eine Menge Geld haben für einen Flug nach Agadez. Ich trat mit ihm in Verhandlungen ein, weil ich wusste, dass es unhöflich war, es nicht zu tun. Hätte ich sofort eingeschlagen, dann hätte Bulus zum einen geglaubt, ich würde seine Dienste gering schätzen, und zum anderen hätte er angenommen, nicht genug verlangt zu haben. Das war alles nicht unbedingt logisch, aber so lief das hier eben. Ich war froh, dass ich solche Dinge in all der Zeit nicht vergessen hatte. Am anderen Ende der Halle sah ich zwei grell geschminkte Frauen, die einen Reisenden ansprachen, der offensichtlich mit seinem Koffer gerade angekommen war. Bulus bemerkte, dass mein Blick an dieser Szene hängen blieb.

»Lass bloß die Finger von den Nutten, Junge. Du fängst dir Sachen ein, die wirst du nie wieder los.«

Ich verriet ihm, dass mir die eine von den beiden irgendwie bekannt vorkam.

»So? Welche denn?«

»Die im roten Kleid.«

»Vielleicht hast du's dir von ihr schon mal besorgen lassen.«

»Nein, sicher nicht«, sagte ich. »Es kann auch gar nicht sein, dass ich sie kenne.«

Wir setzten die Verhandlung über den Flugpreis fort und gelangten schnell zu einer Einigung, die wir per Handschlag besiegelten. Bulus verlangte einen Vorschuss, um sein Flugzeug auftanken zu können. Ich gab ihm das Geld, und dabei schoss mir plötzlich die Gewissheit durch den Kopf, dass ich die Prostituierte tatsächlich kannte. Wie hatte ich so blind sein können? Natürlich war sie es - ein paar Jahre älter und in einer

Aufmachung, in der ich sie niemals vermutet hätte! Ich versprach Bulus, gleich wieder hier zu sein, und lief zu dem Ausgang, durch den die beiden Frauen hinaus gegangen waren, nachdem sie bei dem Reisenden abgeblitzt waren. Sie waren nirgendwo mehr zu sehen. Ich rief nach ihr, und einige Leute drehten sich nach mir um. Erst suchte ich in die eine Richtung, dann in die andere. Ich fragte Passanten und Flughafenangestellte nach den beiden Prostituierten, die hier gerade entlang gegangen waren, bekam aber nur ein paar abfällige, amüsierte Kommentare zu hören.

»Na, du hast's aber nötig, Kleiner.« – »Kannst du dir die denn überhaupt leisten?«

Es kümmerte mich nicht, dass die Leute mich verhöhnten- ich wollte nur heraus finden, ob das wirklich meine ältere Schwester gewesen war. Ich erinnerte mich daran, dass Mariamá immer fort gewollt hatte von unserem Stamm. War sie auf der Suche nach der großen Welt jetzt etwa hier gelandet? Aber die Nutten blieben verschwunden.

Bulus war so groß, dass er kaum ins Cockpit seines eigenen Flugzeugs passte. Er scherte sich um keine Starterlaubnis, weil er meinte, es könne Stunden dauern, bis er die erteilt bekomme. Er startete einfach den Motor der Doppeldecker-Propellermaschine, ließ sie auf die Startbahn rollen, und schon hoben wir ab. Bulus versicherte mir immer wieder mit dröhnender Lautstärke, Fliegen sei das Schönste, was es überhaupt gebe.

»Weißt du, was das für eine Maschine ist?«

»Ich kenne mich mit Flugzeugen nicht aus.«

»Eine Antonov AN-2. Aus Russland. Gebaut 1949. Also so gut wie neu!«

»Wie kommen Sie denn an ein russisches Flugzeug?«

»Lange Geschichte, Mann. Willst du sie hören?«

Mir war klar, dass er sie mir sowieso erzählen würde, also nickte ich.

»Die Antonov wird hergestellt in Kiew. Einer der Testpiloten, du weißt schon, der die neuen Maschinen ausprobiert, er wollte fliehen. Aus dem Land. Sie lassen keinen mehr raus, weil es Kommunisten sind. Weißt du, was Kommunisten sind?«

Ich nickte wieder.

»Ihm war klar, wenn er Richtung Westen fliegt, da wird der Luftraum viel zu gut überwacht, und sie würden ihn abschießen. Also fliegt er nach Süden, übers Schwarze Meer, und landet schließlich in der Türkei, in der Nähe von Ankara. Er musste auch langsam mal runter, denn die Antonov hat nur eine Reichweite von höchstens 900 Kilometern, verstehst du?

»Bis hierhin kann ich dir gut folgen.«

Bulus musterte mich auf einmal forschend. »Machst du dich über mich lustig?«

»Nein, mache ich nicht.«

»Wenn du dich nämlich über mich lustig machst, öffne ich die Tür und werfe dich raus.«

»Ich mache mich nicht über dich lustig.«

»Ehrlich nicht?«

»Ganz ehrlich.«

»Sie wollten ihn aber nicht, in der Türkei. Sie haben ihn in eine Zelle gesteckt, und da würde er wahrscheinlich heute noch sitzen.«

»Tut er aber nicht?«

»Er hat dem Polizisten einen Haufen Geld versprochen, wenn er ihn raus lässt und ihm hilft, den Vogel voll zu tanken. Na ja, der Blödmann hat sich drauf eingelassen. Dabei hat der Russe ihn nur verarscht. Er hat den Polizisten niedergeschlagen und ist weiter geflogen. Übers Mittelmeer und nach Ägypten. Da ist er dann gelandet.«

»Er hat das alles gemacht, weil er nach Ägypten wollte?«

»Eigentlich wollte er nach Deutschland.«

»Ausgerechnet.«

»Weißt du überhaupt, wo das liegt?«

»Ich habe dort ein Jahr meines Lebens verbracht.«

Er sah mich misstrauisch an. »Du machst dich *doch* über mich lustig.«

»Hör zu, Bulus: Nicht nur irgendwelche irren Russen erleben haarsträubende Geschichten. Was ist aus ihm geworden? Hat er es geschafft?«

Das wusste er nicht. Er hatte dem Russen in Alexandria die Antonov abgekauft und ihn danach nicht mehr wieder gesehen.

»Was wollte er überhaupt in Deutschland? Hatte er dort Verwandte?«

»Es ging wohl eher um eine Frau.«

Ich seufzte. »Worum auch sonst?«

»Sie war - wie hat er das genannt? - Russlanddeutsche. Keine Ahnung, was das genau bedeutet, Mann. Jedenfalls ist sie kurz nach dem Krieg nach Deutschland geflohen. Ich hoffe, er hat sie wieder gefunden.«

In Agadez tauschte ich mein letztes Geld ein gegen ein *mehari*. Dann ging ich zu dem Händler, dem ich damals den Brief aus Paris geschickt hatte. Der Mann war ein *targi*, der vor einigen Jahren sesshaft geworden war. Er erkannte mich wieder, und er schwor, das Schreiben damals weiter geleitet zu haben. Er war sich fast sicher, dass es angekommen sein musste. Wo mein Stamm sich jetzt befand, konnte er zwar nicht sagen, aber er schickte seinen kleinen Sohn ans andere Ende der Stadt, zu jemandem, der es vielleicht wusste. Ich sollte einfach so lange warten. Er bot mir Tee an, und ich wartete. Ich hatte fast vergessen, dass Warten hier ganz normal war. Man beeilte sich nicht. Man ließ den Dingen ihren Lauf. In Paris wäre niemand auf die Idee gekommen, Stunden lang darauf zu warten, dass ein losgeschickter Bote irgendwann zurück kam. *In der Wüste führt Ungeduld zum Leiden* war einer der Sprüche, die alte Tuareg gerne zum Besten gaben, wenn ein junger Kerl etwas nicht erwarten konnte. Und er stimmte. Innere Ruhe gab es nur, wenn man sie auch im Außen einkehren ließ. Hier gingen die Uhren nicht nur anders als in Europa, man hatte einfach gar keine. Ich stellte fest, dass nur ich immer noch eine am Arm trug. Niemand sonst, der in den Stunden meines Wartens den Laden betrat, trug so etwas. Als der Sohn des Händlers schließlich zurückkehrte, konnte er mir sagen, wo mein Stamm vor ein paar Wochen zuletzt gesehen worden war. Ich bedankte mich bei dem Kleinen und fragte nach seinem Namen.

»Ich heiße Mano Dayak[2]«, sagte er.

Ich nahm die Uhr vom Handgelenk und gab sie ihm.

»Als Lohn für deine hervorragende Arbeit.«

Er konnte kaum fassen, dass ich ihm ein derart wertvolles Geschenk machte, und strahlte über das ganze Gesicht.

---

2 Der *targi* Mano Dayak wurde 1950 in einem *wadi* geboren und besuchte die Nomadenschule in Agadez. Er studierte in den USA und in Paris, schloss jedoch sein Studium nicht ab, da er zurück in seine Heimat reiste, um dort sein Volk im Kampf um Freiheit und Akzeptanz zu unterstützen. Er wurde ein international berühmter Freiheitskämpfer. Den Friedensvertrag, der 1995 von der Regierung des Niger und den Tuareg-Rebellen unterzeichnet wurde, hätte es ohne ihn wahrscheinlich nie gegeben. Er starb noch im gleichen Jahr, als das Flugzeug, mit dem er zu weiteren Friedensverhandlungen reisen wollte, beim Start explodierte. Der Internationale Flughafen von Agadez trägt seinen Namen.

Mein *mehari* hätte es nicht mit Anazar aufnehmen können, und der Sattel war alt und hässlich, aber ich fand es trotzdem wunderbar, mit dem Tier unterwegs zu sein. Unterwegs ertappte ich mich dabei, wie ich ständig sein Fell streichelte und den lange entbehrten, strengen Geruch einsog, den es ausströmte. Ich ritt eineinhalb Tage lang und gönnte mir und dem *mehari* in der Nacht nur zwei Stunden Schlaf. Es gab die Oase noch, die der Sohn des Händlers mir genannt hatte. Ich kannte sie, weil wir vor vielen Jahren schon einmal hier gelagert hatten. Da standen Zelte. Kamele fraßen Blätter von Sträuchern. Kinder weideten Schafe und Ziegen. Zwei junge Frauen standen beieinander und redeten. Als ich näher geritten kam, wandten sie sich mir neugierig zu, und eine von ichnen stemmte sich ein wenig in die Hüfte, um gleich mal zu testen, ob ich mich von ihren Reizen beeindrucken ließ. Ich erkannte die beiden nicht, und das ließ mich zweifeln, denn ich hätte auch jetzt noch jeden von uns beim Namen nennen können, ohne Ausnahme. Erst als ich sie ansprach, dämmerte mir: Vor fünf Jahren waren die beiden noch Kinder gewesen - das konnte der Grund dafür sein, dass ihre Gesichter mir fremd waren.

»Wer ist euer *amenokal*?« Das *tamascheq* perlte aus mir heraus, als hätte es aus Edelsteinen bestanden und nicht aus Worten.

»Warum solltet wir dir das erzählen?« wollte die größere der beiden wissen, jene, die offenbar Gefallen an mir fand. »Wer bist du denn?«

»Sagt mir nur seinen Namen.«

»Sag du uns erst mal deinen.«

»Wenn es der falsche Name ist, bin ich sofort wieder weg.«

»Und wenn es hier Leute gibt, die viel interessanter sind als der *amenokal*?« Sie flirtete mit mir. Die beiden kicherten. Junge Tuareg-Mädchen waren wirklich so. Manche jedenfalls. Nicht wie die tief verschleierten islamischen Araberinnen, die ich in Paris gesehen hatte, und die niemanden ansprechen durften. Diese *targia* liebte es, sich zu zeigen und zu provozieren.

»Würdet ihr mir bitte einfach nur seinen Namen sagen?«

»Nein«, erwiderte die größere.

»Nein«, sagte auch die kleinere.

Die größere verschränkte die Arme vor der Brust, und beide legten stolz den Kopf in den Nacken.

»Also gut«, seufzte ich. »Ich bin Azahrú, Sohn von Koumamá und Fatou, und ich komme nach Hause.«

»Du machst dich über uns lustig«, sagte die größere.

»Kann mir mal jemand sagen«, erwiderte ich, »warum das zurzeit jeder von mir zu denken scheint?«

Die beiden Mädchen sahen sich an. Im nächsten Moment rannten sie davon, als wäre ich mit einer *takuba* hinter ihnen her gewesen. Ich ritt langsam weiter, bis eine Frau auf mich zugelaufen kam, die ich sofort erkannte. Sie war sichtbar älter geworden und trotzdem noch immer die schöne, stolze Frau, die sie immer gewesen war. Ich rutschte vom Rücken des *mehari* und breitete die Arme für sie aus.

»Mein Sohn!«

»*Ânna*!«

Sie flog mir in die Arme, und ich möchte nicht wissen, wie viele Tränen wir in dieser Umarmung vergossen haben. Fatou war aber die Einzige, die mich so begrüßte. Ich ging auch auf Koumamá mit ausgebreiteten Armen zu, aber seine Geste machte unmissverständlich klar, dass er auf eine Berührung keinen Wert legte. Er begrüsste mich wie jemanden, den man lange nicht gesehen und den man auch nicht vermisst hatte. Ihm sah man die vergangenen Jahre sehr viel mehr an als seiner Frau, aus ihm war ein alter Mann geworden. Wir wechselten ein paar Worte, und er erkundigte sich mit steifer Höflichkeit, wie es mir ergangen war. Ich begann zu erzählen, aber schon nach wenigen Sätzen entschuldigte er sich, behauptete, er habe zu tun, und ging davon.

»Er wird Zeit brauchen«, sagte Fatou. »Dass du gegangen bist, war die größte Enttäuschung seines Lebens.«

Einige näherten sich neugierig dem Zelt von Fatou. Ich erkannte fast alle auf Anhieb und wollte sie begrüßen, aber sie wichen vor mir zurück, als schienen sie Angst vor mir zu haben. Das galt sogar für Ifalan, der inzwischen einen stolzen Schnauzbart trug. Er begrüßte mich und wehrte sich nicht, als ich ihn freundschaftlich in den Arm nahm, aber wenn er mit mir redete, waren seine Worte unsicher und drückten ein Gefühl der Unterlegenheit aus. Ich versuchte das zu ignorieren, aber die Mauer zwischen mir und ihm, meinem ehemals besten Freund, war so greifbar, dass man sie fast sehen konnte.

»Wo ist deine Frau?« fragte ich mit einem Lächeln. »Deine Kinder?«

Ifalan schüttelte den Kopf, und die Art und Weise, wie er mich dabei ansah, erzählte mir alles: Der arme Kerl liebte noch immer meine große Schwester… Ich wollte das Thema lieber nicht vertiefen und erkundigte mich stattdessen lieber danach, wie die letzten Jahre für ihn gelaufen waren. Wir setzten uns in den Sand. Er erzählte mir von wiederholten Auseinandersetzungen mit den Franzosen, vor allem nachdem Lassad in Agadez ihr Waffenlager in die Luft gesprengt hatte. Er war hier inzwischen der führende Rebellenführer, und der Befehlshaber der Franzosen, ein *colonel*, hatte für seine Ergreifung ein hohes Preisgeld aussetzen lassen. Deswegen konnte Lassad sich beim Stamm nicht mehr oft blicken lassen und hielt sich die meiste Zeit in den Bergen versteckt. Ich hörte das zufriedene Geblubber eines Babys, und als ich aufblickte, stand da eine Frau und hielt das Kleine auf den Armen.

»Wenn das nicht mein Bruder ist«, sagte sie.

Ich hielt die Luft an. Das Bild, das ich vor kurzem von ihr gemalt hatte, war nicht mehr auf der Höhe der Zeit, denn ihre Gesichtszüge waren viel weicher geworden, wie die von jemandem, der sich mit dem Leben versöhnt hat. Ich stand auf und war unsicher, wie ich sie begrüßen sollte.

»Meine liebe Schwester«, sagte ich und deutete eine Umarmung nur an, was sowieso kaum anders möglich war, da sie ja das Kind im Arm hatte. »Ich freue mich sehr, dich zu sehen. Und ich gratuliere.« Bei diesen Worten deutete ich auf das Baby.

»Danke«, sagte sie. »Du hast dich verändert. Wie lange wirst du bleiben?«

»Das weiß ich noch nicht.«

»Du trägst immer noch mein Halsband? Wenn du Lust hast auf drei Tassen *shahid*, dann komm doch vorbei.«

Als Dafinah außer Hörweite war, beugte Ifalan sich zu mir und raunte: »Das ist nicht ihr Baby, Dummkopf. Sie trägt es nur durch die Gegend, weil sie selbst so gerne eines hätte.«

Ich erfuhr, dass Dafinah sich von ihrem Mann schon vor langer Zeit hatte scheiden lassen. Danach seien immer wieder Männer gekommen und hätten um sie geworben. Ein oder zweimal habe sie sich auf eine kleine Affäre eingelassen, aber heiraten wollte sie keinen davon. Ich fragte Fatou, was aus Mariamá geworden sei, aber sie wusste es nicht. Vor einiger Zeit sei sie plötzlich aus Agadez verschwunden gewesen, und niemand habe mitbekommen, wohin. Fatous Gefühl sagte ihr, dass es nicht gut stand um Mariamá, und das machte sie sehr unglücklich, aber was hätte sie tun sollen? Die ganze *ténéré* nach ihr absuchen? Vielleicht hätte ich ihr sagen sollen, dass ich Mariamá möglicherweise in Kano gesehen hatte, aber ich brachte es nicht über mich, ihr noch mehr Sorgen aufzuladen. Nun war es endlich Zeit, zu den *mehara* zu gehen. Ich fand

Anazar sofort und tätschelte ihn glücklich. Er schnappte nach mir, und fast hätten seine Zähne meine Finger zermalmt.

»Pass mal gut auf, mein Lieber«, sagte ich mit strenger Stimme. »Die Zeit des Müßiggangs ist jetzt vorüber. Dein Herr und Meister ist wieder hier, und er will sehen, was du noch kannst.«

Er brummte unwillig, als ich ihn aufsattelte. Dann stieg ich auf, und wir ritten erst einmal eine Runde durch die Dünen, auf und ab. Mal ließ ich ihn Tempo machen, mal gab ich mich mit langsamer Gangart zufrieden.

»Sie mögen mich hier nicht mehr«, sagte ich zu ihm. »Und ich kann nur hoffen, dass sich das wieder ändert. Also werden wir beide, Anazar, viel Zeit miteinander verbringen.«

Koumamá blieb bei seiner ablehnenden Haltung und sprach mit mir auch weiterhin nur das Allernötigste, so sehr ich mich auch um ihn bemühte. Er gestattete mir, in der Nähe des Stammes im Freien zu übernachten, und das war auch schon alles.

»Die Wüste ist ein Ort der Freiheit«, sagte er, »und deswegen kann ich dir das nicht verbieten.« Er stellte aber klar, dass er keinen Wert darauf legte, mich um sich zu haben. Das tat weh, und ich bemühte mich, es zu ertragen.

Ich nahm Dafinahs Einladung wahr und erschien mit einer Tüte voller Datteln bei ihr zum Tee. Wir saßen vor ihrem Zelt, das sie alleine bewohnte, und sie bewirtete mich. Sie lächelte freundlich und fragte, wie es mir ergangen war. Ich erzählte ihr davon, und obwohl es eine Kurzversion all meiner Erlebnisse war, dauerte sie sehr lange. Oder vielleicht kam mir meine Erzählung auch nur so lange vor, weil ich mit ihr gerne über ganz andere Dinge gesprochen hätte - zum Beispiel darüber, wie wir beide eigentlich zueinander standen. Oder darüber, dass ich Jahre lang nicht in der Lage gewesen war, sie zu malen, es dann vor wenigen Wochen aber auf einmal getan hatte. Und dass es mir, nachdem ich ihr Antlitz vor mir auf der Leinwand hatte, nicht mehr möglich war, länger in Paris zu bleiben. Oder darüber, dass ich hier nicht auf Besuch war, wie jedermann dachte, sondern für immer bleiben wollte. Aber wie es so oft der Fall ist, wenn die Sehnsüchte besonders stark sind: Das Wichtigste blieb ungesagt. Wir waren uns fremd geworden. Wir kannten einander nicht mehr.

Mit Ifalan war das anders. Die Freundschaft zwischen uns war zwar verschüttet gewesen, aber es gelang uns, sie wieder auszugraben. Tagsüber lieferten wir uns Kamelrennen, die es in sich hatten. Abends saßen wir ums Feuer, buken *tâdjellas*, brieten Fleischspieße, erzählten uns Witze und hielten uns vor Lachen die Bäuche. *Imushaq* konnten viel alberner sein als alle Europäer oder Amerikaner, die ich kennen gelernt hatte.

»Warum sind wir manchmal wie die Kinder?« hatte Koumamá mich vor langer Zeit einmal gefragt und die Antwort gleich selbst gegeben: »Weil wir wissen: Die Ernsthaften sind ein leichterer Happen für den Teufel.«

Ifalan wusste, dass ich vor hatte, für immer zu bleiben, und er hätte das auch sehr begrüßt. Als mein Freund sah er sich aber auch gezwungen, mich zu fragen, wie ich mir das denn vorstellte. Es war nicht zu übersehen, dass Koumamá mich ablehnte. Er würde mich nicht auf die Salzkarawane mitnehmen. Ein Leben, wie ich es hier früher geführt hatte, würde nicht wieder herzustellen sein. Und dann wollte er auch noch wissen, was nun eigentlich war zwischen mir und Dafinah.

»Ich liebe sie«, sagte ich, als wäre es das Selbstverständlichste auf der ganzen Welt, und für mich war es das auch. »Ich habe sie immer geliebt, auch damals schon, als wir uns die Augen ausgekratzt haben. Ich habe es die meiste Zeit nur nicht gewusst.«

»Was ist mit Madeleine? Du bist mit ihr verheiratet. Du hast ihr Treue geschworen. Und ich meine, ich habe sie damals gesehen, sie ist unglaublich. Diese Frau sitzt in Frankreich, wartet auf dich und heult sich die Augen aus.«

»Ich liebe auch sie«, sagte ich langsam. »Ich habe nie behauptet, das alles wäre nicht sehr kompliziert.«

»Azahrú, ich fürchte, auf Dauer wird dir nichts anderes übrig bleiben, als nach Frankreich zurück zu kehren, deine Bilder zu malen und deine Firma zu führen und zu akzeptieren, dass dein Leben genau diesen Weg genommen hat. Hier, mein Freund, wirst du nicht mehr glücklich werden.«

»Ifalan, ich bin hier, weil ich *dort* nicht mehr glücklich sein konnte.«

»Dann wirst du dich entscheiden müssen, wo du unglücklich sein willst.«

Ich befand mich *entre le marteau et l'enclume*, wie die Franzosen sagten - *zwischen dem Hammer und dem Amboss*. Die Deutschen hatten eine weniger schmerzhafte Umschreibung dafür, bei ihnen saß man *zwischen allen Stühlen*. Ich gehörte nicht zu der einen Welt, und zur anderen auch nicht. Was sollte ich tun? Hier bleiben und damit leben, dass ich nicht akzeptiert war? Zurück nach Europa und eine Existenz führen, die mich innerlich aushöhlen würde? Die beste Alternative schien mir, stattdessen ins Aïr-Gebirge zu reiten, mir einen schönen Platz zum Sterben zu suchen und mir eine *takuba* in den Bauch zu rammen. Es gab kein Vor und kein Zurück mehr. Ich war angelangt am Ende aller Zeit.

Am nächsten Morgen beriet ich mit Ifalan den Einsatz für unser nächstes Kamelrennen.

»Belassen wir es bei drei Gläsern *shahid*«, sagte ich mit einer großzügigen Geste. »Ich will keinen armen Mann aus dir machen.«

Ifalan wälzte sich lachend im Sand. »Was bist du für ein Feigling!« rief er. »Die letzten beiden Rennen hast du klar verloren!«

»Weil ich dir auch mal den Sieg gönnen wollte!«

»Das kannst du einem anderen erzählen - ich weiß genau, wie ehrgeizig du bist!«

Wir hätten dieses männliche Ritual, das wir überaus unterhaltsam fanden, noch zu weiteren Höhen getrieben, wenn nicht Fatou auf uns zugelaufen wäre, die sich in sichtlicher Aufregung befand.

»Azahrú!« rief sie.

»Was ist passiert?«

Sie drückte mir ein Blatt Papier in die Hand. Es war vorne und hinten sehr eng beschrieben, und zwar in *tifinagh*.

Liebe ânna, lieber abba,
ich fürchte, dieser Brief wird euch nie erreichen, aber ich schreibe ihn trotzdem. Ich bin sehr weit weg, und wir werden uns niemals wiedersehen. Deswegen möchte ich euch wenigstens auf diesem Wege sagen, dass ich euch lieb habe, und dass ihr recht hattet: Es war ein Fehler, den Stamm zu verlassen. Ich würde gerne zurück kommen, aber man lässt mich nicht. Ich muss mir mit neun anderen Frauen eine winzige, stinkende Hütte teilen. Die Männer schlagen uns und zwingen uns, Dinge zu tun, die wir nicht tun wollen. Aber ich bin selber schuld, ich habe mich auf die Männer eingelassen und ihnen Glauben geschenkt. Ich wünschte, ich wäre tot, und sicher werde ich das auch bald sein, auf die eine oder andere Weise. Ich weiß, ihr wärt nicht stolz auf mich, und ihr hättet dazu auch keinen Grund. Bitte behaltet mich

trotzdem in liebevoller Erinnerung. Ich liebe euch aus der tiefsten Mitte meiner Seele.
Mariamá

»Was hat das zu bedeuten?« fragte Fatou, und ihre Stimme bebte. »Was geschieht mit meinem Kind?«

Ich sagte: »Gehen wir zu Koumamá. Ich muss mit euch reden.«

Koumamá war erbost darüber, dass ich von meiner Begegnung mit Mariamá nichts erzählt hatte.

»Ich war mir nicht sicher, *abba.* Darum habe ich lieber geschwiegen.«

»Nenn mich nicht so«, forderte er. »Du bist nicht mein Sohn.«

»Ich nehme an«, sagte ich, »dass sie in der Gewalt von Zuhältern steckt.«

»Was sind Zuhälter?« Das wussten weder Koumamá noch Fatou oder Ifalan.

»Zuhälter halten sich Frauen, als wären sie Rennpferde oder Milchkühe. Erst versprechen sie ihnen eine große Zukunft, dann machen sie sie zu Nutten, beuten sie aus und passen auf, dass sie ihnen nicht davon laufen. Manchmal setzen sie die Mädchen deswegen unter Drogen.«

Die drei starrten mich schweigend an.

»So machen sie es wenigstens in Paris. Wir müssen ihr helfen«, sagte ich. »Reiten wir nach Kano.«

»Ich bin dabei«, erwiderte Ifalan, dem der Schock ganz offensichtlich schwer in den Gliedern saß.

Koumamá winkte ab. »Mit den Kamelen brauchen wir dorthin zwei bis drei Wochen. Das ist doch Unsinn.«

Fatou sah ihn wütend an. »Was sollen wir deiner Meinung nach tun? Einfach gar nichts?«

»In ein paar Wochen beginnen wir die Salzkarawane. In deren Verlauf werden wir nach Kano kommen. Dann kümmere ich mich um die Angelegenheit.«

»Das wäre in etwa vier Monaten«, rief ich. »Bis dahin ist Mariamá vielleicht schon tot!«

Ifalan und ich waren uns einig. Wir sattelten die *mehara*. Fatou und Dafinah versorgten uns mit frisch gebackener *tâdjella*, gebratenem Ziegenfleisch und Schafskäse.

»Lass uns einen kleinen Umweg machen«, sagte er, und so ritten wir noch nicht in Richtung Süden, sondern nach Norden, in die Berge. Er wusste, in welcher Höhle sich Lassad mit seinen Leuten verborgen hielt, und so waren wir noch vor Sonnenuntergang dort. Zu meiner Überraschung begrüßte ausgerechnet Lassad mich wie einen alten Freund. Er nahm mich in die Arme und schlug mir freundschaftlich gegen die Schulter. Als erstes wollte er wissen, ob ich auf dem Eiffelturm gewesen war, und wie mir die ganzen französischen Frauen in ihren schicken Kleidern gefallen hatten. Dann hörte er sich an, wieso wir gekommen waren. Er wurde ernst.

»Azahrú«, sagte er, »andere wären nach fünf Jahren Europa völlig verweichlicht. Aber du bist, scheint mir, in der Zeit ein Mann geworden. Sonst wärst du kaum zurückgekommen. Und offenbar stehst nur du fest genug im Leben, um in dieser Angelegenheit dafür zu sorgen, dass getan wird, was getan werden muss.«

»Ich aber auch«, widersprach Ifalan.

»Ifalan, du würdest dich auch von einer Klippe stürzen, um Mariamá zu helfen«, sagte Lassad. »Mit Mut und Entschlossenheit hat das nichts zu tun - du bist ein Irrer. Aber das ist jetzt egal. Es geht um unseren Stamm. Die älteste Tochter des *amenokal* ist in den Händen von Verbrechern, und wir haben die Pflicht, sie da raus zu holen. Ich werde mit euch reiten, noch vor Sonnenaufgang.«

Mariamá

Wir verlangten uns und vor allem den Tieren alles ab. An jedem Abend ritten wir bis tief in die Dunkelheit, morgens saßen wir schon wieder in den Sätteln, wenn vom beginnenden Tag noch nichts zu sehen war. Keiner von uns musste geweckt werden. Schälte einer sich aus den Decken, waren auch die anderen beiden wach. So erreichten wir Kano schon nach unglaublichen acht Tagen. Wir ritten zum Flughafen, einen anderen Anhaltspunkt hatten wir nicht. Es war Mittag, als wir dort ankamen. Für die Prostituierten war es noch zu früh am Tag. Also warteten wir. Es dauerte gar nicht lange, und die ersten beiden Frauen in grellen Kleidern, mit hochhackigen Schuhen und einer Menge Farbe im Gesicht ließen sich blicken. Leider war Mariamá nicht dabei, sonst hätten wir sie einfach mitgenommen, und die Sache wäre erledigt gewesen. Wir würden einfach noch etwas länger warten. Bis morgen, wenn es sein musste. Wir wollten vorsichtig an das Ganze heran gehen, weil wir damit rechnen mussten, dass die Zuhälter Ärger machen würden, wenn sie mitbekämen, was wir vor hatten. Die Frauen kamen auf uns zu und fragten auf französisch, ob wir Geld hätten. Wenn ja, dann wüssten sie etwas sehr Schönes, wofür wir es ausgeben könnten. Lassad entgegnete, er sei an Hausa-Frauen nicht interessiert, aber er habe gehört, es gebe hier eine sehr hübsche *targia*. Wo er die denn finden könne. Eine der Frauen, die eine blonde Perücke trug, nannte uns eine Adresse im Stadtkern. Dort sollten wir nach Leyla fragen. Wir gingen zurück zu unseren *mehara*, die wir außerhalb des Flughafengeländes angebunden hatten, und ritten in die Stadt. Unter der angegebenen Adresse saß ein sehr dunkelhäutiger Hausa vor einem gemauerten Haus auf einer geparkten Harley Davidson und rauchte eine Zigarette. Er trug kurze Hosen, Sandalen, ein weißes, ärmelloses Unterhemd und eine große, schwarze Sonnenbrille. Lassad fragte ihn nach Leyla. Der Mann wollte erst einmal Geld sehen. Er verlangte als Eintrittsgeld zehn Westafrikanische Pfund, dann würde er ihn zu Leyla bringen. Lassad erwiderte, er sei es gewohnt, erst hinterher zu bezahlen. Der Hausa erklärte ihm, er solle bezahlen oder verschwinden. Lassad meinte, er wisse ja noch nicht einmal, ob Leyla wirklich in diesem Gebäude sei. Er sei aber ausschließlich an ihr interessiert, und deswegen wolle er sie zuerst sehen. Wenn Leyla tatsächlich hier sei, werde er ein Vielfaches von dem bezahlen, was man von ihm verlange. Der Hausa lächelte. Er meinte, er habe schon weniger freche Kunden erschossen, aber heute habe er einen guten Tag. Er ging durch den kargen Vorgarten des Hauses und rief durch ein offenes Fenster etwas auf Hausa hinein. Kurz darauf kam ein weiterer Hausa heraus, der am Arm die Frau festhielt, die man hier Leyla nannte. Sie starrte uns an wie Gespenster.

»Da ist sie«, sagte der Kerl mit der Sonnenbrille und wandte sich Mariamá zu. »Er scheint dich zu kennen, Leyla. Ich hab das Gefühl, wir bekommen einen neuen Stammkunden.« Ihre aufgewühlte Miene irritierte ihn auf einmal. Sie war so außer sich, dass sie nach Luft schnappen musste. »Was ist denn los?« wollte er wissen. »Ist der Typ ein Perverser? Macht er versaute Sachen?« Sie war nicht in der Lage, etwas zu sagen.

»Antworte, wenn ich dich was frage«, sagte er und hielt mit seiner Pranke ihre Wangen fest.

»Lass sie los!« rief Ifalan.

»Halt den Mund!« zischte Lassad ihm leise zu.

Der Kerl mit der Sonnenbrille fuhr zu uns herum. »Irgendwas läuft doch hier«, sagte er. »Ihr macht jetzt mal, dass ihr weg kommt.« Er wandte sich seinem Helfer zu. »Bring sie wieder rein.«

»Nein!« schrie Ifalan. »Mariamá, wir holen dich da raus!«

»Scheiße«, sagte Lassad, während der eine Mann mit Mariamá wieder im Haus verschwand und der andere zu seiner Harley ging und den Motorradkoffer öffnete. Im nächsten Moment hatte er eine Maschinenpistole in der Hand. Aber Lassad war schneller. Die Klinge seiner *takuba* pfiff durch die Luft und trennte die Hand des Mannes mit einem glatten Schnitt von seinem Arm. Er starrte einen Moment lang ungläubig auf den blutenden Stumpf, dann verlor er die Besinnung und kippte um.

»Du Sohn eines Schwachsinnigen!« brüllte Lassad hinüber zu Ifalan, der mit großen Augen regungslos dastand. »Jetzt gerät alles völlig außer Kontrolle! Zieht eure *takubas*! Wir müssen da rein!« Er selbst steckte sein Schwert zurück in die Scheide, hob die Maschinenpistole vom Boden auf und rannte damit auf das Haus zu. Wir folgten ihm. Vor der Tür blieb er stehen.

»Sie werden nicht zögern, uns zu töten. Also seht zu, dass ihr da lebend wieder raus kommt.« Er sah erst mich an, dann Ifalan. Wir nickten ihm nur nervös zu. Dann stieß er die Tür auf und ging hinein. Im Inneren des Hauses gab es einen langen Mittelgang, und viele Zimmer, die zu beiden Seiten davon abgingen. Eine Tür bewegte sich noch leicht. Lassad drückte sie auf. Nichts passierte. »Ihr bleibt hier«, raunte er uns zu. Er ging langsam in das Zimmer, die Pistole im Anschlag. Eine donnernde Salve aus der Pistole zerriss kurz darauf die Stille. Lassad kam zurück, er hatte Blutspritzer auf dem Gewand und sah unsere erschrockenen Blicke.

»Ist nicht mein Blut«, sagte er.

Eine ganze Reihe von Türen öffneten sich. Aufgescheucht durch die Schüsse kamen Frauen heraus gelaufen, zum Teil in ihren engen Kleidern, zum Teil halbnackt. Da waren auch mehrere Freier, hauptsächlich ältere Weiße, einer von ihnen war ziemlich fett und hatte nur eine dünne Decke um seinen Unterleib geschlungen. Sie alle sahen Lassad mit der Waffe in der Hand und der blutigen Kleidung und bekamen Angst um ihr Leben. Die Frauen kreischten und liefen davon, zum Ausgang des Hauses. In dem Gewirr sah ich den Mann, der immer noch Mariamá festhielt und sie daran hinderte, davon zu laufen. Er zog sich mit ihr hinter eine andere Tür zurück. Ich lief ihnen hinterher und rüttelte an der Klinke, aber er hatte die Tür bereits abgeschlossen.

»Da geht's nur zum Hinterausgang«, rief mir im Vorbeilaufen eine der Frauen zu. Ich schloss mich den Hinauslaufenden an und rannte um das Haus herum, vorbei am Kerl mit der Sonnenbrille, der zuckend auf dem Boden lag und dessen Unterhemd sich rot gefärbt hatte. Der andere Hausa lief mit Mariamá die Straße entlang. Sie versuchte vergeblich, sich zu wehren. Ich hatte die beiden schnell eingeholt.

»Lass sie gehen«, sagte ich. »Dann kommst du mit dem Leben davon.«

Erst jetzt sah ich, dass er eine schwere Eisenstange in der anderen Hand hatte. Er ließ Mariamá los, umfasste die Stange mit beiden Händen und ging in Kampfposition.

»Letzte Warnung«, sagte ich.

Er brummte einen Fluch, den ich nicht verstand, kam noch einen Schritt auf mich zu und fing an auszuholen. Bevor er den ersten Streich ausführen konnte, hatte ich ihn mit der *takuba* schon durchbohrt. Er starrte mich fassungslos an, Blut lief ihm aus dem Mundwinkel, die Stange fiel ihm aus den Händen. Ich zog die Klinge wieder heraus, und er glitt zu Boden wie ein Sack.

»Azahrú?« stammelte Mariamá. »Aber… das kann doch gar nicht sein…«

Im nächsten Moment kamen Lassad und Ifalan angelaufen. »Und ich dachte immer«, sagte Lassad, »ich hätte dir den ganzen Mist völlig umsonst beigebracht.« Er mahnte uns zur Eile, denn wenn erst einmal die Polizei anrückte, würde es für uns sehr unangenehm werden. Mariamá setzte sich zu Ifalan aufs *mehari*, und wir ritten auf dem schnellsten Weg aus der Stadt.

Mariamá war unterwegs sehr schweigsam und schämte sich für das, was aus ihrem Leben geworden war. Ifalan machte ihr klar, dass ihm völlig gleichgültig war, was sie getan und was für ein Leben sie geführt hatte. Alles, was zählte, war, dass es uns gelungen war, sie zu retten. Er liebe sie noch immer, und in seinem Herzen werde immer nur Platz sein für sie. Auch wenn sie, wie er wusste, seine Gefühle niemals würde erwidern können.

An dieser Stelle irrte Ifalan. Am zweiten Abend unserer Reise küssten die beiden sich vor dem Lagerfeuer. Das taten sie erst, nachdem Lassad und ich uns bereits hingelegt hatten und sie dachten, wir würden längst schlafen. Als wir nach 13 Tagen das Lager unseres Stammes erreichten, war aus Mariamá und Ifalan längst ein bis über beide Ohren verliebtes Paar geworden.

Koumamá

Wir waren Helden. Wir hatten die Tochter des *amenokal* heim gebracht. Die Frauen des Stammes brachten uns jeden Tag Speisen und Getränke, weit mehr, als wir essen und trinken konnten. Fatou hätte uns am liebsten in Stein gemeißelt und als Denkmäler aufgestellt. Auch Koumamá umarmte jeden von uns und sprach uns ergriffen seinen Dank aus. Aber das veränderte nichts an seiner Haltung zu mir.

»Azahrú«, sagte er, als wir einen Moment unter vier Augen hatten. »Ich habe dir das Leben meiner Tochter zu verdanken. Deswegen kannst du bleiben, so lange du willst.«

»Aber lieber wäre es dir, ich würde gehen.«

»Versteh mich nicht falsch«, erwiderte er. »Du bist ein tapferer Mann. Aber du gehörst hier nicht mehr her. Auch wenn manche das anders sehen mögen. Wenn wir in einigen Wochen zurückkehren vom ersten Abschnitt der Karawane, dann wäre es gut, wenn du nicht mehr hier sein würdest.«

»Du bist der *amenokal*«, sagte ich und nickte. »Ich werde mich deinem Wunsch nicht widersetzen.«

Am Abend vor der Abreise der Salzkarawane stand der ganze Stamm, wie in jedem Jahr, unter besonderer Anspannung. Männer, Frauen und Kinder wussten, dass der Abschied nahte, und selbst die *mehara* spürten, dass etwas in der Luft lag, wenn die Männer ihre Hufe prüften. Einer der über 30 Männer, die Koumamá für die Mitreise auserkoren hatte, wurde krank. Er lag im Zelt seiner Frau, hustete ohne Unterbrechung und wurde von Fieberschüben geschüttelt. Es war nichts Ernstes, aber in diesem Zustand würde er nicht mitkommen können. Koumamá ordnete an, die Anzahl der Lasttiere um ein halbes Dutzend zu reduzieren. Eine andere Möglichkeit sah er nicht, denn er hatte bereits alle Männer aufgeboten, die in Frage kamen. Alle anderen waren zu alt, zu jung oder nicht widerstandsfähig genug. Doch Lassad hatte einen anderen Vorschlag.

»Azahrú ist jung und stark. Er hat die nötige Erfahrung. Und er hat in den letzten Jahren nicht nachgelassen. Die Reise nach Kano hat das bewiesen.«

Koumamá zögerte.

»Ich verstehe, was dich zaudern lässt«, sagte Lassad. »Aber wenn wir weniger Kamele mitnehmen, können wir auch eine Tonne weniger Hirse mit nach Fachi nehmen, richtig? Wir bekommen weniger Salz, haben anschließend weniger für das Geschäft in Kano, und am Ende müsste der ganze Stamm ein gesamtes Jahr lang den Gürtel enger schnallen, nur weil du zu stolz bist, einen Mann mitzunehmen, der darauf brennt, dir seine Loyalität zu beweisen. Entscheide selbst, ob das klug ist oder nicht.«

Lassad überbrachte mir die Nachricht, während ich an meinem kleinen Feuer saß, und ich hätte nicht glücklicher sein können. Auch er selbst bereitete sich auf die Abreise vor, denn die Treue zu seinem Stamm stellte er noch immer über seine rebellischen Aktivitäten. Zudem hielt er es für vorteilhaft, dem *colonel* in Agadez für eine Weile keine Angriffsfläche zu bieten. Ich sollte erst später begreifen, dass Lassad in Wirklichkeit mit uns ging, weil er sich Sorgen um den Karawanenführer machte.

Es war noch stockdunkel, als wir begannen, die *mehara* zu satteln, und als die Frauen ihre Männer küssten und all die vielen Abschiedstränen flossen, begann die Sonne sich gerade am Horizont zu zeigen. Ich fühlte mich stark wie selten zuvor, und es war fast, als wäre ich niemals weg gewesen. Am zweiten Tag der Reise ließ Koumamá unseren Tross anhalten. Das war ungewöhnlich, mitten am Nachmittag, um diese Zeit machten wir sonst keine Pause. Er rief mich für einen Moment zu sich nach vorne, und ich bat Ifalan, so lange auf die Tiere aufzupassen, die unter meiner Verantwortung standen. Koumamá deutete auf etwas, das zur Hälfte aus einer Düne ragte.

»Was ist das?« fragte ich.

»Der Mensch macht erstaunliche Erfindungen, die fahren und fliegen können, und irgendwann reist er vielleicht sogar bis zum Mond. Aber in der Wüste ist das alles nichts wert. Wir werden auch in hundert Jahren noch mit *mehara* durch die *ténéré* ziehen. Diese Metallruine steht hier seit einer vollen Generation, um uns daran zu erinnern, dass die Wüste letztlich allem überlegen ist, was wir uns ausdenken. Sie ist ein Mahnmal unserer Überheblichkeit. Geh hin und sieh sie dir an. Das ist das Auto deiner Eltern. Was davon noch übrig ist.«

Ich strich mit den Fingern über die rostrote Karosserie. Nach über zweieinhalb Jahrzehnten hatte der Sand den Lack des Wagens komplett abgeschmirgelt, die einstige Farbe ließ sich noch nicht einmal mehr erahnen. Hier an dieser Stelle hatten die Tuareg meine Eltern also vor dem Sandsturm gerettet. Hier hatte alles angefangen.

Ein Sandsturm blieb uns auch während dieser Reise nicht erspart. Er dauerte einen halben Tag und kostete uns viel Kraft. Am deutlichsten war dies Koumamá anzusehen. Er war der bei weitem Älteste von uns, aber er war so zäh und erfahren, dass niemand seine Autorität als *madugu* in Frage stellte. Aber nun wurde er noch wortkarger, als er seit Beginn der Reise sowieso schon gewesen war. Und langsamer wurde er auch. Niemand wagte, ihm das zu sagen, nicht einmal Lassad, aber wir merkten es alle. Am Abend zog Lassad Ifalan und mich vom Feuer fort.

»Was machen wir, wenn er es nicht mehr schafft?« fragte er uns flüsternd.

Darauf hatten wir keine Antwort. Das schien uns trotz der unübersehbaren Anzeichen von Schwäche, die Koumamá zeigte, unvorstellbar.

»Jemand müsste ihn dann heim bringen«, sagte ich leise.

»Das könntest nur du sein«, erwiderte Lassad. »Egal, was er sagt: Du bist ein Teil seiner Familie. Der alte Starrkopf weiß das auch ganz genau.«

»Und wer soll uns dann führen?« wollte Ifalan wissen.

»Soll das eine ernsthafte Frage sein?« erwiderte ich, und mein Blick fiel auf Lassad. »Da kommt doch nur einer in Frage.«

Koumamá hielt sich tapfer. Er schien sich allmählich zu erholen. Zwar ging er noch immer etwas langsamer als gewohnt, aber dennoch in einem Tempo, mit dem wir ans Ziel kommen würden. Deswegen waren wir nicht darauf vorbereitet, als er mehrere Tage später in der Mittagshitze ins Straucheln geriet und in den Sand stürzte. Er behauptete, es sei nur ein kleiner Anfall von Schwäche, und versuchte, wieder auf die Beine zu kommen, aber es war klar, dass er eine längere Pause brauchte. Es geschah, was ich noch nie zuvor erlebt hatte: Wir sattelten die Kamele ab, mitten am Tag, und schlugen ein Lager auf. Aus Stöcken und Teppichen errichteten wir einen Windschutz, der unserem Anführer Schatten spenden sollte. Wir legten ihn hin, gaben ihm zu trinken und überredeten ihn auch dazu, etwas zu essen.

»Männer«, sagte er, »es könnte sein, dass meine Zeit gekommen ist. Ich denke, ich werde sterben.«

»Das wirst du nicht«, versicherte ich ihm. »Keine Angst.«

»Oh, Angst«, erwiderte er. »Warum sollte ich die haben? Findet ihr, man sollte den Tod fürchten?«

»Na, man weiß ja nicht, was dann kommt«, gab Ifalan zu bedenken.

Koumamá lächelte und sagte: »Würde man dem Baby im dunklen Bauch seiner Mutter versichern, da draußen gebe es eine Welt voller Licht, mit hohen Bergen, weiten Meeren, wogenden Ebenen, blühenden Gärten und einem Himmel voller Sterne - das ungeborene Kind würde nichts davon glauben. Wie wir, angesichts des Todes. Nur deshalb fürchten wir uns.«

Er fragte uns, ob wir schon einmal den Körper eines toten Angehörigen berührt hätten. Ob wir ihn gewaschen, seine Haare frisiert und ihn in ein Leichentuch aus feinem Stoff gehüllt hätten. Lassad, Ifalan und einige andere Männer konnten die Frage bejahen, ich dagegen musste sie verneinen. Man könne, fuhr Koumamá fort, die Wärme des Lebens erst spüren, wenn man mit der Hand und den Lippen einen toten, eiskalten Körper berührt habe.

Wir pflegten ihn den ganzen Tag lang, und ich bewachte ihn in der Nacht. Aber sein Zustand verbesserte sich nicht. Am Morgen wurde mir zur Gewissheit: Ich würde versuchen müssen, ihn zurück zu unserem Stamm zu transportieren. Aber so schwach sein Körper auch war, sein Geist war immer noch hellwach. Er ahnte, was wir vor hatten, und verbot es uns. Niemand würde hier umkehren und damit das Gelingen der Salzkarawane gefährden. Wir versuchten zu widersprechen, aber er schnitt uns das Wort ab. Auf einmal packte er meinen Oberarm und hielt ihn fest mit einer Kraft, die ich ihm nicht mehr zugetraut hätte.

»Azahrú«, sagte er, »hör mir zu. Ich bin froh, dass du zurückgekehrt bist. Du bist mein einziger Sohn. Ich war ein Narr, dir meine Liebe zu verweigern. Nimm mich in die Arme und sag mir, dass ich dein Vater bin.«

»Das bist du, *abba*«, sagte ich und nahm ihn in die Arme. »Das warst du immer.«

Mit der anderen Hand riss er sich die Kette mit dem Agadezkreuz vom Hals. »Das habe ich von meinem Vater. Nun ist es Zeit, dass ich es dir gebe.«

Er legte es in meine Hand. Das Kreuz war aus Silber und sehr kunstvoll ornamentiert.

»Mein Sohn, mit diesem Kreuz schenke ich dir alle vier Himmelsrichtungen, weil man, so lange man lebt, niemals weiß, wo man einmal sterben wird.«

Ich begann zu zittern, mein ganzer Körper schüttelte sich. Lassad, der über mir stand, legte die Hand auf meinen Nacken, um mich zu beruhigen.

»Dieses Kreuz«, fuhr Koumamá fort, »soll aber auch kenntlich machen, wer der neue Anführer unseres Stammes ist und wer befugt ist, die Salzkarawane zu führen.«

Das war für die meisten mehr als überraschend, besonders für mich. Ich spürte, wie Lassads Hand sich von mir löste. Ich konnte mir nicht vorstellen, dass er damit einverstanden sein würde.

»Azahrú, ich möchte, dass du unsere Frauen, Männer und Kinder in diesen schwierigen Zeiten in eine sichere Zukunft führst. Versprichst du mir, das zu versuchen?«

Ich wusste nicht, was ich meinem Vater antworten sollte. Ich blickte hoch zu Ifalan und Lassad, die über und hinter mir standen, aber auch die brachten kein Wort hervor.

»Und eine letzte Bitte hätte ich noch«, sagte Koumamá mit bereits schwächer werdender Stimme. »Bedeckt meinen Körper mit Sand. Damit die Schakale mich nicht fressen.«

Er starb mit einem Lächeln auf den Lippen. Keiner von uns war imstande, etwas zu sagen. Wir sahen ihn einfach nur an und konnten nicht begreifen, dass er von uns gegangen war. Irgendwann stand ich auf, und wir begannen ihn zu begraben. Wir gruben tief, sehr tief sogar, denn sein letzter Wunsch war uns heilig. Die Schakale sollten ihn nicht bekommen. Als wir das Loch zugeschüttet hatten, war Lassad der erste, der sich mit dem Knie in den Sand fallen ließ und sich tief vor mir verneigte.

»Ehre sei dem *amenokal*«, sagte er mit fester Stimme. Die anderen taten es ihm gleich, ein jeder kniete sich nieder und wiederholte, was Lassad gesagt hatte, und ich stand inmitten der Männer, die mir ihre treue Ergebenheit bekundeten.

Das *ilougan*

1

Bei uns sagte man: *Alles, was Allah nahe ist, besitzt elbaraka.* In unserer Vorstellung handelte es sich dabei um eine positive, göttliche Kraft, die allem innewohnte, ob wir nun von einem Menschen sprachen, von einem Tier oder einem Gegenstand. Der Wind könnte ohne *elbaraka* nicht wehen, die Sonne nicht scheinen.

Unsere Karawane war ein Trauerzug. Am *Baum der ténéré* fragte man uns nach Koumamá. In Fachi ebenso. Jeder, dem wir begegneten, hielt uns für verloren, als er erfuhr, dass unser Anführer von uns gegangen war. Ich war völlig überfordert, denn ich musste alles im Blick behalten, während mein Herz voller Trauer war. Aber ich hatte keine Ahnung, wie man in Fachi die Verhandlungen führte, und ohne die Hilfe der älteren Männer hätte man uns dort gewaltig übervorteilt. Aber irgendwie hat am Ende doch alles funktioniert. Wir fanden den Weg zurück zu unserem Stamm, wo wir die schwere Aufgabe zu bewältigen hatten, Koumamás Tod zu verkünden. Gemeinsam mit Fatou organisierte ich eine Trauerfeier, die normalerweise eine ganze Woche gedauert hätte. Aber so lange konnten wir nicht warten, denn die Salzkarawane war noch nicht zu Ende, der größte Teil der Reise stand uns noch bevor. Also verkürzten wir die Feier auf drei Tage, bevor wir uns aufmachten in Richtung Süden. In Kano war ich den Händlern schon besser gewachsen, was sicher auch mit meinen letzten Erinnerungen an diese Stadt zu tun hatte. Als wir dann etliche Wochen später endlich wieder bei unserem Stamm waren, begann mein Amt als Anführer im Grunde erst so richtig. Bei unserer Rückkehr machte Fatou mir klar, dass man ein Zelt für mich errichtet hatte. Das war zwar äußerst unüblich, aber ein *amenokal*, der im Freien schlief, das ging einfach nicht, da waren sich alle einig.

Wenige Tage nach unserer Rückkehr gab es ein *ilougan*, ein großes, traditionelles Fest, welches - ähnlich wie das *ahal* - der Brautwerbung diente. Nur wurden hier keine Lieder und Gedichte vorgetragen. Der wichtigste Programmpunkt war ein spezielles Kamelreitspiel. Die Männer bürsteten ihre schönsten *mehara* und zogen ihre besten Gewänder an. Auch die Frauen brachten all ihre Schönheit hervor, nahmen ihre Trommeln und formierten sich auf einem offenen und fast ebenen Platz zu einer eng aneinander gedrängten Gruppe. Sie begannen die *tende* zu spielen, zu singen und dazu rhythmisch zu klatschen. Und jetzt kamen die Männer ins Spiel: Sie stiegen auf die *mehara* und bildeten Reiterpaare. Ich wäre gerne mit Ifalan geritten, aber da er mit Mariamá seine große Liebe bereits gefunden hatte, erklärte Lassad sich dazu bereit.

»Wirst du es ihr heute sagen?« fragte er mich.

»Das werde ich.«

»Und wenn sie dich nicht will?«

»Dann bleibe ich eben allein.«

»Ein alleinstehender *amenokal*, so richtig gut macht sich das nicht.«

»Na und?« sagte ich. »Mein Leben war bisher schon seltsam genug. Da werde ich auch das überstehen.«

Wir führten das *ilougan* an. Gemeinsam mit all den anderen Männern hatten wir uns mit den *mehara* in einiger Entfernung aufgestellt. Lassad und ich nickten einander zu, dann trieben wir die Tiere an, die sofort in Galopp fielen. Wir ritten direkt auf die Frauengruppe zu, deren Musik immer mehr anschwoll. Wir wurden schneller. Wir hielten den Kurs. Es schien, als würden wir mitten in die laut musizierenden Frauen hinein galoppieren, und erst ganz kurz vorher ließen wir die Kamele ausscheren und preschten an den Frauen vorbei, so dicht, dass ich die Hand nach ihnen hätte ausstrecken können. All die anderen Reiterpaare nach uns taten das Gleiche. Aber das war nur der Auftakt des *ilougan*. Nachdem alle Männer ihren Ritt hinter sich hatten, begannen wir um die Frauen herum zu reiten. Etwa zwanzig Männer auf ihren *mehara*, und in der Mitte fast dreißig junge Frauen. Der Rhythmus, den sie mit ihren Trommeln erzeugten, wurde immer stampfender. Zu Beginn zogen wir mit den Tieren noch einen weiten Kreis, in gemessener Entfernung. Die Frauen nahmen uns genau unter die Lupe. Sie beobachteten, was für eine Figur wir dabei machten. Waren wir stolze Krieger oder Schwächlinge, die nur so taten, als wären sie Männer? Ich sah Dafinah in der Menge der Frauen. Wie schön sie war! Und wie unerreichbar! Während ich die Augen von ihr nicht abwenden konnte, würdigte sie mich keines Blickes. Mein Mut wollte sinken bei ihrem Anblick, und ich dachte schon daran, aufzugeben und zu meinem Zelt zurück zu reiten. Aber ich war hier der Anführer, und mein Stamm hatte ein Anrecht auf meine Anwesenheit! Ich zog den Kreis um die Frauen ein klein wenig enger, und die anderen Männer folgten meinem Beispiel. Die Frauen reagierten und begannen uns mit flirrenden Trillerschreien anzufeuern. Wir ritten so schnell wir konnten, um ihnen die Wendigkeit unserer Tiere zu zeigen, und natürlich, um zu beweisen, wie unglaublich gut wir die *mehara* beherrschten und was für leidenschaftliche Kerle wir waren. Wenn in früheren Zeiten ein Stamm der *imushaq* angegriffen wurde, haben die Männer auf diese Weise ihre Frauen eingekreist, um sie zu beschützen. Beim *ilougan* aber musste man aufpassen. Wagte ein Mann sich mit seinem Tier in der Hitze der Gefühle zu nah an die Frauen heran, konnte es böse Unfälle geben. Und dieses Spiel hier brachte die Emotionen zum Kochen. Ich trieb Anazar zu immer größerer Geschwindigkeit an und mich in einen Rausch hinein. In dem ich für einen Moment die Kontrolle verlor. Der Vorderlauf von Anazar streifte Dafinah an der Schulter, und wäre sie selbst durch ihr Singen und Trommeln nicht in solcher Ekstase gewesen, hätte es sie vermutlich in Todesangst versetzt, als sie gegen die anderen Frauen geschleudert wurde. So bekam sie gar nicht mit, was eigentlich geschehen war. Ich aber zügelte mein Temperament nun ganz entschieden. Dann kam der Augenblick, in dem die Frauen den Rhythmus der Trommeln auf einmal veränderten, er war jetzt nicht mehr so peitschend schnell, sondern gefälliger und spielerischer. Das Spiel trat ein in seine letzte Phase. Für uns Männer war dies das Zeichen, den Tanz der Kamele zu beginnen. Wir wendeten sie und ließen sie hüpfen, als wären sie Kinder. Wir ließen sie aneinander vorbei gleiten wie Schlangen, und auch wir vollführten tänzerische Bewegungen mit dem Kopf und den Armen. Alle wussten, dass dies oft magische Momente waren. Wenn sich in dieser Phase die Blicke eines Mannes und einer Frau begegneten und sie sich nicht mehr aus den Augen ließen, dann war das wie ein Versprechen, von nun an zusammen zu sein. Ich suchte die Augen von Dafinah - und da waren sie: fest auf mich gerichtet! Mit einer entschlossenen Ernsthaftigkeit, die mich fast aus dem Sattel warf. Augen, die mich nicht mehr losließen. Die mir sagten:

Du gehörst mir, und komm ja nicht auf die Idee, irgendetwas anderes zu behaupten!

Als das Spiel vorüber war, suchte ich sie im Getümmel, und wir blieben voreinander stehen.

»Wenn du mich verlässt«, sagte sie, »dann bringe ich dich um.«

»Ich weiß«, erwiderte ich.

Keiner von uns beiden lachte. Wir lächelten noch nicht einmal. Sie nahm mich an der Hand und führte mich in ihr Zelt. In dieser Nacht haben wir uns geliebt, als hätten wir befürchtet, die Welt würde explodieren und keinen einzigen Morgen mehr sehen.

2

Die Stammesältesten hatten sich beraten und am Ende entschieden, dass durch die Art unseres Abschieds und meine Rückkehr in die *ténéré* die Ehe mit Madeleine für geschieden erklärt werden konnte. So stand es mir frei, Fatou um die Hand ihrer Tochter zu bitten, die sie mir nur allzu gerne gab. Es wurde eine Doppelhochzeit mit Mariamá und Ifalan, und Fatou stellte lachend fest, dass sie wohl die erste Mutter war, die behaupten konnte, bei einer Doppelhochzeit drei ihrer Kinder unter die Haube gebracht zu haben. Die Feierlichkeiten dauerten volle zehn Tage, und danach brauchten Dafinah und ich erst einmal Erholung. Wir ritten in die Berge, um unsere Zweisamkeit auszukosten. Aber es gab auch noch einen anderen Grund. In den Satteltaschen hatten wir Pinsel in allen Größen und mehr als zwei Hektoliter Farben, die wir selbst, nach den altbewährten Rezepten, angerührt hatten. Es gab da eine riesige, gut versteckte Felswand, die nach Norden zeigte und deswegen nie von der Sonne beschienen wurde. Das war, wie ich wusste, eine entscheidende Voraussetzung dafür, dass das, womit man sie bemalte, viele Jahre überdauern konnte. Es war Dafinahs Idee gewesen, alle wichtigen Stationen unseres Lebens auf diesem Felsen zu verewigen. Sie erlaubte mir sogar, Madeleine darzustellen, aber nur unter der Bedingung, dass sie selbst auf dem Gemälde mindestens genauso hübsch aussehen würde wie die blonde Französin. Und überhaupt würde bald noch jemand dazu kommen, der auf das Bild gehörte. Mit diesen Worten legte sie meine Hand auf ihren Bauch und sah mich forschend an.

3

Er lief staunend unter der Felswand entlang. »Ist das wirklich wahr, *abba n abbânin*?« fragte er mich. »Das hast du alles erlebt?«

»Aber ja«, erwiderte ich.

»Die Frau da, wieso hat sie Flügel?«

»Es war ihr ausdrücklicher Wunsch, so dargestellt zu werden.«

»Warum hast du es *elbaraka* genannt?

»Weil ich glaube, dass viele dieser Dinge ohne den Einfluss göttlicher Energie niemals geschehen wären.«

»Das da unten, was heißt das?«

»*Wer den Weg verliert, lernt ihn kennen*. Ein altes Sprichwort.«

»Und das darunter?«

»Es heißt genau dasselbe. Nur in einer anderen Sprache.«

Ich hatte diesen Satz in angeberisch großen Lettern unter das riesenhafte Gemälde gepinselt. Einmal auf Deutsch, um meine Herkunft zu würdigen. Und außerdem in den Zeichen des *tifinagh*, auf *tamascheq*, der Sprache der *imushaq*, die der Rest der Welt kennt als das Volk der Tuareg.

»Wenn Gilles von diesem Gemälde gewusst hätte, ich glaube, er wäre wahnsinnig geworden.«

»Wer ist denn Gilles?«

»Ein alter Freund, den ich lange nicht mehr gesehen habe.«

»Warum hast du es ihm denn nicht gezeigt?«

»Niemand auf der ganzen Welt weiß von diesem Bild. Außer uns und unseren Kindern.«

Er sprang mir auf den Schoß.

»Du, mein lieber Enkel«, sagte ich, »bist jetzt das jüngste Mitglied dieser kleinen Gemeinschaft.«

ENDE

Wenn du den Pfeil der Wahrheit abschießt,
tauche zuvor seine Spitze in Honig!
(altes Sprichwort der Tuareg)

Glossar

abba – Vater
abba n abbânin – Großvater
âdjenna – Starkregen
ajif – Tiere, die einem *targi* / einer *targia* bei der Geburt geschenkt werden
aleikum assalam – sei auch du gegrüßt (arab.)
alkher ghâs – danke, gut
alwaq olâghan – es war schön, Sie kennen zu lernen
amenokal – Stammesführer
ann ahi – sag mir
ânna – Mutter
ânna n annânin – Großmutter
ansh ahi d – verzeih mir
ar essaghat – auf Wiedersehen
assalam aleikum – sei gegrüßt (arab.)
asîkel izzuwên – gute Reise
asshaq – Ehrenkodex der Tuareg
bismillah – im Namen Allahs (arab.)
dschahannam – islamische Version der Hölle
elbaraka – göttliche Energie
ekrar – Schaf
essûnfá – ruhig
ezghagh – hinlegen
gandoura – langes Übergewand
îdbab – Medizinmann
ilougan – Kamelreitspiel zum Zwecke der Brautwerbung
imzad – traditionelle Geige mit nur einer Saite
kay tolahed dêdi – du Hund, du!
kel ahaggar – Tuareg im südlichen Algerien
kel aïr – Tuareg im Aïr-Gebirge und angrenzenden Bereichen

kel ajjer – Tuareg im Westen Libyens und Südosten Algeriens
kel gress – Tuareg im Süden des Niger
kel iferouane – Tuareg im Nordwesten des Aïr-Gebirges
ma fell – warum?
ma idjân – hallo / wie geht's?
madugu – Karawanenführer
makhfé – Eintopf aus Hirse und Fleisch
mehari (pl. mehara) – einhöckriges Kamel / Dromedar
nek ardêgh – einverstanden
nek wer ardêgh – ich möchte nicht
rafeghat – Unterkleid
shahid – grüner Tuareg-Tee
tabarekamt – festlicher Mantel
tâdjella – Fladenbrot
tagelmust – Gesichtsschleier der Tuareg-Männer
takuba – Tuareg-Schwert
tammuted – verrecke!
tamzak – Kamelsattel
tannemert – danke
tannemert nek hullan hullan – vielen, vielen Dank
târi – festliches Gewand
têdit – festliches Parfum der Tuareg-Frauen
téhôskéy – schön
ténéré – Sandwüste
tende – Trommel
tehardent – eine Art Laute
tîfaut – morgen
tifinagh – Tuareg-Alphabet
wadi – ausgetrocknetes Flussbett

Mein ganz besonderer Dank gilt...

... an allererster Stelle Gernot Aschoff. Ohne dich, die großartige Freundschaft mit dir, deine Ideen und unsere gemeinsame Reise in die *ténéré* würde es dieses Buch nicht geben. Du hast mich zur Wüste gebracht!

... meinem Onkel Jochen Mackenrodt. Du hast mir, nicht nur was dieses Buch angeht, auf kluge, großzügige Weise in mehr als einer Hinsicht entscheidend geholfen.

... Alexandre Rito, dem begnadeten Design-Hexer von der Algarve. Ich liebe das Cover, das du für mich entworfen hast!

... startnext.de, das mir die Chance gab, durch Crowdfunding die Veröffentlichung dieses Buches zu finanzieren.

... im Zusammenhang mit eben diesem Crowdfunding den folgenden besonders aktiven Unterstützern: Babette Angelaeas, Praxedis Bertermann, Ulli von Delft, Kai Dingerdissen, Renate Firmansyah, Björn Firnrohr, Angelika Fuchs, Barbara Geh, Claudia Görres, Maike Hansen, Frank Hemjeoltmanns, Jürgen Henneberger, Dietmar Imhof, Petra Jockisch, Uwe Killing, Atine Klingenberg, Tatjana Knauer, Birgit Krämer, Johannes Lackner, Jörg Langmann, Hans-Jürgen Lehmann, Heinza Lütticken, Sabine Lütticken, Christa Mackenrodt, Christine Moarefi, Claudius Moarefi, Ismail Moarefi, Anne Neunecker, Günter Overmann, Oliver Pankutz, Heinrich Pommé, Manfred Rau, Thomas Renner, Dieter Schleip, Marion Schöpf, Karl Schoofs, Marie-Helene Schwedler, Robert Schweighardt, Pascal Schwinn, Peter Stein, Christine Steinmann, Doris Ungar, Christine Weiland, Bianca Werner, Thomas Wulf, Heiko Zimmermann, Tina Zipperling

Leseprobe

aus dem zweiten Roman von Richard Mackenrodt

»Mein Leben davor«

erscheint bei EDITION TAKUBA im Frühjahr 2015

Der Schmerz

Es ist lange her, und dennoch erinnere ich mich genau: Er kam, ohne sich vorher anzukündigen. Einfach so. Aus dem Nichts.

Ein Freund hatte Videos besorgt, über seinen großen Bruder, der in einer Videothek arbeitete. Die Eltern der beiden waren übers Wochenende verreist, das wollten wir ausnutzen. Sieben Jungs aus der neunten Klasse, ausgerüstet mit Popcorn, Bier, Chips und Schlafsäcken. Wir ordneten die Filme der Härte nach. Alle ab 18. Es sollte losgehen mit Freddy Krüger, dann würden Vampire, Werwölfe, Zombies, Kettensägen und irre Psychopathen folgen, und als krönender Abschluss ein Menschenfresser-Film, der überall auf der Welt auf dem Index stand und von dem es hieß, dass nur die Abgebrühtesten in der Lage waren, ihn auszuhalten. Jeder klopfte großspurige Sprüche und kündigte an, das Programm locker zu überstehen. Das waren noch VHS-Videos, klobige, schwere, störungsanfällige Dinger, die grobkörnige, matte Bilder durch den Röhrenfernseher flimmern ließen. Damals gab es nichts Besseres. Auf dieses Wochenende freuten wir uns seit Monaten. Die Mission unterlag strengster Geheimhaltung. Niemand durfte etwas davon wissen, keine Eltern und Geschwister (außer dem besagten Bruder), keine Lehrer, und auch die anderen Mitschüler nicht. Das machte uns zu einer verschworenen Gemeinschaft. Wochen lang warfen wir uns in der Schule stumme Blicke zu und wussten: Wir waren tausendmal cooler als die ganzen anderen Hirnis. Die Glorreichen Sieben. Mädchen waren zu der Veranstaltung natürlich nicht zugelassen, sie hatten nicht die nötigen Nerven (glaubten wir). Der große Bruder besorgte Bier und zwei Flaschen Schnaps und stellte klar, dass er hinterher keine Sauerei wegmachen würde. Wir sollten das Haus am Sonntag in einwandfreiem Zustand zurücklassen, oder er würde uns den Arsch aufreißen, vom Nacken bis zum Kinn.

Am Freitagabend fanden wir uns ein, mit all den Taschen und Tüten. Keiner kam zu spät. Nicht eine Sekunde dieses Wochenendes durfte versäumt werden. Helden an der Schwelle zu einem großen Abenteuer. Der erste Film war noch ziemlich harmlos, da hatte ich Schlimmeres gesehen. Der zweite ging schon mehr an die Nieren. Beim dritten fragte ich mich zum ersten Mal, ob das Ganze hier wirklich eine so gute Idee gewesen war.

Und dann kam er. Ohne jede Vorwarnung. Der Schmerz. Er schoss in meinen Kopf, und ich stöhnte leise auf. Was meine Freunde mir sofort als Schwäche auslegten: »Zu hart für dich, Alex?«

»Quatsch, hab nur Blähungen«, log ich. Wir waren 15, wir wollten cool wirken, um jeden Preis. Nur so behielt man den Rang in der Clique, den man sich mühsam erarbeitet hatte.

»Furzen läuft aber nicht«, sagte einer. Alle lachten, nur ich nicht. Denn das hier war kein normaler Schmerz. Ich war schon vom Fahrrad gefallen, beim Klettern vom Baum gestürzt, mit dem kleinen Zeh an der Schrankecke hängen geblieben, und hatte mir die Hand in der zugeschlagenen Autotür eingeklemmt. Mit Schmerz kannte ich mich aus. Dachte ich. Erst ein paar Tage zuvor hatte ich mir im Backofen die Finger verbrannt, das hatte höllisch weh getan. Aber dieser Schmerz hier war anders, er fühlte sich an, als hätte mir jemand eine Axt mitten in die Stirn getrieben. Ich wollte aufschreien, aber ich riss mich zusammen, so gut es eben ging, presste die Zähne aufeinander, und als ich merkte, dass mir Tränen in die Augen schossen, sprang ich auf und lief hinaus. Dabei riss ich eine Lampe um, prallte gegen den Türrahmen, und im dunklen Hausflur gelang es mir nicht, den Lichtschalter zu finden.

»Hey!« rief ich. »Wo is'n das Klo?!« Ich stolperte über einen Schlafsack, der auf dem Boden lag, und als ich mich auf allen Vieren auf dem Boden wiederfand, verlor ich jede Kontrolle über meinen Körper. Im nächsten Moment kamen die Jungs auf den Flur, das Licht ging an. Ich sah ihre angewiderten Gesichter.

»Mann, Alex, auf den Teppich kotzen? Und dann legst du dich auch noch rein? Scheiße noch mal!«

Ich war nicht in der Lage, den teuren Perserteppich sauber zu machen. Ich rief zu Hause an, und mein Vater kam, um mich abzuholen, nachts um eins. Auf dem Fernseher war noch das Standbild zu sehen, das einen Enthaupteten zeigte, dem das Blut aus der Halsschlagader schoss. Mein Vater fand die Videos, das Bier, den Schnaps. Er nahm alles mit, und noch in der Nacht wussten sämtliche Eltern Bescheid. Ich hatte den Jungs nicht nur das Wochenende ruiniert. Ich hatte die größte denkbare Katastrophe ausgelöst. Überall hagelte es Stubenarrest, Fernsehverbot, gekürztes Taschengeld. Das würden sie mir nie verzeihen. Noch vor Sonnenaufgang brachte Vater mich ins Krankenhaus. Ich wurde an Geräte angeschlossen, es gab eine Sonographie, meine Hirnströme wurden gemessen. Das volle Programm. Ich bekam starke Medikamente, durch die der Schmerz erträglicher wurde. Aber mehr auch nicht. Er dachte gar nicht daran, zu verschwinden. Er schien sich immer tiefer in meinen Schädel hineinbohren zu wollen, wie Säure, die du aufs Dach gießt und die sich bis in den Keller frisst. Die Ärzte fanden nichts. Ich hatte keinen Tumor und auch keine andere diagnostizierbare Krankheit. Ich hätte kerngesund sein müssen. Aber ich war es nicht. Sie gaben mir einen Cocktail aus besonders starken Schmerzmitteln, um mir wenigstens den Schulbesuch wieder zu ermöglichen. Aber wie sollte ich mich auf eine Mathe-Schulaufgabe konzentrieren, wenn ich halb sediert in der Gegend herum hing?

Ich verlor meine Clique. Die Jungs wussten, dass ich krank war und wünschten ständig gute Besserung. Aber das Desaster des gescheiterten Horror-Wochenendes hing mir hartnäckig in den Kleidern wie verdampftes Frittenfett. Es stand mir auf die Stirn geschrieben. Und ich veränderte mich. Seit der Schmerz mich im Griff hatte, bewegte ich mich anders. Bedächtiger, vorsichtiger, als könnte jeder schnelle Schritt neue Schmerzen verursachen. Ich lächelte nicht mehr, und wenn ich es doch einmal tat, war es das Lächeln eines gefolterten Irren. Ich versuchte, zu sein wie früher, aber ich bekam es nicht hin. Für die Kids in meiner Klasse wurde ich unheimlich. Sie wussten nicht, wie sie mit mir umgehen sollten, und deswegen ließen sie es lieber bleiben. Das zu erleben war fast so schmerzhaft wie der Sturm, der unablässig in meinem Kopf tobte.

Meine Eltern ließen mich die Schule wechseln. Zuerst wollte ich das nicht, aber schon am ersten Tag in der neuen Klasse erkannte ich, was für eine gute Idee es gewesen war. Meine neuen Mitschüler wussten nicht, wie ich vorher gewesen war. Aber das Beste an der neuen Schule war das Mädchen, das unmittelbar vor mir saß. Paula hatte langes, rötlich leuchtendes, leicht gewelltes Haar, meist zum Pferdeschwanz oder als Zopf gebunden. Sie war gar nicht einmal so besonders hübsch, aber ihre Haare dufteten wie Erde nach einem warmen Sommerregen, und ein bisschen auch wie der Keller meiner Großeltern. Diese Mischung raubte mir den Verstand. An einem Morgen fragte sie mich: »Warum schaust du eigentlich immer so verkniffen?«

»Ich habe Schmerzen.«

»Wo?«

»Im Kopf.«

»Warum?«

»Weiß ich nicht.«

»Warst du noch nicht beim Arzt?«

»Ich bin dauernd bei Ärzten.«

»Und die finden nichts raus?«

»Nein.«

»Warum nicht?«

»Sie pumpen mich nur voll.«

»Drückt der Schmerz aufs Sprachzentrum?«

»Nein. Wieso?«

»Weil du immer so kurze Antworten gibst.«

Ich schwieg. Ihr Anblick lähmte mich.

»Oder kannst du nicht viel sagen, weil du so damit beschäftigt bist, an meinen Haaren zu schnuppern?«

Ich nehme an, ich habe ein ziemlich dummes Gesicht gemacht. Paulas glockenhelles Lachen erfüllte das ganze Klassenzimmer. Aber ich fühlte mich nicht ausgelacht, sondern eingeladen, mitzulachen, und das tat ich. Es war allgemein bekannt, dass sie mit einem Jungen aus der Parallelklasse ging, also machte ich mir keine großen Illusionen. Aber mein Schnuppern an ihren Haaren war jetzt gewissermaßen legitimiert, ich durfte es tun, ohne damit rechnen zu müssen, eine geschmiert zu bekommen. Das war doch schon mal was.

Die medizinischen Tests wurden ausgeweitet. Aber die Ärzte waren mit ihrem Latein bald am Ende und fingen an, mich herum zu reichen. Ich bekam chinesische Akupunktur. Und bald darauf auch japanische. Ich lernte Wien und das St. Josef-Krankenhaus kennen, die Universitätsklinik in Hamburg und die Charité in Berlin. Die Spezialisten waren scharf darauf, das Rätsel zu knacken, das in meinem Kopf wohnte. Meine Zähne wurden untersucht, weil ein Professor in Hamburg einen Zusammenhang mit den Zahnnerven vermutete. Ein Assistenzarzt in Berlin stellte die These auf, meine Kopfschmerzen könnten mit meinen Senk-Spreiz-Füßen zu tun haben. Der Kollege in Wien mutmaßte, der Kopfschmerz sei von den grausamen Szenen der Horrorfilme ausgelöst worden. Letztlich verliefen sämtliche Theorien im Sande und führten zu nichts. Das war zwar frustrierend, aber immerhin hatten die Reisen mich vom Schmerz ein wenig abgelenkt und mir dadurch gewisse Erleichterung verschafft. Ich war glücklich über alles, das meinen Geist auch nur für einen kurzen Moment mit etwas anderem beschäftigte.

In der Schule bewahrte der Duft von Paulas Haaren mich vor dem Durchdrehen. Aber wenn ich zu Hause sitzen musste, war es so gut wie unmöglich, die nötige Konzentration aufzubringen. Hausaufgaben. Vorbereitung auf Schulaufgaben. Schon nach wenigen Minuten musste ich dem Impuls widerstehen, einfach aufzuspringen und meinen Kopf gegen die Wand zu schlagen, immer und immer wieder und wieder und wieder. Damals ahnte ich noch nicht, dass mir der Tiefpunkt erst noch bevorstand. Denn die Wirkung der Medikamente ließ nach, von Tag zu Tag ein wenig mehr. Und der Schmerz wurde wieder so bohrend, wie er zu Anfang gewesen war. Die Spezialisten im Rechts der Isar veränderten die Zusammensetzung der Medikamente. Daraufhin ging es etwas besser. Aber wieder nur für ein paar Wochen. Dann hatte mein Körper sich auch an diese Rezeptur gewöhnt, die Wirkung ebbte erneut ab. Es wurde immer klarer: Auf Dauer würde mein Schmerz sich nicht entscheidend eindämmen lassen. Diese Erkenntnis rief in mir den Wunsch wach, auf den Fernsehturm zu steigen und von der Aussichts-Plattform in die Tiefe zu springen. Was für ein Leben sollte ich führen, wenn das niemals mehr aufhörte? Was für ein beschissenes Leben konnte das schon sein? An meinem 16. Geburtstag beschloss ich, mich umzubringen, wenn ich innerhalb eines Jahres nichts gefunden haben sollte, um mein Schicksal entscheidend zu erleichtern.

An einem sonnigen Donnerstag, nach der letzten Stunde, packte ich meine Schulsachen in die Tasche, als Paula sich neben mich setzte und leise sagte: »Ich glaub, ich hab was für dich.« Dabei beugte sie sich zu mir vor und lächelte süß. Ich war verwirrt. Sie hatte eine unglaubliche Figur, es war Sommer, ihr Top war weit ausgeschnitten, und sie beugte sich immer weiter vor, so dass es kaum möglich war, irgendwo anders hinzusehen.

»Was… denn?« fragte ich mit trockener Kehle.

»Weißt du, wo ich wohne?«

»Ja.« Was für eine Frage!

»Im Garten haben wir so einen Holzschuppen. Da treffen wir uns. Heute Nachmittag.« Sie stand auf und ging. Mit leicht schiefem Kopf schaute ich ihr nach, bis sie verschwunden war. Und hätte dort noch Stunden lang gesessen, wenn nicht nach einer Weile der Hausmeister herein geschaut hätte, der seine Tour machte, um die Klassenzimmer abzuschließen. Ich rannte nach Hause und fieberte unserer Verabredung entgegen. Heilige Scheiße, ich hatte ein Date! Mit dem schärfsten Mädchen aus unserer Klasse! Die meisten Jungs bei uns hielten zwar zwei bis drei andere für hübscher, aber für mich stand Paula völlig unangefochten auf Platz eins. Und jetzt wollte sie mich treffen! Noch dazu in einem Schuppen, wo uns niemand sehen konnte! Ich ließ meiner Fantasie die Zügel schießen und stellte mir vor, wie wir uns die Kleider von den Leibern reißen und entfesselt miteinander schlafen würden. Auch wenn ich überhaupt keine Ahnung hatte, wie man das eigentlich machte. Rein technisch gesehen wusste ich es natürlich, aber das war auch schon alles. Paula dagegen hatte bestimmt schon eine Menge Erfahrung. Wie peinlich, wenn ich mich jetzt total anfängerhaft anstellen würde! Egal jetzt, irgendwie würde es schon gehen. Jeder musste mal anfangen. Was sollte ich anziehen? Aber solche Fragen stellten sich Mädchen. Ich würde bleiben, wie ich war. Als ich den Nachmittag für weit genug fortgeschritten hielt, verließ ich die Wohnung und steuerte das Haus von Paulas Eltern an. Es befand sich in der Schwedenstraße, an der Westseite des Englischen Gartens, direkt am Schwabinger Bach. Das Gartentürchen stand offen, und so spazierte ich auf das Grundstück, als würde ich das jeden Tag tun.

Das Herz klopfte mir bis zum Hals. Der Schuppen war nicht zu übersehen. Die Tür war angelehnt. Ich klopfte mit dem Finger auf das leicht verwitterte Holz.

»Komm rein«, hörte ich Paula von drinnen sagen.

Ich schob die Tür auf. Sie knarrte. Und da saß sie, den Rücken an die Wand des Schuppens gelehnt, auf einer alten, schmutzigen Matratze. Leck mich am Arsch, war das romantisch.

»Setz dich zu mir«, sagte sie. Ich ließ mich auf die Matratze nieder und achtete darauf, ihr noch nicht zu nahe zu kommen. Erst jetzt bemerkte ich, dass sie eine Zigarette drehte.

»Du rauchst?« fragte ich.

»Nur manchmal«, antwortete sie und lächelte mich offen an. Ich hatte Mühe, ihrem Blick standzuhalten. Sie trug ein T-Shirt. Nicht mehr das mit dem weitem Ausschnitt von heute Mittag, dafür lag dieses hier hauteng an ihrem Körper. Ihr Rock war etwas hochgerutscht, so dass ein Knie zu sehen war. Ich spürte eine Aufwallung und hoffte, dass nichts davon zu sehen war. Was erwartete sie jetzt von mir? Wie sollte ich mich benehmen? *Erst mal abwarten, ganz ruhig.* Sie fragte, wie schlimm meine Schmerzen waren.

»Sie werden übler«, erwiderte ich, »weil die Medikamente nicht mehr wirken.«

»Tut es immer weh?«

»Rund um die Uhr.

»Kannst du überhaupt schlafen?«

»Wahrscheinlich weil ich vom Schmerz so erschöpft bin.«

»Ich bewundere«, sagte sie lächelnd, »wie du das aushältst. Ohne zu jammern.«

»Jammern ist Scheiße«, sagte ich. »Davon wird's auch nicht besser.«

»Das hier könnte helfen«, verkündete sie und hielt empor, was sie gerade gedreht hatte.

»Eine Zigarette? Ich weiß nicht, ob Nikotin so viel bringt.«

Paula grinste. »Das ist keine Zigarette.«

Der Joint packte meinen Schmerz in Watte. Ich lag grinsend in der Ecke und tat etwas völlig Schwachsinniges: Ich dankte ihm für diese Erfahrung. Und dafür, dass er mich mit Paula zusammen geführt hatte. Natürlich dachte ich das nur, ich sprach es nicht aus! Obwohl ich mir da, wenn ich jetzt darüber nachdenke, nicht mehr wirklich sicher bin. Ich hatte das Bedürfnis, den süßlich stinkenden Glimmstengel zu streicheln wie einen braven Hund und ihm ein Leckerli zu geben. Mit anderen Worten: Der erste Joint meines Lebens hatte durchschlagende Wirkung. Auf einmal war der Schmerz nur noch eine dunkle Ahnung, ein schwacher, feiger Kerl, der sich in den letzten Winkel meines Schädels zurück gezogen hatte, vermutlich um dort einsam und alleine einen unbeachteten Tod zu sterben. Feiner Hund, ja, komm her, bring das Stöckchen - sooo ein feiner Hund!

Als ich aufwachte, lag ich auf der schmutzigen Matratze. Draußen war es schon fast dunkel. Von Paula keine Spur. Ich war noch etwas benebelt, aber schon wieder klar genug, um den Schmerz wahr zu nehmen als das, was er war - der mächtige Feind hatte sich nicht lange zurück drängen lassen, spielte schon wieder mit seinen Muskeln und genoss es mich zu quälen. Meine Augenlider waren schwer wie Kanaldeckel, das Aufstehen eine Tortur. Irgendwie schleppte ich mich trotzdem aus der Hütte und sah mich um. Paula hatte mich hier liegen lassen. Anstatt sie zu verführen war ich eingeschlafen. Nicht zu fassen. Ich hatte es voll versaut. Sie war zu Hause, das sah ich am Licht, das in ihrem Zimmer brannte. Ich suchte nach einem Stein, der klein genug war, warf ihn gegen die Fensterscheibe und wartete. Nichts. Ich nahm einen größeren. Der Stein rutschte beim Wurf ein wenig ab. Trotzdem traf ich erneut eine Fensterscheibe - nur war es die falsche. Nämlich die des Wintergartens. Es klirrte, aber zum Glück ging nichts zu Bruch. Die Tür des Wintergartens öffnete sich, und da stand Paulas Vater, ein großer, breitschultriger Mann Mitte 40, der nicht mehr viele Haare hatte. In strengem Ton wollte er wissen, wer ich war und was ich hier zu suchen hatte. Mein Gehirn arbeitete noch nicht wieder richtig. Ich wusste nicht, was ich sagen sollte, also schwieg ich. Regungslos stand ich da, ein dünner, bekiffter, 15-Jähriger auf einem fremden Grundstück in der Abenddämmerung. Paulas Vater wiederholte seine Aufforderung, meine Identität preis zu geben.

»Ich… war hier…«, stotterte ich.

»Falsch«, sagte er, »du bist immer noch hier.«

»Ich… schwitze«, war mein völlig hirnrissiger Beitrag zum Gespräch.

»Wer auch immer du bist: Du machst jetzt, dass du weg kommst, oder ich ruf die Polizei.«